國家「十二五」重點圖書出版規劃項目

新編元稹集

三

[唐]元稹 原著

吴偉斌 輯佚 編年 箋注

陝西新華出版傳媒集團
三 秦 出 版 社

新編元稹集第三册目録

元和元年丙戌(806)二十八歲(續)

元和元年丙戌(806)　二十八歲(續)

◎ 秋堂夕[(一)][①]

炎凉正迴互,金火鬱相乘[②]。雲雷暗交構[(二)],川澤方蒸騰[③]。清風一朝勝,白雲忽已凝[④]。草木凡氣盡,始見天地澄[⑤]。況此秋堂夕,幽懷曠無朋[⑥]。蕭條簾外雨,倏閃案前燈[⑦]。書卷滿床席,蠨蛸懸復升[⑧]。啼兒屢啞咽,倦僮時寢興[⑨]。泛覽昏夜目,詠謡暢煩膺[⑩]。沉吟獲麟章[(三)],欲罷久不能[⑪]。堯舜事已遠[(四)],吾道安可勝[(五)][⑫]!蜉蝣不信鶴,蜩鷃肯窺鵬[⑬]?當年且不偶,殁世何必稱[⑭]!胡爲揭聞見[(六)]?褒貶貽愛憎[⑮]。焉用汩其泥?豈在清如冰[⑯]!非白又非黑[(七)],誰能點青蠅[⑰]?處世苟無悶,佯狂道非弘[⑱]。無言被人覺,予亦笑孫登[(八)][⑲]。

録自《元氏長慶集》卷五

[校記]

(一) 秋堂夕:楊本、叢刊本、《全詩》同,《石倉歷代詩選》作"秋堂月",正文有"況此秋堂夕"句,不從不改。

(二) 雲雷暗交構:宋蜀本、蘭雪堂本、叢刊本、《石倉歷代詩選》同,楊本、《全詩》作"雲雷時交構",語義不同,不改。

(三) 沉吟獲麟章:原本作"況吟獲麟章",楊本、叢刊本、《全詩》、《石倉歷代詩選》同,據錢校改。

（四）堯舜事已遠：楊本、叢刊本、《全詩》、《石倉歷代詩選》同，盧校宋本作"堯舜去已遠"，語義相類，不改。

（五）吾道安可勝：原本作"丘道安可勝"，楊本、叢刊本同，《石倉歷代詩選》作"吾道安可勝"，義勝，據改。《全詩》作"聖道安可勝"，可備一説。

（六）胡爲揭聞見：楊本、叢刊本、《全詩》同，《石倉歷代詩選》作"胡爲揚聞見"，元稹當時在左拾遺任上，以"揭聞見"爲是。

（七）非白又非黑：此下四句，《石倉歷代詩選》無，楊本、叢刊本、《全詩》各本不缺。

（八）予亦笑孫登：楊本、叢刊本、《全詩》同，《石倉歷代詩選》作"余亦笑孫登"，語義相類，不改。

［箋注］

① 秋堂：秋日的廳堂，常以指書生攻讀課業之所。元稹《含風夕》："夏服稍輕清，秋堂已岑寂。"李紳《南梁行》："故篋歲深開斷簡，秋堂月曙掩遺題。" 夕：夜。《左傳・哀公八年》："吴子聞之，一夕三遷。"孫樵《書褒城驛壁》："且一歲賓至者不下數百輩，苟夕得其庇，饑得其飽，皆暮至朝去，寧有顧惜心耶？"古代也指傍晚晉見君王，處理朝政。《周禮・夏官・道僕》："掌馭象路以朝夕。"孫詒讓正義："注云'朝夕，朝朝莫夕'者，《鄉飲酒義》云：'朝不廢朝，莫不廢夕。'注云：'朝夕，朝莫聽事也。'"《詩・小雅・雨無正》："邦君諸侯，莫肯朝夕。"鄭玄箋："王流在外，三公及諸隨王而行者，皆無君臣之禮，不肯晨夜朝暮省王也。"

② 炎凉：猶冷熱，指氣温變化。酈道元《水經注・湽水》："地勢不殊，而炎凉異致。"武元衡《獨不見》："俄驚白日晚，始悟炎凉變。"迴互：轉换，變化。《文心雕龍・諧隱》："自魏代以來，頗非俳優，而君子嘲隱，化爲謎語。謎也者，迴互其辭，使昏迷也。"杜甫《宿花石戍》：

“地蒸南風盛,春熱西日暮。四序本平分,氣候何迴互?” 金:五行之一。《書·洪範》:“五行:一曰水,二曰火,三曰木,四曰金,五曰土。”《國語·鄭語》:“故先王以土與金、木、水、火雜,以成百物。” 火:五行之一,水、火、木、金、土,我國古代稱構成各種物質的五種元素,古人常以此説明宇宙萬物的起源和變化。《書·甘誓》:“有扈氏威侮五行,怠棄三正。”孔穎達疏:“五行,水、火、金、木、土也。”《莊子·外物》:“金與火相守則流。”成玄英疏:“夫木生火,火剋金,五行之氣,自然之理。” 相乘:相加,相繼。柳宗元《非國語跋》:“吴越之事無他焉!舉一國足以盡之,而反分爲二篇,務以相乘。”葉適《上光宗皇帝札子》:“唐自天寶之後,大亂相乘,盜竊名字跨據藩鎮者接踵,加以世有内患,日就衰削。”

③ 雲雷:雲和雷。王充《論衡·儒增》:“雲雷在天,神於百物。”蘇軾《祈雨僧伽塔祝文》:“噫欠雲雷,咳唾雨澤。救焚拯溺,不待崇朝。” 交構:亦作“交媾”,陰陽交合。《後漢書·周舉傳》:“二儀交構,乃生萬物。”李白《草創大還贈柳官迪》:“造化合元符,交媾騰精魄。” 川澤:河川和湖沼,泛指江河湖泊。《逸周書·大聚》:“夏三月,川澤不入網罟,以成魚鱉之長。”秦觀《財用》:“風霆雨露之發生,山林川澤之滋養,財之所從出也。” 蒸騰:氣體上升。元稹《表夏十首》三:“江瘴炎夏早,蒸騰信難度。今宵好風月,獨此荒庭趣。”胡祗遹《塔吉甫透月嶺仲謀作記並詩》:“奄魯跨齊盤泰岱,千巖萬竅倚崆峒。蒸騰雲雨神功具,限隔晨昏氣象同。”

④ 清風:清微的風,清涼的風。《詩·大雅·烝民》:“吉甫作誦,穆如清風。”毛傳:“清微之風,化養萬物者也。”杜甫《四松》:“清風爲我起,灑面若微霜。” 一朝:一個早晨。《詩·小雅·彤弓》:“鐘鼓既設,一朝饗之。”《漢書·賈誼傳》:“屠牛坦一朝解十二牛,而芒刃不頓者,所排擊剥割,皆衆理解也。”王充《論衡·狀留》:“不崇一朝,輒成賈者,菜果之物也。”一時,一旦。《淮南子·道應訓》:“使者謁之,襄

子方將食而有憂色，左右曰：'一朝而兩城下，此人之所喜也；今君有憂色，何也？'"《魏書・劉靈助傳》："靈助本寒微，一朝至此，自謂方術堪能動衆。" 白雲：白色的雲。《莊子・天地》："乘彼白雲，至於帝鄉。"蘇頲《汾上驚秋》："北風吹白雲，萬里渡河汾。" 凝：形成。《禮記・中庸》："苟不至德，至道不凝。"鄭玄注："凝，猶成也。"陸贄《蕭復劉從一姜公輔平章事制》："宰輔之任，獻替爲務，内凝庶績，外撫四夷。"

⑤ 草木：指草本植物和木本植物。《易・坤》："天地變化，草木蕃。"韓愈《送李愿歸盤谷序》："太行之陽有盤谷，盤谷之間，泉甘而土肥，草木藂茂，居民鮮少。" 凡氣：猶言重濁之氣。 凡：平常，普通。《後漢書・崔駰傳》："蓋樹高靡陰，獨木不林，隨時之宜，道貴從凡。"李賢注："《老子》曰：'和其光而同其塵。'故言道貴從其凡。"塵世。趙抃《遊雁蕩將抵温州寄太守石牧之》："霜風雙鬢雪鬖鬖，物外尋真頓離凡。" 天地：天和地，指自然界，或指人世間。《文心雕龍・原道》："文之爲德也大矣，與天地並生者何哉！"柳宗元《封建論》："天地果無初乎？吾不得而知之也。" 澄：清澈而不流動。《淮南子・精神訓》："肉凝而不食，酒澄而不飲。"顔延之《皇太子釋奠會作詩》："肴乾酒澄，端服整弁。"明净。徐幹《中論・譴交》："故無交遊之事，無請託之端，心澄體静，恬然自得。"李紳《過鍾陵》："龍沙江尾抱鍾陵，水郭村橋晚景澄。"

⑥ "况此秋堂夕"兩句：意謂時當秋天，思緒萬千，但身邊没有可以一吐心聲的朋友。白居易登第之後，四月出任盩厔縣尉，七月權攝昭應事，不在長安，故言"無朋"。 幽懷：隐藏在内心的情感。王績《贈李徵君大壽》："别有幽懷侣，由来高讓王。前年辭厚幣，今歲返寒鄉。"皇甫枚《三水小牘・步飞烟》："兼題短葉，用寄幽懷。"

⑦ 蕭條：稀疏。張泌《邊上》："山河慘淡關城閉，人物蕭條市井空。"陸游《登灌口廟東大樓觀岷江雪山》："白髮蕭條吹北風，手持卮

酒酹江中。”　倏閃:亦作“倐閃”,閃爍不定貌。張鼎《霹靂賦》:“輝光之所倏閃,聲氣之所噴薄。”皮日休《吴中苦雨因書一百韵寄魯望》:“龍光倏閃照,虬角搊琤觸。”

⑧ 書卷:書籍,古代書本多作卷軸,故稱爲“書卷”。韋應物《假中枉盧二十二書亦稱卧疾兼訝李二久不訪問以詩答書因亦戲李二》:“微官何事勞趨走? 服藥閑眠養不才。花裏棋盤憎鳥汚,枕邊書卷訝風開。”杜甫《螢火》:“幸因腐草出,敢近太陽飛? 未足臨書卷,時能點客衣。”　床席:指坐卧用具。《漢書・萬章傳》:“顯貲巨萬,當去,留床席器物數百萬直,欲以與章,章不受。”袁康《越絶書・陳成恒傳》:“孤身不安床席,口不甘厚味,目不視好色,耳不聽鐘鼓者,已三年矣!”特指坐榻。《南史・王微傳》:“終日端坐,床席皆生塵埃,唯當坐處獨净。”　蠨蛸:亦作“蟰蛸”,蜘蛛的一種,脚很長,通稱蟢子。《詩・豳風・東山》:“伊威在室,蠨蛸在户。”孔穎達疏:“蠨蛸,長踦,一名長脚。荆州河内人謂之喜母,此蟲來著人衣,當有親客至有喜也。幽州人謂之親客,亦如蜘蛛爲羅網居之,是也。”江淹《待罪江南思北歸賦》:“共魍魎而相偶,與蠨蛸而爲鄰。”

⑨ 啼兒:啼哭不止的嬰兒。元稹《景申秋八首》二:“蚊幌雨來卷,燭蛾燈上稀。啼兒冷秋簟,思婦問寒衣。”施閏章《上留田行(傷婦死於兵也)》:“里中有啼兒,聲聲呼阿母。母死血濡衣,猶銜懷中乳。”這裏的啼兒,應該是指元稹與韋叢的兒女,他們夫婦前後一共生育五個兒女,而衹有一個存活,那就是女兒保子。這個啼兒究竟是第幾個孩子,無法確證,是男是女,也不得而知。此後三年,韋叢究竟另外生育幾個子女,衹有元稹韋叢自己清楚。這名啼兒,是後來存活的女兒保子,還是隨後夭折的兒女,今天也搞不清楚。但有一點是肯定的,元稹在左拾遺任上,不會也不可能隨便離開長安,而“啼兒”説明韋叢正在元稹身邊,這時韋夏卿已經於本年正月病故,韋叢大概已經從洛陽回到長安的靖安里家中。　啞咽:啼聲嘶啞。王建《傷鄰家鸚鵡

詞》:"舌關啞咽畜哀怨,開籠放飛離人眼。" 倦僮:疲勞不堪的童僕。元稹《感夢》:"閃閃燈背壁,膠膠雞去塒。倦童顛倒寢,我淚縱横垂。"梅堯臣《重送李逢原歸蘇州》:"吴客歸從楚,霜華著馬蹄。倦童持弊橐,呼艇過寒谿。" 寢興:睡下和起床,泛指日夜或起居。潘岳《悼亡詩三首》二:"寢興目存形,遺音猶在耳。"《舊唐書·王承宗傳》:"朕念此方,亦猶赤子。一物失所,寢興靡寧。"

⑩ 泛覽:亦作"汎覽",廣泛閲讀。蕭統《文選序》:"余監撫餘閑,居多暇日,歷觀文囿,泛覽辭林,未嘗不心遊目想,移晷忘倦。"《宋書·羊欣傳》:"〔羊欣〕汎覽經籍,尤長隸書。" 詠謡:歌唱吟詠。張説《延州豆盧使君萬泉縣主薛氏神道碑》:"雲虹滅影,詞人於是詠謡;華秀從風,君子爲之嘆息。"元稹《遣晝》:"開卷恣詠謡,望雲閑徙倚。" 煩膺:煩躁的心情。馮山《温湯寺》:"一掬洗病眼,再漱袪煩膺。遠訪豈憚勞?勝遊誠可矜!"劉子翬《入白水懷士特温其》:"豈伊黄壤恨,興言鯁煩膺?含章不震輝,憔悴非所應。"

⑪ "沉吟獲麟章"兩句:這兩句是元稹當時在左拾遺、後來在監察御史任上敢作敢爲,知無不言的真實寫照。《舊唐書·元稹傳》:"(元和元年四月)下,除右拾遺。稹性鋒鋭,見事風生,既居諫垣,不欲碌碌自滯,事無不言,即日上疏論諫職。又以前時王叔文、王伾以猥褻待詔,蒙幸太子,永貞之際大撓朝政,是以訓導太子宫官,宜選正人,乃獻教本書曰:'……'"《舊唐書·元稹傳》所述基本無誤,但"右拾遺"應爲"左拾遺",同時認爲元稹《論教本書》的宗旨是反對永貞革新也是錯誤的,請參閲拙稿《元稹考論·元稹與永貞革新》。 沉吟:亦作"沈吟",低聲吟味,低聲自語。《文心雕龍·風骨》:"是以怊悵述情,必始乎風;沉吟鋪辭,莫先乎骨。"獨孤及《寒夜溪行舟中作》:"沈吟登樓賦,中夜起三復。" 獲麟:指春秋魯哀公十四年獵獲麒麟事,相傳孔子作《春秋》至此而輟筆。《春秋·哀公十四年》:"春,西狩獲麟。"杜預注:"麟者仁獸,聖王之嘉瑞也。時無明王出而遇獲,仲尼傷

周道之不興,感嘉瑞之無應,故因《魯春秋》而修中興之教。絶筆於'獲麟'之一句,所感而作,固所以爲終也。"李白《古風》一:"希聖如有立,絶筆於獲麟。"　章:詩歌或樂曲的段落。《左傳・襄公二十八年》:"賦詩斷章,余取所求焉,惡識宗?"杜預注:"譬如賦詩者,取其一章而已。"《左傳・文公十三年》:"子家賦《載馳》之四章,文子賦《采薇》之四章。"指文章的段或篇。劉知幾《史通・叙事》:"句積而章立,章積而篇成。"韓愈《上賈滑州書》:"竊整頓舊所著文一十五章以爲贄。"亦作"章什",詩篇,詩歌。《新唐書・鄭覃傳》:"故王者采詩,以考風俗得失。若陳後主、隋煬帝特能詩之章解,而不知王術,故卒歸於亂。章什誐誐,願陛下不取也。"　欲罷久不能:想停止而不可能。《論語・子罕》:"夫子循循然善誘人,博我以文,約我以禮,欲罷不能。"陳琳《答東阿王箋》:"載歡載笑,欲罷不能。"　罷:停止。《論語・子罕》:"夫子循循善誘人,博我以文,約我以禮,欲罷不能。"李夢符《答常學士》:"罷修儒業罷修真,養拙藏愚春復春。"

⑫ 堯舜:唐堯和虞舜的並稱,遠古部落聯盟的首領,古史傳説中的聖明君主。《孟子・滕文公》:"孟子道性善,言必稱堯舜。"韓愈《論今年權停舉選狀》:"今者陛下聖明在上,雖堯舜無以加之。"　吾道:我的學説或主張。《論語・里仁》:"子曰:'參乎!吾道一以貫之。'"杜甫《屏迹三首》二:"用拙存吾道,幽居近物情。"

⑬ 蜉蝣:亦作"蜉蝤",蟲名,幼蟲生活在水中,成蟲褐緑色,有四翅,生存期極短。《詩・曹風・蜉蝣》:"蜉蝣之羽,衣裳楚楚。"毛傳:"蜉蝣,渠略也,朝生夕死。"郭璞《遊仙詩》:"借問蜉蝣輩,寧知龜鶴年!"　鶴:鳥綱鶴科各種類的統稱,古代詩詞圖畫中常指丹頂鶴或白鶴。李時珍《本草綱目・鶴》:"鶴大於鵠,長三尺,高三尺餘,喙長四寸,丹頂赤目,赤頰青脚,修頸凋尾,粗膝纖指,白羽黑翎……嘗以夜半鳴,聲唳雲霄。"元稹《有鳥二十章》一九:"有鳥有鳥真白鶴,飛上九霄雲漠漠。司晨守夜悲雞犬,啄腐吞腥笑雕鶚。"　蜩:蟬。《詩・豳

風・七月》:"五月鳴蜩。"《莊子・逍遥遊》:"蜩與學鳩笑之。"陸德明釋文:"蜩,音條。司馬云:蟬。" 鴳:鴳雀,鷃的一種。李時珍《本草綱目・鷃》:"鷃,候鳥也,常晨鳴如雞,趨民收麥,行者以爲候。"《國語・晉語》:"平公射鴳,不死,使豎襄搏之,失。"韋昭注:"鴳,鳫,小鳥。"葉適《寄李寄章參政》:"鷃飛雖地控,龍卧常天升。" 鵬:傳説中最大的鳥。《莊子・逍遥遊》:"北冥有魚,其名爲鯤。鯤之大不知其幾千里也,化而爲鳥,其名爲鵬。鵬之背不知其幾千里也,怒而飛,其翼若垂天之雲。"韓愈《海水》:"海有吞舟鯨,鄧有垂天鵬。"

⑭ 當年:往年,昔年。《晉書・文苑傳序》:"《翰林》總其菁華,《典論》詳其藻絢,彬蔚之美,競爽當年。"鄭谷《贈下第舉公》:"見君失意我惆悵,記得當年落第情。" 不偶:不遇,不合。王充《論衡・命義》:"行與主乖,退而遠,不偶也。"顔延之《五君詠・嵇中散》:"中散不偶世,本自餐霞人。" 歿世:終生,終其一生。徐幹《中論・考僞》:"仲尼惡歿世而名不稱。"去世。元稹《夏陽縣令陸翰妻河南元氏墓誌銘》:"歿世於夏陽縣之私第。" 何必:用反問的語氣表示不必。《左傳・襄公三十一年》:"年鈞擇賢,義鈞則卜,古之道也。非適嗣,何必娣之子?"嵇康《秀才答四首》三:"都邑可優遊,何必栖山原?" 稱:著稱,聞名。劉義慶《世説新語・德行》:"王戎、和嶠同時遭大喪,俱以孝稱。"韓愈《歐陽生哀辭》:"詹之稱於江南也久,貞元三年余始至京師,舉進士,聞詹名尤甚。"

⑮ 胡爲:爲什麼要。劉希夷《春女行》:"寄言桃李容,胡爲閨閤重? 但看楚王墓,唯有數株松。"盧象《送祖詠》:"滿酌野人酒,倦聞鄰女機。胡爲困樵采,幾日罷朝衣?" 揭:顯露,揭露。《詩・大雅・蕩》:"人亦有言,顛沛之揭。"毛傳:"揭,見根貌。"《尉繚子・伍制令》:"軍中之制,五人爲伍。伍,相保也……伍有干令犯禁者,揭之免於罪;知而弗揭,全伍有誅。" 聞見:聽到和看見。《戰國策・秦策》:"群臣聞見者畢賀,陳軫後見,獨不賀。"洪邁《夷堅丙志・黄法師醮》:

“自寢至覺僅數刻,而所經歷聞見,連日言之不能盡。”　褒貶:讚揚或貶低。董仲舒《春秋繁露·威德所生》:“《春秋》采善不遺小,掇惡不遺大,諱而不隱,罪而不忽,□□以是非,正理以褒貶。”杜預《春秋經傳集解序》:“《春秋》雖以一字爲褒貶,然皆須數句以成言。”　貽:贈送,給予。《詩·邶風·静女》:“静女其孌,貽我彤管。”曹植《朔風詩》:“子好芳草,豈忘爾貽,繁華將茂,秋霜悴之。”遺留,致使。殷仲文《南州桓公九井作》:“猥首阿衡朝,將貽匈奴哂。”趙與時《賓退録》卷六:“寓言以貽訓誡,若柳子厚《三戒》、《鞭賈》之類,頗似以文爲戲,然亦不無補于世道。”　愛憎:猶好惡。《韓非子·説難》:“故彌子之行未變於初也,而以前之所以見賢而後獲罪者,愛憎之變也。”元稹《紀懷贈李六户曹崔二十功曹五十韵》:“投分多然諾,忘言少愛憎。”

⑯ 焉:疑問代詞,相當於“爲什麼”。《墨子·尚賢》:“今王公大人骨肉之親,無故富貴,面目美好者,焉故必知哉?”蔡邕《司徒袁公夫人馬氏碑銘》:“品物猶在,不見其人,魂氣飄飄,焉所安神?”　汨其泥:謂捲起泥沙,把清水搞渾。《高士傳·漁父》:“舉世混濁,何不揚其波汨其泥?衆人皆醉,何不餔其糟歠其醨?”曹勛《沐浴子》:“新沐莫彈冠,新浴莫振衣。聖人貴同塵,賢者汨其泥。”　清如冰:德行高潔,如冰似玉。白居易《獻僕射相公》:“清如冰玉重如山,百辟嚴趨禮絶攀。强虜外聞須破膽,平人長説盡開顔。”薛能《獻僕射相公》:“清如冰玉重如山,百辟嚴趨禮絶攀。强虜外聞應破膽,平人長見盡開顔。”

⑰ “非白又非黑”兩句:意謂自己堅持忠君愛民的品行,不理會小人暗中玷污自己的人品,元稹這裏指如杜佑一類的權貴重臣對自己的誹謗。　青蠅:喻指讒佞。《楚辭·劉向〈九嘆·怨思〉》:“若青蠅之僞質兮,晉驪姬之反情。”王逸注:“青蠅變白使黑,變黑使白,以喻讒佞。”《後漢書·鄧榮傳》:“而臣兄弟獨以無辜爲專權之臣所見批抵,青蠅之人所共搆會。”蘇軾《祭黄幾道文》:“身爲玉雪,不污青蠅。”

⑱ 處世:生活在人世間。《史記·平原君虞卿列傳》:"夫賢士之處世也,譬若錐之處囊中,其末立見。"薛瑩《羨僧》:"處世曾無著,生前事盡非。"引申指參與政治或社交活動。《晉書·謝安傳》:"初辟司徒府,除佐著作郎,並以疾辭。寓居會稽……無處世意。"蘇軾《與林濟甫書》二:"某兄弟不善處世,並遭遠竄。" 無悶:没有苦惱,多形容遺世索居或致仕退休者的心情。嵇康《與山巨源絶交書》:"達能兼善而不渝,窮則自得而無悶。"白居易《刑部尚書致仕》:"全家遁世曾無悶,半俸資身亦有餘。" 佯狂:裝瘋。《荀子·堯問》:"然則孫卿懷將聖之心,蒙佯狂之色,視天下以愚。"何薳《春渚紀聞·風和尚答陳了齋》:"金陵有僧,嗜酒佯狂,時言人禍福,人謂之風和尚。" 道:道德,道義。《左傳·桓公六年》:"所謂道,忠於民而信於神也。"《孟子·公孫丑》:"得道者多助,失道者寡助。" 弘:大,廣。《書·顧命》:"赤刀、大訓、弘璧、琬琰在西序。"孔穎達疏:"弘,訓大也。"《後漢書·杜喬傳論》:"夫稱仁人者,其道弘矣!"

⑲ "無言被人覺"兩句:即孫登之事,可參閱《續後漢書·孫登傳》:"孫登,字公和,汲郡共人也。無家屬,於郡北山爲土窟居之,夏則編草爲裳,冬則被髮自覆,好讀《易》,撫一弦琴,見者皆親樂之性,無恚怒。人或投諸水中,欲觀其怒,既出,便大笑。時游人間或設衣食,一無所受。嘗住宜陽山,有作炭人見之,知非常人,與語,登亦不應。司馬昭聞之,使阮籍往觀,既見與語,亦不應。嵇康又從之游三年,問其所圖,終不答。康每嘆息,將别,謂曰:'先生竟無言乎?'登乃曰:'子識火乎?生而有光而不用其光,果在於用光。人生而有才而不用其才,而果在於用才。故用光在乎得薪,所以保其耀。用才在乎識真,所以全其年。今子才多識寡,難乎免於今之世矣!子無求乎?'康不能用,果遭非命,乃作《幽憤詩》曰:'昔慚柳下,今愧孫登。'或謂登以魏晉去就易生嫌疑,故爲嘿者也,竟不知所終。"王維《偶然作六首》三:"孫登長嘯臺,松竹有遺處。相去詎幾許?故人在中路。"杜甫

《贈特進汝陽王二十韵》:"鴻寶寧全秘,丹梯庶可凌。淮王門有客,終不愧孫登。"

[編年]

《年譜》編年本詩於元和元年,理由是:"《含風夕》云:'夏服稍輕清,秋堂已岑寂。'與《秋堂夕》一時所作。"《編年箋注》在本詩之後,没有表述對本詩的編年意見,也没有説明編年理由。但本詩緊接《含風夕》之後排列,大概也算是元和元年所作吧!《年譜新編》也編年本詩於元和元年,没有説明理由。

《年譜》編年《含風夕》於元和元年,但没有説明作於元和元年何時,本詩雖然已經指出與《含風夕》"一時所作",但由於没有明確《含風夕》作於本年何時,因此仍然是不明確的。《編年箋注》與《年譜新編》的編年意見同樣没有明確編年元和元年何時,這樣的編年顯得有點粗疏,我們以爲,因爲詩題《秋堂夕》已經明確無誤告訴本詩應該作於秋天,而不是籠統的元和元年。我們根據兩詩所詠,特别是兩詩都提到的"秋堂",是應該重視的信息,因此我們認爲本詩與《含風夕》作於同時,亦即元和元年七月七日前後,因此我們在《含風夕》陳述的編年理由,也就是本詩的編年理由。兩詩之"詩題"均帶有"夕"字,含有朝見皇上處理朝政之意,因而兩詩賦詠的地點也應該都在長安;而且因爲當時唐順宗的安葬儀式數天之後,亦即七月十一日就要舉行,這在當時是朝廷非常重視的事情,臣僚們不可能在這個時候爲了私事離開長安,元稹自然也不會離開長安前往洛陽,何況韋叢當時已經回到長安。

◎ 順宗至德大聖大安孝皇帝挽歌詞三首(左拾遺時作)(一)①

不改延洪祚,因成揖讓朝②。謳歌同戴啓,遏密共思堯③。雨露施恩廣,梯航會葬遥④。號弓那獨切?曾感昔年招⑤。

前春文祖廟,大舜嗣堯登⑥。及此逾年感,還因是月崩⑦。壽緣追孝促,業在繼明興⑧。儉詔同今古,山川繞灞陵⑨。

七月悲風起,凄凉萬國人⑩。羽儀經巷内,輼輅轉城闉⑪。暝色依陵早,秋聲入輅新⑫。自嗟同草木,不識永貞春⑬。

録自《元氏長慶集》卷八

[校記]

(一)順宗至德大聖大安孝皇帝挽歌詞三首(左拾遺時作):楊本、叢刊本、《全詩》同,《淵鑑類函》作"順宗挽辭",并衹選録第一首,録以備考。

[箋注]

① 順宗:韓愈《順宗實録》:"順宗至德大聖大安孝皇帝諱誦,德宗長子,母曰昭德皇后王氏。上元二年正月十二日生,大曆十四年封爲宣王,建中元年立爲皇太子……貞元二十一年(正月)癸巳,德宗崩,景申,上即位太極殿。"《舊唐書·順宗紀》:"(貞元二十一年八月)辛丑誥:'有天下傳歸於子,前王之制也……朕獲奉宗廟,臨御萬方,降疾不瘳,庶政多闕。乃命元子,代予守邦,爰以令辰,光膺册禮,宜

以今月九日册皇帝於宣政殿……宜改貞元二十一年爲永貞元年。"從中可見，唐順宗貞元二十一年正月二十五日登位，同年八月四日退位，八月五日改貞元二十一年爲永貞元年，退位之後才擁有自己的年號，實屬罕見，恐怕是絶無僅有。武元衡《順宗至德大聖皇帝挽歌詞三首》三："哀挽渭川曲，空歌汾水陽。夜泉愁更咽，秋日慘無光。"權德輿《順宗至德大安孝皇帝挽歌三首(時充鹵簿使)》二："孝理本憂勤，玄功在嗇神。睿圖傳上嗣，壽酒比家人。"　至德大聖大安孝皇帝：這是對已故唐順宗的謚號，《舊唐書·順宗紀》："元和元年正月丙寅朔，皇帝率百寮上太上皇尊號曰應乾聖壽。甲申，太上皇崩於興慶宫之咸寧殿，享年四十六歲。六月乙卯，皇帝率群臣上大行太上皇謚曰至德大聖大安孝皇帝，廟號順宗。秋七月壬申，葬于豐陵。"《唐大詔令集·順宗至德大聖大安孝皇帝謚議》："太上皇乘運統天，端拱造物，可謂至德；感神翊運，光明正位，可謂大聖；冰圖丕構，傳聖保和，可謂大安；九族安之，兆人賴之，可謂大孝；下採華夷之望，上合神祇之心。請上尊謚曰：至德大聖大安孝皇帝，廟曰：順宗。謹議(元和元年六月)。"《陝西通志·陵墓》："順宗豐陵：在富平縣東北三十里金瓮山(馬山)。元和元年七月壬寅，葬至德大聖大安孝皇帝於豐陵(《唐書·憲宗本紀》)。"　挽歌：挽柩者所唱哀悼死者的歌，後泛指對死者悼念的詩歌或哀嘆舊事物滅亡的文辭。《後漢書·五行志》："靈帝數遊戲於西園中。"劉昭注引漢應劭《風俗通》："酒酣之後，續以挽歌。"又："挽歌，執紼相偶和之者。"劉義慶《世説新語·任誕》："時袁山松出遊，每好令左右作挽歌。"王應麟《困學紀聞·評詩》："《左傳》有《虞殯》，《莊子》有《紼謳》，挽歌非始于田横之客。"　左拾遺：官名，唐武则天时置左右拾遗，掌供奉讽谏。杜甫《至德二載甫自京金光門出問道歸鳳翔乾元初從左拾遺移華州掾與親故别因出此門有悲往事》："近得歸京邑，移官遠至尊。無才日衰老，駐馬望千門。"白居易《曲江感秋二首序》："元和二年、三年、四年，予每歲有曲江感秋詩，凡三篇，編在第七集卷,是時予爲左拾遺、翰林學士。"元稹因制科登第而官拜左拾遺之職,起元和元年四月二十八日,止同年九月十三日。

② 洪祚:隆盛的國運。應劭《風俗通·陽翟令左馮翊田輝》:"俱合純懿,不隕洪祚。"陸雲《登臺賦》:"誕洪祚之遠期兮,則斯年于有萬。" 揖讓:這裏指禪讓,讓位於賢。《韓非子·八説》:"古者人寡而相親,物多而輕利易讓,故有揖讓而傳天下者……當大争之世而循揖讓之軌,非聖人之治也。"《南齊書·劉祥傳》:"故揖讓之禮,行乎堯舜之朝,干戈之功,盛于殷周之世。"這裏正意反用,隱含對逼迫唐順宗讓位的當權者的不滿。

③ 謳歌:歌唱,歌頌。楊炯《崇文館宴集詩序》:"千年有屬,咸蹈舞於時康;四坐勿諠,請謳歌於帝力。"劉商《金井歌》:"驩心蹈舞歌皇風,願載謳歌青史中。" 戴:尊奉,擁戴。《国语·周语》:"庶民不忍,欣戴武王。"韦昭注:"戴,奉也。"韓愈《徐偃王廟碑》:"偃王雖走死失國,民戴其嗣,爲君如初。" 啓:即夏朝國王,禹之子,禹竭力輔助啓登位,皇位傳子制度自此而始,這裏歌頌順宗對憲宗的推舉。 遏密:指帝王等死後停止舉樂,也借指皇帝居喪期間。《書·舜典》:"帝乃殂落,百姓如喪考妣,三載,四海遏密八音。"孔傳:"遏,絶;密,静也。"孔穎達疏:"四海之人,蠻、夷、戎、狄,皆絶静八音而不復作樂。"《北史·魏京兆王子推傳》:"今朝廷猶在遏密之中,便議此事,實用未安。" 思堯:思念堯君,這裏是歌頌順宗對德宗的思念之情。韓琦《英宗皇帝挽辭三首》一:"遏密思堯治,謳歌啓舜圖。只留勤儉德,千古亘三無。"劉攽《嘉祐大行皇帝挽詩十首》四:"汾水遊何往?華胥夢轉遙。美藜與環堵,無日不思堯。"

④ 雨露:比喻恩澤。高適《送李少府貶峽中王少府貶長沙》:"聖代即今多雨露,暫時分手莫躊躇。"謂沐浴恩澤。王仁裕《開元天寶遺事·選婿窗》:"李林甫有女六人,各有姿色,雨露之家,求之不允。" 施恩:給人以恩惠。曹植《求通親親表》:"誠可謂恕己治人,推惠施恩

者矣!"《左傳·昭公六年》:"民知有辟則不忌於上。"孔穎達疏:"民知在上不敢越法以罪己,又不能曲法以施恩,則權柄移於法,故民皆不畏上。" 梯航:即梯山航海,登山渡海,謂長途跋涉。權德輿《德宗神武孝文皇帝挽歌詞三首》二:"梯航來萬國,玉帛慶三朝。"元稹《和樂天送客遊嶺南二十韵》:"冠冕中華客,梯航異域臣。"這裏指因爲順宗在位時廣施恩澤,因此各國使者跋山涉水而來前來參加"會葬"。會葬:參加葬禮,會合送葬。《左傳·隱公元年》:"惠公之薨也,有宋師,太子少,葬故有闕,是以改葬。衛侯來會葬。"《後漢書·楊賜傳》:"公卿已下會葬。"

⑤ 號弓:見《史記》卷二八:"黄帝采首山銅,鑄鼎於荆山下。鼎既成,有龍垂胡髯下迎黄帝。黄帝上騎,群臣後宫從上者七十餘人,龍乃上去。餘小臣不得上,乃悉持龍髯。龍髯拔墮,墮黄帝之弓,百姓仰望。黄帝既上天,乃抱其弓與胡髯號。故後世因名其處曰鼎湖,其弓曰烏號。"權德輿《德宗神武孝文皇帝挽歌詞三首》二:"最愴號弓處,龍髯上紫霄。"李紳《趨翰苑遭誣構四十六韵》:"日傾烏掩魄,星落斗摧樞(穆宗升遐)。墜劍悲喬岳,號弓泣鼎湖。" 獨:副詞,僅僅,唯獨。《墨子·尚賢》:"且以尚賢爲政之本者,亦豈獨子墨子之言哉?"《史記·老子韓非列傳》:"子所言者,其人與骨皆已朽矣! 獨其言在耳。" 切:憂傷悲淒貌。潘岳《笙賦》:"訣厲悄切,又何磬折?"杜甫《吹笛》:"風飄律吕相和切,月傍關山幾處明?"仇兆鰲注:"切,謂其音悽切。" 曾感昔年招:意謂感激唐順宗在貞元二十一年開設"才識兼茂明於體用"的制科,元稹受到徵召,參加了考試,並且以第一名的身份中舉及第。元稹、白居易等人的制科及第在元和元年,但起始應該是唐順宗,不是唐憲宗。《舊唐書·憲宗紀》:元和元年四月"丙午,命宰臣監試制舉人於尚書省,以制舉人先朝所徵,不欲親試也。" 感:感謝,感激。陸機《演連珠五十首》七:"天下歸仁,非感玉帛之惠。"《宋史·岳飛傳》:"張所死,飛感舊恩,鞠其子宗本,奏以官。" 昔年:

往年,從前。孟浩然《與黄侍御北津泛舟》:"豈伊今日幸,曾是昔年遊。"賀鑄《減字浣溪沙》一:"記得西樓凝醉眼,昔年風物似如今。只無人與共登臨。" 招:舉。《漢書·陳勝項籍傳贊》引賈誼《過秦論》:"然秦以區區之地,致萬乘之權,招八州而朝同列。"顔師古注:"鄧展曰:'招,舉也。'"韓愈《争臣論》:"惡爲人臣而招其君之過,而以爲名者。"

⑥ 前春:指貞元二十一年(805)正月,而本詩賦作於元和元年(806),故言"前春"。方干《閏春》:"羃羃復蒼蒼,微和傍早陽。前春寒已盡,待閏日猶長。"林逋《送茂才馮彭年赴舉》:"背水當公戰,淩雲屬賦家。前春得意處,酣燕上林花。" 文祖:《書·舜典》:"正月上日,受終於文祖。《傳》:上日,朔日也。終,謂堯終帝位之事。文祖者,堯文德之祖廟。"文祖之説,各家不一,馬融謂"天也,天爲萬物之祖,故曰文祖"。鄭玄謂"五府之大名,猶周之明堂"。後來泛指太祖廟。《魏書·任城王雲傳》:"儲宫正統,受終文祖,群公相之,有何不可?"張説《贈華州刺史楊君碑》:"神龍初,中宗克復丕業,格于文祖。"繼業守文之祖。《左傳·哀公二年》:"衛大子禱曰:'曾孫蒯聵敢昭告皇祖文王、烈祖康叔,文祖襄公……'"杜預注:"繼業守文,故曰文祖。"這裏以此代指德宗皇帝。 大舜嗣堯登:大舜:對舜的尊稱。《孟子·公孫丑》:"大舜有大焉!善與人同,捨己從人。"《晉書·樂志》:"繼大舜,佐陶唐,讚武文,建帝綱。"這裏的"大舜"是比喻順宗,"堯"是比喻德宗,詩人對順宗支持永貞革新盛加稱頌。《新唐書·德宗紀》:"(貞元)二十一年正月癸巳,皇帝崩于會寧殿,年六十四。"《新唐書·順宗紀》:"順宗至德弘道大聖大安孝皇帝,諱誦,德宗長子也……二十一年正月……癸巳,德宗崩,丙申即皇帝位於太極殿。"嗣:繼承君位。《書·舜典》:"帝曰:'格汝舜……汝陟帝位。'舜讓於德,弗嗣。"《南齊書·郁林王紀》:"中軍將軍新安王,體自文皇,睿哲天秀,宜入嗣鴻業,永寧四海。" 堯:傳説中古帝陶唐氏之號。《易·

繫辭》:“神農氏没,黄帝、堯、舜氏作。”《史記·五帝本紀》:“帝嚳崩,而摯代立。帝摯立不善,而弟放勛立,是爲帝堯。”這裏的“堯”是比喻德宗。　登:升,上。《易·明夷》:“初登於天,後入於地。”韓愈《送惠師》:“遂登天台望,衆壑皆嶙峋。”

⑦“及此逾年感”兩句:德宗病故於貞元二十一年(805)正月,順宗病故於元和元年(806)正月,隔年同月而故,故言“逾年”、“是月”。逾年:隔年。韋應物《述園鹿》:“野性本難畜,翫習亦逾年。”元稹《張舊蚊幬》:“逾年間生死,千里曠南北。家居無見期,況乃異鄉國。”是月:這個月,同一個月。韓愈《燕河南府秀才得生字》:“元和五年冬,房公尹東京。功曹上言公,是月當登名。”劉禹錫、白居易《聯句·劉禹錫序》:“樂天是月長齋,鄙夫此時愁卧。里閭非遠,雲霧難披,因以寄懷,遂爲聯句,所期解悶焉!”

⑧“壽緣追孝促”兩句:讚美之辭,對順宗早辭人世深表哀悼,意謂順宗匆匆追隨德宗而去,目的衹是爲了照顧歸天的父親,但他繼承的仍然是德宗的中興大業。據韓愈《順宗實録》等史籍記載,順宗在位期間,下詔加强中央集權,抑制藩鎮勢力,打擊宦官勢力,罷去宫市和五坊小使,並採取實際措施,準備從宦官手中奪回禁軍兵權。明令賞罰,任人唯賢,停止苛征,緩和剥削,還有出宫女,放教坊女樂還家等具體措施,敬請參閲拙稿《元稹考論·元稹與永貞革新》。　壽:年壽,壽限。《左傳·襄公八年》:“《周詩》有之曰:‘俟河之清,人壽幾何?兆云詢多,職競作羅。’”杜預注:“逸詩也,言人壽促而河清遲。”《荀子·榮辱》:“樂易者常壽長,憂險者常夭折,是安危利害之常體也。”　緣:因爲。杜甫《客至》:“花徑不曾緣客掃,蓬門今始爲君開。”蘇軾《題西林壁》:“不識廬山真面目,只緣身在此山中。”　追孝:追行孝道於前人,指敬重宗廟、祭祀等,以盡孝道。《禮記·坊記》:“修宗廟,敬祀事,教民追孝也。”張衡《南都賦》:“奉先帝而追孝。”　促:短促,短。司馬彪《贈山濤》:“感彼孔聖嘆,哀此年命促。”柳宗元《封建

論》:“或者又曰:‘夏商周漢封建而延,秦郡邑而促。’尤非所謂知理者也。” 業:基業,功業。《孟子·梁惠王》:“君子創業垂統,爲可繼也。”王安石《張良》:“漢業存亡俯仰中,留侯當此每從容。” 繼:延續,使之不絶。《論語·堯曰》:“興滅國,繼絶世。”《韓詩外傳》卷五:“王道廢而不起,禮義絶而不繼。”前後相續,接連不斷。《易·離》:“大人以繼明照于四方。”韓愈《論捕賊行賞表》:“况自陛下即位已來,繼有丕績。” 明:聖明,明智,明察。《易·井》:“王明,並受其福。”諸葛亮《前出師表》:“恐託付不效,以傷先帝之明。” 興:昌盛,興旺。《詩·小雅·天保》:“天保定爾,以莫不興。”鄭玄箋:“興,盛也。”韓愈《子産不毁鄉校頌》:“在周之興,養老乞言;及其已衰,謗者使監。”

⑨ 儉詔:這裏指命令薄葬自己的詔書。蕭賾《婚葬崇儉詔》:“可明爲條制,嚴勒所在,悉使畫一,如復違犯,依事糾奏。”范祖禹《太皇太后山陵務從節儉詔》:“仰承遺誥,務遵儉省之意。” 今古:現時與往昔,這裏分别指漢文帝與唐順宗。韓愈《柳子厚墓誌銘》:“議論證據今古,出入經史百子。”蘇軾《夜直秘閣呈王敏甫》:“共誰交臂論今古?只有閑心對此君。” 山川:山嶽,江河。《易·坎》:“天險,不可升也,地險,山川丘陵也,王公設險以守其國。”沈佺期《興慶池侍宴應制》:“漢家城闕疑天上,秦地山川似鏡中。” 灞陵:灞陵是漢文帝的陵寢,無名氏《三輔黄圖》卷六:“文帝霸陵在長安城東七十里,因山爲藏,不復起墳,就其水名,因以爲陵號。”由此可見漢文帝的簡樸作風,元稹在這裏借漢文帝讚美唐順宗。駱賓王《别李嶠得勝字》:“芳尊徒自滿,别恨轉難勝。客似遊江岸,人疑上灞陵。”岑參《喜韓樽相過》:“三月灞陵春已老,故人相逢耐醉倒。瓮頭春酒黄花脂,禄米只充沽酒資。”

⑩ 七月:《舊唐書·順宗紀》:“(元和元年)秋七月壬申,葬于豐陵。”王詠剛《兩千年中西曆速查》表明,元和元年七月無“壬申”,記載有誤。《舊唐書·憲宗紀》:“(元和元年)秋七月壬辰朔,壬寅,葬順宗

于豐陵。"計"壬寅"時日,應該是元和元年七月十一日。　悲風:淒厲的寒風,寓含詩人與人們對順宗謝世的哀悼。《古詩十九首·去者日以疏》:"白楊多悲風,蕭蕭愁殺人。"陸機《苦寒行》:"陰雲興巖側,悲風鳴樹端。"　淒凉:猶人們對順宗謝世的悲痛淒慘。喬知之《哭故人》:"生死久離居,凄凉歷舊廬。"高適《古大梁行》:"年代淒凉不可問,往來唯有水東流。"　萬國:這裏的國,是泛指城邑、王侯的封地、地方、地域等多種含義,萬,極言其多。賀知章《唐禪社首樂章·太和》:"昭昭有唐,天俾萬國。列祖應命,四宗順則。"盧象《駕幸温泉》:"細草終朝隨步輦,垂楊幾處繞行宫?千官扈從驪山北,萬國來朝渭水東。"

⑪ 羽儀:《易·漸》:"鴻漸于陸;其羽可用爲儀。"孔穎達疏:"處高而能不以位自累,則其羽可用爲物之儀表,可貴可法也。"後因以"羽儀"比喻居高位而有才德,被人尊重或堪爲楷模。韓愈《燕喜亭記》:"智以謀之,仁以居之,吾知其去是而羽儀於天朝也不遠矣!"也指儀仗中以羽毛裝飾的旌旗之類。《舊唐書·魏徵傳》:"徵平生儉素,今以一品禮葬,羽儀甚盛,非亡者心志。"　輼輬:喪車,這裏指順宗的喪車。張擴《挽懿節皇后詞五首》五:"萬里歸輼輬,仙遊迹已遐。猗蘭成斷夢,素奈隕空花。"　城闉:城内重門,亦泛指城郭。《文選·謝莊〈宋孝武宣貴妃誄〉》:"崇徽章而出寰甸,照殊策而去城闉。"李善注:"闉,城曲重門也。"元稹《代曲江老人百韵》:"阮郎迷里巷,遼鶴記城闉。"

⑫ 暝色:暮色,夜色。儲光羲《長安道》:"百萬一時盡,含情無片言。西行一千里,暝色生寒樹。"杜甫《光禄阪行》:"樹枝有鳥亂鳴時,暝色無人獨歸客。"　陵:墳墓,墓地。酈道元《水經注·渭水》:"秦名天子冢曰山,漢曰陵,故通曰山陵矣!"韓愈《大行皇太后挽歌詞三首》三:"只有朝陵日,粧奩一暫開。"　秋聲:指秋天裏自然界的聲音,如風聲、落葉聲、蟲鳥聲等。孟浩然《渡揚子江》:"更聞楓葉下,淅瀝度

秋聲。"劉禹錫《登清暉樓》:"潯陽江色潮添滿,彭蠡秋聲雁送來。"輅:大車,多指帝王所乘的車子。《書·顧命》:"大輅在賓階面,綴輅在阼階面,先輅在左塾之前,次輅在右塾之前。"《文選·張衡〈東京賦〉》:"龍輅充庭,雲旗拂霓。"薛綜注:"輅,天子之車也,故曰龍輅。"

⑬"自嗟同草木"兩句:《編年箋注》註釋"自嗟同草木,不識永貞春"兩句時强調:"'永貞'用作年號,僅秋冬二季,無春。"似乎元稹在這裏辭不達意,這是對元稹本詩的誤讀。我們以爲,在唐順宗在位的時段内,都没有自然界的春天可言,當事人元稹應該比我們更清楚,這裏應該是指政治上的春天而言。順宗在位而支持永貞革新之時,元稹僅僅衹是一個校書郎,猶如一棵小草一棵小樹,無權參與朝政,就如没有經歷永貞的政治春天一般,詩人爲自己無緣參與開明之治而感嘆而遺憾。這種情况在唐人詩歌中比較常見,白居易寶曆二年的秋天從蘇州刺史卸任,途中與卸任和州刺史的劉禹錫結伴北返,白居易有《醉贈刘二十八使君》贈送劉禹錫,刘禹锡也有《酬樂天揚州初逢席上見贈》回酬,有"沉舟側畔千帆過,病樹前頭萬木春"之句,秋天而稱"萬木春",用意正與元稹本詩相似。　自嗟:自我感嘆,自我哀傷。楊凝《下第後蒙侍郎示意指于新先輩宣恩感謝》:"才薄命如此,自嗟兼自疑。"元稹《感石榴二十韵》:"滿眼思鄉泪,相嗟亦自嗟。"草木:比喻卑賤,多用作自謙之詞。陳子昂《諫刑書》:"臣草木微品,天恩降休。伏刻肌骨,不敢忘舍。"王維《重酬苑郎中》:"何幸含香奉至尊,多慚未報主人恩。草木盡能酬雨露,榮枯安敢問乾坤?"　不識:不認識。寇泚《度塗山》"小年弄文墨,不識戎旅難。一朝事鞞鼓,策馬度塗山。"王昌齡《別辛漸》:"別館蕭條風雨寒,扁舟月色渡江看。酒酣不識關西道,却望春江雲尚殘。"

[編年]

《年譜》編年本詩於元和元年,理由是:"題下注:'左拾遺時作。'

詩云:'七月悲風起,淒涼萬國人。'韓愈《順宗實録》五:'(元和元年)七月壬申葬豐陵,謚曰至德大聖大安孝皇帝,廟曰順宗。'"《年譜》在其後引述《舊唐書·憲宗紀》、《新唐書·憲宗紀》以及《資治通鑑》,指出"壬申"應該是"壬寅"之誤,甚是。《編年箋注》亦編年元和元年,理由是:"據韓愈《順宗實録》卷五:'(元和元年)七月壬申葬豐陵……廟曰順宗。'元稹詩中有'七月悲風起,淒涼萬國人'之句,推知《挽歌詞三首》即成于其時。詳下《譜》。"《編年箋注》没有看清《年譜》的糾誤,沿誤韓愈《順宗實録》的錯誤,將唐順宗安葬日期定爲這年七月根本不存在的"壬申",很不應該。《年譜新編》亦編年元和元年,理由同《年譜》。

我們在上面已經列舉了我們的理由,除了兩《唐書》、《順宗實録》之外,元稹任職左拾遺的起止時間也是不容忽視的理由,根據以上材料,本詩應該作於元和元年七月壬寅亦即十一日安葬順宗之前不久數天,因爲安葬任何一個皇帝,都是當時的一件非常重大的事件,它不同於突發的歷史事件,都是可以也應該提前知會有關方面。所有臣僚的挽歌詞,絶大多數都是事先準備好的深思熟慮之作,以避免無意中觸及不該觸及的敏感問題,不可能是當日臨時的急就章。因此我們認爲,本詩應該作於元和元年七月上旬的最後幾天。

◎ 遷廟議狀[(一)]①

謹案:禮官以順宗至德大聖大安孝皇帝神主升祔,則中宗大和大聖大昭孝皇帝神主爲代數當遷之廟②。議者云[(二)]:"中宗復辟中興,當爲百代不遷之廟。"③臺省官等又議云:"則天爲居攝,則中宗非中興之主[(三)],不得爲不遷之廟。"④

以愚所裁,皆非得禮之中。案禮官與臺省官等議,但以爲中宗非中興，故不得爲不遷之宗；曾不知雖實爲中興，亦不得爲不遷之廟[⑤]。何則？祖有功而宗有德，蓋謂始有功者爲祖，始有德者爲宗，非謂後代有功有德者盡爲祖宗也[⑥]。

《禮緯》云："唐虞立二昭二穆，與太祖之廟爲五。夏不立太祖之廟，四廟而已。"[⑦]至後代以禹爲宗，亦立五廟。其餘仲康復厥位，少康代寒浞，豈非嗣夏中興哉？並無祖宗之號[⑧]。至殷以契爲始祖，初立五廟，後代以湯爲宗，遂立六廟。太戊、武丁之徒，雖有中宗、高宗之名，蓋子孫加之懿號而已，亦無不祧之説[⑨]。周人以后稷爲始祖，後代又祖文王而宗武王(四)，遂立七廟[⑩]。唐虞夏殷周，雖立廟之數不同，其實親親之廟，皆以四爲準[⑪]。

《禮記·王制》云："天子七廟，三昭三穆，與太祖之廟七。"蓋后稷、文、武三廟爲不遷，其餘成康已降，盡爲祧廟[⑫]。故《周禮》守祧注云："先公之祧，祔于后稷之廟。先王之祧，祔于文武之廟。"[⑬]若以爲後代有功有德者盡爲不遷之廟，則成康刑措，宣王中興，平王東周之始王，並無不祧之説，豈非有功有德哉？蓋以爲七廟之數既定，若親盡之廟不毀，則親親之昭穆無所設矣！故不得不祧耳[⑭]！

至漢承秦滅學之後，諸儒不通大義，匡衡、貢禹之徒遂建議云："高帝爲太祖，孝文爲太宗，孝武爲代宗，孝宣爲中宗，惠、景已下爲遷廟。"[⑮]適值漢祚不永，昭成已降，德不逮于四君。向若漢有八百之祚，繼德之君有若孝文、孝武者，七人盡爲不遷之廟，豈可後代遂不祀其祖禰哉！不經之言，孰甚於此[⑯]！

又有以七廟之外别立祖宗之廟爲説者，以理推之，尤爲不可。假如聖朝以景皇帝爲太祖,神堯大聖大光孝皇帝爲高祖,文武大聖大廣孝皇帝爲太宗,别立昭穆之廟六,合不遷之廟爲九,蓋以爲積厚者流澤廣,故以增親親之廟六矣⑰!夫傳無窮者,爲萬代計,國家以聖生聖,以明繼明,無非有德之宗,盡爲有功之祖,則百祖千宗(五),盡居别廟,於禮又可乎⑱?必若俟其褒貶,然後定祧遷,則是臣子有輕議之非(六),萬代無可傳之法。考殷周則無據,言情禮則兩乖(七)⑲。

考古宜今(八),孰云可者?曷若削漢朝不經之説,徵殷周可久之文,從親盡則遷之常規,爲萬代不朽之定制(九)⑳。不易親親之祀,終無惑惑之疑,誠一王之盛典也。謹議㉑。

録自《元氏長慶集》卷三四

[校記]

(一)遷廟議狀:楊本、叢刊本同,《英華》、《全文》作"遷廟議",《歷代名臣奏議》、《經濟類編》没有標示文題,各備一説,不改。

(二)議者云:蘭雪堂本、叢刊本、《英華》、《歷代名臣奏議》、《經濟類編》、《全文》同,楊本作"謀者云",語義不佳,不從不改。

(三)則中宗非中興之主:原本作"則中宗非中興",楊本、叢刊本、《歷代名臣奏議》同,據《英華》、《經濟類編》、《全文》改。

(四)後代又祖文王而宗武王:原本作"後代又祖文王爲宗武王",楊本、叢刊本、《歷代名臣奏議》同,據叢刊本、《英華》、《經濟類編》、《全文》改。

(五)則百祖千宗:楊本、叢刊本、《歷代名臣奏議》、《全文》同,《英華》、《經濟類編》作"則有祖有宗",各備一説,不改。

(六)則是臣子有輕議之非:叢刊本、《英華》、《歷代名臣奏議》、《經濟類編》、《全文》同,楊本作"則是臣子有輕譏之非",語義不佳,不從不改。

（七）言情禮則兩乖：楊本、叢刊本、《英華》、《歷代名臣奏議》、《經濟類編》同，《全文》作"言情理則兩乖"，各備一説，不改。

（八）考古宜今：楊本、叢刊本、《歷代名臣奏議》、《全文》同，《英華》、《經濟類編》作"酌古宜今"，各備一説，不改。

（九）爲萬代不朽之定制：楊本、叢刊本、《歷代名臣奏議》、《全文》同，《英華》、《經濟類編》作"爲百代不朽之定制"，各備一説，不改。

［箋注］

① 遷廟：古代太廟中專門供奉、祭祀被遷神主之廟殿，也稱遠廟。太廟之制，中爲始祖或太祖，爲不遷之主，左右三昭三穆，自天子之父、祖、曾祖、高祖、高祖之父、元祖共六代。天子薨，其子繼位，則遷新死之天子神主入祀太廟爲第六代，而遷原第一代神主入遷廟。《舊唐書·禮儀志》："遷廟、親廟，皆出太祖之後，故得合食有序，尊卑不差。"許宗彦《周廟祧考》："遠廟者，遠於廟。自正廟而遷之於祧，謂之遷，故祧曰遷廟。"謂遷移新死天子的神主入祀太廟，遷移其高祖之祖的神主入祀遷廟，並依次遷移原昭穆神主位置的儀式。《漢書·韋玄成傳》："誠以爲遷廟合祭，久長之策，高皇帝之意，乃敢不聽？"夏炘《學禮管釋·釋祔》："《遷廟》一篇，新死者自殯宫遷於廟，當遷者自舊廟遷於新廟，皆用此禮。" 議狀：向上呈送的發表己見的文書。袁甫《論流民札子》："各上議狀，不許聯名，庶幾人人得盡己見，免至雷同塞責。"范鎮《東齋記事》卷二："其家奏嫡孫合與不合傳重，下禮院議。於是宋景文公判太常，不疑、次道與予爲禮官，景文公遂令三人各爲議狀。"權德輿《遷廟議》、韓愈《請遷玄宗廟議》與本文涉及同一議題，可參閱。

② 謹案：慎查考，引用論據、史實開端的常用語。《漢書·魏相傳》："臣謹案王法必本於農而務積聚，量入制用以備凶灾，亡六年之

畜,尚謂之急。"《魏書・韓子熙傳》:"謹案律文:諸告事不實,以其罪罪之。"　禮官:掌禮儀教化之官。《周禮・春官・序官》:"乃立春官宗伯,使率其屬而掌邦禮,以佐王和邦國。禮官之屬,大宗伯卿一人,小宗伯中大夫二人。"《史記・儒林列傳》:"其令禮官勸學,講議洽聞興禮,以爲天下先。"　至德大聖大安孝皇帝:即唐順宗李誦。《舊唐書・順宗紀》:"(元和元年)六月乙卯,皇帝率群臣上大行太上皇謚曰至德大聖大安孝皇帝,廟號順宗。秋七月壬申,葬於豐陵。"據王詠剛《兩千年中西曆速查》,元和元年七月無"壬申",記載有誤,"壬申"應該是"壬寅"之誤。《舊唐書・憲宗紀》:"(元和元年)秋七月壬辰朔,壬寅,葬順宗于豐陵。"　神主:古代爲已死的君主、諸侯作的牌位,用木或石製成。《後漢書・光武帝紀》:"大司徒鄧禹入長安,遣府掾奉十一帝神主,納於高廟。"李賢注:"神主,以木爲之,方尺二寸,穿中央,達四方。天子主長尺二寸,諸侯主長一尺。"《舊唐書・玄宗紀》:"時太廟爲賊所焚,權移神主於大内長安殿,上皇謁廟請罪。"　升祔:升入祖廟附祭于先祖。寇準《御製慶元後升祔禮成七言六韵奉和》:"天錫靈符興寶祚,澤流綿宇福含生。蒸蒸至孝咸歸厚,翼翼精衷尚執盈。"龐元英《文昌雜録》卷四:"伏請升祔太廟,以時配享。"　大和大聖大昭孝皇帝:即唐中宗李顯。《舊唐書・中宗紀》:"(景龍四年)九月丁卯,百官上謚曰孝和皇帝,廟號中宗。十一月己酉,葬於定陵。天寶十三載二月,改謚曰大和大聖大昭孝皇帝。"《續通志》卷五:"(景龍四年)六月,安樂公主與后合謀進鴆。壬午,帝遇毒崩于神龍殿,年五十五,謚曰孝和皇帝,廟號中宗,陵曰定陵。天寶十三載,加謚大和大聖大昭孝皇帝。"

③ 復辟:謂失位的君主復位,辟,君主。語出《書・咸有一德》:"伊尹既復政厥辟。"孔穎達疏:"自太甲居桐,而伊尹秉政;太甲既歸于亳,伊尹還政其君。"劉禹錫《唐故相國贈司空令狐公集紀》:"初,憲宗覽國書,見五王復辟之際,狄梁公實尸之。公爲台臣,獨召便殿問

曰:‘仁傑有後乎?’” 中興:特指恢復並非由本人失去的帝位。杜甫《述懷一首》:“漢運初中興,生平老耽酒。沈思歡會處,恐作窮獨叟。”陸游《南唐書・蕭儼傳》:“儼獨建言:帝王,己失之,己得之,謂之反正;非己失之,自己復之,謂之中興。” 百代:指很長的歲月。《晉書・阮种傳》:“德逮群生,澤被區宇,聲施無窮,而典垂百代。”韓愈《禘祫議》:“其毁廟之主,皆藏於祧廟,雖百代不毁。”

④ 臺省:唐代有時亦將三公和御史臺合稱爲“臺省”。岑參《和刑部成員外秋夜寓直寄臺省知己》:“列宿光三署,仙郎直五宵。時衣天子賜,厨膳大官調。”杜甫《醉時歌》:“諸公衮衮登臺省,廣文先生官獨冷。甲第紛紛厭粱肉,廣文先生飯不足。” 居攝:因皇帝年幼不能親政,由大臣代居其位處理政務,謂“居攝”。《漢書・食貨志》:“平帝崩,王莽居攝,遂篡位。”曹植《周公贊》:“成王即位,年尚幼稚,周公居攝,四海慕利。”

⑤ 愚:自稱之謙詞。《史記・孟嘗君列傳》:“愚不知所謂也。”諸葛亮《前出師表》:“愚以爲宫中之事,事無大小,悉以咨之,然後施行,必能裨補闕漏,有所廣益。” 中:合適,恰當。《戰國策・齊策》:“是秦之計中,齊燕之計過矣!”姚宏注:“中,得。”《漢書・成帝紀》:“朕涉道日寡,舉錯不中,乃戊申日蝕地震,朕甚懼焉!”指正確的標準。《荀子・儒效》:“事行失中謂之奸事,知説失中謂之奸道。” 遷:遷移,搬動。《詩・衛風・氓》:“以爾車來,以我賄遷。”毛傳:“遷,徙也。”陸機《飲馬長城窟行》:“戎車無停軌,旌旆屢徂遷。”

⑥ 祖:對開創基業有功君主的尊稱。《穀梁傳・僖公十五年》:“始封必爲祖。”范寧注:“若契爲殷祖,棄爲周祖。”《新唐書・李夷簡傳》:“王者祖有功,宗有德。大行皇帝有武功,廟宜稱祖。” 功:功勞,功績。《史記・項羽本紀》:“勞苦而功高如此,未有封侯之賞。”杜甫《八陣圖》:“功蓋三分國,名成八陣圖。” 宗:古代帝王廟號之一,有德者稱宗。《書・無逸》:“昔在殷王中宗,嚴恭寅畏,天命自度。”孔

傳:“殷家中世尊其德,故稱宗。”孔穎達疏:“中宗,廟號。”《孔子家語·廟制》:“古者祖有功而宗有德。謂之祖宗者,其廟皆不毁。”王肅注:“有德者謂之宗。”　德:道德,品德。《周禮·地官·師氏》:“以三德教國子。”鄭玄注:“德行,内外之稱,在心爲德,施之爲行。”《論語·述而》:“德之不修,學之不講,聞義不能徙,不善不能改,是吾憂也。”祖宗:特指帝王的祖先。語本《禮記·祭法》:“(殷人)祖契而宗湯,(周人)祖文王而宗武王。”韓愈《禘祫議》:“陛下追孝祖宗,肅敬祀事。”

⑦ 禮緯:“禮”類書名。王十朋《禘祫論》:“愚曰:《春秋》、《詩》、《禮》、《論語》非聖人之書,則漢儒之説、禮緯之言不可廢。”陳藻《禘》:“且三年一祫,五年一禘,非禮緯之云乎?”　唐虞:唐堯與虞舜的並稱,亦指堯與舜的時代,古人以爲太平盛世。《論語·泰伯》:“唐虞之際,於斯爲盛。”《史記·汲鄭列傳》:“陛下内多欲而外施仁義,奈何欲效唐虞之治乎!”　昭:古代宗廟制度,在始祖廟之左者爲“昭”。《左傳·定公四年》:“曹,文之昭也;晉,武之穆也。”《資治通鑑·唐順宗永貞元年》:“高宗在三昭三穆之外,請遷主於西夾室。”　穆:古代宗廟排列的次序,始祖居廟中,父子依序爲昭穆,左爲昭,右爲穆。《周禮·春官·小宗伯》:“辨廟祧之昭穆。”鄭玄注:“父曰昭,子曰穆。”《禮記·中庸》:“宗廟之禮所以序昭穆也。”　太祖:《詩·周頌·雝序》:“《雝》,禘大祖也。”鄭玄箋:“大祖,謂文王。”後世通稱開國皇帝曰太祖,如三國魏追尊曹操曰太祖武皇帝,晉追尊司馬昭爲太祖文皇帝。宋以後封建王朝,皆追尊王朝的始建者爲太祖,如趙匡胤稱宋太祖,朱元璋爲明太祖等。顔真卿《論元皇帝祧遷狀》:“伏以太宗文皇帝七代之祖高祖神堯皇帝國朝首祚,萬葉所承,太祖景皇帝受命于天,始封于唐,元本皆在不毁之典。代祖元皇帝地非開統,親在七廟之外,代宗皇帝升祔有日,元皇帝神主禮合祧遷。”孫伏伽《立廟議》:“愚以爲諸侯立高祖以下,並太祖五廟,一國之貴也。天子立高祖以

上,並太祖七廟,四海之尊也。”

⑧ 禹:古代部落聯盟的領袖,姒姓,名文命,鯀之子,又稱大禹、夏禹、戎禹。原爲夏後氏部落領袖,奉舜命治理洪水,領導百姓疏通江河,興修溝渠,發展農業。據傳治水十三年中,三過家門不入,後被選爲舜的繼承人,舜死後即位,建立夏代,後世視爲聖王。賈島《送周判官元範赴越》:“城上秋山生菊早,驛西寒渡落潮遲。已曾幾遍隨旌旆,去謁荒郊大禹祠。”張仲謀《題搔口》:“嘗聞燒尾便拏空,只過天門更一重。大禹未生門未鑿,可能天下總無龍。” 仲康:即中康,夏啓之子,太康之弟。《史記·夏本紀》:“太康崩,弟中康立,是爲帝中康。” 厥:代詞,其,表示領屬關係。《書·伊訓》:“古有夏先後方懋厥德,罔有天灾。”韓愈《祭柳子厚文》:“遍告諸友,以寄厥子,不鄙謂余,亦托以死。” 少康:夏代中興之主,帝相之子。寒浞使子澆殺相篡位,相后緡方娠,逃歸有仍,生少康。少康長大,逃奔有虞,虞君妻以二女。夏舊臣靡收集夏朝舊部,滅浞而立少康。《楚辭·離騷》:“及少康之未家兮,留有有虞之二姚。”《後唐宗廟樂舞辭·武成舞》:“漢紹世祖,夏資少康。功成德茂,率祀無疆。” 寒浞:上古傳説中的人物,本爲寒國宗族,輔寒國君伯明氏,被廢棄。后羿奪帝相位以代夏,號有窮,任浞爲相,浞殺羿自立。後夏遺臣靡輔帝相子少康滅浞。皮日休《鹿門隱書六十篇并序》:“然後世之君,猶有喜角觝而忘政,受拔拒而過賢者。寒浞竊室,子頑通母,亂甚也!”契嵩《非韓子三十篇》九:“與寒浞輩紊絶夏政幾二百年,少康立,乃稍復夏政,繼禹之道也。”

⑨ 契:人名,傳説中商的祖先,爲帝嚳之子,舜時佐禹治水有功,任爲司徒,封於商,賜姓子氏。《史記·殷本紀》:“殷契,母曰簡狄,有娀氏之女,爲帝嚳次妃。三人行浴。見玄鳥墮其卵,簡狄取吞之,因孕生契。契長而佐禹治水有功,帝舜乃命契曰:‘百姓不親,五品不訓,汝爲司徒而敬敷五教,五教在寬。’封於商,賜姓子氏。契興於唐、

虞、大禹之際,功業著於百姓。"《史記·五帝本紀》:"帝禹爲夏后,而别氏姓,姒氏契爲商姓,子氏,棄爲周姓,姬氏。"　始祖:有世系可考的最初的祖先。《儀禮·喪服》:"諸侯及其大祖,天子及其始祖之所自出。"鄭玄注:"始祖者,感神靈而生,若稷、契也。"《禮記·大傳》:"諸侯及其大祖。"孫希旦集解:"始封之君,謂之大祖,得姓之祖,謂之始祖。"比如元稹所在的元氏家族,其始祖應該就是神元帝力微。湯:商朝的開國之君,又稱成湯、成唐、武湯、武王、天乙等。《書·湯誓》:"伊尹相湯伐桀。"《孟子·梁惠王》:"是故湯事葛。"　太戊:商代國王名,後世稱爲中宗。《史記·殷本紀》:"沃丁崩,弟太庚立,是爲帝太庚。帝太庚崩,子帝小甲立。帝小甲崩,弟雍已立,是爲帝雍已。殷道衰,諸侯或不至。帝雍已崩,弟太戊立,是爲帝太戊。"　武丁:商代國王名,後世稱爲高宗,盤庚弟小乙之子,相傳少時生活在民間,即位後,重用傅説、甘盤爲大臣,力求鞏固統治,在位五十九年。《詩·商頌·玄鳥》:"商之先後,受命不殆,在武丁孫子。"《楚辭·離騷》:"説操築於傅巖兮,武丁用而不疑。"　懿號:讚美之稱。元稹《批宰臣請上尊號第三表》:"强我懿號,不若使我爲有道之君;加我虚尊,不若使我居無過之地。"李商隱《太尉衛公會昌一品集序》:"而懿號未彰,貞魂莫祔。"　不祧:古代帝王的宗廟分家廟和遠祖廟,遠祖廟稱祧。家廟中的神主,除始祖外,凡輩分遠的要依次遷入祧廟中合祭;永不遷移的叫做"不祧"。鄭亞《東都神主議》:"伏以六主神位内有不祧之宗,今用遷廟之儀,猶未合禮。臣等猶未敢署衆狀,蓋爲闕疑。"《宋史·禮志》:"今太祖受命開基,太宗纘承大寶,則百世不祧之廟矣!"

⑩ 后稷:周之先祖,相傳姜嫄踐天帝足迹,懷孕生子,因曾棄而不養,故名之爲"棄"。虞舜命爲農官,教民耕稼,稱爲"后稷"。張説《唐享太廟樂章·光大舞》:"玄王貽緒,后稷謀孫。肇禋九廟,四海來尊。"白居易《八駿圖》:"周從后稷至文武,積德累功世勤苦。豈知纔及四代孫,心輕王業如灰土。"　文王:即周文王。薛據《初去郡齋書

懷》:“肅徒辭汝潁,懷古獨悽然。尚想文王化,猶思巢父賢。”劉叉《莫問卜》:“莫問卜,人生吉凶皆自速。伏羲文王若無死,今人不爲古人哭。” 武王:即周武王。盧仝《揚州送伯齡過江》:“夷齊餓死日,武王稱聖明。節義士枉死,何異鴻毛輕!”胡曾《詠史詩・鉅橋》:“積粟成塵竟不開,誰知拒諫剖賢才! 武王兵起無人敵,遂作商郊一聚灰。”

⑪ 廟:舊時供祀先祖神位的屋舍。《詩・大雅・思齊》:“雝雝在宫,肅肅在廟。”《詩・周頌・清廟序》:“清廟,祀文王也。”鄭玄箋:“廟之言貌也,死者精神不可得而見,但以生時之居立宫室,象貌爲之耳!”謂立廟。《公羊傳・莊公三十二年》:“有子則廟,廟則書葬;無子不廟,不廟則不書葬。”何休注:“廟,則立廟也。” 親親:愛自己的親屬。《詩・小雅・伐木序》:“親親以睦友,友賢不棄,不遺故舊,則民德歸厚矣!”孔穎達疏:“既能内親其親以使和睦,又能外友其賢而不棄,不遺忘久故之恩舊而燕樂之。”《漢書・翼奉傳》:“古者朝廷必有同姓以明親親,必有異姓以明賢賢,此聖王之所以大通天下也。”

⑫ 成:即周成王誦。王績《贈梁公》:“聖莫若周公,忠豈逾霍光?成王已興誚,宣帝如負芒。”李白《寓言三首》一:“周公負斧扆,成王何夔夔! 武王昔不豫,剪爪投河湄。” 康:即周康王釗。李華《質文論》:“至成王季年而後理,唯康王垂拱,囹圄虚空。逮昭王南征不返,因是陵夷,則鬱鬱之盛何爲哉?”于邵《中書門下請聽政第二表》:“故周發誓師,當未葬之日;康王作誥,繼憑几之辰。” 祧廟:遠祖廟。《漢書・王莽傳》:“建郊宫,定祧廟。”韓愈《禘祫議》:“其毁廟之主,皆藏於祧廟。”

⑬ 先公:對天子、諸侯祖先的尊稱。《詩・大雅・卷阿》:“豈弟君子,俾爾彌爾性,似先公酋矣!”孔穎達疏:“成王之所繼嗣者,先王也,而云先公,公是君之别名,故云。”《周禮・春官・司服》:“享先王則衮冕,享先公饗射則驚冕。”賈公彦疏:“周之始祖感神靈而生,文武之功因之,而就特尊之,與先王同。” 祧:祖廟,祠堂。《左傳・襄公

九年》:“君冠,必以祼享之禮行之,以金石之樂節之,以先君之祧處之。”杜預注:“諸侯以始祖之廟爲祧。”遠祖廟。《禮記·祭法》:“遠廟爲祧。”孫希旦集解:“蓋謂高祖之父、高祖之祖之廟也,謂之遠廟者,言其數遠而將遷也。” 祔:祭名,原指古代帝王在宗廟内將後死者神位附于先祖旁而祭祀。《儀禮·既夕禮》:“卒哭,明日以其班祔。”鄭玄注:“班,次也。祔,卒哭之明日祭名。”《左傳·僖公三十三年》:“凡君薨,卒哭而祔。”杜預注:“以新死者之神祔之於祖。”泛指配享、附祭。周煇《清波别志》卷上:“逌淳熙,右丞相周必大作《思陵》挽詩曰:‘向來懷夏禹,今祔越山青。’”

⑭ 刑措:亦作“刑錯”、“刑厝”,刑法。《荀子·議兵》:“傳曰:‘威厲而不試,刑錯而不用。’”《史記·周本紀》:“故成康之際,天下安寧,刑錯四十餘年不用。”裴駰集解引應劭曰:“錯,置也,民不犯法,無所置刑。” 宣王:即周宣王静,公元前八二七年至公元前七八二年在位。柳宗元《奉平淮夷雅表》:“思報國恩,獨惟文章。伏見周宣王,時稱中興,其道彰大,於後罕及。”杜牧《皇風》:“以德化人漢文帝,側身修道周宣王。” 平王:即周平王宜臼,公元前七七〇年至公元前七二〇年在位。《新唐書·陳子昂傳》:“周平王、漢光武都洛而山陵寢廟並在西土者,實以時有不可,故遺小存大,去禍取福也。”周曇《三代門·平王》:“犬戎西集殺幽王,邦土何由不便亡?宜臼東來年更遠,川流難絶信源長。” 親盡之廟:年代久遠而按禮應該遷至夾室的神主。秦蕙田《五禮通考·宗廟制度》:“祖功宗德,百世不易。親盡之廟因親而祧,祧舊主于太祖之夾室,祔新主于南廟之中室。”夏言《南宫奏稿》:“自僖祖至於宣祖,親盡之廟當祧。自太宗至於哲宗,昭穆之數已備。是宜奉藝祖爲第一室,永居東南位。太祖仁宗南面爲昭,真宗英宗北向爲穆。”

⑮ 滅學:消滅學術,指秦始皇的焚書坑儒。蔡邕《宗廟迭毁議》:“左中郎將臣邕議,以爲漢承秦滅學之後,宗廟之制不用周禮。”《隋

書·經籍志》:“遭秦滅學,至漢,唯濟南伏生口傳二十八篇。” 大義:正道,大道理。《易·家人》:“《彖》曰:女正位乎内,男正位乎外。男女正,天地之大義也。”《舊唐書·李晟傳》:“晟亦同勞苦,每以大義奮激士心,卒無叛離者。” 匡衡:漢代丞相。《史記·匡衡列傳》:“丞相匡衡者,東海人也,好讀書,從博士受詩。家貧,衡傭作以給食飲,才下,數射策不中,至九,乃中丙科。其經以不中科,故明習。補平原文學卒史,數年,郡不尊敬。御史徵之,以補百石屬薦爲郎,而補博士,拜爲太子少傅,而事孝元帝。孝元好詩,而遷爲光禄勛,居殿中爲師,授教左右,而縣官坐其傍聽,甚善之,日以尊貴。御史大夫鄭弘坐事免,而匡君爲御史大夫。歲餘,韋丞相死,匡君代爲丞相,封樂安侯。以十年之間,不出長安城門而至丞相,豈非遇時而命也哉!” 貢禹:漢代御史大夫。據《漢書·貢禹傳》載:“貢禹,字少翁,琅邪人也。以明經絜行著聞,徵爲博士……遷禹爲光禄大夫……會御史大夫陳萬年卒,禹代爲御史大夫,列於三公……數月卒。”《續後漢書·禮樂》:“初,漢諸帝廟皆祠不毁,元帝用貢禹、韋玄成、匡衡等迭毁之議,盡罷祖宗廟在郡國者,京師惟存高廟以下四親廟,其親盡者,自孝惠廟皆毁之。” 高帝:即漢高祖劉邦,公元前二〇六年至公元前一八八年在位。儲光羲《貽袁三拾遺謫作》:“高帝黜儒生,文皇謫才子。”劉叉《冰柱》:“又疑漢高帝,西方未斬蛇。” 孝文:即漢文帝劉桓,公元前一七九年至公元前一五七年在位。李白《巴陵贈賈舍人》:“賈生西望憶京華,湘浦南遷莫怨嗟!聖主恩深漢文帝,憐君不遣到長沙。”顧况《戴氏廣異記序》:“故漢文帝召賈誼問鬼神之事,夜半前席。” 孝武:即漢武帝,公元前一四〇年至公元前八七年在位。劉希夷《公子行》:“傾國傾城漢武帝,爲雲爲雨楚襄王。”崔國輔《七夕》:“遥思漢武帝,青鳥幾時過?” 孝宣:即漢宣帝劉詢,公元前七三年至公元前四九年在位。皮日休《誚虚器》:“吾道尚如此,戎心安足云!如何漢宣帝,却得呼韓臣?”豆盧回《登樂遊原懷古》:“緬維漢宣帝,初謂皇曾孫。雖在繈褓中，亦遭巫蠱冤。”　惠：即漢惠帝劉盈，公元前一九四年至公元前一八八年在位。石介《貴謀》：“高祖能用三傑之謀，是以有漢；惠帝能用子房之謀，是以定位……”司馬光《上皇帝疏》：“臣愚以爲昔漢惠帝無子而得文帝，仁儉謙恭，百姓富饒，幾致刑措。”　景：即漢景帝劉啓，公元前一五六年至公元前一四一年在位。曹植《漢景帝贊》：“景帝明德，繼文之則。肅清王室，克滅七國。”劉禹錫《子劉子自傳》：“子劉子名禹錫，字夢得，其先漢景帝賈夫人子勝封中山王，謚曰靖，子孫因封爲中山人也。”

⑯ 漢祚：指漢朝的皇位和國統。班固《東都賦》：“往者王莽作逆，漢祚中缺。”陸機《漢高祖功臣頌》：“文武四充，漢祚克廣。”　不永：謂壽命不長久。韋賢《諷諫》：“迺及夷王，克奉厥緒。咨命不永，惟王統祀。”殷璠《河岳英靈集・劉眘虛》：“惜其不永，天碎國寶。”　昭：即漢昭帝劉弗陵，公元前八六年至公元前七四年在位。李德裕《漢昭論》：“人君之德，莫大於至明。明以照奸，則百邪不能蔽矣！漢昭帝是也。”王棨《耕弄田賦》：“漢昭帝之御乾時，猶眇年，能首率乎農務。”　成：即漢成帝劉驁，公元前三二年至公元前七年在位。賈至《贈薛瑤英》：“舞怯銖衣重，笑疑桃臉開。方知漢成帝，虛築避風臺。”白居易《孔戣可散騎常侍制》：“昔齊桓公心體懈怠，則隰朋侍；漢成帝親重儒術，則劉向從。”　向若：假如。皇甫曾《遇風雨作》：“向若家居時，安枕春夢熟。”趙璘《因話録》卷六：“嗟夫！向若楊君不遇……安得秉鈞入輔爲帝股肱？”　有若：如同，好像。《東觀漢記・和熹鄧皇后傳》：“〔后〕嘗夢捫天體，蕩蕩正青滑，有若鍾乳。”《周書・庾信傳》：“周旋款至，有若布衣之交，群公碑誌多相請託！”　祖禰：祖廟與父廟。《周禮・甸祝》：“舍奠于祖禰，乃斂禽，禂牲，禂馬，皆掌其祝號。”《史記・孝武本紀》：“鼎宜見於祖禰，藏於帝庭，以合明應。”　不經：謂不見於經典，没有根據。《漢書・司馬遷傳贊》：“唐虞以前雖有遺文，其語不經，故言黄帝、顓頊之事未可明也。”顔師古注：“非經典所

説。"《魏書·禮志》:"尚書以禮式不經,請訪議事,奉敕付臣,令加考决。"

⑰ 聖朝:封建時代尊稱本朝。李密《陳情事表》:"逮奉聖期,沐浴清化。"岑參《寄左省杜拾遺》:"聖朝無闕事,自覺諫書稀。" 景皇帝:即李虎。《舊唐書·高祖紀》:"皇祖諱虎……武德初,追尊景皇帝,廟號太祖,陵曰永康。" 神堯大聖大光孝皇帝:即唐高祖李淵。《舊唐書·高祖紀》:"高祖神堯大聖大光孝皇帝姓李氏,諱淵……(武德)九年五月庚子……是日,崩於太安宫之垂拱前殿,年七十,群臣上謚曰大武皇帝,廟號高祖。十月庚寅,葬於獻陵。高宗上元元年八月,改上尊號曰神堯皇帝。天寶十三年二月,上尊號神堯大聖大光孝皇帝。"《歷代建元考·唐(李氏)》:"高祖神堯大聖大光孝皇帝淵,隴西成紀人。" 文武大聖大廣孝皇帝:即唐太宗李世民。《舊唐書·太宗紀》:"太宗文武大聖大廣孝皇帝,諱世民,高祖第二子也……(貞觀二十三年)八月丙子,百寮上謚曰文皇帝,廟號太宗。庚寅,葬昭陵。上元元年八月,改上尊號曰文武聖皇帝。天寶十三載二月,改上尊號爲文武大聖大廣孝皇帝。"《舊唐書·中宗紀》:"(神龍元年八月)乙亥,上親祔太祖景皇帝、獻祖光皇帝、世祖元皇帝、高祖神堯皇帝、皇祖太宗文武皇帝、皇考高宗天皇大帝、皇兄義宗孝敬皇帝神主於太廟。" 積厚:即"積厚流光",謂功業深厚,則流傳給後人的恩德廣遠,光,通"廣"。語本《荀子·禮論》:"故有天下者事七世,有一國者事五世,有五乘之地者事三世,有三乘之地者事二世,持手而食者不得立宗廟,所以别積厚者流澤廣,積薄者流澤狹也。"亦省作"積厚"。司馬光《奉和御製龍圖等閣觀三聖御書》:"積厚丕丕葉,重光郁郁文。"

⑱ 有德:有德行,謂道德品行高尚,能身體力行。《周禮·春官·大司樂》:"凡有道者有德者,使教焉!"鄭玄注:"德,能躬行者。"《論語·憲問》:"子曰:'有德者必有言,有言者不必有德。'" 有功:有功勞,有功績。范曄《宦者傳論》:"〔宦人〕其能者則勃貂管蘇,有功

於楚晉。"韓愈《論淮西事宜狀》:"士卒本將,一朝相失,心孤意怯,難以有功。" 別廟:太廟之外另立的廟。《南史·殷淑儀傳》:"又諷有司奏曰:'據《春秋》,仲子非魯惠公元嫡,尚得考別宫。今貴妃蓋天秩之崇班,理應創新。'乃立別廟於都下。"《新唐書·禮樂志》:"其追贈皇后、追尊皇太后、贈皇太子,往往皆立別廟。"

⑲ 褒貶:讚揚或貶低。董仲舒《春秋繁露·威德所生》:"《春秋》采善不遺小,掇惡不遺大,諱而不隱,罪而不忽,□□以是非,正理以褒貶。"杜預《春秋經傳集解序》:"《春秋》雖以一字爲褒貶,然皆須數句以成言。" 祧遷:把隔了幾代的祖宗的神主遷入遠祖之廟。顏真卿《論元皇帝祧遷狀》:"代祖元皇帝地非開統,親在七廟之外,代宗皇帝升祔,有曰:元皇帝神主禮合祧遷。"周密《齊東野語·宗子請給》:"王介甫爲相,裁減宗室恩數,宗子相率訴馬前。公諭子曰:'祖宗親盡,亦須祧遷,何况賢輩!'" 議:評論。《左傳·襄公三十一年》:"鄭人游於鄉校,以論執政……子産曰:'何爲?夫人朝夕退而遊焉!以議執政之善否,其所善者,吾則行之,其所惡者,吾則改之。是吾師也,若之何毁之?'"韓愈《辛卯年雪》:"生平未曾見,何暇議是非!" 可傳:可以傳後,可以傳授。《禮記·檀弓》:"夫禮,爲可傳也,爲可繼也,故哭踴有節。"《莊子·大宗師》:"夫道,有情有信,無爲無形;可傳而不可受,可得而不可見。" 無據:没有依據或證據。顏師古《明堂議》:"大戴所説,初有近郊之言,爲稱文王之廟,進退無據,自爲矛盾。"王涯《太華山仙掌辯》:"予嘗覽張平子之賦西京,至'巨靈高掌,厥迹猶存'之辭,常以是惑……暨覩其形而咨之,果謬悠而無據也。" 情禮:感情與禮儀。袁宏《三國名臣序贊》:"君親自然,匪由名教,敬授既同,情禮兼到。"元稹《姚文壽右監門衛將軍知内侍省事誥》:"朕方藉良能,奪其情禮,起自哀疚,命爲監臨。" 乖:背離,違背。《易·序卦》:"家道窮必乖,故受之以睽。睽者,乖也。"郭璞《皇孫生請布澤疏》:"故水至清則無魚,政至察則衆乖,此自然之勢也。"

⑳ 考古:考核研究古代事物。酈道元《水經注・滱水》:"望都縣在南,今此城南對盧奴故城,自外無城以應之,考古知今,事義全違。"玄奘《大唐西域記・婆羅痆斯國》:"閱圖考古,更求仙術。" 曷若:何如,用反問的語氣表示不如。《後漢書・班固傳》:"太液昆明,鳥獸之囿,曷若辟雍海流,道德之富?"柳宗元《劉叟傳》:"是故事至而後求,曷若未至而先備!" 削:删除,指删改文字。《左傳・襄公二十七年》:"削而投之。"孔穎達疏:"子罕削其字而又投之於地也。"《漢書・禮樂志》:"有司請定法,削則削,筆則筆,救時務也。"顔師古注:"削者,謂有所删去,以刀削簡牘也。" 徵:求取,索取,徵取。《吕氏春秋・達鬱》:"管仲觴桓公,日暮矣! 桓公樂之而徵燭。"高誘注:"徵,求也。"韓偓《欲明》:"岳僧互乞新詩去,酒保頻徵舊債來。" 從:聽從,順從。《莊子・大宗師》:"父母於子,東西南北,唯命之從。"韓愈《上賈滑州書》:"與之進,敢不勉;與之退,敢不從。" 常規:通常的規則,一般的規則。白居易《新樂府・百鍊鏡》:"百鍊鏡,鎔範非常規,日辰處所靈且祇。江心波上舟中鑄,五月五日日午時。"范攄《雲溪友議》卷二:"其所試賦,則準常規;詩則依齊梁體格。" 定制:確定的制度、規則。《後漢書・應劭傳》:"殺人者死,傷人者刑,此百王之定制,有法之成科。"張説《開元正曆握乾符頌》:"緣情定制,五禮之本也;洞音度曲,六樂之宗也。"

㉑ 惑惑:迷惑。《吕氏春秋・離謂》:"故惑惑之中有曉焉! 冥冥之中有昭焉!"劉向《説苑・敬慎》:"人皆趨彼,我獨守此;衆人惑惑,我獨不從。" 一王:一代王朝。《史記・太史公自序》:"孔子之時,上無明君,下不得任用,故作《春秋》,垂空文以斷禮義,當一王之法。"柳宗元《王侍郎母劉氏志文》:"修經術以求聖人之道,通古今以推一王之典。" 盛典:重大的典章制度。《後漢書・陳夫人》:"隆漢盛典,尊崇母氏,凡在外戚,莫不加寵!"秦觀《官制》:"循名可知其器,而緣實亦得其文,可謂帝王之盛典矣!" 謹:恭敬。《論語・鄉黨》:"其在宗

廟朝廷，便便言，唯謹爾。”何晏集解引鄭玄曰：“便便，辯也，雖辯而謹敬。”陸機《謝平原内史表》：“畏逼天威，即罪惟謹，鉗口結舌，不敢上訴所天。”

[編年]

《年譜》據本文以及《舊唐書·禮儀志》，編年本文於元和元年七月。《編年箋注》編年：“元稹此文撰於元和元年(八〇六)七月。”《年譜新編》所據理由同《年譜》、《編年箋注》，編年結論也是“元和元年七月”，都没有進一步明確具體日期。

我們以爲，《年譜》、《編年箋注》、《年譜新編》的編年意見大致不錯，但失於籠統。《舊唐書·禮儀志》：“元和元年七月，順宗神主祧，有司疑於遷毁。太常博士王涇建議曰……是月二十四日，禮儀使杜黄裳奏曰……於是祧中宗神主於西夾室，祔順宗神主焉！有司先是以山陵將畢，議遷廟之禮。有司以中宗爲中興之君，當百代不遷之位。宰臣召史官蔣武問之，武對曰……”《册府元龜》卷五九一：“蔣武爲司勛員外郎，順宗山陵將畢，議遷廟之禮。有司以中宗爲中興之君，當百代不遷。宰相召武問之，武對曰……有司不能答，宰相奏下公卿重議。翌日兵部侍郎李巽等集議，並與武同，由是竟遷中宗神主。於是禮儀使奏……”《舊唐書·憲宗紀》：“(元和元年)秋七月壬辰朔，壬寅葬順宗于豐陵。”據干支推算，“壬寅”應該是七月十一日，也正應該是“山陵將畢”之時，因而“有司疑於遷毁”，“太常博士王涇”發表意見，“史官蔣武”答宰相之問，“兵部侍郎李巽等集議”，都應該發生在七月十一日之後，而“是月二十四日，禮儀使杜黄裳”的“奏曰”，則是這場争論的總結性發言，也是這場争論結束的時日。元稹時任左拾遺，正在長安，自然與王涇、蔣武、李巽等一起參加了這場争論。據此，本文應該撰作於元和元年七月十一日之後，同月二十四日之前。

◎ 酬樂天(時樂天攝尉,予爲拾遺)[①]

放鶴在深水,置魚在高枝[②]。升沈或異勢,同謂非所宜[③]。君爲邑中吏,皎皎鸞鳳姿[④]。顧我何爲者,翻侍白玉墀[⑤]?昔作芸香侶,三載不暫離[⑥]。逮茲忽相失,旦夕夢魂思(一)[⑦]。崔巍驪山頂(二),宫樹遥參差[⑧]。衹得兩相望,不得長相隨[⑨]。多君歲寒意,裁作秋興詩[⑩]。上有風塵苦(三),下言時節移[⑪]。官家事拘束,安得携手期[⑫]?願爲雲與雨,會合天之垂[⑬]。

録自《元氏長慶集》卷五

[校記]

(一)旦夕夢魂思:《全詩》、《全唐詩録》同,楊本、叢刊本、《古詩鏡·唐詩鏡》作"旦夕夢夢思",語義不佳,不改。

(二)崔巍驪山頂:叢刊本、《古詩鏡·唐詩鏡》、《全唐詩録》同,楊本、《全詩》作"崔嵬驪山頂",語義相類,不改。

(三)上有風塵苦:楊本、叢刊本、《古詩鏡·唐詩鏡》、《全唐詩録》同,《全詩》作"上言風塵苦",語義與下句有重復之嫌,不改。

[箋注]

① 酬樂天:白居易原唱是《權攝昭應早秋書事寄元拾遺兼呈李司録》:"夏閏秋候早,七月風騷騷。渭川烟景晚,驪山宫殿高。丹殿子司諫,赤縣我徒勞。相去半日程,不得同遊遨。到官來十日,覽鏡生二毛。可憐趨走吏,塵土滿青袍。郵傳擁兩驛,簿書堆六曹。爲問

綱紀掾,何必使鉛刀?"　攝:兼職。《論語·八佾》:"管氏有三歸,官事不攝,焉得儉?"朱熹集注:"攝,兼也。"《新唐書·杜如晦傳》:"俄檢校侍中,攝吏部尚書。"白居易原唱詩題"權攝",白居易元和元年四月及第之後,被任命爲盩厔縣尉,七月,又"權攝"昭應縣尉。盩厔與昭應,都是京兆府所領二十三縣中的一個。《舊唐書·地理志》:"(京兆府)昭應,隋新豐縣,治古新豐城北。垂拱二年改爲慶山縣,神龍元年復爲新豐,天寶二年分新豐、萬年置會昌縣,七載省新豐縣改會昌爲昭應,治温泉宫之西北……盩厔,隋縣,武德三年屬稷州,貞觀三年還雍州,天授二年屬稷州,大足元年還雍州,天寶元年改爲宜壽縣,至德三年三月十八日復爲盩厔。"　盩厔:縣名,長安屬縣之一。耿湋《盩厔客舍》:"寂寥荒壘下,客舍雨微微。門見苔生滿,心慚吏到稀。"戴叔倫《酬盩厔耿少府湋見寄》:"方丈蕭蕭落葉中,暮天深巷起悲風。流年不盡人自老,外事無端心已空。"　昭應:縣名,長安屬縣之一。韋應物《園林晏起寄昭應韓明府盧主簿》:"田家已耕作,井屋起晨烟。園林鳴好鳥,閑居猶獨眠。"顧况《宿昭應》:"武帝祈靈太乙壇,新豐樹色繞千官。那知今夜長生殿,獨閉山門月影寒。"

② "放鶴在深水"兩句:意謂把鶴放到深水之中,又把魚兒置放于高高的樹枝之上,意謂朝廷對自己對白居易的安置失宜,與下面兩句都是詩人安慰朋友白居易的謙虚之詞。　深水:水深之江河、湖泊。白居易《歸田三首》三:"爲魚有深水,爲鳥有高木。何必守一方,窘然自牽束?"雍裕之《了語》:"掃却烟塵寇初剿,深水高林放魚鳥。雞人唱絶殘漏曉,仙樂拍終天悄悄。"　高枝:原指高樹枝。曹植《公宴》:"潛魚躍清波,好鳥鳴高枝。"陶潛《飲酒二十首》八:"青松在東園,衆草没其姿。凝霜殄異類,卓然見高枝。"

③ 升沉:升降,舊時謂仕途得失進退。李白《送友人入蜀》:"升沉應已定,不必問君平。"升降,謂際遇的幸與不幸。元稹《寄樂天》:"榮辱升沉影與身,世情誰是舊雷陳?"　異勢:形勢或態勢不同。《商

君書·開塞》:"周不法商,夏不法虞,三代異勢,而皆可以王。"劉禹錫《送湘陽熊判官孺登府罷歸鍾陵因寄呈江西裴中丞二十三兄》:"風水忽異勢,江湖遂相忘。因君倘借問,爲話老滄浪。"

④ 皎皎:潔白貌,清白貌,明亮貌。《古詩十九首·迢迢牽牛星》:"迢迢牽牛星,皎皎河漢女。"李華《海上生明月》:"皎皎秋中月,團團海上生。影開金鏡滿,輪抱玉壺清。" 鸞鳳:原指鸞鳥與鳳凰,這裏比喻賢俊之士。《楚辭·賈誼〈惜誓〉》:"獨不見夫鸞鳳之高翔兮,乃集大皇之壄。"王逸注:"以言賢者亦宜處山澤之中,周流觀望,見高明之君,乃當仕也。"韓愈《重雲李觀疾贈之》:"勸君善飲食,鸞鳳本高翔。"

⑤ 翻:副詞,反而。庾信《卧疾窮愁》:"有菊翻無酒,無弦則有琴。"江總《并州羊腸坂》:"本畏車輪折,翻嗟馬骨傷。" 白玉墀:宫殿前的玉石臺階,亦借指朝堂。白居易《和答詩十首·和陽城驛》:"願以君子文,告彼大樂師。附於雅歌末,奏之白玉墀。"馬戴《廣陵曲》:"葱蘢桂樹枝,高繫黄金羈。葉隱青蛾翠,花飄白玉墀。"

⑥ "昔作芸香侣"兩句:元稹與白居易等人自貞元十九年吏部乙科及第授職校書郎,至元和元年年初自罷校書郎,居華陽觀,閉門揣摩時事,共成《策林》七十五篇止,前後正是"三載"。 芸香:香草名,多年生草本植物,其下部爲木質,故又稱芸香樹,葉互生,羽狀深裂或全裂,夏季開黄花,花葉香氣濃郁,可入藥,有驅蟲、驅風、通經的作用,常常作護書驅蠹蟲之用。《初學記》卷一二《秘書監》:"魚豢《典略》曰:'芸臺香辟紙魚蠹,故藏書臺稱芸臺。'"楊巨源《酬令狐員外直夜書懷見寄》:"芸香能護字,鉛槧善呈書。"白居易《西明寺牡丹花時憶元九》:"前年題名處,今日看花來。一作芸香吏,三見牡丹開。" 侣:同伴,伴侣。王褒《四子講德論》:"於是相與結侣,攜手俱遊。"韓愈《利劍》:"故人念我寡徒侣,持用贈我比知音。"載:年,歲。蔡邕《獨斷》:"唐虞曰載。載,歲也。言一歲莫不覆載,故曰載也。"杜甫《北征》:"皇帝二載秋,閏八月初吉。" 離:離開,分開。《史記·太史公

自序》:"神大用則竭,形大勞則敝,形神離則死。"錢起《鑾駕避狄歲寄别韓雲卿》:"關山慘無色,親愛忽驚離。"

⑦ 旦夕:這裏是指日夜,每天。劉向《列女傳・鄒孟軻母》:"孟子懼,旦夕勤學不息。"劉禹錫《罷郡歸洛陽閑居》:"十年江海守,旦夕有歸心。及此西還日,空成東武吟。" 夢魂:古人以爲人的靈魂在睡夢中會離開肉體,故稱"夢魂"。劉希夷《巫山懷古》:"頹想卧瑤席,夢魂何翩翩?"晏幾道《鷓鴣天》:"春悄悄。夜迢迢。碧雲天共楚宫遥。夢魂慣得無拘檢,又踏楊花過謝橋。"

⑧ 崔巍:高峻,高大雄偉。《楚辭・東方朔〈七諫・初放〉》:"高山崔巍兮,水流湯湯。"王逸注:"崔巍,高貌。"楊炯《青苔賦》:"靈山偃蹇,巨壁崔巍。" 驪山:在陝西省臨潼縣東南,因古驪戎居此得名,《漢書・劉向傳》:"秦始皇葬于驪山之阿,下錮三泉,上崇山墳,其高五十餘丈,周回五里有餘。"張説《應制奉和》:"漢家行樹直新豐,秦地驪山抱温谷。"唐玄宗曾在驪山建華清宫,李吉甫《元和郡縣誌・京兆府》:"華清宫在驪山上,開元十一年初置温泉宫,天寶六年改爲華清宫,又造長生殿及集靈臺以祀神。"竇鞏《過驪山》:"翠輦紅旌去不回,蒼蒼宫樹鎖青苔。有人説得當時事,曾見長生玉殿開。" 宫樹:這裏是指華清宫内外的樹木。皇甫曾《晚至華陰》:"臘盡促歸心,行人及華陰……温泉看漸近,宫樹晚沉沉。"王建《初到昭應呈同僚》:"白髮初爲吏,有慚年少郎……秋雨縣墻緑,暮山宫樹黄。" 參差:不齊貌。《詩・周南・關雎》:"參差荇菜,左右流之。"孟郊《旅行》:"野梅參差發,旅榜逍遥歸。"

⑨ 相望:相向,可望而不可及。銀雀山漢墓竹簡《孫臏兵法・威王問》:"兩軍相當,兩將相望,皆堅而固,莫敢先舉,爲之奈何?"劉禹錫《秋晚新晴夜月如練有懷樂天》:"雨歇晚霞明,風調夜景清……相望一步地,脈脈萬重情。" 相隨:謂互相依存。《老子》:"高下相傾,音聲相和,前後之相隨。"伴隨,跟隨。元稹《寄浙西李大夫四首》二:"浴殿曉聞天語後,步廊騎馬笑相隨。"

⑩ 多君：稱讚您，贊許您，重視您。李白《博平鄭太守自廬山千里相尋入江夏北市門見訪却之武陵立馬贈别》："好士不盡心，何能保其身？多君重然諾，意氣遙相托。"獨孤及《送游員外赴淮西》："多君有奇略，投筆佐元戎。" 歲寒：一年的嚴寒時節。元稹《種竹》："瘴江冬草緑，何人驚歲寒？"黄滔《秋色賦》："松柏風高兮歲寒出，梧桐蟬急兮烟翠死。"也喻困境，亂世。陶潛《讀史述九章・管鮑》："知人未易，相知實難，談美初交，利乖歲寒。"又喻忠貞不屈的節操（或品行）。《資治通鑑・陳宣帝太建十二年》："梁主奕葉委誠朝廷，當相與共保歲寒。"白居易《贈元稹》："豈無山上苗，徑寸無歲寒。" 秋興：秋日的情懷和興會。孟浩然《奉先張明府休沐還鄉海亭宴集》："何以發秋興？陰蟲鳴夜階。"胡曾《詠史詩・西園》："高情公子多秋興，更領詩人入醉鄉。"指本有某種感慨，於秋日而發。潘岳《秋興賦序》："僕野人也，偃息不過茅屋茂林之下，談話不過農夫田父之客，攝官承乏，猥厠朝列，匪遑底寧，譬猶池魚籠鳥有江湖山藪之思。於是染翰操紙，慨然而賦。于時秋也，以秋興命篇。"元稹《和樂天秋題曲江》："今來雲雨曠，舊賞魂夢知。况乃江楓夕，和君秋興詩。"

⑪ 風塵：塵世，紛擾的現實生活境界。皇甫冉《送朱逸人》："雖在風塵裏，陶潛身自閑。"宦途，官場。沈遘《五言送劉泌歸建州》："東都宦遊客，風塵厭已久。"塵事，平庸的世俗之事。戴叔倫《贈殷亮》："山中舊宅無人住，來往風塵共白頭。"也謂行旅辛苦勞頓。方干《送喻坦之下第還江東》："風塵辭帝里，舟檝到家林。"本詩兼有上述各個義項。

⑫ 官家：公家，官府。白居易《秋居書懷》："丈室可容身，斗儲可充腹。况無治道術，坐受官家禄。"王安石《河北民》："家家養子學耕織，輸與官家事夷狄。" 拘束：限制，約束。韋應物《始除尚書郎别善福精舍》："除書忽到門，冠帶便拘束。愧忝郎署迹，謬蒙君子録。"杜荀鶴《題汪明府山居》："不似當官秖似閑，野情終日不離山。方知薄宦難拘束，多與高人作往還。" 携手：指聚首，聚會。陳子昂《感遇三

十八首》三二:"蜀山與楚水,携手在何時?"黄陵美人《寄紫蓋陽居士》:"落葉栖鴉掩廟扉,菟絲金縷舊羅衣。渡頭明月好携手,獨自待郎郎不歸。"

⑬ 會合:聚集,聚合。曹植《七哀》:"君若清路塵,妾若濁水泥。浮沈各異勢,會合何時諧?"見面,相逢。韓愈《此日足可惜贈張籍》:"蕭條千萬里,會合安可逢?"蘇舜欽《潁川留别王公輔》:"解携春波上,會合知何秋?"

[編年]

《年譜》編年本詩於元和元年"在七月後,九月前",理由是:"居易原唱爲:《權攝昭應早秋書事寄元拾遺兼呈李司録》。白詩云:'夏閏秋候早,七月風騷騷。'元和元年閏六月。元詩自注:'時樂天攝尉,予爲拾遺。'元和元年九月,元已貶河南縣尉。酬和白詩,在七月後,九月前。"《編年箋注》編年:"卞《譜》考訂元稹酬和白居易詩在元和九年七月後,九月前。"順便指出,《編年箋注》所云"元和九年"應該是"元和元年"的筆誤。《年譜新編》照搬《年譜》之言,僅僅改動無關緊要的兩個字與一個標點,就堂而皇之成爲自己的編年理由與結論:"白居易原唱爲《權攝昭應早秋書事寄元拾遺兼呈李司録》。白詩云:'夏閏秋候早,七月風騷騷。'元和元年閏六月。元詩題下注:'時樂天攝尉,予爲拾遺。'元和元年九月,元已貶河南縣尉,其酬和白詩在七月後,九月前。"這種手法在其他地方屢見不鮮,這裏僅僅是一個例子而已。

首先,元稹詩云"昔作芸香侣,三載不暫離。逮兹忽相失,旦夕夢魂思",元稹白居易貞元十九年吏部乙科及第,授職校書郎,下推"三載",應該是"元和元年",這是判斷本詩作於元和元年的主證;而白居易詩云"夏閏秋候早",以及元和元年確實閏六月的史實,也可作爲判斷本詩作於元和元年的輔證。而《年譜》、《編年箋注》以及《年譜新編》關於下限的判斷是有問題的,元稹《酬翰林白學士代書一百韵》詩

注:“予元和元年任拾遺,八千(月)三日延英對,九月十三貶授河南尉。”所以即使按照《年譜》的邏輯推理,其下限也衹能到“九月十三日”,不是完整的“九月”。另外,根據白居易的原唱,白居易“權攝昭應”在“七月”,詩曰“七月風騷騷”就是最清楚不過的證據,詩篇又有“到官來十日”之言,因此可以肯定白居易原唱作於七月間。而元稹在京城爲拾遺,兩人“相去半日程”,但爲王事所限,兩人“不得同遊遨”。但詩歌酬唱,却還是非常方便的。故白居易的原唱很快就會傳到元稹手中,而元稹自然也會很快酬和,元稹和作應該作於七月之内。

順便説一句,《年譜》、《編年箋注》、《年譜新編》“在七月後,九月前”的表述,那真正的含意就是“八月”,而據《年譜》、《編年箋注》、《年譜新編》所示證據,恐怕是“七月至九月”一共三個月的意思,硬是説“八月”恐怕是委屈了三位學者。

■ 酬樂天見贈(一)①

據白居易《贈元稹》

[校記]

(一) 酬樂天見贈:元稹本佚失詩所據白居易《贈元稹》,見《白氏長慶集》、《英華》、《白香山詩集》、《全詩》、《全唐詩録》,基本未見異文。

[箋注]

① 酬樂天見贈:白居易《贈元稹》:“自我從宦遊,七年在長安。所得惟元君,乃知定交難。豈無山上苗,徑寸無歲寒。豈無要津水,咫尺有波瀾。之子異於是,久處誓不諼。無波古井水,有節秋竹竿。

一爲同心友，三及芳歲闌。花下鞍馬遊，雪中杯酒歡。衡門相逢迎，不具帶與冠。春風日高睡，秋月夜深看。不爲同登科，不爲同署官。所合在方寸，心源無異端。”元稹與白居易相識於貞元十九年兩人吏部乙科及第并同拜校書郎之後，從詩中“無波古井水，有節秋竹竿。一爲同心友，三及芳歲闌”可知，白居易詩應該賦成於元和元年秋天，元稹在左拾遺任。面對白居易心誠語懇的讚揚，元稹不會無動於衷，不會没有一言半語酬和。朱金城先生《白居易集箋校》認爲：“元稹有《種竹》詩，即和此篇。”所謂“此篇”即《贈元稹》。元稹《種竹》有“瘴江冬草緑，何人驚歲寒”之句，明顯是其江陵任内之詩，亦即最早是元和五年冬天的詩。問題是：白居易元和元年賦作的《贈元稹》，數年之間元稹白居易兩人都在長安，元稹爲何要等到五年之後才到江陵酬和白居易？顯然，元稹當時應該有詩篇酬和白居易，衹是由於某種原因散失了。而五年之後元稹在江陵賦作的《種竹》，是舊事重提，另行賦作，故詩題也僅以“種竹”爲題，并没有“酬樂天”、“和樂天”字樣。白居易《酬元九對新栽竹有懷見寄》題下注云：“頃有贈元九詩云：‘有節秋竹竿。’故元感之，因重見寄。”“因重見寄”已經清楚説明，元稹《種竹》詩是對白居易《贈元稹》的第二次酬和，故曰“因重見寄”。而白居易《酬元九對新栽竹有懷見寄》是對元稹《種竹》詩的再次酬和，嚴格來説，《種竹》與《酬元九對新栽竹有懷見寄》是元稹白居易另外一次酬和，將它們與《贈元稹》混爲一談是不合適的。白居易的《贈元稹》，元稹應該另有酬和，那就是已經佚失的《酬樂天見贈》。　見贈：贈送。見是用在動詞前面表示被動，相當於被，受到。皎然《酬鄭判官湖上見贈》：“歲歲湖南隱已成，如何星使忽知名？沙鷗慣識無心客，今日逢君不解驚。”貫休《酬周相公見贈》：“三界無家是出家，豈宜拊鳳覩新麻？幸生白髮逢今聖，曾夢青蓮映玉沙。”

[編年]

未見《元稹集》採録,也未見《年譜》、《編年箋注》、《年譜新編》採録與編年。

根據白居易《贈元稹》作於元和元年秋天的事實,元稹已經佚失的酬和詩,亦即本篇也應該賦作於元和元年的秋天。但元稹元和元年九月十三日即出貶爲河南尉,緊接著母親鄭氏因驚嚇而亡,故元稹酬和之篇的下限應該在九月十三日出貶河南尉之前,地點在長安,元稹時任左拾遺之職。

◎ 獻事表(一)①

臣聞理亂之始(二),各有萌象,二者無門,在君上啓之而已②。所謂萌象,豈有他哉? 容直言,廣視聽,躬親庶務(三),委信大臣,使左右近習者不敢蔽疏遠之臣庶:此理之象也。此而不理,萬無一焉③! 大臣不親,直言不進,抵忌諱者殺,犯左右者刑,與一二近習者决事於深宫之中,群臣莫得參籌畫(四):此亂之萌也。此而不亂,亦萬無一焉④!

是以古者人君即位之始,萌象未見之時,必有狂直敢言之士,抵忌諱,獻危言⑤。在上者苟或宥而容之,激而進之,則天下之君子,望風而悦曰:“彼之狂而猶容於上,上之人其欲來天下之士乎! 吾之道可以行矣!”⑥ 其小人擇利而言曰(五):“彼之直可以得幸於上,吾將直言以徼利可也(六)!”⑦ 由是天下之賢不肖(七),各以所忠貢言於上。上下之志,霈然而通,得失之情,幽遠必達⑧。合天下之智,理萬物之心,人人樂得其所,戴其上如赤子之親慈母也,雖欲誘之爲亂,其可得乎?

臣故曰:“容直言,廣視聽而不理者,萬無一焉!”⑨

及夫進計者入而不出,直言者戮而不容,則天下之君子自謀於心曰:“與其言且不用而身爲戮,吾寧危行言遜以保其終乎?”⑩其小人擇利而言曰(八):“君之所惡者,拂心逆耳之言也!吾將苟順是非以事之可也(九)!”⑪由是進見者革而不内(一〇),言事者寢而不聞。若此,則十步之事不得見也!朝廷之情,不得聞也!而況於天下之大、四方之遠乎⑫?故曰:“聾瞽之君,非無耳目也!蓋左右前後者屏蔽之,不使視聽爾!”此而不亂,其可得哉⑬!

昔太宗文皇帝初即位,時天下之人莫有諫者,唯孫伏伽嘗以小事特諫於上(一一)。文皇帝大悦,厚賜田宅以勉之。自是言事者,惟懼乎言不直、諫不極,不能激文皇之盛意,曾不以觸龍鱗、犯忌諱爲不可矣⑭!於是房、杜、王、魏之徒議可否於前,天下四方之人言得失於外,不四三年而天下大理(一二)。豈文皇獨運聰明於上哉?蓋亦群下各盡其言(一三),以宣揚發暢於天下也⑮!

且夫樂全安而惡戮辱,古今之情一也!豈獨貞觀之人輕犯忌諱而好戮辱哉(一四)!蓋文皇激而進之之功也⑯!喜順從而怒謇犯,亦古今之情一也!豈獨文皇甘逆耳而怒從心哉!蓋以順從之利輕,而危亡之禍大,無窮之業重,而奉己之事微,思爲子孫垂不朽,建永安之計也⑰!爲後嗣者,其可順一朝之意(一五),而輕用文皇之天下乎⑱!

累聖傳序,於今垂二百年矣!莫不率由斯道,致俗和平⑲。況陛下以上聖之資(一六),紹復前統⑳。即位之日,天下惟新,罪叔文之徒,而凶邪之黨散㉑;懸惠琳之首,而悖亂之氣消[22];發承光之詐,而假威之孽除[23];反焦陂之田,而蒸庶之情感[24]。其餘滌瑕緩死,薄賦恤人,賜帛耆年,旌閭孝悌,修廢學,建義倉,莫不曲被殊私,覃于有截[25]。斯皆陛下上法堯舜,近法太宗,致理之萌形見者數十,豈臣庸劣一二能明[26]!

然而下臣竊復孜孜咄咄有所未決者(一七),獨以陛下即位已來,既周歲矣[27]!百辟卿士,至于天下四方之人,曾未有獻一計、進一言,受陛下伏伽之賞者[28]。左右前後拾遺補闕,亦未有奏一封、執一諫,受陛下激而進之之勸者[29]。設諫鼓,置匭函,曾未聞雪一冤、決一事,明陛下無幽不察之意者[30]。若臣等,備位諫列,名爲供奉官,曠日彌年不得召見,每就列位,屏氣鞠躬不敢仰視,又安暇議得失、獻可否哉[31]!供奉官尚爾,又況於疏遠之臣庶!雖有特達不群之智,思欲自效,其路何階[32]?遂使凡今之人,以諫鼓、匭函爲虛器,謂拾遺、補闕爲冗員[33]。臣竊思之,以陛下之睿博弘深,勵精求理,豈或入而不出,言而不用哉(一八)!蓋群下因循不能有所發明之罪也[34]!

且臣思之,今之備召承顧問者,獨一二執政而已。每一對揚(一九),不及俄頃問議天下之事。臣竊料之,恭承聖問仰謝寵光之不暇(二〇),又安暇陳理亂、議教化哉[35]!其餘瑣瑣有司,或時一召見,言簿書之出入、計錢穀之登降不暇,又安足置牙齒間[36]?臣竊惟陛下以景命惟新之初,何如貞觀致理之後?當貞觀致理之後,以房、杜、王、魏匡輔之智,而猶上封進計者薦至,獻可替否者日聞[37]。今陛下當致理之初,在四方多虞之日,然而言事進計者終歲無一人,豈非群下因循竊位之罪乎[38]!

若臣稹者,禀性駑鈍,昧然無識。然以當陛下臨御之始,首陛下策賢之科,擢授諫司,恩萬常品(二一),若復默默與在位者處,則臣莫大之罪,亦萬於常品矣(二二)㊴!輒敢冒昧殊死件奏十事於後:一曰教太子以崇邦本,二曰任諸王以固磐石㊵,三曰出宫人以消水旱,四曰嫁諸女以遂人倫㊶,五曰無時召宰相以講庶政,六曰序次對百辟以廣聰明㊷,七曰復正衙奏事以示躬親,八曰許方幅糾彈以懾奸佞㊸,九曰禁非時貢獻以絶誅求,十曰省出入畋遊以防銜橜(二三)㊹。凡此十者,設使言之而是,是而見用(二四),非臣之福也,天下之福也㊺!苟或言之而非,非而見罪,乃臣之分也,亦臣之願也㊻。無任懇悃奮激效節愛時之至,謹詣東上閤門奏表,并事件以聞。臣稹誠惶誠恐,頓首頓首,罪死罪死,謹言(二五)㊼。

録自《元氏長慶集》卷三二

[校記]

(一) 獻事表:楊本、叢刊本、《英華》、《古文淵鑒》、《淵鑑類函》、《全文》同,《增注唐策》作"元稹諫諍疏",《歷代名臣奏議》没有出題,《新唐書·元稹傳》引用本文,但非全篇,篇幅减半,爲避繁複,不再列入本文校勘篇目。《淵鑑類函》、《增注唐策》多處脱漏本文段落,删改本文文句,校勘不勝其繁,故僅僅作爲參考篇目列入。另外,《英華》題下注:"憲宗元和元年"《增注唐策》題下注:"元和中,自以職諫不得數召見,上疏云。"《淵鑑類函》題下注:"稹爲拾遺時,自以職諫諍,不得數召見,乃上疏云。"僅録以備考。

(二) 臣聞理亂之始:楊本、叢刊本、《歷代名臣奏議》、《淵鑑類函》、《古文淵鑒》、《全文》同,《英華》此句上有"臣稹言",《增注唐策》作"理亂之始",各備一説,不改。

(三) 躬親庶務:原本作"躬勤庶務",楊本、叢刊本、《歷代名臣奏議》、《增注唐策》、《古文淵鑒》、《全文》同，據《英華》、《淵鑑類函》改。

（四）群臣莫得參籌畫：楊本、叢刊本、《歷代名臣奏議》、《古文淵鑒》、《全文》同，《英華》、《淵鑑類函》作"群臣莫得參預籌畫"，《增注唐策》作"群臣莫得與"，各備一説，不改。

（五）其小人擇利而言曰：原本作"其小人竦利而言曰"，楊本、叢刊本、《歷代名臣奏議》、《增注唐策》同，《全文》作"其小人竦利而喜曰"，據盧校、《英華》、《古文淵鑒》以及下文改。《淵鑑類函》無此句之上十七句，此句之下四十七句，録以備考。

（六）吾將直言以徼利可也：楊本、叢刊本、《歷代名臣奏議》、《古文淵鑒》、《全文》同，《英華》作"吾將以直言徼利可也"，《增注唐策》此句以及上句作"得幸於上，吾將直言以徼利乎"，録以備考。

（七）由是天下之賢不肖：楊本、叢刊本、《歷代名臣奏議》、《古文淵鑒》、《增注唐策》、《全文》同，《英華》作"由是天下之賢與不肖"，各備一説，不改。

（八）其小人擇利而言曰：楊本、叢刊本、《歷代名臣奏議》、《古文淵鑒》同，《英華》、《全文》作"其小人擇利而喜曰"，《增注唐策》作"其小人則擇利曰"，各備一説，不改。

（九）吾將苟順是非以事之可也：楊本、叢刊本、《歷代名臣奏議》、《古文淵鑒》、《全文》同，《英華》作"吾將苟順是非以幸之可也"，《增注唐策》作"吾將苟順是非以事之"，各備一説，不改。

（一〇）由是進見者，革而不内：楊本、叢刊本、《歷代名臣奏議》、《增注唐策》、《全文》同，《古文淵鑒》作"繇是進見者，格而不内"《英華》作"由是進見之者，隔而不納"，各備一説，不改。

（一一）唯孫伏伽嘗以小事特諫於上：《英華》、《歷代名臣奏議》、《古文淵鑒》、《淵鑑類函》、《全文》同，楊本、叢刊本作"唯孫伏伽嘗以小事持諫於上"，《增注唐策》作"孫伏伽以小事特諫"，各備一説，不改。

（一二）不四三年而天下大理：楊本、叢刊本、《歷代名臣奏議》、《古文淵鑒》、《淵鑑類函》、《全文》同，《英華》作"不三四年而天下大理"，各備一説，不改。

（一三）蓋亦群下各盡其言：楊本、叢刊本、《歷代名臣奏議》、《古文淵鑒》、《全文》同，《英華》、《淵鑑類函》作"蓋亦群下各盡其忠言"，《增注唐策》作"盖下盡其言"，各備一説，不改。

（一四）輕犯忌諱而好戮辱哉：楊本、叢刊本、《歷代名臣奏議》、《古文淵鑒》、《增注唐策》、《全文》同，《英華》、《淵鑑類函》作"輕犯忌諱而不惡戮辱哉"，各備一説，不改。

（一五）其可順一朝之意：楊本、叢刊本、《歷代名臣奏議》、《古文淵鑒》、《增注唐策》、《全文》同，《英華》作"豈可順一朝之意"，各備一説，不改。

（一六）况陛下以上聖之資：叢刊本、《英華》、《古文淵鑒》、《全文》同，楊本、《歷代名臣奏議》作"况陛下以上聖之姿"，各備一説，不改。

（一七）然而下臣竊復孜孜咄咄有所未决者：楊本、叢刊本、《古文淵鑒》、《全文》同，《英華》作"然而臣竊復孜孜蚩蚩有所未决者"，《歷代名臣奏議》作"然而下臣竊復孜孜咄咄有所未快者"，各備一説，不改。

（一八）豈或入而不出，言而不用哉：楊本、叢刊本、《歷代名臣奏議》、《古文淵鑒》、《全文》同，《英華》作"豈或入而不言，出而不用哉"，各備一説，不改。

（一九）每一對揚：原本作"每一對敭"，語義不通，據楊本、叢刊本、《英華》、《歷代名臣奏議》、《古文淵鑒》、《全文》改。

（二〇）恭承聖問仰謝寵光之不暇：原本作"恭承聖問仰謝寵光之暇"，楊本、叢刊本同，語義難通，據《英華》、《歷代名臣奏議》、《古文淵鑒》、《全文》改。

(二一) 恩萬常品:楊本、叢刊本、《歷代名臣奏議》、《古文淵鑒》同,《英華》作"恩萬恒品",《全文》作"恩邁常品",各備一説,不改。

(二二) 亦萬於常品矣:楊本、叢刊本、《歷代名臣奏議》、《古文淵鑒》同,《英華》作"亦萬於恒品矣",《全文》作"亦邁於常品矣",各備一説,不改。

(二三) 十曰省出入畋遊以防銜橜:原本作"十曰省出入畋遊以防銜蹶",楊本、叢刊本、《英華》、《全文》同,據《歷代名臣奏議》、《古文淵鑒》改。

(二四) 是而見用:楊本、叢刊本、《歷代名臣奏議》、《古文淵鑒》、《全文》同,《英華》作"是而見納",各備一説,不改。

(二五) 無任懇悃奮激效節愛時之至,謹詣東上閤門奏表,并事件以聞。臣積誠惶誠恐,頓首頓首,罪死罪死,謹言:原本無,楊本、叢刊本、《古文淵鑒》同,據《英華》、《全文》補。

[箋注]

① 獻事表:萬松齡《殿試第二問》:"自古名臣之進説於君者,其大指所在,要惟欲其君涵養德性以爲出治之本,詳平政體以爲致治之方而已……其以十事入告者,唐宋諸臣多有之如姚崇所論,在先仁恕:元微之所論,在廣聰明;范仲淹所論,始於明黜陟,終於重命令:程明道所論,始於朝廷,終於鄉里。因時擇術,言各有所當,非苟而已也。"愛新覺羅·玄燁《御製文第三集》:"元稹《獻事表》:機理淹暢,不事雕繢,唐文之又一格也。" 獻事:猶"獻策",猶獻計。《三國志·傅嘏傳》:"時論者議欲自伐吴,三征獻策各不同。"李端《送郭良輔下第東歸》:"獻策不得意,馳車東出秦。"猶"獻謀",獻策。《國語·吴語》:"吴王夫差起師伐越,越王勾踐起師逆之,大夫種乃獻謀。"司空圖《寄考功王員外》:"更勉匡君志,論思在獻謀。" 表:奏章的一種,多用於陳請謝賀,也用於表述自己的建議。《釋名·釋書契》:"下言上曰表,

思之於内表施於外也。"蔡邕《獨斷》卷上:"凡群臣上書於天子者有四名,一曰章,二曰奏,三曰表,四曰駁議……表者不需頭,上言'臣某言',下言'臣某誠惶誠恐,頓首頓首,死罪死罪',左方下附曰'某官臣甲上'。文多用編兩行,文少以五行。"

② 理亂:治與亂。《管子·霸言》:"堯舜之人,非生而理也;桀紂之人,非生而亂也:故理亂在上也。"李白《經亂離後贈江夏韋太守良宰》:"誤逐世間樂,頗窮理亂情。" 萌象:事物的萌芽和徵象。袁燮《端明殿學士羅公行狀》:"臣聞天下將治,必有萌象,將亂亦然……治之,萌象日長;亂之,萌象日消矣!"徐鹿卿《癸卯進講》:"漢至文帝,七國之禍,萌象已著,使用賈誼分王子弟之説,亦可以潛殺其勢。而養癰護疽,至景帝而大决。" 無門:没有門户,没有門路。《莊子·知北遊》:"其來無迹,其往無崖,無門無房,四達之皇皇也。"姚鵠《書情獻知己》:"有道期攀桂,無門息轉蓬。"

③ 直言:正直、耿直的話。《國語·晉語》:"下有直言,臣之行也。"《荀子·解蔽》:"故人君者,周則讒言至矣!直言反矣!小人邇而君子遠矣!" 視聽:看和聽。《書·蔡仲之命》:"詳乃視聽。"《墨子·尚同》:"夫唯能使人之耳目,助己視聽;使人之脣吻,助己言談。"言路,輿論。蘇鶚《蘇氏演義》卷下:"五明扇,舜所作也。舜廣開視聽,求賢爲輔,故作。" 躬親:親自,親身從事。語本《詩·小雅·節南山》:"弗躬弗親,庶民弗信。"董仲舒《春秋繁露·爲人者天》:"躬親職此於上,而萬民聽生善於下矣!" 庶務:各種政務,各種事務。陸機《辨亡論》:"故百官苟合,庶務未遑。"《宋史·司馬光傳》:"躬親庶務,不舍晝夜。" 委信:委任信賴。荀悦《漢紀·成帝紀》:"(孔)光爲尚書僕射,職典樞機十餘年,守法度,修故事……以是久見委信。"《周書·王褒傳》:"元帝唯於褒深相委信。" 近習:指君主寵愛親信的人。《禮記·月令》:"〔仲冬之月〕省婦事,毋得淫,雖有貴戚近習,毋有不禁。"《後漢書·皇甫規傳》:"〔孝順皇帝〕後遭奸僞,威分近習,畜

貨聚馬，戲謔是聞。”李賢注：“近習，諸佞倖親近小人也。” 臣庶：猶臣民。《書·大禹謨》：“惟兹臣庶，罔或干予正。”《後漢書·爰延傳》：“位臨臣庶，威重四海。” 理：謂治理得好，秩序安定，與“亂”相對。白居易《法曲歌》：“法曲法曲舞霓裳，政和世理音洋洋。”王讜《唐語林·政事》：“數年之間，漁商闐凑，州境大理。”

④ 大臣：官職尊貴之臣。《左傳·昭公元年》：“和聞之，國之大臣，榮其寵禄，任其大節。”《史記·吕太后本紀》：“如意立爲趙王後，幾代太子者數矣！賴大臣争之，及留侯策，太子得毋廢。” 抵：碰觸，觸犯。《山海經·海外北經》：“相柳之所抵，厥爲澤谿。”郭璞注：“抵，觸。”《漢書·吾丘壽王傳》：“臣恐邪人挾之而吏不能止，良民以自備而抵法禁。” 忌諱：避忌，顧忌。《老子》：“天下多忌諱，而民彌貧。”白居易《初授拾遺》：“天子方從諫，朝廷無忌諱。” 左右：近臣，侍從。《左傳·宣公二十年》：“〔楚子〕左右曰：‘不可許也，得國無赦。’”《北史·堯君素傳》：“煬帝爲晉王時，君素爲左右。” 深宫：宫禁之中，帝王居住處。王泠然《汴堤柳》：“隋家天子憶揚州，厭坐深宫傍海遊。穿地鑿山開御路，鳴笳疊鼓泛清流。”李白《邯鄲才人嫁爲厮養卒婦》：“每憶邯鄲城，深宫夢秋月。君王不可見，惆悵至明發。” 籌畫：謀劃。《三國志·郭嘉傳》：“潁川戲志才，籌畫士也，太祖甚器之。”干寶《晉紀總論》：“值魏太祖創基之初，籌畫軍國，嘉謀屢中。” 亂：無秩序，混亂。《逸周書·武稱》：“岠嶮伐夷，並小奪亂。”朱右曾校釋：“百事失紀曰亂。”叛亂，動亂。《左傳·隱公元年》：“鄭共叔之亂，公孫滑出奔衛。”《漢書·東方朔傳》：“秦興阿旁之殿而天下亂。” 萌：比喻事情剛剛顯露的發展趨勢或情況或開端。《韓非子·説林》：“聖人見微以知萌，見端以知末。”干寶《搜神記》卷六：“是時王莽爲大司馬，害上之萌，自此始矣！”

⑤ 是以：連詞，因此，所以。《老子》：“功成而弗居，夫唯弗居，是以不去。”蘇舜欽《火疏》：“明君不諱過失而納忠，是以懷策者必吐上

前,蓄冤者無至腹誹。” 即位:指開始成爲帝王、皇后或諸侯。《後漢書·和熹鄧皇后》:“至冬立爲皇后,辭讓者三,然後即位。”韓愈《許國公神道碑銘》:“元和十五年,今天子即位。” 狂直:疏狂率直。《漢書·朱雲傳》:“此臣素著狂直於世,使其言是,不可誅;其言非,固當容之。”秦觀《代中書舍人謝上表》:“自亦笑其闊迂,人或憐其狂直。” 危言:直言。《逸周書·武順》:“危言不干德曰正。”《漢書·賈捐之傳》:“臣幸得遭明盛之朝,蒙危言之策,無忌諱之患。”顔師古注:“危言,直言也。言出而身危,故曰危言。”

⑥ 苟或:假如,如果。《左傳·昭公元年》:“苟或知之,雖憂何害?”賈誼《新書·匈奴》:“苟或非天子民,尚豈天子也?” 宥:寬仁,寬待。《莊子·在宥》:“聞在宥天下,不聞治天下也。”郭象注:“宥使自在則治。”成玄英疏:“宥,寬也;在,自在也。”嵇康《答難養生論》:“聖人不得已而臨天下,以萬物爲心,在宥群生。” 激:激發,激勵。《史記·范雎蔡澤列傳論》:“然二子不困戹,惡能激乎?”張協《詠史》:“清風激萬代,名與天壤俱。” 君子:泛指才德出衆的人。班固《白虎通·號》:“或稱君子何? 道德之稱也,君之爲言群也,子者丈夫之通稱也。”王安石《君子齋記》:“故天下之有德,通謂之君子。” 望風:遠望,仰望。《文選·李陵〈答蘇武書〉》:“遠託異國,昔人所悲,望風懷想,能不依依。”李周翰注:“望風,謂遠望也。”任昉《王文憲集序》:“見公弱齡,便望風推服。” 容:容納,容受。《書·泰誓》:“其心休休焉其如有容。”孫星衍疏:“其心休美寬大,如有所容納也。”《史記·吕太后本紀》:“凡有天下治爲萬民命者,蓋之如天,容之如地,上有歡心以安百姓,百姓欣然以事其上,歡欣交通而天下治。” 行:實施。《易·繫辭》:“形而上者謂之道,形而下者謂之器,化而裁之謂之變,推而行之謂之通。”孔穎達疏:“因推此以可變而施行之,謂之通也。”秦觀《主術》:“政事之臣得以舉其職,議論之臣得以行其言。”

⑦ 小人:平民百姓,指被統治者。《書·無逸》:“生則逸,不知稼

穡之艱難，不聞小人之勞，惟耽樂之從。"《漢書・董仲舒傳》："《易》曰：'負且乘，致寇至。'乘車者君子之位也，負擔者小人之事也。" 徼利：謀利，求利。《後漢書・臧洪傳》："足下徼利於境外，臧洪投命於君親。"陸贄《論兩河及淮西利害狀》："於時士吏畏法，將帥感恩，俱蘊勝殘盡敵之誠，未有爭功邀利之釁。"

⑧ 賢：指有德行或有才能的人。賈誼《過秦論》："皆明智而忠信，寬厚而愛人，尊賢而重士。"包何《相里使君第七男生日》："誰道衆賢能繼體？須知箇箇出於藍。" 不肖：不成材，不正派。《禮記・射義》："發而不失正鵠者，其唯賢者乎？若夫不肖之人，則彼將安能以中？"孔穎達疏："不肖，謂小人也。"《漢書・武帝紀》："代郡將軍敖、雁門將軍廣，所任不肖，校尉又背義妄行，棄軍而北。"顔師古注："肖，似也。不肖者，言無所象類，謂不材之人也。" 霈：喻恩澤。李邕《淄州刺史謝上表》："雨露深仁，霑霈及於蕭艾。"謂賜予恩澤。蘇舜欽《杜公求退第二表》："垂閔螻蟻之誠，下霈雲霓之澤。" 得失：得與失，猶興敗。《管子・七臣七主》："故一人之治亂在其心，一國之存亡在其主，天下得失，道一人出。"尹知章注："明主得，闇主失。"《詩大序》："國史明乎得失之迹，傷人倫之廢，哀刑政之苛，吟詠情性，以風其上。"得與失，指利弊。韓愈《禘祫議》："如以爲猶或可疑，乞召臣對，面陳得失，庶有發明。" 幽遠：指幽居草野之士。《後漢書・魯丕傳》："陛下既廣納謇謇以開四聰，無令芻蕘以言得罪；既顯巖穴以求仁賢，無使幽遠獨有遺失。"司馬光《交趾獻奇獸賦》："善有可旌，無間於幽遠；言有可采，不棄於微陋。"

⑨ 天下：全國，本文指李唐管轄範圍之内。賀知章《奉和御製春臺望》："青陽布王道，玄覽陶真性。欣若天下春，高逾域中聖。"薛業《洪州客舍寄柳博士芳》："年年爲客不到舍，舊國存亡那得知？胡塵一起亂天下，何處春風無别離？" 萬物：統指宇宙間的一切事物。《史記・呂不韋列傳》："呂不韋乃使其客人人著所聞，集論……二十

餘萬言。以爲備天地萬物古今之事,號曰《吕氏春秋》。"杜甫《哀江頭》:"憶昔霓旌下南苑,苑中萬物生顔色。"　赤子:比喻百姓。《漢書·龔遂傳》:"其民困於飢寒而吏不恤,故使陛下赤子盜弄陛下之兵於潢池中耳!"胡銓《上高宗封事》:"祖宗數百年之赤子,盡爲左衽。"　慈母:古謂父嚴母慈,故稱母爲慈母。員半千《隴右途中遭非語》:"趙有兩毛遂,魯聞二曾參。慈母猶且惑,況在行路心!"孟浩然《送張參明經舉兼向涇州覲省》:"十五綵衣年,承歡慈母前。孝廉因歲貢,懷橘向秦川。"

⑩ 進計:進獻計策。《漢書·賈誼傳》:"進計者猶曰毋爲,可爲長太息者此也。"《宋書·臧質傳》:"質進計曰:'今以萬人取南州,則梁山中絶,萬人綴玄謨,必不敢動。'"　戮:殺。《顔氏家訓·慕賢》:"遵彦後爲孝昭所戮,刑政於是衰矣!"陳屍示衆。《國語·魯語》:"昔禹致群神於會稽之山,防風氏後至,禹殺而戮之。"韋昭注:"陳屍爲戮也。"懲罰。《左傳·僖公二十七年》:"楚子將圍宋,使子文治兵於睽,終朝而畢,不戮一人。"羞辱。《國語·晉語》:"公謂羊舌赤曰:'寡人屬諸侯,魏絳戮寡人之弟,爲我勿失。'"韋昭注:"戮,辱也。"　危行:正直的行爲。《易·震》:"《象》曰:震往來厲,危行也。"孔穎達疏:"'危行也'者,懷懼往來,是致危之行。"《論語·憲問》:"邦有道,危言危行;邦無道,危行言遜。"何晏集解引包咸曰:"危,厲也。"

⑪ 拂心:違逆其心意,多用於臣子對帝王。《漢書·杜欽傳》:"臣竊有所憂,言之則拂心逆指,不言則漸日長,爲禍不細。"李綱《論節義》:"節義之士,平居事君,苦言逆耳,至計拂心,人主類多不能堪之。"　逆耳:刺耳,不順耳。《史記·留侯世家》:"且忠言逆耳利於行,毒藥苦口利於病。"蘇軾《杭州謝放罪表》一:"伏念臣早緣剛拙,屢致憂虞。用之朝廷,則逆耳之奏形於言;施之郡縣,則疾惡之心見於政。"　是非:對的和錯的,正確與錯誤。《禮記·曲禮》:"夫禮者,所以定親疏,决嫌疑,别同異,明是非也。"《孟子·公孫丑》:"無是非之

心，非人也。”

⑫ 進見：上前會見尊長者。《漢書・五行志》：“後堪希得進見，因顯言事，事決顯口。”《資治通鑑・晉孝武帝太元二十一年》：“帝嗜酒，流連内殿，醒治既少，外人罕得進見。” 革：革製成的甲、胄、盾之類。《孟子・公孫丑》：“兵革非不堅利也，米粟非不多也。”《史記・禮書》：“故堅革利兵不足以爲勝，高城深池不足以爲固，嚴令繁刑不足以爲威。” 内：“納”的古字，使進入。《孟子・萬章》：“思天下之民，匹夫匹婦，有不被堯舜之澤者，若己推而内之溝中。”《新唐書・蔣儼傳》：“爲莫離支所囚，以兵脅之，不屈，内窟室中。”接納，容納，采納。《文子・上德》：“海内其所出，故能大。”《新唐書・蘇世長韋雲起等傳贊》：“始唐有天下，懲刈隋敝，敷内讜言。” 寢：止息，廢置。《商君書・開塞》：“一國行之，境内獨治；二國行之，兵則少寢；天下行之，至德復立。”劉知幾《史通・惑經》：“蓋明鏡之照物也，妍媸必露，不以毛嬙之面或有疵瑕而寢其鑒也。” 四方：指東南西北四個方向。《禮記・射義》：“男子生，桑弧蓬矢六，以射天地四方。”韓愈《閔己賦》：“行舟檝而不識四方兮，涉大水之漫漫。”

⑬ 聾瞽：猶聾盲。《墨子・耕柱》：“鬼神之明智於聖人，猶聰耳明目之與聾瞽也。”義近“聾盲”，耳聾目盲。《莊子・逍遥遊》：“瞽者無以與乎文章之觀，聾者無以與乎鐘鼓之聲，豈惟形骸有聾盲哉！夫知亦有之。” 屏蔽：遮擋，衛護。《漢書・樊噲傳》：“亞父謀欲殺沛公，令項莊拔劍舞坐中，欲擊沛公，項伯常遮罩之。”葉適《定山瓜步石跋三堡塢狀》：“遮罩江南，防把口岸。”

⑭ “昔太宗文皇帝初即位”五句：事見吴兢《貞觀政要・直諫》：“太宗曰：‘遠夷來服，應由德義，所加往前功業，何因益大？’（魏）徵曰：‘昔者四方未定，常以德義爲心。旋以海内無虞，漸加驕奢自溢，所以功業雖盛，終不如往初。’太宗又曰：‘所行比往前何爲異？’徵曰：‘貞觀之初，恐人不言，導之使諫。三年已後，見人諫悦而從之。一二

年來,不悦人諫,雖勉强聽受,而意終不平,諒有難也。'太宗曰:'於何事如此?'對曰:'即位之初,處元律師死罪(元,姓;律師,名)。孫伏伽諫曰:法不至死,無容濫加酷罰,遂賜以蘭陵公主園,直錢百萬。人或曰:所言乃常事,而所賞太厚! 答曰:'我即位來,未有諫者,所以賞之,此導之使言也。'"　即位:亦作"即立",指開始成爲帝王、皇后或諸侯。《周禮·春官·小宗伯》:"小宗伯之職,掌建國之神位。"鄭玄注:"鄭司農云,'立'讀爲'位',古者立、位同字。古文《春秋經》'公即位'爲'公即立'。"韓愈《許國公神道碑銘》:"元和十五年,今天子即位。"　諫:諫諍,規勸。《論語·里仁》:"事父母幾諫,見志不從,又敬不違,勞而不怨。"劉向《説苑·臣術》:"有能盡言於君,用則留之,不用則去之,謂之諫;用則可生,不用則死,謂之諍"。　孫伏伽:唐高祖、唐太宗時臣屬之一,以直言進諫爲李世民所重,後世傳爲美談,新舊《唐書》有傳。范仲淹《上資政晏侍郎書》:"唐文皇賞孫伏伽之諫,以天下始定,而權以進之,未使久行焉!"曾肇《曲阜集》卷二:"唐太宗初即位,孫伏伽以小事諫,太宗厚賜勉之,以誘言者。"　賜:賞賜,給予。《禮記·少儀》:"其以乘壺酒、束修、一犬賜人。"鄭玄注:"於卑者曰賜。"《漢書·蘇武傳》:"陵惡自賜武,使其妻賜武牛羊數十頭。"　勉:勸勉,鼓勵。《詩·周南·汝墳序》:"文王之化行乎汝墳之國,婦人能閔其君子,猶勉之以正也。"《禮記·月令》:"〔季春之月〕周天下,勉諸侯,聘名士,禮賢者。"　言事:古代專指向君王進諫或議論政事。《荀子·大略》:"孟子三見宣王,不言事。"韓愈《送王秀才序》:"建中初,天子嗣位,有意貞觀、開元之丕績,在廷之臣争言事。"　直:公正,正直。《韓非子·解老》:"所謂直者,義必公正,公心不偏黨也。"《新唐書·李夷簡傳》:"夷簡致位顯處,以直自閑,未嘗苟辭氣悦人。"　極:窮盡,竭盡。《禮記·大學》:"是故君子無所不用其極。"鄭玄注:"極猶盡也。君子日新其德,常盡心力不有餘也。"秦觀《韓愈論》:"杜子美者,窮高妙之格,極高邁之氣。"　盛意:猶盛情。《孔叢子·對魏王》:"子高曰:'然,此誠君之盛意也。'"元稹《浙東論罷進海味狀》:"竊恐有乖陛下罷荔枝、減常貢之盛意,蓋守土之臣不敢備論之過也。" 龍鱗:《韓非子・説難》:"夫龍之爲蟲也,柔可狎而騎也,然其喉下有逆鱗徑尺,若人有嬰之者,則必殺人。人主亦有逆鱗,説者能無嬰人主之逆鱗,則幾矣!"後因以"龍鱗"指人主。《後漢書・光武帝紀》:"天下士大夫捐親戚,棄土壤,從大王於矢石之間者,其計固望其攀龍鱗,附鳳翼,以成其所志耳!"吴兢《貞觀政要・論任賢》:"若陛下不受臣言,臣亦何敢犯龍鱗,觸忌諱也!" 忌諱:避忌,顧忌。白居易《初授拾遺》:"天子方從諫,朝廷無忌諱。"趙翼《廿二史札記》卷九:"沈約在蕭齊修《宋書》,永光以後,皆其筆也。故於宋齊革易之際,不得不多所忌諱。"

⑮ 房杜:唐名相房玄齡、杜如晦的並稱。劉肅《大唐新語・匡贊》:"自是臺閣規模,皆二人所定……二人相須以斷大事,迄今言良相者,稱房杜焉!"李世民《賦秋日懸清光賜房玄齡》:"臨波無定彩,入隙有圓暉。還當葵藿志,傾葉自相依。"田錫《貽青城小著書》:"昔魏徵得房玄齡、杜如晦爲黨,所以成貞觀之業;姚元崇得宋璟爲黨,所以致開元之化。"《新唐書・杜如晦傳》:"〔如晦〕與玄齡共管朝政……方爲相時,天下新定,臺閣制度、憲物容典率二人討裁……兩人深相知,故能同心濟謀以佐佑帝。當世語良相,必曰房杜云。" 王魏:唐代王珪與魏徵的並稱。《新唐書・房玄齡杜如晦傳贊》:"帝定禍亂,而房杜不言功;王魏善諫,而房杜讓其直。"陳傅良《讀范文正公神道碑有感佚事》:"生平慕河汾,未許王魏俱。" 可否:可以不可以,能不能。《左傳・襄公三十一年》:"與裨諶乘以適野,使謀可否。"歐陽修《爲君難論》:"是不審事之可否,不計功之成敗也。" 大理:即大治,謂政治修明,局勢安定。《禮記・禮器》:"是故聖人南面而立,而天下大治。"王安石《上皇帝萬言書》:"宜其家給人足,天下大治。" 發暢:猶通暢,運行無阻,暢快地萌發。《管子・四時》:"風生木與骨。"尹知章

注:"木爲風而發暢,骨亦木之類也。"宋祁《孝治篇》:"宣揚發暢,群幽争附,故謂之孝。"

⑯ 全安:完滿安樂。王充《論衡·幸偶》:"虞舜,聖人也,在世宜蒙全安之福。"賈誼《治安策》:"今令此道順而全安甚易,不肯早爲,已乃墮骨肉之屬而抗剄之,豈有異秦之季世乎!"　戮辱:受刑被辱。賈誼《新書·階級》:"廉醜禮節以治君子,故有賜死而無戮辱。是以繫、縛、榜、笞、髡、刖、黥、劓之罪,不及大夫。"葛立方《韵語陽秋》卷一一:"白樂天前有《讀史》云:'馬遷下蠶室,嵇康就囹圄。當彼戮辱時,奮飛無翅羽。'"指殺戮污辱。《顔氏家訓·養生》:"侯景之亂,王公將相多被戮辱,妃主姬妾略無全者。"　貞觀:唐太宗李世民在位時的年號,前後共二十三年,起公元六二七年,終公元六四九年,史稱"貞觀之治"。白居易《開成大行皇帝挽歌詞四首奉敕撰進》一:"制度移民俗,文章變國風。開成與貞觀,實録事多同。"杜牧《過魏文貞公宅》:"蟪蛄寧與雪霜期,賢哲難教俗士知。可憐貞觀太平後,天且不留封德彝。"

⑰ 順從:順服,服從。《國語·吴語》:"夫諸侯無二君,而周無二王,君若無卑天子,以干其不祥,而曰吴公,孤敢不順從君命長弟?"杜甫《送顧八分文學適洪吉州》:"遠作辛苦行,順從衆多意。"　謇犯:正直敢言而觸犯别人。暫無其他合適的書證。　危亡:危急,滅亡。《史記·酈生陸賈列傳》:"不下漢王,危亡可立而待也。"《南史·虞寄傳》:"况將軍釁非張繡,罪異畢諶,當何慮於危亡,何失於富貴?"　無窮:無盡,無限,指事物没有窮盡。《史記·田單列傳論》:"兵以正合,以奇勝。善之者,出奇無窮。"《通典·選舉》:"人之心智,蓋有涯分,而九流七略,書籍無窮。"　奉己:謂養護己身,無所作爲。《左傳·僖公二十八年》:"蔿吕臣實爲令尹,奉己而已,不在民矣!"杜預注:"言其自守無大志。"《南史·陳文沈皇后》:"欽素無伎能,奉己而已。"永安:長久穩固。王延壽《魯靈光殿賦》:"然其規矩制度,上應星宿,

亦所以永安也。”劉禹錫《賀雪鎮州表》:“聖德動天,鴻恩及物。瑕累咸滌,蒸黎永安。”

⑱ 後嗣:後代,子孫。韋應物《漢武帝雜歌三首》三:“獨有威聲振千古,君不見後嗣尊爲武?”劉商《同諸子哭張元易》:“伯道共悲無後嗣,孀妻老母斷根蓬。” 一朝:一時,一旦。《淮南子・道應訓》:“使者謁之,襄子方將食而有憂色,左右曰:‘一朝而兩城下,此人之所喜也;今君有憂色,何也?’”《魏書・劉靈助傳》:“靈助本寒微,一朝至此,自謂方術堪能動衆。”

⑲ 累聖:稱歷代君主。王安石《本朝百年無事札子》:“蓋累聖相繼,仰畏天,俯畏人,寬人恭儉,忠恕誠慤,此其所以獲天助也。”王讜《唐語林・補遺》:“累聖知之而不能遠,惡之而不能去,睿旨如此,天下幸甚!” 傳序:謂父死子繼,世代相傳。《左傳・昭公七年》:“日我先君共王引領北望,日月以冀,傳序相授,於今四王矣!”元稹《贈烏重胤父承玼等》:“肆我高祖武皇帝傳序累聖,逮予冲人。” 垂:將近。《東觀漢記・韋豹傳》:“今歲垂盡當辟,御史意在相薦。”蘇軾《祭常山神文》:“今夏麥垂登,而秋穀將槁。” 二百年:李唐於公元六一八年建國,至此元和元年,亦即公元八〇六年,接近二百年,故言。 和平:政局安定,没有戰亂。《易・咸》:“聖人感人心而天下和平。”《漢書・王商傳》:“今政治和平,世無兵革。”

⑳ 上聖:猶至聖,指德智超群的人。《墨子・公孟》:“昔者,聖王之列也:上聖立爲天子,其次立爲卿大夫。”王符《潛夫論・贊學》:“夫此十一君者,皆上聖也,猶待學問,其智乃博,其德乃碩,而况於凡人乎?” 紹復:繼承復興,繼承恢復。《書・盤庚》:“紹復先王之大業,底綏四方。”《文心雕龍・樂府》:“秦燔《樂經》,漢初紹復。” 統:事物之間一脈相承的連續關係,系統。《史記・范雎蔡澤列傳》:“天下繼其統,守其業,傳之無窮。”王應麟《困學紀聞・評文》:“建儲非以私親,蓋明萬世之統。”

㉑ 惟新:更新,語出《詩・大雅・文王》:"周雖舊邦,其命維新。"毛傳:"乃新在文王也。"陳亮《中興論・論勵臣之道》:"無以小事塞責,無以小謀亂大,相與熟講惟新之政,使內外有序。" 叔文之徒:即"二王八司馬"永貞革新集團的主要成員。唐順宗即位,擢任王叔文、王伾等,謀奪中官兵權,實行改革。失敗後,舊派官僚與宦官對參予其事者皆予斥逐:貶韋執誼爲崖州司馬,韓泰爲虔州司馬,陳諫爲台州司馬,柳宗元爲永州司馬,劉禹錫爲朗州司馬,韓曄爲饒州司馬,淩準爲連州司馬,程異爲郴州司馬,史稱"八司馬"。王安石《讀柳宗元傳》:"余觀八司馬,皆天下之奇材也。"覺範《次韵題子厚祠堂》:"元和八司馬,子厚獨奇偉。謫官無以敵,妙語淩山翠。" 凶邪:猶邪惡。嵇康《釋私論》:"雖雲志道存善,心無凶邪,無所懷而不匿者,不可謂無私。"葛洪《抱朴子・用刑》:"爲國有道,而助之以刑者,能令慝僞不作,凶邪改志。"元稹當著鎮壓永貞革新的罪魁唐憲宗之面,在這裹顯然説了不應該説的違心話,此前以及此後元稹的言行,充分證明元稹是永貞革新的同情者、支持者,説詳拙稿《元稹考論・元稹與永貞革新》。

㉒ 懸惠琳之首:事見《舊唐書・憲宗紀》:"(元和元年)三月乙丑朔……先是,韓全義入朝,令其甥楊惠琳知留後。俄有詔除李演爲節度,代全義。演赴任,惠琳據城叛。詔發河東、天德兵誅之,辛巳,夏州兵馬使張承金斬惠琳,傳首以獻。"韓愈《元和聖德詩序》:"臣伏見皇帝陛下即位已來,誅流奸臣,朝廷清明,無有欺蔽。外斬楊惠琳、劉闢以收夏蜀,東定青齊積年之叛……"李德裕《請尊憲宗章武孝皇帝爲不遷廟狀》:"憲宗感祖宗之宿憤,舉升平之典法,始命將帥,順天行誅。元年僇惠琳暨闢、錡,季年梟元濟及師道。其他或折簡而召,或執珪請覲,獻其名城,割其愛子,不可遍舉……" 悖亂:猶叛亂。干寶《搜神記》卷六:"是時趙王悖亂,遂與六國反,外接匈奴以爲援。"王讜《唐語林・識鑒》:"臣恐一日有播越之禍,悖亂之患,莫不由此

曲也。”

㉓ 發承光之詐：事見《册府元龜·明罰》：“憲宗元和元年六月庚戌詔曰：‘李承光身無職位，假託交遊，妄説異端，指斥中外，付京兆府决重杖一頓，處死，其家口委京兆府收捕。承光通於中貴人，因卜射於人曰：某爲某官，吾爲求得之；某爲某官，繇我而黜之。朝士與交通者非一，事彰故伏法。”于邵《爲人請合祔表》：“故開府儀同三司兼太常卿李承光，頃充河西兵馬使，天寶年中録臣帳下，自兹效用，得列戎班。出入五涼，艱勤一紀，風雨寒暑，未嘗廢離。俄屬幽燕作逆，伊洛陷寇，蒲潼不關，天地交閉，承光臨計自失，倉卒西還。” 假威：犹言狐假虎威。李華《鶚執狐記》：“況假威爲孽，能不速禍？”白居易《前穀熟縣令李季立授奉天丞兼監察御史充迴鶻使判官制》：“假威憲職，兼命邑丞。足示優榮，勉勤任使。可依前件。”

㉔ 焦陂：地名，在河南潁州，唐高宗時的水利建設工程之一。《新唐書·地理志》“潁州汝陰縣”注：“南三十五里有椒陂塘，引潤水溉田二百頃，永徽中刺史柳寶積修。”《萬姓統譜》卷八八：“柳寶積，永徽中潁州刺史，修椒陂塘，引潤水溉田二百頃，民利之。” 蒸庶：民衆，百姓。《韓詩外傳》卷一：“〔邵伯〕於是出而就蒸庶於阡陌隴畝之間，而聽斷焉！”陳子昂《諫用刑書》：“故揚州搆禍，殆有五旬，而海内晏然，纖塵不動，豈非天下蒸庶厭凶亂哉！”

㉕ 滌瑕：清除污點。《舊唐書·韋處厚傳》：“李紳是前朝任使，縱有罪愆，猶宜洗釁滌瑕，念舊忘過，以成無改之美。”周煇《清波别志》卷中：“凡爲得罪之人，悉有滌瑕之望。” 緩死：謂寬赦死罪。《易·中孚》：“君子以議獄緩死。”孔穎達疏：“故君子以議其過失之獄，緩捨當死之刑也。”蘇軾《獲鬼章二十韵》：“緩死恩殊厚，求生尾屢摇。” 薄賦：減輕賦税。王維《送元中丞轉運江淮》：“薄賦歸天府，輕徭賴使臣。”張繼《送鄒判官往陳留》：“深仁荷君子，薄賦恤黎甿。” 恤人：亦即“恤民”，謂體恤憂慮人民的疾苦。《左傳·襄公二十六

年》:"古之治民者,勸賞而畏刑,恤民不倦。"《後漢書·陳蕃傳》:"今失其勸種之時,而令給驅禽除路之役,非聖賢恤民之意也。" 賜帛:賞給布帛。《漢書·文帝紀》:"其九十已上,又賜帛人二疋,絮三斤。"王維《送元中丞轉運江淮》:"歡沾賜帛老,恩及卷綃人。" 耆年:老年人。王融《三月三日曲水詩序》:"耆年闕市井之遊,稚齒豐車馬之好。"聶夷中《短歌》:"耆年無一善,何殊食乳兒!" 旌閭:旌表門閭,舊時朝廷對所謂忠孝節義的人,賜給匾額,挂於門廷之上,或樹立牌坊,以示表彰。《宋書·余齊民傳》:"齊民越自氓隸,行貫生品,旌閭表墓,允出在兹。" 孝悌:亦作"孝弟",孝順父母,敬愛兄長。《論語·學而》:"其爲人也孝弟,而好犯上者鮮矣!"朱熹集注:"善事父母爲孝,善事兄長爲弟。"《孟子·梁惠王》:"謹庠序之教,申之以孝悌之義。" 廢學:荒廢學業,中止學習。吕温《與族兄皋請學春秋書》:"且不師者,廢學之漸也。恐數百年後,又不及於今日。"蘇洵《送石昌言爲北使引》:"昌言聞吾廢學,雖不言,察其意甚恨。" 義倉:隋以後各地爲備荒而設置的糧倉。《隋書·長孫平傳》:"平見天下州縣多罹水旱,百姓不給,奏令民間每秋家出粟麥一石已下,貧富差等,儲之閭巷,以備凶年,名曰義倉。"曾鞏《本朝政要策·義倉》:"使歲穰,輸其餘;歲凶,受而食之:故義倉之法自此始,長孫平修之,隋以富足。" 覃:遍及,廣施。徐陵《爲貞陽侯與太尉王僧辯書》:"慈孝之道通於百靈,仁信之風覃於萬國。"李隆基《遊興慶宫作》:"所希覃率土,孝悌一同規。" 有截:齊一貌,整齊貌。有,助詞。《詩·商頌·長髮》:"苞有三蘖,莫遂莫達,九有有截。韋顧既伐,昆吾夏桀。"鄭玄箋:"九州齊一截然。"白居易《刑禮道策》:"方今華夷有截,内外無虞,人思休和。"後人割取《詩》句"有截"二字代稱九州。《北齊書·樊遜傳》:"後服之徒,既承風而慕化,有截之内,皆蹈德而詠仁。"杜牧《奉和門下相公送西川相公出鎮全蜀詩十八韵》:"無私天雨露,有截舜衣裳。"

㉖ 致理:猶致治。《資治通鑑·唐文宗開成五年》:"致理之要,

在於辯群臣之邪正。"路貫《和元常侍除浙東留題》:"謝安致理逾三載,黄霸清聲徹九重。" 庸劣:平庸低劣,有時用作自謙之詞。沈約《謝立皇太子賜絹表》:"天情載洽,慶賜必周;幣帛嘉貺,猥班庸劣。"《資治通鑑·唐高祖武德九年》:"高祖所以有天下,皆太宗之功。隱太子以庸劣居其右,地嫌勢逼,必不相容。"

㉗ 下臣:臣對君的謙稱。《儀禮·士相見禮》:"凡自稱於君,士大夫則曰下臣。"《左傳·文公十二年》:"使下臣致執事,以爲瑞節,要結好命。" 孜孜:勤勉,不懈怠。《書·益稷》:"予何言?予思日孜孜。"孔穎達疏:"孜孜者,勉功不息之意。"《史記·滑稽列傳》:"苟能修身,何患不榮!太公躬行仁義七十二年,逢文王,得行其説,封於齊,七百歲而不絶。此士之所以日夜孜孜,修學行道,不敢止也。" 咄咄:感嘆聲,表示感慨。陸機《東宫》:"冉冉逝將老,咄咄奈老何!"李益《北至太原》:"咄咄薄遊客,斯言殊不刊。" 周歲:一整年。白居易《府酒·變法》:"自慚到府未周歲,惠愛威稜一事無。"崔塗《七夕》:"年年七夕渡瑤軒,誰道秋期有泪痕?自是人間一週歲,何妨天上只黄昏!"

㉘ 百辟:百官。《宋書·孔琳之傳》:"(徐)羨之内居朝右,外司輦轂,位任隆重,百辟所瞻。"白居易《醉後走筆酬劉五主簿長句之贈》:"閶闔晨開朝百辟,冕旒不動香烟碧。" 卿士:指卿、大夫,後用以泛指官吏。元稹《和李校書新題樂府十二首·上陽白髪人》:"滿懷墨詔求嬪御,走上高樓半酣醉。醉酣直入卿士家,閨闈不得偷迴避。"白居易《新樂府·牡丹芳》:"我願暫求造化力,減却牡丹妖艷色。少迴卿士愛花心,同似吾君憂稼穡。" 獻計:進獻計策。《史記·季布欒布列傳》:"將軍能聽臣,臣敢獻計;即不能,願先自剄。"劉知幾《史通·煩省》:"武帝乞漿於柏父,陳平獻計於天山。" 進言:對尊長者或平輩提供意見。《荀子·臣道》:"大臣父兄有能進言於君,用則可,不用則去,謂之諫。"柳宗元《唐故安州刺史兼侍御史貶柳州司馬孟公

墓誌銘》:"廷臣進言,侯伯拜章。"

㉙ 拾遺:官名,唐武則天時置左右拾遺,掌供奉諷諫。王維《黎拾遺昕裴秀才迪見過秋夜對雨之作》:"促織鳴已急,輕衣行向重。寒燈坐高館,秋雨聞疏鐘。"李頎《留別王盧二拾遺》:"此別不可道,此心當報誰? 春風灞水上,飲馬桃花時。" 補闕:官名,唐武后垂拱元年始置,有左右之分。左補闕屬門下省,右補闕屬中書省,掌供奉諷諫。包何《長安曉望寄崔補闕》:"迢遞山河擁帝京,參差宮殿接雲平。風吹曉漏經長樂,柳帶晴烟出禁城。"《新唐書·儀衛志》:"左補闕一人在左,右補闕一人在右。"

㉚ 諫鼓:設於朝廷供進諫者敲擊以聞的鼓。《管子·桓公問》:"舜有告善之旌,而主不蔽也;禹立諫鼓於朝,而備訊唉!"《新唐書·裴諝傳》:"諝上疏曰:'諫鼓、謗木之設,所以達幽枉,延直言。'" 匭函:朝廷接受臣民投書的匣子,始置於唐。韓愈《贈唐衢》:"當今天子急賢良,匭函朝出開明光。"歐陽修《南省策試第五道》:"立肺石以達窮民,設匭函以開言路。"

㉛ 備位:居官的自謙之詞,謂愧居其位,不過聊以充數。《漢書·王莽傳》:"於是莽上書曰:'臣以外屬,越次備位,未能奉稱。'"范公偁《過庭録》:"我受國厚恩,備位宰輔,合瀝血懇陳。" 諫列:諫官之列。白居易《除蕭俛起居舍人制》:"左補闕、翰林學士蕭俛,頃居諫列,職同其憂,夙夜孜孜,拾遺左右。"元稹《論追制表》:"臣實庸愚,謬居諫列,職當言責,不敢偷安,苟有所裨,萬死無恨。" 供奉:職官名,唐初設侍御史内供奉、殿中侍御史内供奉,唐玄宗時有翰林供奉,專備應制。韓愈《董公行狀》:"拜殿中侍御史内供奉。"蘇軾《再和曾子開從駕二首》二:"供奉清班非老處,會稽何日乞方回?" 曠日:猶終日。《淮南子·原道訓》:"夫臨江而釣,曠日而不能盈羅。"耗費時日。《史記·淮陰侯列傳》:"今將軍欲舉倦弊之兵,頓之燕堅城之下……情見勢屈,曠日糧竭,而弱燕不服,齊必距境以自强也。" 彌年:經

年,終年。《後漢書·李固傳》:"永和中,荆州盜賊起,彌年不定,乃以固爲荆州刺史。"韋應物《七夕》:"豈意靈仙偶,相望亦彌年!" 召見:君王或上司命臣民或下屬來見面。《戰國策·秦策》:"秦昭王召見,與語,大説之,拜爲客卿。"孔融《薦禰衡表》:"陛下篤慎,取士必須效試,乞令衡以褐衣召見。" 列位:位次,次第。柳宗元《柳宗直西漢文類序》:"各有列位,不失其序,雖第其價可也。"《宋史·樂志》:"謂宜使十二鐘依辰列位,隨均爲節,便於合樂。" 屏氣:抑止呼吸,形容謹慎畏懼的樣子。《論語·鄉黨》:"攝齊升堂,鞠躬如也,屏氣似不息者。"《宋書·謝莊傳》:"百僚屏氣,道路以目。" 鞠躬:恭敬謹慎貌。《儀禮·聘禮》:"執圭,入門,鞠躬焉! 如恐失之。"《漢書·馮參傳贊》:"宜鄉侯參鞠躬履方,擇地而行,可謂淑人君子。"顔師古注:"鞠躬,謹敬貌。" 得失:得與失,猶成敗。《詩大序》:"國史明乎得失之迹,傷人倫之廢,哀刑政之苛,吟詠情性,以風其上。"得與失,指利弊。韓愈《禘祫議》:"如以爲猶或可疑,乞召臣對,面陳得失,庶有發明。" 可否:可不可以,能不能。《左傳·襄公三十一年》:"與裨諶乘以適野,使謀可否。"歐陽修《爲君難論》:"是不審事之可否,不計功之成敗也。"

㉜ 疏遠:不親近,關係上感情上有距離。《荀子·仲尼》:"主疏遠之,則全一而不倍。"《北齊書·上洛王思宗傳》:"昵近凶狡,疏遠忠良。" 自效:願爲别人或集團貢獻自己的力量或生命。《漢書·蘇武傳》:"今將殺身自效,雖蒙斧鉞湯鑊,誠甘樂之。"《新唐書·郝廷玉傳》:"由是人皆自效,而赴蹈馳突,心破膽裂。" 階:緣由,途徑。《易·繫辭》:"亂之所生也,則言語以爲階。"孔穎達疏:"階,謂梯也,言亂之所生,則由言語以爲亂之階梯也。"嵇康《答難養生論》:"饕淫所階,百疾所附。"戴明揚校注:"《廣雅》曰:'階,因也。'"

㉝ 虚器:僅爲擺設没有實際用途的東西。白居易《新樂府·采詩官》:"諍臣杜口爲冗員,諫鼓高縣作虚器。一人負扆常端默,百辟

入門皆自媚。"皮日休《正樂府十篇·誚虚器》:"吾道尚如此,敵情安足云!如何漢宣帝,却得呼韓臣?"　冗員:指無專職的散吏。李嘉祐《元日無衣冠入朝寄皇甫拾遺冉從弟補闕紓》:"伏奏隨廉使,周行外冗員。白髭空受歲,丹陛不朝天。"《新唐書·蕭至忠傳》:"今列位已廣,冗員復倍。"

㉞ 睿博:義近"睿廣",明達廣博。《國語·楚語》:"若武丁之神明也,其聖之睿廣也,其智之不疚也,猶自謂未乂。"義近"睿達",智慧通達。陸機《辨亡論》:"夫吴,桓王基之以武,太祖成之以德,聰明睿達,懿度弘遠矣!"　弘深:寬廣深沉。揚雄《法言·修身》:"其爲中也弘深,其爲外也肅括,可以禔身矣!"王儉《褚淵碑文》:"韵宇弘深,喜愠莫見其際;心明通亮,用人言必由於己。"指博大精深。《文心雕龍·定勢》:"箴銘碑誄,則體制於弘深。"　勵精:振奮精神,致力於某種事業或工作。《北史·薛端傳》:"〔端〕與弟裕勵精篤學,不交人事。"《新唐書·韓偓傳》:"帝反正,勵精政事,偓處可機密,率與帝意合。"　群下:泛指僚屬或群臣。《莊子·漁父》:"群下荒怠,功美不有,爵禄不持。"《漢書·王莽傳》:"群下較然輸忠,黎庶昭然感德。臣誠輸忠,民誠感德,則於王事何有?"　因循:保守,守舊。司馬光《學士院試李清臣等策問》:"庸人之情,喜因循而憚改爲,可與樂成,難與慮始。"疏懶,怠惰,閑散。《顏氏家訓·勉學》:"世人婚冠未學,便稱遲暮,因循面墻,亦爲愚爾。"　發明:建樹。《史記·張丞相列傳》:"高陵侯趙周等爲丞相,皆以列侯繼嗣,娖娖廉謹,爲丞相備員而已,無所能發明功名有著於當世者。"張九齡《謝中書侍郎狀》:"臣謬迹書府,兼司綸翰,思力淺近,無所發明。"

㉟ 顧問:指供帝王諮詢的侍從之臣。《漢書·匈奴傳贊》:"顧問馮唐,與論將帥。"《晉書·段灼傳》:"臣無陸生之才,不在顧問之地。"執政:掌握國家大權的人,在李唐,"執政"一般指宰相。《初出濟州别城中故人》:"微官易得罪,謫去濟川陰。執政方持法,明君照此心。"

王安石《内翰沈公墓誌銘》:“平居閉門,雖執政,非公事不輒見也。” 對揚:面君奏對。杜甫《贈李十八秘書别三十韵》:“對揚撫士卒,乾没費倉儲。”仇兆鰲注引朱鶴齡曰:“其奏對君前,當以師老財匱爲言。”《資治通鑑·陳宣帝太建八年》:“平生言論,無所不道,今者對揚,何得乃爾反覆?”胡三省注:“對揚,本於傅説、召虎。對,答也;揚,稱也,後人遂以面對敷奏爲對揚。” 恭承:敬奉。謝靈運《初去郡》:“恭承古人意,促裝反柴荆。”李白《東武吟》:“恭承鳳皇詔,欻起雲蘿中。” 聖問:對帝王詢問的敬稱。《漢書·谷永傳》:“使臣等得造明朝,承聖問。”摯虞《賢良對策》:“不敢瞽言妄舉,無以疇答聖問。” 寵光:謂恩寵光耀。陳子昂《爲司刑袁卿讓官表》:“臣某言,伏奉某月日敕,授臣某官。祗拜寵光,魂魄飛越。”杜甫《江雨有懷鄭典設》:“亂波紛披已打岸,弱雲狼籍不禁風。寵光蕙葉與多碧,點注桃花舒小紅。”

㊱ 瑣瑣:形容細小,平庸,不重要。白居易《議祥瑞辨妖灾策》:“自謂政之能立,道之能行,雖有瑣瑣之妖,不足懼也。”韓淲《澗泉日記》卷下:“古人之史……經制述作二者是大,他瑣瑣不足記也。” 有司:官吏,古代設官分職,各有專司,故稱。杜甫《詠懷二首》二:“日給在軍儲,上官督有司。高賢迫形勢,豈暇相扶持?”韓愈《赴江陵途中寄贈王二十補闕李十一拾遺李二十六員外翰林三學士》:“上憐民無食,征賦半已休。有司恤經費,未免煩徵求。” 簿書:記録財物出納的簿册。《周禮·天官·小宰》“八曰聽出入以要會”鄭玄注:“要會,謂計最之簿書。”官署中的文書簿册。《漢書·賈誼傳》:“而大臣特以簿書不報,期會之間,以爲大故。”李紳《宿越州天王寺》:“休按簿書懲黠吏,未齊風俗昧良臣。” 錢穀:錢幣,穀物,常借指賦税。《史記·陳丞相世家》:“〔孝文皇帝〕問:‘天下一歲錢穀出入幾何?’勃又謝不知。”《漢書·元帝紀》:“九月,關東郡國十一大水,饑,或人相食,轉旁郡錢穀以相救。” 登降:增減。《左傳·桓公二年》:“夫德儉而有度,登降有數……百官於是乎戒懼而不敢易紀律。”王引之《經義述聞·

春秋左傳》:“登降以數言之,非以位言之也。登謂增其數,降謂減其數也。”《宋史·食貨志》:“按田萊荒治之迹,較户産登降之籍,驗米穀貴賤之價,考租賦盈虧之數。”

㊲ 景命:大命,指授予帝王之位的天命。《詩·大雅·既醉》:“君子萬年,景命有僕。”鄭玄箋:“天之大命。”李益《大禮畢皇帝御丹鳳門改元建中大赦》:“宸居穆清受天歷,建中甲子合上元。昊穹景命即已至,王事乃可酬乾坤。”　惟新:更新,語出《詩·大雅·文王》:“周雖舊邦,其命維新。”毛傳:“乃新在文王也。”杜甫《别蔡十四著作》:“異才復間出,周道日惟新。”　致理:猶致治。路貫《和元常侍除浙東留題》:“謝安致理逾三載,黄霸清聲徹九重。”《資治通鑑·唐文宗開成五年》:“致理之要,在於辯群臣之邪正。”　匡輔:匡正輔助。《後漢書·順帝紀》:“群公卿士將何以匡輔不逮,奉答戒異?”白居易《爲人上宰相書》:“如此,則相公得不匡輔其政,緝熙其令,宣和其風乎?”　獻可替否:進獻可行者,廢去不可行者,謂對君主進諫,勸善規過,亦泛指議論國事興革。語出《左傳·昭公二十年》:“君所謂可而有否焉,臣獻其否以成其可。君所謂否而有可焉,臣獻其可以去其否。”《後漢書·胡廣傳》:“君以兼覽博照爲德,臣以獻可替否爲忠。”

㊳ 多虞:多憂患,多灾難。《左傳·襄公三十年》:“以晉國之多虞,不能由吾子,使吾子辱在泥塗久矣!”《魏書·釋老志》:“正光已後,天下多虞,王役尤甚。”　竊位:謂才德不稱,竊取名位。《論語·衛靈公》:“臧文仲其竊位者與?知柳下惠之賢,而不與立也。”劉寶楠正義:“竊如盗竊之竊,言竊居其位,不讓進賢能也。”《史記·日者列傳》:“才不賢而託官位,利上奉,妨賢者處,是竊位也。”

㊴ 禀性:亦作“稟性”,猶天性,指天賦的品性資質。《後漢書·郎顗傳》:“臣備生人倫視聽之類,而禀性愚慤,不識忌諱。”梅堯臣《依韵和持國新植西軒》:“禀性久且堅,物理豈無偶。”　駑鈍:亦作“駑頓”,平庸低下。《楚辭·劉向〈九嘆·憂苦〉》:“同駑贏與椉駔兮,雜

班駿與闒茸。”王逸注:“闒茸,駑頓也。”元稹《進馬狀》:“臣某深恩未報,愚志空存,自慚駑鈍之姿,莫展驅馳之效。” 昧然:昏茫無知貌。《莊子・田子方》:“臧丈人昧然而不應,泛然而辭。”王禹偁《答張扶書》:“茫然難得其句,昧然難見其義。” 無識:不懂,無知。《孫子・九地》:“易其事,革其謀,使人無識。”張預注:“使人不可知也。”《荀子・法行》:“怨人者窮,怨天者無識。”楊倞注:“無識者,不知天命也。” 臨御:謂君臨天下,治理國政。《晉書・康獻褚皇后》:“當陽親覽,臨御萬國。”《舊唐書・憲宗紀論》:“及上自藩邸監國,以至臨御,訖於元和,軍國樞機,盡歸之於宰相。” 首陛下策賢之科:這裏的“策賢之科”,是指元稹參加的元和元年四月十三日的才識兼茂名於體用科考試,雖然唐憲宗以“制舉人先朝所徵”的緣故,“不欲親試”,衹是“命宰臣監試制舉人於尚書省”,但這次制舉仍然是以唐憲宗名義主持的,自然也衹有歸屬在唐憲宗這位“陛下”的名下。元稹在這次制科考試中,名列第一,故曰“首”。首:第一。《左傳・昭公元年》:“令尹享趙孟,賦《大明》之首章。”《戰國策・齊策》:“〔管仲〕據齊國之政,一匡天下,九合諸侯,爲五伯首。”又因爲這是唐憲宗登位之後的第一次制科考試,故曰“首”。 擢授:提升,提拔。《後漢書・袁紹傳》:“臣以負薪之資,拔於陪隸之中,奉職憲臺,擢授戎校。”《晉書・左思傳》:“父雍,起小吏,以能擢授殿中侍御史。” 諫司:指諫官的職位。竇群《初入諫司喜家室至》:“一旦悲歡見孟光,十年辛苦伴滄浪。不知筆硯緣封事,猶問傭書日幾行?”白居易《哭孔戡》:“或望居諫司,有事戡必言。或望居憲府,有邪戡必彈。” 常品:常格,慣例,通例。韓愈《賀赦表》:“未離貶竄之地,忽逢曠蕩之恩,踴躍欣歡,實倍常品。”王禹偁《賀勝捷表》:“今則身居郎署,目覩神功,感涕忻歡,倍萬常品。” 默默:緘口不説話。《韓詩外傳》卷一〇:“有諤諤争臣者,其國昌;有默默諛臣者,其國亡。”司馬光《論兩浙不宜添置弓手狀》:“臣職忝密近,官備藩方,不敢默默,理須上列。”

㊵ 邦本:國家的根本。《書·五子之歌》:"民惟邦本,本固邦寧。"孔傳:"言人君當固民以安國。"孔穎達疏:"民惟邦國之本,本固則邦寧。"後因以"邦本"指人民。杜甫《入衡州》:"凋弊惜邦本,哀矜存事常。" 磐石:舊喻分封的宗室。張光朝《天門街西觀榮王聘妃(榮王,憲宗幼子)》:"鄭國通梁苑,天津接帝畿……從兹磐石固,應爲得賢妃。"韋莊《江南送李明府入關》:"我爲孟館三千客,君繼寧王五代孫。正是中興磐石重,莫將顛領入都門!"

㊶ 宫人:妃嬪、宫女的通稱。《左傳·昭公十八年》:"火作……商成公儆司宫,出舊宫人,寘諸火所不及。"杜預注:"舊宫人,先公宫女。"韓愈《毛穎傳》:"上親决事,以衡石自程,雖宫人不得立左右。" 水旱:水澇與乾旱。《史記·平準書》:"漢興七十餘年之間,國家無事,非遇水旱之灾,民則人給家足。"杜甫《雷》:"水旱其數然,堯湯免親覩。"舊時認爲,水澇、乾旱與數千宫女終生閉居深宫有關。雖然這種説法並無科學根據,但却是在一定程度上尊重女性的表現。宫女的悲慘遭遇,元稹在《和李校書新題樂府十二首·上陽白髮人》中有所描述:"天寶年中花鳥使,撩花狎鳥含春思。滿懷墨詔求嬪御,走上高樓半酣醉。醉酣直入卿士家,閨闈不得偷迴避。良人顧妾心死别,小女呼爺血垂泪。十中有一得更衣,永配深宫作宫婢。御馬南奔胡馬蹙,宫女三千合宫棄。宫門一閉不復開,上陽花草青苔地。月夜閑聞洛水聲,秋池暗度風荷氣。日日長看提象門,終身不見門前事。" 諸女:這裏指皇族中應該婚嫁的適齡女性,至中唐,大齡不嫁的皇族女性不在少數,元稹的《和李校書新題樂府十二首·上陽白髮人》同樣有所反映:"此輩賤嬪何足言,帝子天孫古稱貴。諸王在閤四十年,七宅六宫門户閟。隋煬枝條襲封邑(近古,封前代子孫爲二王三恪),肅宗血胤無官位(肅宗已後,諸王並未出閤)。王無妃媵主無婿,陽亢陰淫結灾累。何如决壅順衆流,女遣從夫男作吏!" 人倫:封建禮教所規定的人與人之間的關係,特指尊卑長幼之間的等級關係。《孟

子·滕文公》:"人之有道也,飽食煖衣,逸居而無教,則近於禽獸,聖人有憂之,使契爲司徒,教以人倫:父子有親,君臣有義,夫婦有别,長幼有叙,朋友有信。"《漢書·東方朔傳》:"上不變天性,下不奪人倫。"

㊷ 無時:不定時,隨時。《儀禮·既夕禮》:"哭晝夜無時。"鄭玄注:"哀至則哭,非必朝夕。"杜甫《三川觀水漲二十韵》:"火雲無時出,飛電常在目。" 庶政:各種政務。《易·賁》:"山下有火,賁。君子以明庶政,無敢折獄。"《新唐書·高宗紀》:"太宗每視朝,皇太子常侍,觀決庶政。" 聰明:視聽靈敏。《易·鼎》:"巽而耳目聰明。"《後漢書·班超傳》:"衰老被病,頭髮無黑,兩手不仁,耳目不聰明。"

㊸ 正衙:唐宋時正式朝會聽政的處所。白居易《紫毫筆》:"臣有奸邪正衙奏,君有動言直筆書。"《舊唐書·地理志》:"明堂之西有武成殿,即正衙聽政之所也。" 奏事:向皇帝陳述事情。《史記·汲鄭列傳》:"上嘗坐武帳中,黯前奏事。"沈括《夢溪筆談·謬誤》:"黄宗旦晚年病目,每奏事,先具奏目,成誦於口。" 躬親:親自,親身從事。語本《詩·小雅·節南山》:"弗躬弗親,庶民弗信。"董仲舒《春秋繁露·爲人者天》:"躬親職此於上,而萬民聽生善於下矣!" 方幅:猶法度,規矩。葉適《丁少詹墓誌銘》:"〔少詹〕縱筆所就,詞雄意確,論事深眇,皆有方幅。"胡宿《陳升之可右司諫制》:"以爾蔚有文采,參以風識。更試外服,則材强濟而有餘;察視中司,則體端直而無撓。比奏方幅,數進忠言……" 糾彈:舉發彈劾。《北齊書·趙郡王琛傳》:"天平中,除御史中尉,正色糾彈,無所迴避,遠近肅然。"《隋書·百官志》:"皇太子以下,其在宫門行馬内違法者,皆糾彈之。" 奸佞:奸邪諂媚的人,多指奸臣。王符《潛夫論·思賢》:"尊賢任能,信忠納諫,所以爲安也,而闇君惡之,以爲不若奸佞、闒茸、讒諛之言者,此其將亡之徵也。"葛洪《抱朴子·釋滯》:"至使末世利口之奸佞,無行之弊子,得以老莊爲窟藪,不亦惜乎?"

㊹ 非時:不時,時常。杜甫《贈太子太師汝陽郡王璡》:"出入獨

非時,禮異見群臣。”仇兆鰲注:“非時,即常常而見之意。”范成大《刺濆淖》:“人言盤渦耳,夷險顧有間。仍於非時作,未可一理貫。” 貢獻:進奉,進貢。《國語・吴語》:“越國固貢獻之邑也,君王不以鞭箠使之,而辱軍士使寇令焉!”《後漢書・班固傳》:“時北單于遣使貢獻,求欲和親,詔問群僚。” 誅求:需索,强制徵收。《左傳・襄公三十一年》:“以敝邑褊小,介於大國,誅求無時,是以不敢寧居,悉索敝賦,以來會時事。”杜預注:“誅,責也。”《資治通鑑・唐德宗建中四年》:“征師日滋,賦斂日重,内自京邑,外洎邊陲,行者有鋒刃之憂,居者有誅求之困。” 畋遊:畋獵遊樂。韓愈《故金紫光禄大夫贈太傅董公行狀》:“玄佐死,子士寧代之,畋遊無度。”《新唐書・王綝傳》:“王好畋遊,上書切諫。” 銜橜:亦即“銜橜之變”,指車馬傾覆的危險,亦喻意外發生的事故。《漢書・司馬相如傳》:“且夫道清而後行,中路而馳,猶時有銜橜之變。”顔師古注:“張揖曰:‘銜,馬勒銜也,橜,騑馬口長銜也。’橜謂車之鉤心也。銜橜之變,言馬銜或斷,鉤心或出,則致傾敗以傷人也。”潘岳《西征賦》:“懼銜橜之或變,峻徒御以誅賞。”亦省稱“銜橛”,吴兢《貞觀政要・論畋獵》:“清道而行,猶戒銜橛。”

㊺ 設使:假如。《鶡冠子・天權》:“設使知之,其知之者屈己知之矣!若其弗知者,雖師而説尚不曉也。”曹操《讓縣自明本志令》:“設使國家無有孤,不知當幾人稱帝幾人稱王?” 是:正確。《詩・魏風・園有桃》:“彼人是哉?子曰何其。”朱熹集傳:“彼之所爲已是矣!而子之言獨何爲哉?”葉適《陳秀伯墓誌銘》:“君既不以求和爲是,而書語侵中書,執政固不喜。” 用:施行,實行。《易・乾》:“初九,潛龍,勿用。”王引之《經義述聞・周易》:“用者,施行也。勿用者,無所施行也。”采用,聽從。《史記・陳丞相世家》:“上曰:‘吾用先生謀計,戰勝剋敵,非功而何?’” 福:幸福,福氣,凡富貴壽考、康健安寧、吉慶如意、全備圓滿皆謂之福。《書・洪範》:“五福:一曰壽,二曰富,三曰康寧,四曰攸好德,五曰考終命。”《詩・小雅・瞻彼洛矣》:“君子至

止，福禄如茨。”鄭玄箋：“爵命爲福，賞賜爲禄。”孔穎達疏：“凡言福者，大慶之辭；禄者，吉祉之謂。”

㊻ 非：不對，錯誤。《易·繫辭》：“雜物撰德，辯是與非。”陶潛《歸去來兮辭》：“實迷途其未遠，覺今是而昨非。” 罪：懲罰，治罪。《書·舜典》：“流共工於幽州，放驩兜於崇山，竄三苗於三危，殛鯀於羽山：四罪而天下咸服。”《吕氏春秋·仲秋》：“乃勸種麥，無或失時，行罪無疑。”高誘注：“罪，罰也。” 分：職分。《荀子·王霸》：“相者，論列百官之長，要百事之聽，以飾朝廷臣下百吏之分。”《禮記·禮運》：“男有分，女有歸。”鄭玄注：“分，猶職也。”指本分。《晉書·邵續傳》：“釁鼓之刑，囚之恒分，但恨天實爲之，謂之何哉！” 願：願望，心願。《詩·鄭風·野有蔓草》：“邂逅相遇，適我願兮！”陶潛《歸去來兮辭》：“富貴非吾願，帝鄉不可期。”

㊼ 懇悃：懇切忠誠。韓愈《論佛骨表》：“上天鑒臨，臣不怨悔，無不感激懇悃之至。”歐陽修《與執政書》：“某以官守居外，具瞻之地，非時不敢通問。今迫以懇悃，不能自默。” 奮激：激動振奮。《百喻經·五百歡喜丸喻》：“師子見之，奮激鳴吼，騰躍而前。”曾鞏《徐孺子祠堂記》：“天下聞其風、慕其義者，人人感慨奮激。” 效節：盡忠。吴質《答魏太子箋》：“自謂可終始相保，並騁材力，效節明主。”權德輿《建除詩》：“執心思報國，效節在忘軀。” 謹言：敬慎進言。《穀梁傳·桓公三年》：“夏，齊侯、衛侯胥命于蒲，胥之爲言猶相也。相命而信諭，謹言而退，以是爲近古也。”張説《禮儀使賀五陵祥瑞表并答制》：“臣等幸陪大禮，親覩禎祥，無任大慶之至，謹奉表陳賀以聞，臣説謹言。”

［編年］

《年譜》編年本文於元和元年，列在《才識兼茂明於體用策》之後，《論教本書》之前。《編年箋注》没有明確編年本文的具體時間，僅僅列本文於《論教本書》之後,《論追制表》、《論討賊表》之前。《年譜新編》編年本文於元和元年,但没有具體的撰作時間,同《年譜》一樣,本文列在《才識兼茂明於體用策》之後,《論教本書》之前,都没有説明理由。

我們以爲,《年譜》、《編年箋注》、《年譜新編》的編年都是不合適的。元稹《才識兼茂明於體用策》撰作於元和元年四月十三日,而《論教本書》撰作於元稹拜職左拾遺之"即日"或其後一二天之内。依照《年譜》、《年譜新編》的編年排列,本文似乎應該撰作於元和元年四月二十八日剛剛拜職左拾遺之時,而且必須在撰作《論教本書》之前。而本文提及:"發承光之詐,而假威之孽除。"《册府元龜·明罰》:"憲宗元和元年六月庚戌詔曰:李承光身無職位,假託交遊,妄説異端,指斥中外,付京兆府决重杖一頓,處死,其家口委京兆府收捕。承光通於中貴人,因卜射於人曰:某爲某官,吾爲求得之;某爲某官,繇我而黜之。朝士與交通者非一,事彰故伏法。"據此,《年譜》、《年譜新編》的編年將不攻自破。按照《編年箋注》的編年排列,本文則應該在《論教本書》之後,亦即元和元年四月二十八日之後,而實際是本文應該作於《論追制表》、《論討賊表》之後,是元稹左拾遺任上最後幾篇作品之一。

我們以爲,本文應該撰作於元和元年八月九日之後、八月十三日之前的四天之内。理由是:一、本文提及的李承光事件,上文已經闡明,發生在元和元年六月。二、本文云:"獨以陛下即位已來,既周歲矣!"又云:"今陛下當致理之初,在四方多虞之日,然而言事進計者,終歲無一人。"據《舊唐書·憲宗紀》,唐憲宗永貞元年八月一日受内禪,即位在同年的八月九日,以"周歲"計,當在元和元年八月九日之後。三、此點也與本文"若臣等,備位諫列,名爲供奉官,曠日彌年不得召見"相呼應,反映唐憲宗即位之後,直至撰寫本文之時,時歷一年,没有召見像元稹這樣的"供奉官"。四、元稹《酬翰林白學士代書一百韵》:"敢嗟身暫黜,所恨政無毗(予元和元年任拾遺,八月十三日延英對，九月十三貶授河南尉）。”而本文一再强調“若臣等……曠日彌年不得召見”，説明撰寫本文之時，元稹也没有得到召見。據此，本文應該作於元稹八月十三日“延英對”之前，也許正是唐憲宗看到本文，産生興趣，才决定召見，才招來宰相的不滿，才最後被出貶爲河南尉。終上所述，本文應該撰作於元和元年八月九日唐憲宗登位“周歲”之後，同年八月十三日元稹被唐憲宗召見之前的四天之内，這也許是我們今天能够看到的元稹在左拾遺任上進奏唐憲宗的最後一篇奏表，地點在長安，元稹時任左拾遺之職。

■ 論出宫人以消水旱書（一）①

據元稹《獻事表》

［校記］

（一）論出宫人以消水旱書：元稹本佚失之書所據的元稹《獻事表》，分别見楊本、叢刊本、《英華》、《古文淵鑒》、《淵鑑類函》、《全文》，有關部份文字相同。

［箋注］

① 論出宫人以消水旱書：元稹《獻事表》：“輒敢冒昧殊死件奏十事於後……三曰出宫人以消水旱……凡此十者，設使言之而是，是而見用，非臣之福也，天下之福也！苟或言之而非，非而見罪，乃臣之分也，亦臣之願也。”其中“一曰教太子以崇邦本，二曰任諸王以固磐石”兩件，元稹已經在《論教本書》中論及：“今陛下以上聖之資肇臨海内，是天下之人傾耳注目之日也。特願陛下思成王訓導之功，念文皇游習之漸，選重師保，慎簡宫寮，皆用博厚弘深之儒，而又練達機務者爲

之。更進迭見，日就月將。因令皇太子洎諸王，定齒胄講業之儀，行嚴師問道之禮，至德要道以成之，撤膳記過以警之。血氣未定，則輟禽色之娱以就學；聖質既備，則資游習之善以弘德，此所謂一人元良，萬國以貞之化也。豈直修廢學，選司成，而足倫匹其盛哉！而又俾則百王，莫不幼同師，長同術，識君道之素定，知天倫之自然，然後選用賢良，樹爲藩屏。出則有晉、鄭、魯、衛之盛，入則有東牟、朱虚之强，蓋所謂宗子維城、犬牙磐石之勢，又豈與夫魏晉以降，囚賊其兄弟而自剪其本枝者同年而語乎?”故拙稿不作爲佚失之書處理。但“三曰出宫人以消水旱”、“四曰嫁諸女以遂人倫”、“五曰無時召宰相以講庶政”、“六曰序次對百辟以廣聰明”、“七曰復正衙奏事以示躬親”、“八曰許方幅糾彈以懾奸佞”、“九曰禁非時貢獻以絶誅求”、“十曰省出入畋遊以防銜蹶”等八件，在元稹詩文集内未見，應該屬於佚失之篇，據補。　論：議論，分析和説明事理。李絳《對憲宗論朋黨》：“臣歷觀自古及今，帝王最惡者是朋黨。奸人能揣知上旨，非言朋黨，不足以激怒主心，故小人譖毁賢良，必言朋黨。”元稹《謝恩賜告身衣服並借馬狀》：“伏緣先有疏論邊事及幽州事宜，兼李愿入朝，並要面自論奏。”　出：自内而外，與“入”、“進”相對。《禮記・祭義》：“樂正子春下堂而傷其足，數月不出。”韓愈《感二鳥賦》：“出國門而東騖，觸白日之隆景。”　宫人：妃嬪、宫女的通稱。《易・剥》：“貫魚，以宫人寵。”李鼎祚集解引何妥曰：“夫宫人者，后夫人嬪妾。”韓愈《毛穎傳》：“上親决事，以衡石自程，雖宫人不得立左右。”　消：消失，消除，不復存在。《易・泰》：“内君子而外小人，君子道長，小人道消也。”王昌齡《城傍曲》：“邯鄲飲來酒未消，城北原平掣皂雕。”　水旱：水澇與乾旱。《周禮・春官・保章氏》：“以五雲之物辨吉凶，水旱降豐荒之祲象。”賈公彦疏：“水旱降爲荒凶也。”《史記・平準書》：“漢興七十餘年之間，國家無事，非遇水旱之灾，民則人給家足。”　書：文體名，用以陳述對政事的見解、意見。王充《論衡・對作》：“上書奏記，陳列便宜，皆欲輔政。今作書者，猶上書奏記，説發胸臆，文成手中，其實一也。夫上書謂之奏記，轉易其名謂之書。”姚華《論文後編・目録》：“書以言事，行上行下，平行往復，統謂之書。故二十九篇誓誥與命十居五六，皆曰書也。書者總言，析曰誓誥，曰命誓。命以上行下，誥則上下通行，意猶告也。平行用告，更不待言。古人事簡，體無多制。周末用書更盛。”

［編年］

未見《元稹集》採録，也未見《編年箋注》、《年譜新編》採録與編年，《年譜》題爲《論出宫人嫁諸女書》，將“出宫人”、“嫁諸女”拼湊爲一篇，没有出示任何根據。編年於元和元年“佚文”欄内，没有具體撰作時間。

我們以爲，一、元稹拜職左拾遺在元和元年四月二十八日，解左拾遺之職在同年九月十三日，元稹本佚失之書即應該賦成於這一時期。二、元稹《獻事表》，據我們考證，賦成於“元和元年八月九日至同年八月十三日間”，故元稹本佚失之書應該賦成於元和元年八月九日至八月十三日間。

■ 論嫁諸女以遂人倫書(一)①

據元稹《獻事表》

［校記］

（一）論嫁諸女以遂人倫書：本佚失之書所據的元稹《獻事表》，分别見楊本、叢刊本、《英華》、《古文淵鑒》、《淵鑑類函》、《全文》，有關部份文字相同。

[箋注]

① 論嫁諸女以遂人倫書：元稹《獻事表》："輒敢冒昧殊死件奏十事於後……四曰嫁諸女以遂人倫……凡此十者，設使言之而是，是而見用，非臣之福也，天下之福也！苟或言之而非，非而見罪，乃臣之分也，亦臣之願也。"今存元稹文篇未見，據補。　嫁：女子結婚，出嫁。《漢書・烏孫國》："吾家嫁我兮天一方，遠託異國兮烏孫王。"元稹《遣悲懷三首》一："謝公最小偏憐女，自嫁黔婁百事乖。"　女：指青年未婚女子。《詩・周南・關雎》："窈窕淑女，君子好逑。"宋玉《登徒子好色賦》："然此女登墻闚臣三年，至今未許也。"　遂：順應，符合。《國語・周語》："如是，而鑄之金，磨之石，繫之絲木，越之匏竹，節之鼓而行之，以遂八風。"韋昭注："遂，順也。"《史記・李斯列傳》："斷而敢行，鬼神避之。後有成功，願子遂之。"　人倫：封建禮教所規定的人與人之間的關係，特指尊卑長幼之間的等級關係。《管子・八觀》："背人倫而禽獸行，十年而滅。"《孟子・滕文公》："人之有道也，飽食暖衣，逸居而無教，則近於禽獸，聖人有憂之，使契爲司徒，教以人倫：父子有親，君臣有義，夫婦有别，長幼有叙，朋友有信。"

[編年]

未見《元稹集》採録，也未見《編年箋注》、《年譜新編》採録與編年，《年譜》題爲《論出宫人嫁諸女書》，編年於元和元年"佚文"欄内，没有具體撰作時間。

我們以爲，元稹本佚失之書即應該與《論出宫人以消水旱書》賦成於同一時期，亦即元和元年八月九日至八月十三日間，地點在長安，元稹時任左拾遺之職。

■ 論無時召宰相以講庶政書(一)①

據元稹《獻事表》

[校記]

(一) 論無時召宰相以講庶政書:本佚失之書所據的元稹《獻事表》,分别見楊本、叢刊本、《英華》、《古文淵鑒》、《淵鑑類函》、《全文》,有關部份文字相同。

[箋注]

① 論無時召宰相以講庶政書:元稹《獻事表》:"輒敢冒昧殊死件奏十事於後……五曰無時召宰相以講庶政……凡此十者,設使言之而是,是而見用,非臣之福也,天下之福也! 苟或言之而非,非而見罪,乃臣之分也,亦臣之願也。"今存元稹文篇未見,據補。 無時:不定時,隨時。《儀禮·既夕禮》:"哭晝夜無時。"鄭玄注:"哀至則哭,非必朝夕。"杜甫《三川觀水漲二十韵》:"火雲無時出,飛電常在目。" 召:召唤,召見。《史記·司馬穰苴列傳》:"景公召穰苴,與語兵事,大説之,以爲將軍。"徵召,特指君召臣。《晉書·李密傳》:"密以祖母年高,無人奉養,遂不應命……乃停召。" 宰相:《韓非子·顯學》:"明主之吏,宰相必起於州部,猛將必起於卒伍。"本爲掌握政權的大官的泛稱,後來用以指歷代輔助皇帝、統領群僚、總攬政務的最高行政長官。皇甫湜《賦四相詩·門下侍郎平章事王縉》:"知己不易遇,宰相固有器。瞻事華壁中,來者誰其嗣?"權德輿《奉和劉侍郎司徒奉詔伐叛書情呈宰相》:"玉帳元侯重,黄樞上宰雄。緣情詞律外,宣力廟謀中。" 講:講説,談論。《莊子·德充符》:"孔子曰:'丘則陋矣! 夫子胡不入乎?請講以所聞。'"《漢書·叙傳》:"既通大義,又講異同於許商。" 庶政:各種政務。《易·賁》:"山下有火,賁。君子以明庶政,無敢折獄。"《新唐書·高宗紀》:"太宗每視朝,皇太子常侍,觀決庶政。"

[編年]

未見《元稹集》採録,也未見《年譜》、《編年箋注》、《年譜新編》採録與編年。

我們以爲,元稹本佚失之書即應該與《論出宫人以消水旱書》賦成於同一時期,亦即元和元年八月九日至八月十三日間,地點在長安,元稹時任左拾遺之職。

■ 論序次對百辟以廣聽明書(一)①

據元稹《獻事表》

[校記]

(一) 論無時召宰相以講庶政書:本佚失之書所據的元稹《獻事表》,分别見楊本、叢刊本、《英華》、《古文淵鑒》、《淵鑑類函》、《全文》,有關部份文字相同。

[箋注]

① 論序次對百辟以廣聽明書:元稹《獻事表》:"輒敢冒昧殊死件奏十事於後……六曰序次對百辟以廣聽明……凡此十者,設使言之而是,是而見用,非臣之福也,天下之福也! 苟或言之而非,非而見罪,乃臣之分也,亦臣之願也。"今存元稹文篇未見,據補。　序次:指按照次序。陸贄《策問識洞韜略堪任將帥科》:"子房序次兵法,任宏論,譔軍書,指明異同,詳録名氏,想聞商略,擇善而行。"韓愈《河中府法曹張君墓碣銘》:"愈既哭吊辭,遂叙次其族世名字事始終而銘曰……"　百辟:百官。《宋書·孔琳之傳》:"(徐)羡之内居朝右,外司輦轂,位任隆重,百辟所瞻。"白居易《醉後走筆酬劉五主簿長句之

贈》:“閶闔晨開朝百辟,冕旒不動香烟碧。” 廣:遠,指志向等遠大。《左傳·僖公二十三年》:“晉公子廣而儉。”杜預注:“志廣而體儉。”《後漢書·孔融傳》:“融負其高氣,志在靖難,而才疏意廣,迄無成功。”擴大。《易·繫辭》:“夫《易》,聖人所以崇德而廣業也。”《後漢書·朱景王杜等傳論》:“至公均被,必廣招賢之路。” 聰明:謂明察事理。《荀子·王霸》:“聰明君子者,善服人者也。”杜甫《奉酬薛十二丈判官見贈》:“吾聞聰明主,治國用輕刑。”

[編年]

未見《元稹集》採録,也未見《年譜》、《編年箋注》、《年譜新編》採録與編年。

我們以爲,元稹本佚失之書即應該與《論出官人以消水旱書》賦成於同一時期,亦即元和元年八月九日至八月十三日間,地點在長安,元稹時任左拾遺之職。

■ 論復正衙奏事以示躬親書(一)①

據元稹《獻事表》

[校記]

(一)論復正衙奏事以示躬親書:本佚失之書所據的元稹《獻事表》,分别見楊本、叢刊本、《英華》、《古文淵鑒》、《淵鑑類函》、《全文》,有關部份文字相同。

[箋注]

① 論復正衙奏事以示躬親書:元稹《獻事表》:“輒敢冒昧殊死件

奏十事於後……七曰復正衙奏事以示躬親……凡此十者,設使言之而是,是而見用,非臣之福也,天下之福也！苟或言之而非,非而見罪,乃臣之分也,亦臣之願也。”今存元稹文篇未見,據補。　復:恢復。《史記·孟嘗君列傳》:“王召孟嘗君而復其相位。”獨孤及《唐故秘書監贈禮部尚書姚公墓誌銘并序》:“於時迍難始康,百揆草創,官復其職,人亦求舊。”　正衙:唐宋時正式朝會聽政的處所。《舊唐書·地理志》:“明堂之西有武成殿,即正衙聽政之所也。”司馬光《涑水記聞》卷八:“丹鳳之内曰含光殿,每至大朝會,則御之。次曰宣政殿,謂之正衙,朔望大册拜,則御之。次曰紫宸殿,謂之上閤,亦曰内衙,奇日視朝則御之。”　奏事:向皇帝陳述事情。《史記·汲鄭列傳》:“上嘗坐武帳中,黯前奏事。”沈括《夢溪筆談·謬誤》:“黄宗旦晚年病目,每奏事,先具奏目,成誦於口。”　躬親:親自,親身從事。語本《詩·小雅·節南山》:“弗躬弗親,庶民弗信。”董仲舒《春秋繁露·爲人者天》:“躬親職此於上,而萬民聽生善於下矣!”葛洪《抱朴子·用刑》:“逮於軒轅,聖德尤高,而躬親征伐,至於百戰。”

[編年]

未見《元稹集》採録,也未見《年譜》、《編年箋注》、《年譜新編》採録與編年。

我們以爲,元稹本佚失之書即應該與《論出宫人以消水旱書》賦成於同一時期,亦即元和元年八月九日至八月十三日間,地點在長安,元稹時任左拾遺之職。

■ 論許方幅糾彈以懾奸佞書(一)①

據元稹《獻事表》

[校記]

(一)論許方幅糾彈以懾奸佞書:本佚失之書所據的元稹《獻事表》,分别見楊本、叢刊本、《英華》、《古文淵鑒》、《淵鑑類函》、《全文》,有關部份文字相同。

[箋注]

① 論許方幅糾彈以懾奸佞書:元稹《獻事表》:"輒敢冒昧殊死件奏十事於後……八曰許方幅糾彈以懾奸佞……凡此十者,設使言之而是,是而見用,非臣之福也,天下之福也! 苟或言之而非,非而見罪,乃臣之分也,亦臣之願也。"今存元稹文篇未見,據補。 許:應允,許可。《後漢書·千乘貞王伉傳》:"悝後因中常侍王甫求復國,許謝錢五千萬。"韓愈《唐故朝散大夫商州刺史除名徙封州董府君墓誌銘》:"明年,立皇太子,有赦令,許歸葬。" 方幅:六朝時方言,公然,正當。劉義慶《世説新語·賢媛》:"李氏在世,得方幅齒遇。"余嘉錫箋疏:"六朝人謂凡事之出於光明顯著者爲方幅,此言'方幅齒遇',猶言正當禮遇之也。"《宋書·吴喜傳》:"且欲防微杜漸,憂在未萌,不欲方幅露其罪惡,明當嚴詔切之,令自爲其所。" 糾彈:舉發彈劾。郭震《劾趙彦昭韋嗣立韋安石奏》:"乾坤交泰,宇宙再清,不加貶削,法將安措? 臣忝司清憲,敢不糾彈? 請付紫微黄門準法處分。"姚庭筠《請奉行律令不得隨事輒奏疏》:"自餘據章程合行者,合令準法處分。其有故生疑滯,有致稽失者,請令御史隨事糾彈。" 懾:威懾,使屈服。《淮南子·氾論訓》:"威動天地,聲懾海内。"高誘注:"懾,服也。"白居易《代書詩一百韵寄微之》:"下韝驚鷙雀,當道懾狐狸。" 奸佞:奸邪諂媚。袁高《茶山詩》:"亦有奸佞者,因兹欲求伸。動生千金費,日使萬姓貧。"司空圖《南北史感遇十首》五:"兵圍梁殿金甌破,火發陳宫玉樹摧。奸佞豈能慚誤國? 空令懷古更徘徊。"

[編年]

未見《元稹集》採録,也未見《年譜》、《編年箋注》、《年譜新編》採録與編年。

我們以爲,元稹本佚失之書即應該與《論出宫人以消水旱書》賦成於同一時期,亦即元和元年八月九日至八月十三日間,地點在長安,元稹時任左拾遺之職。

■ 論禁非時貢獻以絶誅求書(一)①

據元稹《獻事表》

[校記]

(一)論禁非時貢獻以絶誅求書:本佚失之書所據的元稹《獻事表》,分别見楊本、叢刊本、《英華》、《古文淵鑒》、《淵鑑類函》、《全文》,有關部份文字相同。

[箋注]

① 論禁非時貢獻以絶誅求書:元稹《獻事表》:"輒敢冒昧殊死件奏十事於後……九曰禁非時貢獻以絶誅求……凡此十者,設使言之而是,是而見用,非臣之福也,天下之福也! 苟或言之而非,非而見罪,乃臣之分也,亦臣之願也。"今存元稹文篇未見,據補。　禁:禁止,制止。《左傳·僖公三年》:"齊侯與蔡姬乘舟於囿,蕩公,公懼變色,禁之不可。"《戰國策·秦策》:"以鼎與楚,以地與魏,王不能禁。"非時:不時,時常。杜甫《贈太子太師汝陽郡王璡》:"出入獨非時,禮異見群臣。"仇兆鰲注:"非時,即常常而見之意。"范成大《刺濆淖》:"人言盤渦耳,夷險顧有間。仍於非時作,未可一理貫。"　貢獻:進

奉,進貢。《國語·吴語》:"越國固貢獻之邑也,君王不以鞭箠使之,而辱軍士使寇令焉!"《後漢書·班固傳》:"時北單于遣使貢獻,求欲和親,詔問群僚。" 絶:杜絶,摒棄。《論語·子罕》:"子絶四:毋意、毋必、毋固、毋我。"劉義慶《世説新語·言語》:"王長史與劉真長别後相見。"劉孝標注引《王長史别傳》:"外絶榮競,内寡私欲。"引申爲拒絶。《後漢書·張奂傳》:"董卓慕之,使其兄遺縑百匹。奂惡卓爲人,絶而不受。" 誅:誅求,索要。《左傳·莊公八年》:"公懼,隊於車。傷足,喪屨。反,誅屨於徒人費。"楊伯峻注:"隊,同墜。誅,責也。誅屨,責其覓屨也。"《國語·吴語》:"以歲之不穫也,無有誅焉!"韋昭注:"誅,責也。不責諸侯之貢賦。" 求:謀求,追求。《淮南子·説山訓》:"求美則不得美,不求美則美矣!"劉知幾《史通·雜説》:"道鸞不揆淺才,好出奇語,所謂欲益反損,求妍更嫓者矣!"

[編年]

未見《元稹集》採録,也未見《編年箋注》、《年譜新編》採録與編年。《年譜》文題爲《論禁貢獻省畋遊書》,將"九"、"十"兩條合爲一篇,但没有出示任何根據。編年於元和元年"佚文"欄内,但没有具體撰寫的時間。

我們以爲,元稹本佚失之書即應該與《論出宫人以消水旱書》賦成於同一時期,亦即元和元年八月九日至八月十三日間,地點在長安,元稹時任左拾遺之職。

■ 論省出入畋遊以防銜蹶書(一)①

據元稹《獻事表》

[校記]

(一) 論省出入畋遊以防銜蹶書:本佚失之書所據的元稹《獻事表》,分別見楊本、叢刊本、《英華》、《古文淵鑒》、《淵鑑類函》、《全文》,有關部份文字相同。

[箋注]

① 論省出入畋遊以防銜蹶書:元稹《獻事表》:"輒敢冒昧殊死件奏十事於後……十曰省出入畋遊以防銜蹶……凡此十者,設使言之而是,是而見用,非臣之福也,天下之福也! 苟或言之而非,非而見罪,乃臣之分也,亦臣之願也。"今存元稹文篇未見,據補。　省:減少,削減。《史記・平津侯主父列傳》:"嚮使秦緩其刑罰,薄賦斂,省繇役……變風易俗,化於海内,則世世必安矣!"《後漢書・曹褒傳》:"褒到,乃省吏并職,退去奸殘,澍雨數降。"　出入:出進。《史記・項羽本紀》:"所以遣將守關者,備他盜出入與非常也。"杜甫《石壕吏》:"有孫母未去,出入無完裙。"　畋遊:畋獵遊樂。韓愈《故金紫光禄大夫贈太傅董公行狀》:"玄佐死,子士寧代之,畋遊無度。"《新唐書・王綝傳》:"王好畋游,上書切諫。"　防:戒備,防備。《易・小過》:"弗過防之,從或戕之,凶。"高亨注:"當人未有過失之時,宜預防之。"皎然《因游支硎寺寄邢端公》:"謇諤言無隱,公忠禍不防。"　銜蹶:咬轡頭尥蹶子,比喻馬匹不受羈縶,容易發生意外。蘇頲《諫鑾駕親征表》:"況今四海之内,皆爲臣妾;普天之下,莫非王土。而蕞爾一寇,如一蚊之附九牛。陛下便欲降萬乘之尊,親銜蹷之變,輕其帝重,逸此庸臣,臣竊爲陛下不取也。"吕陶《唐虞論》:"和鸞中節,平趨大道,而忘銜蹶之變,以乃善御也,所向雖無虞,而所思不敢怠也!"

[編年]

未見《元稹集》採録,也未見《編年箋注》、《年譜新編》採録與編年。《年譜》文題爲《論禁貢獻省畋遊書》,將"九"、"十"兩條合爲一篇,没有出示任何根據。編年於元和元年"佚文"欄内,但没有具體撰寫的時間。

我們以爲,元稹本佚失之書即應該與《論出宫人以消水旱書》賦成於同一時期,亦即元和元年八月九日至八月十三日間,地點在長安,元稹時任左拾遺之職。

■ 訟裴度李正辭韋纁所言當行狀(一)①

據元稹《表奏(有序)》

[校記]

(一) 訟裴度李正辭韋纁所言當行狀:元稹本佚失文所據元稹《表奏(有序)》,又見《舊唐書·元稹傳》及所引《表奏(有序)》,未見異文。

[箋注]

① 訟裴度李正辭韋纁所言當行狀:元稹《表奏(有序)》:"元和初,章武皇帝(憲宗)新即位,臣下未有以言刮視聽者。予始以對詔在拾遺中供奉,由是獻《教本書》、《諫職》、《論事》等表十數通。仍爲裴度、李正辭、韋纁訟所言當行,而宰相曲道上語。上頗悟,召見問狀,宰相大惡之。不一月,出爲河南尉。"今元稹詩文集中未見元稹爲裴度、李正辭、韋纁三人的辯解文章,應該是屬於佚失之篇,據補。訟:爲人理冤、辯冤。荀悦《漢紀·宣帝紀》:"(劉)向坐僞鑄黄金下

獄,當死,德上書訟向。有司奏德訟子罪,失大臣之體。"《宋史·岳飛傳》:"及紹興末,金益猖厥,太學生程宏圖上書訟飛,詔飛家自便。" 裴度:字中立,河東聞喜人。貞元中擢第,授河陰縣尉,元和初,遷監察御史。元稹本文,即撰作於此時。元稹本文不被採納,與裴度同時出貶,元稹貶爲河南縣尉,裴度出爲河南府功曹,兩人同路奔赴洛陽。裴度後來遷起居舍人、御史中丞、門下侍郎同中書門下平章事等職,又參與淮西平叛,有平叛之功,位居宰相,執掌量移大權,元稹有《上門下裴相公書》向其求助,要求量移,裴度不予理會。長慶元年三次彈劾元稹,促使元稹被罷免翰林承旨學士,降爲工部侍郎。元稹拜相後,又被李逢吉以"謀刺裴度"的莫須有的罪名出貶同州刺史,直到元稹最後暴病身亡在武昌軍節度使任上。王建《上裴度舍人》:"小松雙對鳳池開,履迹衣香逼上台。天意皆從彩毫出,宸心盡向紫烟來。"唐無名氏《裴度語》:"雞豬魚蒜逢著則喫,生老病死時至則行。" 李正辭:貞元八年(792)進士第,憲宗時自拾遺轉補闕,極言敢諫,時論許之。《舊唐書·裴垍傳》:"垍雖年少,驟居相位,而器局峻整有法度。雖大寮前輩,其造請不敢干以私。諫官言時政得失,舊事操權者多不悦其舉職。垍在中書,有獨孤郁、李正辭、嚴休復自拾遺轉補闕,及參謝之際,垍廷語之曰:'獨孤與李二補闕,孜孜獻納,今之遷轉,可謂酬勞,無愧矣!嚴補闕官業或異於斯,昨者進擬,不無疑緩。'休復悚恧而退。"《舊唐書·李吉甫傳》:"先是,制策試直言極諫科,其中有譏刺時政忤犯權倖者,因此均黨揚言皆執政教指,冀以摇動吉甫。賴諫官李約、獨孤郁、李正辭、蕭俛密疏陳奏,帝意乃解。" 韋縕:憲宗朝任國子司業、簡州刺史等職,裴度、李正辭、元稹的同僚。《册府元龜·不恭》:"唐韋縕爲國子司業,憲宗元和八年九月戊午重陽,賜宰臣以下宴於曲江。辛酉,罰縕等一十四人各一月俸,以其不赴曲江之宴也。"元稹《上門下裴相公書》:"獨憶得近日故裴兵部之爲人也……秉政不累月,閣下自外寮爲起居郎,韋相自巴州知制誥,張河南自邕幕爲御史,李西川自饒州爲雜端,密勿津梁之地，半得其人。如故韋簡州肋及稹等，拔於疑礙，置之朝行者又十數。" 行：可以。《書·吕刑》："上下比罪，無僭亂辭，勿用不行。"孔傳："無聽僭亂之辭以自疑，勿用折獄，不可行。"朱熹《省察》："文字講説得行而意味未深者，正要本原上加功。"

[編年]

未見《元稹集》採録，也未見《編年箋注》、《年譜新編》採録與編年。

元稹《表奏(有序)》："元和初，章武皇帝(憲宗)新即位……爲裴度、李正辭、韋縕訟所言當行，而宰相曲道上語。上頗悟，召見問狀，宰相大惡之。不一月，出爲河南尉。"元稹出貶爲河南尉在元和元年九月十三日，以"不一月"計之，元稹爲裴度、李正辭、韋縕辯解之事應該發生在元和元年八月十三日之後數日至九月十三日間，元稹時任左拾遺，地點在長安。

◎ 華之巫(景戌)[①]

有一人兮神之側，廟森森兮神默默[②]。神默默兮可奈何？願一見神兮何可得[③]？女巫索我何所有？神之開閉予之手[④]。我能進若神之前，神不自言寄予口[⑤]。爾欲見神安爾身，買我神錢沽我酒[⑥]。我家又有神之盤，爾進此盤神爾安[⑦]。此盤不進行路難，陸有摧車舟有瀾[⑧]。我聞此語長太息，豈有神明欺正直[⑨]！爾居大道誰南北，恣矯神言假神力[⑩]？假神力兮神未悟，行道之人不得度[⑪]。我欲見神誅爾巫，豈是因巫假神祐[⑫]！爾巫爾巫，爾獨不聞乎？與其媚於奥，不若媚於竈[⑬]。使我傾心事爾巫，吾寧驅車守吾道[⑭]。爾巫爾巫且相保，吾心自有丘之禱(一)⑮。

録自《元氏長慶集》卷二五

［校記］

（一）吾心自有丘之禱：宋蜀本、蘭雪堂本、叢刊本、《全詩》同，楊本作“吾心自有丘之檮”，語義不通，不改。《編年箋注》校記：“‘禱’楊本作‘禱’，據宋蜀本、華本、馬本、叢刊本、《全詩》改。”其實楊本作“檮”，筆誤所致，録以備考。

［箋注］

① 華之巫：我國古稱華夏，今稱中華，省稱“華”。《左傳·定公十年》：“裔不謀夏，夷不亂華。”孔穎達疏：“中國有禮義之大，故稱夏；有服章之美，謂之華，華夏一也。”許渾《太和初靖恭里感事（詠宋相申錫也，申錫爲王守澄所構，謫死開州，文宗太和五年事）》：“乾坤三事貴，華夏一夫冤。甯有唐虞世？心知不爲言！”　巫：古代從事祈禱、卜筮、星占，並兼用藥物爲人求福、却灾、治病的人。商代巫的地位較高，周時分男巫、女巫，司職各異，同屬司巫。春秋以後醫道漸從巫術中分出，但民間專行巫術、裝神弄鬼爲人祈禱治病者，仍世世不絶。《周禮·春官·司巫》：“司巫掌群巫之政令，若國大旱，則帥巫而舞雩；國有大裁，則帥巫而造巫恒。”《公羊傳·隱公四年》：“于鍾巫之祭焉！弑隱公也。”何休注：“巫者事鬼神禱解，以治病請福者也。”《孟子·公孫丑》：“巫匠亦然。”俞樾《群經平議·孟子》：“巫即醫也。《楚辭·天問》：‘化爲黄熊，巫何活焉。’王逸注曰：‘言鲧死後，化爲黄熊，入於羽淵，豈巫醫所能復生活！’是巫、醫古得通稱，蓋醫之先亦巫也。”《史記·魏其武安侯列傳》：“使巫視鬼者視之。”本詩的“華之巫”，即華夏的女巫，暗喻當時位高權重的宰相杜佑。元稹這首詩竟

然將矛頭直接指向當朝宰相杜佑，其勇氣，其氣概，在古代詩人中並不多見，值得讀者重視，研究者自然也應該給予高度的評價。　景戌：即丙戌，亦即元和元年，唐人因避諱，丙戌被改稱爲景戌。如楊炯《爲梓州官屬祭陸鄴縣文》："維垂拱二年，太歲景戌，正月壬寅朔，二十二日癸亥，長史劉某謹以清酌庶羞之奠，敬祭陸明府之靈……"而"垂拱二年"的干支正是"丙戌"。關於事涉唐代帝皇的避諱，明代余寅《同姓名録・歷代名諱考》："高祖之父諱'昞'，《晉書》及《北史》'丙'字皆以'景'字代之，'景寅'、'景子'、'景戌'之類。高祖諱'淵'，改'龍淵'爲'龍泉'，《晉書》'劉淵'爲'劉元海'，'戴淵'爲'戴若思'，北齊'趙文淵'爲'趙文深'。太宗諱'世民'，凡言'世'皆曰'代'，'民'皆曰'人'，《南史・王規傳》'俊民'作'俊人'，又'民部'曰'户部'。高宗諱'治'，凡言'治'皆曰'理'……玄宗諱'隆基'，以'隆州'爲'閬中'。代宗諱'豫'，以'豫章'爲'鍾陵'。德宗諱'适'，改'适州'爲'處州'。穆宗諱'恒'，改'恒山'爲'常山'。此歷代帝名之諱，於當時者也不特此也。"王定保《唐摭言・元和元年登科記京兆等第榜序》："天府之盛，神州之雄……今所傳者，始于元和景戌，歲次序名氏目曰：《神州等第録》。"陶宗儀《説郛・雲林石譜》："平泉醒酒石……上有文饒（李德裕字文饒）刻字云：'韞玉抱青輝間，庭日瀟灑，塊然天地間，自是孤生者。長慶癸夘歲二月景戌題。'"

② 有一人：這裹暗喻宰相中資格最老地位最高的杜佑，全詩圍繞杜佑而展開。　神：神靈，神仙，宗教及神話中所指的超自然體。《文選・曹植〈洛神賦〉》："體迅飛鳧，飄忽若神。"李善注："夫神，萬靈之揔稱。"張祜《晚秋江上作》："萬里窮秋客，蕭條對落暉。烟霞山鳥散，風雨廟神歸。"本詩以神暗喻唐憲宗。　廟：即"廟堂"，這裹指朝廷，指人君接受朝見、議論政事的殿堂，借指以君主爲首的中央政府。元稹《酬翰林白學士代書一百韵》："便殿承偏召，權臣懼撓私。廟堂雖稷契，城社有狐狸。"范仲淹《岳陽樓記》："居廟堂之高，則憂其民；

處江湖之遠,則憂其君。”　森森:威嚴可畏貌。李白《永王東巡歌十一首》七:“王出三山按五湖,樓船跨海次陪都。戰艦森森羅虎士,征帆一一引龍駒。”杜甫《蜀相(諸葛亮祠在昭烈廟西)》:“丞相祠堂何處尋? 錦官城外柏森森。映階碧草自春色,隔葉黄鸝空好音。”　默默:緘口不説話。錢起《題延州聖僧穴》:“默默山門宵閉月,熒熒石壁晝然燈。四時樹長書經葉,萬歲巖懸拄杖藤。”白居易《和答詩十首·和古社》:“勿謂神默默,勿謂天恢恢……寄言狐媚者,天火有時來。”

③ 兮:古代韵文中的助詞,用於句中或句末,表示停頓或感嘆,與現代的“啊”相似。《詩·周南·麟之趾》:“麟之趾,振振公子,于嗟麟兮!”《楚辭·九歌·湘夫人》:“嫋嫋兮秋風,洞庭波兮木葉下。”　奈何:怎麼樣,怎麼辦。《戰國策·趙策》:“辛垣衍曰:‘先生助之奈何?’魯連曰:‘吾將使梁及燕助之,齊楚則固助之矣!’”王維《寓言二首》一:“曲陌車騎盛,高堂珠翠繁。奈何軒冕貴,不與布衣言!”

④ 女巫:古代以歌舞迎神、掌占卜祈禱的女官。《周禮·春官·女巫》:“掌歲時祓除釁浴,旱暵則舞雩;若王后吊,則與祝前;凡邦之大裁,歌哭而請。”本詩指以裝神弄鬼,搞迷信活動爲職業的女人,暗喻宰相杜佑。李賀《神弦》:“女巫澆酒雲滿空,玉爐炭火香冬冬。”白行簡《三夢記》:“竇夢至華岳祠,見一女巫,黑而長,青裙素襦,迎路拜揖,請爲之祝神。”這裏借喻宰相杜佑。　開閉:猶開合。《鬼谷子·捭闔》:“陰陽變動,四時開閉,皆捭闔之道也。”《淮南子·精神訓》:“是故肺主目,腎主鼻,膽主口,肝主耳,外爲表而内爲裏,開閉張歙,各有經紀。”

⑤ “我能進若神之前”兩句:意謂衹有我才能將你和你的獻言進呈到皇帝面前,皇帝的聖意也衹通過我的口來表達。請讀者注意:能够這樣自以爲是的,能够這樣專横跋扈的,在當時憲宗朝的幾名宰相中,衹有三朝元老杜佑有此資格。　若:你(的);你們(的)。《史記·淮陰侯列傳》:“趙見我走,必空壁逐我,若疾入趙壁,拔趙幟,立漢赤幟。”韓愈《月池》:“若不妒清妍,却成相映燭。”

⑥ 爾：代詞，你們，你。《詩·小雅·無羊》："誰謂爾無羊？三百維群！"鄭玄箋："爾，女也。"丁仙芝《贈朱中書》："會應憐爾居素約，可即長年守貧賤？" 神錢：舊時百姓敬獻鬼神的紙錢，這裹借喻女巫向詩人索要的財物。李建勛《田家》："木盤擎社酒，瓦鼓送神錢。霜落牛歸屋，禾收雀滿田。"陸游《秋日郊居》："今年斟酌是豐年，社近兒童喜欲顛。半醉半醒村老子，家家門口掠神錢。"

⑦ "我家又有神之盤"兩句：意謂我有"廟神"即皇帝授予本官提拔或者貶斥官員的特權，你如果言聽計從，你有好處皇上也高興我也快活。 盤：原指形狀或功用如盤之物，如棋盤、算盤、磨盤、輪盤……這裹引申爲皇帝賜與的特權。《文選·張衡〈東京賦〉》："上下通情，式宴且盤。"薛綜注："盤……言君情通於下，臣情達於上，故能國家安而君臣歡樂也。"顏延之《三月三日曲水詩序》："情盤景遽，歡洽日斜。"

⑧ "此盤不進行路難"兩句：意謂如果你不肯聽從我的安排，那麼你就寸步難行，車行翻車，船行翻船。 行路難：行路艱難，亦比喻處世不易。杜甫《宿府》："風塵荏苒音書絶，關塞蕭條行路難。"白居易《太行路》："行路難，不在水，不在山，只在人情反覆間。" 瀾：大波浪。《孟子·盡心》："觀水有術，必觀其瀾。"趙岐注："瀾，水中大波也。"韓愈《進學解》："障百川而東之，迴狂瀾於既倒。"

⑨ 太息：大聲長嘆，深深地嘆息。《史記·蘇秦列傳》："於是韓王勃然作色，攘臂瞋目，按劍仰天太息曰：'寡人雖不肖，必不能事秦。'"司馬貞索隱："太息，謂久蓄氣而大籲也。"賀蘭進明《行路難五首》一："何苦太息自憂煎！但願親友長含笑！" 神明：天地間一切神靈的總稱。《易·繫辭》："陰陽合德，而剛柔有體，以體天地之變，以通神明之德。"孔穎達疏："萬物變化，或生或成，是神明之德。"《孝經·感應》："天地明察，神明彰矣！"李隆基注："事天地能明察，則神感至誠而降福佑，故曰彰也。" 正直：公正無私，剛直坦率。高適《同顏六少府旅宦秋中之作》："不是鬼神無正直，從來州縣有瑕疵。"蘇軾《海市》："自言

正直動山鬼,豈知造物哀龍鍾!"也指正直的人。《後漢書·黨錮傳序》:"自是正直廢放,邪枉熾結。"司空曙《送鄭明府貶嶺南》:"共對一尊酒,相看萬里人。猜嫌成謫宦,正直不防身。"又指糾正邪曲而使之正直。《書·洪範》:"三德:一曰正直,二曰剛克,三曰柔克。"孔穎達疏:"一曰正直,言能正人之曲使直。"張籍《寄洛陽孫明府》:"久持刑憲聲名遠,好是中朝正直臣。赤縣上來應足事,青山老去未離身。"

⑩ 大道:原指寬闊的道路,本詩指正道、常理,指最高的治世原則,也包括倫理綱常等。《漢書·司馬遷傳贊》:"又其是非頗繆于聖人,論大道則先黄老而後六經。"柳宗元《箕子碑》:"當紂之時,大道悖亂,天威之動不能戒,聖人之言無所用。"　南北:南與北,南方與北方。《三國志·吴主傳》:"魏文帝出廣陵,望大江。"裴松之注引張勃《吴録》:"是冬,魏文帝至廣陵,臨江觀兵……帝見波濤洶湧,嘆曰:'固天所以隔南北也。'"本詩此句意謂你身居高位,手握重權,操作天下,究竟誰是誰非?究竟誰應該南,誰應該北?你自己心中本來應該十分清楚,不需詢問别人。　恣矯神言假神力:意謂你女巫肆無忌憚假稱神之語言嚇唬他人假借神之權力處置别人,這就是你的真正面目。　恣:放縱,放肆。《吕氏春秋·適威》:"驕則恣,恣則極物。"《史記·吕太后本紀》:"王后從官皆諸吕,擅權,微伺趙王,趙王不得自恣。"　矯:假託,詐稱。《公羊傳·僖公三十三年》:"弦高者,鄭商人,遇之殽,矯以鄭伯之命而犒師焉!"何休注:"詐稱曰矯。"吴筠《鄭商人弦高》:"卓哉弦高子!商隱獨標奇。效謀全鄭國,矯命犒秦師。"　假:憑藉,依靠。《荀子·勸學》:"假輿馬者,非利足也,而致千里;假舟檝者,非能水也,而絶江河。"《後漢書·黨錮傳序》:"叔末澆訛,王道陵缺。而猶假仁以效己,憑義以濟功。"　神力:佛教語,謂無所不能之力。《法華經·序品》:"諸佛神力,智慧稀有。"楊炯《梓州惠義寺重閣銘》:"夫何故?如來神力,且觀嚴浄;道師方便,化作一城。"

⑪ 神未悟:意謂廟神亦即唐憲宗被女巫亦即杜佑欺騙,没有識

破杜佑的陰謀没有醒悟到杜佑這樣做對李唐對國家的嚴重後果。但這祇是元稹天真而愚忠的想法，其實唐憲宗不見得是被欺騙被愚弄，而是在維護自己統治的前提下，與杜佑分别扮演不同的角色而已。行道：這裏指路人。張説《送宋休遠之蜀任》："求友殊損益，行道異窮申。綴我平生氣，吐贈薄遊人。"韋應物《送豆盧策秀才》："詩人感時節，行道當憂煩。古來濩落者，俱不事田園。" 度：推測，估計。《詩·小雅·巧言》："他人有心，予忖度之。"《史記·項羽本紀》："項王自度不能脱。"

⑫ 誅：指責，責備。《論語·公冶長》："宰予晝寢，子曰：'朽木不可雕也，糞土之墻不可杇也；於予與何誅？'"《後漢書·孔僖傳》："夫帝者爲善，則天下之善咸歸焉！其不善，則天下之惡亦萃焉！斯皆有以致之，故不可以誅於人也。" 神祜：神靈所降之福。《文選·顔延之〈宋郊祀歌〉》："薦饗王衷，以答神祜。"李善注："《長楊賦》曰：'受神人之福祜。'"李周翰注："祜，福也，言進我天子之善，以答神靈之福。"

⑬ "與其媚於奥"兩句：意謂與其向你女巫獻媚，不如直接向廟神進言。 奥：《禮記·禮器》："燔柴於奥。夫奥者，老婦之祭也。"竈：指竈神。《論語·八佾》："與其媚于奥，甯媚於竈。"元稹這兩句，出處於此。《論語集解義疏·論語八佾》有進一步的疏解："王孫賈問曰：'與其媚於奥，寧媚於竈，何謂也？'孔安國注曰：'王孫賈，衛大夫也。奥，内也，以喻近臣也。竈，以喻執政也。賈者，執政者也，欲使孔子求昵之故，微以世俗之言感動之也。'子曰：'不然，獲罪於天，無所禱也。'孔安國注曰：'天，以喻君也。孔子距之曰：'如獲罪於天，無所禱於衆神也。''"元稹在這裏借喻其事。

⑭ "使我傾心事爾巫"兩句：意謂如果讓我丢掉我一直信奉的理想，死心塌地、全心全意奉事你這個女巫，我寧願罷職丢官，駕車遠去，繼續尋求我的理想。 傾心：盡心，誠心誠意。《後漢書·章德竇皇后》："后性敏給，傾心承接，稱譽日聞。"韓翃《送王誕渤海使赴李太

守行營》:"少年結客散黄金,中歲連兵掃緑林。渤海名王曾折首,漢家諸將盡傾心。"　驅車:趕車,駕駛車輛。《古詩十九首·青青河畔草》:"驅車策駑馬,遊戲宛與洛。"白居易《别李十一後重寄》:"秋日正蕭條,驅車出蓬蓽。回望青門道,目極心鬱鬱。"　道:政治主張或思想體系。《論語·衛靈公》:"道不同,不相爲謀。"劉禹錫《學阮公體三首》一:"少年負志氣,通道不從時。"

⑮ 相保:互相救助,自我救護,共同保衛。《周禮·地官·族師》:"八閭爲聯,使之相保相受。"《資治通鑑·漢高帝三年》:"楚兵擊劉賈,賈輒堅壁不肯與戰,而與彭越相保。"　丘之禱:即"丘禱",《論語·述而》:"子疾病,子路請禱……子曰:'丘之禱久矣!'"後以"丘禱"指祈求消灾祛病。張九齡《洪州西山祈雨是日輒應因賦詩言事》:"兹山蘊靈異,走望良有歸。丘禱雖已久,旰心難重違。"黄滔《莆山靈巖寺碑銘》:"子是謹祝金儀,益誓丘禱,以謝兹山之靈秀;刻銘貞石,兼補前賢之未述。"

[編年]

本詩未見《年譜》編年。《編年箋注》編年於元和元年,理由是:"景戌:即丙戌,當唐憲宗元和元年(八〇六),元稹是年登'才識兼茂明於體用'科,爲左拾遺。疑(與)以下《廟之神》成於同時。"《年譜新編》亦編年元和元年,理由是:"題下注云:'景戌。'唐人諱'丙','景'即'丙','丙戌'即元和元年。"

我們以爲《華之巫》不屬於無法編年的詩歌。其一,《華之巫》詩題下注:"景戌。"而唐人的"景戌"就是"丙戌"。元稹生於公元七七九年,卒於公元八三一年,它的前一個"景戌"爲天寶五載,即公元七四六年,亦即元稹出生前三十四年;它的後一個"景戌"爲咸通七年,亦即公元八六六年,元稹已謝世三十五年。在他在世的五十三年間,祇有元和元年爲"景戌",亦即公元八〇六年。根據題下所注,這首詩歌必作於元和元年無疑。白居易《唐河南元府君夫人滎陽鄭氏墓誌銘》:“有唐元和元年九月十六日,故中散大夫尚書比部郎中舒王府長史河南元府君諱寬、夫人滎陽縣太君鄭氏,年六十,寢疾殁于萬年縣靖安里私第。”進而可以肯定這首詩與下面的《廟之神》定然作於元和元年九月十三日元稹貶職河南尉之後,九月十六日稍後得到母親噩耗之前。隨著母親謝世,詩人“五内俱焚”,已經無心顧及自己的冤屈。而《年譜》將譜主如此重要又這麼容易編年的詩歌遺漏編年,實在太不應該。

看了《編年箋注》與《年譜新編》的編年,需要説明一下,我們在《聊城師院學報》二〇〇一年第六期上發表《元稹詩文編年補正》,已經清楚無誤地提出了這一結論。而成書於二〇〇二年六月的《編年箋注》與出版於二〇〇四年十一月的《年譜新編》採用同樣的證據、同樣的論證方法得出同樣的結論的時候,是不是應該對他人此前的研究成果有所尊重?對自己的“拿來”做法有所説明?在這本拙稿裏,我們類似的聲明並非僅此一處,屢屢見諸我們的文稿;我們雖然連自己都覺得有點嚕蘇,但如果我們不在這裏加以説明,幾年以後,我們有可能反倒成了盜竊他人勞動成果的竊手。一再説明,實屬無奈,幸請見察。

◎ 廟之神(一)①

我馬煩兮釋我車,神之廟兮山之阿②。予一拜而一祝:祝予心之無涯③。涕汍瀾而零落,神寂默而無嘩④。神兮神兮!奈神之寂默而不言何⑤?復再拜而再祝,鼓吾腹兮歌吾歌⑥。歌曰:今耶?古耶?有耶?無耶?福不自神耶?神不福人耶⑦?巫爾惑耶?稔而誅耶⑧?謁不得耶?終不可謁耶⑨?返吾駕而遵吾道,廟之木兮山之花⑩。

録自《元氏長慶集》卷二五

[校記]

(一) 廟之神:本詩存世各本,包括楊本、叢刊本、《全詩》諸本,未見異文。

[箋注]

① 廟:這裏用爲朝廷的代稱,本詩代稱李唐唐憲宗朝。《後漢書·光武帝紀贊》:"明明廟謨,赳赳雄斷。"歐陽修《謝參知政事表》:"贊貳國鈞,參聞廟論。" 神:原指神靈與神仙,是宗教及神話中所指的超自然體,本詩借喻唐憲宗。元稹在自己的詩篇裏,竟然對當今的聖上暗加諷喻,我們在肯定與讚揚之餘,也不由得想起偉大愛國詩人屈原行吟澤畔的痛苦情景,也不由得想起元稹的六代祖元巖的直言敢諫的作風。劉向《説苑·修文》:"神者,天地之本,而爲萬物之始。"《文選·曹植〈洛神賦〉》:"體迅飛鳧,飄忽若神。"李善注:"夫神,萬靈之總稱。"

② 煩:困乏,疲勞。曹植《洛神賦》:"日既西傾,車殆馬煩。"張籍《寄韓愈》:"臨溪一盥濯,清去肢體煩。" 神之廟:即"神廟",帝王的宗廟。元稹《和李校書新題樂府十二首·縛戎人》:"半夜城摧鵝雁鳴,妻啼子叫曾不歇。陰森神廟未敢依,脆薄河冰安可越?"李商隱《南朝》:"敵國軍營漂木柹,前朝神廟鎖烟煤。" 山之阿:義同"山阿",山的曲折處。《楚辭·九歌·山鬼》:"若有人兮山之阿,被薜荔兮帶女蘿。"王逸注:"阿,曲隅也。"杜甫《别唐十五誡因寄禮部賈侍郎》:"九載一相逢,百年能幾何?復爲萬里别,送子山之阿。"

③ 拜:表示恭敬的一種禮節,行禮時下跪,低頭與腰平,兩手至地。後用爲行禮的通稱。《書·顧命》:"授宗人同,拜,王答拜。"潘岳《寡婦賦》:"退幽於堂隅兮,進獨拜於床垂。" 祝:祝禱。《公羊傳·襄公二十九年》:"諸爲君者皆輕死爲勇,飲食必祝曰:'天苟有吴國,

尚速有悔於予身。'"何休注:"祝,因祭祝也。"段成式《酉陽雜俎續集·支動》:"有書生住鄧州,嘗遊郡南,數月不返。其家詣卜者占之,卜者視卦,曰:'甚異,吾未能了,可重祝。'祝畢,拂龜改灼。"祝頌。《左傳·哀公二十五年》:"公宴於五梧,武伯爲祝。"杜預注:"祝,上壽酒。"《莊子·天地》:"請祝聖人,使聖人壽。" 無涯:無窮盡,無邊際。劉長卿《晚次湖口有懷》:"靄然空水合,目極平江暮。南望天無涯,孤帆落何處?"唐彦謙《中秋夜玩月》:"一夜高樓萬景奇,碧天無際水無涯。"

④ 汍瀾:泪疾流貌。韓愈《齪齪》:"大賢事業異,遠抱非俗觀。報國心皎潔,念時涕汍瀾。"吕温《聞砧有感》:"秋月三五夜,砧聲滿長安。幽人感中懷,静聽泪汍瀾。" 零落:借指掉下的眼泪。元稹《江陵三夢》:"今宵泪零落,半爲生别滋。感君下泉魄,動我臨川思。"劉商《緑珠怨》:"從來上臺榭,不敢倚欄干。零落知成血,高樓直下看。" 寂默:静默不語,不出聲音。韓愈《遣興聯句》:"獨居久寂默,相顧聊慨慷。"劉兼《秋夕書懷呈戎州郎中》:"素律初回枕簟凉,松風飄泊入華堂。譚雞寂默紗窗静,夢蝶蕭條玉漏長。" 無嘩:不要喧鬧,肅静無聲。《書·秦誓》:"公曰:'嗟,我士,聽無嘩,予誓告汝!'"孔穎達疏:"聽我告汝,無得喧嘩。"柳宗元《鐃歌鼓吹曲·吐谷渾》:"王旅千萬人,銜枚默無嘩。"

⑤ 奈何:怎麽樣,怎麽辦。張九齡《故徐州刺史贈吏部侍郎蘇公挽歌詞三首》三:"返葬長安陌,秋風簫鼓悲。奈何相送者,不是平生時。"張説《李工部挽歌三首》三:"常時好賓客,永日對弦歌。是日歸泉下,傷心無奈何!"

⑥ 再拜:拜了又拜,表示恭敬,古代的一種禮節。《論語·鄉黨》:"問人於他邦,再拜而送之。"白居易《和答詩十首·和思歸樂》:"獲戾自東洛,貶官向南荆。再拜辭闕下,長揖别公卿。" 再祝:祈禱了又祈禱。喻良能《王丞相生辰》:"一祝錫難老,再祝長同寅。百祝

配遼鶴,千祝如大椿。"陳耆卿《送應太丞赴闕序》:"一祝爲先生也,再祝爲父老也,三祝自爲也。" 鼓吾腹:義同"鼓腹",拍擊腹部,以應歌節。陳陶《種蘭》:"舉頭愧青天,鼓腹詠時康。下有賢公卿,上有聖明王。"貫休《鼓腹曲》:"我昔不幸兮遭百罹,蒼蒼留我兮到好時。耳聞鐘鼓兮生豐肌,白髪却黑兮自不知。"

⑦ "歌曰"七句:意謂這種有理無處訴説的奇怪現象,是今天才出現的,還是古代就是如此? 這種有理無處訴説的奇怪現象,在古代,在今天,到底是存在,還是没有? 是福不降臨於神,還是神不肯降福於民? 這種猶如問天式發問,反映了詩人内心無奈的痛苦無比的憤怒。 耶:助詞,用於句末或句中,表示疑問。《戰國策·齊策》:"威後問使者曰:'歲亦無恙耶? 民亦無恙耶? 王亦無恙耶?'"劉徹《李夫人歌》:"是耶? 非耶? 立而望之,偏何姗姗其來遲?" 福:賜福,保佑,造福。《左傳·莊公十年》:"小信未孚,神弗福也。"沈約《述僧設會論》:"至時持鉢,往福衆生。"

⑧ 惑:迷惑他人。《書·舜典》:"流共工於幽洲。"孔傳:"象恭滔天,足以惑世,故流放之。"徐幹《中論·考僞》:"於是惑世盜名之徒,因夫民之離聖教日久也,生邪端,造異術,假先王之遺訓以緣飾之。" 稔:積久。《北史·隋煬帝紀》:"眷彼華壤,剪爲夷類。歷年永久,惡稔既盈;天道禍淫,亡徵已兆。"儲嗣宗《長安懷古》:"禍稔蕭墻終不知,生人力屈盡邊陲。" 誅:殺戮。《孟子·梁惠王》:"聞誅一夫紂矣! 未聞弑君也。"柳宗元《佩韋賦》:"尼父戮齊而誅卯兮,本柔仁以作極。"

⑨ 謁:特指臣子朝見的一種禮節。《後漢書·周黨傳》:"及陛見帝廷,黨不以禮屈,伏而不謁,偃蹇驕悍。"《朱子語類》卷一三四:"范升劾周黨'伏而不謁'。謁,不知是何禮數。"

⑩ "返吾駕而遵吾道"兩句:意謂爲了遵守自己信奉的理想,我還是按照原來的來路返回罷! 神廟的樹木一定會更加鬱鬱葱葱,山

山嶺嶺的鮮花一定更加鮮艷更加芬芳。　返駕：車駕回馭，回歸。王嘉《拾遺記·前漢》："〔漢成帝〕每乘輿返駕，以愛幸之姬寶衣珍食，捨於道傍，國人之窮老者皆歌'萬歲'。"權德輿《送密秀才吏部駮放後歸蜀應崔大理序》："迢迢三千里，返駕一羸車。玉壘長路盡，錦江春物餘。"　遵道：遵循正道，亦以比喻遵循法度。《楚辭·離騷》："彼堯舜之耿介兮！既遵道而得路；何桀紂之昌被兮！夫唯捷徑以窘步。"皮日休《移元徵君書》："君子遵道而行，半途而廢，吾弗能也已矣！"

［編年］

不見《年譜》編年本詩。《編年箋注》編年本詩於元和元年，在《華之巫》編年時説："疑以下《廟之神》成於同時。"《年譜新編》亦編年元和元年，但没有説明理由。

我們以爲《廟之神》不屬於無法編年的詩歌。元和元年元稹制科及第授職左拾遺，詩人抱著報效國家效忠皇上的善良願望，前後向唐憲宗上表"數十通"，批評宰相，指陳時弊，甚至微諷憲宗，最後終於得罪了當朝宰相杜佑，惹怒了唐憲宗，於同年九月十三日出貶爲河南尉。貶謫途中元稹母親鄭氏因兒子出貶驚嚇成病，歸天而去，詩人不得不奔喪長安回家守制，這首詩歌即作於元稹出貶河南尉途中，與屈原的情況頗爲相類。詩人學習詩人屈原，採用楚辭的抒情手法，將唐憲宗比作昏庸無道的"廟神"，表示自己忠君愛國的決心。這首詩所言與我們分析的元和元年元稹思想何其相似乃爾，進而可以肯定這首詩與《華之戌》一樣，定然也是作於元和元年九月十三日元稹貶職河南尉之後，九月十六日得到母親惡耗之前。

這裏需要説明一下，我們在《聊城師院學報》二〇〇一年第六期上發表《元稹詩文編年補正》，已經得出了這一結論。其後《編年箋注》、《年譜新編》也採用類如的證據，得出同樣的結論，想來大概是"偶然巧合"吧！

元和二年丁亥(807)　二十九歲

◎ 賦得春雪映早梅①

飛舞先春雪，因依上番梅(一)②。一枝方漸秀(二)，六出已同開③。積素光逾密，真花節暗催④。摶風飄不散(三)，見晛忽偏摧(四)⑤。郢曲琴空奏，羌音笛自哀⑥。今朝兩成詠，翻挾昔人才⑦。

錄自《元氏長慶集》卷一四

[校記]

(一) 因依上番梅：楊本、叢刊本、《瀛奎律髓》、《全詩》同，《佩文齋廣群芳譜》作"因依上早梅"，語義不同，各備一説。

(二) 一枝方漸秀：楊本、叢刊本、《瀛奎律髓》、《佩文齋廣群芳譜》、《全詩》同，盧校宋本作"一枝方漸笑"，語義不同，各備一説。

(三) 摶風飄不散：楊本、叢刊本同，《瀛奎律髓》、《佩文齋廣群芳譜》、《全詩》作"搏風飄不散"。"摶風"、"搏風"其中的一個義項是屋翼，即我國傳統建築的亭、臺、樓、閣、廟宇、宫殿屋檐角端翹起的部分，也叫飛檐。《儀禮·士冠禮》："直於東榮。"鄭玄注："榮，屋翼也"賈公彦疏："榮，屋翼也者，即今之摶風。"摶，一本作"搏"。用在本詩，語義不佳，不從不改。

(四) 見晛忽偏摧：原本"見睍(明貌)忽偏摧"，楊本、叢刊本同，《佩文齋廣群芳譜》、《瀛奎律髓》、《全詩》作"見晛忽偏摧"，據改。

[箋注]

① 賦得春雪映早梅：庾敬休《賦得春雪映早梅》："清晨凝雪彩，新候變庭梅。樹愛春榮遍，窗驚曙色催。寒光添素壁，積潤履青苔。分明六出瑞，隱映幾枝開？聞笛花疑落，揮琴興轉來。曲成非寡和，長詠思悠哉！"兩詩不僅同韵，而且意境相似，庾敬休是元稹的親戚，少年時期就有往來，疑爲同時唱和之作。除此之外，韓愈也有《春雪間早梅》："梅將雪共春，彩豔不相因。逐吹能争密，排枝巧妒新。誰令香滿座？獨使净無塵。芳意饒呈瑞，寒光助照人。玲瓏開已遍，點綴坐來頻。那是俱疑似，須知兩逼真。熒煌初亂眼，浩蕩忽迷神。未許瓊花比，從將玉樹親。先期迎獻歲，更伴占兹辰。願得長輝映，輕微敢自珍。"彭孫遹也有《賦得春雪映早梅二十韵》："春雪舞雕甍，春梅照綺甍。雪遲如有待，梅早似相迎。銀海千層合，琳枝幾樹明？乍飛猶弄態，交映倍多情。錯落開池籞，繽紛拂户楹。臨風争婀娜，得月並縈盈。露篠遥分影，霜禽暗辨聲。夕霏綃袂濕，曉夢蝶魂輕。冉冉花兼絮，冥冥雨更晴。郢歌傳玉笛，隴信報瓊英。薄暝依微見，餘輝瀲灧生。色香空不染，臭味淡相成。東閣耽幽寂，西州抱潔貞。縱因時序轉，未改歲寒盟。皓質卑桃李，靈區匹閬瀛。人無黄竹怨，仙是緑華名。覽物心彌曠，澄懷境至清。芳流梁苑簡，瑞貺傅巖羹。御陌瑶光遍，天葩淑景呈。浩然窺太素，淳化復何營？"建議與本詩一起並讀。　賦得：凡摘取古人成句爲詩題，題首多冠以"賦得"二字。劉孝孫《賦得春鶯送友人》："流鶯拂繡羽，二月上林期。待雪消金禁，銜花向玉墀。"楊濬《送劉散員賦得陳思王詩明月照高樓》："高樓一何綺！素月復流明。重軒望不極，餘暉攬詎盈。"後遂將"賦得"視爲一種詩體，即景賦詩者也往往以"賦得"爲題，庾敬休、彭孫遹、劉孝孫、楊濬的詩以及本詩，均是其例。　春雪：春天的雪。陳子良《詠春雪》："光映妝樓月，花承歌扇風。欲妒梅將柳，故落早春中。"劉憲《苑中遇雪應制》："龍驂曉入望春宫，正逢春雪舞東風。花光併灑天文

上,寒氣行消御酒中。” 映:照,照耀。《文選·郭璞〈江賦〉》:“青綸競糺,縟組争映。”劉良注:“糺,亂;争,交也,言多而交亂爲暉映也。”王安石《金山寺》:“誰言張處士,雄筆映千古?” 早梅:早春開放的梅花。宋之問《花落》:“鐵騎幾時迴?金閨怨早梅。雪寒花已落,風暖葉還開。”張説《正朝摘梅》:“蜀地寒猶暖,正朝發早梅。偏驚萬里客,已復一年來。”《瀛奎律髓》評述本詩:“一句賦雪,一句賦梅,本不爲難……‘見晛忽偏摧’,此一句佳,謂日出則雪先消,梅如故也。”《瀛奎律髓》評述元稹本詩:“一句賦雪,一句賦梅,本不爲難起句。‘上番梅’不走了,早字三四巧。‘見晛忽偏摧’,此一句佳,謂日出則雪先消,梅如故也。”

② 飛舞:飛翔飄舞,飛翔盤旋。鮑照《學劉公幹體五首》二:“胡風吹朔雪,千里度龍山。集君瑶臺裹,飛舞兩楹前。”崔日知《冬日述懷奉呈韋祭酒張左丞蘭臺名賢》:“霧披槐市藹,水静璧池圓。願逐從風葉,飛舞翰林前。” 先春:猶早春。戴叔倫《奉同汴州李相公勉送郭布殿中出巡》:“軒車出東閣,都邑遶南河。馬首先春至,人心比歲和。”吕温《衡州歲前遊合江亭見山櫻蕊未折因賦含彩吝驚春》:“山櫻先春發,紅蕊滿霜枝。幽處竟誰見?芳心空自知。” 上番:初番,頭回,多指植物初生。杜甫《三絶句》三:“無數春笋滿林生,柴門密掩斷人行。會須上番看成竹,客至從嗔不出迎。”仇兆鰲注:“《杜臆》:‘種竹家初番出者壯大,養以成竹,後出漸小,則取食之。’趙注:‘上番,乃川語。’”仇兆鰲所引趙注“川語”云云,恐怕未必,元稹詩就是例證。元稹《答姨兄胡靈之見寄五十韵》:“柳愛淩寒軟,梅憐上番驚。觀松青黛笠,欄藥紫霞英。”

③ 一枝:一根枝杈。《莊子·逍遥遊》:“鷦鷯巢於深林,不過一枝。”張華《鷦鷯賦》:“其居易容,其求易給,巢林不過一枝,每食不過數粒。” 秀:指花卉植物開花或開出的花朵。劉徹《秋風辭》:“蘭有秀兮菊有芳,携佳人兮不能忘。”葛洪《抱朴子·吴失》:“朱華牙而未

秀。” 六出：花分瓣叫出，雪花六角，因以爲雪的别名。《太平御覽》卷一二引《韓詩外傳》：“凡草木花多五出，雪花獨六出，雪花曰霙。”徐陵《詠雪》：“豈若天庭瑞，輕雪帶風斜。三農喜盈尺，六出儛崇花。”王禹偁《賀雪表》：“靡神不舉，有感則通，遂令六出之祥，大副三農之望。”

④ 積素：積雪。《文選・西陵遇風獻康樂詩》：“浮氛晦崖巘，積素惑原疇。”吕向注：“積素，謂雪也……積雪之色亂於原野。”王維《冬晚對雪憶胡居士家》：“隔牖風驚竹，開門雪滿山。灑空深巷静，積素廣庭閑。” 光：光亮，光滑。《左傳・昭公二十八年》：“昔有仍氏生女黰黑而甚美，光可以鑒，名曰玄妻。”韓愈《進學解》：“爬羅剔抉，刮垢磨光。”照耀。傅咸《贈何劭王濟》：“日月光太清，列宿曜紫微。” 真花：植物的花。庾信《至仁山銘》：“三秋雲薄，九日寒新。真花暫落，畫樹常春。”梅堯臣《依韵和公儀龍圖招諸公觀舞及畫三首》三：“初約看花花已盡，重新邀客客應歡。真花既不能長艷，畫在霜紈更好看。” 節：泛指草木條幹間堅實結節的部分。《易・説卦》：“艮爲山……其於木也，爲堅多節。”蕭繹《金樓子・志怪》：“扶南國今衆香皆共一木，根是旃檀，節是沈香，花是雞舌，葉是霍香。”

⑤ 搏風：《莊子・逍遥遊》：“搏扶摇而上者九萬里。”扶摇，旋風，後因稱乘風捷上爲“搏風”。《藝文類聚》卷二七引蕭綱《阻歸賦》：“躡九枝而耀景，總六翮而搏風。”錢可復《鶯出谷》：“搏風翻翰疾，向日弄吭頻。”旋風。王安石《寄李秀才兄弟》：“怒水搏風雪壠高，亂流追我隻魚舠。” 晛：日氣。《詩・小雅・角弓》：“雨雪浮浮，見晛曰流。”王安石《賀吕參政啓》：“淫辭詖行，雪見晛而自消。” 摧：催，催促。揚雄《太玄・衆》：“丈人摧孥。”范望注：“摧，趣也。”庾信《和靈法師游昆明池》：“落花摧十酒，栖鳥送一絃。”

⑥ 郢曲：宋玉《對楚王問》：“客有歌於郢中者，其始曰《下里巴人》，國中屬而和者數千人；其爲《陽阿》、《薤露》，國中屬而和者數百

人;其爲《陽春白雪》,國中屬而和者不過數十人;引商刻羽,雜以流徵,而和者數人而已。"後以"郢曲"泛指樂曲。鮑照《翫月城西門廨中》:"蜀琴抽《白雪》,郢曲發《陽春》。"錢起《送萬兵曹赴廣陵》:"秋日思遠客,臨流語別離。楚城將坐嘯,郢曲有餘悲。"　琴:樂器名,指古琴,傳爲神農創制,琴身爲狹長形,木質音箱,面板外側有十三徽,底板穿"龍池"、"鳳沼"二孔,供出音之用。上古作五弦,至周增爲七弦,古人把琴當作雅樂。《詩·小雅·鹿鳴》:"我有嘉賓,鼓瑟鼓琴。"《太平御覽》卷五七九引桓譚《新論》:"昔神農氏繼宓犧而王天下,亦上觀法於天,下取法於地,近取諸身,遠取諸物,於是始削桐爲琴,繩絲爲弦,以通神明之德,合天地之和焉!"王維《竹里館》:"獨坐幽篁裏,彈琴復長嘯。"　羌音:義近"羌笛",古代的管樂器,長二尺四寸,三孔或四孔,因出於羌中,故名。王之渙《涼州詞二首》一:"羌笛何須怨楊柳,春風不度玉門關!"沈括《夢溪筆談·樂律》:"笛有雅笛,有羌笛,其形制所始,舊説皆不同。"

⑦ 今朝:今晨。《詩·小雅·白駒》:"縶之維之,以永今朝。"今日。白居易《井底引銀瓶》:"瓶沉簪折知奈何,似妾今朝與君別。"　詠:歌唱,曼聲長吟。《書·益稷》:"戛擊鳴球,搏拊琴瑟以詠。"杜甫《過郭代公故宅》:"高詠寶劍篇,神交付冥漠。"　昔:通"措",猶用。馬王堆漢墓帛書甲本《老子·德經》:"虎無所昔其蚤。"《十六經·兵容》:"不法地,兵不可昔。"　人才:有才學的人。葛洪《抱朴子·逸民》:"褒賢貴德,樂育人才。"王安石《上仁宗皇帝言事書》:"則天下之人才,不勝用矣!"

[編年]

《年譜》編年本詩於"辛巳、壬午詩"欄内,理由是:在本卷第一首《牡丹二首》題下注云:"此後并是校書郎已前作。"本詩是《牡丹二首》之後的第六首。《編年箋注》編年:"貞元十七年(八〇一),元稹'文戰不勝’，留西京。十八年冬，應吏部試。《牡丹二首》及以下《象人》、《與楊十二巨源盧十九經濟同遊大安亭各賦二物合爲五韵探得松石》、《賦得春雪映早梅》、《賦得玉卮無當》五題，俱作于貞元十七、十八年間。見下《譜》。”《年譜新編》編年本詩於“辛巳、壬午所作其他詩”欄内，理由大約也是《牡丹二首》的題下注：“此後并是校書郎已前作。”

《年谱》僅僅根據《牡丹二首》题下注“此后并是校书郎以前诗”來斷然編年本詩是“辛巳、壬午詩”是不合適的，其一，元稹“校书郎以前”的歲月不僅僅包含“辛巳”貞元十七年與“壬午”貞元十八年，還應該包含貞元十七年前的諸多歲月，逆推至貞元九年。據現在能够看到的資料，元稹在貞元九年就已經有自己的詩歌作品問世，《西齋小松二首》、《指巡胡》、《香毬》就是其中的一些例子。其二，元稹的詩文集已經散佚散失，現在看到的集子是宋人重新整理的；據我們整理的結果，元稹散佚散失的詩文超過現存的《元氏長慶集》：“此后并是校书郎以前诗”云云的説法衹能作爲具備題注這一首或二首的編年依據，不能作爲後面一連串詩篇的編年依據，何况是五首之後的詩篇。其三，《編年箋注》提及的“貞元十七年（八〇一），元稹‘文戰不勝’，留西京”中的“文戰不勝”，是元稹《鶯鶯傳》中的話語。《鶯鶯傳》是傳奇小説，不是元稹的自傳，裏面的“張生”衹是元稹塑造的藝術形象，它不是元稹自寓，更不能作爲元稹的生平，以此作爲依據編年更不可取。關於這個問題，三十多年來我們多次發表自己的意見，拙稿《元稹考論》中共有九篇文章批駁“張生就是元稹自寓”的錯誤觀點，因篇幅過長，無法重複，幸請讀者審閲。我們以爲，本詩詩題以“賦得”開頭，應該與緊隨其後的《賦得數蓂（元和中作）》作於同一時期，亦即元和二年前後。又本詩詩題“賦得春雪映早梅”，應該是早春季節的詩篇。

◎ 賦得雨後花(一)①

紅芳憐静色，深與雨相宜②。餘滴下纖蕊，殘珠墮細枝③。浣花江上思，啼粉鏡中窺④。念此低徊久，風光幸一吹⑤。

録自《元氏長慶集》卷一四

[校記]

(一) 賦得雨後花：本詩存世各本，包括楊本、叢刊本、《全詩》、《佩文齋詠物詩選》、《石倉歷代詩選》諸本，未見異文。

[箋注]

① 雨後花：雨後之花，雨花。王維《過乘如禪師蕭居士嵩丘蘭若》："迸水定侵香案濕，雨花應共石床平。深洞長松何所有？儼然天竺古先生。"劉長卿《獄中見壁畫佛》："不謂銜冤處，而能窺大悲。獨栖叢棘下，還見雨花時。"而本詩八句，應該是一首詠物詩。當然，凡詠物，必有寄託。雨中的紅花，似乎是詩人的寫照。最後兩句，應該是詩人的期待，期待美好的風和日麗的明天。

② 紅芳：指紅花。陳子昂《感遇詩三十八首》三一："但恨紅芳歇，凋傷感所思。"韋莊《訴衷情》："碧沼紅芳烟雨净，倚蘭橈。" 静色：恬静的景象、环境。秦韜玉《八月十五日夜同衛諫議看月》："初出海濤疑尚濕，漸來雲路覺偏清。寒光入水蛟龍起，静色當天鬼魅驚。"皎然《答孟秀才》："羸疾依小院，空閑趣自深。躡苔憐静色，掃樹共芳陰。" 相宜：合適。蔡邕《獨斷》卷上："春薦韭卵，夏薦麥魚，秋薦黍豚，冬薦稻雁，制無常牲，取與新物相宜而已。"陸游《梨花》："開向春

殘不恨遲，綠楊窣地最相宜。”

③ 餘滴：猶殘滴。許敬宗《小池賦》：“引八川之餘滴，通三涇之洋泌。”蘇軾《秋懷二首》二：“空階有餘滴，似與幽人語。” 纖蕊：柔長的花蕊。羅隱《菊》：“籬落歲雲暮，數枝聊自芳。雪裁纖蕊密，金拆小苞香。”韋驤《和殘臘幽谷西遊適》：“忽來忽往祇隨興，騶從屏寘殊無多。略挽梅梢數纖蕊，後日重來添幾何？” 殘珠：剩餘的水珠。庾信《山齋》：“殘珠墜曉菊，細火落空槐。”元稹《陪諸公遊故江西韋大夫通德湖舊居有感題四韵兼呈李六侍御即韋大夫舊寮也》：“塵壁暗埋悲舊札，風簾吹斷落殘珠。烟波漾日侵隤岸，狐兔奔叢拂坐隅。” 細枝：纖細的枝幹。王維《沈十四拾遺新竹生讀經處同諸公之作》：“嫩節留餘籜，新叢出舊闌。細枝風響亂，疏影月光寒。”薛逢《奉和僕射相公送東川李支使歸使府夏侯相公》：“歡留白日千鍾酒，調入青雲一曲歌。寒柳翠添微雨重，臘梅香綻細枝多。”

④ 浣花：即浣花溪。杜甫《相逢歌贈嚴二别駕》：“成都亂罷氣蕭颯，浣花草堂亦何有？梓中豪俊大者誰？本州從事知名久。”陸游《歲晚詩》：“浣花道上人誰識？華表千年老令威。” 啼粉：淚流滿面，傅粉闌干貌。元稹《會真詩三十韵》：“贈環明運合，留結表心同。啼粉流清鏡，殘燈繞暗蟲。”牛嶠《菩薩蠻》：“窗寒天欲曙，猶結同心苣。啼粉涴羅衣，問郎何日歸？”

⑤ 低徊：徘徊，流連。韓愈《駑驥》：“騏驥不敢言，低徊但垂頭。”元稹《遣興十首》四：“凉宵露華重，低徊當月明。” 風光：風以及草木上反射出的日光。謝朓《和徐都曹》：“日華川上動，風光草際浮。”李周翰注：“風本無光，草上有光色，風吹動之，如風之有光也。”元稹《景申秋八首》七：“雨柳枝枝弱，風光片片斜。”

[編年]

《年譜》元和元年“詩編年”條下將本詩編入，理由是在《賦得數蓂》之後有"題下注:'元和中作。'"字樣。《編年箋注》編年:"此詩作于元和元年(八〇六)。"《年譜新編》亦編年元和元年,没有説明理由。

我們以爲將本詩編年元和元年理由似乎不够充分:首先本詩以"賦得……"爲題,與《賦得數蓂》、《賦得九月盡》應該作於同時。據詩中描寫的情景,季節應該是春天,我們以爲應該作於元和二年或者元和三年的春天,理由見《賦得數蓂》編年。

◎ 賦得九月盡(一)①

霜降三旬後,蓂餘一葉秋②。玄陰迎落日,凉魄盡殘鈎③。半夜灰移琯,明朝帝御裘④。潘安過今夕,休詠賦中愁⑤。

録自《元氏長慶集》卷一四

[校記]

(一) 賦得九月盡:《歲時雜詠》、《石倉歷代詩選》、《全詩》同,楊本詩題同,但有"秋字韵"三字,叢刊本詩題亦同,但下有"秋字"兩字。

[箋注]

① 月盡:指舊曆每月的最後一天。《魏書·律曆志》"章歲,五百五"原注:"古十九年七閏,閏餘盡爲章。積至多年,月盡之日,月見東方,日蝕光晦,輒復變曆,以同天象。"王建《初冬旅遊》:"遠投人宿趁房遲,童僕傷寒馬亦饑。爲客悠悠十月盡,莊頭栽竹已過時。"

② 霜降:二十四節氣之一,這時中國黄河流域一般會出現初霜,大部分地區多忙於播種三麥等作物。《逸周書·周月》:"秋三月中氣:處暑、秋分、霜降。"劉長卿《九日登李明府北樓》:"九日登高望,蒼蒼遠樹低……霜降鴻聲切,秋深客思迷。"　蓂餘一葉秋:意謂蓂莢衹

餘下最後一片葉子,秋天也僅僅祇有一天,即所謂的"一葉之秋"了,接下來就是冬天開始的日子了。

③ 玄陰:指月亮。柳宗元《天對》:"玄陰多缺,爰感厥免。"劉禹錫《喜晴聯句》:"白日開天路,玄陰卷地維。餘清在林薄,新照入漣漪。" 落日:夕陽,亦指夕照。謝靈運《廬陵王墓下作》:"曉月發雲陽,落日次朱方。"杜甫《後出塞五首》二:"落日照大旗,馬鳴風蕭蕭。" 凉魄:即月亮。元稹《月三十韵》:"凉魄潭空洞,虚弓雁畏威。上弦何汲汲! 佳色轉依依。" 殘鉤:義同"殘月",謂將落的月亮。白居易《客中月》:"曉隨殘月行,夕與新月宿。"也謂不圓的月亮。柳永《雨霖鈴》:"今宵酒醒何處? 楊柳岸、曉風殘月。"

④ 半夜:一夜的一半。皎然《宿山寺寄李中丞洪》:"從他半夜愁猿驚,不廢此心長杳冥。"夜裏十二點左右,也泛指深夜。王維《扶南曲歌詞五首》四:"入春輕衣好,半夜薄妝成。"蘇軾《過萊州雪後望三山》:"黄昏風絮定,半夜扶桑開。" 灰移琯:灰琯亦即灰管,古代候驗節氣變化的器具,以葭莩之灰置於律管,故名。九月已盡,節候即將跨入冬季,故半夜灰飛。《晉書·律曆志》:"又葉時日於晷度,效地氣于灰管,故陰陽和則景至,律氣應則灰飛。"劉商《合肥至日愁中寄鄭明府》:"暮天鄉思亂,曉鏡鬢毛蒼。灰管移新律,窮陰變一陽。" 明朝:明天,今天的下一天。鮑照《擬行路難十八首》五:"君不見城上日,今暝没盡去,明朝復更出。"張謂《東封山下宴群臣》:"輦路宵烟合,旌門曉月殘。明朝陪聖主,山下禮圓壇。" 帝御裘:《毛詩集解》卷一五:"狐貉之厚,以居孟冬,天子始裘。""孔曰:孟冬,天子始裘。"蘇綰《奉和姚令公駕幸温湯喜雪應制》:"林變驚春早,山明訝夕遲。况逢温液霈,恩重御裘詩。"

⑤ "潘安過今夕"兩句:潘岳《秋興賦序》:"晉十有四年,余春秋三十有二,始見二毛……譬猶池魚籠鳥,而有江湖山藪之思。於是染翰操紙,慨然而賦,于時秋也,故以秋興命篇。"兩句意謂九月已盡,秋

天已經離去,悲秋之感嘆也可以到此爲止了。 潘安:晉代潘岳字安仁,故省稱爲"潘安"。潘安貌美,故詩文中常用作美男子的代稱。李端《同苗員外宿薦福寺僧舍》:"潘安秋興動,涼夜宿僧房。倚杖雲離月,垂簾竹有霜。"潘安壯年喪妻,故也常常用作鰥夫的代稱。元稹《城外回謝子蒙見諭》:"稚女憑人問,病夫空自哀。潘安寄新詠,仍是夜深來。" 今夕:今晚,当晚。左思《蜀都賦》:"樂飲今夕,一醉累月。"韩愈《玩月喜张十八员外以王六秘书至》:"況當今夕圓,又以嘉客隨。" 詠:歌唱,曼聲長吟。孫綽《游天台山賦》:"凝思幽巖,朗詠長川。"杜甫《過郭代公故宅》:"高詠寶劍篇,神交付冥漠。"用歌詩的文學樣式寫景抒情。辛棄疾《玉蝴蝶·追別杜叔高》:"客重來,風流觴詠,春已去,光景桑麻。" 愁:憂慮,憂愁。《左傳·襄公二十九年》:"哀而不愁,樂而不荒。"張協《七命八首》一:"愁洽百年,苦溢千歲。"悲哀,哀傷。張衡《思玄賦》:"坐太陰之屛室兮,慨含唏而增愁。"陳子昂《宿襄河驛浦》:"卧聞塞鴻斷,坐聽峽猿愁。"怨尤,怨恨。《戰國策·秦策》:"書策稠濁,百姓不足;上下相愁,民無所聊。"白居易《琵琶行》:"别有幽愁暗恨生,此時無聲勝有聲。"

[編年]

《年譜》元和元年"詩編年"編入本詩,並以《賦得數蓂》的"題下注"元和中作"作爲理由。《編年箋注》編年:"卞《譜》系此詩于元和元年(八〇六)。"没有補充理由。《年譜新編》亦編年元和元年,没有説明理由。

我們以爲將本詩編年元和元年理由似乎不够充分也不太可能。元稹"元和中"行色匆匆,没有這種悠閑的時光。特别是元和元年,制科考試、左拾遺的奏章、母親的喪事接二連三,元稹不可能有這種既憂又閑的心情。尤其是元稹母親元和元年九月十六日病逝於長安,當時元稹"哀毁過禮,杖不能起"(白居易《鄭氏墓誌》語),九月三十日焉能有心情撰寫《賦得九月盡》？我們綜合考慮根據同組詩篇《賦得春雪映早梅》、《賦得玉卮無當》、《賦得數蓂(元和中作)》、《賦得雨後花》的情況，本詩應該賦成於元和二年九月三十日。

◎ 賦得玉卮無當(一)①

共惜連城寶，翻成無當卮②。詎慚君子貴？深訝巧工隳③。泛蟻功全少(二)，如虹色不移④。可憐殊礫石(三)，何計辨糟醨⑤？江海誠難滿，盤筵莫忘施(四)⑥！縱乖斟酌意，猶得對光儀(五)⑦。

録自《元氏長慶集》卷一四

[校記]

(一) 賦得玉卮無當:《佩文齋詠物詩選》同，楊本、叢刊本、《全詩》題同，但題下有"韵取卮字"四字，《英華》、《淵鑑類函》作"玉卮無當"，《全詩》卷七八七將本詩歸屬"無名氏"名下，題名"玉卮無當"。

(二) 泛蟻功全少:叢刊本、《英華》、《淵鑑類函》、《佩文齋詠物詩選》、《全詩》卷七八七同，楊本、《全詩》作"泛蟻功全小"，語義相類，不改。

(三) 可憐殊礫石:楊本、叢刊本、《淵鑑類函》、《全詩》、《英華》、《佩文齋詠物詩選》同，《全詩》卷七八七作"可憐珍礫石"，語義不同，各備一説。

(四) 盤筵莫忘施:楊本、叢刊本、《淵鑑類函》、《全詩》、《英華》、《佩文齋詠物詩選》同，《全詩》卷七八七作"盤筵莫妄施"，語義不同，各備一説。

(五) 猶得對光儀:楊本、叢刊本、《淵鑑類函》、《佩文齋詠物詩選》、《全詩》同,《英華》、《全詩》卷七八七作“猶得奉光儀”,語義不同,各備一説。

[箋注]

① 賦得玉卮無當:蔣防《玉卮無當》:“美玉常爲器,茲焉變漏卮。酒漿悲莫挹,樽俎念空施。符彩功難補,盈虚數已虧。豈惟孤玩好,抑亦類瑕疵。清越音雖在,操持意漸隳。賦形期大匠,良璞物同斯。” 玉卮:玉製的酒杯。《韓非子·外儲説》:“堂谿公謂昭侯曰:‘今有千金之玉卮,通而無當,可以盛水乎?’”《史記·高祖本紀》:“高祖奉玉卮,起爲太上皇壽。” 無當:指物體無底部。《晏子春秋·諫》:“寸之管無當,天下不能足之以粟。”吴則虞集釋引孫星衍曰:“劉淵林注:‘當,底也,去聲。’”左思《三都賦序》:“玉卮無當,雖寶非用。”

② 連城寶:指極珍貴的寶物。葛洪《抱朴子·廣譬》:“連城之寶,非貧寒所能市也;高世之器,非淺俗所能識也。”梅堯臣《悼亡三首》三:“譬令愚者壽,何不假其年? 忍此連城寶,沉埋向九泉。” 翻:副詞,反而。庾信《卧疾窮愁》:“有菊翻無酒,無弦則有琴。”江總《并州羊腸阪》:“本畏車輪折,翻嗟馬骨傷。”

③ 詎:副詞,表示反詰,相當於“豈”、“難道”。《莊子·齊物論》:“雖然,嘗試言之,庸詎知吾所謂知之非不知邪? 庸詎知吾所謂不知之非知邪?”陶潛《讀山海經十三首》一〇:“徒設在昔心,良辰詎可待?” 慚:羞愧。酈道元《水經注·渭水》:“今名孝里亭,中有白起祠,嗟呼! 有制勝之功,慚尹商之仁,是地即其伏劍處也。”孟浩然《送韓使君除洪府都督》:“無才慚孺子,千里愧同聲。” 君子:泛指才德出衆的人。班固《白虎通·號》:“或稱君子何? 道德之稱也。君之爲言群也;子者丈夫之通稱也。”王安石《君子齋記》:“故天下之有德,通謂之君子。”對人的尊稱,猶言先生。《太平廣記》卷四一九引李朝威《異聞録·柳毅》:“夫人泣謂毅曰:‘骨肉受君子深恩,恨不得展媿戴,

遂至睽别。'"　貴:崇尚,重視,以爲寶貴。《書·旅獒》:"不貴異物賤用物,民乃足。"司馬光《辭免館伴札子》:"伏望聖慈矜察,於兩制中别選差才敏之人,館伴北使,貴無闕誤。"　訝:驚詫,疑怪。蕭綱《采桑》:"寄語採桑伴,訝今春日短。"庾信《小園賦》:"龜言此地之寒,鶴訝今年之雪。"　巧工:技藝高超的工匠。《墨子·法儀》:"無巧工不巧工,皆以此五者爲法。"《西京雜記》卷一:"長安巧工丁緩者,爲常滿燈。"　隳:毁壞,廢棄。《老子》:"故物或行或隨,或歔或吹,或强或羸,或載或隳。"陸德明釋文:"隳,毁也。"《吕氏春秋·必己》:"合則離,愛則隳。"高誘注:"隳,廢也。"

④ 泛蟻:亦作"汎蟻",浮在酒上的泡沫,借指酒。元稹《飲致用神麴酒三十韵》:"何憚説千日?甘從過百齡。但令長泛蟻,無復恨漂萍。"方干《袁明府以家醖寄余余以山梅答贈非唯四韵兼亦雙關》:"罇罍泛蟻堪嘗日,童稚驅禽欲熟時。"　虹:大氣中一種光的現象,天空中的小水珠經日光照射發生折射和反射作用而形成的圓弧形彩帶,呈現紅、橙、黄、緑、藍、靛、紫七種顏色,這種圓弧常出現兩個:紅色在外,紫色在内,顔色鮮紅的稱"虹",也稱正(雄)虹;紅色在内,紫色在外,顔色較淡的稱"霓",也稱副(雌)虹。《禮記·月令》:"(季春之月)虹始見,萍始生。"陳潤《賦得浦外虹送人》:"日影化爲虹,彎彎出浦東。"

⑤ 可憐:值得憐憫,可惜。《莊子·庚桑楚》:"汝欲返性情而無由入,可憐哉!"成玄英疏:"深可哀滑也。"白居易《賣炭翁》:"可憐身上衣正單,心憂炭賤願天寒。"　礫石:小石塊,砂石。劉孝標《辨命論》:"火炎昆岳,礫石與琬琰俱焚。"元稹《後湖》:"壯者負礫石,老亦捽茅蒴。"　計:計策,謀略。《孫子·計》:"將聽吾計,用之必勝,留之;將不聽吾計,用之必敗,去之。"鄭思肖《張子房遇黄石公圖》:"不知躡足此一計,還出書中第幾篇?"　糟醨:酒。司馬光《酬永樂劉秘校庚四洞詩》:"又非鄭伯有,壑谷甘糟醨。又非越王子,丹穴免憂

危。”秦觀《和王忠玉提刑》:“黄綬我聊爾,白鷗公勿驚。糟醨可餔啜,古人忌偏醒。”

⑥ 江海:江和海。《荀子·勸學》:“不積小流,無以成江海。”岑參《送張秘書充劉相公通汴河判官便赴江外覲省》:“萬里江海通,九州天地寬。” 盤筵:猶宴席。韓愈《示爽》:“念汝欲别我,解裝具盤筵。”白居易《游平泉宴浥澗宿香山石樓贈座客》:“採摘助盤筵,芳滋盈口腹。” 滿:充滿,佈滿。《莊子·天運》:“在谷滿谷,在阬滿阬。”成玄英疏:“乃谷乃阬,悉皆盈滿。”盧綸《和張僕射塞下曲六首》三:“欲將輕騎逐,大雪滿弓刀。” 施:施行,施展。《顔氏家訓·勉學》:“求諸身而無所得,施之世而無所用。”韓愈《與孟尚書書》:“孟子雖賢聖,不得位,空言無施,雖切何補。”

⑦ 縱:縱令,即使。《史記·魏公子列傳》:“且公子縱輕勝,棄之降秦,獨不憐公子姊邪?”杜甫《兵車行》:“縱有健婦把鋤犁,禾生隴畝無東西。” 乖:背離,違背。《易·序卦》:“家道窮必乖,故受之以睽。睽者,乖也。”郭璞《皇孫生請布澤疏》:“故水至清則無魚,政至察則衆乖,此自然之勢也。” 斟酌:倒酒,注酒。《後漢書·左慈傳》:“慈乃爲齎酒一升,脯一斤,手自斟酌,百官莫不醉飽。”唐代夷陵女郎《空館夜歌》:“緑樽翠杓,爲君斟酌。”指飲酒。舊題蘇武《古詩四首》一:“我有一罇酒,欲以贈遠人。願子留斟酌,叙此平生親。”向子諲《梅花引·戲代李師明作》:“同杯勺,同斟酌,千愁一醉都推却。” 光儀:光彩的儀容,稱人容貌的敬詞,猶言尊顔。禰衡《鸚鵡賦》:“背蠻夷之下國,侍君子之光儀。”張鷟《遊仙窟》:“敢陳心素,幸願照知！若得見其光儀,豈敢論其萬一!”

[編年]

《年譜》、《編年箋注》、《年譜新編》編年意見及理由同《賦得春雪映春梅》所示,我們的編年結論及理由也同《賦得春雪映春梅》所示。

據詩題"賦得",它們應該是作於同一時期的詩篇,即應該與緊隨其後的《賦得數蓂(元和中作)》作於同一時期,亦即元和二年前後。

◎ 賦得魚登龍門用登字(一)①

魚貫終何益?龍門在此登(二)②。有成當作雨(三),無用耻爲鵬③。激浪誠難泝,雄心亦自凴(四)④。風雲潛會合(五),鬐鬣忽騰凌⑤。泥滓辭河濁,烟霄見海澄⑥。迴瞻順流輩,誰敢望同升⑦?

録自《元氏長慶集》卷四

[校記]

(一)賦得魚登龍門用登字:楊本、叢刊本、《全詩》同,《英華》作"河鯉登龍門",《佩文齋詠物詩選》作"賦得魚登龍門",《淵鑑類函》作"魚登龍門",語義不同,各備一説,不改。

(二)龍門在此登:《英華》、《淵鑑類函》、《佩文齋詠物詩選》同,楊本、叢刊本作"龍門在苦登",《全詩》作"龍門在昔登",後面兩者語義不佳,僅備一説。

(三)有成當作雨:楊本、叢刊本、《淵鑑類函》、《佩文齋詠物詩選》、《全詩》同,《英華》作"有時常作雨",語義不同,各備一説。

(四)雄心亦自凴:楊本、叢刊本、《淵鑑類函》、《佩文齋詠物詩選》、《全詩》同,《英華》作"雄心庶亦凴",語義不同,各備一説。

(五)風雲潛會合:楊本、叢刊本、《佩文齋詠物詩選》、《全詩》同,《英華》、《淵鑑類函》作"風雷潛會合",語義不同,各備一説。

[箋注]

① 賦得魚登龍門用登字：苗秀有《魚登龍門賦》，可參閱，文長不録。　登龍門：比喻得到有名望者的接待和援引而提高身價。《後漢書·黨錮傳·李膺》："膺獨持風裁，以聲名自高。士有被其容接者，名爲登龍門。"李賢注："以魚爲喻也。龍門，河水所下之口，在今絳州龍門縣。辛氏《三秦記》曰：'河津一名龍門，水險不通，魚鱉之屬莫能上，江海大魚薄集龍門下數千，不得上，上則爲龍也。'"李白《與韓荊州書》："一登龍門，則聲譽十倍。"

② 魚貫：游魚先後接續，比喻一個挨一個地依序進行。《三國志·鄧艾傳》："山高谷深，至爲艱險……將士皆攀木緣崖，魚貫而進。"陳子良《贊德上越國公楊素》："雁行蔽虜甸，魚貫出長城。"　龍門：即禹門口，在山西省河津縣西北和陝西省韓城市東北，黄河至此兩岸峭壁對峙，形如門闕，故名。劉長卿《龍門八詠·闕口》："獨見魚龍氣，長令烟雨寒。誰窮造化力？空向兩崖看。"李白《公無渡河》："黄河西来决昆侖，咆哮萬里觸龍門。"

③ 有成：成功，有成效，有成就。《論語·子路》："苟有用我者，期月而已可也，三年有成。"韓愈《魏博書度觀察使沂國公先廟碑銘》："田侯稽首，臣愚不肖，迨兹有成，祖考之教。"　無用：不起作用，没有用處。《史記·孟嘗君列傳》："焚無用虚債之券。"朱弁《曲洧舊聞》卷九："本朝此科廢，書遂無用於世。"　鵬：傳説中最大的鳥。《莊子·逍遥遊》："北冥有魚，其名爲鯤。鯤之大不知其幾千里也，化而爲鳥，其名爲鵬。鵬之背不知其幾千里也，怒而飛，其翼若垂天之雲。"韓愈《海水》："海有吞舟鯨，鄧有垂天鵬。"

④ 激浪：洶湧急劇的波浪。潘尼《西道賦》："迴波激浪，飛沙飄瓦。"盧照鄰《晚渡滹沱敬贈魏大》："澄波泛月影，激浪聚沙文。誰忍仙舟上，携手獨思君？"　泝：逆水而上。王粲《七哀詩二首》二："方舟溯大江，日暮愁我心。"《舊唐書·許紹傳》："〔蕭銑〕又遣其將陳普環

乘大艦泝江入硤，與開州賊蕭闍提規取巴蜀。” 雄心：偉大的理想和抱負。阮瑀《爲曹公作書與孫權》：“示之以禍難，激之以耻辱，大丈夫雄心能無憤發？”蘇軾《白帝廟》：“遠略初吞漢，雄心豈在夔？” 凴：亦作“憑”，依著，靠著。白居易《寄湘靈》：“遙知别後西樓上，應憑欄干獨自愁。”元稹《連昌宫詞》：“上皇正在望仙樓，太真同凴欄干立。”

⑤ 風雲：風和雲。《史記・老子韓非列傳》：“至於龍，吾不能知其乘風雲而上天。”王勃《上巳浮江宴序》：“林壑清其顧盼，風雲蕩其懷抱。”《易・乾》：“雲從龍，風從虎，聖人作而萬物覩。”意謂同類相感應，後因以“風雲”比喻遇合、相從。荀悦《漢紀・高祖紀贊》：“高祖起於布衣之中，奮劍而取天下，不由唐虞之禪，不階湯武之王，龍行虎變，率從風雲，征亂伐暴，廓清帝宇。”王勃《上明員外啓》：“神交可託，風雲於杵臼之間。” 會合：聚集，聚合。曹植《七哀》：“君若清路塵，妾若濁水泥。浮沈各異勢，會合何時諧？”皇甫枚《三水小牘・步飛烟》：“雖羽駕塵襟，難於會合，而丹誠皎日，誓以周旋。”遇合。王安石《何處難忘酒（擬白樂天作）》二：“何處難忘酒？君臣會合時。” 鬐鬣：亦作“鬌鬣”，魚、龍的脊鰭。《文選・木華〈海賦〉》：“巨鱗插雲，鬐鬣刺天。”李善注引郭璞《上林賦注》：“鰭，魚背上鬣也。”劉禹錫《客有爲余話登天壇遇雨之狀因以賦之》：“蛟龍露鬐鬣，神鬼合變態。” 騰淩：亦作“騰陵”，騰躍。顔真卿《贈裴將軍》：“戰馬若龍虎，騰淩何壯哉！”錢起《巨魚縱大壑》：“巨魚縱大壑，遂性似乘時，奮躍風生鬣，騰淩浪鼓鰭。”

⑥ 泥滓：泥渣。葛洪《抱朴子・博喻》：“日月挾蟲鳥之瑕，不妨麗天之景；黄河含泥滓之濁，不害淩山之流。”吴曾《能改齋漫録・方物》：“以今觀之，昌陽待泥土而生，昌蒲一有泥滓則死矣！” 河濁：即“濁河”，混濁的河流，特指黄河。酈道元《水經注・河水》：“河水濁，清澄一石水，六斗泥……是黄河兼濁河之名矣！”《朱子語類》卷一三一：“是時已遣王倫以二十事使虜，約不稱臣，以濁河爲界，此便是講

和了。”　烟霄：雲霄。陳子昂《春日登金華觀》：“山川亂雲日，樓榭入烟霄。”陸游《蓬萊行》：“山峭插雲海，樓高入烟霄。”指山的高處。皇甫曾《贈鑒上人》：“律儀傳教誘，僧臘老烟霄。”　澄：清澈而不流動。《淮南子·精神訓》：“肉凝而不食，酒澄而不飲。”顔延之《皇太子釋奠會作詩》：“肴乾酒澄，端服整弁。”使液體中的雜質沉澱。《三國志·孫静傳》：“頃連雨水濁，兵飲之多腹痛，令促具罌缶數百口澄水。”

⑦ 迴瞻：猶回望。楊思玄《奉和聖製過温湯》：“遠岫凝氛重，寒叢對影疏。迴瞻漢章闕，佳氣滿宸居。”韋應物《酒肆行》：“迴瞻丹鳳闕，直視樂遊苑。四方稱賞名已高，五陵車馬無近遠。”　順流：順著水流。劉向《新序·善謀》：“諸侯有變，順流而下，足以委輸，此所謂金城千里，天府之國也。”劉禹錫《平齊行二首》二：“千鈞猛簴順流下，洪波涵淡浮熊羆。”順流輩，指没有能够躍上龍門的衆多魚類，詩人的寓意不言自明，對自己美好的未來充滿著期待。元稹《競渡》“草木霑我潤，豚魚望我蕃。嚮來同競輩，豈料由我存！壯哉龍競渡，一競身獨尊”抒發了同樣的感嘆，值得讀者注意。　升：上升，升起。《詩·小雅·天保》：“如月之恒，如日之升。”登，登上。《易·同人》：“伏戎於莽，升其高陵，三歲不興。”《北史·彭城王勰傳》：“帝升金墉城，顧見堂後桐竹。”向上舉薦。《禮記·王制》：“命鄉論秀士，升之司徒曰選士。”劉向《列女傳·齊相御妻》：“晏子賢其能納善自改，升諸景公，以爲大夫。”

[編年]

未見《年譜》編年本詩，《編年箋注》列入“未編年詩”，《年譜新編》編入“無法編年作品”。

我們以爲，本詩的詩題以“賦得”開頭，這是現存元稹詩篇中唯一以“賦得”爲題的六首詩歌之一，故本詩也應該與《賦得春雪映早梅》、《賦得玉卮無當》、《賦得數蓂(元和中作)》諸詩作於同一時期，亦即元和二年。

本詩以“魚登龍門”爲題，應該暗喻元稹元和元年以制科第一名及第，猶如“魚登龍門”。“魚貫終何益，龍門在此登。”即反映了這種心態。而“有成當作雨，無用耻爲鵬。激浪誠難泝，雄心亦自凴。風雲潜會合，鬐鬣忽騰凌。泥滓辭河濁，烟霄見海澄。”則是這種心態的進一步宣泄。“迴瞻順流輩，誰敢望同升？”則是元稹遭受宰相杜佑打擊之後，出貶河南縣尉，而仍然不肯隨同衆流、仰宰相杜佑之鼻息而鑽營個人前程志向的堅持，與元稹的元和元年的《華之巫》、《廟之神》屬於同一性質的作品，讀者不可等閑視之。

◎ 賦得數蓂（元和中作）(一)①

將課司天曆，先觀近砌蓂②。一旬開應月，五日數從星(二)③。桂滿叢初合，蟾虧影漸零④。辨時長有素，數閏或餘青(三)⑤。墜葉推前事，新芽察未形⑥。堯年始今歲(四)，方欲瑞千齡⑦。

録自《元氏長慶集》卷一四

［校記］

（一）賦得數蓂（元和中作）：《全詩》同，《佩文齋詠物詩選》題同，無注文，楊本、叢刊本作“賦得數蓂（元和年作）”，《淵鑑類函》作“數蓂詩”，《全芳備祖》無題，歸入“五言排律”之内。僅録以備考，不改。

（二）五日數從星：楊本、叢刊本、《全詩》、《佩文齋詠物詩選》、《淵鑑類函》同，《全芳備祖》作“三日數從星”，疑刊刻之誤，不改。

（三）數閏或餘青：原本作“數閏或餘青”，楊本、叢刊本、《全詩》、《佩文齋詠物詩選》、《淵鑑類函》同，《全芳備祖》作“馭閏或餘青”，“馭閏”難以説通,“閏”字不通,徑改。

（四）堯年始今歲：楊本、叢刊本、《全詩》、《佩文齋詠物詩選》、《淵鑑類函》同,《全芳備祖》作“堯天始今歲”,“堯年”與“堯天”語義相類,不改。

[箋注]

① 賦得：凡摘取古人成句爲詩題,題首多冠以“賦得”二字。如蕭繹有《賦得蘭澤多芳草》、褚亮《賦得蜀都》、劉孝孫《賦得春鶯送友人》等就是其中的例子。科舉時代的試帖詩,因試題多取成句,故題前均有“賦得”二字,亦應用於應制之作及詩人集會分題。後遂將“賦得”視爲一種詩體,即景賦詩者也往往以“賦得”爲題。　數：計算,查點。《周禮・地官・廩人》:“以歲之上下數邦用,以知足否,以詔穀用,以治年之凶豐。”鄭玄注:“數,猶計也。”《文心雕龍・諧隱》:“尤而效之,蓋以百數。”　蓂：即蓂莢。韓愈《答張徹》:“赦行五百里,月變三十蓂。”蓂莢,古代傳説中的一種瑞草,它每月從初一至十五,每日結一莢;從十六至月終,每日落一莢。所以從莢數多少,可以知道是何日,又名曆莢。《竹書紀年》卷上:“有草夾階而生,月朔始生一莢,月半而生十五莢;十六日以後,日落一莢,及晦而盡;月小,則一莢焦而不落。名曰蓂莢,一曰曆莢。”杜審言《晦日宴遊》:“日晦隨蓂莢,春情著杏花。”李嶠《月》:“桂滿三五夕,蓂開二八時。清輝飛鵲鑑,新影學蛾眉。”

② 課：考核,考查。《管子・明法》:“故明主以法案其言而求其實,以官任身而課其功。”顏真卿《朝議大夫贈梁州都督上柱國徐府君神道碑》:“户部侍郎徐知仁請爲招慰南蠻判官,奏課居最,轉瀛州司法參軍。”計算。《九章算術・方田》:“課分。”李淳風注:“分各異名,理不齊一,校其相多之數,故曰課分也。”　司天：掌管有關天象的事務。白居易《司天臺》:“司天臺,仰觀俯察天人際。羲和死來職事廢,

官不求賢空取藝。”李山甫《司天臺》:“拂雲朱檻捧昭回,静對銅渾水鏡開。太史只知頻奏瑞,蒼生無計可防灾。” 砌:臺階。謝脁《直中書省》:“紅藥當階翻,蒼苔依砌上。”陸龜蒙《白鷗詩序》:“有白鷗翩然,馴於砌下,因請浮而翫之。”

③ 旬:十天。《書·堯典》:“期,三百有六旬有六日,以閏月定四時成歲。”陸德明釋文:“十日爲旬。”杜甫《彭衙行》:“一旬半雷雨,泥濘相牽攀。” 應月:按時按月。胡煦《周易函書約注》卷六:“海之潮汐,應月虧盈,可見矣!”劉禹錫《答樂天所寄詠懷且釋其枯樹之嘆》:“驪龍頷被探珠去,老蚌胚還應月生。莫羨三春桃與李,桂花成實向秋榮。” 從星:謂月球視運動進入箕、畢二星的天區。《書·洪範》:“月之從星,則以風雨。”周秉鈞《尚書易解》卷三:“郭嵩燾《史記札記》卷四曰:‘月入箕則風,入畢則雨,風雨者,天之所以發生萬物也。而月從星之好以施行之,以喻宣導百姓之欲以達之君。《孔傳》以爲政教失常以從民欲,大失經旨。’按郭説極是,此喻群臣之從民欲,當潤澤斯民。”謝莊《月賦》:“順辰通燭,從星澤風。”劉禹錫《和崔舍人玩月》:“從星變風雨,順日助陶甄。”

④ 桂滿:月亮圓滿,傳説月中有樹曰桂,因以桂代指月亮。駱賓王《久戍邊城有懷京邑》:“葭繁秋引急,桂滿夕輪孤。”李益《送客歸振武》:“桂滿天西月,蘆吹塞北笳。别離俱報主,路極不爲賒。” 蟾虧:月亮半缺,傳説月中有蟾蜍,因借指月亮、月光。李白《雨後望月》:“四郊陰靄散,開户半蟾生。”韋莊《三堂東湖作》:“蟾投夜魄當湖落,嶽倒秋蓮入浪生。”蟾蜍常常與玉兔並稱,舊説兩物爲月中之精,因作月的代稱。《古詩十九首·孟冬寒氣至》:“三五明月滿,四五蟾兔缺。”歐陽詹《玩月》:“八月十五夕,舊嘉蟾兔光。”

⑤ “辨時長有素”兩句:意謂蓂莢按照天數結蓂莢又按照日期落下蓂莢,非常有規律,也從不錯亂,而碰到閏月的時候,還能留下没有落下的蓂莢。 有素:本來具有,原有。《文選·盧諶〈贈崔温〉》:“古

人非所希,短弱自有素。何以敷斯辭? 惟以二子故。"李善注:"鄭玄《禮記》注曰:'素,猶故也。'"也謂由來已久。曹冏《六代論》:"且墉基不可倉卒而成,威名不可一朝而立,皆爲之有漸,建之有素。"杜甫《宴胡侍御書堂》:"翰林名有素,墨客興無違。今夜文星動,吾儕醉不歸。"

⑥ 墜葉:樹木花草衰敗時落下的葉子,這裏指蓂莢的墜葉。賀遂亮《贈韓思彥》:"落霞静霜景,墜葉下風林。若上南登岸,希訪北山岑。"賈至《答嚴大夫》:"今夕秦天一雁來,梧桐墜葉擣衣催。思君獨步華亭月,舊館秋陰生緑苔。"　前事:已經發生的事情。劉長卿《北游酬孟雲卿見寄》:"忽忽忘前事,事願能相乖。衣馬日羸弊,誰辨行與才?"高適《别孫訢》:"離人去復留,白馬黑貂裘。屈指論前事,停鞭惜舊遊。"　新芽:剛剛綻出的葉芽花蕾,這裏指蓂莢的葉芽。李郢《茶山貢焙歌》:"春風二月貢茶時,盡逐紅旌到山裏。焙中清曉朱門開,筐箱漸見新芽來。"陸希聲《茗坡》:"二月山家穀雨天,半坡芳茗露華鮮。春醒酒病兼消渴,惜取新芽旋摘煎。"　未形:謂事情尚未顯出迹象、徵兆。《漢書·伍被傳》:"臣聞聰者聽於無聲,明者見於未形,故聖人萬舉而萬全。"顔師古注:"言智慮通達,事未形兆,皆預見之。"元稹《論諫職表》:"君臣之際,論列是非,諷諭於未形,籌畫於至密。"

⑦ 堯年:古史傳説堯時天下太平,因以"堯年"比喻盛世。沈約《四時白紵歌·春白紵》:"佩服瑤草駐容色,舜日堯年歡無極。"韋莊《題潁源廟》:"臨川試問堯年事,猶被封人勸濯纓。"　千齡:猶千年、千歲,極言時間久長。《晉書·禮志》:"方今天地更始,萬物權輿,蕩近世之流弊,創千齡之英範。"張九齡《奉和聖製登封禮畢洛城酺宴》:"運與千齡合,歡將萬國同。"

[編年]

《年譜》元和元年“詩編年”條下將本詩編入,理由是:“題下注:‘元和中作。’”《編年箋注》編年:“卞《譜》繫此詩于元和元年(八〇六)。”《年譜新編》亦編年元和元年,理由是:“題下注:‘元和年作。’詩云:‘堯年始今歲,方欲瑞千齡。’當作於元和元年。”我們以爲,“元和中作”不等於“元和元年作”;而“元和年作”不同於“元和中作”,也不等於“元和元年作”。“堯年”祇是比喻盛世,並非一定是一個新皇帝登位之年,況且唐憲宗登位也不在元和元年,而在貞元二十一年,亦即永貞元年。

我們以爲將本詩編年元和元年理由似乎不够充分,本詩以臺階前的“蓂”爲題,發泄自己無所事事的苦悶心情。蓂是一種上半月每日結一莢下半月每日落一莢的瑞草,古人用來觀察記録天數,用如今天的日曆一般。從中可見當時詩人閑居在家無所事事,以觀察階前的瑞草來打發無奈的歲月。而元稹“元和元年”的大致行蹤是:年初與白居易等人參加制科考試登第,拜左拾遺,上奏表章甚多;同年九月出貶河南尉,途中得到母親病故噩耗奔喪回家守制。元和四年出任監察御史,前往東川辦案,接著又分務洛陽,忙碌不堪。元和五年與元和十年連續兩次出貶外地,忙忙碌碌没有空閑。而比較切合這首詩情感的寫作時間祇有元和二年和元和三年詩人守制在家的時候。本詩又曰:“堯年始今歲,方欲瑞千齡。”這是詩人對新登帝位的唐憲宗的期盼,應該作於一年開始的時候。而元稹的《永貞二年正月二日上御丹鳳樓赦天下予與李公垂庾順之閑行曲江不及盛觀》詩表明詩人那時對唐憲宗鎮壓永貞革新的不滿與反感,永貞二年亦即元和元年似乎不會有如此的期盼。隨著時間的進一步推移,尤其是唐憲宗初登帝位時的一系列措施,使詩人看到了新的希望,因此才産生了新的期盼,本詩即作於元和二年、元和三年之時。

▲讀書每得一義(一)①

讀書每得一義，如得一真珠船也②。

見《四庫全書總目·真珠船》

［校記］

（一）讀書每得一義：本散佚之句，見《四庫全書總目·真珠船》，又胡爌《拾遺録》"元微之云：'觀書每得一義，如得一真珠船。'見陸農師詩註。"又見《困學紀聞》："王微之云：'觀書每得一義，如得一真珠船。'見陸農師詩注。""觀書"與"讀書"義近，而其中的"王微之"，應該是"元微之"之誤。《正楊·真珠船》："王應麟嘗言：'得一異事，如獲一真珠船。'王徽之云：'讀書每得一義，如得一真珠船。'見陸農師詩註。"其中的"王徽之"云云，更是錯上加錯。

［箋注］

① 讀書每得一義：《四庫全書總目·真珠船》："其曰《真珠船》者，陸佃詩註引元稹之言，謂：'讀書每得一義，如得一真珠船也。'案佃詩註今不傳，此據胡爌《拾遺録》所引。"現存元稹詩文未見，據補。讀書：閱讀書籍，誦讀書籍。《禮記·文王世子》："秋學禮，執禮者詔之；冬讀書，典書者詔之。"韓愈《感二鳥賦序》："讀書著文，自七歲至今，凡二十二年。"　得：獲得，得到。《詩·周南·關雎》："求之不得，寤寐思服。"温庭筠《遐方怨》："未得君書，斷腸瀟湘春雁飛。"　義：意義，道理。《穀梁傳·昭公四年》："《春秋》之義，用貴治賤，用賢治不肖，不以亂治亂也。"王充《論衡·程材》："董仲舒表《春秋》之義，稽合於律，無乖異者。"引申爲用意。曾鞏《本朝政要策·文館》："悉擇當

世聰明魁壘之士，其義非獨使之尋文字，窺筆墨也。”

② 真珠船：用真珠裝飾的船，比喻極珍貴的事物。胡爌《拾遺録》“元微之云：‘觀書每得一義，如得一真珠船。’見陸農師詩註。”王應麟《困學紀聞·經説》：“元微之云：‘觀書每得一義，如得一真珠船。’”

［編年］

不見《元稹集》引録，也不見《年譜》、《編年箋注》、《年譜新編》引録與編年。

本散佚之句可據的資料太少，似乎無法編年。但元稹《誨侄等書》：“吾尚有血誠，將告于汝：吾幼乏岐嶷，十歲知方，嚴毅之訓不聞，師友之資盡廢。憶得初讀書時，感慈旨一言之歎，遂志于學。是時尚在鳳翔，每借書於齊倉曹家，徒步執卷，就陸姊夫師授，栖栖勤勤，其始也若此。至年十五，得明經及第，因捧先人舊書於西窗下，鑽仰沉吟，僅於不窺園井矣！如是者十年，然後粗霑一命，粗成一名……今汝等父母天地，兄弟成行，不於此時佩服詩書以求榮達，其爲人耶？其曰人耶？”據此，我們以爲“真珠船”之喻，即有可能是平時教誨侄子們的話語。故今與《誨侄等書》編於同一時期，亦即元和五年三月十七日之前，元稹在家守母制期間，亦即元和二三年間，今編列在元和二年，地點在長安。

元和三年戊子(808)　三十歲

◎ 和樂天招錢蔚章看山絶句[(一)][①]

碧落招邀閑曠望,黄金城外玉方壺[②]。人間還有大江海,萬里烟波天上無[③]。

録自《元氏長慶集》卷一八

[校記]

(一) 和樂天招錢蔚章看山絶句:本詩存世各本,包括楊本、叢刊本、《萬首唐人絶句》、《全詩》,未見異文。

[箋注]

① 和樂天招錢蔚章看山絶句:白居易原唱《絶句代書贈錢員外》:"欲尋秋景閑行去,君病多慵我興孤。可惜今朝山最好,强能騎馬出來無?"錢徽是否酬和白居易詩作,由於錢徽詩篇的大多佚失,今天已經不得而知。元稹母親元和元年九月十六日病故,經元和元年四個月,元和二年十二個月,元和三年十一個月,二十七個月的喪期已滿。至本年十二月,元稹母喪已經服滿。母喪期間,元稹除了元和二年在家中自慰性質的《賦得春雪映早梅》、《賦得雨後花》、《賦得九月盡》、《賦得玉卮無當》、《賦得魚登龍門》、《賦得數蓂》諸詩篇以及《讀書每得一義》等讀書心得而外,元稹没有其他的詩歌酬唱活動。據我們推測,元稹本詩之和篇,是元稹母喪服滿之後的第一篇與人唱和的詩篇。　錢蔚章:即錢徽,字蔚章,《舊唐書·錢徽傳》:"錢徽,字

蔚章,吴郡人……徽貞元初進士擢第,從事戎幕。元和初入朝。三遷祠部員外郎。召充翰林學士。六年轉祠部郎中、知制詔。八年,改司封郎中,賜緋魚袋,内職如故。九年,拜中書舍人。十一年,王師討淮西,詔朝臣議兵,徽上疏言用兵累歲,供饋力殫,宜罷淮西之征。憲宗不悦,罷徽學士之職,守本官。"在長慶元年科試案中,元稹與錢徽有過一段糾葛,并對元稹此後産生極大的影響,請讀者注意。關於此事始末,《語林·德行》有記載,可參閲,但關於元稹與李宗閔相惡一節,則與史實不符,筆者另有《元稹與長慶元年科試案》一文加以辨正,讀者可以一併參閲:"錢蔚章初貶江州,李宗閔、楊汝士令蔚章以段文昌、李紳私書進呈,上必開悟。蔚章曰:'苟無愧心,得喪一致,修身慎行,安可以私書相證耶?'即令子弟焚去(《唐書》曰:'長慶元年,錢徽爲禮部侍郎,宰相段文昌出鎮蜀川。文昌好學,尤喜圖書古畫。刑部侍郎楊憑兄弟以文學知名,家多書畫,鍾、王、張、鄭之迹,在《書斷》、《畫品》者兼而有之。凌子渾之盡以獻文昌求進士,文昌將發,面託錢徽,繼以私書保薦。學士李紳,亦託舉子周漢賓於徽。及牓出,渾之、漢賓皆不中選。李宗閔與元稹素相厚善,初稹以直道譴逐,及還朝,大改前志,由逕以徽進達,宗閔亦急於進取,二人遂有嫌隙。楊汝士與徽有舊,是歲,宗閔子婿蘇巢及汝士季弟殷士俱及第,文昌、李紳大怒,赴鎮辭日,内殿面奏:徽所放進士鄭朗等藝薄,不當在選中。穆宗訪於元稹、李紳,二人對與文昌同。遂命中書舍人王起、主客郎中白居易於子亭重試。内出題目《孤竹管》、《賦鳥散餘花落詩》,而十人不中選,貶徽爲江州刺史)。" 看山:觀賞山景,游山玩景。宋之問《江亭晚望》:"鳥歸沙有迹,帆過浪無痕。望水知柔性,看山欲斷魂。"王維《留别錢起》:"卑栖却得性,每與白雲歸。徇禄仍懷橘,看山免採薇。"

② 碧落:道教語,天空,青天。楊炯《和輔先入昊天觀星瞻》:"碧落三乾外,黄圖四海中。"杜光庭《皇太子爲皇帝修金籙齋詞》:"所貴

者達誠碧落，薦壽皇躬。”　招邀：邀請。李白《寄上吴王三首》三：“灑掃黄金臺，招邀青雲客。”蘇軾《越州張中舍壽樂堂》：“高人自與山有素，不待招邀滿庭户。”　曠望：極目眺望，遠望。《文選・謝朓〈郡内高齋閑坐答吕法曹〉》：“結構何迢遰？曠望極高深。”李善注引《廣雅》：“曠，遠也。”吕延濟注：“言遠盡見高深也。”李白《送魏萬還王屋》：“岧嶢四荒外，曠望群川會。”　黄金城：寓意上天仙界，事見江少虞《事實類苑・王素》：“王素待制，乃丞相旦之子，自筮仕所至稱爲能吏，既升臺憲，風力愈勁。嘗與同列奏事上前，事有不合，衆皆引去，公方論列是非，俟得旨乃退。帝曰：‘真御史也！’議者目公爲獨擊鶻。一日欲作奏論事，方據几案，則瞑目思睡，乃就枕。夢至一處，若瓊瑶世界，殿上有紺服翠冠與公對揖，紺服者謂公曰：‘公棄去仙局，下謫塵世，未久也！吾即玉京黄金闕東門侍郎也。公向以奏牘玉帝，語傷鯁訐，暫謫下世。今公欲作奏論，事事有大利害，容更審之而後諍也！’公曰：‘諾！’上顧左右，送公歸，乃寤，夜已三鼓，乃索筆書一絶於窗云：‘似至華胥國裏來，雲霞深處見樓臺。月光冷射雞鳴急，驚覺遊仙一夢回。’後出鎮定武，亦以惠政稱。晚歲思玉京之夢，乃爲詩曰：‘虚碧深藏白玉京，夢魂飛入黄金城。何時再步烟霞外？皓齒青瞳已掃廳。’”　玉方壺：傳説中的仙山名，即方丈山，亦泛指仙山。《列子・湯問》：“渤海之東，不知幾億萬里，有大壑焉……其中有五山焉：一曰岱輿，二曰員嶠，三曰方壺，四曰瀛洲，五曰蓬萊。”殷敬順釋文：“一曰方丈。”文休承《詩草》：“湖上洞庭秋可憐，玉方壺浸兩青蓮。輕舠獨濟欣無浪，病骨驚寒欲絮綿。”

③ 人間：塵世，世俗社會。《史記・留侯世家》：“願棄人間事，欲從赤松子遊耳！”陶潛《庚子歲五月中從都還阻風於規林二首》二：“静念園林好，人間良可辭。”　江海：江和海。《荀子・勸學》：“不積小流，無以成江海。”岑參《送張秘書充劉相公通汴河判官便赴江外覲省》：“萬里江海通，九州天地寬。”舊時指隱士的居處。《莊子・刻

意》:“就藪澤,處閑曠,釣魚閑處,無爲而已矣!此江海之士,避世之人。”蘇軾《臨江仙》:“小舟從此逝,江海寄餘生。” 烟波:指避世隱居的江湖。黄滔《水殿賦》:“城苑興闌,烟波思起。”梅堯臣《送江陰王判官》:“誰知坐卧間,思及烟波裏?” 天上:天上的神仙世界。楊炎《贈元載歌妓》:“雪面淡眉天上女,鳳簫鸞翅欲飛去。玉山翹翠步無塵,楚腰如柳不勝春。”王維《送張道士歸山》:“人間若剩住,天上復離群。當作遼城鶴,仙歌使爾聞。”

[編年]

《年譜》編年本詩於元和三年,陳述理由是:“一、白詩云:‘欲尋秋景閑行去……强能騎馬出來無?’自注:‘在翰林時作。’元和二年十一月白始爲翰林學士,詩云‘秋景’,必非元和二年秋。二、‘錢員外’是錢徽(字蔚章)。《舊唐書》卷一六八《錢徽傳》云:‘元和初入朝。三遷祠部員外郎。召充翰林學士。’《翰苑群書》上丁居晦《重修承旨學士壁記》附題名:‘錢徽:元和三年八月二十六日,自祠部員外郎充。’元和三年八月後,白不應稱錢徽爲‘員外’。根據以上兩點理由,白詩作於元和三年七八月間。元詩稍後作。”《編年箋注》編年:“白居易原唱《絶句代書贈錢員外》,成于元和三年(八〇八),見《白居易集》卷一四。元稹此詩成于稍後。見下《譜》。”《年譜新編》編年:“白居易原唱《絶句代書贈錢員外》,自注:‘在翰林時作。’白氏元和二年十一月始爲翰林學士。又據《翰苑群書》上丁居晦《重修承旨學士壁記》附題名:‘錢徽:元和三年八月二十六日,自祠部員外郎充。’三年八月已後,白氏不當再稱錢氏‘員外’,故元、白之作當爲元和三年七、八月間作。”

我們對《年譜》、《編年箋注》、《年譜新編》所舉證的理由仍然想饒舌幾句:一、《年譜·凡例》:“本譜爲統一起見,概以《全唐文》、《全唐詩》爲據。”但在白居易詩之後所引“自注:‘在翰林時作。’”其“自注”不僅《全唐詩》未見,《白香山詩集》、《萬首唐人絶句》也未見,而且朱金城先生《白居易集箋校》校勘目前能够見到的所有白居易詩文的集子,也未見其出校,不知是朱金城先生疏漏,還是《年譜》、《編年箋注》、《年譜新編》獨家所見?二、白居易出任翰林學士確實在元和二年十一月五日,直到元和六年一直挂名翰林學士,最後因母親故世才丁憂退居下邽義津鄉金氏村,爲什麼不是"元和二年秋"就一定是"元和三年秋",而不是以後的元和四年秋?朱金城《白居易集箋校》就編年本詩於元和四年秋,《年譜》、《編年箋注》、《年譜新編》爲什麼要迴避這個問題?三、關於"錢員外"的稱呼,不可過分機械理解,即以朱金城編年的白居易的詩篇爲例,元和四年就有《和錢員外青龍寺上方望舊山》,元和五年就有《酬錢員外雪中見寄》、《重酬錢員外》,元和四年至元和六年的《夜惜禁中桃花因懷錢員外》。白居易《同錢員外禁中夜直》:"宫漏三聲知半夜,好風凉月滿松筠。此時閑坐寂無語,藥樹影中惟兩人。"明言這時錢員外已經在"禁中夜直",而白居易仍然直呼"錢員外",就是最好的證明。

我們以爲,編年元稹的詩文,還是應該結合元稹的生平實際來考察:一、朱金城先生編年本詩於元和四年秋,恐怕也有問題,因爲元和四年的七月九日,元稹的原配妻子韋叢在洛陽突然病故,詩人哀痛不已,分務洛陽東臺的繁雜事務,加上料理妻子喪事的繁忙,元稹不可能具備如本詩所示的平和心態。二、我們編年本詩,還必須回答這樣一個問題:白居易與元稹此前已經相識,而且據元稹《祭翰林白學士太夫人文》所述,兩人的友誼"迹由情合,言以心誠,遠定死生之契,期於日月可盟,誼同金石,愛等弟兄",如此推誠的朋友,元和三年同在長安,白居易却爲什麼爲看山無伴而苦惱?既然"錢員外"因病不能外出,眼前的元稹不就是最合適不過的遊伴?元稹也知道白居易的"興孤",而且還賦詩酬和,却爲何不肯前往凑趣相伴?原因無他,元稹當時正在母喪期中,外出遊山玩水是不合時宜的。讀者想來還記得,不久白居易因母喪,被人誣陷賦詠《新井》、《賞花》詩而出貶江州司馬,就是當時習俗的有力佐證。正因爲如此,元稹、錢徽是白居易當時最好的朋友,因錢徽有病,元稹守喪,白居易面對美好秋景,祇能徒喚奈何了!三、我們編年本詩,還必須回答這樣一個問題:白居易原唱有"欲尋秋景閑行去"之句,明顯是賦成秋天。但元和三年的秋天,元稹尚在守制母喪之中,不僅不能與朋友出去遊山玩水,而且也不便與朋友詩歌唱和。這一期間,即使在《年譜》、《編年箋注》、《年譜新編》中,也没有元稹與他人,也包括白居易在内的其他朋友酬唱之篇,獨獨祇有本詩,豈非咄咄怪事?細細體味本詩,没有一句一字回應白居易的"欲尋秋景閑行去",回頭再看白居易原唱,也祇贈"錢員外",没有一句一字帶及元稹,也應該屬於咄咄怪事。原因無他,那就是元稹在守制母喪之中,不能與他人唱和;白居易自然知道元稹守喪的情況,所以也不能違規打擾。本詩應該是元稹元和三年十二月母喪服滿之後的追和之篇,地點在長安,元稹當時尚無官職在身。據此,《年譜新編》"元、白之作當爲元和三年七、八月間作"的意見都是不可取的;而《年譜》"白詩作於元和三年七八月間,元詩稍後作"、《編年箋注》白詩"成于元和三年……元稹此詩成于稍後"的編年意見要看如何解釋"元詩稍後作"、"元稹此詩成于稍後"的内涵了:如果把它們理解成"七八月"之"稍後"則是不可取的;如果把它們理解成"元和三年"之"稍後",同樣是難以接受的;如果把它們看成是本年十二月的話,還是可以接受的。

◎ 和李校書新題樂府十二首·序(一)①

予友李公垂貺予樂府新題二十首,雅有所謂,不虚爲文②。予取其病時之尤急者,列而和之,蓋十二而已(二)③。昔三代之盛也,士議而庶人謗④。又曰世理則詞直,世忌則詞隱⑤。予遭理世而君盛聖，故直其詞以示後，使夫後之人謂今日爲不忌之時焉⑥！

[校記]

（一）和李校書新題樂府十二首：楊本、叢刊本、《古詩鏡・唐詩鏡》、《全詩》同，《樂府詩集》題作“新題樂府”，各備一説，不改。

（二）蓋十二而已：楊本、叢刊本、《古詩鏡・唐詩鏡》、《全詩》同，郭茂倩略引元稹本組詩序云：“李公垂作《樂府新題二十篇》，稹取其病時之尤急者，列而和之，蓋十五而已。”又加按語云：“今所得才十二篇，又得《八駿圖》一篇，總十三篇。”目前見到的本組詩各版本，俱是十二篇，“十五”云云，極有可能是“十二”之刊誤。當然，如果“十五”不誤，除《八駿圖》之外，尚有兩篇遺漏在本組詩之外，或尚在現存元稹詩篇之中，或與其他元稹詩文一起散失了，幾種可能都有存在的可能，有待日後智者的破解。

[箋注]

① 和李校書新題樂府十二首：本組詩原來在“和李校書新題樂府十二首”的總標題下分别列有《上陽白髪人》、《華原磬》、《五弦彈》、《西凉伎》、《法曲》、《馴犀》、《立部伎》、《驃國樂》、《胡旋女》、《蠻子朝》、《縛戎人》、《陰山道》十二首詩篇，根據本書的統一體例，凡屬組詩，均將組詩總標題冠於每首詩篇標題之前，以與其他獨立成篇的詩歌相區别，與此類似的情况還有《使東川》、《貽蜀五首》、《和劉猛古題樂府十首》、《和李餘古題樂府九首》、《詠廿四氣詩》組詩等，特此説明。另外，組詩之序，也根據本書的統一體例，均單獨成篇，一併説明在此。　李校書：即序文中的李公垂，元稹的朋友李紳。《舊唐書・李紳傳》：“李紳，字公垂，潤州無錫人……紳六歲而孤，母盧氏教以經

義。紳形狀眇小而精悍,能爲歌詩。鄉賦之年,諷誦多在人口。元和初登進士第,釋褐國子助教,非其好也,東歸金陵。觀察使李錡愛其才,辟爲從事。紳以錡所爲專恣,不受其書幣,錡怒,將殺紳,遁而獲免。錡誅,朝廷嘉之,召拜右拾遺。”元稹與李紳進行新樂府詩歌唱和之時,正是“朝廷嘉之,召拜右拾遺”之前。　新題樂府:即“新樂府”,一種用新題樂府寫時事的樂府體詩,雖辭爲樂府,已不被聲律。此類新歌,創始于初唐,發展於李白、杜甫,至元稹、白居易,更得到發揚光大,並確定了新樂府的名稱。白居易《新樂府序》稱其創作宗旨爲規諷時事,“爲君爲臣爲民爲事而作,不爲文而作”,“欲聞之者深誡也”。元稹元和十年《叙詩寄樂天書》:“詞實樂流而止於模象物色者,爲新題樂府。”元稹元和十二年《樂府序》又對新題樂府作出了進一步的解釋:“况自風雅至於樂流,莫非諷興當時之事,以貽後代之人。沿襲古題,唱和重複,於文或有短長,於義咸爲贅剩。尚不如寓意古題,刺美見事,猶有詩人引古以諷之義焉! 曹、劉、沈、鮑之徒時得如此,亦復稀少。近代唯詩人杜甫《悲陳陶》、《哀江頭》、《兵車》、《麗人》等,凡所歌行,率皆即事名篇,無復倚傍。予少時與友人樂天、李公垂輩謂是爲當,遂不復擬賦古題。”白居易與元稹,尤其是元稹對新樂府詩的解釋,應該是確切的,得當的。

② 貺:本義是賜給,賜與。《國語·魯語》:“君之所以貺使臣,臣敢不拜貺。”韋昭注:“貺,賜也。”鮑照《擬古八首》二:“十五諷詩書,篇翰靡不通……羞當白璧貺,耻受聊城功。”特指他人贈與的書信或詩文。陶潛《答龐參軍詩序》:“三復來貺,欲罷不能。”韋應物《張彭州前與緱氏馮少府各惠寄一篇多故未答張已云没因追哀叙事兼遠簡馮生》:“金玉蒙遠貺,篇詠見吹嘘。未答平生意,已没九原居。”　樂府新題二十首:樂府新題,即“新題樂府”,同一事物的不同稱呼。李紳的原唱樂府新題二十首,今已散失,僅從元稹酬篇《華原磬》、《馴犀》、《立部伎》、《驃國樂》、《胡旋女》、《蠻子朝》、《陰山道》等七篇中以“李

傳云"的方式保留有李紳原作的部份蛛絲馬迹,不見全篇内容與風貌,非常可惜。　"雅有所謂"兩句:意謂要求詩文的内容實實在在,不能空洞無物;而寫作詩文反對無病呻吟,而要具有明確的寫作目的,即"欲聞之者深誡也"。　雅:正,合乎規範與標準的。《詩序》:"言天下之事,形四方之風,謂之雅。雅者,正也。"《荀子・儒效》:"道過三代謂之蕩,法二後王謂之不雅。"楊倞注:"雅,正也。其治法不論當時之事,而廣説遠古,則爲不正也。"韓愈《順宗實録》:"廣陵王某,孝友温恭,慈仁忠恕,博厚以容物,寬明而愛人,祗服訓詞,言皆合雅。"　所謂:所以,謂,通"爲"。《戰國策・趙策》:"凡吾所謂爲此者,以明君臣之義,非從易也。"《吕氏春秋・恃君》作"所爲"。《賈誼新書・壹通》:"所謂建武關、函谷、臨晉關者,大抵爲山東諸侯也。"王引之《經傳釋詞》卷二:"所謂,所爲也。"又通"所爲",所作,作爲。《易・繫辭》:"知變化之道者,其知神之所爲乎!"陸機《吊魏武帝文序》:"諸舍中無所爲,學作履組賣也。"　虚:虚假,不真實。《史記・孟嘗君列傳論》:"世之傳孟嘗君好客自喜,名不虚矣!"韓愈《黄家賊事宜狀》:"前後所奏,殺獲計不下一二萬人,儻皆非虚,賊已尋盡。"指空話或誆騙。《楚辭・九章・惜往日》:"蔽晦君之聰明兮,虚惑誤又以欺。"朱熹集注:"虚,空言也。"《楚辭・九歎・逢紛》:"後聽虚而黜實兮,不吾理而順情。"洪興祖補注:"言君聽讒佞虚言,以貶忠誠之實。"　爲:撰寫。《書・金縢》:"公乃爲詩以貽王。"韓愈《酬别留後侍郎》:"爲文無出相如右,謀帥難居郤縠先。"章炳麟《訄書・學變》:"王符之爲《潛夫論》也,仲長統之造《昌言》也,崔寔之述《政論》也,皆辨章功實,而深嫉浮淫靡靡,比於《五蠹》。"　文:文章。《漢書・賈誼傳》:"以能誦詩書屬文,稱於郡中。"杜甫《春日憶李白》:"何時一尊酒,重與細論文。"南北朝時,專指韵文。與散文相對。《宋書・顔竣傳》:"太祖問延之:'卿諸子誰有卿風?'對曰:'竣得臣筆,測得臣文。'"劉勰《文心雕龍・總術》:"今之常言,有文有筆,以爲無韵者筆也,有韵者文也。"撰寫文章。元稹《永福寺石壁法華經記》:“其一碑,僧之徒思得名聲人文其事以自廣。”

③ 病時:憂慮時政。病,憂慮。《論語·衛靈公》:“君子病無能焉! 不病人之不己知也。”韓愈《唐故江西觀察使韋公墓誌銘》:“諸軍歲旱,種不入土,募人就功,厚與之直而給其食,業成,人不病饑。”

④ 三代:指夏、商、周。《論語·衛靈公》:“斯民也,三代之所以直道而行也。”邢昺疏:“三代,夏、殷、周也。”《文心雕龍·銘箴》:“斯文之興,盛於三代。夏商二箴,餘句頗存。” 士議:士大夫的輿論、評價。顔真卿《訊後帖》:“上方招致仁者,如公之儔,豈久在江左乎? 行聞迅召,以快士議。”《新唐書·于志寧傳》:“志寧愛賓客,樂引後進,然多嫌畏,不能有所薦達也,爲士議所少。” 庶人:平民,百姓。《書·洪範》:“汝則有大疑,謀及乃心,謀及卿士,謀及庶人。”孔傳:“有大疑,先盡汝心以謀慮之,次及卿士、衆民。”《漢書·食貨志》:“庶人之富者累巨萬,而貧者食糟糠。” 謗:指責别人的過失。《國語·周語》:“厲王虐,國人謗王。”劉長卿《按覆後歸睦州贈苗侍御》:“地遠心難達,天高謗易成。羊腸留覆轍,虎口脱餘生。”

⑤ 世理:即世治,唐人因唐高宗李治而避諱“治”,改稱爲“理”。明代余寅在《同姓名録·歷代名諱考》提及李唐避諱時説:“高宗諱‘治’,凡言‘治’皆曰‘理’……此歷代帝名之諱,於當時者也不特此也。”而世治就是時代太平,社會安定。《韓非子·有度》:“古者世治之民,奉公法,廢私術,專意一行,具以待任。”《三國志·袁涣傳》:“世治則禮詳,世亂則禮簡。” 詞直:即“直詞”,亦作“直辭”,正直的言詞。《晏子春秋·雜》:“臣聞下無直辭,上有隱惡。民多諱言,君有驕行。”杜甫《行次昭陵》:“直詞寧戮辱,賢路不崎嶇。”又謂據實陳述。《後漢書·戴就傳》:“幽囚考掠,五毒參至。就慷慨直辭,色不變容。”姚合《送楊尚書祭西嶽》:“酒氣飄林嶺,香烟入杳冥。樂清三奏備,詞直百神聽。” 世忌:忌諱甚多、動輒獲罪的時代。謀晉《五言今體

詩》:"終日雲林下,圖書隱几中。天容一身拙,世忌兩眉工。"法杲《樂府雜曲八首》六:"世忌捉花莖,毒蛇傷手足。更有練蛇翁,阿嬌貯金屋。"　詞隱:文詞隱曲,真意深藏。皮日休《悼賈序》:"是以其心切,其憤深,其詞隱而麗其藻。"周紫芝《竹坡詩話》:"其敘開元一事,意直而詞隱,曄然有《騷》《雅》之風。"

⑥"予遭理世而君盛聖"三句:元稹在這裏以巧妙的筆法,將本來不是的"理世"説成"理世",將根本不是"盛聖"之君的唐憲宗説成"盛聖"之君,把"直其詞以示後"這種本來不能見容於當時的十二首詩篇,在"使夫後之人謂今日爲不忌之時焉"高帽子的襯托下,堂而皇之公然面世。這是詩人利用當時所能允許的時代氛圍,巧妙將自己的作品公諸於衆,值得深思也值得讚賞。

[編年]

《年譜》在元和四年條下云:"以上詩,元稹在西京還是東都作,尚無定論。"理由是:"陳《箋》第五章《新樂府》云'微之詩以《上陽白髮人》爲首。上陽宫在洛陽。微之元和四年以監察御史分務東臺,此詩本和公垂之作,疑是時李氏亦在東都,故於此有所感發。'此説尚難成立:(一)現有資料,祇能説明李紳元和四年爲校書郎,至於在西京還是在東都,陳氏亦提不出證據。(二)元稹元和四年七月始分務東臺,陳氏未提出《新樂府》不能作於七月之前的理由。"《編年箋注》:"元稹和李紳新題樂府十二首作於元和四年(八〇九),時爲監察御史。"理由是:"見下《譜》。"《年譜新編》在元和四年《和李校書新題樂府十二首》條下亦認爲:"以上詩究竟作於長安還是洛陽,不能遽斷。"接着論述了"行原州""去京五百"的見解,雖然没有説明引録於何處,但細心的讀者祇要稍加比對,就會發現那就是陳寅恪先生早年的論述而已,並不是《年譜新編》自己的新發現,照理應該説明一下較爲妥貼。

從《年譜》、《編年箋注》、《年譜新編》難以斷定本組詩究竟作於長安還是洛陽來看,報給讀者的是一筆糊塗賬。因爲元稹元和四年三月前在長安,其後出使東川,七月返回之後又分務東臺。我們以爲應該結合李紳、元稹、白居易三人的行蹤來考察較爲合理。

我們認爲:元稹新題樂府詩歌撰作的具體時間,據陳寅恪《元白詩箋證稿》對《西凉伎》詩中"行原州"、"去京五百"的考證,認爲當作於元和三年十二月之後。我們以爲就具體的詩篇,即《西凉伎》來説,此説甚是;但也不能斷定作於元和四年七月元稹分務東臺之後。我們以爲李紳、元稹、白居易的新樂府詩歌撰作時間的上限當在他們三人都在長安的元和元年應試之時。因爲他們三人作詩時,是互相商量共同切磋的,元稹《樂府(有序)》所云"予少時與友人樂天、李公垂輩謂是爲當,遂不復擬賦古題"就是最好的證據。此組詩撰作時間的下限當在元和四年三月元稹出使東川之前,元稹《彈奏劍南東川節度使狀》:"臣昨奉三月一日敕,令往劍南東川詳覆瀘川監官任敬仲贓犯。"元稹《駱口驛二首》中有"二星徼外通蠻服,五夜燈前草御文"的表述,元稹接着於三月七日出使東川,接着又分務東臺,元稹不在長安,三人不在一地,元稹又甚爲忙碌,其《辛夷花(問韓員外)》:"縛遣推囚名御史,狼籍囚徒滿田地。明日不推緣國忌,依前不得花前醉。"當無暇及此。以上結論最早寫成於一九八一年夏季本人研究生論文答辯之前,畢業論文的原件現存于南京師大圖書館。

《年譜》、《編年箋注》、《年譜新編》認爲李紳校書郎任職地難以確定是西京還是東都,但白居易元和四年前後一直在西京,如果元稹的新題樂府詩篇作於東都,元稹元和四年七月到達東都之後並没有回到西京,祇是在元和五年三月間匆匆奉詔回京,時間祇有數天,極爲短暫。白居易也没有前往東都,那末白居易的《新樂府》"元和四年爲左拾遺時作"就不好解釋了。

從元稹的角度來看,元和元年九月十六日母親鄭氏因元稹出貶河南尉而病故,元稹從前往洛陽的途中返回長安,白居易《唐河南元府君夫人滎陽鄭氏墓誌銘》與《唐故武昌軍節度處置等使正議大夫檢校户部尚書鄂州刺史兼御史大夫賜紫金魚袋尚書右僕射河南元公墓誌銘并序》則表述:"稹泣血孺慕,哀動他人。""哀毁過禮,杖不能起。"元稹在《祭翰林白學士太夫人文》中訴説自己的哀傷心情:"逮稹謫居東洛,泣血西歸,無天可告,無地可依,喘息將盡,心魂已飛。"在三年守喪期間,元稹徘徊在生他養他的老屋之中,漫步於衝天的古槐樹之下,回憶在父親亡故以後是母親在家徒四壁的情況下與二兄元秬一起,含辛茹苦把他自己以及三兄還有大姐二姐拉扯成人。母親不僅挑起了生活的重擔,而且還負起了親自教育子女《書》、《詩》的責任。"母親"是人世間最親切也最偉大的字眼,對元稹來説其意義更超乎尋常。詩人本欲通過勤苦的讀書躋身統治集團的行列,以豐厚的俸禄孝敬母親,讓她頤養天年。而現在因爲自己的仗義直言,不僅没有爲母親帶來晚年之福,反而被降爲一名貶官,猶如一個囚徒貶斥外地;母親也因自己的貶謫驚嚇成病離他逝去。想到這些詩人怎能不"泣血孺慕,哀動他人"?爲了補報母親的恩情,元稹"哀毁過禮,杖不能起",與剛剛從洛陽趕回長安的妻子韋叢等在靖安里家中守喪,其淒淒切切之神情讀者不難想見。元稹一直守喪在家,既不能與朋友外出遊玩,也不可與朋友唱和。

所謂守喪三年,實際期限爲二十七個月,宋代车垓《内外服制通释》:"十三月小祥,自始死之月數起,至次年所死之月,凡十三月矣!是名曰小祥……二十五月大祥,自始死之月數起,至第三年所死之月,凡二十五月矣!是名曰大祥……二十七月禫祭……自初喪至此,不計閏,凡二十七月,謂如'正月'。大祥方二十五月,祥祭之後即服禫,服至於'二月',則二十六月也。又及乎'三月',然後方滿二十七月。却於'三月'之内選卜一日,行禫祭禮,是則所謂二十七月而禫祭也……喪稱三年實計二十七月,而謂之三年者,蓋以年辰計之,而不以月日計之也。謂如子年死,至丑年而小祥,又至寅年而大祥,既跨涉子、丑、寅三年矣！故謂之三年也。”元稹母親病故於元和元年九月，至元和三年十一月，已經期滿二十七月，故元和三年十二月，元稹已經母喪服滿，可以正常爲官，也可以與朋友詩歌酬唱。而從拙稿也可清楚看出：元稹自元和元年九月十六日至元和三年十一月這二十七個月中，元稹没有賦作任何酬唱的詩篇，當然，元稹還可以讀書，可以賦作詩文，如《賦得春雪映早梅》、《賦得九月盡》之類自言自語訴説自身哀痛的詩篇就不應該在限制之例。

結合同一組詩《西凉伎》、《縛戎人》中流露的信息，我們的結論是元稹本組詩應該作於長安，時間是元和三年十二月（包括十二月）之後，那時元稹守制母喪已經服滿，元和四年三月一日奉命按察東川，三月七日出使東川之前。從元和三年十二月至元和四年二月這段時間，元稹、白居易，還有李紳，都在長安，應該是他們新樂府詩篇的唱和與創作時期，故能够有“余友李公垂貺余樂府新題二十首”之事，故能够發生“余少時與友人樂天、李公垂輩謂是爲當，遂不復擬賦古題”的故事。

關於元和四年閏月的問題，王詠剛《兩千年中西曆速查》以爲閏二月，《新唐書·憲宗紀》有記載，元和四年“閏三月”，薛仲三、歐陽頤《兩千年中西曆對照表》也以爲閏三月，今以《新唐書·憲宗紀》爲依據，按“閏三月”計算，特此説明。

◎ 和李校書新題樂府十二首·上陽白髮人（一）①

天寶年中花鳥使（天寶中，密號採取艷異者爲花鳥使），撩花狎鳥含春思②。滿懷墨詔求嬪御，走上高樓半酣醉③。醉酣直入卿士家，閨闈不得偷迴避④。良人顧妾心死别（二），小女呼爺血垂泪⑤。十中有一得更衣（三），永配深宫作宫婢（四）⑥。御馬南奔胡馬蹙，宮女三千合宮棄⑦。宮門一閉不復開，上陽花草青苔地⑧。月夜閑聞洛水聲，秋池暗度風荷氣⑨。日日長看提象門(五)，終身不見門前事⑩。近年又送數人來，自言興慶南宮至⑪。我悲此曲將徹骨，更想深冤復酸鼻⑫。此輩賤嬪何足言，帝子天孫古稱貴⑬。諸王在閤四十年，十宅六宮門户閟(六)⑭。隋煬枝條襲封邑(近古封前代子孫爲二王三恪)，肅宗血胤無官位(肅宗已後諸王並未出閤)⑮。王無妃媵主無婿(七)，陽亢陰淫結灾累⑯。何如决壅順衆流，女遣從夫男作吏⑰！

録自《元氏長慶集》卷二四

[校記]

(一) 上陽白髮人：楊本、叢刊本、《古詩鏡·唐詩鏡》、《全詩》同，《樂府詩集》本篇題解云："白居易傳曰：'天寶五載已後，楊貴妃專寵，後宮無復進幸。六宮有美色者，輒置别所，上陽其一也，貞元中尚存焉！'"

(二) 良人顧妾心死别：楊本、叢刊本、《古詩鏡·唐詩鏡》、《全詩》同，錢校、《樂府詩集》作"良人顧望心死别"，語義不佳，不從不取。

(三) 十中有一得更衣：楊本、叢刊本、《古詩鏡·唐詩鏡》、《全詩》同，錢校、《樂府詩集》作"十中有一得預衣"，語義不佳，不從不取。

(四) 永配深宮作宮婢：叢刊本、蘭雪堂本、《古詩鏡·唐詩鏡》、《全詩》同，楊本作"永醉深宮作宮婢"，語義難通，不從不取。錢校、《樂府詩集》作"九配深宮作宮婢"，語義難通，不從不取。

(五) 日日長看提象門：楊本、叢刊本、《古詩鏡·唐詩境》同，《樂府詩集》作"日日長看提衆門"，《全詩》作"提衆門"，在"衆"字下注："一作象"。據秦蕙田《五禮通考》考訂，提象門是洛陽上陽宮東面三個宮門之一，而各種文獻不見有"提衆門"的記載，作"提衆門"者誤，不從不改。

（六）十宅六宫門户閟：原本作"七宅六宫門户閟"，楊本、叢刊本、《古詩鏡·唐詩境》、《全詩》同，據《樂府詩集》、錢校、《唐會要》、《玉海》、《淵鑒類函》等改。

（七）王無妃媵主無婿：楊本、叢刊本、《古詩鏡·唐詩鏡》、《全詩》同，錢校、《樂府詩集》作"王無妃媵主無夫"，兩説均通，不改。

[箋注]

① 上陽白髮人：白居易有和篇《上陽白髮人》："上陽人，紅顔暗老白髮新。緑衣監使守宫門，一閉上陽多少春！玄宗末歲初選入，入時十六今六十。同時采擇百餘人，零落年深殘此身。憶昔吞悲别親族，扶入車中不教哭。皆云入内便承恩，臉似芙蓉胸似玉。未容君王得見面，已被楊妃遥側目。妒令潜配上陽宫，一生遂向空房宿。宿空房，秋夜長，夜長無寐天不明。耿耿殘燈背壁影，蕭蕭暗雨打窗聲。春日遲，日遲獨坐天難暮。宫鶯百囀愁厭聞，梁燕雙栖老休妒。鶯歸燕去長悄然，春往秋來不記年。唯向深宫望明月，東西四五百回圓。今日宫中年最老，大家遥賜尚書號。小頭鞋履窄衣裳，青黛點眉眉細長。外人不見見應笑，天寶末年時世妝。上陽人，苦最多，少亦苦，老亦苦，少苦老苦兩如何！君不見昔時吕向美人賦（天寶末有密采艷色者，當時號爲花鳥使，吕向獻《美人賦》以諷之），又不見今日上陽白髮歌。"可與元稹本詩並讀。　上陽：即上陽宫，宫名，唐高宗時建於東都洛陽。《新唐書·地理志》："上陽宫在禁苑之東，東接皇城之西南隅，上元中置，高宗之季常居以聽政。"王建《行宫詞》："上陽宫到蓬萊殿，行宫巖巖遥相見。向前天子行幸多，馬蹄車轍山川遍。"　白髮人：指年老的頭髮斑白的人。吴融《旅中送遷客》："天南不可去，君去吊靈均。落日青山路，秋風白髮人。"《歲時廣記·踏春歌》："《異聞録》：邢鳳之子夢數美人歌《踏陽春》之曲曰：'踏陽春，人間二月雨如

塵,陽春踏盡秋風起,腸斷人間白髮人。'"本詩指年老的宮女。

② 花鳥使:唐代專爲皇帝挑選妃嬪宮女的使者。《新唐書・呂向傳》:"呂向,字子回……玄宗開元十年召入翰林……時帝歲遣使采擇天下姝好,内之後宮,號'花鳥使',向因奏《美人賦》以諷。"《墨池編・續書斷》:"呂向,字子回,章草隸峻巧,又能一筆環寫百字,若縈髮然,世號連綿書。强志於學,每賣藥即市閲書,遂通古今。開元中召入翰林,帝遣使采擇姝好,向奏《美人賦》以諷,帝怒,賴張説諫説以免,遂見旌寵。嘗詁解文選,世號'五臣注'者是也,終工部侍郎。"又指專爲陪侍皇帝飲宴的妃嬪。王讜《唐語林・補遺》:"天寶中,天下無事,選六宮風流艷態者,名花鳥使,主飲宴。"本詩所指是前者。周紫芝《菖蒲山子歌》:"開元承平二十年,四邊無警不控弦。繡衣半是花鳥使,達官避路何敢言!"趙文《贈媒者二首》二:"空谷佳人獨笑歌,不煩花鳥使相過。紅妝洗却蛾眉醜,縱有良媒可柰何?" 春思:春日的思緒,男女的情懷。沈佺期《送陸侍御餘慶北使》:"朔途際遼海,春思繞軒轅。安得回白日,留歡盡緑樽?"曹唐《小遊仙詩九十八首》五九:"風動閑天清桂陰,水精簾箔冷沉沉。西妃少女多春思,斜倚彤雲盡日吟。"

③ 墨詔:皇帝親筆書寫的詔旨。《宋書・謝莊傳》:"于時世祖出行,夜還,敕開門,莊居守,以棨信或虚,執不奉旨,須墨詔乃開。"《續資治通鑒・宋太宗至道三年》:"及帝崩,繼恩白後至中書召端,議所立。端前知其謀,即紿繼恩,使入書閣檢太宗先賜墨詔,遂鎖之,亟入宫。" 嬪御:古代帝王、諸侯的侍妾與宮女。《左傳・哀公元年》:"今聞夫差,次有臺榭陂池焉,宿有妃嬙嬪御焉!"杜預注:"妃嬙,貴者;嬪御,賤者,皆内官。"康駢《劇談録・孟才人善歌》:"孟才人善歌,有寵于武宗皇帝,嬪御之中莫與爲比。" 酣醉:半醉。《晉書・陶潛傳》:"或要之共至酒坐,雖不識主人,亦欣然無忤,酣醉便反。"戴良《和陶淵明飲酒二十首》九:"惟於酣醉中,歸路了不迷。"也指沉醉、大醉。

《晉書·阮籍傳》:"鍾會數以時事問之,欲因其可否而致之罪,皆以酣醉獲免。"王昌齡《大梁途中作》:"當時每酣醉,不覺行路難。今日無酒錢,悽惶向誰嘆?"

④ 直入:事先不打招呼就擅自進入,未經允許貿然進入。韋應物《温泉行》:"忽憶先皇遊幸年,身騎厩馬引天仗。直入華清列御前,玉林瑶雪滿寒山。"白居易《效陶潛體詩十六首》一二:"口吟歸去來,頭戴漉酒巾。人吏留不得,直入故山雲。" 卿士:指卿、大夫,後用以泛指官吏。《書·牧誓》:"是信是使,是以爲大夫卿士。"孫星衍疏:"大夫卿士不云卿大夫士,蓋以此士,卿之屬也。"白居易《新樂府·牡丹芳》"遂使王公與卿士,游花冠蓋日相望。" 閨闈:内室,亦特指婦女居住的地方,常常借指婦女。孟郊《與韓愈李翱張籍話别》"馬迹繞川水,雁書還閨闈。"歐陽詹《將歸賦》:"苒苒皆盡,悠悠爲誰? 親有父母,情有閨闈。" 迴避:躲避,避讓。韓偓《即目》:"宦途棄擲須甘分,迴避紅塵是所長。"蘇軾《行香子·秋興》:"昨夜霜風,先入梧桐,渾無處迴避衰容。"

⑤ 良人:這裏指女子對丈夫的稱呼。王維《洛陽女兒行》:"洛陽女兒對門居,纔可容顔十五餘。良人玉勒乘驄馬,侍女金盤膾鯉魚。"白居易《對酒示行簡》:"復有雙幼妹,笄年未結褵。昨日嫁娶畢,良人皆可依。" 妾:舊時男子在妻以外娶的女子。《易·鼎》:"得妾以其子,無咎。"孔穎達疏:"妾者側媵,非正室也。"元稹《樂府古題·將進酒》:"酒中有毒酖主父,言之主父傷主母。母爲妾地父妾天,仰天俯地不忍言。"謂娶爲小妻。戴名世《王氏墓表》:"若老且死矣! 忍妾此弱女子耶?"又有舊時女子自稱的謙詞,包括未嫁女子以及正妻、小妻、婢女。宋玉《高唐賦》:"妾,巫山之女也。"元稹《憶遠曲》:"妾身何足言! 聽妾私勸君:君今夜夜醉何處? 姑來伴妾自閉門。" 死别:永别。《玉臺新詠·古詩〈爲焦仲卿妻作〉》:"生人作死别,恨恨那可論!"杜甫《垂老别》:"孰知是死别,且復傷其寒。" 小女:女兒中之年

齡最小者。岑參《臨河客舍呈狄明府兄留題縣南樓》:“黎陽城南雪正飛,黎陽渡頭人未歸。河邊酒家堪寄宿,主人小女能縫衣。”也指年幼的女兒。杜甫《北征》:“床前兩小女,補綴才過膝。”　爺:這裏指父親。古樂府《木蘭詩》:“軍書十二卷,卷卷有爺名。”杜牧《别家》:“初歲嬌兒未識爺,别爺不拜手吒叉。”　垂泪:流出眼泪。白居易《自河南經亂關内阻饑兄弟離散各在一處因望月有感聊書所懷寄上浮梁大兄于潛七兄烏江十五兄兼示符離及下邽弟妹》:“共看明月應垂泪,一夜鄉心五處同。”李宣遠《并州路》:“帳幕遥臨水,牛羊自下山。征人正垂泪,烽火起雲間。”

⑥ 更衣:换衣服,這裏借指普通女子被選入宫中爲宫女。孟浩然《長樂宫》:“秦城舊來稱窈窕,漢家更衣應不少。紅粉邀君在何處?青樓苦夜長難曉。”王建《宫人斜》:“未央墻西青草路,宫人斜裏紅妝墓。一邊載出一邊來,更衣不减尋常數。”　宫婢:皇宫中的女婢。《集異記・王維》:“公主笑曰……顧謂維曰:‘子誠取解,當爲子力!’維起謙謝,公主則召試官至第,遣宫婢傳教,維遂作解頭而一舉登第。”趙信《南宋雜事詩》卷七:“朝來宫婢藥囊添,滿院飛花掩畫簾。手把輕羅還絮語,每逢三月病懨懨。”

⑦ 御馬南奔胡馬蹙:此句指安禄山、史思明叛亂軍隊進入洛陽,唐玄宗不得不南奔蜀地避難一事。　御馬:這裏指騎馬。《北史・魏孝文帝紀》:“帝戎服執鞭,御馬而出。”《舊唐書・禮儀志》:“玄宗御馬而登,侍臣從。”也作御用之馬,亦指帝王賞賜的馬。王建《朝天詞十首寄上魏博田侍中》五:“御馬牽來親自試,珠球到處玉蹄知。殿頭宣賜連催上,未解紅纓不敢騎。”　御:駕馭車馬,周時爲六藝之一。《周禮・地官・大司徒》:“三曰六藝:‘禮、樂、射、御、書、數。’”按,《保氏》作“馭”。《漢書・荀彘傳》:“荀彘、太原廣武人,以御見,侍中,用校尉數從大將軍。”顔師古注:“以善御得見,因爲侍中也。御謂御車也。”《集韵・去禦》:“《説文》:‘使馬也。’徐鍇曰:‘卸解車馬也。或彳,或

卸，皆御者之職。古作馭。'" 南奔：向南奔跑，向南逃跑，這裏指唐玄宗逃往西川。李白《永王東巡歌十一首》二："三川北虜亂如麻，四海南奔似永嘉。"元結《與瀼溪鄰里》："昔年苦逆亂，舉族来南奔。日行幾十里，愛君此山村。" 胡馬：指胡人的軍隊，本詩指安禄山、史思明的叛亂部隊。王昌齡《出塞》："但使龍城飛將在，不教胡馬度陰山。"杜甫《建都十二韵》："蒼生未蘇息，胡馬半乾坤。" 蹙：接近，迫近。賈思勰《齊民要術・園籬》："其栽榆與柳……數年成長，共相蹙迫，交柯錯葉，特似房櫳。"羅隱《廣陵開元寺閣上作》："江蹙海門帆散去，地吞淮口樹相依。" 宫女：被徵選在宫廷裏服役的女子。祖詠《古意二首》一："夫差日淫放，舉國求妃嬪……宫女數千騎，常遊江水濵。"顧况《葉上題詩從苑中流出》："花落深宫鶯亦悲，上陽宫女斷腸時。君恩不閉東流水，葉上題詩寄與誰？" 合宫：這裏指整個皇宫。合：全部，整個。賈思勰《齊民要術・果蓏》："裴淵《廣州記》曰：'羅浮山有橘，夏熟，實大如李；剥皮噉則酢，合食極甘。'"宋應星《天工開物・養忌》："若風則偏忌西南，西南風太勁，則有合箔皆僵者。"

⑧ 宫門：帝王公侯所居宫室之門。王諲《後庭怨》："甄妃爲妒出層宫，班女因猜下長信。長信宫門閉不開，昭陽歌吹風送來。"也借指皇宫。杜甫《虢國夫人》："虢國夫人承主恩，平明上馬入宫門。却嫌脂粉涴顔色，澹掃蛾眉朝至尊。" 青苔：苔蘚。《淮南子・泰族訓》："窮谷之污，生以青苔。"高誘注："青苔，水垢也。"崔顥《長門怨》："君王寵初歇，棄妾長門宫。紫殿青苔滿，高樓明月空。"

⑨ "月夜閑聞洛水聲"兩句：意謂在月夜的上陽宫中，閑得無聊，衹能静心聽著流經附近洛水的淙淙流水聲，呼吸著微風吹拂而來秋天池塘裏飄來的荷葉清香。 月夜：有月光的夜晚。張若虚《春江花月夜》："春江潮水連海平，海上明月共潮生。灧灧隨波千萬里，何處春江無月明！"李白《秋浦歌十七首》一四："爐火照天地，紅星亂紫烟。赧郎明月夜，歌曲動寒川。" 洛水：在洛陽西南，東北走向，經洛陽入

黄河。李吉甫《元和郡縣誌・河南府》:"河南縣……洛水在縣北四里,伊水在縣東南十八里。"而上陽宫就在洛陽,故在上陽宫能够"閑聞洛水聲"。儲光羲《送恂上人還吴》:"洛城本天邑,洛水即天池。君王既行幸,法子復來儀。"李白《獄中上崔相涣》:"胡馬渡洛水,血流征戰場。千門閉秋景,萬姓危朝霜。"

⑩ 日日:每天。王昌齡《萬歲樓》:"江上巍巍萬歲樓,不知經歷幾千秋。年年喜見山長在,日日悲看水獨流。"王建《早春病中》:"日日春風階下起,不吹光彩上寒株。師教絳服禳衰月,妻許青衣侍病夫。"　提象門:上陽宫宫門之一。《舊唐書・五行志》:"(開元)十八年六月乙丑,東都瀍水暴漲,漂損揚□淄德等州租船。壬午,東都洛水泛漲,壞天津、永濟二橋及漕渠斗門,漂損提象門外助鋪及仗舍,又損居人廬舍千餘家。"秦蕙田《五禮通考・嘉禮》:"上陽宫:在皇城之西南(上元中營造,高宗晚年常居此宫以聽政焉!),東面三門:南曰提象門(即正衙門),北曰星躔門……"　終身:一生,終竟此身。《漢書・司馬遷傳》:"蓋鍾子期死,伯牙終身不復鼓琴。"白居易《哭劉敦質》:"哭君豈無辭?辭云君子人,如何天不吊,窮悴至終身?"

⑪ 近年:指過去不遠的數年。元稹《和李校書新題樂府十二首・縛戎人》:"近年如此思漢者,半爲老病半埋骨。常教孫子學鄉音,猶話平時好城闕。"張賁《酬襲美先見寄倒來韵》:"酒後只留滄海客,香前唯見紫陽君。近年已絶詩書癖,今日兼將筆硯焚。"敬請讀者注意:本詩作於元和三年(808)至元和四年(809)間,離開唐玄宗謝世的上元二年(861)已經近五十年了,那些十六七歲就進入皇宫爲唐玄宗服役的妙齡少女,這時已經是垂垂老婦,但李唐朝廷仍然不肯放她們回家,仍然把她們閑置在上陽宫中,直到她們走向人生的最後終點。統治者的殘暴,於此可見一斑。　興慶南宫:即興慶宫,當時人稱"南内",因位在其他宫殿之南,故詩人稱爲"興慶南宫"。秦蕙田《五禮通考・嘉禮》:"興慶宫在皇城之東南(即今上龍潛舊宅也,開元

初以爲離宫),宫之西曰興慶門,其内曰興慶殿(即正衙殿),次南曰金明門,門内之北曰大同門,其内曰大同殿。宫之南曰通陽門,北入曰明光殿,其内曰龍堂。通陽之西曰花萼樓,樓西曰明義門,其内曰長慶殿。”戎昱《秋望興慶宫》:“先皇歌舞地,今日未遊巡。幽咽龍池水,淒凉御榻塵。”權德輿《縣君赴興慶宫朝賀載之奉行册禮因書即事》:“合卺交歡二十年,今朝比翼共朝天。風傳漏刻香車度,日照旌旗綵仗鮮。”

⑫ 徹骨:透骨,入骨,形容程度極深。劉禹錫《西山蘭若試茶歌》:“悠揚噴鼻宿酲散,清峭徹骨煩襟開。”陸游《贈惟了侍者》:“雪中僵卧不須悲,徹骨清寒始解詩。” 深冤:程度極深代價極大而又年深月久的冤屈。盧象《寒食》:“子推言避世,山火遂焚身……深冤何用道!峻迹古無鄰。”韓愈《謝自然詩》:“往者不可悔,孤魂抱深冤。來者猶可誡,余言豈空文?” 酸鼻:鼻酸,謂悲痛欲泣。《文選·宋玉〈高唐賦〉》:“孤子寡婦,寒心酸鼻。”李善注:“酸鼻,鼻辛酸,泪欲出也。”曹植《鞞舞歌·聖皇篇》:“路人尚酸鼻,何況骨肉情?”

⑬ 嬪:宫廷女官名,天子諸侯姬妾。《周禮·九嬪》:“九嬪掌婦學之法,以教九御。”《舊唐書·后妃》:“三代宫禁之職,周官最詳……唐因隋制,皇后之下有貴妃、淑妃、德妃、賢妃各一人,爲夫人,正一品。昭儀、昭容、昭媛、修儀、修容、修媛、充儀、充容、充媛各一人,爲九嬪,正二品。婕妤九人,正三品。美人九人,正四品。才人九人,正五品。寶林二十七人,正六品。御女二十七人,正七品。采女二十七人,正八品。其餘六尚諸司,分典乘輿服御。” 帝子:帝王之子。王勃《滕王閣》:“閣中帝子今何在?檻外長江空自流。”吕巖《敲爻歌》:“且饒帝子共王孫,須去繁華銼鋭分。” 天孫:星名,即織女星。《史記·天官書》“婺女,其北織女。織女,天女孫也”司馬貞索隱:“織女,天孫也。”這裏借喻天子的女兒們。沈佺期《歲夜安樂公主滿月侍宴》:“除夜子星回,天孫滿月杯。詠歌麟趾合,簫管鳳雛來。”徐堅《奉

和送金城公主適西蕃應制》:“星漢下天孫,車服降殊蕃……簫聲去日遠,萬里望河源。”

⑭ 諸王:指古代天子分封的各諸侯王,這裏是指李唐天子唐肅宗的帝子,唐肅宗在位的至德、乾元、上元,至元稹賦詠此詩,時間大約爲四十年,“四十年”舉其約數而已,參閲下句“肅宗血胤無官位”詩人自注:“肅宗已後諸王並未出閣。”潘勖《册魏公九錫文》:“魏國置丞相以下群卿百僚,皆如漢初諸王之制。”衆王。韓愈《順宗實録》:“還至别殿,諸王親屬進賀。”白珽《湖居雜興八首》一:“御舟初出賞春霏,傳是諸王與后妃。”　十宅:特指諸王的宅邸。《新唐書·十一宗諸子》:“開元後,皇子幼,多居禁内。既長,詔附苑城爲大宫,分院而處,號十王宅,所謂慶、忠、棣、鄂、榮、光、儀、潁、永、延、盛、濟等王,以十舉全數也。”《編年箋注》注云“十五宅”,誤,應是“十王宅”之誤。李湛《御丹鳳樓大赦文》:“其六宅十宅諸王女,宜令每年於選人中擇端良者降嫁。”李昂《南郊赦文》:“其六宅十宅諸王女縣主,宜令每年於選人中,擇其情願者配尚。”另外,還有“十六宅”的記載,武宗、宣宗皆由中官從十六宅迎立登位。昭宗時,韓建圍十六宅,盡殺諸王,宅遂廢。《資治通鑑·唐昭宗乾寧四年》:“建乃與知樞密劉季述矯制發兵圍十六宅……建擁通、沂、睦、濟、韶、彭、韓、陳、覃、延、丹十一王至石堤谷,盡殺之。”但那是唐末諸王共居的第宅,與元稹詩中所述唐玄宗時事無關。　六宫:古代皇后的寢宫,正寢一,燕寢五,合爲六宫。《禮記·昏義》:“古者,天子后立六宫,三夫人、九嬪、二十七世婦、八十一御妻,以聽天下之内治,以明章婦順,故天下内和而家理。”鄭玄注:“天子六寢,而六宫在後,六官在前,所以承副施外内之政也。”盧綸《天長久詞》:“辭輦復當熊,傾心奉六宫。君王若看貌,甘在衆妃中。”白居易《長恨歌》:“回眸一笑百媚生,六宫粉黛無顔色。”　門户:門扇。《管子·八觀》:“宫墻毀壞,門户不閉,外内交通。”劉攽《新晴》:“惟有南風舊相識,偷開門户又翻書。”

⑮ 隋煬:即隋煬帝,據《隋書·煬帝紀》所載,“煬皇帝諱廣……高祖第二子也,母曰文獻獨孤皇后。”初封晉王,深得其父歡心,於是廢太子楊勇而立爲太子,不久殺父自立爲帝,是爲隋煬帝。在位期間,賦役繁重,民怨騰起,群雄四起。大業十二年(616)逃奔江都,十四年宇文化及等“以驍果作亂,入犯宮闈。上崩于温室,時年五十,蕭后令宫人撤床簀爲棺以埋之”。杜牧《汴河懷古》:“錦纜龍舟隋煬帝,平臺複道漢梁王。遊人閑起前朝念,折柳孤吟斷殺腸。”李商隱《定子》:“檀槽一抹廣陵春,定子初開睡臉新。却笑喫虛隋煬帝,破家亡國爲何人?” 枝條:樹枝,枝子,也比喻家族的分支,旁支,支派。喬知之《和李侍郎古意》:“南山羃羃兔絲花,北陵青青女蘿樹。由來花葉同一根,今日枝條分兩處。”賈島《寄滄州李尚書》:“枝條分御葉,家世食唐恩。”本詩喻指隋煬帝的後裔。 封邑:古時帝王賜給諸侯、功臣以領地或食邑。《史記·晉世家》:“賞從亡者及功臣,大者封邑,小者尊爵。”本詩指領地、食邑。酈道元《水經注·河水》:“右徑劉仲城北,是漢祖兄劉仲之封邑也。”岑參《韓員外夫人清河縣君崔氏挽歌二首》一:“令德當時重,高門舉世推。從夫榮已絶,封邑寵難追。” 二王三恪:周朝新立,封前代三王朝的子孫,給以王侯名號,稱三恪,以示敬重。周封三朝説法有二。一説封虞、夏、商之後于陳、杞、宋。《左傳·襄公二十五年》:“昔虞閼父爲周陶正,以服事我先王。我先王賴其利器用也,與其神明之後也,庸以元女大姬配胡公,而封諸陳,以備三恪。”杜預注:“周得天下,封夏、殷二王后,又封舜後,謂之恪,並二王后爲三國。其禮轉降,示敬而已,故曰三恪。”一説封黄帝、堯、舜之後於薊、祝、陳。《詩·陳風譜》孔穎達疏:“案《樂記》云:‘武王未及下車,封黄帝之後于薊,封帝堯之後于祝,封帝舜之後于陳;下車乃封夏後氏之後於杞,投殷之後于宋。’則陳與薊、祝共爲三恪,杞宋别爲二王之後矣!”後世帝王亦多承三恪之制。《新唐書·玄宗紀》:“〔天寶九載〕九月辛卯,以商、周、漢爲三恪。”《新五代史·晉高祖

紀》:"〔天福二年春正月〕封唐宗室子爲公,及隋酅公爲二王后,以周介公備三恪。"庾信《賀新樂表》:"故得參考八音,研精六代,封晉魏爲二王,序殷周爲三恪。"儲光羲《敬酬陳掾親家翁秋夜有贈》:"大姬配胡公,位乃三恪賓。盛德百代祀,斯言良不泯。"　肅宗:即唐肅宗李亨,據《新唐書·肅宗紀》記載:"肅宗……諱亨,玄宗第三子也,母曰元獻皇后楊氏","(開元)二十五年皇太子瑛廢死,明年立爲皇太子",天寶十五載,安史叛軍逼近潼關,隨唐玄宗西奔,"行至馬嵬,父老遮道,請留太子討賊,玄宗許之",同年"(七月)甲子即皇帝位於靈武,尊皇帝曰上皇天帝,大赦,改元至德。"收復兩京之後,迎唐玄宗歸長安。在位期間重信張皇后,信用宦官李輔國,最後李輔國發動宫廷之變,殺張皇后,擁立太子李豫爲帝,唐肅宗驚憂而死。杜甫《八哀詩·贈司空王公思禮》:"胡馬纏伊洛,中原氣甚逆。肅宗登寶位,塞望勢敦迫。"鄭丹《肅宗挽歌》:"國以重明受,天從諒闇移。諸侯方北面,白日忽西馳。"　血胤:同一血統的子孫後代。《梁書·劉峻傳》:"余禍同伯道,永無血胤。"束皙《吊蕭孟恩文》:"孟恩夫婦皆亡,門無血胤。"　官位:官吏的職位、職稱。《史記·日者列傳》:"才賢不爲,是不忠也;才不賢而托官位,利上奉,妨賢者處,是竊位也。"韓愈《唐故江南西道觀察使王公神道碑銘》:"〔公〕讀書著文,其譽藹鬱,當時名公皆折官位輩行,願爲交。"　出閤:皇子出就封國。《南齊書·江謐傳》:"諸皇子出閤用文武主帥,皆以委謐。"《宋史·職官志》:"太平興國八年,諸王出閤,楚王府置諮議參軍二員,翊善一員。"公主出嫁。元稹《七女封公主制》:"雖穠華可尚,出閤未期,而湯沐先施,分封有據。"

⑯ 妃:原指配偶,妻。《禮記·曲禮》:"天子之妃曰后。"孔穎達疏:"以特牲、少牢是大夫、士之禮,皆云'某妃配某氏',尊卑通稱也。"韓愈《琴操·雉朝飛》:"嗟我雖人,曾不如彼雉。生身七十年,無一妾與妃。"後世專指皇帝的姬妾、太子和王侯的妻。《吕氏春秋·季春紀》:"后妃齋戒,親東鄉躬桑。"高誘注:"王者一后三夫人,妃即夫

人。”《漢書·衛太子史良娣》:“太子有妃,有良娣,有孺子,妻妾凡三等。” 媵:古諸侯嫁女,以侄娣從嫁稱媵。《儀禮·士昏禮》:“婦徹于房中,媵御餕,姑酳之。”鄭玄注:“古者嫁女必侄娣從,謂之媵。侄,兄之子;娣,女弟也。”指以臣僕陪嫁。《左傳·僖公五年》:“執虞公及其大夫井伯,以媵秦穆姬。”楊伯峻注:“以男女陪嫁曰媵。” 婿:女婿,女兒的丈夫。《禮記·昏義》:“婿執雁入,揖讓升堂,再拜奠雁,蓋親受之于父母也。”陸德明釋文:“婿,或又作聟,悉計反,女之夫也。”丈夫,夫婿。徐延壽《人日剪綵》:“帖燕留妝户,黏雞待餉人。擎來問夫婿,何處不如真?” 陰淫:陰氣過分。《左傳·昭公元年》:“六氣曰陰、陽、風、雨、晦、明也,分爲四時,序爲五節,過則爲菑,陰淫寒疾,陽淫熱疾。”杜預注:“寒過則爲冷。”賈島《望山》:“天事不可長,勁風來如奔。陰淫一以掃,浩翠瀉國門。” 陽亢:義同“亢陽”,盛極之陽氣。《易·乾》:“上九,亢龍有悔。”孔穎達疏:“上九,亢陽之至,大而極盛。”張道古《詠雨》:“亢陽今已久,嘉雨自雲傾。一點不斜去,極多時下成。” 灾累:灾病。《雲笈七籤》卷四〇:“老君曰:‘能念,除此百病,則無灾累,疾自愈,濟度苦厄子孫,蒙佑矣!”褚伯秀《南華真經義海纂微·刻意》:“動合天理,則灾累非責,何從而至?死生謀慮,何由而滑哉!”

⑰ 决壅:除去水道的壅塞。白居易《自蜀江至洞庭湖口有感而作》:“疏流似剪紙,决壅如裂帛。”比喻消除壅蔽。白居易《新樂府·鵶九劍(思决壅也)》:“歐冶子死千年後,精靈闇授張鵶九。鵶九劍鑄吴山中,天與日時神借功。” 衆流:衆多的水流。酈道元《水經注·漣水》:“漣水出邵陵縣界南,逕連道縣……控引衆流,合成一溪。”謝靈運《山居賦》:“衆流所湊,萬泉所回。”這裏隱喻隨同大流之江河流向大海,像民間百姓的子女一般男子及時婚娶女子及時出嫁。 女遣從夫男作吏:意謂天孫出嫁,男子出宫任職。 從夫:謂女子出嫁跟從丈夫。岑參《韓員外夫人清河縣君崔氏挽歌二首》一:“令德當時重,高門舉世推。從夫榮已絶,封邑寵難追。”李岑《西河郡太原守張

夫人輓歌》:“鵲印慶仍傳,魚軒寵莫先。從夫元凱貴,訓子孟軻賢。”吏:古代對官員的通稱。《左傳·成公二年》:“王使委於三吏。”杜預注:“三吏,三公也。三公者,天子之吏也。”《國語·周語》:“王乃使司徒咸戒公卿、百吏、庶民。”韋昭注:“百吏,百官。”也指官府中的胥吏或差役。《玉臺新詠·古詩〈爲焦仲卿妻作〉》:“君既爲府吏,守節情不移。”杜甫《石壕吏》:“暮投石壕村,有吏夜捉人。”以上“此輩賤嬪何足言”十句:有人指責元稹詩歌往往“一篇雜有數意”,“一意而復見於兩篇”,如陳寅恪《元白詩箋證稿·新樂府》:“關於元白二公作品之比較,又有可得而論者,即元氏諸篇所詠似有繁複與龐雜之病,而白氏每篇則各具事旨,不雜也不復是也。請舉數例以明之:《元氏長慶集》二四《上陽白髮人》,本滑宫人之幽閉,而篇末乃云:‘此輩賤嬪何足言?帝子天孫古稱貴。諸王在閣四十年,七宅六宫門户閉。隋煬枝條襲封邑,肅宗血胤無官位。王無妃媵主無婿,陽亢陰淫結灾累。何如决壅順衆流,女遣從夫男作吏。’”我們以爲這話説得也對也不對:就元稹的某一首或某幾首作品而言,這話不無道理。如《上陽白髮人》、《法曲》、《陰山道》確有“一篇雜有數意”之累;而《法曲》、《立部伎》都在同一組詩之中,均涉及祖宗創業之艱難,也確實存在“一意而復見於兩篇”之病。而元稹《上陽白髮人》的主題也可以理解爲詩人對“陽亢陰淫”的同情,亦即包括宫女、公主、諸王在内,不僅僅是“滑宫人之幽閉”而已。而“滑宫人之幽閉”衹是白居易《上陽白髮人》的主題,其題下注云:“滑怨曠也。天寶五載已後,楊貴妃專寵,後宫人無復進幸矣!六宫有美色者,輒置别所,上陽是其一也,貞元中尚存焉!”就是最好的證明。我們以爲陳寅恪對元稹《上陽白髮人》的理解可以商榷。另外,白居易《新樂府》共五十首,故白居易可以每首針對一種社會弊病進行諷喻;而元稹的《和李校書新題樂府十二首》僅十二首,或者説元稹的新題樂府才十五首,僅白居易詩篇的三分之一不到,元稹白居易選擇詩篇進行諷喻的社會弊病有大有小,有粗有細,陳寅恪先生考察問題也有失察之病。

[編年]

《年譜》、《編年箋注》、《年譜新編》編年意見及編年理由同前《和李校書新題樂府十二首・序》所引述。

我們的編年意見及編年理由也同前《和李校書新題樂府十二首・序》、《上陽白髮人》、《西凉伎》、《縛戎人》等篇所表述,亦即本詩賦成於元和三年十二月至元和四年二月間,地點在長安,元稹當時因剛剛結束守喪,還没有拜授新職。李紳與白居易當時也正在長安,故能够有"余友李公垂貺余樂府新題二十首"之事,故能够發生"余少時與友人樂天、李公垂輩謂是爲當,遂不復擬賦古題"的故事。

◎ 和李校書新題樂府十二首・華原磬

(李傳云:天寶中始廢泗濱磬,用華原石)[(一)][①]

泗濱浮石裁爲磬,古樂疏音少人聽[②]。工師小賤牙曠稀,不辨邪聲嫌雅正[③]。正聲不屈古調高,鍾律參差管弦病[④]。鏗金戛瑟徒相雜,投玉敲冰杳然震[(二)][⑤]。華原軟石易追琢,高下隨人無雅鄭[⑥]。棄舊美新由樂胥,自此黄鍾不能競[⑦]。玄宗愛樂愛新樂,梨園弟子承恩横[⑧]。霓裳才徹胡騎來,雲門未得蒙親定[⑨]。我藏古磬藏在心,有時激作南風詠[⑩]。伯夔曾撫野獸馴,仲尼暫和春雷盛[(三)][⑪]。何時得向笋簴懸?爲君一吼君心醒[⑫]。願君每聽念封疆,不遣豺狼剿人命[⑬]。

録自《元氏長慶集》卷二四

[校記]

(一) 華原磬：楊本、叢刊本、《古詩鏡・唐詩鏡》、《全詩》同,《樂府詩集》題解云:"白居易傳曰:'天寶中始廢泗濱磬,用華原石代之。詢諸磬人,則曰:故老云泗濱磬下調之不能和,得華原石考之乃和,由是不改。'"録以備考,不改。

(二) 投玉敲冰杳然震：叢刊本、《古詩鏡・唐詩鏡》同,楊本、《樂府詩集》、《全詩》作"投玉敲冰杳然零",宋蜀本作"投玉敲冰杳然令",語義含混,不取不改。

(三) 仲尼暫和春雷盛：楊本、叢刊本、《古詩鏡・唐詩鏡》同,《全詩》、《樂府詩集》作"仲尼暫叩春雷盛",與全篇强調"和"的宗旨不符,不改。

[箋注]

① 華原磬：白居易有同名和篇《新樂府・華原磬》:"華原磬,華原磬,古人不聽今人聽。泗濱石,泗濱石,今人不擊古人擊。今人古人何不同？用之舍之由樂工。樂工雖在耳如壁,不分清濁卽爲聾。梨園弟子調律吕,知有新聲不如古。古稱浮磬出泗濱,立辯致死聲感人。宫懸一聽華原石,君心遂忘封疆臣。果然胡寇從燕起,武臣少肯封疆死。始知樂與時政通,豈聽鏗鏘而已矣！磬襄入海去不歸,長安市兒爲樂師。華原磬與泗濱石,清濁兩聲誰得知？"可與元稹本詩參讀。王應麟《玉海・唐華原磬石磬》:"唐石磬:天寶中始廢泗濱磬,用華原石代之。詢諸磬人,則曰故老云:泗濱磬下調之不能和,得華原石考之,乃和,由是不改。白居易作《華原磬》詩刺樂工非其人。"王應麟失察,最先提及這一問題的是元稹,不是白居易。《唐宋詩醇・新樂府》:"汪立名曰:按《元微之集》有"和李校書新題樂府"《上陽白髮人》、《華原磬》等十二首,序云:'予友李公垂貺予樂府新題二十首,雅

有所謂,不虚爲文,予取其病時之尤急者,列而和之,蓋十二而已'云云,語未嘗及白,而此序中又不言和李作,當是因李作而推廣者。"汪立名所論極是。　磬:古代打擊樂器,狀如曲尺,用玉、石或金屬製成,懸挂於架上,擊之而鳴。段成式《酉陽雜俎·禮異》:"引其宣城王等數人後入,擊磬,道東北面立。"也指適宜製磬的美石。《書·禹貢》:"泗濱浮磬。"孔傳:"泗水涯水中見石,可以爲磬。"孔穎達疏:"此石可以爲磬,故謂之浮磬也。"泗濱磬是指出産於泗濱的適宜製磬的美石,華原磬是指出産於華原縣的適宜製磬的美石。文天祥《聽羅道士琴二首》二:"吾聞泗濱磬,暗含角與徵…… 藍田滄海意,請問玉溪子。"

② 浮石:石磬。張仲素《玉磬賦》:"練向而鳴球可諧,還和而浮石非匹。"浮石亦即"浮磬",水邊一種能製磬的石頭。《書·禹貢》:"泗濱浮磬。"孔穎達疏:"石在水旁,水中見石,似若水中浮然,此石可以爲磬,故謂之浮磬也。"《後漢書·馬融傳》:"怪石浮磬,耀焜於其陂。"　古樂:古代帝王祭祀、朝會時所奏音樂,也稱雅樂,以别於民間音樂。《禮記·樂記》:"吾端冕而聽古樂,則唯恐卧;聽鄭衛之音,則不知倦。敢問古樂之如彼,何也?"鄭玄注:"古樂,先王之正樂也。"《三國志·杜夔傳》:"紹復先代古樂,皆自夔始也。"　疏音:古樸的樂音。孔平仲《夜坐庵前》:"裴回明月上,正在修篁端。清影冰玉碎,疏音環佩寒。"劉敞《和江學士聞蟬》:"微陰變潜律,濃霧引疏音。時化能無感?清吟獨有心。"

③ 工師:樂師。白居易《新樂府·立部伎》:"欲望鳳來百獸舞,何異北轅將適楚!工師愚賤何足云,太常三卿爾何人?"梅堯臣《次答黄介夫七十韵》:"工師調五音,不問咸與韺。"　小賤:微賤,低賤。《史記·秦始皇本紀》:"今高素小賤,陛下幸稱舉,令在上位,管中事。"此指出身微賤。王充《論衡·量知》:"御史之遇文書,不失分銖;有司之陳籩豆,不誤行伍。其巧習者,亦先學之,人不貴者也。小賤

之能,非尊大之職也。”此指技能低賤。　牙曠:伯牙與師曠,春秋時期著名的樂師。《樂書》卷四一:“師曠奏清角,玄鶴爲之率舞;瓠巴鼓瑟,六馬爲之仰秣;伯牙鼓琴,遊魚爲之出聽。”白居易《法曲》:“一從胡曲相參錯,不辨興衰與哀樂。願求牙曠正華音,不令夷夏相交侵。”邪聲:猶邪音。《禮記義疏》卷五一:“夫命有正有不正,性有善有不善,道有君子有小人,德有凶有吉。然則聲有奸正,氣有順逆,樂有淫和,不亦感應自然之符?邪聲之邪正既異其所倡,則氣之逆順亦異其所和,可謂倡和有應矣!逆氣而淫樂興,順氣而和樂興,可謂回邪曲直各歸其分矣!凡此非特人爲然,萬物亦莫不各以氣類相感動也!”雅正:典雅純正。應劭《風俗通·笛》:“笛者,滌也。所以蕩滌邪穢,納之於雅正也。”王安石《上邵學士書》:“雖庸耳必知雅正之可貴,溫潤之可寶也。”

④ 正聲:純正的樂聲。《荀子·樂論》:“正聲感人而順氣應之。”劉肅《大唐新語·極諫》:“百戲散樂,本非正聲,此謂淫風,不可不改。”謂符合音律的標準樂聲。《六韜·五音》:“宮、商、角、徵、羽,此其正聲也。”嵇康《琴賦》:“爾乃理正聲,奏妙曲,揚《白雪》,發《清角》。”也謂正風,雅正的詩篇。白居易《編集拙詩一十五卷贈元九李二十》:“一篇長恨有風情,十首秦吟近正聲。”　古調:古代的樂調。劉長卿《聽彈琴》:“古調雖自愛,今人多不彈。”王灼《碧雞漫志》卷一:“隋氏取漢以來樂器、歌章、古調併入清樂,餘波至李唐始絶。”　鍾律:音律。蔡邕《彈琴賦》:“爰制雅器,協之鍾律。”杜甫《贈祕書監江夏李公邕》:“鍾律儼高懸,鯤鯨噴迢遰。坡陀青州血,蕪没汶陽瘞(李林甫素忌邕,因傅以柳績罪牽連,遣人就郡杖殺之)。”　參差:不齊貌。《詩·周南·關雎》:“參差荇菜,左右流之。”孟郊《旅行》:“野梅參差發,旅榜逍遥歸。”　管弦:管樂器與絃樂器,亦泛指樂器。《漢書·禮樂志》:“爲其俎豆管弦之間小不備,因是絶而不爲,是去小不備而就大不備,或莫甚焉!”張華《情詩五首》三:“終晨撫管弦,日夕不

成音。”也指管弦樂。崔湜《奉和春日幸望春宫》:“庭際花飛錦繡合,枝間鳥囀管弦同。”

⑤ 鏗金戛玉:形容文詞音節鏗鏘,不同凡響。李儇《蕭遘罷判度支制》:“特進、行中書侍郎兼户部尚書、同中書門下平章事,監修國史、上柱國蕭遘,功高作礪,業茂秉鈞。韵同戛玉之清,應作洪鐘之響。”《樂書·萬章》:“古之作樂,鏗金以始之,戛玉以終之。” 相雜:相間,交相混雜。《墨子·備城門》:“城門上所鑿以救門火者,各一垂水,容三石以上,小大相雜。”韋瓘《周秦行紀》:“太后曰:‘楊(楊太真)潘(潘玉兒)至矣!’忽車音馬迹相雜,羅綺焕耀,旁視不給。”

⑥ 軟石:《漢語大詞典》云:“一種質地堅硬、聲音悦耳的石頭,可製磬或石斧。”並引證元稹本詩“華原軟石易追琢,高下隨人無雅鄭”作爲書證,大誤。元稹本詩兩句所示,與《漢語大詞典》的解釋正好相反,而明代朱載堉《樂律全書·論磬石所産處》文云:“謹按:《禹貢·九州》言:磬者三,徐州泗濱浮磬。磬非可浮物而謂之浮者,猶俗語所謂浮頭一層也。舊注以爲浮者浮生於土不根着者,是也。蓋石之出土者常見風日,厥質堅脆而性最靈,是以爲佳。其埋没土水中者,不見風日,厥性柔軟而聲不和,此乃擇磬要訣。然石工奸猾者患堅石之難琢,往往竊以軟石易之,凡監造之人不可不察也。”《續文獻通考·樂考·樂器》也有同樣的論述。 雅鄭:雅樂和鄭聲,古代儒家以鄭聲爲淫邪之音,因以“雅鄭”指正聲和淫邪之音。語本揚雄《法言·吾子》:“或問:交五聲十二律也,或雅或鄭,何也?曰:中正則雅,多哇則鄭。”曹植《當事君行》:“人生有所尊尚,出門各異情。朱紫更相奪色,雅鄭異音聲。”引申爲正與邪、高雅與低劣。顔真卿《尚書刑部侍郎贈尚書右僕射孫逖公集序》:“雅鄭在人,理亂由俗。”

⑦ 棄舊美新:義同“喜新厭舊”。元稹《和李校書新題樂府十二首·陰山道》:“挑紋變纈力倍費,棄舊從新人所好。越縠繚綾織一端,十匹素縑功未到。”李群玉《感興四首》一:“婉孌猛虎口,甘言累其

初。一覩美新作,斯瑕安可除?”　樂胥:從事音樂工作的小吏。劉肅《大唐新語·極諫》:“高祖即位,以舞胡安叱奴爲散騎侍郎,禮部尚書李綱諫曰:‘臣按《周禮》,均工樂胥,不得參士伍。雖復才如子野,妙等師襄,皆終身繼代,不改其業。’”　黄鍾:亦作“黄鐘”,古之打擊樂器,多爲廟堂所用。張説《大唐祀封禪頌》:“撞黄鍾,歌大吕,開閶闔,與天語。”李華《雜詩六首》一:“黄鍾叩母音,律吕更迴圈。邪氣悖正聲,鄭衛生其間。”

⑧ 新樂:新作的樂曲。《晏子春秋·諫》:“晏子曰:‘以新樂淫君。’”吴則虞集釋:“新樂者,指變齊音言。”《禮記·樂記》:“魏文侯問於子夏曰:吾端冕而聽古樂,則唯恐卧,聽鄭衛之音,則不知倦,敢問古樂之如彼,何也?新樂之如此,何也?”　梨園弟子:亦稱“梨園子弟”,唐玄宗時梨園宫廷歌舞藝人的統稱,因居住在梨園而得名。王昌齡《殿前曲二首》二:“胡部笙歌西殿頭,梨園弟子和凉州。新聲一段高樓月,聖主千秋樂未休。”王建《温泉宫行》:“禁兵去盡無射獵,日西麋鹿登城頭。梨園弟子偷曲譜,頭白人間教歌舞。”　承恩:蒙受恩澤。岑參《送張獻心充副使歸河西雜句》:“前日承恩白虎殿,歸來見者誰不羨?”劉長卿《昭陽曲》:“昨夜承恩宿未央,羅衣猶帶御衣香。芙蓉帳小雲屏暗,楊柳風多水殿凉。”

⑨ 霓裳:《霓裳羽衣曲》的略稱。白居易《琵琶行》:“輕攏慢撚抹復挑,初爲霓裳後緑腰。”也指霓裳羽衣舞。裴鉶《傳奇·薛昭》:“妃(楊貴妃)甚愛惜,常令獨舞《霓裳》於繡嶺宫。”　胡騎:胡人的騎兵,亦泛指胡人軍隊。《史記·絳侯周勃世家》:“十一年春,故韓王信復與胡騎入居參合,距漢。”本詩指安禄山的叛軍。杜甫《恨别》:“洛城一别四千里,胡騎長驅五六年。”　雲門:周六樂舞之一,用於祭祀天神,相傳爲黄帝時所作。《周禮·春官·大司樂》:“以樂舞教國子,舞《雲門》、《大卷》、《大咸》、《大磬》、《大夏》、《大濩》、《大武》。”鄭玄注:“此周所存六代之樂,黄帝曰《雲門》、《大卷》。黄帝能成名萬物,以明

民共財，言其德如雲之所出，民得以有族類。"《舊唐書·音樂志》："按古六代舞，有《雲門》、《大咸》、《大夏》、《大韶》，是古之文舞；殷之《大濩》，周之《大武》，是古之武舞。"

⑩ 古磬：年代久遠的打擊樂器。莊南傑《湘弦曲》："楚雲錚錚戛秋露，巫雲峽雨飛朝暮。古磬高敲百尺樓，孤猨夜哭千丈樹。"姚合《贈常州院僧》："古磬聲難盡，秋燈色更鮮。仍聞開講日，湖上少魚船。" 南風：這裏指古代樂曲名，相傳爲虞舜所作。《禮記·樂記》："昔者舜作五弦之琴，以歌《南風》。"《孔子家語·辨樂解》："昔者舜彈五弦之琴，造《南風》之詩，其詩曰：'南風之熏兮，可以解吾民之愠兮；南風之時兮，可以阜吾民之財兮。'"

⑪ 伯夔：舜時的樂官，史浩《尚書講義》卷二："帝曰：'夔命汝典樂，教胄子，直而温，寛而栗，剛而無虐，簡而無傲，詩言志，歌永言，聲依永律，和聲八音，克諧無相，奪倫神人以和。'夔曰：'于予擊石拊石，百獸率舞。'"盧照鄰《對蜀父老問》："雖有伶倫伯夔，延陵子期，操雅曲則風雲動，激悽音則草木悲，又何施也？"張喬《對燕弓矢舞判》："始協伯夔之教，自得周官之典。" 野獸：家畜以外的獸類。《逸周書·王會》："兹白牛。"孔晁注："兹白牛，野獸也。"《晉書·凉後主李歆傳》："諺曰：'野獸入家，主人將去。'"杜荀鶴《和吴太守罷郡山村偶題二首》一："官情隨日薄，詩思入秋多。野獸眠低草，池禽浴動荷。" 仲尼：孔子的字，孔子名丘，春秋魯國人。《史記·孔子世家》："紇與顏氏女野合而生孔子，禱於尼丘得孔子。魯襄公二十二年而孔子生，生而首上圩頂，故因名曰丘云，字仲尼。"張説《大唐祀封禪頌》："仲尼叙帝王之書。" 春雷：春天的雷。《漢書·叙傳》："上天下澤，春靁奮作。"元稹《芳樹》："春雷一聲發，驚燕亦驚蛇。"也喻聲音震響。元稹《八駿圖詩》："鼻息吼春雷，蹄聲裂寒瓦。"

⑫ 筍虡：古代懸挂鐘磬的架子，横架爲筍，直架爲虡。《周禮·春官·典庸器》："及祭祀，帥其屬而設筍虡，陳庸器。"《管子·霸行》：

"桓公起,行筭虡之間。管子從,至大鍾之西。"

⑬ 封疆:界域之標記,疆界。《史記・商君列傳》:"爲田開阡陌封疆,而賦税平。"張守節正義:"封,聚土也;疆,界也:謂界上封記也。"疆域,疆土。杜甫《遣興三首》一:"漢虜互勝負,封疆不常全。"也指邊疆。《左傳・哀公十一年》:"居封疆之間。"杜預注:"封疆,竟内近郊地。" 豺狼:比喻凶殘的惡人。《東觀漢記・陽球傳》:"願假臣一月,必令豺狼、鴟梟悉伏其辜。"李白《古風》一九:"俯視洛陽川,茫茫走胡兵。流血塗野草,豺狼盡冠纓。" 人命:人的生命。《後漢書・鍾離意傳》:"詔有司,慎人命,緩刑罰。"蘇軾《思子臺賦》:"忸君王之好殺兮,視人命猶昆蟲。"

[編年]

《年譜》、《編年箋注》、《年譜新編》編年意見及編年理由同前《和李校書新題樂府十二首・序》、《上陽白髮人》所引述。

我們的編年意見及編年理由也同前《和李校書新題樂府十二首・序》、《上陽白髮人》、《西凉伎》、《縛戎人》諸篇所表述,亦即本詩賦成於元和三年十二月至元和四年二月間,地點在長安。

◎ 和李校書新題樂府十二首・五弦彈(一)①

趙壁五弦彈徵調,徵聲巉絶何清峭②!辭雄皓鶴警露啼(二),失子哀猿繞林嘯③。風入春松正淩亂,鶯含曉舌憐嬌妙④。嗚嗚暗溜咽冰泉,殺殺霜刀澀寒鞘⑤。促節頻催漸繁撥,珠幢斗絶金鈴掉⑥。千覈鳴鏑發胡弓,萬片清球擊虞廟⑦。衆樂雖同第一部,德宗皇帝常偏召⑧。旬休節假暫歸來,一聲狂殺長安少⑨。主第侯家最難見,挼歌按曲皆承詔(三)⑩。水精簾外教貴嬪，玳瑁筵心伴中要⑪。臣有五賢非此弦，或在拘囚或屠釣⑫。一賢得進勝累百，兩賢得進同周邵(四)⑬。三賢事漢滅暴强，四賢鎮岳甯邊徼⑭。五賢並用調五常，五常既序三光曜⑮。趙壁五弦非此賢(五)，九九何勞設庭燎⑯！

録自《元氏長慶集》卷二四

［校記］

（一）五弦彈：楊本、叢刊本、《唐詩紀事》、《古詩鏡・唐詩鏡》、《全詩》同，《樂府詩集》下有題解："《樂苑》曰：'五弦未詳所起，形如琵琶。五弦四隔，孤柱一合，散聲五隔聲，二十柱聲，一總二十六聲，隨調應律。"

（二）辭雄皓鶴警露啼：楊本、叢刊本、《唐詩紀事》、《古詩鏡・唐詩鏡》、《全詩》同，錢校、《樂府詩集》作"避雄皓鶴警露啼"，不取不改。

（三）挼歌按曲皆承詔：楊本、叢刊本、《唐詩紀事》、《樂府詩集》、《古詩鏡・唐詩鏡》、《全詩》同，《全詩》注云："一作'按歌接曲皆承詔。'"兩説均通，不改。

（四）兩賢得進同周邵：楊本、叢刊本、《唐詩紀事》、《古詩鏡・唐詩鏡》同，《樂府詩集》、《全詩》作"兩賢得進同周召"，《元稹集》據《全詩》、《樂府詩集》改爲"周召"。其實兩説均通，古人有"周邵"並提的記載，如王逸在《九嘆・湣命》"戚宋萬於兩楹兮，廢周邵於遐夷"句下注云："周，周公旦也；邵，邵公奭也。"不必改。

（五）趙璧五弦非此賢：《唐詩紀事》、《樂府詩集》、《全詩》同，楊本、叢刊本、《古詩鏡・唐詩鏡》作"趙壁五弦非此賢"，誤，趙璧是人名，不能改。《元稹集》對其底本"趙壁"的錯誤，未作改正。

[箋注]

① 五弦彈:《舊唐書·音樂志》:"五弦琵琶稍小,蓋北國所出。《風俗通》云:以手琵琶之,因爲名。案舊琵琶皆以木撥彈之,太宗貞觀始有手彈之法,今所謂搊琵琶者是也。"胡震亨《唐音癸籤》卷一四:"琵琶始自烏孫公主造,馬上彈之,自下逆鼓曰琵,自上順鼓曰琶。舊皆用木撥,貞觀中裴洛兒始廢,撥用手,所謂搊琵琶者是也。"白居易有同名詩篇《五弦彈》,詩云:"五弦彈,五弦彈,聽者傾耳心寥寥。趙璧知君入骨愛,五弦一一爲君調。第一第二弦索索,秋風拂松疏韵落。第三第四弦泠泠,夜鶴憶子籠中鳴。第五弦聲最掩抑,隴水凍咽流不得。五弦並奏君試聽,淒淒切切復錚錚。鐵擊珊瑚一兩曲,水寫玉盤千萬聲。殺聲入耳膚血寒,慘氣中人肌骨酸。曲終聲盡欲半日,四座相對愁無言。座中有一遠方士,唧唧咨咨聲不已。自嘆今朝初得聞,始知孤負平生耳。唯憂趙璧白髮生,老死人閑無此聲。遠方士,爾聽五弦信爲美,吾聞正始之音不如是。正始之音其若何?朱弦疏越清廟歌。一彈一唱再三嘆,曲淡節稀聲不多。融融曳曳召元氣,聽之不覺心平和。人情重今多賤古,古琴有弦人不撫。更從趙璧藝成來,二十五弦不如五。"

② 趙璧:貞元年間琵琶名手,陸楫《古今説海》卷一二九:"貞元中有趙璧者,妙於此伎也,白傅諷諫有《五弦彈》。"陸楫所言失察,在白居易之前,元稹已經涉及。李肇《唐國史補》:"趙璧彈五弦,人問其術,答曰:'吾之於五弦也,始則心驅之,中則神遇之,終則天隨之,吾方浩然,眼如耳,目如鼻,不知五弦之爲璧,璧之爲五弦也。"白居易另有《五弦》詩,也可參閲:"清歌且罷唱,紅袂亦停舞。趙叟抱五弦,宛轉當胸撫。大聲粗若散,颯颯風和雨。小聲細欲絶,切切鬼神語。又如鵲報喜,轉作猨啼苦。十指無定音,顛倒宮徵羽。坐客聞此聲,形神若無主。行客聞此聲,駐足不能舉。嗟嗟俗人耳,好今不好古。所以緑窗琴,日日生塵土。"　徵調:指以徵音爲主的調式。李肇《唐國

史補》卷下:“宋沆爲太樂令,知音,近代無比。太常久亡徵調,沆乃考鍾律而得之。”白居易《聽彈湘妃怨》:“玉軫朱弦瑟瑟徽,吴娃徵調奏湘妃。分明曲裏愁雲雨,似道蕭蕭郎不歸(江南新詞有云‘暮雨蕭蕭郎不歸’)。” 徵聲:指宫、商、角、徵、羽五音中的徵音。班固《白虎通·禮樂》:“聞徵聲,莫不喜養好施者。”沈佺期《李員外秦援宅觀妓》:“盈盈粉署郎,五日宴春光。選客虚前館,徵聲遍後堂。” 巉絶:原來形容山勢的險峻陡峭。李白《江上望皖公山》:“奇峰出奇雲,秀木含秀氣。清宴皖公山,巉絶稱人意。”蘇軾《予初謫嶺南過田氏水閣東南一峰豐下鋭上俚人謂雞籠山予更名獨秀峰今復過之戲留一絶》:“倚天巉絶玉浮屠,肯與彭郎作小姑!獨秀江南知有意,要三二别四三壺。”這裏形容五弦琵琶發出的聲音高亢起伏猶如山勢起伏。 清峭:原指清麗挺拔,這裏指聲音的清越高昂。劉禹錫《西山蘭若試茶歌》:“悠揚噴鼻宿酲散,清峭徹骨煩襟開。陽崖陰嶺各殊氣,未若竹下莓苔地。”姚合《寄馬戴》:“隔屋聞泉細,和雲見鶴微。新詩此處得,清峭比應稀。”

③“辭雄皓鶴警露啼”以下十句:借用人們在自然界以及社會上能够聽到的各種動聽悦耳的聲音,來形容五弦琵琶發出的美不可言的聲音,值得大家關注。 警露:因白露降臨而相警戒,相傳鶴性機警,“至八月白露降,流於草上,滴滴有聲,因即高鳴相警,移徙所宿處,慮有變害”,見《藝文類聚》卷九〇引周處《風土記》。後因以“警露”作爲詠鶴的典故。駱賓王《送王贊府上京參選賦得鶴》:“虚心恒警露,孤影尚淩烟。”皇甫湜《鶴處雞群賦》:“安知警露之質?豈誠淩雲之意!” 哀猿:哀鳴之猿。韓愈《答張十一功曹》:“山浄江空水見沙,哀猿啼處兩三家。”歐陽詹《題梨嶺》:“南北風烟即異方,連峰危棧倚蒼蒼。哀猿咽水偏高處,誰不沾衣望故鄉!”

④ 淩亂:雜亂,紛亂。唐彦謙《秋晚高樓》:“晚蝶飄零驚宿雨,暮鴉淩亂報秋寒。”梅堯臣《和壽州宋待制九題·春暉亭》:“春風實無

幾,淩亂枝上花。"　曉舌:指鳥兒或雄雞拂曉的啼鳴。王鈍《胡琴行》:"初如岩溜響秋風,又若林鶯調曉舌。嚶嚶咿咿離鸞鳴,切切嘈嘈丹鳳别。"韋驤《和雪三十韵》:"旅雁宵飛戢,栖雞曉舌捫。"　嬌妙:俏麗。張先《夢仙鄉》:"江東蘇小,夭斜窈窕。都不勝、彩鸞嬌妙。"晏幾道《清平樂》:"嬌妙如花輕似柳,勸客千春長壽。"

⑤ 嗚嗚:象聲詞,多形容低沉的聲響。李德裕《南梁行》:"嗚嗚曉角霞輝粲,撫劍當楹一長嘆。"白居易《東南行一百韵寄通州元九侍御澧州李十二舍人果州崔二十二使君開州韋大員外庾三十二補闕杜十四拾遺李二十助教員外竇七校書》:"黄昏鐘寂寂,清曉角嗚嗚。"冰泉:清泉,常用其聲形容琴聲。元稹《琵琶歌》:"管兒爲我雙泪垂,自彈此曲長自悲。泪垂捍撥朱弦濕,冰泉嗚咽流鶯澀。"韋莊《聽趙秀才彈琴》:"滿匣冰泉咽又鳴,玉音閑澹入神清。巫山夜雨弦中起,湘水清波指下生。"　殺殺:謂刀劍鋒利,寒光逼人。元稹《説劍》:"徐抽寸寸刃,漸屈彎彎肘。殺殺霜在鋒,團團月臨紐。"柳宗元《上郭太傅書》:"兵主殺殺,主陰陰,主悽慘。"　霜刀:雪亮鋒利的刀。杜甫《觀打魚歌》:"饔子左右揮霜刀,鱠飛金盤白雪高。"張元幹《醉花陰・詠木犀》:"霜刀剪葉呈纖巧,手撚迎人笑。"　鞘:鞘子,刀劍套。張協《雜詩十首》八:"長鋏鳴鞘中,烽火列邊亭。"歐陽修《日本刀歌》:"魚皮裝貼香木鞘,黄白閑雜鍮與銅。"

⑥ 促節:急促的節奏,短促的音節。李世民《琵琶》:"促節縈紅袖,清音滿翠帷。駛彈風響急,緩曲釧聲遲。"元稹《冬白紵》:"西施自舞王自管,雪紵翻翻鶴翎散。促節牽繁舞腰懶,舞腰懶,王罷飲。"珠幢:一種旌旗,垂筒形,飾有羽毛、錦繡、珠翠,古代常在軍事指揮、儀仗行列、舞蹈表演中使用。《韓非子・大體》:"車馬不疲弊於遠路,旌旗不亂於大澤,萬民不失命於寇戎,雄駿不創壽於旗幢。"元稹《琵琶歌》:"因兹彈作雨霖鈴,風雨蕭條鬼神泣。一彈既罷又一彈,珠幢夜静風珊珊。"　斗絶:突然斷絶。斗,通"陡",陡然,突然。韓愈《答

張十一功曹》:“吟君詩罷看雙鬢,斗覺霜毛一半加。”洪邁《夷堅乙志・大孤山龍》:“天地斗暗,雷雹風雨總至,對面不辨色。” 金鈴:金屬製成的鈴。《西京雜記》卷一:“〔壁帶〕上設九金龍,皆銜九子金鈴,五色流蘇。”韋莊《貴公子》:“金鈴犬吠梧桐院,朱鬣馬嘶楊柳風。”

⑦ 韔:箭袋。賈思勰《齊民要術・煮膠》:“破皮履鞋底……破鞾韔,但是生皮,無問年歲久遠,不腐爛者,悉皆中煮。”王安石《和董伯懿詠裴晉公平淮西將佐題名》:“德宗末年懲戰禍,一矢不試塵蒙韔。” 鳴鏑:即響箭,矢發射時有聲,故稱。《史記・匈奴列傳》:“冒頓乃作爲鳴鏑,習勒其騎射,令曰:‘鳴鏑所射而不悉射者,斬之。’”裴駰集解:“《漢書音義》曰:‘鏑,箭也,如今鳴箭也。’韋昭曰:‘矢鏑飛則鳴。’”元稹《小胡笳引》:“潺湲疑是雁鸊鵜,砉騞如聞發鳴鏑。流宫變徵漸幽咽,别鶴欲飛猿欲絶。” 胡弓:胡人歷來善射,故胡人的弓箭均爲良弓利箭。周紫芝《紹興丙寅歲當郊祀積雨彌月已而大雪前事之夕雪霽月出越翌日天宇開霽日色晏温天子乃躬祀於郊丘賦詩二十韵》:“寶曆三千歲,龍飛二十春。胡弓不窺月,塞馬自無塵。”林希逸《勒石紀漢德》:“頌筆嗟何古!胡弓孰敢彎?龍墀歸拜日,稱壽動天顔。” 清球:指聲音清越的玉磬。梅堯臣《寄維陽許待制》:“四坐稽穎嘆辯敏,文字響亮如清球。更後數日我北去,相與送别城門樓。”祝允明《前綏聲歌》:“聖日麗萬舞,祥吹振清球。川后迎皓蜺,波臣趨翠虬。” 球:美玉。《書・顧命》:“大玉、夷玉、天球、河圖,在東序。”孔穎達疏:“天球,雍州所貢之玉,色如天者,皆璞未見琢治,故不以禮器名之。”指玉磬。《書・益稷》:“戛擊鳴球,搏拊琴瑟,以詠,祖考來格。”孔傳:“球,玉磬。”孔穎達疏:“《釋器》云:‘球,玉也。’……樂器惟磬用玉,故球爲玉磬。”《文選・揚雄〈長楊賦〉》:“拮隔鳴球,掉八列之舞。”李善注引韋昭曰:“鳴球,玉磬也。” 虞廟:即虞舜之廟。虞舜,上古五帝之一,姓姚名重華,因其先國于虞,故稱虞舜,爲古代傳説中的聖君。《史記・五帝本紀》:“虞舜者,名曰重華。”司馬貞索隱:“虞,

國名……舜,謚也。"張守節正義:"瞽叟姓嬀,妻曰握登,見大虹意感而生舜于姚墟,故姓姚,目重瞳子,故曰重華。"鮑溶《懷仙二首》一:"昆崙九層臺,臺上宮城峻。西母持地圖,東來獻虞舜。"許渾《登尉佗樓》:"簫鼓尚陳今世廟,旌旗猶鎮昔時宮。越人未必知虞舜,一奏薰弦萬古風。"

⑧ 衆樂:衆多的樂器演奏衆多的樂曲。韋應物《郡樓春燕》:"衆樂雜軍鞞,高樓邀上客。思逐花光亂,賞余山景夕。"劉禹錫《竇夔州見寄寒食日憶故姬小紅吹笙因和之》:"鸞聲窈渺管參差,清韵初調衆樂隨。幽院妝成花下弄,高樓月好夜深吹。"　第一部:即坐部。白居易《新樂府·立部伎》:"太常選坐部伎,無性識者退入立部伎。又選立部伎絶無性識者,退入雅樂部,則雅聲可知矣!"據此可知,"第一部"即"坐部"之代稱,寓含"第一流"、"第一等"之意。李肇《唐國史補》卷下:"李衮善歌,初于江外而名動京師。崔昭入朝,密載而至,乃邀賓客,請第一部樂及京邑之名倡,以爲盛會,紿言:'表弟請登末坐!'令衮弊衣以出,合坐嗤笑。頃命酒,昭曰:'欲請表弟歌!'坐中又笑。及囀喉一發,樂人皆大驚,曰:'此必李八郎也!'遂羅拜階下。"白居易《琵琶引》:"自言本是京城女,家在蝦蟇陵下住。十三學得琵琶成,名屬教坊第一部。"張祜《贈箏工任禮》:"牙床銀甲不勝清,錦席瑤箏無限情。第一部中當絶藝,十三弦上有新聲。"　德宗皇帝:即李适,李唐第十一代皇帝。《舊唐書·德宗紀》:"德宗神武孝文皇帝諱适,代宗長子,母曰睿貞皇后沈氏。天寶元年四月癸巳,生於長安大内之東宮。其年十二月,拜特進,封奉節郡王。代宗即位之年五月,以上爲天下兵馬元帥,改封魯王。八月,改封雍王。時史朝義據東都,十月遣上會諸軍於陝州,大舉討賊。十一月,破賊於洛陽,進收東都,河南平定。朝義走河北,分命諸將追之,俄而賊將李懷仙斬朝義首以獻,河北平。以元帥功拜尚書令,食實封二千户,與郭子儀等八人圖形淩烟閣。廣德二年二月,立爲皇太子。大曆十四年五月辛酉,

代宗崩。癸亥,即位於太極殿……(貞元)二十一年春正月辛未朔,御含元殿受朝貢。是日,上不康……癸巳,會群臣于宣政殿,宣遺詔,皇太子宜於柩前即位。是日,上崩于會寧殿,享壽六十四。甲午,遷神柩於太極殿。丙申,發喪,群臣縞素,皇太子即位。永貞元年九月丁卯,群臣上謚曰神武孝文,廟號德宗。十月己酉,葬於崇陵,昭德皇后王氏祔焉!"韓愈《順宗實録》:"順宗至德大聖大安孝皇帝諱誦,德宗長子,母曰昭德皇后王氏。"權德輿《德宗神武孝文皇帝挽歌詞三首》二:"梯航來萬國,玉帛慶三朝。湛露恩方浹,薰風曲正調。"

⑨ 旬休:即旬假,唐人以十天休沐一次。元稹《元和五年思愴曩遊因投五十韵》:"朝士遇旬休,豪家得春賜。"李建勛《薔薇二首》二:"彩箋蠻榼旬休日,欲召親賓看一場。" 節假:因過節而放的假期。沈德符《野獲編補遺·畿輔·元夕放燈》:"今年上元節正月十一日至二十日,這幾日官人每都與節假,着他閑暇休息。" 歸來:回來。《楚辭·招魂》:"魂兮歸來!反故居些!"李白《長相思》:"不信妾腸斷,歸來看取明鏡前。"

⑩ 主第:公主的住宅。《新唐書·竇懷貞傳》:"方太平公主干政,懷貞傾己附離,日視事退,輒詣主第,刺取所欲。"本詩泛稱貴族之家。盧照鄰《長安古意》:"玉輦縱横過主第,金鞭絡繹向侯家。"劉長卿《九日題蔡國公主樓》:"主第人何在?重陽客暫尋。水余龍鏡色,雲罷鳳簫音。" 侯家:猶侯門,指顯貴人家。王維《同比部楊員外十五夜遊有懷静者季》:"陌頭馳騁盡繇華,王孫公子五侯家。由來月明如白日,共道春燈勝百花。"韓翃《寒食》:"春城無處不飛花,寒食東風御柳斜。日暮漢宫傳蠟燭,輕烟散入五侯家。" 挼歌:義同"挼曲子",謂隨節拍伴舞。孟元老《東京夢華録·宰執親王宗室百官入内上壽》:"每遇舞者入場,則排立者叉手,舉左右肩,動足應拍,一齊群舞,謂之'挼曲子'。" 按曲:擊節唱曲。李廓《長安少年行十首》一〇:"雖然長按曲,不飲不曾聽。"劉克莊《賀新郎·席上聞歌有感》:

"主家十二樓連苑。那人人、靚妝按曲,繡簾初卷。"　承詔:奉詔旨。元稹《酬樂天八月十五夜禁中獨直玩月見寄》:"何意枚皋正承詔,瞥然塵念到江陰?"《新唐書·百官志》:"四夷朝見,則承詔勞問。臨軒命使册皇后、皇太子,則承詔降宣命。"

⑪ 水精簾:用水晶製成的簾子,比喻晶瑩華美的簾子。李白《玉階怨》:"却下水精簾,玲瓏望秋月。"温庭筠《菩薩蠻》:"水精簾裏頗梨枕,暖香惹夢鴛鴦錦。"　貴嬪:女官名,三國魏文帝始置,位次皇后,歷代多沿用其名。《三國志·后妃傳序》:"文帝增貴嬪、淑媛、修容、順成、良人……貴嬪、夫人,位次皇后,爵無所視。"這裏泛指妃嬪。徐夤《陳》:"書中不禮隋文帝,井底常携張貴嬪。玉樹歌聲移入哭,金陵天子化爲臣。"　玳瑁筵:謂豪華、珍貴的宴席。李世民《帝京篇十首》九:"羅綺昭陽殿,芬芳瑇瑁筵。"尹鶚《金浮圖》:"繁華地,王孫富貴,玳瑁筵開,下朝無事。"　中要:這裏指有權勢的宦官。《北齊書·祖珽傳》:"後主亦令中要數人扶侍出入,着紗帽直至永巷。"《舊唐書·張鎬傳》:"張鎬性簡澹,不事中要。"《資治通鑑》引此文,胡三省注:"中要,謂中人居權要者,如李輔國之類。"

⑫ 五賢:五位賢臣,指春秋晉文公之臣狐偃、趙衰、顛頡、魏武子、司空季子。劉琨《重贈盧諶》:"鴻門賴留侯,重耳任五賢。"《姑蘇志》卷二二:"端平三年,張嗣古奉安韋應物、王仲舒、白居易、劉禹錫、范仲淹五賢像於内。"在宋代,又有五人被尊爲五賢,他們是王十朋、馮方、胡憲、查鑰、李浩。《宋史·王十朋傳》:"秦檜久塞言路,至是十朋與馮方、胡憲、查鑰、李浩相繼論事,太學生爲《五賢詩》述其事。"但後面兩個書證與本詩無關,筆者僅不過説明"五賢"之名在各朝各代各地都有不同的内容不同的説法而已。　拘囚:拘禁,關押。韓愈《和歸工部送僧約》:"早知皆是自拘囚,不學因循到白頭。汝既出家還擾擾,何人更得死前休?"《續資治通鑒·宋高宗建炎三年》:"信王脱於拘囚,結集忠義,所得壯勇不啻數十萬,日望王師相爲策應。"

屠釣:宰牲和釣魚,舊指操賤業者。《韓詩外傳》卷八:"太公望少爲人婿,老而見去,屠牛朝歌,賃於棘津,釣於磻溪。"曹植《陳審舉表》:"吕尚之處屠釣,至陋也。"杜甫《傷春五首》三:"賢多隱屠釣,王肯載同歸。"

⑬ 周邵:又作"周召",周成王時共同輔政的周公旦和召公奭的並稱,兩人分陜而治,皆有美政。《禮記·樂記》:"武亂皆坐,周召之治也。"張説《詔宴薛王山池序》:"《二南》邁周召之風,百辟形金石之詠者也。"

⑭ 三賢事漢滅暴强:三賢指張良、蕭何、韓信,讚揚他們輔助劉邦誅滅暴秦,建立漢朝。"三賢"諧"三弦","三賢"也稱"三傑",後世以"三賢事漢"作爲典故。《史記·高祖本紀》:"高祖曰:'列侯諸將無敢隱朕,皆言其情,吾所以有天下者何?項氏之所以失天下者何?'……王陵對曰:'陛下慢而侮人,項羽仁而愛人。然陛下使人攻城略地,所降下者因以予之,與天下同利也。項羽妒賢嫉能,有功者害之,賢者疑之,戰勝而不予人功,得地而不予人利,此所以失天下也。'高祖曰:'公知其一,未知其二。夫運籌策帷帳之中,决勝於千里之外,吾不如子房。鎮國家,撫百姓,給饋饟不絶糧道,吾不如蕭何。連百萬之軍,戰必勝,攻必取,吾不如韓信。此三人,皆人傑也,吾能用之,此吾所以取天下也。項羽有一范增而不能用,此其所以爲我擒也。" 四賢鎮岳:四岳相傳爲共工的後裔,因佐禹治水有功,賜姓姜,封于吕,並使爲諸侯之長。《國語。周語》:"共之從孫四岳佐之。"韋昭注:"言共工從孫爲四岳之官,掌師諸侯,助禹治水也。"《史記·齊太公世家》:"太公望吕尚者,東海上人。其先祖嘗爲四岳,佐禹平水土,甚有功。虞夏之際封于吕,或封于申,姓姜氏。"司馬貞索隱引譙周曰:"炎帝之裔,伯夷之後,掌四岳有功,封之于吕,子孫從其封姓,尚有後也。"又説四岳爲堯臣羲、和的四個兒子,分掌四方之諸侯。後世常以"四岳"喻四個賢臣,本詩諧"四賢"爲"四弦",與詩題相切。 邊徼:猶邊境。《梁書·蕭藻傳》:

“時天下草創,邊徼未安。”李嶠《城》:“何辭一萬里,邊徼捍匈奴!”

⑮ 五常:指舊時的五種倫常道德,即父義、母慈、兄友、弟恭、子孝。《書・泰誓》:“今商王受,狎侮五常。”孔穎達疏:“五常即五典,謂父義、母慈、兄友、弟恭、子孝,五者人之常行。”又謂金、木、水、火、土五行。《禮記・樂記》:“道五常之行,使之陽而不散,陰而不密。”鄭玄注:“五常,五行也。”《雲笈七籤》卷三五:“夫稟五常之氣,有静有燥。”三光:日、月、星。《莊子・説劍》:“上法圓天以順三光,下法方地以順四時,中和民意以安四鄉。”元稹《有酒十章》四:“何三光之並照兮,奄雲雨之冥冥!”

⑯ 九九何勞設庭燎:陳厚耀《春秋戰國異辭》卷一七:“齊桓公設庭燎,爲使人欲造見者,期年而士不至。於是東野有以九九見者,桓公使戲之曰:‘九九足以見乎?’鄙人曰:‘臣聞君設庭燎以待士,期年而士不至。夫士之所以不至者,君,天下之賢君也,四方之士皆自以不及君,故不至也。夫九九,薄能耳!而君猶禮之,況賢於九九者乎!夫泰山不讓礫石,江海不辭細流,所以成其大也。詩曰:‘先民有言,詢於芻蕘。’言博謀也。’桓公曰:‘善!’乃因禮之,期月,四方之士相導而至。”閻朝隱《奉和九日幸臨渭亭登高應制得筵字》:“九九侍神仙,高高坐半天。文章二曜動,氣色五星連。” 庭燎:古代庭中照明的火炬。《詩・小雅・庭燎》:“夜如何其,夜未央,庭燎之光。”《周禮・秋官・司烜氏》:“凡邦之大事,共墳燭庭燎。”鄭玄注:“墳,大也,樹於門外曰大燭,於門内曰庭燎,皆所以照衆爲明。”

[編年]

《年譜》、《編年箋注》、《年譜新編》編年及編年理由同前《和李校書新題樂府十二首・序》、《上陽白髮人》所引述。

我們的編年本詩起元和三年十二月,止元和四年二月,編年理由同《和李校書新題樂府十二首・序》、《上陽白髮人》及《西凉伎》、《縛戎人》所表述，地點在長安，元稹當時并没有官職在身。

◎ 和李校書新題樂府十二首·西凉伎[①]

吾聞昔日西凉州，人烟撲地桑柘稠[②]。蒲萄酒熟恣行樂，紅艷青旗朱粉樓[③]。樓下當壚稱卓女，樓頭伴客名莫愁[④]。鄉人不識離别苦，更卒多爲沉滯遊[⑤]。哥舒開府設高宴，八珍九醖當前頭[⑥]。前頭百戲競撩亂，丸劍跳躑霜雪浮[⑦]。師子摇光毛彩豎[(一)]，胡姬醉舞筋骨柔[(二)][⑧]。大宛來獻赤汗馬，贊普亦奉翠茸裘[⑨]。一朝燕賊亂中國，河湟忽盡空遺丘[(三)][⑩]。開遠門前萬里堠，今來蹙到行原州（平時開遠門外立堠云：去安西九千九百里，以示戎人不爲萬里行，其就盈故矣！）[(四)][⑪]。去京五百而近何其逼！天子縣内半没爲荒陬[⑫]，西凉之道爾阻修[(五)]。連城邊將但高會，每聽此曲能不羞[(六)][⑬]！

録自《元氏長慶集》卷二四

[校記]

（一）師子摇光毛彩豎：楊本、叢刊本、《樂府詩集》、《古詩鏡·唐詩鏡》同，《全詩》作"獅子摇光毛彩豎"，各備一説，不改。

（二）胡姬醉舞筋骨柔：楊本、《古詩鏡·唐詩鏡》同，《樂府詩集》、宋蜀本、《全詩》作"胡騰醉舞筋骨柔"，語義含混，不取不改。

（三）河湟忽盡空遺丘：楊本、叢刊本、《古詩鏡·唐詩鏡》同，錢校、《樂府詩集》作"河湟没盡空遺邱"，語義難通，不從。《全詩》作"河湟没盡空遺丘"，語義可通，但與"忽盡"有所區别，不改。

（四）其就盈故矣：楊本、叢刊本、《古詩鏡·唐詩鏡》、《全詩》同，張校宋本作"其實就盈數矣",《樂府詩集》無以上四句注文,録以備考。

（五）西凉之道爾阻修:《樂府詩集》、《全詩》同,楊本、叢刊本、《古詩鏡·唐詩鏡》作"西京之道爾阻修",而通往西京的道路很多,非西部地區淪陷就能阻斷,作"西凉之道爾阻修"是。

（六）每聽此曲能不羞:《樂府詩集》、《全詩》同,楊本、叢刊本、《古詩鏡·唐詩鏡》作"每説此曲能不羞","連城邊將"肯定能够看到西部地區的淪陷,也有可能聽到這方面的詩歌唱曲,但他們不可能主動唱説這類歌曲,"每説"在這裏語義難通,不取不改。

[箋注]

① 西凉伎:白居易有同名詩篇《西凉伎》酬和,詩云:"西凉伎,假面胡人假獅子。刻木爲頭絲作尾,金鍍眼睛銀帖齒。奮迅毛衣擺雙耳,如從流沙來萬里。紫髯深目兩胡兒,鼓舞跳梁前致辭。應似凉州未陷日,安西都護進來時。須臾云得新消息,安西路絶歸不得。泣向獅子涕雙垂,凉州陷没知不知?獅子回頭向西望,哀吼一聲觀者悲。貞元邊將愛此曲,醉坐笑看看不足。享賓犒士宴三軍,獅子胡兒長在目。有一征夫年七十,見弄凉州低面泣。泣罷斂手白將軍:主憂臣辱昔所聞。自從天寶兵戈起,犬戎日夜吞西鄙。凉州陷來四十年,河隴侵將七千里。平時安西萬里疆,今日邊防在鳳翔(平時開遠門外立堠云:去安西九千九百里,以示戎人不爲萬里行,其實就盈數也。今蕃漢使往來,悉在隴州交易)。緣邊空屯十萬卒,飽食温衣閑過日。遺民腸斷在凉州,將卒相看無意收。天子每思常痛惜,將軍欲説合慚羞。奈何仍看西凉伎,取笑資歡無所愧!縱無智力未能收,忍取西凉弄爲戲!"陳寅恪《元白詩箋證稿·西凉伎》:"元白兩公之作,則皆本其親所聞見以抒發感憤,固是有爲而作,不同於虚泛填砌之酬和也。此題在二公新樂府中所以俱爲上品者,實職是之故……自安史亂後,

吐番盜據河湟以來,迄于憲宗元和之世,長安君臣雖有收復失地之計畫,而邊鎮將領終無經略舊疆之志意。此詩人所以同深憤慨,而元白二公此篇所共具之歷史背景也……微之少居西北邊鎮之鳳翔,殆親見或聞知邊將之宴樂嬉遊,而坐視河湟之長期淪没。故追憶感慨,賦成此篇。"白居易酬詩與陳寅恪評論,可與本詩並讀。　西涼州:即涼州,唐代州名。《元和郡縣志·涼州》:"《禹貢》:雍州之西界,自六國至秦,戎狄及月氏居焉……漢得其地,遂置張掖、酒泉、燉煌、武威四郡。昭帝又置金城一郡,謂之河西五郡。改州之雍州爲涼州,五郡皆屬焉……武德二年……改爲涼州,置河西節度使……天寶元年改爲武威郡,乾元元年復爲涼州,廣德二年陷於西蕃……八到:東北至上都取秦州路二千里,取蘭皋路一千六十里,東南至東都二千八百六十里。"王建《古從軍》:"金瘡在肢節,相與拔箭鏃。聞道西涼州,家家婦女哭。"白居易《感白蓮花》:"忽想西涼州,中有天寶民。埋殁漢父祖,亦孳生子孫。"又作樂府《近代曲》名,屬宫調曲。原是涼州一帶的地方歌曲,唐開元中由西涼府都督郭知運進。王昌齡《殿前曲二首》二:"胡部笙歌西殿頭,梨園弟子和涼州。"《新唐書·禮樂志》:"而天寶樂曲,皆以邊地名,若《涼州》、《伊州》、《甘州》之類。"又作"新涼州"。《唐音癸籤·琵琶曲》:"西涼州:段和尚制,即《道調涼州》也,亦謂之《新涼州》。段,莊嚴寺僧,名善本,爲唐琵琶第一藝。"王讜《唐語林》卷三:"西涼州俗好音樂,製《涼州新曲》,開元中列上獻之。"

② 人烟:住户的炊烟,亦泛指人家。李白《蜀道難》:"爾來四萬八千歲,不與秦塞通人烟。"谷神子《博異志·崔無隱》:"師行可七八日,入南陽界,日晚過一大澤中,東西路絶,目無人烟,四面陰雲且合,漸暮,遇寥落三兩家,乃欲寄宿耳!"　撲地:遍地。《文選·鮑照〈蕪城賦〉》:"廛閈撲地,歌吹沸天。"李善注引《方言》:"撲,盡也。"韓愈《游城南·風折花枝》:"浮艷侵天難就看,清香撲地只遥聞。"　桑柘:桑木與柘木。儲光羲《田家即事》:"桑柘悠悠水蘸堤,晚風晴景不妨

犁。高機猶織卧蠶子,下阪饑逢餉饁妻。"也指農桑之事。韓愈《縣齋有懷》:"惟思滌瑕垢,長去事桑柘。"

③ 蒲萄酒:亦作"葡萄酒"、"蒲陶酒"、"蒲桃酒",用新鮮葡萄或葡萄乾經過發酵而製成的酒,分爲紅葡萄酒和白葡萄酒兩種,酒精含量普通爲百分之八至百分之十二,亦有多至百分之二十以上者。張華《博物志》卷五:"西域有蒲萄酒,積年不敗。彼俗云:可至十年飲之,醉彌月乃解。"李白《對酒》:"蒲萄酒,金叵羅,吴姬十五細馬馱。" 行樂:消遣娱樂,遊戲取樂。杜甫《宿昔》:"宫中行樂秘,少有外人知。"令狐楚《宫中樂五首》二:"宫中行樂日,天下盛明時。" 青旗:青色的旗幟。陳陶《冬夜吟》:"八埏螻蟻厭寒栖,早晚青旗引春帝。"又特指酒旗。元稹《和樂天重題别東樓》:"唤客潛揮遠紅袖,賣爐高挂小青旗。" 朱粉樓:一般指婦女居住的樓,或者與婦女有關的樓。朱粉,胭脂和鉛粉,婦女用的化妝品。白居易《題令狐家木蘭花》:"膩如玉指塗朱粉,光似金刀剪紫霞。"張先《醉垂鞭・東池》:"雙蝶繡羅裙,東池宴,初相見。朱粉不深匀,閑花淡淡春。"

④ 當壚:指賣酒。壚,放酒壇的土墩。辛延年《羽林郎》:"胡姬年十五,春日獨當壚。"李白《江夏行》:"正見當壚女,紅妝二八年。一種爲人妻,獨自多悲凄。" 伴客:陪伴客人。元稹《六年春遣懷八首》五:"伴客銷愁長日飲,偶然乘興便醺醺。怪來醒後傍人泣,醉裏時時錯問君。"司空圖《王官二首》一:"風荷似醉和花舞,沙鳥無情伴客閑。總是此中皆有恨,更堪微雨半遮山。" 卓女:即卓文君,據《史記・司馬相如列傳》:漢代臨邛大富商卓王孫女,好音律,新寡家居。司馬相如過飲於卓氏,以琴心挑之,文君夜奔相如,同馳歸成都。因家貧復回臨邛,盡賣其車騎,置酒舍賣酒。相如身穿犢鼻褌,與奴婢雜作、滌器於市中,而使文君當壚。卓王孫深以爲耻,不得已而分財産與之,使回成都。盧仝《卓女怨》:"妾本懷春女,春愁不自任。迷魂隨鳳客,嬌思入琴心。"馮涓《蜀馱引》:"昂藏大步蠶叢國,曲頸微伸高九尺。

卓女窺窗莫我知，嚴仙據案何曾識！”這裏以“卓女”稱代一般的酒女。莫愁：古樂府中傳説的女子，一説爲洛陽人，爲盧家少婦。南朝梁武帝《河中之水歌》：“河中之水向東流，洛陽女兒名莫愁……十五嫁爲盧家婦，十六生兒字阿侯。”另一説爲石城人（在今湖北省鍾祥縣），也有説爲金陵石城（今南京市）人。《舊唐書・音樂志》：“石城有女子名莫愁，善歌謡，《石城樂》和中復有‘莫愁’聲，故歌云：‘莫愁在何處？莫愁石城西，艇子打兩槳，催送莫愁來。’”周邦彦《西河・大石金陵》：“斷崖樹，猶倒倚，莫愁艇子曾繫。”這裏稱代一般的陪酒女子。

⑤ 鄉人：鄉下人，有時亦指俗人。《孟子・離婁》：“舜爲法於天下，可傳於後世，我由未免爲鄉人也。”白居易《醉後走筆酬劉五主簿長句之贈兼簡張大賈二十四先輩昆季》：“問我栖栖何所適？鄉人薦爲鹿鳴客。二千里别謝交遊，三十韵詩慰行役。” 更卒：古代輪番服役的兵卒。《漢書・食貨志》：“至秦則不然，用商鞅之法，改帝王之制……又加月爲更卒，已復爲正，一歲屯戍，一歲力役，三十倍于古。”顔師古注：“更卒，謂給郡縣一月而更者也。正卒，謂給中都官者也。”蘇軾《御試制科策》：“水旱蓄積之備，則莫若復隋唐之義倉：邊陲守禦之方，則莫若依秦漢之更卒。”

⑥ 哥舒：即哥舒翰，兩《唐書》有傳，開元年間因破吐番功封西平郡王，安禄山謀反，把守潼關，兵敗降賊被殺，這裏借指當時守邊的唐朝將領。杜甫《八哀詩・贈司空王公思禮》：“服事哥舒翰，意無流沙磧。”薛逢《感塞》：“滿塞旌旗鎮上游，各分天子一方憂。無因得見哥舒翰，可惜西山十八州。” 開府：古代指高級官員（如三公、大將軍、將軍等）成立府署，選置僚屬。杜甫《投贈哥舒翰開府二十韵》：“今代麒麟閣，何人第一功……開府當朝傑，論兵邁古風。”司空曙《金陵懷古》：“輦路江楓暗，宫庭野草春。傷心庾開府，老作北朝臣。” 高宴：盛大的宴會。沈約《八詠詩・解佩去朝市》：“充待詔於金馬，奉高宴於柏梁。”杜甫《秋日夔府詠懷奉寄鄭監李賓客一百韵》：“高宴諸侯

禮,佳人上客前。”　八珍:古代八種烹飪法。《周禮・天官・膳夫》:“珍用八物。”鄭玄注:“珍,謂淳熬、淳母、炮豚、炮牂、擣珍、漬、熬、肝膋也。”吕希哲《侍講日記》:“八珍者,淳熬也,淳母也,炮也,擣珍也,漬也,熬也,糝也,肝膋也。先儒不數糝而分炮豚羊爲二,皆非也。”後以指八種珍貴食品。陶宗儀《輟耕録・續演雅發揮》:“所謂八珍,則醍醐、麆沆、野駝蹄、鹿唇、駝乳糜、天鵝炙、紫玉漿、玄玉漿也。”俗以龍肝、鳳髓、豹胎、鯉尾、鴞炙、猩唇、熊掌、酥酪蟬爲八珍。也泛指珍饈美味。《三國志・衛覬傳》:“飲食之肴,必有八珍之味。”杜甫《麗人行》:“黄門飛鞚不動塵,御厨絡繹送八珍。”　九醞:一種經過重釀的美酒。《西京雜記》卷一:“漢制,宗廟八月飲酎,用九醞、太牢。皇帝侍祠,以正月旦作酒,八月成,名曰酎,一曰九醞,一名醇酎。”《拾遺記・晉時事》附南朝梁蕭綺録:“張華爲九醞酒,以三薇漬曲蘗……蘗用水漬麥三夕而萌芽,平旦雞鳴而用之,俗人呼爲‘雞鳴麥’。以之釀酒,醇美,久含令人齒動;若大醉,不叫笑摇盪,令人肝腸消爛,俗人謂爲‘消腸酒’。”　前頭:面前,跟前。朱慶餘《宫詞》:“含情欲説宫中事,鸚鵡前頭不敢言。”項斯《送宫人入道》:“願隨仙女董雙成,王母前頭作伴行。”

⑦ 百戲:古代樂舞雜技的總稱。李商隱《謝往桂林至彤庭竊詠》:“魚龍排百戲,劍佩儼千官。城禁將開晚,宫深欲曙難。”花蕊夫人徐氏《宫詞》五〇:“三月金明柳絮飛,岸花堤草弄春時。樓船百戲催宣賜,御輦今年不上池。”　撩亂:繽紛。元稹《使東川・嘉陵驛二首》一:“仍對墻南滿山樹,野花撩亂月朧明。”王安石《漁家傲》一:“燈火已收正月半,山南山北花撩亂。”　丸劍:古代雜技名,表演時使用鈴和劍。鮑照《舞鶴賦》:“巾拂兩停,丸劍雙止。”韋應物《軍中冬燕》:“庭中丸劍闌,堂上歌吹新。光景不知晚,觥酌豈言頻!”　跳躑:上下跳躍。王建《寒食日看花》:“顛狂遶樹猿離鎖,跳躑緣岡馬斷羈。”韓愈《答柳柳州食蝦蟆》:“雖然兩股長,其奈脊皴皰。跳躑雖云高,意不

離濘淖。” 霜雪:喻指雪亮的劍光。杜甫《暮秋呈蘇渙侍御》:“傾壺簫管動白髮,儛劍霜雪吹青春。”仇兆鰲注:“霜雪,指劍光。”也指寒光閃爍的刀劍。李白《贈友人三首》二:“袖中趙匕首,買自徐夫人。玉匣閉霜雪,經燕復歷秦。”

⑧ 師子:即獅子,亦稱狻麑。顧況《露青竹杖歌》:“飛龍閑厩馬數千,朝飲吴江夕秣燕。紅塵撲轡汗濕韉,師子麒麟聊比肩。”齊己《送彬座主赴龍安請講》:“春城雨雪霽,古寺殿堂明。白髮老僧聽,金毛師子聲。” 胡姬:原指胡人酒店中的賣酒女,後泛指酒店中賣酒的女子。辛延年《羽林郎》:“依倚將軍勢,調笑酒家胡。胡姬年十五,春日獨當壚。”李白《少年行二首》二:“落花踏盡遊何處?笑入胡姬酒肆中。” 醉舞:猶狂舞。李白《邠歌行上新平長兄粲》:“趙女長歌入彩雲,燕姬醉舞嬌紅燭。”辛棄疾《滿江紅・題冷泉亭》:“醉舞且摇鸞鳳影,浩歌莫遣魚龍泣。” 筋骨:韌帶及骨骼,亦引申指身體。《荀子・勸學》:“螾無爪牙之利筋骨之强,上食埃土,下飲黄泉,用心一也。”《孟子・告子》:“故天將降大任於是人也,必先苦其心志,勞其筋骨,餓其體膚,空乏其身。”

⑨ 大宛:古國名,《史記・大宛列傳》、《漢書・大宛國》有傳,爲西域三十六國之一,北通康居,南面和西南面與大月氏接,産汗血馬,大約在今俄羅斯的費爾干納盆地。因其地産名馬,後亦稱駿馬爲“大宛”。儲光羲《和張太祝冬祭馬步》:“房星隱曙色,朔風動寒原。今日歌天馬,非關征大宛。”王昌齡《殿前曲二首》一:“貴人妝梳殿前催,香風吹入殿後來。仗引笙歌大宛馬,白蓮花發照池臺。” 赤汗馬:即汗血馬,漢武帝時伐大宛得千里馬,其馬汗出如血,後因以“赤汗馬”泛指名馬。李昂《從軍行》:“漢家未得燕支山,征戍年年沙朔間。塞下長驅汗血馬,雲中恒閉玉門關。”杜甫《洗兵馬》:“衹殘鄴城不日得,獨任朔方無限功。京師皆騎汗血馬,回紇餵肉葡萄宫。” 贊普:吐蕃君長的稱號。《新唐書・吐蕃傳》:“其俗謂强雄曰贊,丈夫曰普,故號君

長曰贊普。”杜甫《近聞》:“似聞贊普更求親,舅甥和好應難棄。” 翠茸裘:用翠茸編織成的裘衣。翠茸,翠色茸毛。趙汝適《諸蕃志·翠毛》:“邕州右江亦産一種茸翠,其背毛悉是翠茸,窮侈者多以撚織如毛段然。”元稹《遣病十首》九:“秋依静處多,况乃淩晨趣!深竹蟬晝風,翠茸衫曉露。”蘇軾《涪州得山胡善鳴出黔中》:“終日鎖筠籠,回頭惜翠茸。”

⑩ 一朝燕賊亂中國:指安禄山、史思明叛亂,攻陷東都等事。一朝:一時,一旦。《淮南子·道應訓》:“使者謁之,襄子方將食而有憂色,左右曰:‘一朝而兩城下,此人之所喜也;今君有憂色,何也?’”元稹《楊子華畫三首》一:“念君一朝意,遺我千載思。子亦幾時客,安能長苦悲?” 燕賊:同“燕寇”,這裏指安禄山、史思明的叛亂部隊。元稹《和李校書新題樂府十二首·立部伎》:“明年十月燕寇來,九廟千門虜塵涴。”張文潛《韓幹馬圖》:“北風揚塵燕賊狂,廄中萬馬驅范陽。天子乘騾蜀山險,滿目苜蓿爲誰芳?” 中國:上古時代,我國華夏族建國於黄河流域一帶,以爲居天下之中,故稱中國,而把周圍其他地區稱爲四方,後以“中國”泛指中原地區。陶翰《送金卿歸新羅》:“奉義朝中國,殊恩及遠臣。鄉心遥渡海,客路再經春。”李白《金陵望漢江》:“漢江回萬里。派作九龍盤。横潰豁中國,崔嵬飛迅湍。” 河湟:黄河與湟水的並稱,亦指河湟兩水之間的地區。司空圖《河湟有感》:“一自蕭關起戰塵,河隍隔斷異鄉春。”《新唐書·吐蕃傳》:“湟水出蒙谷,抵龍泉與河合……故世舉謂西戎地曰河湟。” 丘:本詩有多種含義,均可説通:廢墟,故墟。《楚辭·九章·哀郢》:“曾不知夏之爲丘兮,孰兩東門之可蕪?”朱熹集注:“丘,荒墟也……言楚王曾不知都邑宫殿之夏屋當爲丘墟。”元結《閔荒》:“不知新都城,已爲征戰丘。”墳墓。《方言》第一三:“塚,自關而東謂之丘。小者謂之塿,大者謂之丘。”韓愈《祭女挐女文》:“飲食芳甘,棺輿華好,歸於其丘,萬古是保。”田壟,田疇。《文選·李康〈運命論〉》:“命駕而遊五都之市,則

天下之貨畢陳矣！褰裳而涉汶陽之丘，則天下之稼如雲矣！”李善注：“曹子曰：願請汶陽之田。”

⑪ 開遠門：長安西向的三個城門之一。宋敏求《長安志·唐皇城》：“外郭城……南面三門：正中曰明德門，東曰啓夏門，西曰安化門。東面三門：北曰通化門，中曰春明門，南曰延興門。西面三門：北曰開遠門，中曰全光門，南曰延平門。北面一門：曰光化門。”《舊唐書·玄宗紀》：“（天寶）八載……五月辛巳，於開遠門外作振旅亭。” 堠：古代記里程或分界的土壇，古時築在路旁用以分界或計里數的土壇，每五里築單堠，十里築雙堠。《北史·韋孝寬傳》：“先是路側一里置一土堠，經雨頽毁，每須修之。自孝寬臨州，乃勒部内當堠處植槐樹代之。既免修復，行旅又得庇蔭。”韓愈《路旁堠》：“堆堆路旁堠，一雙復一隻。”這裏指堠子。　蹙：接近，迫近。羅隱《廣陵開元寺閣上作》：“江蹙海門帆散去，地吞淮口樹相依。”又作縮小、减削解。《後漢書·謝弼傳》：“方今邊境日蹙，兵革蜂起。”《舊五代史·唐莊宗紀》：“梁將氏叔琮、康懷英頻犯郊圻，土疆日蹙，城門之外鞠爲戰場。”　行原州：李唐已經淪陷的州名。行，有出嫁之意，意謂此州如女子出嫁，故在前面加一“行”字以示區别。《左傳·桓公九年》：“凡諸侯之女行，唯王后書。”楊伯峻注：“《詩·邶風·泉水》：‘女子有行，遠父母兄弟’，《鄘風·蝃蝀》、《衛風·竹竿》亦皆云：‘女子有行，遠兄弟父母’，行，皆指出嫁，此行字義亦同。”

⑫ 去京五百：行原州在中唐之後數次變更府治：《新唐書·地理志》：“原州平凉郡，中都督府，望。廣德元年没吐蕃，節度使馬璘表置行原州於靈臺之百里城。貞元十九年，徙治平凉。元和三年，又徙治臨涇。大中三年，收復關隴，歸治平高。廣明後，復没吐蕃，又僑治臨涇。”大中、廣明爲元稹白居易以後之事，可略而不計。其貞元十九年移治之平凉縣，據《舊唐書·地理志》記載，在“原州中都督府，隋平凉郡。武德元年平薛仁杲，置原州。貞觀五年置都督府，管原、慶、會、

銀、亭、達、要等七州。十年省亭、達、要三州,唯督四州。天寶元年改爲平凉郡,乾元元年復爲原州……在京師西北八百里,至東都一千六百四十五里。"應該不在元稹詩歌"去京五百"的範圍之内。唯廣德元年移治靈臺百里城與元和三年移治臨涇縣,均屬涇州,而據《舊唐書・地理志》記載:"涇州,隋安定郡。武德元年討平薛仁杲,改名涇州。天寶元年復爲安定郡,乾元元年復爲涇州……在京師西北四百九十三里,至東都一千三百八十七里。"廣德元年離開元稹白居易年代較遠,可不予考慮。而元和三年的"在京師西北四百九十三里"的記載,離開元稹甚近,與元稹本詩切合,故可信從。　荒陬:荒遠的角落。張宣明《使至三姓咽面(宣明爲元振判官時,使至三姓咽面,因賦此詩,時人稱爲絶唱)》:"昔聞班家子,筆硯忽然投。一朝撫長劍,萬里入荒陬。"元稹《蠻子朝》:"西南六詔有遺種,僻在荒陬路尋壅。"

⑬ 阻修:謂路途阻隔遙遠。張載《擬四愁詩》:"我所思兮在營州,欲往從之路阻修。"梅堯臣《送許璋監簿歸泰州》:"我非魚鳥情,貧縛路阻修。"　連城:指毗鄰的諸城。《史記・平津侯主父列傳》:"今諸侯或連城數十,地方千里,緩則驕奢易爲淫亂,急則阻其强而合從以逆京師。"張籍《寄和州劉使君》:"曉來江氣連城白,雨後山光滿郭青。到此詩情應更遠,醉中高詠有誰聽?"　邊將:防守邊疆的將帥。劉長卿《代邊將有懷》:"少年辭魏闕,白首向沙場。瘦馬戀秋草,征人思故鄉。"李白《贈張相鎬二首》二:"本家隴西人,先爲漢邊將。功略蓋天地,名飛青雲上。"　高會:盛大宴會。《戰國策・秦策》:"於是使唐雎載音樂,予之五千金,居武安,高會相與飲。"鮑彪注:"《高紀》注,大會也。"《新五代史・王晏球傳》:"悉以俸禄所入具牛酒,日與諸將高會。"

[編年]

《年譜》、《編年箋注》、《年譜新編》編年及編年理由同前《和李校書新題樂府十二首・序》、《上陽白髮人》所引述。

我們的編年理由也同《和李校書新題樂府十二首·序》、《上陽白髮人》及《縛戎人》所表述,更有本詩上文"去京五百"的"箋注"加以佐證,本詩應該作於元和三年十二月至元和四年二月間,地點在長安,元稹因剛剛結束母喪之守制,尚没有拜授新職。

◎ 和李校書新題樂府十二首·法曲(一)①

吾聞黄帝鼓清角,弭伏熊羆舞玄鶴②。舜持干羽苗革心,堯用咸池鳳巢閣③。大夏濩武皆象功,功多已訝玄功薄④。漢祖過沛亦有歌(二),秦王破陣非無作⑤。作之宗廟見艱難,作之軍旅傳糟粕⑥。明皇度曲多新態,宛轉浸淫易沉著⑦。赤白桃李取花名,霓裳羽衣號天落⑧。雅弄雖云已變亂,夷音未得相參錯⑨。自從胡騎起烟塵,毛毳腥膻滿咸洛⑩。女爲胡婦學胡妝,伎進胡音務胡樂⑪。火鳳聲沉多咽絶,春鶯囀罷長蕭索⑫。胡音胡騎與胡妝(三),五十年來競紛泊⑬。

録自《元氏長慶集》卷二四

[校記]

(一)法曲:楊本、叢刊本、《古詩鏡·唐詩鏡》、《全詩》同,《樂府詩集》詩題下有題解:"《唐會要》曰:'文宗開成三年,改法曲爲仙韶曲。'按:法曲起于唐,謂之法部。其曲之妙者。有《破陣樂》、《一戎大定樂》、《長生樂》、《赤白桃李花》,餘曲有《堂堂》、《望瀛》、《霓裳羽衣》、《獻仙音》、《獻天花》之類,總名法曲。白居易傳曰:'法曲雖似失雅音,蓋諸夏之聲也,故歷朝行焉!'太常丞宋沇傳漢中王舊説曰:'玄宗雖雅好度曲,然未嘗使蕃漢雜奏。天寶十三載,始詔道調法曲與胡部新聲合作。識者深異之,明年冬而安禄山反。”僅録以備考。

(二)漢祖過沛亦有歌:《樂府詩集》、《全詩》同,與《史記·高祖本紀》的記載“過沛”云云相合。而楊本、叢刊本、《古詩鏡·唐詩鏡》作“漢祖歌沛亦有歌”,語義難通,不從不改。

(三)胡音胡騎與胡妝:《樂府詩集》、《古詩鏡·唐詩鏡》、《全詩》同,楊本、叢刊本作“胡騎與胡妝”,與本詩七言的格式不合,而且本詩詩題《法曲》,“胡音”正與其相合,楊本、叢刊本不可從。

[箋注]

① 法曲:白居易有同名詩篇《法曲歌》酬和:“法曲法曲歌大定,積德重熙有餘慶,永徽之人舞而詠(永徽之時有貞觀之遺風,故高宗制《一戎大定》樂曲也)。法曲法曲舞霓裳,政和世理音洋洋,開元之人樂且康(《霓裳羽衣曲》起於開元,盛于天寶也)。法曲法曲歌堂堂,堂堂之慶垂無疆。中宗肅宗復鴻業,唐祚中興萬萬葉(永隆元年,太常丞李嗣貞善審音律,能知興哀,云近者樂府有堂堂之音,唐祚再興之兆)。法曲法曲合夷歌,夷聲邪亂華聲和。以亂干和天寶末,明年胡塵犯宫闕(法曲雖似失雅音,蓋諸夏之聲也,故歷朝行焉!玄宗雖雅好度曲,然未嘗使蕃漢雜奏。天寶十三載,始詔諸道調法曲與胡部新聲合作,識者深異之,明年冬而安禄山反也)。乃知法曲本華風,苟能審音與政通?一從胡曲相參錯,不辨興衰與哀樂。願求牙曠正華音,不令夷夏相交侵。”可與本詩參讀。法曲原來是一種古代樂曲,東晉南北朝稱作法樂,因其用於佛教法會而得名。原爲含有外來音樂成分的西域各族音樂,後與漢族的清商樂結合,並逐漸成爲隋朝的法曲,其樂器有鐃鈸、鐘、磬、幢簫、琵琶。至唐朝又攙雜道曲而發展至極盛階段,著名的曲子主要有《赤白桃李花》、《霓裳羽衣》等。顧況《聽劉安唱歌》:“子夜新聲何處傳?悲翁更憶太平年。即今法曲無人

唱，已逐霓裳飛上天。”白居易《江南遇天寶樂叟》：“能彈琵琶和法曲，多在華清隨至尊。”

② 黄帝：古帝名，傳説是中原各族的共同祖先。少典之子，姓公孫，居軒轅之丘，故號軒轅氏。又居姬水，因改姓姬。國於有熊，亦稱有熊氏。以土德王，土色黄，故曰黄帝。《易·繫辭》：“神農氏没，黄帝、堯、舜氏作，通其變，使民不倦。”孔穎達疏：“黄帝，有熊氏，少典之子，姬姓也。”《史記·五帝本紀》：“黄帝者，少典之子，姓公孫，名曰軒轅。生而神靈，弱而能言，幼而徇齊，長而敦敏，成而聰明。”裴駰集解：“號有熊。”司馬貞索隱：“有土德之瑞，土色黄，故稱黄帝，猶神農火德王而稱炎帝然也。” 清角：角，古代五音之一。古人以爲角音清，故曰清角。《韓非子·十過》：“平公提觴而起，爲師曠壽，反而問曰：‘音莫悲於清徵乎？’師曠曰：‘不如清角。’”又雅曲名。傅毅《舞賦》：“揚《激徵》，騁《清角》。”李善注：“《激徵》、《清角》，皆雅曲名。”元稹《松鶴》：“清角已沉絶，虞韶亦冥寞。” 弭伏：馴伏，順服。韓愈《南山詩》：“或連若相從，或蹙若相鬭。或妥若弭伏，或竦若驚雊……”李翰《射虎圖贊》：“或叱之而弭伏，或棰之而却走。” 熊羆：熊和羆，皆爲猛獸，因以喻勇士或雄師勁旅。《書·牧誓》：“尚桓桓，如虎如貔，如熊如羆。”《書·康王之誥》：“則亦有熊羆之士，不二心之臣，保乂王家。” 玄鶴：黑鶴。崔豹《古今注·鳥獸》：“鶴千歲則變蒼，又二千歲變黑，所謂玄鶴也。”陳子昂《與東方左史虯修竹篇》：“携手登白日，遠遊戲赤城。低昂玄鶴舞，斷續彩雲生。”

③ 干羽：古代舞者所執的舞具，文舞執羽，武舞執干。《書·大禹謨》：“帝乃誕敷文德，舞干羽於兩階。”李義府《承華箴》：“思皇茂則，敬詢端輔。業光啓誦，藝優干羽。” 苗：我國古代部族名，也稱三苗、有苗。《書·大禹謨》：“苗民逆命……帝乃誕敷文德，舞干羽於兩階。”也常常指我國少數民族名，相傳爲古代三苗部族之後，今分佈于貴州、雲南、四川、湖南、廣西、廣東等地。宋之問《洞庭湖》：“張樂軒

皇至,征苗夏禹徂。" 革心:謂改正錯誤思想。袁宏《後漢紀·安帝紀》:"苟不殺無辜,以譴訶爲非,無赫赫大惡,可裁削奪,損其租賦,令得改過自新,革心向道。"《舊唐書·高沐傳》:"諷其不庭之咎,將冀革心;數其煮海之饒,聿求利國。" 咸池:古樂曲名,相傳爲堯樂。一説爲黄帝之樂,堯增修沿用。《禮記·樂記》:"《咸池》,備矣!"鄭玄注:"黄帝所作樂名也,堯增修而用之。"元結《咸池》:"咸池,陶唐氏之樂歌也。其義蓋稱堯德至大無不備,全凡二章章四句。"

④ 大夏:周代"六舞"之一,相傳本爲夏禹時代的樂舞。元結《大夏序》:"大夏,有夏氏之樂歌也。其義盖稱禹治水,其功能大中國,凡三章,章四句。"詩曰:"茫茫下土兮! 乃生九州。山有長岑兮! 川有深流。" 濩:通"頀",商湯樂名。《周禮·春官·大司樂》:"以樂舞教國子……《大夏》、《大濩》、《大武》。"鄭玄注:"《大濩》,湯樂也。"《文選·司馬相如〈上林賦〉》:"荆楚鄭衛之聲,《韶》《濩》《武》《象》之樂。"李善注引文穎曰:"《韶》,舜樂也;《濩》,湯樂也。" 武:舞蹈。《穀梁傳·莊公十年》:"荆敗蔡師於莘,以蔡侯獻武歸。"鍾文烝補注:"武,本亦作'舞'。《左氏》、《公羊》作'舞'。《周禮》:'射有興武。'馬融云:'與舞同。'"《禮記·樂記》:"夫武之備戒之已久,何也?"鄭玄注:"武,謂周舞也。"陳澔集説:"先擊鼓備戒已久,乃始作舞,何也?" 象:體現,表現。《漢書·禮樂志》:"《武德舞》者,高祖四年作,以象天下樂己行武以除亂也。"柳宗元《非國語·無射》:"聖人既理,定知風俗和恒,而由吾教,於是乎作樂以象之。" 玄功:猶神功,謂宇宙自然之功。謝朓《三日侍宴曲水代人應詔》:"徒勤日用,誰契玄功?"孫魴《柳十一首》九:"莫道玄功無定配,不然争得見桃花?"影響深遠的功績,偉大的功績。《南齊書·明帝紀》:"玄功潛被,至德彌闡。"武則天《清廟樂章·迎武舞》:"赫赫玄功被穹壤,皇皇至德洽生靈。"

⑤ 漢祖過沛亦有歌:事見《史記·高祖本紀》:"十二年十月,高祖已擊布軍,會甀。布走,令别將追之。高祖還歸,過沛,留置酒沛

宫。悉召故人父老子弟縱酒，發沛中兒得百二十人，教之歌。酒酣，高祖擊筑，自爲歌詩曰：'大風起兮雲飛揚，威加海内兮歸故鄉。安得猛士兮守四方？'令兒皆和習之，高祖乃起舞，慷慨傷懷，泣數行下，謂沛父兄曰：'遊子悲故鄉，吾雖都關中，萬歲後吾魂魄猶樂思沛。且朕自沛公以誅暴逆，遂有天下，其以沛爲朕湯沐邑。"揚雄《劇秦美新》："會漢祖龍騰豐沛，奮迅宛葉。"杜牧《題青雲館》："四皓有芝輕漢祖，張儀無地與懷王。" 秦王：即唐太宗李世民，《舊唐書·太宗紀》："高祖受禪，拜尚書令、右武侯大將軍，進封秦王，加授雍州牧。武德元年七月，薛舉寇涇州，太宗率衆討之。"杜淹《詠寒食鬬雞應秦王教》："寒食東郊道，揚韝競出籠。花冠初照日，芥羽正生風。"王維《三月三日勤政樓侍宴應制》："不數秦王日，誰將洛水同？酒筵嫌落絮，舞袖怯春風。" 破陣：破陣樂，唐樂曲名。《舊唐書·音樂志》："《破陣樂》，太宗所造也。太宗爲秦王之時，征伐四方，人間歌謡《秦王破陣樂》之曲。及即位，使吕才協音律，李百藥、虞世南、褚亮、魏徵等製歌辭。"張説《破陣樂詞二首》二："少年膽氣凌雲，共許驍雄出群。匹馬城西挑戰，單刀薊北從軍。"王建《田侍郎歸鎮八首》六："廣場破陣樂初休，彩纛高於百尺樓。"

⑥ 宗廟：古代帝王、諸侯祭祀祖宗的廟宇。《國語·魯語》："夫宗廟之有昭穆也，以次世之長幼，而等胄之親疏也。"《史記·魏公子列傳》："今秦攻魏，魏急而公子不恤，使秦破大梁而夷先王之宗廟，公子當何面目立天下乎？" 艱難：困苦，困難。《詩·王風·中穀有蓷》："嘅其嘆矣，遇人之艱難矣！"鄭玄箋："所以嘅然而嘆者，自傷遇君子之窮厄。"也指創業。《北史·周宗室傳論》："有周受命之始，宇文護實預艱難。"又作危難，禍亂解。韓愈《此日足可惜贈張籍》："誰云經艱難，百口無夭殤？" 軍旅：部隊。《周禮·地官·小司徒》："五人爲伍，五伍爲兩，四兩爲卒，五卒爲旅，五旅爲師，五師爲軍，以起軍旅，以作田役。"葛洪《抱朴子·地真》："能守一者，行萬里，入軍旅，涉

大川,不須卜日擇時。" 糟粕:酒滓,喻指粗惡食物或事物的粗劣無用者。劉向《新序·雜事》:"凶年饑歲,士糟粕不厭,而君之犬馬有餘穀粟。"《韓詩外傳》卷五:"此真先聖王之糟粕耳!非美者也。"

⑦ 明皇度曲多新態:李隆基對音樂造詣不淺,能够自度新曲,而且往往花樣翻新,出人意料。元稹《連昌宫詞》在"李謩擪笛傍宫墻,偷得新翻數般曲"句下注云:"又玄宗嘗于上陽宫,夜後按新翻一曲。屬明夕正月十五日,潜遊燈下。忽聞酒樓上有笛奏前夕新曲,大駭之。明日密遣捕捉笛者詰驗之,自云:'其夕竊于天津橋翫月,聞宫中度曲,遂於橋柱上插譜記之,臣即長安少年善笛者李謩也。'玄宗異而遣之。" 明皇:唐玄宗李隆基謚至道大聖大明孝皇帝,後世詩文多稱爲明皇。白居易《長恨歌》:"前進士陳鴻撰《長恨歌傳》曰:'開元中,泰階平,四海無事。明皇在位歲久,倦於旰食宵衣,政無小大,始委于右丞相。深居遊宴,以聲色自娱。'"薛逢《金城宫》:"憶昔明皇初御天,玉輿頻此駐神仙。" 度曲:制曲,作曲。《漢書·元帝紀贊》:"鼓琴瑟,吹洞簫,自度曲,被歌聲,分刌節度,窮極幼眇。"顔師古注引應劭曰:"自隱度作新曲,因持新曲以爲歌詩聲也。"《新唐書·段成式傳》:"子安節,乾寧中爲國子司業,善樂律,能自度曲云。" 宛轉:隨順變化。《莊子·天下》:"椎拍輐斷,與物宛轉,舍是與非,苟可以免。"成玄英疏:"宛轉,變化也。復能打拍刑戮,而隨順時代,故能與物變化而不固執之者也。"迴旋,盤曲,蜿蜒曲折。《楚辭·劉向〈九嘆·逢紛〉》:"揄揚滌蕩漂流隕往觸崟石兮,龍邛脟圈繚戾宛轉阻相薄兮。"王逸注:"言水得風則龍邛繚戾與險阻相薄,不得順其流性也。"謂含蓄曲折,委婉。劉禹錫《竹枝詞序》:"其卒章激訐如吴聲,雖傖儜不可分,而含思宛轉,有淇濮之艷。" 浸淫:浸潤,濡濕。董仲舒《雨雹對》:"霧不塞望,浸淫被洎而已;雪不封條,淩殄毒害而已。"韓偓《荷花》:"浸淫因重露,狂暴是秋風。" 沉著:謂着實而不輕浮。范成大《讀白傅洛中老病後詩戲書》:"陶寫賴歌酒,意象頗沉著。"《宋

史·米芾傳》:"芾爲文奇險,不蹈襲前人軌轍。特妙於翰墨,沈著飛翥,得王獻之筆意。畫山水人物,自名一家,尤工臨移,至亂真不可辨。"

⑧ 赤白桃李:即《赤白桃李花》,當時著名的法曲曲子。李益《聽唱赤白桃李花》:"赤白桃李花,先皇在時曲。欲向西宫唱,西宫官樹緑。"《樂書·法曲部》:"太宗《破陣樂》、高宗《一戎大定樂》、武后《長生樂》、明皇《赤白桃李花》,皆法曲尤妙者。" 霓裳羽衣:即《霓裳羽衣》,亦當時著名的法曲曲子。劉禹錫《三鄉驛樓伏覩玄宗望女几山詩小臣斐然有感》:"開元天子萬事足,唯惜當時光景促。三鄉陌上望仙山,歸作霓裳羽衣曲。"元稹《琵琶歌》:"曲名無限知者鮮,霓裳羽衣偏宛轉。凉州大遍最豪嘈,六么散序多籠撚。" 號天落:關於霓裳羽衣曲來自天上的傳説,各種典籍記載甚多,説法也不完全一致,如宋人李上交《近事會元》云:"《霓裳羽衣曲》:唐野史云:明皇開元中道人葉法善引上入月宫。時秋,上苦淒冷,不能久留。回于天半,尚聞仙樂。及歸但記其半曲,遂笛中寫之。會西京都督楊敬述進《婆羅門曲》,與其聲調相符。遂以月中所聞爲之散序,因敬述所進爲曲身,名《霓裳羽衣曲》也。"《續通典》:"《霓裳羽衣舞曲》:唐玄宗登三鄉驛望女几山所作也。《逸史》云:羅公遠天寶初侍玄宗,八月十五夜宫中玩月,曰:'陛下能從臣月中游乎?'乃取一桂枝向空擲之,化爲一橋,其色如銀。請上同登,約行數十里,遂至大城闕下。公遠曰:'此月宫也。'有仙女數百,素練寬衣舞於廣庭。上前問曰:'此何曲也?'曰:'《霓裳羽衣》也。'上密記其聲調,遂回,橋却顧隨步而滅。旦諭伶官象其聲調,作《霓裳羽衣曲》。沈括《夢溪筆談》曰:《霓裳曲》凡十三疊,前六疊無拍,至第七疊始有拍而舞作,故白居易詩云……"

⑨ 雅弄:典雅的曲子。《南史·柳惲傳》:"子良嘗置酒後園,有晉太傅謝安鳴琴在側,援以授惲,惲彈爲雅弄。"陸龜蒙《丁隱君歌序》:"夜半山静,取琴彈之,奏雅弄一二而已。" 變亂:變更,使紊亂。

《書·無逸》:“此厥不聽,人乃訓之,乃變亂先王之正刑,至於小大。”《韓非子·八説》:“法明則内無變亂之患。” 夷音:古指外族語言。杜甫《奉漢中王手札》:“夷音迷咫尺,鬼物倚朝昏。”本詩謂外族音樂。元稹《代曲江老人百韵》:“文物千官會,夷音九部陳。魚龍華外戲,歌舞洛中嬪。” 參錯:參差交錯。董仲舒《春秋繁露·玉杯》:“《春秋》論十二世之事,人道浹而王道備,法布二百四十二年之中,相爲左右,以成文采。其居參錯,非襲古也。”交互融合。黄滔《泉州開元寺佛殿碑記》:“金聖人無爲也,堯舜亦無爲也,誠參錯其道,巍巍聖儀,永與諸佛如來俱,豈不其然?”

⑩ 胡騎:胡人的騎兵,亦泛指胡人軍隊。《晉書·劉琨傳》:“在晉陽嘗爲胡騎所圍數重,城中窘迫無計。”陳子昂《還至張掖古城聞東軍告捷贈韋五虚己》:“漢軍追北地,胡騎走南庭。君爲幙中士,疇昔好言兵。” 烟塵:烽烟和戰場上揚起的塵土,指戰亂。蕭統《七契》:“當朝有仁義之師,邊境無烟塵之驚。”高適《燕歌行》:“漢家烟塵在東北,漢將辭家破殘賊。” 毛毳:鳥的細毛。劉向《説苑·尊賢》:“鴻鵠高飛遠翔……有六翮之用乎? 將盡毛毳也?”獸的毛皮。《後漢書·烏桓傳》:“食肉飲酪,以毛毳爲衣。” 腥膻:難聞的腥味。葛洪《抱朴子·明本》:“山林之中非有道也,而爲道者必入山林,誠欲遠彼腥膻,而即此清浄也。”沈約《需雅八曲》三:“終朝采之不盈掬,用拂腥膻和九穀。” 咸洛:咸陽與洛陽的並稱。王行先《爲趙侍郎論兵表》:“卒能恢復咸洛,削平宇縣,此先聖之雄略,陛下之有憾也。”李白《送戴十五歸衡嶽序》:“戴侯寓居長沙,禀湖嶽之氣;少長咸洛,窺覇王之圖。”

⑪ 胡婦:胡人的婦女,本詩指漢女成爲胡人的婦女。《漢書·蘇武傳》:“武因平恩侯自白前發匈奴時,胡婦適産一子。”徐夢莘《三朝北盟會編》卷二一五:“蘇武持節居匈奴十有九年,既歸之後,但見因使者致金帛贖胡婦所産子還中國,以嗣其世。” 胡妝:胡人的裝束,這裏偏指女子的裝束。徐摛《胡無人行》:“刻楹登魯殿,擁絮拭胡妝。

猶將漢閨曲，誰忍奏氈房?”義近“胡服”，指古代西方和北方各族的服裝，後亦泛稱外族的服裝。《後漢書·五行志》：“靈帝好胡服、胡帳、胡床、胡坐、胡飯、胡空侯、胡笛、胡舞，京都貴族皆競爲之。”《資治通鑑·梁敬帝太平元年》：“〔齊顯祖〕或身自歌舞，盡日通宵，或散髮胡服，雜衣錦綵。” 胡音：胡人的音樂，胡人的語言。元稹《和李校書新題樂府十二首·立部伎》：“宋沇嘗傳天寶季，法曲胡音忽相和。”唐代釋道世《法苑珠林》卷七六：“‘澄’或言‘佛圖磴’，或言‘佛圖橙’，或言‘佛圖澄’，皆取胡音之不同耳!” 胡樂：古代稱西北方及北方民族和西域各地的音樂。貫休《出塞》：“掃盡狂胡迹，回戈望故關……縱宴參胡樂，收兵過雪山。”《資治通鑑·唐肅宗至德元載》：“上皇每酺宴，先設太常雅樂坐部、立部，繼以鼓吹、胡樂、教坊、府縣散樂、雜戲。”胡三省注：“胡樂者，龜兹、疏勒、高昌、天竺諸部樂也。”

⑫ 火鳳：原指鳳凰，相傳鳳爲火之精，故稱。《樂府詩集·北齊武舞階步辭》：“金人降泛，火鳳來巢。”李商隱《鏡檻》：“撥弦驚火鳳，交扇拂天鵝。”馮皓箋注引宋均《春秋演孔圖》：“鳳，火精也。”這裏指一種來自外族的曲名。 聲沉：聲音低沉。吴融《金陵懷古》：“玉樹聲沉戰艦收，萬家冠蓋入中州。祇應江令偏惆悵，頭白歸來是客遊。”張蠙《言懷》：“十載聲沈覺自非，賤身原合衣荷衣。豈能得路陪先達?却擬還家望少微。” 咽絶：聲音時斷時續，低啞失聲。元稹《飲致用神曲酒三十韵》：“雞聲催欲曙，蟾影照初醒。咽絶鵾啼竹，蕭撩雁去汀。”韓愈、孟郊《莎柵聯句》：“冰溪時咽絶，風櫪方軒舉(愈)。此處不斷腸，定知無斷處(郊)。” 春鶯：春天的鶯。賀朝《賦得春鶯送友人二首》二：“流鶯拂繡羽，二月上林期。待雪銷金禁，銜花向玉墀。”梁鍠《戲贈歌者》：“曉燕喧喉裏，春鶯囀舌邊。若逢漢武帝，還是李延年。”鶯，鳥綱鶯科鳥類的通稱，種類較多，體型大多較麻雀爲小，羽毛多緑褐色、灰褐色，主食昆蟲，爲農林益鳥。鶯，又稱黄鶯、黄鸝、倉庚等。《禽經》：“倉庚、黧黄，黄鳥也。”張華注：“今謂之黄鶯，黄鸝是

也。"丘遲《與陳伯之書》:"暮春三月,江南草長,雜花生樹,群鶯亂飛。"温庭筠《南歌子》:"隔簾鶯百囀,感君心。"　蕭索:蕭條冷落,淒涼。陶潛《自祭文》:"天寒夜長,風氣蕭索,鴻雁于征,草木黄落。"劉過《謁金門》:"休道旅懷蕭索,生怕香濃灰薄。"

⑬ 五十年來:本詩作於元和三年(808)至元和四年(809)間,上推"五十年",應該是至德三年(758)乾元二年(759)間,亦即是衆所周知的安史之亂的後期。　紛泊:紛紛而來,飛揚滿空。《文選·左思〈蜀都賦〉》:"毛群陸離,羽族紛泊。"劉逵注:"紛泊,飛薄也。"吕延濟注:"紛泊,飛揚也。"元稹《有鳥二十章(庚寅)》一二:"秋鷹掣斷架上索,利爪一揮毛血落。可憐鴉鵲慕腥膻,猶向巢邊競紛泊。"

[編年]

《年譜》、《編年箋注》、《年譜新編》編年及編年理由同前《和李校書新題樂府十二首·序》、《上陽白髮人》所引述。

我們的編年意見與《年譜》、《編年箋注》、《年譜新編》有所區别,我們的編年理由也同前《和李校書新題樂府十二首·序》、《上陽白髮人》、《西凉伎》、《縛戎人》所表述,亦即本詩賦成於元和三年十二月至元和四年二月間,地點在長安,元稹當時因守母喪,尚没有拜職監察御史。

◎ 和李校書新題樂府十二首·馴犀

(李《傳》云:"貞元丙子歲南海來貢,至十三年冬苦寒死于苑中。")(一)①

建中之初放馴象,遠歸林邑近交廣②。獸返深山鳥構巢,鷹雕鷄鶻無羈鞅③。貞元之歲貢馴犀,上林置圈官司養[④]。玉盆金棧非不珍,虎啖狴牢魚食網[⑤]。渡江之橘逾汶貉,反時易性安能長[⑥]!臘月北風霜雪深,蜷局鱗身遂長往[⑦]。行地無疆費傳驛,通天異物罹幽枉[(二)⑧]。乃知養獸如養人,不必人人自敦獎[⑨]。不擾則得之於理,不奪有以多於賞[⑩]。脱衣推食衣食之,不若男耕女令紡[⑪]。堯民不自知有堯,但見安閑聊擊壤[⑫]。前觀馴象後觀犀[(三)],理國其如指諸掌[⑬]。

録自《元氏長慶集》卷二四

[校記]

(一)馴犀:楊本、叢刊本、《古詩鏡·唐詩鏡》、《全詩》同,《佩文齋詠物詩選》題下無注,《樂府詩集》下有題解:"白居易傳曰:'貞元丙戌歲,南海進馴犀,詔養苑中,至十三年冬大寒而馴犀死!'"朱金城《白居易集箋校》云:"貞元丙戌歲,南海進馴犀,詔養苑中。至十三年冬,大寒,馴犀死矣!"兩者文字稍有出入。而其中"丙戌"應爲"丙子"之誤,"十三年"應是"十二年"之誤。元稹一對一錯,而白居易兩者都錯。　苑中:叢刊本、《古詩鏡·唐詩鏡》、《全詩》同,而楊本作"宛中",語義難通,不從不取。

(二)通天異物罹幽枉:楊本、叢刊本、《樂府詩集》、《古詩鏡·唐詩鏡》、《佩文齋詠物詩選》、《全詩》同,宋蜀本作"通天異物罹幽枉性幽枉",語義難通,不從不取。

(三)前觀馴象後觀犀:楊本、叢刊本、《古詩鏡·唐詩鏡》、《佩文齋詠物詩選》同,《全詩》、《樂府詩集》作"前觀馴象後馴犀",語義不佳,不及"前觀馴象後觀犀"語義通暢,不改。

[箋注]

① 馴犀:白居易也有《馴犀》:"馴犀馴犀通天犀,軀貌駭人角駭雞。海蠻聞有明天子,驅犀乘傳來萬里。一朝得謁大明宫,歡呼拜舞自論功。五年馴養始堪獻,六譯語言方得通。上嘉人獸俱來遠,蠻舘四方犀入苑。秣以瑤芻鏁以金,故鄉迢遞君門深。海鳥不知鐘鼓樂,池魚空結江湖心。馴犀生處南方熱,秋無白露冬無雪。一入上林三四年,又逢今歲苦寒月。飲冰卧霰苦蜷跼,角骨凍傷鱗甲蹜。馴犀死,蠻兒啼,向闕再三顏色低。奏乞生歸本國去,恐身凍死似馴犀。君不見建中初,馴象生還放林邑(建中元年,詔盡出苑中馴象,放歸南方也)! 君不見貞元末,馴犀凍死蠻兒泣。所嗟建中異貞元,象生犀死何足言!"可與本詩並讀。 馴犀:馴養的犀牛。陸龜蒙《開元雜題七首·雜伎》:"拜象馴犀角抵豪,星丸霜劍出花高。六宫争近乘輿望,珠翠三千擁赭袍。"《舊唐書·林邑國》:"貞觀初,遣使貢馴犀。" 犀:動物名,通稱犀牛,哺乳類,形略似牛,體較粗大,吻上有一角或二角,間有三角者,皮厚而韌,多皺襞,色微黑,毛極稀少,今産於亞洲和非洲的熱帶森林。《逸周書·世俘》:"武王狩,禽虎二十有二……犀十有二。"王粲《遊海賦》:"群犀代角,巨象解齒。"李時珍《本草綱目·犀》:"大抵犀、兕是一物,古人多言兕,後人多言犀,北音多言兕,南音多言犀,爲不同耳!"又云:"犀出西番、南番、滇南、交州諸處,有山犀、水犀、兕犀三種,又有毛犀似之。" 南海:泛指南方的海。《書·禹貢》:"導黑水至於三危,入於南海。"孔傳:"黑水自北而南,經三危,過梁州入南海。"韓愈《送區册序》:"有區生者,誓言相好,自南海挐舟而來。" 貞元丙子歲南海來貢:貞元丙子歲爲貞元十二年,而《舊唐書·德宗紀》:"(貞元九年)冬十月……癸酉,環王國獻犀牛,上令見於太廟。"題注有誤,或是李紳誤記,元稹承誤,或是版本刊刻之誤。至十三年冬苦寒死于苑中:《舊唐書·德宗紀》:"(貞元十二年)十二月己未大雪,平地二尺,竹柏多死。環王國所獻犀牛甚珍愛之,是冬

亦死。"題注有誤,或是李紳誤記,元稹承誤,或是版本刊刻之誤。以上兩處錯誤,《元稹集》、《年譜》、《編年箋注》、《年譜新編》都視而不見,没有指出,朱金城《白居易箋校》有所涉及。

②"建中之初放馴象"兩句:《新唐書・德宗紀》:"廣德二年二月,立爲皇太子。大曆十四年五月辛酉,代宗崩,癸亥即皇帝位於太極殿。閏月……丁亥出宫人,放舞象三十有二于荊山之陽。"白居易酬和之篇也有"君不見,建中初,馴象生還放林邑(建中元年,詔盡出苑中馴象,放歸南方也)"之語可以相互印證。　建中:唐德宗李適登位之後的第一個年號,起公元七八〇年,止於公元七八三年,前後四年。韋應物《送雲陽鄒儒立少府侍奉還京師》:"建中即藩守,天寶爲侍臣。歷觀兩都士,多閲諸侯人。"戴叔倫《建中癸亥歲奉天除夜宿武當山北茅平村》:"歲除日又暮,山險路仍新。驅傳迷深谷,瞻星記北辰。"　林邑:南海古國名,故地在今越南中南部,公元一九二年建國。中國史籍初稱之爲林邑,唐至德以後改稱環王,公元九世紀後期改稱占城。自五代以後,中國正史和《諸蕃志》、《島夷志略》、《瀛涯勝覽》等書均有記述。十七世紀末亡於廣南阮氏。《晉書・林邑國傳》:"林邑國本漢時象林縣,則馬援鑄柱之處也,去南海三千里。"韓愈《送鄭尚書序》:"其海外雜國,若躭浮羅、流求、毛人、夷亶之州,林邑、扶南、真臘、於陀利之屬,東南際天地以萬數。"朱熹注:"林邑,一曰環王,在交州南,海行三千里。"　交廣:交州與廣州的合稱。李商隱《故番禺侯以贓罪致不辜事覺母者他日過其門》:"飲鴆非君命,兹身亦厚亡。江陵從種橘,交廣合投香。"劉禹錫《和郴州楊侍郎翫郡齋紫薇花十四韵》:"南方足奇樹,公府成佳境。緑陰交廣除,明艷透蕭屏。"　交:即交趾,亦作"交址",原爲古地區名,泛指五嶺以南,漢武帝時爲所置十三刺史部之一,轄境相當今廣東、廣西大部和越南的北部、中部,東漢末改爲交州。越南於十世紀三十年代獨立建國後,宋亦稱其國爲交趾。《漢書・武帝紀》:"遂定越地,以爲南海、蒼梧、郁林、合浦、交址、

九真、日南、珠厓、儋耳郡。"趙汝適《諸蕃志·交趾國》:"交趾,古交州,東南薄海,接占城,西通白衣蠻,北抵欽州,歷代置守不絶。"　廣:古廣州的省稱,地名。《玉臺新詠·古詩爲焦仲卿妻作》:"雜彩三百匹,交廣市鮭珍。"劉恂《嶺表録異》卷中:"挲摩笋,桂廣皆殖。"

③ 深山:與山外距離遠的、人不常到的山嶺。元稹《山枇杷》:"山枇杷,爾托深山何太拙!天高萬里看不精,帝在九重聲不徹。"白居易《寓意詩五首》一:"豫樟生深山,七年而後知。挺高二百尺,本末皆十圍。"　構巢:構木爲巢,遠古人的居住方式,這裏指鳥兒在樹上構巢。《毛詩名物解·鵲》:"鵲搆巢,取在木杪枝,不取墮地者。"《資治通鑑·貞觀二年》:"嘗有白鵲,構巢於寢殿槐上,合歡如腰鼓。左右稱賀,上曰:'我常笑隋煬帝好祥瑞,瑞在得賢,此何足賀?'命毁其巢,縱鵲於野外。"　鷹:鳥類的一科,一般指鷹屬的鳥類,上嘴呈鉤形,頸短,脚部有長毛,足趾有長而鋭利的爪。性凶猛,捕食小獸及其它鳥類。白居易《放鷹》:"鷹翅疾如風,鷹爪利如錐。"李時珍《本草綱目·鷹》:"鷹出遼海者上,北地及東北胡者次之,北人多取雛養之,南人八九月以媒取之,乃鳥之疏暴者。"　雕:同"鵰",一種大型猛禽,嘴呈鉤狀,視力很强,腿部羽毛直達趾間,雌雄同色。也叫鷲。《史記·李將軍列傳》:"是必射雕者也。"司馬貞索隱:"雕,一名鷲。"王維《觀獵》:"回看射雕處,千里暮雲平。"　鷂:猛禽名,通稱雀鷹、鷂鷹,似鷹而較小,背灰褐色,腹白帶赤,善捕小鳥。《文選·宋玉〈高唐賦〉》:"雕鶚鷹鷂,飛揚伏竄。"李善注引《説文》:"鷂,鷙鳥也。"《新唐書·杜生傳》:"它日又有亡奴者,生戒持錢五百伺於道,見進鷂使者,可市其一,必得奴。"　鶻:鳥類的一科,翅膀窄而尖,嘴短而寬,上嘴彎曲並有齒狀突起,飛得很快,善於襲擊其他鳥類,也叫隼。杜甫《義鶻行》:"斯須領健鶻,痛憤寄所宣。"蘇軾《石鐘山記》:"而山上栖鶻,聞人聲亦驚起。"　羈鞅:羈,馬絡頭,鞅,牛韁繩,泛指駕馭牲口的用具。元稹《春餘遣興》:"野馬籠赤霄,無由負羈鞅。"范成大《新嶺》:"山行何

許深！空翠滴羈鞅。"喻束縛。王維《謁璿上人》："浮名寄纓佩，空性無羈鞅。"白居易《讀史五首》二："山林少羈鞅，世路多艱阻。"

④"貞元之歲貢馴犀"兩句：《唐會要·貞元九年》："貞元九年，環王因遣使貢犀牛，上令見於太廟。"《唐會要·貞元十二年》："(貞元)十二年十二月，大雪平地二尺，竹多死。環王國所獻犀牛，甚珍愛之，至是凍死。" 上林：古宫苑名，秦舊苑，漢初荒廢，至漢武帝時重新擴建，故址在今西安市西及盩厔、户縣界。《三輔黄圖·苑囿》："漢上林苑，即秦之舊苑也。《漢書》云：'武帝建元三年，開上林苑，東南至藍田、宜春、鼎湖、御宿、昆吾，旁南山而西，至長楊、五柞，北繞黄山，瀕渭水而東，周袤三百里。'離宫七十所，皆容千乘萬騎。"劉孝孫《賦得春鶯送友人》："流鶯拂繡羽，二月上林期。待雪消金禁，銜花向玉墀。" 官司：官府，多指政府的主管部門。元稹《和李校書新題樂府十二首·陰山道》："屯軍郡國百餘鎮，縑緗歲奉春冬勞。税户逋逃例攤配，官司折納仍貪冒。"花蕊夫人徐氏《宫詞》九八："别色官司御輦家，黄衫束帶臉如花。深宫内院參承慣，常從金輿到日斜。"

⑤玉盆：用玉雕琢而成的盆。李頎《夏宴張兵曹東堂》："北窗臥簟連心花，竹裹蟬鳴西日斜。羽扇摇風却珠汗，玉盆貯水割甘瓜。"王建《和元郎中從八月十二至十五夜翫月五首》四："月似圓來色漸凝，玉盆盛水欲侵棱。夜深盡放家人睡，直到天明不炷燈。" 狴牢：牢獄。焦贛《易林·比之否》："失意懷憂，如幽狴牢。"《舊唐書·劉瞻傳》："兩家宗族，枝蔓盡捕三百餘人，狴牢皆滿。" 金棧：用黄金裝飾起來的墊子、擋板、柵欄等。張祜《愛妾换馬二首》一："一面妖桃千里蹄，嬌姿駿骨價應齊。乍牽玉勒辭金棧，催整花鈿出繡閨。"

⑥"渡江之橘逾汶貉"兩句：兩句意謂渡江的橘子口味大變，過汶水的貉立刻死亡，物性各有本性，違反其本性，則不得久長。《周禮·考工記》："天有時，地有氣，材有美，工有巧，合此四者，然後可以爲良。材美工巧，然而不良，則不時，不得地氣也。橘踰淮而北爲枳，

鸜鵒不踰濟，貉踰汶則死，此地氣然也。鄭之刀、宋之斤、魯之削、吴粤之劍，遷乎其地而弗能爲良，地氣然也。燕之角、荆之幹、妢胡之笴、吴粤之金錫，此材之美者也，天有時以生有時以殺，草木有時以生有時以死，石有時以泐，水有時以凝有時以澤，此天時也。”《周禮·考工記序》：“橘踰淮而北爲枳，鸜鵒不踰濟，貉踰汶則死，此地氣然也。枳、橘只是一種，纔過淮則爲枳，北方最重橘，柚實所無也。鸜鵒不踰濟水，過濟水則無之也，魯史以來巢書之，則記異也。貉，狐也，若過汶，即死。則知草木禽獸各隨土地所宜。”常以比喻人由於環境的影響而由好變壞。《晏子春秋·雜》：“嬰聞之，橘生淮南則爲橘，生於淮北則爲枳，葉徒相似，其實味不同，所以然者何？水土異也。今民生長於齊不盜，入楚則盜，得無楚之水土使民善盜邪？”　反時：違反萬物生長的時間規律。元稹《春蟬》：“安得天上雨，奔渾河海傾。蕩滌反時氣，然後好晴明。”柳宗元《時令論》：“又曰反時令，則有飄風、暴雨、霜雪、水潦、大旱、沈陰、氛霧、寒暖之氣。”

⑦ 臘月：農曆十二月。《史記·陳涉世家》：“臘月，陳王之汝陰，還至下城父。”駱賓王《陪潤州薛司空丹徒桂明府遊招隱寺》：“還依舊泉壑，應改昔雲霞。緑竹寒天筍，紅蕉臘月花。”　北風：北方吹來的風，亦指寒冷的風。《詩·邶風·北風》：“北風其凉，雨雪其雱。”李華《弔古戰場文》：“吾想夫北風振漠，胡兵伺便。主將驕敵，期門受戰。”霜雪：霜和雪。韋應物《酬劉侍郎使君》：“瓊樹淩霜雪，葱蒨如芳春。英賢雖出守，本自玉階人。”杜甫《歸燕》：“不獨避霜雪，其如儔侣稀。四時無失序，八月自知歸。”　蜷局：局曲不伸貌。《楚辭·離騷》：“僕夫悲余馬懷兮，蜷局顧而不行。”王逸注：“蜷局，詰屈不行貌。”孟郊《西齋養病夜懷多感因呈上從叔子雲》：“蚊蚋亦有時，羽毛各有成。如何騏驥迹，蜷局未能行？”　鱗身：這裏指犀牛，犀牛“皮厚而韌，多皺襞，色微黑，毛極稀少”，遠看好像有鱗，故言。王延壽《魯靈光殿賦》：“上紀開闢，遂古之初，五龍比翼，人皇九頭，伏羲鱗身，女媧蛇

軀。"《太平廣記·陳義》:"又云:嘗有雷民,因大雷電,空中有物,豕首鱗身,狀甚異。民揮刀以斬其物,踣地,血流道中,而震雷益厲,其夕淩空而去。" 長往:一去不返。馮贄《雲仙雜記·冰山》:"〔張彖〕後登第爲華陰尉,嘆曰:'丈夫有淩雲蓋世之志,拘於下位,若立身於矮屋中,使人抬頭不得。'遂拂衣長往。"本詩是死亡的婉詞。顏延之《吊張茂度書》:"豈謂中年,奄爲長往!"沈括《夢溪筆談·神奇》:"俄頃,又舉頭顧希文曰:'亦無鬼神,亦無恐怖。'言訖遂長往。"

⑧ 行地:行於地上。《淮南子·人間訓》:"今人待冠而飾首,待履而行地。"李肇《唐國史補》卷上:"蜀郡有萬里橋,玄宗至而喜曰:'吾常自知,行地萬里則歸。'" 無疆:時間無窮,地域遼遠。《書·大誥》:"洪惟我幼冲人,嗣無疆大曆服。"孔傳:"言子孫承繼祖考無窮。"歐陽詹《王者宜日中賦》:"燭生生於有晦,暖物物于無疆。" 傳驛:陸路的驛站。顏真卿《銀青光禄大夫康使君神道碑銘》:"〔開元〕三年,請歸鄉,敕書褒美,賜衣一襲,並雜彩等,仍給傳驛至本州。"《新唐書·百官志》:"水驛有舟。凡傳驛馬、驢,每歲上其死損肥瘠之數。" 通天:"通天犀"的省稱,通天犀是一種上下貫通的犀牛角。《新唐書·南蠻環王傳》:"頭黎死,子鎮龍立,獻通天犀、雜寶。"蘇鶚《杜陽雜編》卷中:"夜明犀,其狀類通天。" 異物:珍奇的東西。《史記·刺客列傳》:"太子日造門下,供太牢具,異物間進,車騎美女恣荊軻所欲。"杜甫《沙苑行》:"豈知異物同精氣,雖未成龍亦有神。" 幽枉:猶冤屈。《後漢書·明帝紀論》:"明帝善刑理,法令分明。日晏坐朝,幽枉必達。"《舊唐書·裴諝傳》:"諝上疏曰:'夫諫鼓謗木之設,所以達幽枉,延直言。'"

⑨ 養人:教育薰陶他人。《孟子·離婁》:"以善養人,然後能服天下。"《漢書·禮樂志》:"禮以養人爲本。" 人人:每個人,所有的人。劉禹錫《宣上人遠寄和禮部王侍郎放榜後詩因而繼和》:"禮闈新榜動長安,九陌人人走馬看。一日聲名遍天下,滿城桃李屬春官。"孟郊《看花》:"芍藥誰爲婿,人人不敢來?唯應待詩老,日日殷勤開。"

敦奬:推崇褒扬。《隋书·炀帝纪》:"〔朕〕講信修睦,敦奬名教。"范仲淹《近名论》:"是聖人敦奬名教,以激勸天下。"

⑩ "不擾則得之於理"兩句:意謂不去騒擾百姓爲難百姓,就能够管理好治理好國家;不無故搶奪百姓財産生活資料,遠遠比蜻蜓點水般奬賞個别百姓爲好。　擾:攪擾,騒亂。《史記·太史公自序》:"秦失其道,豪桀並擾。"韓愈《論變鹽法事宜狀》:"所謂擾而困之,非前意也。"　理:謂治理得好,秩序安定,與"亂"相對。《吕氏春秋·勸學》:"聖人之所在,則天下理焉!。"白居易《法曲歌》:"法曲法曲舞《霓裳》,政和世理音洋洋。"　奪:强取。《易·繫辭》:"小人而乘君子之器,盗思奪之矣!"杜甫《揚旗》:"公來練猛士,欲奪天邊城。"　賞:賞賜,奬賞。《左傳·襄公十一年》:"夫賞,國之典也,藏在盟府,不可廢也,子其受之!"《文心雕龍·指瑕》:"夫賞訓錫賚,豈關心解!撫訓執握,何預情理?"

⑪ 脱衣推食衣食之:意謂以恩惠籠絡人心,推誠部下,典出《史記·淮陰侯列傳》:韓信平齊,項羽使人説韓信:"足下與項王有故,何不反漢與楚連和,三分天下?""韓信謝曰:'臣事項王,官不過郎中,位不過執戟,言不聽,畫不用,故倍楚而歸漢。漢王授我上將軍印,予我數萬衆,解衣衣我,推食食我,言聽計用,故吾得以至於此。夫人深親信我,我倍之,不祥,雖死不易,幸爲信謝項王。"李端《題故將軍莊》:"田園蕪没歸耕晚,弓箭開離出獵難。唯有老身如刻畫,猶期聖主解衣看。"劉憲《奉和聖製幸望春宫送朔方大總管張仁亶》:"中衢横鼓角,曠野蔽旌旃。推食天厨至,投醪御酒傳。"　男耕女令紡:即男耕女織。男的耕田,女的織布,舊時指農家男女分工辛勤勞動。李頎《送劉四赴夏縣》:"男耕女織蒙惠化,麥熟雞鳴長秋稼。明年九府議功時,五辟三徵當在兹。"杜甫《憶昔二首》二:"九州道路無豺虎,遠行不勞吉日出。齊紈魯縞車班班,男耕女桑不相失。"

⑫ 堯民不自知有堯:意謂堯的百姓不知道堯爲何人,又究竟幹

了什麽。　自知：認識自己，自己明瞭。《老子》："知人者智，自知者明。"《漢書·貢禹傳》："然非自知奢僭也，猶魯昭公曰：'吾何僭矣！'"　擊壤：古代的一種遊戲，把一塊鞋子狀的木片側放地上，在三四十步處用另一塊木片去投擲它，擊中的就算得勝。《藝文類聚》卷一一引晉皇甫謐《帝王世紀》："〔帝堯之世〕天下大和，百姓無事，有五十老人擊壤于道。"後因以"擊壤"爲頌太平盛世的典故。王充《論衡·藝增》："傳曰：有年五十擊壤于路者，觀者曰：'大哉，堯德乎！'擊壤者曰：'吾日出而作，日入而息，鑿井而飲，耕田而食；堯何等力？'"張說《季春下旬詔宴薛王山池序》："河清難得，人代幾何？擊壤之歡，良有以也。"

⑬ 馴象：馴養的象。《漢書·武帝紀》："元狩二年，南越獻馴象。"顔師古注引應劭曰："馴者，教能拜起周章，從人意也。"《北齊書·文宣帝紀》："乙丑，梁湘州刺史王琳獻馴象。"　理國：治理國家。《管子·問》："理國之道，地德爲首。"《後漢書·曹節傳》："〔審忠〕上書曰：'臣聞理國得賢則安，失賢則危。故舜有五臣而天下理。'"又，唐人避唐高宗李治之諱，"理國"義同"治國"，余寅《同姓名録·歷代名諱考》文云："（唐）高宗諱'治'，凡言'治'皆曰'理'……"包何《闕下芙蓉》："一人理國致升平，萬物呈祥助聖明。天上河從闕下過，江南花向殿前生。"元稹《遣興十首》八："擇才不求備，任物不過涯。用人如用己，理國如理家。"

[編年]

《年譜》、《編年箋注》、《年譜新編》編年意見及編年理由同前《和李校書新題樂府十二首·序》、《上陽白髮人》所引述。

我們的編年意見不同於《年譜》、《編年箋注》、《年譜新編》，我們的編年理由也同《和李校書新題樂府十二首·序》、《上陽白髮人》、《西凉伎》及《縛戎人》所表述，我們認爲本詩賦成於元和三年至元和四年二月間，地點在長安，元稹當時并没有官職在身。

◎ 和李校書新題樂府十二首·立部伎①

(李《傳》云:"太常選坐部伎,無性靈者退入立部伎。又選立部伎,無性靈者退入雅樂部,則雅樂可知矣!李君作歌以諷焉②!")(一)

胡部新聲錦筵坐,中庭漢振高音播③。太宗廟樂傳子孫,取類群凶陣初破④。戢戢攢槍霜雪耀,騰騰擊鼓風雷磨(二)⑤。初疑遇敵身啓行,終象由文士憲左⑥。昔日高宗常立聽,曲終然後臨玉座⑦。如今節將一掉頭,電卷風收盡摧挫⑧。宋音鄭女歌聲發(三),滿堂會客齊喧和(四)⑨。珊瑚佩玉動腰身(五),一一貫珠隨咳唾⑩。頃向圜丘見郊祀,亦曾正旦親朝賀⑪。太常雅樂備宮懸,九奏未終百寮惰⑫。惉懘難令季札辨,遲回但恐文侯卧⑬。工師盡取聾昧人,豈是先王作之過⑭!宋沇嘗傳天寶季,法曲胡音忽相和⑮。明年十月燕寇來,元廟千門虜塵涴(泥著物也。太常丞,宋沇傳漢中王舊説云:"玄宗雖雅好度曲,然而未嘗使蕃漢雜奏。天寶十三載始詔道調法曲與胡部新聲合作,識者異之,明年禄山叛")(六)⑯。我聞此語嘆復泣,古來邪正將誰奈⑰?奸聲入耳佞入心(七),侏儒飽飯夷齊餓⑱。

録自《元氏長慶集》卷二四

[校記]

(一)立部伎:楊本、叢刊本、《古詩鏡·唐詩鏡》、《全詩》同,《樂府詩集》無題注,其題解:"《新唐書·禮樂志》:'太宗貞觀中始造讌。其後又分爲立、坐二部,堂下立奏謂之立部伎,堂上坐奏謂之坐部伎。'" 無性靈者:楊本、叢刊本、《古詩鏡·唐詩鏡》同,《全詩》、《樂府詩集》作"無性識者",兩者俱通,不改。 無性靈者退入雅樂部,則雅樂可知矣:原本作"無性靈者退入雅樂可知矣",楊本、叢刊本、《古詩鏡·唐詩鏡》同,文字不通,而"部,則雅樂"四字則據《樂府詩集》、《全詩》以及錢校宋本補入。

（二）騰騰擊鼓風雷磨:楊本、叢刊本、《古詩鏡·唐詩鏡》同,錢校宋本、宋蜀本、《全詩》、《樂府詩集》作"騰騰擊鼓雲雷磨",不從不改。

（三）宋音鄭女歌聲發:原本作"宋晉鄭女歌聲發",《古詩鏡·唐詩鏡》、《全詩》同,楊本、叢刊本作"宋晉鄭友歌聲發",據《樂府詩集》改。嚴虞惇《讀詩質疑》卷首八:"魏文侯問于子夏曰:'敢問溺音何從出也?'子夏對曰:'鄭音好濫淫志,宋音燕女溺志,衛音趨數煩志,齊音敖辟喬志,此四者,皆淫於色而害於德,是以祭祀弗用也。"

（四）滿堂會客齊喧和:原本作"滿堂會客齊喧歌",楊本、叢刊本、《古詩鏡·唐詩鏡》、《全詩》同,據《樂府詩集》改。

（五）珊瑚佩玉動腰身:楊本、叢刊本、《古詩鏡·唐詩鏡》同,錢校、《樂府詩集》、《全詩》作"珊珊佩玉動腰身",兩説均可説通,不改。

（六）元廟千門虜塵涴:叢刊本、《古詩鏡·唐詩鏡》同,楊本、《樂府詩集》、《全詩》作"九廟千門虜塵涴",兩者均可説通,不改。 玄宗雖雅好度曲:楊本、叢刊本、《古詩鏡·唐詩鏡》同,《全詩》作"明皇雖雅好度曲",這是對李隆基的兩個不同稱呼:唐玄宗、唐明皇,不必改。《樂府詩集》無此注文。

（七）奸聲入耳佞入心:原本與楊本、叢刊本均作"奸聲入耳佞人心",不通,大概是刊誤所致,據宋蜀本、《樂府詩集》、《全詩》改。

[箋注]

① 立部伎:《樂府詩集》卷五三《舞曲歌辭·雜舞》:"唐太宗貞觀

中始造燕樂,其後又分爲立、坐二部,堂下立奏謂之立部伎,堂上坐奏謂之坐部伎。立部伎八:一《安樂》,二《太平樂》,三《破陣樂》,四《慶善樂》,五《大定樂》,六《上元樂》,七《聖壽樂》,八《光聖樂》。自《破陣樂》以下皆用大鼓雜以'龜兹樂',其聲震厲。《大定樂》又加金鉦,《慶善樂》顓用'西凉樂',聲頗閑雅。"白居易有同名酬和詩篇《立部伎(刺雅樂之替也。太常選坐部伎,無性識者退入立部伎。又選立部伎,絶無性識者退入雅樂部,則雅聲可知矣!)》,詩云:"立部伎,鼓笛諠。舞雙劍,跳七丸。嫋巨索,掉長竿。太常部伎有等級,堂上者坐堂下立。堂上坐部笙歌清,堂下立部鼓笛鳴。笙歌一曲衆側耳,鼓笛萬曲無人聽。立部賤,坐部貴。坐部退爲立部伎,擊鼓吹笙和雜戲。立部又退何所任?始就樂懸操雅音。雅音替壞一至此!長令爾輩調宫徵。圓丘后土郊祀時,言將此樂感神祇。欲望鳳來百獸舞,何異北轅將適楚!工師愚賤安足云!太常三卿爾何人?"可以與本詩並讀,互爲補充。

② 太常:這裏是官名。高適《酬裴員外以詩代書》:"卧看中散論,愁憶太常齋。酬贈徒爲爾,長歌還自咍。"杜甫《荆南兵馬使太常卿趙公大食刀歌》:"太常樓船聲嗷嘈,問兵刮寇趨下牢。牧出令奔飛百艘,猛蛟突獸紛騰逃。" 性靈:這裏指智慧與聰明。段安節《樂府雜録・琵琶》:"初,朱崖李太尉有樂吏廉郊者,師于曹綱,盡綱之能。綱嘗謂儕流曰:'教授人亦多矣!未曾有此性靈弟子也!'"杜甫《解悶十二首》七:"陶冶性靈在底物?新詩改罷自長吟。孰知二謝將能事,頗學陰何苦用心。" 雅樂:古代帝王祭祀天地、祖先及朝賀、宴享時所用的舞樂。周代用爲宗廟之樂的六舞,儒家認爲其音樂"中正和平",歌詞"典雅純正",奉之爲雅樂的典範。歷代帝王都循例製作雅樂,以歌頌本朝功德。《論語・陽貨》:"惡紫之奪朱也,惡鄭聲之亂雅樂也。"《漢書・禮樂志》:"漢興,樂家有制氏,以雅樂聲律世世在大樂官,但能紀其鏗鎗鼓舞,而不能言其義……是時,河間獻王有雅材,亦

以爲治道非禮樂不成,因獻所集雅樂。”沈括《夢溪筆談·樂律》:“以先王之樂爲‘雅樂’,前世新聲爲‘清樂’,合胡部爲‘宴樂’。”

③ 胡部:胡部是唐代掌管胡樂的機構,亦指胡樂。胡樂從西凉一帶傳入,含有西凉樂等成分,當時稱“胡部新聲”。《新唐書·禮樂志》:“倍四本屬清樂,形類雅音,而曲出於胡部。”又云:“開元二十四年,升胡部於堂上。”王昌齡《殿前曲》:“胡部笙歌西殿頭,梨園子弟和凉州。”沈括《夢溪筆談·樂律》:“外國之聲,前世自别爲四夷樂。自唐天寶十三載,始詔法曲與胡部合奏。自此樂奏全失古法,以先王之樂爲雅樂,前世新聲爲清樂,合胡部者爲宴樂。” 新聲:指新作的樂曲,新穎美妙的樂音。《國語·晉語》:“平公説新聲。”孟郊《楚竹吟酬盧虔端公見和湘弦怨》:“握中有新聲,楚竹人未聞。” 錦筵:美盛的筵席。鮑照《代陳思王京洛篇》:“坐視青苔滿,卧對錦筵空。”岑参《敦煌太守後庭歌》:“城頭月出星滿天,曲房置酒張錦筵。” 中庭:原爲古代廟堂前階下正中部分,爲朝會或授爵行禮時臣下站立之處,也爲普通家庭庭院的正中部份。韋應物《途中寄楊邈裴緒示褒子》:“高齋明月夜,中庭松桂姿。當睽一酌恨,況此兩旬期!”元稹《哭子十首》一:“維鵜受刺因吾過,得馬生灾念爾冤。獨在中庭倚閑樹,亂蟬嘶噪欲黄昏。”

④ 太宗:太宗是“大宗伯”的簡稱,大宗伯是周官名,春官之長,掌邦國祭祀、典禮等事。《周禮·春官·大宗伯》:“大宗伯之職,掌建邦之天神、人鬼、地祇之禮,以佐王建保邦國。”簡稱“太宗”。《書·顧命》:“太保、太史、太宗,皆麻冕彤裳。”孔傳:“太宗上宗,即宗伯也。”《逸周書·嘗麥》:“即假于太宗、少宗、少秘於社。” 廟樂:宗廟音樂,多用於祭祀或頌德。盧文紀《後唐宗廟樂舞辭》:“仁君御宇,寰海謐清。運符武德,道協文明。”馮道《後唐宗廟樂舞辭》:“漢紹世祖,夏資少康。功成德茂,率祀無疆!” 子孫:兒子和孫子,泛指後代。賈誼《過秦論》:“自以爲關中之固,金城千里,子孫帝王萬世之業也。”元稹

《哭子十首》六:“深嗟爾更無兄弟,自嘆予應絶子孫。” 取類:謂取用類似事物以説明本體,猶比喻。《漢書·刑法志》:“《洪範》曰:‘天子作民父母,爲天下王。’聖人取類以正名,而謂君爲父母,明仁愛德讓,王道之本也。”吕公著《分題得癭壺》:“嗟爾木之癭,何異肉有贅。生成擁腫姿,賦象難取類。” 陣初破:這裏指《破陣樂》,以下四句是對《破陣樂》的具體描繪。張説《破陳樂詞二首》二:“少年膽氣凌雲,共許驍雄出群。匹馬城西挑戰,單刀薊北從軍。”張祜《破陣樂》:“秋風四面足風沙,塞外征人暫别家。千里不辭行路遠,時光早晚到天涯。”

⑤ 戢戢:象聲詞,形容細小之聲。杜甫《又觀打魚》:“小魚脱漏不可紀,半死半生猶戢戢。大魚傷損皆垂頭,屈强泥沙有時立。”元稹《表夏十首》八:“翩翩簾外燕,戢戢巢内雛。” 攢槍:緊握着槍。范成大《桃花鋪》:“老蕨漫山鳳尾張,青楓直幹如攢槍。山深嵐重鼻酸楚,石惡淖深神慘傷。”《册府元龜》卷四四三:“大將軍何思德……形貌類於禄山,契丹望見,攢槍突而取之,須臾支解其形,咸謂殺得禄山。”攢:緊握。白居易《和渭北劉大夫借便秋遮虜寄朝中親友》:“雲隊攢戈戟,風行卷旆旌……回頭問天下,何處有欃槍?” 霜雪:霜和雪。李白《俠客行》:“趙客縵胡纓,吴鉤霜雪明。銀鞍照白馬,颯遝如流星。”李白《贈友人三首》二:“袖中趙匕首,買自徐夫人。玉匣閉霜雪,經燕復歷秦。” 騰騰:象聲詞,形容鼓聲。韓愈《汴泗交流贈張僕射》:“短垣三面繚逶迤,擊鼓騰騰樹赤旗。”杜滚《初聞燈船鼓吹歌》:“騰騰便有鼓音來,燈船到處遊船開。” 風雷:形容響聲巨大。方干《因話天台勝異仍送羅道士》:“石上叢林礙星斗,窗前瀑布走風雷。”蘇軾《送鄭户曹》:“山水自相激,夜聲轉風雷。”

⑥ 遇敵:抵當敵軍,對付敵方。《商君書·外内》:“以此遇敵,是以百石之弩射飄葉也,何不陷之有哉!”陸龜蒙《村夜二篇》一:“遇敵舞蛇矛,逢談捉犀柄。無名升甲乙,有志扶荀孟。” 由文:遵循禮儀。《禮記·雜記》:“伯母叔母疏衰,踴不絶地;姑姊妹之大功,踴絶於地。

如知此者,由文矣哉!由文矣哉!"鄭玄注:"由,用也,言知此踴絶地不絶地之情者,能用禮文哉!"陳澔集説:"伯叔母之齊衰,服重而踴不離者,其情輕也。姑姊妹之大功,服輕而踴必離地者,其情重也。孔子美之,言知此絶地不絶地之情者,能用禮文矣哉!"李翺《寄從弟正辭書》:"由仁義而後文者性也,由文而後仁義者習也,猶誠明之必相依爾。"

⑦ 昔日:往日,從前。《史記·田敬仲完世家》:"昔日趙攻甄,子弗能救。"張鷟《遊仙窟》:"昔日曾經自弄他,今朝並悉從人弄。" 高宗:即唐高宗李治,唐太宗李世民第九子,貞觀十七年立爲皇太子,貞觀二十三年即位,在位三十四年,弘道元年病故,廟號高宗。白居易《新樂府·城鹽州》:"吾聞高宗中宗世,北虜猖狂最難制。"唐無名氏《高宗時語(閻立本善畫爲右相,姜格以邊將立功爲左相,時人語云)》:"左相宣威沙漠,右相馳譽丹青。" 立聽:站立而聽。賈島《聞蟬感懷》:"新蟬忽發最高枝,不覺立聽無限時。正遇友人來告别,一心分作兩般悲。"韓偓《老將》:"雪密酒酣偷號去,月明衣冷斫營回。行驅貔虎披金甲,立聽笙歌擲玉杯。" 玉座:帝王的御座。《文選·謝朓〈同謝諮議銅雀臺〉》:"玉座猶寂漠,况乃妾身輕。"劉良注:"玉座,玉床也……言君王玉座尚自虚無若此,况群妾身至輕微,何以爲久長也。"白居易《蠻子朝》:"上心貴在懷遠蠻,引臨玉座近天顔。"

⑧ 如今:現在。《史記·項羽本紀》:"樊噲曰:'大行不顧細謹,大禮不辭小讓。如今人方爲刀俎,我爲魚肉,何辭爲?'"杜甫《泛江》:"故國流清渭,如今花正多。" 節將:持節的大將,泛指總軍戎者。《陳書·高祖紀》:"若樂隨臨川王及節將立效者,悉皆聽許。"陸贄《論關中事宜狀》:"陛下倘俯照微誠,過聽愚計,使李芃援東洛,懷光救襄城,希烈凶徒勢必退衄,則所遣神策六軍士馬及點召節將子弟東行應援者,悉可追還。" 掉頭:摇頭。《莊子·在宥》:"鴻蒙拊髀雀躍掉頭曰:'吾弗知!吾弗知!'"陸龜蒙《吟》:"憶山摇膝石上晚,懷古掉頭溪

畔凉。" 電卷風收:猶電閃雷鳴,風捲殘雲,一無所存。李紳《渡西陵十六韵》:"雨送奔濤遠,風收駭浪平。截流張旆影,分岸走鼙聲。"許棠《送李左丞巡邊》:"風收枯草定,月滿廣沙閑。西繞河蘭匝,應多隔歲還。" 摧挫:挫折,損害。《後漢書・馮異傳》:"其後蜀復數遣將閑出,異輒摧挫之。"李賢注:"賈逵注《國語》曰:'折其鋒曰挫。'"歐陽修《蘇氏文集序》:"故方其擯斥摧挫,流離窮厄之時,文章已自行於天下。"

⑨ 宋音:宋國的歌曲,與鄭女並用,意謂不健康的音樂舞蹈,亦即所謂的靡靡之音。嚴虞惇《讀詩質疑・詩樂》:"魏文侯問於子夏曰:'敢問溺音何從出也?'子夏對曰:'鄭音好濫淫志,宋音燕女溺志,衛音趨數煩志,齊音敖辟喬志,此四者,皆淫於色而害於德,是以祭祀弗用也。"《禮記集説》卷九八:"馬氏曰:'鄭音好濫而使人之志淫,宋音燕女而使人之志溺,衛音趨數而使人之志煩,齊音敖辟而使人之志喬。祭祀之所用在和與敬,鄭淫宋溺則失於敬,衛煩齊喬則失於和,是以不可用之於祭祀也。" 鄭女:指夏姬,鄭穆公之女。司馬相如《子虛賦》:"於是鄭女曼姬,被阿緆,揄紵縞。"李善注引如淳曰:"鄭女,夏姬也。"一説指鄭國的女子。吕向注:"鄭女,鄭國之女。"指鄭袖。戰國時楚懷王后(南后)。《文選・傅毅〈舞賦〉》:"於是鄭女出進,二八徐侍。"李善注:"《淮南子》曰:鼓舞或作鄭舞。高誘注曰:鄭袖也,楚王之幸姬,善歌儛,名曰'鄭舞'。" 歌聲:歌唱之聲。《漢書・元帝紀贊》:"元帝多材藝,善史書,鼓琴瑟,吹洞簫,自度曲,被歌聲,分刌節度,窮極幼眇。"王昌齡《少年行》:"高閣歌聲遠,重門柳色深。" 滿堂:整個堂上。崔顥《孟門行》:"金罍美酒滿座春,平原愛才多衆賓。滿堂儘是忠義士,何意得有讒諛人?"李頎《絶纓歌》:"楚王宴客章華臺,章華美人善歌舞。玉顔艶艶空相向,滿堂目成不得語。" 會客:會宴賓客。干寶《搜神記》卷四:"婦年可十八九,姿容婉媚。便成三日,經大會客拜閣。"汪紹楹校注:"是婚後三日宴集,爲魏晉間習

俗。”元稹《競舟》:“君侯饌良吉,會客陳膳羞。” 喧和:義同“喧嘩”、“喧闐”,嘈雜吵鬧,聲音大而雜亂。《後漢書・陳蕃傳》:“今京師囂囂,道路諠嘩,言侯覽……等與趙夫人諸女尚書並亂天下。”杜甫《鹽井》:“君子慎止足,小人苦喧闐。”

⑩ 珊瑚:由珊瑚蟲分泌的石灰質骨骼聚結而成的東西,其狀如樹枝,多爲紅色,也有白色或黑色的,鮮艷美觀,可做裝飾品。班固《西都賦》:“珊瑚碧樹,周阿而生。”李時珍《本草綱目・珊瑚》:“珊瑚生海底,五七株成林,謂之珊瑚林。居水中直而軟,見風日則曲而硬,變紅色者爲上,漢趙佗謂之火樹是也。亦有黑色者,不佳,碧色者亦良。昔人謂碧者爲青琅玕,俱可作珠。許慎《説文》云:‘珊瑚色赤,或生於海,或生於山。’據此説,則生於海者爲珊瑚,生於山者爲琅玕,尤可徵矣!”本詩指珊瑚珠,與下句“貫珠”相呼應,珊瑚指代由珊瑚製成的珠,古代天子、百官用作冠飾。《晉書・輿服志》:“後漢以來,天子之冕,前後旒用真白玉珠。魏明帝好婦人之飾,改以珊瑚珠。” 佩玉:古代繫於衣帶用作裝飾的玉。《禮記・玉藻》:“君子在車,則聞鸞和之聲,行則鳴佩玉。”劉長卿《遊四窗》:“長笑天地寬,仙風吹佩玉。”也謂佩帶玉飾。《禮記・玉藻》:“古之君子必佩玉。”沈初《西清筆記・紀文獻》:“〔劉文正〕真有冠冕佩玉之風。” 腰身:人體的腰部。段成式《戲高侍御七首》四:“自等腰身尺六强,兩重危鬢盡釵長。”也作身段、體態解。鮑照《學古》:“嬛綿好眉目,閑麗美腰身。”韓愈《辭唱歌》:“幸有伶者婦,腰身如柳枝。” 一一:逐一,一個一個地。王維《黄雀痴(雜言走筆)》:“黄雀痴,黄雀痴,謂言青鷇是我兒。一一口銜食,養得成毛衣。”李白《鳴雁行》:“胡雁鳴,辭燕山,昨發委羽朝度關。一一銜蘆枝,南飛散落天地間。” 貫珠:成串的珍珠。《禮記・樂記》:“故歌者上如抗,下如隊,曲如折,止如槁木,倨中矩,句中鉤,纍纍乎端如貫珠。”孔穎達疏:“言聲之狀,纍纍乎感動人心,端正其狀,如貫於珠,言聲音感動於人,令人心想形狀如此。”魏承班《玉樓春》:

"玉斝滿斟情未已。促坐王孫公子醉。春風筵上貫珠勻。艷色韶顏嬌旖旎。"　咳唾:《莊子・漁父》:"竊待於下風,幸聞咳唾之音以卒相丘也。"後以"咳唾"稱美他人的言語、詩文等。《漢書・淮陽憲王劉欽傳》:"大王誠賜咳唾,使得盡死,湯禹所以成大功也。"李白《妾薄命》:"咳唾落九天,隨風生珠玉。"

⑪ 頃向:一向,向來。顏延之《自陳表》:"頭齒眩疼,根痼漸劇,手足冷痹,左脾尤甚,素不能食,頃向減半。"義近"頃來",向來。蔡邕《巴郡太守謝版》:"巴土長遠,江山修隔,頃來未悉。"杜甫《奉贈李八丈判官》:"頃來樹佳政,皆已傳衆口。"　圜丘:古代帝王冬至祭天的地方,後亦用以祭天地。《周禮・春官・大司樂》:"冬日至,於地上之圜丘奏之。"賈公彥疏:"土之高者曰丘,取自然之丘。圜者,象天圜也。"《續資治通鑒・宋理宗紹定元年》:"辛巳,日南至,祀天地於圜丘。"　郊祀:古代於郊外祭祀天地,南郊祭天,北郊祭地。郊謂大祀,祀爲群祀。《漢書・郊祀志》:"帝王之事莫大乎承天之序,承天之序莫重於郊祀……祭天於南郊,就陽之義也;瘞地於北郊,即陰之象也。"江淹《效鮑照〈戎行〉》:"孟冬郊祀月,殺氣起嚴霜。"　正旦:正月初一。《後漢書・陳翔傳》:"時正旦朝賀,大將軍梁冀威儀不整。"元稹《酬復言長慶四年元日郡齋感懷見寄》:"苦思正旦酬白雪,閑觀風色動青旗。"　朝賀:朝覲慶賀。《史記・秦始皇本紀》:"始皇推終始五德之傳,以爲周得火德,秦代周德,從所不勝。方今水德之始,改年始,朝賀皆自十月朔。"韓愈《石鼓歌》:"大開明堂受朝賀,諸侯劍佩鳴相磨。"

⑫ 太常:官名,秦置奉常,漢景帝六年(前 151 年)更名太常,掌宗廟禮儀,兼掌選試博士。歷代因之,則爲專掌祭祀禮樂之官,北魏稱太常卿,北齊稱太常寺卿,北周稱大宗伯,隋至清皆稱太常寺卿。李白《贈内》:"三百六十日,日日醉如泥。雖爲李白婦,何異太常妻!"岑參《東歸留題太常徐卿草堂》:"不謝古名將,吾知徐太常。年纔三

十餘,勇冠西南方。” 雅樂:古代帝王祭祀天地、祖先及朝賀、宴享時所用的舞樂。《郊廟歌辭·送神》:“里校覃福,胄筵承佑。雅樂清音,送神具奏。”《舞曲歌辭·感順樂》:“明君陳大禮,展幣祀圓丘。雅樂聲齊發,祥雲色正浮。” 宫懸:同“宫縣”,古代鐘磬等樂器懸挂在架上,其形制因用樂者身份地位不同而有别。帝王懸挂四面,象徵宫室四面的墻壁,故名“宫縣”。縣,“懸”的古字。《周禮·春官·小胥》:“正樂縣之位:王宫縣,諸侯軒縣,卿大夫判縣,士特縣。”鄭玄注引鄭司農云:“宫縣,四面縣,軒縣去其一面,判縣又去其一面,特縣又去其一面。四面象宫室,四面有墻,故謂之宫縣。”張衡《東京賦》:“春日載陽,合射辟雍。設業射虡,宫懸金鏞。”王維《奉和聖製重陽節宰臣及群臣上壽應制》:“玉堂開右個,天樂動宫懸。” 九奏:指古代行禮奏樂九曲,義同“九成”。 九成:猶九闋,樂曲終止叫成。《書·益稷》:“《簫韶》九成,鳳凰來儀。”孔傳:“備樂九奏而致鳳凰。”孔穎達疏:“成,謂樂曲成也。鄭云:‘成,猶終也。每曲一終,必變更奏。’故《經》言九成,《傳》言九奏,《周禮》謂之九變,其實一也。”白居易《禽蟲十二章序》:“微之、夢得嘗云:‘此乃九奏中新聲,八珍中異味也。’” 百寮:即“百僚”,百官。《書·皋陶謨》:“百僚師師,百工惟時。”孔傳:“僚、工,皆官也。”《後漢書·鄧彪傳》:“彪在位清白,爲百僚式。”《新五代史·周太祖紀》:“文武百寮,六軍將校,議擇賢明,以承大統。”

⑬ 沾懘:聲音不和諧,煩亂不安。《史記·樂書》:“宫爲君,商爲臣,角爲民,徵爲事,羽爲物,五者不亂,則無沾懘之音矣!”裴駰集解引鄭玄曰:“沾懘,弊敗不和之貌也。”《北齊書·文苑傳序》:“雜沾懘以成音,故雖悲而不雅。” 季札:據《史記》記載,季札是春秋時吴國吴王諸樊之弟,時稱公子札。受封延陵,亦稱延陵季子。博學多才,多次推讓王位。曾北遊列國,觀樂於魯,“請觀周樂”,對禮樂有較高的造詣。韓翃《宴吴王宅》:“玉管簫聲合,金盃酒色殷。聽歌吴季札,縱飲漢中山。”竇常《故秘監丹陽郡公延陵包公挽歌詞》:“卓絶明時

第,孤貞貴後貧。郄詵爲胄子,季札是鄉人。" 遲回:遲疑,猶豫。《魏書·郭祚傳》:"高祖嘆謂祚曰:'卿之忠諫,李彪正辭,使朕遲回不能復决。'"猶徘徊。鄭棨《開天傳信記》:"居一日,(裴)寬詣寂,寂曰:'有少事,未暇款語,且請遲回休憩也。'" 文侯:這裏指魏文侯。司馬貞《史記索隱序》:"《史記》者,漢太史司馬遷父子之所述也……其屬稿,先據《左氏》、《國語》,系本《戰國策》、《楚漢春秋》及諸子百家之書,而後貫穿經傳,馳騁古今,錯綜櫽括,各使成一國一家之事,故其意難究詳矣!比于班書,微爲古質,故漢晉名賢未知見重,所以魏文侯聽古樂,則唯恐卧,良有以也。"

⑭ 工師:這裏是指樂師。元稹《和李校書新題樂府十二首·華原磬》:"工師小賤牙曠稀,不辨邪聲嫌雅正。"梅堯臣《次答黄介夫七十韵》:"工師調五音,不問咸與韺。" 聾昧:愚昧,耳聾目盲。陳琳《爲曹洪與魏文帝書》:"昔鬼方聾昧,崇虎讒凶,殷辛暴虐,三者皆下科也。然高宗有三年之征,文王有退修之軍,盟津有再駕之役。"《通鑑總類·吐蕃求毛詩春秋禮記》:"中書門下議之裴光庭等奏:吐蕃聾昧頑嚚,久叛新服,因其有請,賜以詩書,庶使之漸陶聲教。" 先王:前代君王。《書·伊訓》:"惟元祀,十有二月乙丑,伊尹祠于先王。"孔傳:"此湯崩,踰月太甲即位,奠殯而告。"宋玉《高唐賦序》:"昔者先王嘗遊高唐,怠而晝寢,夢見一婦人。"

⑮ 宋沇:唐太常丞,陳郁《藏一話腴·内編》卷上:"唐太常丞宋沇傳漢中王舊説云:'玄宗雖雅好度曲……明年禄山叛。'元微之《立部伎》樂府云:'宋沇嘗傳天寶季,法曲新音忽相和。明年十月燕寇來,九廟千門塵土涴。'籥翕如繹如繼,承長久之意也。促拍衮煞,此何義耶?君子於是思古。"陳暘《樂書》卷一三三:"昔宋沇爲太常丞,嘗待漏光宅寺,聞塔上風鐸聲,傾聽久之,因登塔歷扣之,得一鐸,往往無風自摇,洋洋乎有聞矣!摘而取之,果姑洗編鐘也。又嘗道逢度支運,乘其間,一鈴亦編鐘也。及配懸音,皆合其度,豈亦識微在金奏

者乎!” 天寶:唐玄宗年號,起公元七四二年,止公元七五六年。王維《三月三日曲江侍宴應制》:“仙樂龍媒下,神皋鳳蹕留。從今億萬歲。天寶紀春秋。”韋應物《經函谷關》:“聖朝及天寶,豺虎起東北。下沈戰死魂,上結窮冤色。” 法曲:一種古代樂曲,因其用於佛教法會而稱作法樂,原爲含有外來音樂成分的西域各族音樂,後與漢族的清商樂結合,並逐漸成爲隋朝的法曲,至唐朝又攙雜道曲而發展至極盛階段。顧況《李湖州孺人彈箏歌》:“武帝升天留法曲,淒情掩抑弦柱促。上陽宫人怨青苔,此夜想夫憐碧玉。”王建《舊宫人》:“先帝舊宫宫女在,亂絲猶挂鳳皇釵。霓裳法曲渾抛却,獨自花間掃玉階。” 胡音:胡人的音樂與語言。元稹《法曲》:“胡音胡騎與胡妝,五十年來競紛泊。”陳暘《樂書·胡部八音》:“然則匈奴亦通用中國樂矣! 用華音變胡俗可也,以胡音亂華如之何而可?” 相和:相互諧調。馬王堆漢墓帛書甲本《老子·道經》:“意(音)、聲之相和也。”劉長卿《王昭君》:“纖腰不復漢宫寵,雙蛾長向胡天愁。琵琶弦中苦調多,蕭蕭羌笛聲相和。”

⑯ 明年十月:所指即唐玄宗天寶十四載十一月,言“十月”者,爲詩歌字數所限,約略而言。《舊唐書·玄宗紀》:“(天寶十四載)十一月戊午朔……丙寅,范陽節度使安禄山率蕃、漢之兵十餘萬,自幽州南向詣闕,以誅楊國忠爲名,先殺太原尹楊光翽於博陵郡,壬申,聞於行在所。癸酉,以郭子儀爲靈武太守朔方節度使,封常清自安西入奏至行在,甲戌,以常清爲范陽平盧節度使兼御史大夫,令募兵三萬以禦逆胡。戊寅,還京,以羽林大將軍王承業爲太原尹,以衛尉卿張介然爲陳留太守、河南節度採訪使,以金吾將軍程千里爲潞州長史,並令討賊。甲申,以京兆牧榮王琬爲元帥,命高仙芝副之,於京城召募,號曰天武軍,其衆十萬,丙戌,高仙芝等進軍,上御勤政樓送之。”安史之亂的歷史帷幕被緊鑼密鼓地揭開。《元稹集》在“明年十月燕寇來”句下注云:“元稹誤記。按:安禄山之反在天寶十四載十一月,其破洛

陽是同年十二月之事。”我們以爲,元稹並没有“誤記”。 燕寇:即安禄山、史思明的叛亂部隊,因其來自古稱燕地的薊州,亦即今河北及北京地區,故言。元稹《册文武孝德皇帝赦文》:“燕寇勃起,洞無藩籬。六十有七年,兵革大試。其何事哉?據安逸而易萌漸也。”白居易《江南遇天寶樂叟》:“歡娱未足燕寇至,弓勁馬肥胡語喧。豳土人遷避夷狄,鼎湖龍去哭軒轅。” 元廟:即玄元廟,亦即祭祀老子的廟宇。唐初追號老子爲“太上玄元皇帝”,簡稱“玄元”。唐奉老子爲始祖,於乾封元年二月追號爲“太上玄元皇帝”,天寶二年正月加尊號“大聖祖”三字,天寶八載六月又加尊號爲“聖祖大道玄元皇帝”,見《舊唐書・高宗紀》及《禮儀志》。杜甫《喜聞盜賊總退口號五首》五:“大曆三年調玉燭,玄元皇帝聖雲孫。”韓愈《順宗實録》:“伏惟太上皇帝陛下,道繼玄元,業纘皇極。” 九廟:指帝王的宗廟,古時帝王立廟祭祀祖先,有太祖廟及三昭廟、三穆廟,共七廟。王莽增爲祖廟五、親廟四,共九廟,後歷朝皆沿此制。《漢書・王莽傳》:“取其材瓦,以起九廟。”潘岳《西征賦》:“由僞新之九廟,誇宗虞而祖黄。” 千門:衆多宫門,亦借指衆多宫殿。班固《西都賦》:“張千門而立萬户,順陰陽以開闔。”杜甫《哀江頭》:“江頭宫殿鎖千門,細柳新蒲爲誰緑。” 虜塵:指敵寇或叛亂者的侵擾。王維《凉州賽神》:“凉州城外少行人,百尺峰頭望虜塵。”白居易《江樓望歸》:“道路通荒服,田園隔虜塵。” 涴:污染,弄髒。杜甫《虢國夫人》:“却嫌脂粉涴顔色,淡掃蛾眉朝至尊。”

⑰ 嘆復泣:即嘆泣,感嘆飲泣,感慨萬千。劉蜕《上宰相書》:“天下固有良時,既去而悲歌嘆泣之不同。故當時則嘆已去而泣,過時而歌然。君子居其位,則耻聞之;不在其位,則耻不能言之。其爲士君子之心,不忍聞之與聞之而不忍棄之則一也。” 古來:自古以來。謝靈運《擬魏太子鄴中集詩序》:“古來此娱,書籍未見。”王翰《凉州詞二首》一:“醉卧沙場君莫笑,古來征戰幾人回?” 邪正:邪惡與正直。《漢書・劉向傳》:“今賢不肖渾殽,白黑不分,邪正雜糅,忠讒並進。”

皎然《戲贈吴馮》:"予讀古人書,遂識古人面。不是識古人,邪正心自見。"

⑱ 奸聲:奸惡之言。元稹《桐花》:"奸聲不入耳,巧言寧孔壬。梟音亦云革,安得沴與祲?"胡儼《古詩》:"二儀有定位,八風無奸聲。公旦去已遠,萬世思典刑。" 入耳:悦耳,中聽。葛洪《抱朴子·辭義》:"夫文章之體,尤難詳賞;苟以入耳爲佳,適心爲快,尟知忘味之九成,雅頌之風流也。"蕭統《文選序》:"譬陶匏異器,並爲入耳之娱。" 入心:猶會心。劉義慶《世説新語·言語》:"劉尹與桓宣武共聽講《禮記》,桓云:'時有入心處,便覺咫尺玄門。'" 侏儒:古代權貴好以侏儒爲倡優取樂,故亦指侏儒中之充任優伶、樂師者。《史記·滑稽列傳》:"優旃者,秦倡侏儒也。"也借指以迎合統治者而取寵的人,寓含"小人"之意。白居易《得微之到官後書備知通州之事悵然有感因成四章》三:"别來四體得如何?侏儒飽笑東方朔。" 夷齊:伯夷和叔齊的並稱。李白《梁園吟》:"持鹽把酒但飲之,莫學夷齊事高潔!"吴筠《高士詠·伯夷叔齊》:"夷齊互崇讓,棄國從所欽。聿來及宗周,乃復非其心。"

[編年]

《年譜》、《編年箋注》、《年譜新編》編年意見及編年理由同前《和李校書新題樂府十二首·序》、《上陽白髮人》所引述。

我們的編年意見不同於《年譜》、《編年箋注》、《年譜新編》,我們的編年理由也同《和李校書新題樂府十二首·序》、《上陽白髮人》、《西凉伎》及《縛戎人》所表述,亦即本詩賦成於元和三年至元和四年二月間,地點在長安,元稹因剛剛結束母喪守制,尚未拜職監察御史。

◎ 和李校書新題樂府十二首·驃國樂

(李《傳》云:“貞元辛巳歲始來獻。”)(一)①

驃之樂器頭象駞,音聲不合十二和(二)②。從舞跳趫筋節硬(三),繁詞變亂名字訛③。千彈萬唱皆咽咽,左旋右轉空傞傞④。俯地呼天終不會,曲成調變當如何⑤?德宗深意在柔遠,笙鏞不御停嬪娥(四)⑥。史館書爲朝貢傳,太常編入鞮靺科⑦。古時陶堯作天子,遜遁親聽康衢歌⑧。又遣遒人持木鐸,遍采謳謠天下過⑨。萬人有意皆洞達,四嶽不敢施煩苛⑩。盡令區中擊壤塊,燕及海外覃恩波⑪。秦霸周衰古官廢(五),下堙上塞王道頗⑫。共矜異俗同聲教,不念齊民方薦瘥⑬。傳稱魚鱉亦咸若,苟能效此誠足多⑭!借如牛馬未蒙澤,豈在抱瓮滋黿鼉⑮!教化從來有源委,必將泳海先泳河⑯。非是倒置自中古(六),驃兮驃兮誰爾訶⑰!

録自《元氏長慶集》卷二四

[校記]

(一)驃國樂:楊本、叢刊本、《古詩鏡·唐詩鏡》、《全詩》同,《樂府詩集》題解:“《新唐書·禮樂志》曰:‘貞元十七年,驃國王雍羌遣其弟悉利城主舒難陁獻其國樂至成都,韋皋復譜次其聲,又圖其舞容、樂器以獻。大抵皆夷狄之器,其聲曲不隸於有司,故無足采。《舊書·志》曰:驃國王獻本國樂凡一十二曲,以樂工三十五人來朝,樂曲皆演釋氏經論之辭。《會要》曰:‘驃國在雲南西,與天竺國相近,故樂曲多演釋氏詞云。’”

（二）音聲不合十二和：《樂府詩集》、《全詩》同，楊本、叢刊本、《古詩鏡·唐詩鏡》作"音聲不舍十二和"，語義難通，不改。

（三）從舞跳趫筋節硬：楊本、叢刊本、《古詩鏡·唐詩鏡》同，《全詩》、《樂府詩集》作"促舞跳趫筋節硬"，語義兩通，不改。

（四）笙鏞不御停嬪娥：楊本、叢刊本、《古詩鏡·唐詩鏡》同，《樂府詩集》、《全詩》作"笙鏞不御停嬌娥"，聯繫上句，是皇宫的氛圍，用"嬪娥"比較合適。

（五）秦霸周衰古官廢：叢刊本、蘭雪堂本、《古詩鏡·唐詩鏡》、《樂府詩集》、《全詩》同，楊本作"秦霸周衰古宫廢"，不合詩意，不從不改。

（六）非是倒置自中古：楊本、叢刊本、《古詩鏡·唐詩鏡》同，《樂府詩集》、《全詩》作"是非倒置自古有"。據楊本、《古詩鏡·唐詩鏡》，詩人意謂這種是非顛倒的局面，遠古時代是不存在的，衹是到了中古時期才形成的。而如果據《樂府詩集》、《全詩》"是非倒置自古有"，那末就是這種以是爲非、以非爲是的現象，從古以來就存在。兩者的意思有著本質的區别，不能混淆，不能改。

[箋注]

① 驃國樂：白居易有同題詩篇《驃國樂（欲王化之先邇後遠也。貞元十七年來獻之）》，詩云："驃國樂，驃國樂，出自大海西南角。雍羌之子舒難陁，來獻南音奉正朔。德宗立仗御紫庭，黈纊不塞爲爾聽。玉螺一吹椎髻聳，銅鼓一擊文身踴。珠纓炫轉星宿摇，花鬘（音慢，髮飾也）抖擻龍蛇動。曲終王子啓聖人，臣父願爲唐外臣。左右歡呼何翕習！至尊德廣之所及。須臾百辟詣閤門，俯伏拜表賀至尊。伏見驃人獻新樂，請書國史傳子孫。時有擊壤老農父，暗測君心閑獨語。聞君政化甚聖明，欲感人心致太平。感人在近不在遠，太平由實非由聲。觀身理國國可濟，君如心兮民如體。體生疾苦心憯淒，民得

和平君愷悌。貞元之民若未安,驃樂雖聞君不歡。貞元之民苟無病,驃樂不來君亦聖。驃樂驃樂徒喧喧,不如聞此蒭蕘言。”可與本詩並讀。 驃國:古國名,在今緬甸境内。《舊唐書·驃國》:“驃國,在永昌故郡南二千餘里,去上都一萬四千里。其國境,東西三千里,南北三千五百里。東鄰真臘國,西接東天竺國,南盡溟海,北通南詔些樂城界,東北距陽苴咩城六千八百里。往來通聘迦羅婆提等二十國,役屬者道林王等九城,食境土者羅君潛等二百九十部落。其王姓困没長,名摩羅惹。其國相名摩訶思那,其王近適則舁以金繩床,遠適則乘象。嬪姝甚衆,常數百人。其羅城構以磚甓,週一百六十里,壕岸亦構磚,相傳本是舍利佛城。城内有居人數萬家,佛寺百余區。其堂宇皆錯以金銀,塗以丹彩,地以紫礦,覆以錦罽。其俗好生惡殺。其土宜菽粟稻粱,無麻麥。其理無刑名桎梏之具,犯罪者以竹五十本束之,復犯者撻其背,數止五,輕者止三,殺人者戮之。男女七歲則落髮,止寺舍,依桑門,至二十不悟佛理,乃復長髮爲居人。其衣服悉以白氎爲朝霞,繞腰而已,不衣繒帛,云出於蠶,爲其傷生故也。君臣父子長幼有序。華言謂之驃,自謂突羅成,闍婆人謂之徒里掘。古未嘗通中國,貞元中其王聞南詔異牟尋歸附,心慕之。十八年乃遣其弟悉利移因南詔重譯來朝,又獻其國樂凡十曲,與樂工三十五人俱,樂曲皆演釋氏經論之詞意,尋以悉利移爲試太僕卿。”胡直鈞《太常觀閲驃國新樂》:“異音來驃國,初被奉常人。才可宫商辨,殊驚節奏新。”《樂書·夷樂論》:“唐正(貞)元中,天子宅位二十有三載,輔臣司徒公鎮蜀,十有七年,五印度種落有驃國王子獻樂器。” 貞元辛巳歲始來獻:陳寅恪《元白詩箋證稿》:“《舊唐書》一三《德宗紀》下云:‘(貞元十八年正月)乙丑,驃國王遣使悉利移來朝貢,並獻其國樂十二曲與樂工三十五人。’而微之此篇題下李傳云:‘貞元辛巳歲始來獻。’(樂天此篇小序下之注作十七年。貞元辛巳歲,即貞元十七年也。)蓋實以貞元十七年來獻,而十八年正月陳奏之于闕庭也。” 獻:奉獻,進貢,指藩屬奉獻禮物。《三國志·魏志·文帝紀》:"二月,鄯善、龜兹、於闐王各遣使奉獻。"《宋史·太宗紀》:"辛未,甘、沙州回鶻遣使以橐駝名馬來獻。"

② 樂器:能發樂音、供演奏音樂使用的器具。《周禮·春官·典同》:"凡爲樂器,以十有二律爲之數度,以十有二聲爲之齊量。"薛用弱《集異記·李子牟》:"向者吹笛,豈非王孫乎?天格絶高,惜者樂器常常耳!" 象馳:大象與駱駝。杜荀鶴《贈友人罷舉赴交趾辟命》:"舶載海奴鐶硾耳,象馳蠻女彩纏身。如何待取丹霄桂?别赴嘉招作上賓。" 象:獸名,是陸地上現存最大的哺乳動物,耳朵大,鼻子長圓筒形,能蜷曲,多有一對長大的門牙伸出口外,全身的毛很稀疏,皮很厚。吃嫩葉和野菜等,現産於我國雲南南部、印度、非洲等熱帶地方,有的可馴養來馱運貨物。《左傳·定公四年》:"王使執燧象以奔吴師。"《史記·孝武本紀》:"縱遠方奇獸蜚禽及白雉諸物,頗以加祠,兕旄牛犀象之屬弗用。" 馳:同"駝",駱駝。《後漢書·耿恭傳》:"建初元年正月,會柳中擊車師,攻交河城……獲生口三千餘人,駝、驢、馬、牛、羊三萬七千頭。"《晉書·索靖傳》:"〔索靖〕指洛陽宫門銅駝嘆曰:'會見汝在荆棘中耳!'" 音聲:樂音,音樂。《周禮·地官·鼓人》:"鼓人掌教六鼓四金之音聲。"嵇康《琴賦》:"余少好音聲,長而玩之。"韓愈《唐故檢校尚書左僕射右龍武軍統軍劉公墓誌銘》:"公不好音聲,不大爲居宅,于諸帥中獨然。" 十二和:唐代樂名,唐初祖孝孫斟酌南北,考證古音,修定雅樂製成,名目是:豫和、順和、永和、肅和、雍和、壽和、太和、舒和、昭和、休和、正和、承和,其樂合三十二曲,八十四調,號《大唐雅樂》。《新唐書·禮樂志》:"初,祖孝孫已定樂,乃曰'大樂與天地同和'者也,製《十二和》,以法天之成數。"按《十二和》樂詞見《樂府詩集·郊廟歌辭四·唐祀圜丘樂章》,參閲宋人王溥《唐會要·雅樂》。

③ 跳趫:騰躍,跳躍。元稹《望雲騅馬歌》:"頻頻齧掣轡難施,往

往跳趫鞍不得。”元稹《有酒十章》九:“有酒有酒兮日將落,餘光委照在林薄。陽烏撩亂兮屋上栖,陰怪跳趫兮水中躍。” 筋節:筋絡及骨節。歐陽炯《題景焕畫應天寺壁天王歌》:“馬頭壯健多筋節,烏觜彎環如屈鐵。遍身蛇虺亂縱横,遶頷髑髏幹孑裂。”《唐會要·諸蕃馬印》:“奚馬好筋節,勝契丹馬,餘並與契丹同。” 繁辭:誇誇其談,亦指繁瑣的言辭。《孔子家語·致思》:“不傷財,不害民,不繁詞,則顏氏之子有矣!”阮籍《詠懷詩十七首》一四:“多言焉所告,繁辭將訴誰?” 名字:人的名與字。《禮記·檀弓》:“幼名,冠字。”孔穎達疏:“始生三月而加名……年二十,有爲人父之道,朋友等類不可復呼其名,故冠而加字。”王逸注:“謂名平字原也。”《北史·陸俟傳》:“初,爽之爲洗馬,常奏文帝云:皇太子諸子未有嘉名,請依《春秋》之義,更立名字。”指姓名。竇梁賓《喜盧郎及第》:“手把紅箋書一紙,上頭名字有郎君。”名稱,名號。《東觀漢記·馬援傳》:“天下反復自盜名字者,不可勝數。”本詩是指樂曲名稱的變更。《樂府詩集·唐祀圜丘樂章》:“《唐書·樂志》曰:貞觀二年,祖孝孫修定雅樂,取《禮記》云大樂與天地同和,故製《十二和》之樂:祭天神奏《豫和》之樂,祭地祇奏《順和》,祭宗廟奏《永和》,登歌奠玉帛奏《肅和》,皇帝行及臨軒奏《太和》,王公出入、送文舞出、迎武舞入奏《舒和》,皇帝食舉及飲酒奏《休和》,皇帝受朝奏《正和》,皇太子軒懸出入奏《承和》,正至皇帝禮會登歌奏《昭和》,郊廟俎入奏《雍和》,酌獻飲福酒奏《壽和》。六年冬至祀昊天于圜丘樂章,褚亮、虞世南、魏徵等作,大曆十四年改《豫和》爲《元和》,以避諱也。按唐初作十二和,以法天數,其後增造非一,頗無法度,皆隨時制名云。”

④ 咽咽:嗚咽哀切之聲。李賀《傷心行》:“咽咽學楚吟,病骨傷幽素。”僧鸞《贈李粲秀才》:“愁如湘靈哭湘浦,咽咽哀音隔雲霧。” 傞傞:醉舞失態貌。梅堯臣《送周仲章都官通判湖州》:“風流百年餘,所歷才彦多。我嘗居其下,醉舞或傞傞。”又作飄舞貌。羅隱《京口見

李侍郎》:“傞傞江柳欲矜春,鐵甕城邊見故人。”

⑤ 俯地:伏地叩頭,企求説明。元稹《將進酒》:“言之主父傷主母,母爲妾地父妾天。仰天俯地不忍言,陽爲僵踣主父前。”劉泰《夏珪松濤怪石圖詩二首》二:“六和塔下天風來,孔明殿前雲水開。仰天俯地望不極,却憶西山灧澦堆。” 呼天:指向天喊叫以求助,形容極端痛苦。《史記·屈原賈生列傳》:“人窮則反本,故勞苦倦極,未嘗不呼天也;疾痛慘怛,未嘗不呼父母也。”《後漢書·張奂傳》:“凡人之情,冤則呼天,窮則叩心。今呼天不聞,叩心無益,誠自傷痛。” 曲成調變:意謂樂曲賦成而曲調已經變化。《郊廟歌辭·肅和》:“悠哉廣覆,大矣曲成。九玄著象,七曜貞明。”徐安貞《聞鄰家理筝》:“忽聞畫閣秦筝逸,知是鄰家趙女彈。曲成虚憶青蛾斂,調急遥憐玉指寒。”

⑥ 德宗:即李适,李唐第十一代皇帝,參與安史之亂的平定,“廣德二年二月,立爲皇太子。大曆十四年五月辛酉,代宗崩。癸亥,即位於太極殿”,“(貞元)二十一年春正月”癸巳,“崩于會寧殿,享壽六十四”,“廟號德宗”,“葬於崇陵”,《舊唐書·德宗紀》有詳細記載。權德輿《德宗神武孝文皇帝挽歌詞三首》二:“梯航来萬國,玉帛慶三朝。湛露恩方浹,薫風曲正調。”武元衡《德宗皇帝挽歌詞三首》一:“道啓軒皇聖,威揚夏禹功。謳歌亭育外,文武盛明中。” 深意:深刻的含意,深微的用意。《後漢書·李育傳》:“嘗讀《左氏傳》,雖樂文采,然謂不得聖人深意。”元稹《苦樂相倚曲》:“轉將深意諭傍人,緝綴疵瑕遣潜説。” 柔遠:安撫遠人或遠方邦國。《書·舜典》:“柔遠能邇。”孔傳:“柔,安;邇,近……言當安遠,乃能安近。”《漢書·段會宗傳》:“足下以柔遠之令德,復典都護之重職。”顔師古注:“柔遠,言能安遠人。” 笙鏞:亦作“笙庸”,古樂器名,鏞,大鐘。《書·益稷》:“笙鏞以間,鳥獸蹌蹌。”孔穎達疏:“吹笙繫鐘,更迭而作。”孫星衍注引鄭玄曰:“東方之樂謂之笙,笙,生也,東方生長之方,故名樂爲笙也。西方之樂謂之庸,庸,功也,西方物熟有成功。亦謂之頌,頌亦是頌其成

也。"魏徵《五郊樂章・赤帝徵音》:"博碩斯薦,笙鏞備舉。" 嬪娥:宫中的姬妾與宫女。元稹《望雲騅馬歌》:"朱泚圍兵抽未盡,懷光寇騎追行及。嬪娥相顧倚樹啼,鵷鷺無聲仰天立。"李煜《玉樓春》:"晚妝初了明肌雪,春殿嬪娥魚貫列。笙簫吹斷水雲間,重按霓裳歌遍徹。"

⑦ 史館:官修史書的官署名,北齊時設立,唐太宗時始由宰相兼領,以後沿爲定制。韓愈《唐故秘書少監贈絳州刺史獨孤府君墓誌銘》:"二年,兼職史館。"《宋史・神宗紀》:"〔元豐四年〕詔曾鞏充史館修撰,專典史事。" 朝貢:古時謂藩屬國或外國使臣入朝,貢獻方物。《後漢書・烏桓傳》:"遼西烏桓大人郝旦等九百二十二人率衆向化,詣闕朝貢,獻奴婢牛馬及弓虎豹貂皮。"周輝《清波别志》卷中:"國朝承平日,外國朝貢,間數年必有之,史策但書某國貢方物而已。" 太常:官名。白居易《立部伎》:"太常部伎有等級,堂上者坐堂下立。堂上坐部笙歌清,堂下立部鼓笛鳴。"賈島《賀龐少尹除太常少卿》:"太白山前終日見,十旬假滿擬秋尋。中峰絶頂非無路,北闕除書阻入林。" 鞮鞻科:翻譯少數民族或者外來音樂的機構。 鞮:翻譯的古稱,指把别種語言譯成漢語。《禮記・王制》:"五方之民,言語不通,嗜欲不同。達其志,通其欲,東方曰寄,南方曰象,西方曰狄鞮,北方曰譯。"鄭玄注:"鞮之言知也。"孔穎達疏:"其通傳東方之語官謂之曰寄,言傳寄外内言語。通傳南方語官謂之曰象者,言放象外内之言。其通傳西方語官謂之狄鞮者,鞮,知也,謂通傳夷狄之語與中國相知。其通傳北方語官謂之曰譯者,譯,陳也,謂陳説外内之言。" 鞻:我國古代東方少數民族的音樂。韓愈、孟郊《雨中寄孟刑部幾道聯句》:"祥鳳遺蒿鷃,雲韶掩夷鞻。"方世舉注:"《獨斷》:'東方曰《鞻》,南方曰《任》,西方曰《株離》,北方曰《禁》。'"

⑧ 古時:昔時,過往已久的時代。鮑照《擬行路難十八首》一:"不見柏梁銅雀上,寧聞古時清吹音。"白居易《登村東古塚》:"高低古時塚,上有牛羊道。" 陶堯:即堯,因居住陶,故名,"陶堯"與"虞舜"

常常並稱於世。胡渭《禹貢錐指・冀州》:"皇甫謐《帝王世紀》云:'堯始封于唐,今中山唐縣,後徙晉陽,及爲天子,都平陽,此皆在冀州之域,故曰:惟彼陶唐,有此冀方也。濟陰定陶縣,從《漢郡國志》亦云:古陶堯所居此。"元稹《諭寶二首》二:"圭璧無卞和,甘與頑石列。舜禹無陶堯,名隨腐草滅。" 天子:古以君權爲神所授,故稱帝王爲天子。《史記・五帝本紀》:"於是帝堯老,命舜攝行天子之政,以觀天命。"高適《燕歌行》:"男兒本自重横行,天子非常賜顔色。" 遜遁:亦作"遜遯",退避,退隱。《詩・大雅・雲漢》:"昊天上帝,寧俾我遯。"漢鄭玄箋:"天曾將使我心遜遯,慚愧於天下,以無德也。"《後漢書・儒林列傳》:"既歸,閉門講授,自絶人事。公車復徵,遜遁不行,卒於家。" 康衢歌:相傳春秋齊甯戚飼牛,擊牛角而歌于康衢,辭曰:"南山矸,白石爛,生不遭堯與舜禪。短布單衣適至骭,從昏飯牛薄夜半,長夜曼曼何時旦?"桓公奇其歌,命後車載回,任以國政。後因以"康衢歌"喻指賢才不遇而發之悲歌。駱賓王《上吏部侍郎帝京篇啓》:"觀梁父之曲,識卧龍于孔明;聽康衢之歌,得飯牛于甯戚,是用異人翹首,俊乂歸誠。"李適《重陽日即事》:"令節曉澄霽,四郊烟靄空。天清白露潔,菊散黄金叢。寡德荷天貺,順時休百工。豈懷歌鐘樂,思爲君臣同。至化在亭育,相成資始終。未知康衢詠,所仰惟年豐。"

⑨ 遒人:古代帝王派出去瞭解民情的使臣。《左傳・襄公十四年》:"故《夏書》曰:'遒人以木鐸徇于路。'"杜預注:"遒人,行人之官也……徇于路,求歌謡之言。"元稹《進詩狀》:"故自古風詩至古今樂府,稍存寄興,頗近謳謡,雖無作者之風,粗中遒人之采。" 木鐸:以木爲舌的大鈴,銅質。古代宣佈政教法令時,巡行振鳴以引起衆人注意。《周禮・天官・小宰》:"徇以木鐸。"鄭玄注:"古者將有新令,必奮木鐸以警衆,使明聽也……文事奮木鐸,武事奮金鐸。"貫休《蜀王入大慈寺聽講》:"木鐸聲中天降福,景星光裏地無灾。百千民擁聽經座,始見重天社稷才。" 謳謠:流傳於民間的歌謠童謠。劉長卿《送

鄭説之歙州謁薛侍郎》:“漂泊來千里,謳謡滿百城。漢家尊太守,魯國重諸生。”劉禹錫《和竇中丞晚入容江作》:“分圻辨風物,入境聞謳謡。莎岸見長亭,烟林隔麗譙。”　天下過:採集天下自己治理上的全部過錯。李昂《賦戚夫人楚舞歌》:“定陶城中是妾家,妾年二八顔如花。閨中歌舞未終曲,天下死人如亂麻。”王維《西施詠》:“艷色天下重,西施寧久微? 朝仍越溪女,暮作吴宫妃。”

⑩ 有意:有意圖,有願望。《戰國策・燕策》:“願得將軍之首以獻秦,秦王必喜而善見臣,臣左手把其袖,而右手揕抗其胸,然則將軍之仇報,而燕國見陵之耻除矣! 豈有意乎?”李泌《長歌行》:“天覆吾,地載吾,天地生吾有意無? 不然絶粒升天衢,不然鳴珂遊帝都。”　洞達:暢通無阻。韋應物《慈恩伽藍清會》:“重門相洞達,高宇亦遐朗。嵐嶺曉城分,清陰夏條長。”杜甫《昔遊》:“是時倉廩實,洞達寰區開。猛士思滅胡,將帥望三台。”　四嶽:相傳爲共工的後裔,因佐禹治水有功,賜姓姜,封于吕,並使爲諸侯之長。“四嶽”亦作“四岳”,古代典籍中常常混用。《國語・周語》:“共之從孫四岳佐之。”韋昭注:“言共工從孫爲四岳之官,掌師諸侯,助禹治水也。”《史記・齊太公世家》:“太公望吕尚者,東海上人。其先祖嘗爲四嶽,佐禹平水土,甚有功。虞夏之際封于吕,或封于申,姓姜氏。”司馬貞索隱引譙周曰:“炎帝之裔,伯夷之後,掌四岳有功,封之于吕,子孫從其封姓,尚有後也。”一説四岳爲堯臣羲、和四子,分掌四方之諸侯。《書・堯典》:“帝曰:‘咨,四嶽。’”孔傳:“四岳,即上羲、和之四子;分掌四岳之諸侯,故稱焉!”杜甫《寄裴施州》:“堯有四岳明至理,漢二千石真分憂。”　煩苛:繁雜苛細,多指法令。《漢書・文帝紀》:“漢興,除秦煩苛,約法令,施德惠,人人自安。”杜甫《秋日夔府詠懷》:“哀痛絲綸切,煩苛法令蠲。”

⑪ 區中:人世間。《史記・司馬相如列傳》:“迫區中之隘陜兮,舒節出乎北垠。”王昌齡《裴六書堂》:“窗下長嘯客,區中無遺想。”擊壤:《藝文類聚》卷一一引皇甫謐《帝王世紀》:“〔帝堯之世〕天下大

和，百姓無事，有五十老人擊壤于道。”後因以“擊壤”爲頌太平盛世的典故。有《擊壤歌》傳世，《擊壤歌》爲古歌名，相傳唐堯時有老人擊壤而唱此歌，王充《論衡・藝增》：“傳曰：有年五十擊壤于路者，觀者曰：‘大哉！堯德乎！’擊壤者曰：‘吾日出而作，日入而息，鑿井而飲，耕田而食，堯何等力！’”李嶠《田》：“瑞麥兩岐秀，嘉禾同穎新。寧知帝王力，擊壤自安貧。”齊己《苦熱行》：“火雲崢嶸焚沉寥，東皋老農腸欲焦。何當一雨蘇我苗，爲君擊壤歌帝堯。” 海外：四海之外，泛指邊遠之地。《詩・商頌・長髮》：“相土烈烈，海外有截。”鄭玄箋：“四海之外率服。”曾鞏《送江任序》：“或中州之人，用於荒邊側境山區海聚之間，蠻夷異域之處；或燕、荆、越、蜀，海外萬里之人，用於中州，以至四遐之鄉相易而往。” 覃：遍及，廣施。徐陵《爲貞陽侯與太尉王僧辯書》：“慈孝之道通于百靈，仁信之風覃于萬國。”李隆基《遊興慶宮作》：“所希覃率土，孝悌一同規。” 恩波：謂帝王的恩澤。丘遲《侍宴樂游苑送張徐州應詔》：“参差别念舉，肅穆恩波被。”劉駕《長門怨》：“御泉長繞鳳皇樓，只是恩波別處流。閑揲舞衣歸未得，夜来砧杵六宮秋。”

⑫ 秦霸周衰：意謂秦強大稱霸當時，而周王朝則逐步衰落。《唐宋文醇・宋襄公論》：“二百四十年間，自有五霸……蓋自同盟幽而齊霸，戰城濮而晉霸，封殽尸而秦霸，殺陳夏徵舒而楚霸，三駕楚，九合諸侯而晉復霸。然則所謂五霸者，齊桓、晉文也，秦穆、楚莊也，晉悼也。”趙孟頫《古風八首》二：“周衰有戰國，紛紜蹈荆榛。黄金聘辯士，駟馬迎從人。” 古官：即遒人，古代帝王派出去瞭解民情的使臣。王禹偁《馮氏家集前序》：“且夫删詩無聖人序，詩無子夏，采詩無古官，則作詩者得不以家集自見乎？蓋存其詩人可知矣！察其人國可知矣！” 堙：填，堵塞。《左傳・襄公二十五年》：“陳侯會楚子伐鄭，當陳隧者，井堙木刊。”杜預注：“堙，塞也。”埋没，泯滅，韓愈《太原王公神道碑銘》：“有事其末，而忘其源，切近昧陋，道由是堙。” 王道：儒

家提出的一種以仁義治天下的政治主張,與霸道相對。《書·洪範》:“無偏無黨,王道蕩蕩。”蕭穎士《仰答韋司業垂訪五首》四:“晉代有儒臣,當年富詞藻。立言寄青史,將以贊王道。” 頗:偏頗,不平正。《左傳·昭公十二年》:“昭子朝而命吏曰:‘婼將與季氏訟,書辭無頗。’”杜預注:“頗,偏也。”又作偏差、過失解。牛肅《紀聞·牛騰》:“口不妄談,目不妄視,言無僞,行無頗。”

⑬ 異俗:風俗不同。《禮記·王制》:“廣谷大川異制,民生其間異俗。”《荀子·正名》:“遠方異俗之鄉,則因之而爲通。” 聲教:聲威教化。《書·禹貢》:“東漸於海西,被於流沙,朔南暨聲教,訖于四海。”班固《東都賦》:“窮覽萬國之有無,考聲教之所被,散皇明以爛幽。” 齊民:猶平民。《漢書·食貨志》:“世家子弟富人或鬥雞走狗馬,弋獵博戲亂齊民。”顔師古注引如淳曰:“齊,等也,無有貴賤,謂之齊民,若今言平民矣!”韋應物《京師叛亂寄諸弟》:“鳥鳴野田間,思憶故園行。何當四海晏?甘與齊民耕。” 薦瘥:一再發生的疫病,深重的災禍。薦通“洊”。《詩·小雅·節南山》:“天方薦瘥,喪亂弘多。”鄭玄注:“天氣方今又重以疫病。”岑參《感舊賦》:“昊天降其薦瘥,靡風發於時令。”

⑭ 魚鱉:魚和鱉。《周禮·天官·鱉人》:“以時籍魚鱉龜蜃凡狸物。”也泛指鱗介水族。《漢書·匈奴傳》:“下及魚鱉,上及飛鳥。” 咸若:《書·皋陶謨》:“皋陶曰:‘都!在知人,在安民。’禹曰:‘籲!咸若時,惟帝其難之。’”後以“咸若”稱頌帝王之教化,謂萬物皆能順其性,應其時,得其宜。李邕《春賦》:“律何谷而不暄,光何容而不灼。植也知歸,動焉咸若。爾乃楊回曲沼,李雜芳園。” 苟能效此誠足多:意謂如果能够仿效,百姓就會已經心滿意足。黄溍《效古五首》三:“富貴誠足多,貧賤不可忘。”王褘《陳元禮太常以使事至錢唐三月十七日堵無傲陳君從朱伯言陶中立韓與玉諸公西湖同泛分韵得氣字》:“况乃銜君命,光采增意氣。騫騰誠足多,會合初不易。”

⑮ 借如:假設連詞,假如,如果。王符《潛夫論·夢列》:"借如使夢吉事而己意大喜樂,發於心精,則真吉矣!"元稹《遣病》:"以此方我病,我病何足驚。借如今日死,亦足了一生。" 牛馬:牛和馬。《周禮·夏官·職方氏》:"其畜宜牛馬,其穀宜黍稷。"杜甫《雨》:"牛馬行無色,蛟龍鬥不開。" 蒙澤:蒙受恩澤。《後漢書·楊厚傳》:"〔楊統〕建初中爲彭城令,一州大旱,統推陰陽消伏,縣界蒙澤。"韋應物《種藥》:"好讀神農書,多識藥草名……汲井既蒙澤,插楥亦扶傾。" 抱瓮:義同"抱瓮灌園",傳説孔子的學生子貢,在游楚返晉過漢陰時,見一位老人一次又一次地抱着瓮去澆菜,"搰搰然用力甚多,而見功寡",就建議他用機械汲水。老人不願意,並且説:這樣做,爲人就會有機心,"吾非不知,羞而不爲也。"見《莊子·天地》,後以"抱瓮灌園"喻安於拙陋的淳樸生活。亦省作"抱瓮"。李白《贈張公洲革處士》:"抱瓮灌秋蔬,心閑遊天雲。"王安石《絶句》:"桔槔俯仰妨何事,抱瓮區區老此身。" 黿鼉:大鱉和豬婆龍。元稹《苦雨》:"此意倍寥廓,時來本須臾。今也泥鴻洞,黿鼉真得途。"羅隱《秦紀》:"長策東鞭及海隅,黿鼉奔走鬼神趨。憐君未到沙丘日,肯信人間有死無?"

⑯ 教化:政教風化。《詩·周南·關雎序》:"美教化,移風俗。"桓寬《鹽鐵論·授時》:"是以王者設庠序,明教化,以防道其民。" 從來:由來,來源。牛僧孺《玄怪録·張佐》:"佐甚異之,試問所從來,叟但笑而不答。至再三,叟忽怒叱曰:'年少子,乃敢相逼!吾豈盜賊椎埋者耶?何必知從來!'"從前,原來。賈島《過京索先生墳》:"從來有恨君多哭,今日何人更哭君:"王安石《金陵懷古四首》一:"黍離麥秀從來事,且置興亡近酒缸。" 源委:語本《禮記·學記》:"三王之祭川也,皆先河而後海,或源也,或委也,此之謂務本。"鄭玄注:"源,泉所出也;委,流所聚也。"指水的發源和歸宿,引申爲事情的本末和底細。劉宰《東陽道旁涵碧亭》:"攀崖遡源委,石竇鳴涓涓。摩娑兩石魚,變化定何年?"蔣之翹《閱詩集偶拈絶句》:"犁眉公洵出群材,源委風騷

魏晉來。不以作家甘自命,英雄本色待人猜。" 泳海:過海,渡海。黄滔《寄同年封舍人渭》:"唐城接軫赴秦川,憂合歡離驟十年。龍頷摘珠同泳海,鳳銜輝翰别升天。"《舊唐書·經籍志》:"使學者孤舟泳海,弱羽憑天,銜石填溟,倚杖追日,莫聞名目,豈詳家代!不亦勞乎?不亦弊乎?" 泳河:過河,渡河。劉攽《讀李某詩》:"泳河不用舟,羊革隨輕軒。危厄輒自脱,天幸尚得存。"周必大《賀湯左相》:"向非泳河得珠,蹈火取錦,則何以豫肉食衣帛之次乎?"

⑰ 非是:以非爲是。《荀子·修身》:"非是是非謂之愚。"楊倞注:"以非爲是,以是爲非,則謂之愚。" 倒置:顛倒過來,指事物所處的狀況與正常的相反,如事物在順序、方位、道理等方面的顛倒。《莊子·繕性》:"喪己於物,失性於俗者,謂之倒置之民。"《文心雕龍·附會》:"使衆理雖繁,而無倒置之乖;群言雖多,而無棼絲之亂。" 中古:次於上古的時代,由於古人所處時代不同,所指時期不一:《易·繫辭》:"《易》之興也,其於中古乎?"《漢書·藝文志》:"世歷三古。"顔師古注引孟康曰:"伏羲爲上古,文王爲中古,孔子爲下古。"此指商周之際。《韓非子·五蠹》:"中古之世,天下大水,而鯀禹决瀆。"此指虞夏之際。左思《蜀都賦》:"夫蜀都者,蓋兆基於上世,開國於中古。"此指戰國。鮑照《河清頌》:"察之上代,則奚斯、吉甫之徒鳴玉鑾於前;視之中古,則相如、王褒之屬馳金羈於後。"此指漢代。本詩應該是後者。張喬《送龍門令劉滄》:"峭壁開中古,長河落半天。幾鄉因勸勉,耕稼滿雲烟。"貫休《上裴大夫二首》二:"指指法仙法,聲聲聖人聲。一彈四時和,再彈中古清。" 驃:黄色有白斑或黄色白鬃尾的馬。杜甫《徒步歸行》:"妻子山中哭向天,須公櫪上追風驃。"蘇軾《書李將軍三鬃馬圖》:"帝乘赤驃,起三鬃,與諸王及嬪御十數騎出飛仙嶺下,初見平陸,馬皆若驚。" 訶:大聲斥責,責駡。馬王堆漢墓帛書甲本《老子·道經》:"唯與訶,其相去幾何?"白居易《新樂府·青石》:"義心如石屹不轉,死節如石確不移。如觀奮擊朱泚日,似見叱訶希烈時。"

［編年］

《年譜》、《編年箋注》、《年譜新編》編年意見及編年理由同前《和李校書新題樂府十二首·序》、《上陽白髮人》所引述。

我們的編年意見不同於《年譜》、《編年箋注》、《年譜新編》，我們的編年理由也同《和李校書新題樂府十二首·序》、《上陽白髮人》、《西凉伎》及《縛戎人》諸篇所表述，亦即本詩賦成於元和三年至元和四年二月間，地點在長安，元稹因母喪剛剛期滿，尚没有官職在身。

◎ 和李校書新題樂府十二首·胡旋女

（李《傳》云："天寶中西國來獻。"）[(一)][①]

天寶欲末胡欲亂，胡人獻女能胡旋[②]。旋得明皇不覺迷[(二)]，妖胡奄到長生殿[(三)][③]。胡旋之義世莫知，胡旋之容我能傳[④]。蓬斷霜根羊角疾，竿戴朱盤火輪炫[⑤]。驪珠迸珥逐龍星[(四)]，虹暈輕巾掣流電[⑥]。潛鯨暗噏笡海波[(五)]，回風亂舞當空霰[⑦]。萬過其誰辨終始！四座安能分背面[⑧]！才人觀者相爲言，承奉君恩在圓變[⑨]。是非好惡隨君口，南北東西逐君盼[(六)][⑩]。柔軟依身着佩帶[(七)]，徘徊繞指同環釧[⑪]。佞臣聞此心計回，惑亂君心君眼眩[(八)][⑫]。君心似曲屈如鉤[(九)]，君言好直舒爲箭[⑬]。巧隨清影觸處行，好學春鶯百般囀[(一〇)][⑭]。傾天側地用君力，抑塞周遮恐君見[⑮]。翠華南幸萬里橋，玄宗始悟坤維轉（僧一行嘗奏玄宗曰："陛下行幸萬里，聖祚無疆！"故天寶中歲幸洛陽，冀充盈數。及上幸蜀至萬里橋，乃嘆謂左右曰："一行之奏其是乎！"）[(一一)][⑯]。寄言旋目與旋心，有國有家當共譴[⑰]！

録自《元氏長慶集》卷二四

[校記]

(一)胡旋女:楊本、叢刊本、《古詩鏡·唐詩鏡》、《全詩》同,《樂府詩集》題解:"白居易傳曰:'天寶末康居國獻胡旋女。'《唐書·樂志》曰:'康居國樂舞,急轉如風,俗謂之胡旋。'《樂府雜録》曰:'胡旋舞,居一小圜球子上,舞縱横騰擲,兩足終不離球上,其妙如此!'"

(二)旋得明皇不覺迷:原本作"旋得明王不覺迷",楊本、叢刊本、《樂府詩集》、《古詩鏡·唐詩鏡》同,據張校宋本、《全詩》改。"明王"作聖明的君主解,也可。《左傳·宣公十二年》:"古者明王伐不敬。"王通《中説·天地》:"願執明王之法,使天下無冤人。"李咸用《題陳將軍别墅》:"明王獵士猶疏在,岩谷安居最有才。高虎壯言知鬼伏,葛龍閑卧待時來。"天寶年間在位的是李隆基唐玄宗,史稱唐明皇,改"明皇"是。

(三)妖胡奄到長生殿:楊本、叢刊本、《樂府詩集》、《古詩鏡·唐詩鏡》、《全詩》同,盧校作"妖胡奄至長生殿",兩説均通,不改。

(四)驪珠迸珥逐龍星:楊本、叢刊本、《古詩鏡·唐詩鏡》同,《樂府詩集》作"驪珠迸珥逐飛星",《全詩》作"驪珠迸珥逐飛星"。飛星是流星。《漢書·天文志》:"〔陽朔〕四年閏月庚午,飛星大如缶,出西南,入斗下。"杜甫《中宵》:"飛星過水白,落月動沙虚。"但與龍星的意思不同,本詩是在描述明皇的心魂俱迷的狀態,以"龍星"爲佳。

(五)潛鯨暗噏笡海波:楊本、叢刊本同,《樂府詩集》、《古詩鏡·唐詩鏡》、《全詩》作"潛鯨暗噏笡波海",語義相類,不改。

(六)南北東西逐君盼:原本作"南北東西逐君眄",楊本、叢刊本同,《樂府詩集》、《全詩》作"南北東西逐君沔",據《古詩鏡·唐詩鏡》改。"沔"意謂斜視。"眄",意謂怒視。"盼",意謂盼望,合乎詩意。而《元稹集》與《編年箋注》僅僅指出"《樂府詩集》作'沔'",没有指出自己依據的底本亦即楊本的"眄"在本詩中也是説不通的。

(七)柔軟依身着佩帶:原本作"柔軟依身看佩帶",楊本、叢刊本、《古詩鏡·唐詩鏡》同,語義不通,據《樂府詩集》、《全詩》改。《元稹集》據《樂府詩集》作了改正,但《編年箋注》却衹是指出"《樂府詩集》作'着'",没有改正楊本的錯誤,很不應該也很可惜。

(八)惑亂君心君眼眩:楊本、叢刊本、《古詩鏡·唐詩鏡》同,《樂府詩集》、《全詩》作"熒亂君心君眼眩",兩者都可以説通,不必改。

(九)君言似曲屈如鉤:原本作"君言似曲屈如鉤",楊本、叢刊本、《古詩鏡·唐詩鏡》、《全詩》同,錢校、《樂府詩集》作"君言似曲屈爲鉤",張校宋本作"君心似曲屈如鉤",語義更佳,聽從改。

(一〇)好學春鶯百般囀:楊本、叢刊本、《樂府詩集》、《古詩鏡·唐詩鏡》、《全詩》作"妙學春鶯百般囀",各備一説,不改。

(一一)"僧一行嘗奏玄宗曰"八句:楊本上有"《諱書》云"三字,宋蜀本、叢刊本、《全詩》作"緯書",《諱書》應是《緯書》之誤。《樂府詩集》、《古詩鏡·唐詩鏡》無此八句。

[箋注]

① 胡旋女:白居易有同名詩篇《胡旋女》相酬,詩云:"胡旋女,胡旋女,心應弦,手應鼓。弦鼓一聲雙袖舉,回雪飄飖轉蓬舞。左旋右轉不知疲,千匝萬周無已時。人間物類無可比,奔車輪緩旋風遲。曲終再拜謝天子,天子爲之微啓齒。胡旋女,出康居,徒勞東來萬里餘。中原自有胡旋者,鬥妙争能爾不如。天寶季年時欲變,臣妾人人學圓轉。中有太真外禄山,二人最道能胡旋。梨花園中册作妃,金雞障下養爲兒。禄山胡旋迷君眼,兵過黄河疑未反。貴妃胡旋惑君心,死棄馬嵬念更深。從兹地軸天維轉,五十年來制不禁。胡旋女,莫空舞,數唱此歌悟明主。"元稹白居易詩篇的旨意相同,讀者可以並讀。天寶:唐玄宗年號,起公元七四二年,止公元七五六年,是李唐由盛轉衰的轉折時期。杜甫《無家别》:"寂莫天寶後,園廬但蒿藜。我里百餘家,世亂各東西。存者無消息,死者爲塵泥。"白居易《贈康叟》:"八

十秦翁老不歸,南賓太守乞寒衣。再三憐汝非他意,天寶遺民見漸稀。”　西國:指西域。《晉書・苻丕載記》:“是時安西吕光自西域還師,至於宜禾,堅涼州刺史梁熙謀閉境距之。高昌太守楊翰言於熙曰:‘吕光新定西國,兵强氣鋭,其鋒不可當也。’”李白《感興六首》五:“西國有美女,結樓青雲端。蛾眉艷曉月,一笑傾城歡。”西國,亦即白居易酬詩中的“康居國”,古西域國名,東界烏孫,西達奄蔡,南接大月氏,東南臨大宛,約在今巴爾喀什湖和咸海之間,王都卑闐城。北部是遊牧區,南部是農業區,南部城市較多,有五小王分治。漢元帝永光元年(前 43 年),康居王迎匈奴郅支單于居康居東部合力對抗烏孫。元帝建昭三年(前 36 年),西域都護甘延壽、副校尉陳湯率軍入康居,擊殺郅支單于。東漢時,粟弋、嚴、奄蔡均爲康居屬國。晉武帝泰始(265—274)中遣使獻善馬,南北朝時,役屬於嚈噠。又,唐羈縻都督府名,永徽時在康國置,故地在今烏兹别克撒馬爾罕城,約公元八世紀中葉後因大食勢力東進而廢棄。申時行《辛卯元日》:“遲日曈曨虚正殿,非烟縹緲在甘泉。王師未奏康居捷,農扈誰占大有年?”　旋:回轉,旋轉。《楚辭・招魂》:“旋入雷淵,爢散而不可止些。”王逸注:“旋,轉也。”王安石《即事六首》六:“日月隨天旋,疾遲與天侔。”

② 胡人:我國古代對北方邊地及西域各民族人民的稱呼,隋唐時亦特指中亞粟特人,後泛稱外國人。《戰國策・齊策》:“昔者燕齊戰于桓之曲,燕不勝,十萬之衆盡。胡人襲燕樓煩數縣,取其牛馬。”《淮南子・齊俗訓》:“故胡人彈骨,越人契臂,中國歃血也。所由各異,其於信一也。”　獻女:向對方獻呈面貌靚麗或技藝超群的年輕女性。李翱《條復太平大略》:“今韓弘獻女樂陛下,不受遂以歸之,三也。”陳旅《題扁舟五湖圖》:“美里人歸獻女來,帝辛飲酒沙丘臺。酒闌不但蛾眉死,太白旗竿血花紫。”

③ 明皇:唐玄宗李隆基的又一個稱呼。韋應物《送褚校書歸舊山歌》:“握珠不返泉,匣玉不歸山。明皇重士亦如此,忽怪褚生何得

還!”白居易《長恨歌》:“前進士陳鴻撰《長恨歌傳》曰:‘開元中,泰階平,四海無事,明皇在位歲久,倦於旰食宵衣,政無小大,始委於右丞相。” 長生殿:原指唐代宫中之寢殿,這裏指華清宫内殿名,即集靈臺。顧況《宿昭應》:“武帝祈靈太乙壇,新豐樹色繞千官。那知今夜長生殿,獨閉山門月影寒。”白居易《長恨歌》:“七月七日長生殿,夜半無人私語時。在天願作比翼鳥,在地願爲連理枝。”

④“胡旋之義世莫知”兩句:意謂胡旋的確切含義世人並不明瞭,但胡旋的姿態我還可以給大家描述,傳述後世。 義:意義,道理。《詩大序》:“故《詩》有六義焉:一曰風,二曰賦,三曰比,四曰興,五曰雅,六曰頌。”《穀梁傳·昭公四年》:“《春秋》之義,用貴治賤,用賢治不肖,不以亂治亂也。” 容:儀容,相貌。《楚辭·招魂》:“二八齊容,起鄭舞兮!”王逸注:“言二八美女,其儀容齊一。”臉上的神情和氣色。《孟子·萬章》:“舜南面而立,堯帥諸侯北面而朝之,瞽瞍亦北面而朝之。舜見瞽瞍,其容有蹙。”《雲笈七籤》卷三四:“端坐,兩手相叉,抱膝閉氣,鼓腹二七或三七,氣滿即吐,候氣皆通暢。行之十年,老有少容。”

⑤蓬斷:猶斷蓬、飛蓬,比喻漂泊無定。王之涣《九日送别》:“今日暫同芳菊酒,明朝應作斷蓬飛。”柳永《雙聲子》:“晚天蕭索,斷蓬蹤迹,乘興蘭棹東遊。” 霜根:白色的草木根,亦指經冬不凋的樹木的根或苗。王僧達《和琅琊王依古》:“仲秋邊風起,孤蓬卷霜根。”杜甫《憑韋少府覓松樹子》:“欲存老蓋千年意,爲覓霜根數寸栽。” 羊角:這裏指旋風。《莊子·逍遥遊》:“摶扶摇羊角而上者九萬里。”成玄英疏:“旋風曲戾,猶如羊角。”元稹《早春登龍山静勝寺時非休澣司空特許是行因贈幕中諸公》:“龍文遠水吞平岸,羊角輕風旋細塵。” 竿戴朱盤:竹竿頂着紅色的盤子。 朱盤:紅漆盤子。傅玄《瓜賦》:“披以吴刀,承以朱盤。”杜牧《大雨行》:“盡召邑中豪健者,闊展朱盤開酒場。奔觥槌鼓助聲勢,眼底不顧纖腰娘。” 火輪:指太陽。章碣《夏

日湖上即事寄晉陵蕭明府》:“亭午羲和駐火輪,開門嘉樹庇湖濆。”楊萬里《三辰硯屏歌》:“君不見八月十五夜向晨,東方亭亭升火輪。”神話傳説中形似車輪的團火,亦指燃燒着火的輪子。吕巖《題桐柏山黄先生庵門》:“一派火輪真爲主,既修真,須堅確。能轉乾坤泛海岳,運行天地莫能知。”

⑥ 驪珠:寶珠,傳説出自驪龍頷下,故名。《莊子・列御寇》:“夫千金之珠,必在九重之淵,而驪龍頷下。”温庭筠《蓮浦謠》:“荷心有露似驪珠,不是真圓亦摇盪。” 迸珥:散落的玉製耳飾。 迸:蹦,跳。温庭筠《和沈参军招友生观芙蓉池》:“珠墜魚迸淺,影多鳧泛遲。” 珥:珠玉做的耳飾,也叫瑱、璫。《戰國策・齊策》:“薛公欲知王所欲立,乃獻七珥,美其一。明日視美珥所在,勸王立爲夫人。”《文選・枚乘〈七發〉》:“九寡之珥以爲約。”李善注引《蒼頡篇》:“珥,珠在耳也。” 龍星:星名,東方蒼龍七宿的統稱。七宿中的任何一宿,也可稱爲龍星。《左傳・桓公五年》:“龍見而雩。”服虔注:“龍,角、亢也,謂四月昏龍星體見,萬物始盛,待雨而大,故雩祭以求雨也。”傅玄《陽春賦》:“虚心定乎昏中,龍星正乎春辰。” 流電:閃電。《藝文類聚》卷六引李康《遊山序》:“蓋人生天地之間也,若流電之過户牖,輕塵之栖弱草。”王讜《唐語林・補遺》:“馬馳不止,迅若流電。”

⑦ 潛鯨:潛伏在深水之鯨。韩愈《海水》:“海有吞舟鯨,鄧有垂天鵬。”范成大《刺濆淖》“疑有潛鯨噀,勃勃駭浪騰。” 噏:吸。《漢書・揚雄傳》:“噏青雲之流瑕兮,飲若木之露英。”噏,《文選・揚雄〈甘泉賦〉》作“吸”。 笪:斜逆。除元稹本詩書證外,目前暫時没有找到其他的書證。 海波:大海的波浪。杜甫《觀兵》:“妖氛擁白馬,元帥待雕戈。莫守鄴城下,斬鯨遼海波。”方干《題睦州烏龍山禪居》:“人世驅馳方丈内,海波摇動一杯中。” 回風:旋風。《楚辭・九章・悲回風》:“悲回風之摇蕙兮,心冤結而内傷。”岑參《東歸發犍爲至泥溪舟中作》:“前日解侯印,泛舟歸山東。平旦發犍爲,逍遥信回風。”

亂舞：風向不定，飄忽上下。劉叉《冰柱》："南畝未盈尺，纖片亂舞空紛拏。旋落旋逐朝暾化，檐間冰柱若削出交加。"李群玉《二辛夷》："狂吟亂舞雙白鶴，霜翎玉羽紛紛落。空庭向晚春雨微，却斂寒香抱瑤萼。" 當空：在空中。元稹《清都春霽寄胡三吴十一》："白日當空天氣暖，好風飄樹柳陰凉。"黄頗《聞宜春諸舉子陪郡主登河梁翫月》："一年秋半月當空，遥羡飛觴接庾公。虹影迴分銀漢上，兔輝全寫玉筵中。"

⑧"萬過其誰辨終始"兩句：意謂胡旋女無數次經過觀衆面前，又有誰能够分辨哪是開始的動作哪是結束的舞蹈？四座八向的觀衆，又有哪個能够分辨哪是演員的前面哪是舞女的背面？ 終始：從開頭到結局，事物發生演變的全過程。《禮記・大學》："物有本末，事有終始，知所先後，則近道矣！"楊惲《報孫會宗書》："然竊恨足下不深惟其終始，而猥隨俗之毁譽也。" 四座：亦作"四坐"，指四周座位上的人。曹操《善哉行》："弦歌感人腸，四坐皆歡悦。"陸機《吴趨行》："楚妃且勿嘆，齊娥且勿謳，四坐並清聽，聽我歌吴趨。"四周座位。陶潛《詠荆軻》："飲餞易水上，四座列群英。"白居易《遊悟真寺》："六楹排玉鏡，四座敷金鈿。" 背面：背部與面部。杜甫《北征》："平生所嬌兒，顔色白勝雪。見耶背面啼，垢膩脚不襪。"姚合《買太湖石》："背面淙注痕，孔隙若琢磨。水稱至柔物，湖乃生壯波。"

⑨ 才人：有才能的人，有才情的人。王充《論衡・書解》："故才人能令其行可尊，不能使人必法己。"王融《報范通直》："三楚多秀士，江上復才人。" 觀者：觀看的人。喬知之《贏駿篇》："蹀躞朝馳過上苑，趁趕暝走發章臺。玉勒金鞍荷裝飾，路旁觀者無窮極。"李白《行行遊且獵篇》："弓彎滿月不虚發，雙鶬迸落連飛鶻。海邊觀者皆辟易，猛氣英風振沙磧。" 承奉：承命奉行。《後漢書・和帝紀》："宣佈以來，出入九年，二千石曾不承奉，恣心從好。"《晉書・慕容超載記》："超亦深達德旨，入則盡歡承奉，出則傾身下士，於是内外稱美焉！"奉

承討好。李翺《疏屏奸佞》:"臣以爲察奸佞之人亦有術焉! 主之所欲,皆順不違,又從而承奉先後之者,皆奸佞之臣也。"　君恩:君王的恩寵。張循之《長門怨》:"妾妒今應改,君恩惜未平。寄語臨邛客,何時作賦成?"高適《銅雀妓》:"蕭森松柏望,委郁綺羅情。君恩不再得,妾舞爲誰輕?"　圓變:靈活機變。楊簡《楊氏易傳》卷一二:"此等人,必巧黠圓變之士。"

⑩ 是非:對的和錯的,正確的與錯誤的。《禮記·曲禮》:"夫禮者,所以定親疏,决嫌疑,别同異,明是非也。"陶潛《擬挽歌辭三首》一:"得失不復知,是非安能覺?"指辨别是非。《孟子·公孫丑》:"無是非之心,非人也。"褒貶,評論。《史記·太史公自序》:"孔子知言之不用,道之不行也,是非二百四十二年之中,以爲天下儀表。"指是非的標準。劉禹錫《天論》:"是非存焉,雖在野,人理勝也。"　好惡:喜好與嫌惡。《禮記·王制》:"命市納賈,以觀民之所好惡,志淫好辟。"葛洪《抱朴子·擢才》:"且夫愛憎好惡,古今不鈞,時移俗易,物同賈異。"　南北:或南或北,比喻不專一,不固定。韋應物《横壙行》:"象床可寢魚可食,不知郎意何南北?"王安石《同昌叔賦雁奴》:"鴻雁無定栖,隨陽以南北。"　東西:或東或西,比喻不專一,不固定。王維《白石灘》"清淺白石灘,緑浦向堪把。家住水東西,浣紗明月下。"戎昱《苦辛行》:"東西南北少知音,終年竟歲悲行路。仰面訴天天不聞,低頭告地地不言。"　逐:追趕,追逐。《左傳·隱公十一年》:"公孫閼與潁考叔争車,潁考叔挾輈以走,子都拔棘以逐之。"《漢書·李廣傳》:"其先曰李信,秦時爲將,逐得燕太子丹者也。"隨,跟隨。《楚辭·九歌·河伯》:"靈何爲兮水中,乘白黿兮逐文魚。"王逸注:"逐,從也。"顔之推《顔氏家訓·書證》:"張敞者,吴人,不甚稽古,逐鄉俗訛謬,造作書字耳!"王利器集解:"逐鄉俗,猶言徇俗。"　盼:看重,重視,盼望。武元衡《歸燕》:"雲海經時别,雕梁長日依。主人能一顧,轉盼自光輝。"楊巨源《冬夜陪丘侍御先輩聽崔校書彈琴》:"楚妃波浪

天南遠，蔡女烟沙漠北深。顧盼何曾因誤曲，殷勤終是感知音。”

⑪ 柔軟：柔和。朱灣《同清江師月夜聽堅正二上人爲懷州轉法華經歌》：“前心後心皆此心，梵音妙音柔軟音。”齊己《折楊柳詞四首》一：“鳳樓高映緑陰陰，凝重多含雨露深。莫謂一枝柔軟力，幾曾牽破別離心？” 徘徊：往返迴旋。《荀子·禮論》：“今夫大鳥獸則失亡其群匹，越月踰時，則必反鉛；過故鄉，則必徘徊焉！鳴號焉！躑躅焉！踟蹰焉！然後能去之也。”楊倞注：“徘徊，迴旋飛翔之貌。”韋應物《寄劉尊師》：“世間荏苒縈此身，長望碧山到無因。白鶴徘徊看不去，遥知下有清都人。”這裏指佩帶飛舞貌。 繞指：亦即“繞指柔”，《文選·劉琨〈重贈盧諶〉》：“何意百煉剛，化爲繞指柔。”吕延濟注：“百煉之鐵堅剛，而今可繞指，自喻經破敗而至柔弱也。”後因以“繞指柔”比喻堅强者經過挫折而變得隨和軟弱，也用以形容柔軟之極。高適《詠馬鞭》：“珠重重，星連連，繞指柔，純金堅。”楊萬里《新除廣東常平之節感恩書懷》：“向來百煉兮繞指，一寸丹心白日明。” 環釧：手鐲。王勃《採蓮賦》：“鳴環釧兮響窈窕，艷珠翠兮光繽紛。”陸龜蒙《太湖石》：“旁穿参洞穴，内竅均環釧。刻削九琳窗，玲瓏五明扇。”

⑫ 佞臣：奸邪諂上之臣。桓寬《鹽鐵論·論儒》：“子瑕，佞臣也。”白居易《李都尉古劍》：“願快直士心，將斷佞臣頭。” 心計：内心考慮。荀悦《漢紀·昭帝紀》：“帝崩於未央宫，無嗣。大臣議所立，武帝子獨有廣陵王胥，胥本以行失道，先帝所不用，光心計不安。”《三國志·袁紹傳》：“〔尚熙〕敗走奔遼東，公孫康誘斬之。”裴松之注引曹丕《典略》：“康亦心計曰：‘今不取熙尚，無以爲説於國家。’” 惑亂：迷亂，混亂。《史記·秦始皇本紀》：“今諸生不師今而學古，以非當世，惑亂黔首。”《舊唐書·韋思謙傳》：“獨有往之論法，或未盡善，皆由主司奸凶，惑亂視聽。” 君心：君王之心，君子之心。張潮《襄陽行》：“玉盤轉明珠，君心無定準。昨見襄陽客，剩説襄陽好。”李白《平虜將軍妻》：“平虜將軍婦，入門二十年。君心自有悦，妾寵豈能專？” 眩：

眼昏發花。《國語·周語》:"夫樂不過以聽耳,而美不過以觀目,若聽樂而震,觀美而眩,患莫大焉!"《戰國策·燕策》:"左右既前斬荆軻,秦王目眩良久。"

⑬ "君心似曲屈如鈎"兩句:意謂胡旋女的舞姿根據君王的喜好而變,君王喜歡委婉就變直爲鉤,君王喜歡直陳就變曲爲箭。　言:話,言語。《書·盤庚》:"遲任有言曰:'人惟求舊,器非求舊,惟新。'"《魏書·釋老志》:"浮屠正號曰佛屠,佛屠與浮圖聲相近,皆西方言,其來轉爲二音。"　屈:彎曲。《老子》:"大直若屈,大巧若拙。"楊萬里《初夏三絶句》三:"只道一溪無十里,爲誰百屈又千盤?"　舒:伸,伸展,展開。干寶《搜神記》卷二:"菊花舒時,並採莖葉,雜黍米釀之。"王昌齡《趙十四兄見訪》:"客來舒長簟,開閤延清風。"

⑭ 清影:清朗的光影,月光。曹植《公宴》:"明月澄清影,列宿正參差。"羊滔《游爛柯山》二:"亘壑躡丹虹,排雲弄清影。"　觸處:到處,隨處,極言其多。《南史·循吏傳序》:"凡百户之鄉,有市之邑,歌謡舞蹈,觸處成群,蓋宋世之極盛也。"元稹《答姨兄胡靈之見寄五十韵》:"岐下尋時别,京師觸處行。醉眠街北廟,閑繞宅南營。"　春鶯:義同黄鶯,即黄鸝。陸璣《毛詩草木鳥獸蟲魚疏·黄鳥於飛》:"黄鳥,黄鸝留也,或謂之黄栗留,幽州人謂之黄鶯。"王維《左掖梨花》:"黄鶯弄不足,銜入未央宫。"　囀:轉折發聲。繁欽《與魏文帝箋》:"時都尉薛訪車子,年始十四,能喉囀引聲,與笳同音。"何遜《七召·聲色》:"聽促柱之方遒,聞度聲之始囀。"鳥鳴。蕭紀《曉思》:"晨禽争學囀,朝花亂欲開。"温庭筠《題柳》:"羌管一聲何處曲?流鶯百囀最高枝。"

⑮ 傾天側地:想盡一切辦法。温庭筠《題李衛公詩二首》一:"蒿棘深春衛國門,九年於此盜乾坤。兩行密疏傾天下,一夜陰謀達至尊。"　抑塞:壓抑,阻塞。《宋書·謝方明傳》:"而守宰不明,與奪乖舛,人事不至,必被抑塞。"元稹《祈雨九龍神文》:"凡天降疵厲,必因於人……或予政之抑塞和令開泄閉藏耶?"　周遮:遮掩,掩蓋。元稹

《感石榴二十韵》:"暗虹徒繳繞,濯錦莫周遮。"白居易《老戒》:"矍鑠誇身健,周遮説話長。不知吾免否?兩鬢已成霜。"

⑯ 翠華:天子儀仗中以翠羽爲飾的旗幟或車蓋。《文選·司馬相如〈上林賦〉》:"建翠華之旗,樹靈鼉之鼓。"李善注:"翠華,以翠羽爲葆也。"沈約《九日侍宴樂游苑》:"虹旌迢遞,翠華葳蕤。"也爲御車或帝王的代稱。陸游《曉嘆》:"翠華東巡五十年,赤縣神州滿戎狄。"這裏是指代唐玄宗的御車。　南幸:這裏指唐玄宗在安史之亂中慌急慌忙被迫逃往成都一事。陳鴻《長恨歌傳》:"及安禄山引兵向闕,以討楊氏爲辭。潼關不守,翠華南幸。"杜牧《長安雜題長句六首》五:"草妬佳人鈿朵色,風回公子玉銜聲。六飛南幸芙蓉苑,十里飄香入夾城。"　萬里橋:橋名,在四川省成都市南。李吉甫《元和郡縣圖志·劍南道》:"成都縣……萬里橋架大江水,在縣南八里,蜀使費禕聘吴,諸葛祖之。禕嘆曰:'萬里之路始於此行。'因以爲名。"杜甫《狂夫》:"萬里橋西一草堂,百花潭水即滄浪。風含翠篠娟娟净,雨裛紅蕖冉冉香。"劉禹錫《竹枝詞九首》四:"日出三竿春霧消,江頭蜀客駐蘭橈。憑寄狂夫書一紙,家住成都萬里橋。"　玄宗始悟坤維轉:《蜀中廣記·神仙記》:"《松窗雜録》:玄宗幸東都,偶秋霽,與僧一行共登天宫寺閣,臨眺久之。上遐顧淒然,發嘆數四,謂一行曰:'吾甲子得終無患乎?'一行進曰:'陛下行幸萬里,聖祚無疆!'及西幸至成都,前望大橋,上舉鞭問左右曰:'是橋何名?'節度使崔圓躍馬前進曰:'萬里橋。'上因追嘆曰:'一行之言果符,吾無憂矣!'"　坤維:指西南方,因《易·坤》有"西南得朋"之語,故以坤指西南。《文選·張協〈雜詩〉》:"大火流坤維,白日馳西陸。"李善注:"《毛詩》曰:'七月流火。'毛萇曰:'火,大火也。'《淮南子》曰:'坤維在西南。'"范仲淹《宋故乾州刺史張公神道碑》:"初蜀師之役,中軍雲侯有終,辟公以行,如左右手。平定坤維,公有力焉!"

⑰ 寄言:猶寄語、帶信。元稹《遣興十首》五:"炎夏火再伏,清商

暗回飆。寄言抱志士,日月東西跳。"白居易《林下閑步寄皇甫庶子》:"一酌池上酒,數聲竹間吟。寄言東曹長,當知幽獨心。"　旋目:義同"旋眩",謂旋轉令人目眩。柳宗元《序飲》:"既或投之,則旋眩滑汩,若舞若躍。"　旋心:謂旋轉令人心眩。韓琦《和袁陟節推龍興寺芍藥》:"旋心體弱不勝枝,寶髻欹斜猶墮馬。"　有國:指國。"有"爲詞頭,無義。元結《古遺嘆》:"古昔有遺嘆,所嘆何所爲?有國遺賢臣,萬世爲冤悲。"李九齡《讀三國志》:"有國由來在得賢,莫言興廢是迴圈。武侯星落周瑜死,平蜀降吴似等閑。"　有家:指家,"有",詞頭,無義。李紳《肥河維舟阻凍祗待勅命》:"陳力不任趍北闕,有家無處寄東山。"韋莊《上元縣》:"南朝三十六英雄,角逐興亡盡此中。有國有家皆是夢,爲龍爲虎亦成空。"　譴:責問,譴責。《莊子・天下》:"獨與天地精神往來而不敖倪於萬物,不譴是非,以與世俗處。"成玄英疏:"譴,責也。"任昉《齊竟陵文宣王行狀》:"先是震於外寢,匠者以爲不祥,將加治葺。公曰:'此天譴也,無所改修,以記吾過。'"

[編年]

《年譜》、《編年箋注》、《年譜新編》編年意見及編年理由同前《和李校書新題樂府十二首・序》、《上陽白髮人》所引述。

我們的編年意見不同於《年譜》、《編年箋注》、《年譜新編》,我們的編年理由也同《和李校書新題樂府十二首・序》、《上陽白髮人》、《西凉伎》及《縛戎人》諸篇所表述,亦即本詩賦成於元和三年十二月至元和四年二月間,地點在長安,元稹守制剛剛結束,尚未拜職。

◎ 和李校書新題樂府十二首・蠻子朝

(李《傳》云:"貞元末,蜀川始通蠻酋。")(一)①

西南六詔(蒙雋詔、越析詔、浪穹詔、邆賧詔、施浪詔、蒙舍詔)有遺種(二),僻在荒陬路尋壅②。部落支離君長賤,比諸夷狄爲幽冗③。犬戎强盛頻侵削,降有憤心戰無勇④。夜防鈔盜保深山,朝望烟塵上高冢⑤。鳥道繩橋來款附,非因慕化因危悚(三)⑥。清平官擊金呿嵯,求天叩地持雙珙⑦。益州大將韋令公(韋皋),頃實遭時定汧隴⑧。自居劇鎮無他績,幸得蠻來固恩寵。爲蠻開道引蠻朝,接蠻送蠻常繼踵(四)。天子臨軒四方賀,朝廷無事唯端拱⑨。漏天走馬春雨寒,瀘水飛蛇瘴烟重⑩。椎頭丑類除憂患,瘇足役夫勞洶湧⑪。匈奴互市歲不供,雲蠻通好轡長駷(音竦,摇銜走馬)⑫。戎王養馬漸多年,南人耗悴西人恐⑬。

録自《元氏長慶集》卷二四

[校記]

(一) 蠻子朝:楊本、叢刊本、《古詩鏡・唐詩鏡》、《全詩》同,《樂府詩集》題解:"《唐書》曰:'真(貞)元之初,韋皋招撫諸蠻,至九年四月,南詔異牟尋請歸附,十四年又遣使朝賀。'李公垂《傳》曰:'真(貞)元末,蜀川始通蠻國。'"《雲南通志・古歌謡》作"蠻子朝",下無題注,《滇略・文略》作"賀南詔獻地圖土貢詩",下無題注,僅録以備考,不改。　蜀川始通蠻酋:楊本、叢刊本、張校本、《古詩鏡・唐詩鏡》同,《樂府詩集》、《全詩》作"蜀川始通蠻國",意義相類,不改。

（二）蒙巂詔、越析詔、浪穹詔、邆賧詔、施浪詔、蒙舍詔：楊本、叢刊本、《樂府詩集》、《古詩鏡・唐詩鏡》、《全詩》、《雲南通志・古歌謡》、《滇略・文略》無，此爲馬元調所加注語，有助于讀者進一步瞭解，不改。

（三）非因慕化因危悚：原本作“非因慕化因爲悚”，楊本、叢刊本、《古詩鏡・唐詩鏡》、《雲南通志・古歌謡》、《滇略・文略》同，語義難通，據《樂府詩集》、《全詩》改。

（四）接蠻送蠻常繼踵：楊本、叢刊本、《古詩鏡・唐詩鏡》、《雲南通志・古歌謡》、《滇略・文略》同，《樂府詩集》、《全詩》作“迎蠻送蠻常繼踵”，語義相類，不改。

[箋注]

① 蠻子朝：白居易有同名詩篇《蠻子朝》酬和，詩云：“蠻子朝，泛皮船兮度繩橋，來自嶲州道路遥。入界先經蜀川過，蜀將收功先表賀。臣聞雲南六詔蠻，東連牂牁西連蕃。六詔星居初鎖碎，合爲一詔漸强大。開元皇帝雖聖神，唯蠻倔强不來賓。鮮于仲通六萬卒，征蠻一陣全軍没。至今西洱河岸邊，箭孔刀痕滿枯骨（天寶十三載鮮于仲通統兵六萬，討雲南王合羅鳳於西洱河，全軍覆歿也）。誰知今日慕華風，不勞一人蠻自通。誠由陛下休明德，亦賴微臣誘諭功。德宗省表知如此，笑令中使迎蠻子。蠻子導從者誰何？摩挲俗羽雙隈伽。清平官持赤藤杖，大將軍擊金呿嗟。異牟尋男尋合勸，特敕召對延英殿。上心貴在懷遠蠻，引臨玉座近天顔。冕旒不垂親勞倈，賜衣賜食移時對。移時對，不可得，大臣相看有羨色。可憐宰相拖紫佩金章，朝日唯聞對一刻。”可與本詩參讀。李肇《唐國史補》卷中：“韋太尉在西川……極其聚斂，坐有餘力，以故軍府寖盛而黎甿重困。及晚年爲月進，終致劉闢之亂，天下譏之。”《唐宋詩醇》卷二〇：“自鮮于仲通、李宓構兵南詔，喪師匱財，西南無寧歲。韋皋經略十餘年，僅能服之，

而中國之力已殫矣！元微之詩云：‘自居劇鎮無他績，幸得蠻來固恩寵。’蓋刺皋也。”陳寅恪《元白詩箋證稿·蠻子朝》云：“此題李公垂原作，而元白二公和之。元白之詩俱于韋皋有微辭，李氏之作諒亦相同。”《舊唐書·南詔蠻傳》：“南詔蠻，本烏蠻之别種也，姓蒙氏。蠻謂王爲‘詔’，自言哀牢之後，代居蒙舍州爲渠帥，在漢永昌故郡東、姚州之西。其先渠帥有六，自號‘六詔’，兵力相埒，各有君長，無統帥。蜀時爲諸葛亮所征，皆臣服之。國初有蒙舍龍，生迦獨龎。迦獨生細奴邏，高宗時來朝。細奴邏生邏盛，武后時來朝。其妻方娠，邏盛次姚州，聞妻生子，曰：‘吾且有子，死于唐地足矣！’子名曰盛邏皮，邏盛至京師，賜錦袍金帶歸國。開元初邏盛死，子盛邏皮立。盛邏皮死，子皮邏閣立。二十六年詔授特進，封越國公，賜名曰歸義。其後破洱河蠻，以功策授雲南王。歸義漸强盛，餘五詔浸弱。先是劍南節度使王昱受歸義賂，奏六詔合爲一詔。歸義既並五詔，服群蠻，破吐蕃之衆兵，日以驕大。每入覲，朝廷亦加禮異。二十七年，徙居大和城。天寶四載，歸義遣孫鳳迦異來朝，授鴻臚卿歸國，恩賜甚厚，歸義意望亦高。時劍南節度使章仇兼瓊遣使至雲南，與歸義言語不相得，歸義常銜之。七年歸義卒，詔立子閣羅鳳襲雲南王。無何，鮮于仲通爲劍南節度使，張虔陁爲雲南太守。仲通褊急寡謀，虔陀矯詐，待之不以禮。舊事，南詔常與其妻子謁見都督，虔陀皆私之。有所徵求，閣羅鳳多不應，虔陀遣人罵辱之，仍密奏其罪惡。閣羅鳳忿怨，因發兵反攻圍虔陀，殺之，時天寶九年也。明年，仲通率兵出戎、雋州，閣羅鳳遣使謝罪，仍與雲南録事參軍姜如芝俱來，請還其所虜掠，且言：‘吐蕃大兵壓境，若不許，當歸命吐蕃，雲南之地非唐所有也。’仲通不許，囚其使，進軍逼大和城，爲南詔所敗。自是閣羅鳳北臣吐蕃，吐蕃令閣羅鳳爲贊普鍾，號曰‘東帝’，給以金印。蠻謂弟爲‘鍾’，時天寶十一年也。十二年，劍南節度使楊國忠執國政，仍奏徵天下兵，俾留後，侍御史李宓將十餘萬，輦餉者在外，涉海瘴死者相屬於路，天下始騷然苦之。宓復敗於大和城北,死者十八九。會安禄山反,閣羅鳳乘釁攻陷雋州及會同軍,西復降尋傳蠻。大曆十四年,閣羅鳳子鳳迦異先閣羅鳳死,立迦異子,是爲異牟尋,頗知書,有才智,善撫其衆。吐蕃役賦南蠻重數,又奪諸蠻險地立城堡,歲徵兵以助鎮防,牟尋益厭苦之……元和二年八月,遣使鄧傍傳來朝,授試殿中監。三年十二月,以異牟尋卒,廢朝三日。四年正月,乙太常少卿武少儀充吊祭使,仍册牟尋之子驃信苴蒙閣勸爲南詔王,仍命鑄'元和册南詔印'。七年十年,皆遣使朝貢。十一年五月,以龍蒙盛卒,廢朝三日。遣使來請册立其君長,以少府少監李銑充册立吊祭使,左贊善大夫許堯佐副之。十二年至十五年,比年遣使來朝,或年内二三至者。寶曆二年、太和元年,亦遣使來。三年,杜元穎鎮西川,以文儒自高,不練戎事,南蠻乘我無備,大舉諸部入寇。牧守屢陳,亦不之信。十一月,蜀川出軍與戰,不利。陷我邛州,逼成都府,入梓州西郭,驅劫玉帛子女而去。上聞之,大怒,再貶元穎爲循州司馬。明年正月,其王蒙嵯顛以表自陳請罪,兼疏元穎過失。國家方事柔遠,尋釋其罪,復遣使來朝。五年、八年,亦遣使來貢方物。開成四年、五年、會昌二年,皆遣使來朝。"以上有關記載,一一與本詩,如"清平官擊"、"金呿嵯"呼應,故詳細引録。

② 六詔:唐代位於今雲南及四川西南的烏蠻六個部落的總稱,誠如本詩詩注所云,即蒙雋詔、越析詔、浪穹詔、邆睒詔、施浪詔、蒙舍詔。"詔"義爲王或首領,其帥有六,因號"六詔"。開元二十六年(公738)後,蒙舍詔併吞其他五部,因其在五部之南(今巍山縣南境),史稱南詔。陸游《晚登横溪閣》:"瘴霧不開連六詔,俚歌相答帶三巴。"關於"六詔",除上引《舊唐書·南詔蠻》外,還可以參閲《新唐書·南蠻傳》。 遺種:這裏指人的後代。蘇轍《賦園中所有十首》一〇:"浮根不任雪,采剥收遺種。未忍焚枯莖,積迭墻角擁。"吕本中《與材仲弟相别于白沙東門之外悵然久立不能自釋乃知謝安石作惡之語不過

也因成奉寄可見别後氣味亦可並示京洛間親舊也》:“伯姑無恙時,令我與子友。周旋以至今,各有遺種臭。” 荒陬:荒遠的角落。元稹《陽城驛》:“唯有太學生,各具糧與餱。咸言公去矣,我亦去荒陬。”李紳《逾嶺嶠止荒陬抵高要》:“天將南北分寒燠,北被羔裘南卉服。寒氣凝爲戎鹵驕,炎蒸結作蟲虺毒。” 尋:古代長度單位,一般爲八尺。《詩·魯頌·閟宫》:“是斷是度,是尋是尺。”鄭玄箋:“八尺曰尋,或云七尺、六尺。”《史記·張儀列傳》:“秦馬之良,戎兵之衆,探前趹後蹄間三尋騰者,不可勝數。”司馬貞索隱:“七尺曰尋。”《廣韵·平侵》:“六尺曰尋。”朱駿聲《説文通訓定聲·臨部》:“程氏瑤田云:度廣曰尋,度深曰仞,皆伸兩臂爲度,度廣則身平臂直,而適得八尺;度深則身臂曲,而僅得七尺。其説精核。尋、仞皆以兩臂度之,故仞亦或言八尺,尋亦或言七尺也。” 壅:堵塞,阻擋。《左傳·成公十二年》:“交贄往來,道路無壅。”《國語·周語》:“川壅而潰,傷人必多。”

③ 部落:由若干血緣相近的宗族、氏族結合而成的集體,分部屯居,故稱。高適《部落曲》:“蕃軍傍塞遊,代馬噴風秋。老將垂金甲,閼支着錦裘。”李益《塞下曲》:“蕃州部落能結束,朝暮馳獵黄河曲。燕歌未斷塞鴻飛,牧馬群嘶邊草緑。” 支離:分散,分裂。《文選·王延壽〈魯靈光殿賦〉》:“捷獵鱗集,支離分赴。”李善注:“支離,分散貌。”韋莊《秦婦吟》:“忽看庭際刀刃鳴,身首支離在俄頃。” 君長:古代少數民族部落之酋長。韓愈《烏氏廟碑銘》:“其後世之江南者,家鄱陽。處北者,家張掖。或入夷狄,爲君長。”曾鞏《請訪問高驪世次札子》:“其使者,宜知其國之君長,興壞本末,名及世次。” 夷狄:古稱東方部族爲夷,北方部族爲狄,因六詔蠻處在中國南方,故言。《論語·八佾》:“夷狄之有君,不如諸夏之亡也。”《漢書·蕭望之傳》:“聖王之制,施德行禮,先京師而後諸夏,先諸夏而後夷狄。”

④ 犬戎:古族名,戎人的一支,即畎戎,又稱畎夷、犬夷、昆夷、緄夷等。《左傳·閔公二年》:“虢公敗犬戎於渭汭。”杜預注:“犬戎,西

戎别在中國者。"《國語·周語》:"穆王將征犬戎。"舊時對我國少數民族的蔑稱。杜甫《揚旗》:"三州陷犬戎,但見西嶺青。"浦起龍《心解》:"謂上年十二月高適在事時,吐蕃陷松、維、保三州。"薛逢《開元後樂》:"一自犬戎生薊北,便從征戰老汾陽。" 强盛:强大興盛。干寶《搜神記》卷一四:"時戎吳强盛,數侵邊境,遣將征討,不能擒勝。"白居易《贈友五首》一:"周漢德下衰,王風始不競。又從斬鼂錯,諸侯益强盛。" 侵削:侵奪,削奪。《荀子·正論》:"甚者諸侯侵削之,攻伐之。若是則雖未亡,吾謂之無天下矣!"陳舜俞《説義》:"説曰:今夫天下所以晏然長久而無淩暴侵削之患者,豈人力也哉,是以有義然也。" 降有憤心戰無勇:這是一種矛盾而又無可奈何心情的流露。 憤心:憤怒或憤激之心。《晉書·宣帝紀論》:"既而擁衆西舉,與諸葛相持。抑其甲兵,本無鬥志,遺其巾幗,方發憤心。" 無勇:没有勇氣,缺乏信心。張九齡《酬周判官巡至始興會改秘書少監見貽之作兼呈耿廣州》:"義疾耻無勇,盜憎攻亦鋭。葵藿是傾心,豺狼何反噬?"李吕《自警三首》二:"當仁貴不讓,見義忌無勇。今人無魏顆,勿望渠形夢!"

⑤ 鈔盜:搶劫,盜竊。《後漢書·西羌東號子麻奴傳》:"其餘大者萬餘人,小者數千人,更相鈔盜。"《册府元龜》卷七二四:"蜀張嶷,巴西郡人,州召爲從事。會廣漢綿竹山賊張慕等鈔盜軍資,劫掠吏民,嶷以都尉將兵討之。" 深山:與山外距離遠的、人不常到的山嶺。杜荀鶴《山中寡婦》:"時挑野菜和根煮,旋斫生柴帶葉燒。任是深山更深處,也應無計避征徭。"貫休《山居詩二十四首》一:"休話諠嘩事事難,山翁只合住深山。數聲清磬是非外,一個閑人天地間。" 烟塵:烽烟和戰場上揚起的塵土,指戰亂。元稹《法曲》:"自從胡騎起烟塵,毛毳腥膻滿咸洛。"白居易《憶洛下故園》:"潯陽遷謫地,洛陽離亂年。烟塵三川上,炎瘴九江邊。" 高冢:高大的墳墓。張説《鄴都引》:"但見西園明月在,鄴傍高冢多貴臣。"元稹《遣春十首》八:"繞郭高高冢,半是荆王墓。" 冢:墳墓。李賀《許公子鄭姬歌》:"相如冢上

生秋柏,三秦誰是言情客?”

⑥ 鳥道:這裏形容險峻狹窄的、似乎衹有飛鳥才能通過的山路。李白《蜀道難》:“西當太白有鳥道,可以横絶峨眉巔。”許棠《登山》:“信步上鳥道,不知身忽高。近空無世界,當楚見波濤。” 繩橋:用繩索連結兩岸,鋪以竹木而成的橋,通行之時險象環生。杜甫《寄董卿嘉榮十韵》:“下臨千仞雪,却背五繩橋。”顧況《露青竹杖歌》:“横截斜飛飛鳥邊,繩橋夜上層崖顛。頭插白雲跨飛泉,采得馬鞭長且堅。” 款附:誠心歸附。曹植《策命晉公九錫文》:“公鎮靖宇宙,翼播聲教,海外懷服,荒裔款附。”《北齊書・元景安傳》:“于時江南款附,朝貢相尋。” 慕化:向慕歸化。劉禹錫《奉和淮南李相公早秋即事寄成都武相公》:“八柱共承天,東西别隱然。遠夷争慕化,真相故臨邊。”白居易《代忠亮答土蕃東道節度使論結都離等書》:“若非皇天輔德,明神福仁,北虜何爲歸明?南蠻何爲慕化?” 危悚:危懼。《三國志・蔣琬傳》:“亮卒,以琬爲尚書令,俄而加行都護假節,領益州刺史,遷大將軍,録尚書事,封安陽亭侯。時新喪元帥,遠近危悚。”《北齊書・文宣帝紀》:“自皇太后諸王及内外勛舊,愁懼危悚,計無所出。”

⑦ 清平:南詔蠻之宰相名。驃信《星回節游避風臺與清平官賦(南詔以十二月十六日爲星回節,《唐書・南詔》:“官曰清平者,猶唐之宰相。”)》:“不覺歲云暮,感極星回節。元昶同一心,子孫堪貽厥。”其中“元昶同一心”,與《新唐書・南蠻傳》記載相一致:“王自稱曰元,猶朕也。謂其下曰昶,猶卿爾也。官曰坦綽,曰布燮,曰久贊,謂之清平官,所以决國事輕重,猶唐宰相也。”樊綽《蠻書》卷九:“清平官六人,每日與南詔參議境内大事。其中推量一人爲内算官,凡有文書,便代南詔判押處置,有副兩員同勾當。”本詩上引《舊唐書・南詔蠻傳》也有詳細記載。 呿嗟:亦作“呿嵯”,韋帶。白居易《蠻子朝》:“清平官持赤藤杖,大將軍擊金呿嗟。”陳寅恪箋證:“新傳云:‘佉苴,韋帶也。’……‘呿嗟’、‘呿嵯’,皆‘佉苴’之異譯。”參見“佉苴”。 佉

苴:腰帶。樊綽《蠻書·蠻夷風俗》:“謂腰帶曰佉苴。”《新唐書·南詔傳》:“王親兵曰朱弩佉苴。佉苴,韋帶也。”《新唐書·驃傳》:“舞人服南詔衣、絳裙襦、黑頭囊、金佉苴、畫皮韡,首飾襪額,冠金寶花鬘,襦上復加畫半臂。”　珙:大璧。《玉篇·玉部》:“珙,大璧也。”韩愈孟郊《会合联句》:“朝紳鬱青緑,馬飾曜珪珙。”

⑧ 益州:地名,唐代重要節鎮,當時有“揚一益二”之稱。《資治通鑑》卷二五九:“先是,揚州富庶甲天下,時人稱‘揚一益二’。”《元和郡縣志·劍南道》:“成都府……今爲西川節度使理所(管益州、彭州、蜀州、漢州、邛州、簡州、資州、嘉州、戎州、雅州、眉州、松州、茂州、翼州、維州、當州、悉州、静州、柘州、恭州、真州、黎州、嶲州、姚州、協州、曲州)。”鄭惟忠《送蘇尚書赴益州》:“離憂將歲盡,歸望逐春來。庭花如有意,留艷待人開。”宋璟《送蘇尚書赴益州》:“我望風烟接,君行霰雪飛。園亭若有送,楊柳最依依。”　大將:古代軍隊中的中軍主將,亦指主帥。《史記·淮陰侯列傳》:“諸將皆喜,人人各自以爲得大將。至拜大將,乃韓信也,一軍皆驚。”岑參《走馬川行奉送出師西征》:“漢家大將西出師,將軍金甲夜不脱。半夜軍行戈相撥,風頭如刀面如割。”　令公:對中書令的尊稱,中唐以後,節度使多加中書令,使用漸濫。趙璘《因話録》卷一:“禮緣人情,令公(指郭子儀)勛德不同常人,且又爲國姻戚,自令公始,亦謂得宜。”李頎《寄綦毋三》:“新加大邑綬仍黄,近與單車去洛陽。顧盼一過丞相府,風流三接令公香。”　韋皋:德宗朝長期鎮守西川,與南詔交接甚多,因此得以升遷。《舊唐書·韋皋傳》:“韋皋,字城武,京兆人……是歲(貞元十七年)十月,遣使獻論莽熱於朝,德宗數而釋之,賜第於崇仁里,皋以功加檢校司徒兼中書令,封南康郡王……皋在蜀二十一年,重賦斂以事月進,卒致蜀土虚竭,時論非之。其從事累官稍崇者,則奏爲屬郡刺史,或又署在府幕,多不令還朝,蓋不欲泄所爲于闕下故也。故劉闢因皋故態,圖不軌以求三川,厲階之作,蓋有由然。”《舊唐書·德宗紀》:“(貞元)

十七年……冬十月,加韋皋檢校司徒中書令,封南康郡王,賞破吐蕃功也。”韓愈《元和聖德詩》:“韋皋去鎮,劉闢守後。血人於牙,不肯吐口。”郭圓《詠韋皋》:“宣父從周又適秦,昔賢誰少出風塵？當時甚訝張延賞,不識韋皋是貴人。” 頃實遭時定汧隴:關於韋皋平定汧隴之事,見《舊唐書・韋皋傳》所載:“大曆初,以建陵挽郎調補華州參軍,累授使府監察御史。宰相張鎰出爲鳳翔隴右節度使,奏皋爲營田判官,得殿中侍御史權知隴州行營留後事。建中四年,涇師犯闕,德宗幸奉天。鳳翔兵馬使李楚琳殺張鎰,以府城叛歸於朱泚,隴州刺史郝通奔于楚琳。先是,朱泚自范陽入朝,以甲士自隨。後泚爲鳳翔節度使,既罷,留范陽五百人戍隴州,而泚舊將牛雲光督之。時泚既以逆徒圍奉天,雲光因稱疾,請皋爲帥,將謀亂,擒皋以赴泚。皋將翟曄伺知之,白皋爲備。雲光知事泄,遂率其兵以奔泚。行及汧陽,遇泚家僮蘇玉將使於皋所,蘇玉謂雲光曰:‘太尉已登寶位,使我持詔以韋皋爲御史中丞,君可以兵歸隴州。皋若承命,即爲吾人;如不受詔,彼書生,可以圖之,事無不濟矣!’乃反旆疾趨隴州。皋迎勞之,先納蘇玉,受其僞命,乃問雲光曰:‘始不告而去,今又來,何也?’雲光曰:‘前未知公心,故潛去;知公有新命,今乃復還。願與公戮力定功,同其生死。’皋曰:‘善!’又謂雲光曰:‘大使苟不懷詐,請納器甲,使城中無所危疑,乃可入。’雲光以書生待皋,且以爲信然,乃盡付弓矢戈甲,皋既受之,乃内其兵。明日,皋犒宴蘇玉、雲光之卒於郡舍,伏甲於兩廊,酒既行,伏發,盡誅之,斬雲光蘇玉首以徇。泚又使家僮劉海廣以皋爲鳳翔節度使,皋斬海廣及從者三人,生一人使報泚。於是詔以皋爲御史大夫、隴州刺史,置奉義軍節度以旌之。皋遣從兄平及弇繼入奉天城,城中聞皋有備,士氣增倍。皋乃築壇於廷,血牲,與將士等盟曰:‘……’又遣使入吐蕃求援,十一月加檢校禮部尚書。興元元年德宗還京,徵爲左金吾衛將軍,尋遷大將軍。貞元元年拜檢校户部尚書,兼成都尹、御史大夫、劍南西川節度使,代張延賞。” 遭時:謂遇到好時勢。《莊子・徐無鬼》:“遭時有所用,不能無爲也。”成玄英疏:“以前諸士遭遇時命,情隨事遷,故不能無爲也。”《周書・薛憕傳》:“此年少極慷慨,但不遭時耳!”　汧隴:指汧水、隴山地帶,地當今陝西省西部。潘岳《西征賦》:“邪界褒斜,右濱汧隴。”許渾《客有卜居不遂薄遊汧隴因題》:“海燕西飛白日斜,天門遥望五侯家。樓臺深鎖無人到,落盡春風第一花。”

⑨“自居劇鎮無他績”六句:意謂韋皋鎮守西川這一重要節鎮,其實並没有驚天動地的業績,衹是恰好南詔有意内歸朝廷,韋皋順風順水,白白撿得這天大的功勞而已。韋皋衹是做了“爲蠻開道引蠻朝,接蠻送蠻常繼踵”的非常簡單也十分正常的工作。而唐德宗也衹是做了“臨軒四方賀”,“無事唯端拱”的簡易事情,並無深謀遠慮的決策,也無出人意料的舉措。關於南詔主動内附一事,見《舊唐書・南詔蠻傳》:“有鄭回者,本相州人,天寶中舉明經,授嶲州西瀘縣令,嶲州陷,爲所虜。閤羅鳳以回有儒學,更名曰蠻利,甚愛重之,命教鳳迦異。及異牟尋立,又令教其子尋夢湊。回久爲蠻師,凡授學,雖牟尋、夢湊,回得棰撻,故牟尋以下皆嚴憚之。蠻謂相爲清平官,凡置六人。牟尋以回爲清平官,事皆咨之,秉政用事。餘清平官五人,事回卑謹,或有過,回輒撻之。回嘗言于牟尋曰:‘自昔南詔嘗欵附中國,中國尚禮義,以惠養爲務,無所求取。今棄蕃歸唐,無遠戍之勞、重税之困,利莫大焉!’牟尋善其言,謀内附者十餘年矣!會劍南西川節度使韋皋招撫諸蠻,苴烏星、虜望等歸化,微聞牟尋之意,因令蠻寓書于牟尋,且招懷之,時貞元四年也。七年,又遣間使持書喻之。道出磨些蠻,其魁主潛告吐蕃。使至雲南,吐蕃已知之,令詰牟尋。牟尋懼,因紿吐蕃曰:‘唐使,本蠻也,韋皋許其求歸,無他謀。’遂執送吐蕃,吐蕃益疑之,多召南詔大臣之子爲,質牟尋愈怨。九年四月,牟尋乃與酋長定計遣使:趙莫羅眉由兩川,楊大和堅由黔中,或由安南。使凡三輩,致書于韋皋,各齎生金丹砂爲贄。三分前皋所與牟尋書,各持其

一爲信。歲中,三使皆至京師,且曰:‘牟尋請歸大國,永爲藩國,所獻生金,以喻向北之意如金也,丹砂示其赤心耳!’上嘉之,乃賜牟尋詔書,因命韋皋遣使以覼其情。皋遂命巡官崔佐時至牟尋所都陽苴咩城,南去大和城十餘里,東北至成都二千四百里,東至安南如至成都,通水陸行。是時也,吐蕃使數百人先佐時在南詔,牟尋悉召諸種落與議歸化,或未畢至,未敢公言,密令佐時稱牂牁使,衣以牂牁服而人。佐時不肯,曰:‘我大唐使,安得服小夷之服?’牟尋不得已,乃夜迎佐時,設位陳燈燭。佐時乃大宣詔書,牟尋恐吐蕃知,顧左右無色,而業已歸唐,久之,歔欷流涕,皆俯伏受命。其明年正月,異牟尋使其子閣勸及清平官等與佐時盟於點蒼山神祠,盟書一藏於神室,一沉於西洱河,一置祖廟,一以進天子,閣勸即尋夢湊也。鄭回見佐時,多所指導,故佐時探得其情。乃請牟尋斬吐蕃使數人,以示歸唐,又得其吐蕃所與金印。牟尋尋遣佐時歸,仍刻金契以獻,合勸賦詩以餞之。牟尋乃去吐蕃所立帝號,私于佐時請復南詔舊名,佐時與盟訖,留二旬有六日而歸。初,吐蕃因争北庭,與回鶻大戰,死傷頗衆,乃徵兵于牟尋,須萬人。牟尋既定計歸我,欲因徵兵以襲之,乃示寡弱,謂吐蕃曰:‘蠻軍素少,僅可發三千人。’吐蕃少之,請益至五千,乃許。牟尋遽遣兵五千人戍吐蕃,乃自將數萬踵其後,晝夜兼行,乘其無備,大破吐蕃於神川。遂斷鐵橋,遣使告捷。且請韋皋使閲其所虜獲及城堡,以取信焉!時韋皋上言:‘牟尋收鐵橋已來城壘一十六,擒其王五人,降其衆十餘萬。’以祠部郎中兼御史中丞袁滋持節册南詔,仍賜牟尋印,鑄用黄金,以銀爲窠,文曰:‘貞元册南詔印。’先是韋皋奏南詔前遣清平官尹仇寬獻所受吐蕃印五,二用黄金,今賜請以黄金,從蠻夷所重,傳示無窮,從皋之請也。十年八月,遣使蒙湊羅棟及尹仇寬來獻鐸槊、浪人劍及吐蕃印八紐。湊羅棟,牟尋之弟也,錫賚甚厚。以尹仇寬爲檢校左散騎常侍,餘各授官有差,俄又封尹仇寬爲高溪郡王。十一年三月,遣清平官尹輔酋隨袁滋來朝,又得先没蕃將衛景升、韓演等，並南詔所獲吐蕃將帥俘馘百人至京師。湊羅楝歸國，在道而卒，贈右散騎常侍。授尹輔酋檢校太子詹事兼御史中丞，餘亦差次授官。又降敕書賜異牟尋及子閣勸，清平官鄭回、尹仇寬等各一書，書左列中書三官宣奉行，復舊制也。九月，異牟尋遣使獻馬六十匹。十二年，韋皋於雅州會野路招收得投降蠻首領高萬唐等六十九人，户約七千，兼萬唐等先受吐蕃金字告身五十片。十四年，異牟尋遣酋長大將軍王丘各等賀正，兼獻方物。十九年正月旦，上御含元殿受南詔朝賀，以其使楊鏌龍武爲試太僕少卿，授黎州廓清道蠻首領襲恭化郡王劉志甯試太常卿。二十年，南詔遣使朝貢。” 劇鎮：政務繁劇的藩鎮。元稹《贈王承宗侍中制》：“逮居劇鎮，益辨長材。”《新唐書・陳子昂傳》：“近詔同城權置安北府，其地當磧南口，制匈奴之冲，常爲劇鎮。” 恩寵：謂帝王對臣下的優遇寵倖，亦泛指對下屬的寵愛。王充《論衡・幸偶》：“無德薄才，以色稱媚……邪人反道而受恩寵。”韓愈《論淮西事宜狀》：“臣謬承恩寵，獲掌綸誥，地親職重，不同庶寮。” 開道：在前引路。杜甫《奉贈鮮於京兆二十韵》：“驊騮開道路，雕鶚離風塵。侯伯知何等，文章實致身。”孟元老《東京夢華録・駕登寶津樓諸軍呈百戲》：“先一人空手出馬，謂之引馬，次一人磨旗出馬，謂之開道。” 朝：諸侯相拜見。《左傳・文公十五年》：“夏，曹伯來朝，禮也。”孔穎達疏引鄭玄曰：“父死子立曰世。凡諸侯相朝，皆小國朝於大國，或敵國相爲賓，或彼君新立此往朝焉，或此君新即位自往朝彼，皆是世相朝也。”《史記・孟子荀卿列傳》：“齊威王、宣王用孫子、田忌之徒，而諸侯東面朝齊。” 繼踵：接踵，前後相接。《史記・范睢蔡澤列傳論》：“及二人羈旅入秦，繼踵取卿相。”胡曾《詠史詩・五湖》：“不知范蠡乘舟後，更有功臣繼踵無？” 臨軒：皇帝不坐正殿而御前殿，殿前堂陛之間近檐處兩邊有檻楯，如車之軒，故稱。《後漢書・李膺傳》：“讓訴冤於帝，詔膺入殿，御親臨軒，詰以不先請便加誅辟之意。”王維《少年行四首》四：“天子臨軒賜侯印，將軍佩出明光宫。”　端拱：指帝王莊嚴臨朝，清簡爲政。《魏書·辛雄傳》：“端拱而四方安，刑措而兆民治。”歐陽詹《珍祥論》：“即虐如秦皇，雖車轍遍於宇内，不如太宗端拱於堂上也。”

⑩ 漏天：謂如天瀉漏，比喻多雨、久雨或飛泉盛大。蘇軾《廣州蒲澗寺》：“千章古木臨無地，百尺飛濤瀉漏天。”又四川有地名漏天，在今四川省雅安縣境，其地多雨，故稱。杜甫《陪章留後侍御宴南樓得風字》：“朝廷燒棧北，鼓角漏天東。”楊倫箋注：“《梁益記》：‘雅州西北有大、小漏天，以其西北陰盛常雨，如天之漏也。’”　走馬：騎馬疾走，馳逐。《詩·大雅·綿》：“古公亶父，來朝走馬。”王先謙集疏：“《玉篇·走部》：‘趣，遽也。《詩》曰：‘來朝趣馬。’言早且疾也。’知韓‘走’作‘趣’。”杜甫《去秋行》：“去秋涪江木落時，臂槍走馬誰家兒？”　春雨：春天的雨。《莊子·外物》：“春雨日時，草木怒生。”方干《水墨松石》：“垂地寒雲吞大漠，過江春雨入全吴。”　瀘水：水名，在巂州西瀘縣，《元和郡縣志·巂州》：“西瀘縣……瀘水在縣西一百十二里，諸葛亮征越巂上疏曰：‘五月渡瀘，深入不毛。’謂此水也。水峻急而多石，土人以牛皮作船而渡，勝七八人。”又云：巂州“隋開皇六年改爲西寧州，十八年改爲巂州，皇朝因之，至德二年没蕃，貞元十三年節度使韋臯收復。”　飛蛇：傳説中會飛的蛇，這裏是形容瀘水的形態。《山海經·中山經》：“〔柴桑之山〕多白蛇、飛蛇。”郭璞注：“即螣蛇，乘霧而飛者。”　瘴烟：即“瘴氣”，指南部、西南部地區山林間濕熱蒸發能致病之氣。《後漢書·南蠻傳》：“南州水土温暑，加有瘴氣，致死者十必四五。”王建《南中》：“瘴烟沙上起，陰火雨中生。獨有求珠客，年年入海行。”于鵠《送遷客二首》二：“流人何處去？萬里向江州。孤驛瘴烟重，行人巴草秋。”

⑪ 椎頭：椎發，指邊遠地區少數民族的髮式。施武《土官出山詞（土官唯參謁官長始冠帶，居常但用皁綾青布裹頭）》：“嗚嗚牛角滿山陂，腰下横刀弩箭隨。雜部椎頭皆束帛，皁綾纏額長官司。”　丑類：

比類,引以爲同類。《左傳·文公十八年》:“昔帝鴻氏有不才子,掩義隱賊,好行凶德,丑類惡物,頑嚚不友,是與比周。”楊伯峻注:“丑,類也。丑類,同義詞連用,此作動詞,惡物爲其賓語,言與惡物相比類也。”惡人,壞人,對敵人的蔑稱。曹植《求自試表》:“庶將虜其雄率,殲其丑類。”　瘇:足腫。《靈樞經·水脹》:“水始起也……其頸脈動,時欬,陰股間寒,足脛瘇,腹乃大,其水已成矣!”張華《博物志》卷二:“瘇由踐土之無鹵者,今江外諸山縣偏多此病也。”也泛指肌肉浮腫,腫脹。司馬光《答李大卿書》:“中冷則爲羸瘠,面瘇外熱。”　役夫:服役的人。《管子·輕重己》:“處里爲下陳,處師爲下通,謂之役夫。”杜甫《兵車行》:“長者雖有問,役夫敢申恨!”　洶湧:動盪不安。李群玉《七月十五夜看月》:“朦朧南溟月,洶湧出雲濤。下射長鯨眼,遙分玉兔毫。”形容聲音喧鬧。李白《天台曉望》:“雲垂大鵬翻,波動巨鰲没。風潮争洶湧。神怪何翕忽!”元稹《書異》:“瘴雲愁拂地,急溜疑注瓶。洶湧潢潦濁,噴薄鯨鯢腥。”

⑫ 匈奴:我國古代北方民族之一,戰國時遊牧于燕、趙、秦以北地區。其族隨世異名,因地殊號,戰國時始稱匈奴和胡。東漢光武建武二十四年(48)分裂爲南北二部,北匈奴在公元一世紀末爲漢所敗,部分西遷,南匈奴附漢,西晉時曾建立漢國和前趙國。源乾曜《奉和聖製送張尚書巡邊》:“匈奴邇河朔,漢地須戎旅。天子擇英才,朝端出監撫。”王維《隴西行》:“都護軍書至,匈奴圍酒泉。關山正飛雪,烽戍斷無烟。”　互市:指民族或國家之間的貿易活動。《後漢書·應劭傳》:“〔鮮卑〕故數犯障塞,且無寧歲,唯至互市,乃來靡服。”李翺《徐公行狀》:“蕃國歲來互市,奇珠瑇瑁,異香文犀,皆浮海舶以來,常貢是供,不敢有加,舶人安焉,商賈以饒。”周輝《清波别志》卷上:“〔蠻、羌〕既通中國,互市獰獷,良費羈縻。”　雲:指漢代雲南縣,當時名姚州,這裏指代劍南西川,甚或整個李唐。《元和郡縣志·劍南道·姚州》:“本漢雲南縣之地,武德四年,安撫大使李英以此中人多姓姚,故

置姚州，爲瀘南之巨屏。天寶十三年没蕃，貞元初蠻帥異牟尋歸國册拜，謂之南詔，九年南詔又以其地内屬。”劍南西川境内又有“雲南軍”，《元和郡縣志·劍南道》：“成都府……爲劍南節度理所，西抗吐蕃，南撫蠻獠。統團結營……” 蠻：即南詔蠻。張九齡《送廣州周判官》：“海郡雄蠻落，津亭壯越臺。城隅百雉映，水曲萬家開。”王建《江陵即事》：“寺多紅藥燒人眼，地足青苔染馬蹄。夜半獨眠愁在遠，北看歸路隔蠻溪。” 通好：往來交好，結交，這裏指李唐與南詔蠻交好。蘇頲《命姚崇等北伐制》：“朝廷所以許其通好，議以和親，使臣累齎繒帛，侍子令襲冠帶。”柳珵《上清傳》：“會宣武節度使劉士甯通好於郴州，廉使條疏上聞。” 駷：掣動馬嚼子令馬快走，亦即原注“摇銜走馬”的意思。《公羊傳·定公八年》：“臨南駷馬。”何休注：“捶馬銜走。”《新唐書·王難得傳》：“難得怒，挾矛駷馬馳，支都不暇鬥，直斬其首。”

⑬ 戎：古代典籍泛指我國西部的少數民族。《禮記·王制》：“西方曰戎。”《三國志·諸葛亮傳》：“西和諸戎，南撫夷越。” 南人：南方人。《論語·子路》：“南人有言曰：‘人而無恒，不可以作巫醫。’”何晏集解引孔安國曰：“南人，南國之人。”劉禹錫《竹枝九首》一：“南人上來歌一曲，北人莫上動鄉情。” 耗悴：亦即“耗損”，消耗損失。元稹《兩省供奉官諫駕幸温湯狀》：“伏以駕幸温湯始自玄宗皇帝……萬乘齊驅，有司盡去，無妨朝會，不廢戒嚴，而猶物議喧囂，財力耗顇。” 西人：春秋時稱周都鎬京人。《詩·小雅·大東》：“西人之子，粲粲衣服。”毛傳：“西人，京師人也。”李頎《送山陰姚丞携妓之任兼寄蘇少府》：“知君練思本清新，季子如今得爲鄰。他日知尋始寧墅，題詩早晚寄西人。” 恐：畏懼，害怕。司馬遷《報任少卿書》：“猛虎在深山，百獸震恐。”韓愈《鄆州溪堂詩序》：“若防之制水，恃以無恐。”

[編年]

《年譜》、《編年箋注》、《年譜新編》編年意見及編年理由同前《和李校書新題樂府十二首·序》、《上陽白髮人》所引述。

我們的編年意見不同於《年譜》、《編年箋注》、《年譜新編》,我們的編年理由也同《和李校書新題樂府十二首·序》、《上陽白髮人》、《西凉伎》及《縛戎人》諸篇所表述,亦即本詩賦成於元和三年十二月至元和四年二月間,地點在長安,元稹守制剛剛結束,尚没有官職在身。

◎ 和李校書新題樂府十二首·縛戎人

(近制:西邊每擒蕃囚,例皆傳置南方,不加剿戮,故李君作歌以諷焉!)(一)①

邊頭大將差健卒,入抄擒生快於鶻②。但逢赬(赤色)面即捉來,半是邊人半戎羯(二)③。大將論功重多級,捷書飛奏何超忽④!聖朝不殺諧至仁,遠送炎方示微罰(三)⑤。萬里虛勞肉食費,連頭盡被氈裘暍⑥。華茵重席卧腥臊,病犬愁鴝聲咽嗢⑦。中有一人能漢語,自言家本長城窟(四)⑧。小年隨父戍安西(五),河渭瓜沙眼看没⑨。天寶未亂前數載(六),狼星四角光蓬勃⑩。中原禍作邊防危,果有豺狼四來伐⑪。蕃馬臕(肥也)成正翹健,蕃兵肉飽爭唐突⑫。烟塵亂起無亭燧,主帥驚跳棄旌鉞⑬。半夜城摧鵝雁鳴,妻啼子叫曾不歇⑭。陰森神廟未敢依,脆薄河冰安可越⑮!荆棘深處共潛身,前困蒺藜後䊕尳⑯。平明蕃騎四面走,古木深林盡株榾⑰。少壯爲俘頭被髡,老弱留居足多刖(七)⑱。烏鳶滿野屍狼籍,樓榭成灰墻突兀⑲。暗水濺濺入舊池,平沙漫漫鋪明月⑳。戎王遣將來安慰,口不敢言心咄咄㉑。供進腋腋御叱般(八),豈料穹廬揀肥腯㉒。五六十年消息絶,中間盟會又猖獗㉓。眼穿東日望堯雲,腸斷正朝梳漢髮(延州鎮李如暹,蓬子將軍之子也。嘗没西蕃。及歸自云:"蕃法:唯正歲一日,許唐人没蕃者服衣冠。如暹當此日,由是悲不自勝,遂與蕃妻密定歸計")㉔。近來如此思漢者(九),半爲老病半埋骨㉕。尚教孫子學鄉音(一〇),猶話平時好城闕㉖。老者儻盡少者壯,生長蕃中似蕃悖㉗。不知祖父皆漢民,便恐爲蕃心矻矻㉘。緣邊飽餧十萬衆,何不齊驅一時發㉙?年年但捉兩三人,精衛銜蘆塞溟渤㉚!

録自《元氏長慶集》卷二四

[校記]

(一)縛戎人:楊本、叢刊本、《樂府詩集》、《古詩鏡·唐詩鏡》、《全詩》詩題相同,各本題注均同。

(二)半是邊人半戎羯:原本作"半是蕃人半戎羯",楊本、叢刊本、《古詩鏡·唐詩鏡》同,據錢校、《樂府詩集》、《全詩》改。

(三)遠送炎方示微罰:楊本、叢刊本、《古詩鏡·唐詩鏡》、《全詩》同,錢校、《樂府詩集》作"遠送炎方示懲罰",兩語均通,不改。

(四)自言家本長城窟:原本"自言家本長安窟",楊本、叢刊本、《古詩鏡·唐詩鏡》同,據錢校、《樂府詩集》、《全詩》改。

(五)小年隨父戍安西:楊本、叢刊本、《古詩鏡·唐詩鏡》同,《樂府詩集》、《全詩》作"少年隨父戍安西",兩語均通,不改。

(六)天寶未亂前數載:宋蜀本同,楊本、叢刊本、《古詩鏡·唐詩鏡》作"天寶未亂家數載",《樂府詩集》、《全詩》作"天寶未亂猶數載",語義均難通,不從不改。

（七）老弱留居足多刖：原本作"老翁留居足多刖"，楊本、叢刊本、《古詩鏡・唐詩鏡》、《全詩》同，據《樂府詩集》改。

（八）供進腋腋御叱般：錢校、叢刊本、蘭雪堂本、《樂府詩集》、《古詩鏡・唐詩鏡》、《全詩》同，楊本作"供進腋腋御吐般"，語義難通，不從。

（九）近來如此思漢者：楊本、叢刊本、《古詩鏡・唐詩鏡》同，《樂府詩集》、《全詩》作"近年如此思漢者"，兩語均通，不改。

（一〇）尚教孫子學鄉音：楊本、叢刊本、《古詩鏡・唐詩鏡》同，錢校、《樂府詩集》作"嘗教孫子學鄉音"，《全詩》作"常教孫子學鄉音"，兩語均通，不改。《樂府詩集》、《全詩》又作"向教孫子學鄉音"，語義不佳，不從。

[箋注]

① 縛戎人：白居易有同名詩篇《縛戎人(達窮民之情也)》酬和，詩云："縛戎人，縛戎人，口穿面破驅入秦。天子矜憐不忍殺，詔徙東南吴與越。黄衣小使録姓名，領出長安乘遞行。身被金瘡面多瘠，扶病徒行日一驛。朝飡饑渴費杯盤，夜卧腥臊污床席。忽逢江水憶交河，乘手齊聲嗚咽歌。其中一虜語諸虜，爾苦非多我苦多。同伴行人因借問，欲説喉中氣憤憤。自云鄉管本凉原，大曆年中没落蕃。一落蕃中四十載，身著皮裘繫毛帶。唯許正朝服漢儀，斂衣整巾潛泪垂。誓心密定歸鄉計，不使蕃中妻子知(有李如暹者，蓬子將軍之子也。嘗没蕃中，自云：蕃法唯正歲一日許唐人之没蕃者服唐衣冠，由是悲不自勝，遂密定歸計也)。暗思自有殘筋骨，更恐年衰歸不得。蕃候嚴兵鳥不飛，脱身冒死奔逃歸。晝伏宵行經大漠，雲陰月黑風沙惡。驚藏青塚寒草疏，偷度黄河夜冰薄。忽聞漢軍鼙鼓聲，路旁走出再拜迎。遊騎不聽能漢語，將軍遂縛作蕃生。配向東南卑濕地，定無存恤空防備。念此吞聲仰訴天，若爲辛苦度殘年？凉原鄉井不得見，胡地

妻兒虚棄捐。没蕃被囚思漢土，歸漢被劫爲蕃虜。早知如此悔歸來，兩地寧如一處苦。縛戎人，戎人之中我苦辛。自古此冤應未有，漢心漢語吐蕃身。”劉景復《夢爲吴泰伯作勝兒歌》：“我聞天寶十年前，凉州未作西戎窟。麻衣右衽皆漢民，不省沙塵暫蓬勃。太平之末狂奴亂，犬豕崩騰恣唐突。玄宗未到萬里橋，東洛西京一時没。漢土民皆没殊域，飲恨吞聲空嗢咽。時看漢月望漢天，怨氣冲星成彗孛。國門之西八九鎮，高城深壘閉閑卒。河湟咫尺不能收，挽粟推車徒兀兀。今朝聞奏凉州曲，使我心神暗超忽。勝兒若向邊塞彈，征人泪血應闌干。”兩詩一併可與本詩並讀。　縛：束，捆綁。《左傳・文公二年》：“晋襄公縛秦囚，使萊駒以戈斬之。”杜甫《縛雞行》：“小奴縛雞向市賣，雞被縛急相喧争。”　戎人：戎指古代泛指我國西部的少數民族，戎人即其成員。高適《同李員外賀哥舒大夫破九曲之作》：“遥傳副丞相，昨日破西蕃……泉噴諸戎血，風驅死虜魂。”盧綸《送從叔程歸西川幕》：“千山冰雪晴，山静錦花明。群鶴栖蓮府，諸戎拜柳營。”　傳置：指驛站轉運。元稹《李立則知鹽鐵東都留後》：“國有移用之職曰轉運使，每歲傳置貨賄于京師。”《宋史・索湘傳》：“四年卒，詔遣其子希顔護喪，傳置歸鄉里。”這裏指利用驛站轉運蕃囚，本詩“聖朝不殺諧至仁，遠送炎方示微罰”即是具體的描繪。　剿戮：戮滅，殺戮。《宋書・臧質傳》：“自知愆深釁重，必貽剿戮。”蔡戡《中大夫致仕朱公墓誌銘》：“召募山砦土豪嚴積、丘浩等，授以方略，阨其冲要，以坐困之。已而計窮出門，剿戮六十餘人，生擒三十餘輩。”

② 邊頭：邊疆，邊地。王昌齡《塞下曲四首》四：“邊頭何慘慘！已葬霍將軍。”岑參《奉陪封大夫九日登高》：“横笛驚征雁，嬌歌落塞雲。邊頭幸無事，醉舞荷吾君。”　大將：古代軍隊中的中軍主將、主帥，亦泛稱高級將領。儲光羲《次天元十載華陰發兵作時有郎官點發》：“閼氏爲女奴，單于作邊氓。神皇麒麟閣，大將不書名。”岑參《獻封大夫破播仙凱歌六首》三：“鳴笳迭鼓擁回軍，破國平蕃昔未聞。丈

夫鶻印揺邊月,大將龍旗掣海雲。”　健卒:健壯的軍卒。蘇軾《問答録·佛印因坡見罪》:“佛印後至一州,太守憐之,使健卒二人肩輿以送往。”盧延讓《送周太保赴浙西》:“臂鷹健卒懸氊帽,騎馬佳人卷畫衫。”　入抄:侵入抄掠。薛逢《狼烟》:“三道狼烟過磧來,受降城上探旗開。傳聲却報邊無事,自是官軍入抄回。”文瑩《玉壺清話》卷五:“〔馬知節〕知延州,戎人將謀入抄,值上元,令大張燈,累夕大開諸門,虜不測,即皆引去。”　擒生:活捉敵人。戎昱《從軍行》:“擒生黑山北,殺敵黄雲西。”張仲素《塞下曲五首》三:“功名耻計擒生數,直斬樓蘭報國恩。”　鶻:鳥類的一科,翅膀窄而尖,嘴短而寬,上嘴彎曲並有齒狀突起,飛得很快,善於襲擊其他鳥類,也叫隼。雍陶《少年行》:“不倚軍功有俠名,可憐球獵少年情。戴鈴健鶻隨聲下,撼佩驕驄弄影行。”僧鸞《贈李粲秀才》:“駿如健鶻鶚與雕,拏雲獵雪翻重霄。”

③ 赬面:古代某些少數民族以赤色塗臉,謂之“赬面”,亦即本詩詩注的“赤色”。或者古代某些少數民族的臉色生來赤色,漢人誤以爲是塗臉所致。白居易《新樂府·城鹽州》:“金鳥飛傳贊普聞,建牙傳箭集群臣。君臣赬面有憂色,皆言勿謂唐無人。”孔武仲《龜石》:“奸臣猾豎作狐媚,見之赬面先吞聲……邊人喪魄萬里外,慉縮不敢窺天兵。”　邊人:李白《古風》一四:“不見征戍兒,豈知關山苦!李牧今不在,邊人飼豺虎。”杜甫《後出塞五首》四:“主將位益崇,氣驕淩上都。邊人不敢議,議者死路衢。”　蕃人:我國古代對外族或異國人的泛稱。王建《凉州行》:“蕃人舊日不耕犁,相學如今種禾黍。”姚合《窮邊詞二首》二:“箭利弓調四鎮兵,蕃人不敢近東行。”　戎羯:戎和羯,古族名,泛指西北少數民族。沈約《齊故安陸昭王碑文》:“戎羯窺窬,伺我邊隙。”劉商《胡笳十八拍·第二拍》:“馬上將余向絶域,厭生求死死不得。戎羯腥膻豈是人?豺狼喜怒難姑息。”《新唐書·禮樂志》:“帝常稱:‘羯鼓,八音之領袖,諸樂不可方也。’蓋本戎羯之樂。”

④ 論功:評定功勞之大小。《晏子春秋·外篇》:“昔聖王論功而

賞賢。”羊士諤《西川獨孤侍御見寄七言四韵一首爲郡翰墨都捐逮此酬答誠乖拙速》:“百雉層城上將壇,列營西照雪峰寒。文章立事須銘鼎,談笑論功耻據鞍。”歐陽修《奉使道中五言長韵》:“祗事須强力,嗟予乃病翁。深慚漢蘇武,歸國不論功。” 級:這裏指所斬之首。柳宗元《爲南承嗣上中書門下乞兩河效用狀》:“會刀筆之吏寘以深文,首級之差,今復誰辯? 薏苡之謗,不能自明。”白居易《與從史詔》:“今月三日,柏鄉縣南破賊衆約三萬人,並擒斬首級,收穫器械及馬等。” 捷書:軍事捷報。《梁書·蔡道恭傳》:“寇賊憑陵,竭誠守禦,奇謀間出,捷書日至。”杜甫《洗兵行》:“中興諸將收山東,捷書夜報清晝同。” 飛奏:飛快地表奏朝廷。劉餗《隋唐嘉話》卷中:“太宗征高麗,高宗留居定州,請驛遞表起居,飛奏事自此始。”元稹《叙奏》:“天子久不在都,都下多不法,百司皆牢獄,有裁接吏械人逾歲而臺府不得而知之者,予因飛奏絶百司專禁錮。” 超忽:迅速貌。孔紹安《傷顧學士》:“迢遰雙崤道,超忽三川湄。此中俱失路,思君不可思。”韋應物《元日寄諸弟兼呈崔都水》:“新正加我年,故歲去超忽。”

⑤“聖朝不殺諧至仁”兩句:請與本詩題注參讀:“近制:西邊每擒蕃囚,例皆傳置南方,不加剿戮,故李君作歌以諷焉!” 聖朝:封建時代尊稱本朝,亦作爲皇帝的代稱。李密《陳情事表》:“逮奉聖期,沐浴清化。”岑參《寄左省杜拾遺》:“聖朝無闕事,自覺諫書稀。” 不殺:不斷其命。元稹《寄樂天二首》一:“榮辱升沈影與身,世情誰是舊雷陳? 唯應鮑叔猶憐我,自保曾參不殺人。”曾鞏《亳州謝到任表》:“運獨斷之明,則天清水止;昭不殺之武,則雷厲風行。” 至仁:最大的仁德。《莊子·天運》:“曰:‘請問至仁?’莊子曰:‘至仁無親。’”元結《二風詩·至仁》:“猗皇至聖兮,至惠至仁。德施藴藴,藴藴如何?”元稹《贈毛仙翁序》:“殊不知至仁無兼愛,大智無非裁,大樂同天地之和,大禮同天地之節。其可臻乎上德,冥乎大道之致,華胥終北之化,熙熙然也。” 炎方:泛指南方炎熱地區。李白《古風》三四:“怯卒非戰

士,炎方難遠行。"白居易《夏日與閑禪師林下避暑》:"每因毒暑悲親故,多在炎方瘴海中。"　微罰:輕微的懲罰,以示聖朝不殺之恩。何承天《陳滿誤射直帥議》:"按律:過誤傷人,三歲刑,况不傷乎?微罰可也。"《宋書·何承天傳》:"鄢陵縣史陳滿射鳥箭誤中直帥,雖不傷人,處法棄市。承天議曰:'……按律,過誤傷人,三歲刑,况不傷乎!微罰可也。'出補宛陵令。"

⑥ 肉食:以肉類爲食物。韋應物《雜體五首》一:"孤負肉食恩,何異城上鴟!"范成大《冬日田園雜興十二絶》七:"朱門肉食無風味,只作尋常菜把供。"這裏是指戎囚的飲食,因戎人飲食按以往的習慣以肉食爲主,故言。　連頭:成排,一個挨一個。干寶《晉紀總論》:"將相侯王,連頭受戮;乞爲奴僕,而猶不獲。"《舊唐書·懿宗紀》:"致使三軍百姓,抆血相視,連頭受誅。"　氈裘:指古代北方遊牧民族以皮毛製成的衣服。蔡琰《胡笳十八拍》二:"越漢國兮入胡城,亡家失身兮不如無生。氈裘爲裳兮骨肉震驚,羯羶爲味兮枉遏我情。"張籍《隴頭行》:"去年中國養子孫,今著氈裘學胡語。誰能更使李輕車,收取凉州入漢家?"　暍:中暑,傷暑。《大戴禮記·千乘》:"夏服君事不及暍,冬服君事不及凍,是故年谷順成。"杜甫《雷》:"氣暍腸胃融,汗濕衣裳污。"仇兆鰲注:"暍,暑熱也。"

⑦ 華茵:華麗的墊子、襯墊。李白《贈崔司户文昆季》:"側見緑水亭,開門列華茵。千金散義士,四坐無凡賓。"劉禹錫《酬國子崔博士立之見寄》:"遍看今日乘軒客,多是昔年呈卷人。胄子執經瞻講坐,郎官共食接華茵。"　重席:層疊的坐席,古人席地而坐,以坐席層疊的多少表示身分的高低。《左傳·襄公二十三年》:"季氏飲大夫酒,臧紇爲客,既獻,臧孫命北面重席,新樽絜之。"楊伯峻注:"重席,二層席。古代席地坐,席之層次,依其位元之高低。《儀禮·鄉飲酒禮》云:'公三重,大夫再重。'則重席,大夫之坐。"　鴣:亦即鷓鴣,鳥名,形似雌雉,頭如鶉,胸前有白圓點,如珍珠,背毛有紫赤浪紋,足黄

褐色，以穀粒、豆類和其他植物種子爲主食，兼食昆蟲，爲中國南方留鳥，古人諧其鳴聲爲“行不得也哥哥”，詩文中常用以表示思念故鄉。《文選·左思〈吴都賦〉》：“鷓鴣南翥而中留，孔雀綷羽以翱翔。”劉逵注：“鷓鴣，如雞，黑色，其鳴自呼，或言此鳥常南飛不止，豫章已南諸郡處處有之。”陳旅《題雨竹》：“江上鷓鴣留客住，黄陵廟下泊船時。” 腥臊：腥臭，腥臭的氣味。李商隱《楚宫》：“空歸腐敗猶難復，更困腥臊豈易招。”文天祥《賈家莊》：“行邊無鳥雀，卧處有腥臊。” 病犬：有病的狗。秦觀《病犬》：“犬以守御用，老憊將何爲？踉蹌劣於行，纍然抱渴饑。”吕本中《戲成二絶句》二：“病犬尫隤惟附日，懶猫藏縮可逃寒。甯知兩馬霜風下，更有長途不道難。” 咽嗢：形容聲音滯澀、悲切。皮日休《桃花塢》：“敲竹鬬錚摐，弄泉争咽嗢。空齋蒸柏葉，野飯調石髪。”亦作“嗢咽”，指抽搭，抽泣。陸龜蒙《奉酬襲美先輩吴中苦雨一百韵》：“低頭增嘆詫，到口復嗢咽。”

⑧ 漢語：漢族的語言，同中國境内的藏語、壯語、傣語、侗語、黎語、彝語、苗語、瑶語等，中國境外的泰語、緬甸語等都是親屬語言。漢語主要方言分北方話、吴語、湘語、贛語、客家話、閩北話、閩南話和粤語。現代漢民族共同語是以北京語音爲標準音、以北方話爲基礎方言、以典範的現代白話文著作爲語法規範的普通話。庾信《奉和法筵應詔》：“佛影胡人記，經文漢語翻。”王建《凉州行》：“多來中國收婦女，一半生男爲漢語。蕃人舊日不耕犂，相學如今種禾黍。” 窟：土室。《禮記·禮運》：“昔者先王未有宫室，冬則居營窟。”孔穎達疏：“謂於地上累土而爲窟。”元稹《小胡笳引》：“我鄉安在長城窟，聞君虜奏心飄忽。何時窄袖短貂裘，臙脂山下彎明月？”

⑨ 小年：少年，幼年。寇泚《度塗山》：“小年弄文墨，不識戎旅難。一朝事鞞鼓，策馬度塗山。”元稹《遣行十首》二：“射葉楊纔破，聞弓雁已驚。小年辛苦學，求得苦辛行。” 安西：歐陽忞《輿地廣記·陝西路化外州》：“安西大都護府：漢爲龜兹國，唐立安西府。初治西

州,顯慶二年平賀魯,析其地,立蒙池、昆陵二郡護府,分種落列,置州縣,西盡波斯國皆隸安西,而徙府治高昌故地,三年又徙治龜兹都督府,而故府復爲西州。咸亨元年吐蕃陷都護府,長壽二年收復安西四鎮,至德元載更名鎮西,後復爲安西。吐蕃既侵河隴,唯李元忠守北庭,郭昕守安西,與沙陀回紇相依,攻之久不下。建中二年元忠昕遣使間道入奏,詔各爲大都護並爲節度。貞元三年吐蕃攻沙陀回紇,北庭、安西無援,遂陷四鎮。"盧象《送趙都護赴安西》:"下客候旍麾,元戎復在斯。門開都護府,兵動羽林兒。"岑參《磧西頭送李判官入京》:"一身從遠使萬里向安西。漢月垂鄉泪,胡沙費馬蹄。"　河渭瓜沙:指當時西部邊疆地區的黄河、渭水流域以及瓜州、沙州地區。張説《夕宴房主簿舍》:"歲晏關雍空風急,河渭冰薄遊羇物。役微尚愜遠憑旅,館月宿永閉扃雲。"尹臺《送李都督赴召北上》:"玉節金符控五兵,將軍才氣振邊城。十年瀚海嫖姚幕,萬里瓜沙定遠旌。"

⑩ 天寶未亂前數載:即安史之亂發生的前幾年,亦即天寶十四載(755)之前的數年。《舊唐書·玄宗紀》:"(天寶十四載)十一月戊午朔……丙寅,范陽節度使安禄山率蕃、漢之兵十餘萬,自幽州南向詣闕。"發起李唐歷史上影響深遠的"安史之亂"。　狼星:星名。《史記·天官書》:"其東有大星曰狼,狼角變色,多盜賊。"元稹《憲宗章武孝皇帝挽歌詞三首》二:"始服沙陁虜,方吞邏沙陁。狼星如要射,猶有鼎湖弓。"　蓬勃:盛貌,盛起貌。賈誼《旱雲賦》:"遙望白雲之蓬勃兮,滃澹澹而妄止。"張鷟《朝野僉載》卷三:"宗楚客造一新宅成,皆是文柏爲梁,沉香和紅粉以泥壁,開門則香氣蓬勃。"

⑪ 中原:地區之名,廣義指整個黄河流域,狹義指今河南一帶。諸葛亮《出師表》:"當奬帥三軍,北定中原。"《文選·謝靈運〈述祖德〉》:"中原昔喪亂,喪亂豈解已。"李善注:"中原,謂洛陽也。"　禍作:發生灾禍,這裏指安史之亂。李覯《先夫人墓誌》:"晚乃悔之,未及行而禍作矣!嗚呼!覯何人哉!天鬼不誅,王法不治,猶有面目以

視息世間，復何人哉！”楊簡《慈湖遺書・家記》：“而經子史集差失已久，其惑亂人心已深。不修成書，則邪説不衰熄，正道不開明，人心乖亂。人心乖亂，則禍作國危。” 邊防：爲保衛國家安全在邊境地區佈置的防務。《南齊書・陳顯達傳》：“但國家邊防，自應過存備豫。”元稹《表奏（有序）》：“然而造次顛沛之中，前後列上兵賦邊防之狀，可得而存者一百一十有五。”也指邊境防守之地。白居易《與仕明詔》：“卿久鎮邊防，初膺閫寄，式旌勤效，俾洽恩榮。”蘇軾《上文侍中論榷鹽書》：“河北與陝西皆爲邊防，而河北獨不榷鹽，此祖宗一時之誤恩也。” 豺狼：這裏比喻凶殘的惡人。《東觀漢記・陽球傳》：“願假臣一月，必令豺狼、鴟梟悉伏其辜。”李白《古風》一九：“俯視洛陽川，茫茫走胡兵。流血塗野草，豺狼盡冠纓。” 四來：從四面八方而來。李邕《唐東京福唐觀鄧天師碣》：“言畢，異香四來，奄忽而化。”元稹《遣興十首》一：“嚴霜九月半，危蒂幾時客？况有高高原，秋風四來迫。”

⑫ 蕃馬：戎人的馬匹。杜甫《送楊六判官使西蕃》：“草肥蕃馬健，雪重拂廬乾。”令狐楚《少年行四首》一：“少小邊州慣放狂，驏騎蕃馬射黄羊。” 臕：畜獸肥壯。李新《與馮德夫書》：“馬無他損，特膘稍落，微磨破耳！”《樂府詩集・梁鼓角横吹曲企喻歌辭》：“放馬大澤中，草好馬著臕。”薛逢《觀獵》：“馬縮寒毛鷹落臕，角弓初暖箭新調。” 翹健：義同“翹然”，特出貌。李清臣《議戎策》：“燕古爲瀕山多馬之國，其土莽平，宜畜牧耕稼，其民翹健，便弓矢，習騎射，樂鬬輕死。”洪邁《夷堅丙志・汪大郎馬》：“汪大郎得良馬，毛骨精神，翹然出類。” 蕃兵：戎人的軍隊。雍陶《蜀中戰後感事》：“已謂無妖土，那知有禍胎？蕃兵依濮柳，蠻旆指江梅。”薛逢《涼州詞》：“昨夜蕃兵報國讎，沙州都護破涼州。黄河九曲今歸漢，塞外縱横戰血流。” 唐突：横衝直撞，亂闖。《詩・小雅・漸漸之石》：“有豕白蹢，烝涉波矣！”鄭玄箋：“豕之性能水，又唐突難禁制。”冒犯，褻瀆。《後漢書・孔融傳》：“融爲九列，不遵朝儀，秃巾微行，唐突宫掖。”

⑬ 烟塵:這裏指戰亂。高適《薊門行五首》四:"茫茫長城外,日没更烟塵。胡騎雖憑陵,漢兵不顧身。"李賀《凉州歌第二》:"朔風吹葉雁門秋,萬里烟塵昏戍樓。征馬長思青海北,胡笳夜聽隴山頭。" 亂起:戰亂隨時而起,難以預料,不好控制。耿湋《送友人游江南》:"漠漠烟光前浦晚,青青草色定山春。汀洲更有南回雁,亂起聯翩北向秦。"林寬《下第寄歐陽瓚》:"詩人道僻命多奇,更值干戈亂起時。莫作江寧王少府,一生吟苦竟誰知!" 亭燧:古代築在邊境上的烽火亭,用作偵伺和舉火報警。《後漢書・西羌傳》:"初開河西,列置四郡,通道玉門,隔絶羌胡,使南北不得交關,於是障塞亭燧出長城外數千里。"顔延之《從軍行》:"卧伺金柝響,起候亭燧烟。" 主帥:統率全軍的最高將領。韋莊《秦婦吟》:"陝州主帥忠且貞,不動干戈惟守城。"司馬光《涑水記聞》卷一一:"今乃欲以偏裨不受節制爲無過,而却加罪主帥,實見事體未順。" 驚跳:受驚而跳躍。王建《荆門行》:"巴雲欲雨薰石熱,麋鹿度江蟲出穴。大蛇過處一山腥,野牛驚跳雙角折。"陸龜蒙《奉酬襲美苦雨四聲重寄三十二句・平聲》:"幽栖眠疏窗,豪居憑高樓。浮漚驚跳丸,寒聲思重裘。" 旄鉞:白旄和黄鉞,借指軍權。語本《書・牧誓》:"王左杖黄鉞,右秉白旄以麾。"蔡沈集傳:"鉞,斧也,以黄金爲飾……旄,軍中指麾,白則見遠。"劉禹錫《和令狐相公九日對黄白二菊花見懷》:"素蕚迎寒秀,金英帶露香。繁華照旄鉞,榮盛對銀黄。"蘇軾《上皇帝書》:"是時四方豪傑不能以科舉自達者,皆争爲之,往往積功以取旄鉞。"

⑭ 半夜:一夜的一半。皎然《宿山寺寄李中丞洪》:"從他半夜愁猿驚,不廢此心長杳冥。"夜裏十二點左右,也泛指深夜。王維《扶南曲歌詞五首》四:"入春輕衣好,半夜薄妝成。"蘇軾《過萊州雪後望三山》:"黄昏風絮定,半夜扶桑開。" 鵝雁:形容呼喊之聲紛亂嘈雜。韓愈《崔十六少府攝伊陽以詩及書見投因酬三十韵》:"有時未朝飡,得米日已晏。隔墻聞讙呼,衆口極鵝雁。"黄庭堅《次韵感春五首》二:

"屋中聲鵝雁,日暮攬心曲。"

⑮ 陰森:幽暗慘澹。孟浩然《庭橘》:"明發覽群物,萬木何陰森!凝霜漸漸冰,庭橘似懸金。"李紳《過荊門》:"陰森鬼廟當郵亭,雞豚日宰聞膻腥。" 神廟:猶佛寺。酈道元《水經注·河水》:"趙建武八年,比釋道龍和上竺浮圖澄,樹德勸化,興立神廟。"元稹《賽神》:"我來神廟下,簫鼓正喧喧。因言遣妖術,滅絶由本根。" 脆薄:不堅牢。柳宗元《又祭崔簡旅櫬歸上都文》:"碩鼠大蟻,傍穿側出,虧疏脆薄,久乃自窒。"杜牧《塞廢井文》:"古者八家共一井,今家有一井,或至大家至於四五井,十倍多於古,地氣漏泄則所産脆薄。" 河冰:河水凍成的冰。張嘉貞《奉和聖製送張説巡邊》:"不待河冰合,猶防漢月明。有謀當繫醜,無戰且綏氓。"李頻《聞北虜入靈州二首》一:"河冰一夜合,虜騎入靈州。歲歲徵兵去,難防塞草秋。"

⑯ 荆棘:泛指山野叢生多刺的灌木。《老子》:"師之所處,荆棘生焉!"班昭《東征賦》:"睹蒲城之丘墟兮,生荆棘之榛榛。" 潛身:藏身隱居。《後漢書·袁閎傳》:"潛身十八年……閎誦經不移。"杜牧《李甘詩》:"太和八九年,訓注極虓虎。潛身九地底,轉上青天去。" 蒺藜:一年生草本植物,莖平鋪在地,羽狀複葉,小葉長橢圓形,開黄色小花,果皮有尖刺,這種植物的果實,也稱蒺藜。《韓詩外傳》卷七:"夫春樹桃李,夏得陰其下,秋得食其實;春樹蒺藜,夏不可采其葉,秋得其刺焉!"姚合《過張邯鄲莊》:"野飯具藜藿,永日亦不饑。苟飡非其所,鱠炙爲蒺藜。"古代用木或金屬製成的帶刺的障礙物,布在地面,以阻礙敵軍前進,因與蒺藜果實形狀相似,故名。《六韜·軍用》:"木蒺藜去地二尺五寸,百二十具,敗步騎,要窮寇,遮走北……狹路微徑,張鐵蒺藜,芒高四寸,廣八尺,長六尺以上,千二百具,敗走騎。突暝來前促戰,白刃接,張地羅鋪兩鏃蒺藜,参連織女,芒間相去二尺,萬二千具。"王維《老將行》:"一身轉戰三千里,一劍曾當百萬師。漢兵奮迅如霹靂,虜騎崩騰畏蒺藜。" 魭𩨗:這裏指環境險惡貌。陸

贄《奉天奏李建徽楊惠元兩節度兵馬狀》:"駹脆而不思出險者,必無久安。罄陳芻蕘,惟所省擇。"柳宗元《六逆論》:"噫!古之言理者,罕能盡其説。建一言,立一辭。則駹脆而不安。謂之是可也,謂之非亦可也。"

⑰ 平明:猶黎明,天剛亮的時候。《荀子·哀公》:"君昧爽而櫛冠,平明而聽朝。"李白《遊太山六首》三:"平明登日觀,舉手開雲關。" 蕃騎:外族亦即戎人的騎兵。張籍《隴頭行》:"隴頭路斷人不行,蕃騎已入涼州城。漢兵處處格鬥死,一朝盡没隴西地。"韓偓《代小玉家爲蕃騎所虜後寄故集賢裴公相國》:"動天金鼓逼神州,惜别無心學墜樓。不得回眸辭傅粉,便須含泪對殘秋。"蕃,通"番",周代謂九州之外的夷服、鎮服、蕃服,後用以泛指域外或外族。《周禮·秋官·大行人》:"九州之外,謂之蕃國。"韓愈《清邊郡王楊燕奇碑文》:"世掌諸蕃互市,恩信著明,夷人慕之。" 四面:東、南、西、北四個方位。《禮記·鄉飲酒義》:"四面之坐,象四時也。"王昌齡《古意》:"桃花四面發,桃葉一枝開。欲暮黄鸝囀,傷心玉鏡臺。"也指四周圍。裴迪《欹湖》:"空闊湖水廣,青熒天色同。艤舟一長嘯,四面來清風。"柳宗元《至小丘西小石潭記》:"坐潭上,四面竹樹環合,寂寥無人,淒神寒骨,悄愴幽邃。以其境過清,不可久居,乃記之而去。" 古木:年代久遠的樹木。岑參《題三會寺蒼頡造字臺》:"野寺荒臺晚,寒天古木悲。空階有鳥迹,猶似造書時。"高適《送李少府貶峽中王少府貶長沙》:"巫峽啼猿數行泪,衡陽歸雁幾封書?青楓江上秋天遠,白帝城邊古木疎。"古木,一本作"古墓",兩者似乎都可以説通,但聯繫下面"盡株榾"之語,我們以爲應該以"古木"爲是。 深林:茂密的樹林。《荀子·宥坐》:"夫芷蘭生於深林,非以無人而不芳。"賈島《詠懷》:"中嶽深林秋獨往,南原多草夜無鄰。經年抱疾誰來問?野鳥相過啄木頻。" 株榾:殘根斷樹。《四庫全書考證》卷九七:"元稹《新題樂府·縛戎人》:'古墓深林盡株榾。'刊本'株'訛'誅','榾'訛'搰',並據《全

詩》改。”

⑱ 少壯：年輕力壯。《樂府詩集·長歌行》：“少壯不努力，老大徒傷悲。”杜甫《垂老别》：“人生有離合，豈擇衰盛端？憶昔少壯日，遲回竟長嘆。”也指年輕力壯的人。陸龜蒙《奉酬襲美先輩吴中苦雨一百韵》：“此時淮海波，半是生人血。霜戈驅少壯，敗屋棄羸耋。” 髡：指剃眉須之刑。盧照鄰《詠史四首》一：“季生昔未達，身辱功不成。髡鉗爲臺隸，灌園變姓名。”蘇鶚《蘇氏演義》卷上：“又有髡者，古人剃眉須之刑。” 老弱：年老體弱，亦指年老體弱者。《墨子·非命》：“内無以食飢衣寒，將養老弱。”《商君書·兵守》：“壯女壯男，過老弱之軍，則老使壯悲，弱使强憐。” 留居：停住，居留。《史記·留侯世家》：“沛公入秦宫，宫室帷帳狗馬重寶婦女以千數，意欲留居之。”余靖《筠州洞山普利禪院傳法記》：“初，山多蛇虎，師庵居一宿，蛇虎盡去，至今山無虎焉！留居十八年，名聲四傳，來學者五百餘衆，坐談立悟，虚來實去者不可勝數。” 刖：砍掉脚或脚趾，古代酷刑之一。《漢書·刑法志》：“今法有肉刑三。”顔師古注引孟康曰：“黥、劓二，刖左右趾合一，凡三也。”元稹《出門行》：“其兄因獻璞，再刖不履地。門户親戚疏，匡床妻妾棄。”

⑲ 烏鳶：烏鴉和老鷹，均爲貪食之鳥。《莊子·列御寇》：“莊子將死，弟子欲厚葬之……曰：‘吾恐烏鳶之食夫子也。’”韋莊《聞官軍繼至未睹凱旋》：“陣前鼙鼓晴應響，城上烏鳶飽不飛。” 狼籍：亦作“狼藉”，縱横散亂貌。《史記·滑稽列傳》：“日暮酒闌，合尊促坐，男女同席，履舄交錯，杯盤狼藉。”元稹《夜坐》：“孩提萬里何時見？狼籍家書卧滿床。” 樓榭：高臺之上的房屋，亦泛指樓房。酈道元《水經注·濟水》：“韓王聽訟觀臺，高十五仞，雖樓榭泯滅，然廣基似于山嶽。”陳子昂《春日登金華觀》：“山川亂雲日，樓榭入烟霄。” 突兀：亦作“突杌”，高聳貌。《文選·木華〈海賦〉》：“魚則横海之鯨，突杌孤遊。”李善注：“突杌，高貌。”盧照鄰《南陽公集序》：“逶迤綽約，如玉女

之千嬌;突兀崢嶸,似靈龜之孤樸。”

⑳ 暗水:伏流,潛藏不顯露的水流。李百藥《送别》:“夜花飄露氣,暗水急還流。”蘇軾《二十七日自陽平至斜谷宿于南山中蟠龍寺》:“谷中暗水響瀧瀧,嶺上疏星明煜煜。” 濺濺:流水聲。《樂府詩集・木蘭詩》:“不聞爺娘唤女聲,但聞黄河流水鳴濺濺。”白居易《引泉》:“伊流狹似帶,洛石大如拳。誰教明月下,爲我聲濺濺?”水疾流貌。沈約《早發定山》:“歸海流漫漫,出浦水濺濺。”李端《山下泉》:“碧水映丹霞,濺濺度淺沙。暗通山下草,流出洞中花。” 舊池:原來就存在的池塘。孟浩然《姚開府山池》:“主人新邸第,相國舊池臺。館是招賢辟,樓因教舞開。”白居易《歲暮病懷贈夢得》:“眼隨老減嫌長夜,體待陽舒望早春。新樂堂前舊池上,相過亦不要他人。” 平沙:指廣闊的沙原。何遜《慈姥磯》:“野雁平沙合,連山遠霧浮。”張仲素《塞下曲》:“朔雪飄飄開雁門,平沙歷亂轉蓬根。” 漫漫:廣遠無際貌。《管子・四時》:“五漫漫,六惛惛,孰知之哉!”尹知章注:“漫漫,曠遠貌。”劉向《九嘆・憂苦》:“山修遠其遼遼兮,塗漫漫其無時。” 明月:光明的月亮。宋玉《神女賦》:“其少進也,皎若明月舒其光。”張若虚《春江花月夜》:“春江潮水連海平,海上明月共潮生。灩灩隨波千萬里,何處春江無月明?”

㉑ 戎王:戎人的部落首領、一國之王。張説《奉和聖製送金城公主適西蕃應制》:“青海和親日,潢星出降時。戎王子婿寵,漢國舅家慈。”鮑防《雜感》:“漢家海内承平久,萬國戎王皆稽首。天馬常銜苜蓿花,胡人歲獻葡萄酒。” 遣將:謂派遣將領。《史記・項羽本紀》:“將軍所以遣將守關者,備他盜之出入與非常也。”《後漢書・荀彧傳》:“臣聞古之遣將,上設監督之重,下建副二之任。” 安慰:安頓撫慰。《後漢書・桓帝紀》:“百姓饑窮,流宂道路,至有數十萬户,冀州尤甚。詔在所賑給乏絶,安慰居業。”陳師道《黄樓銘》:“羸老困窮,安慰撫養。” 咄咄:感嘆聲,表示感慨。《後漢書・嚴光傳》:“咄咄子

陵,不可相助爲理邪?”李益《北至太原》:“咄咄薄遊客,斯言殊不刊。”感嘆聲,表示責備或驚詫。宋無名氏《異聞總録》卷一:“〔其姊〕咄咄責妹曰:‘何處無婚姻,必欲與我共一婿?’”

㉒ 供進:進獻宫廷。白居易《六年秋重題白蓮》:“本是吴州供進藕,今爲伊水寄生蓮。”孟元老《東京夢華録·四月八日》:“是月茄瓠初出上市,東華門争先供進,一對可直三五十千者。” 腋腋:不明語義,疑是川流不息貌。 穹廬:古代遊牧民族居住的氈帳。《漢書·匈奴傳》:“匈奴父子同穹廬卧。”顔師古注:“穹廬,旃帳也。其形穹隆,故曰穹廬。”《周書·吐谷渾傳》:“雖有城郭,而不居之,恒處穹廬,隨水草畜牧。”泛指北方少數民族。丘遲《與陳伯之書》:“如何一旦爲奔亡之虜,聞鳴鏑而股戰,對穹廬以屈膝!”陳鴻《東城老父傳》:“上皇北臣穹廬,東臣雞林,南臣滇池,西臣昆夷,三歲一來會。” 肥腯:牲畜獸類膘肥肉厚。《左傳·桓公六年》:“吾牲牷肥腯,粢盛豐備,何則不信?”焦贛《易林·漸之比》:“文山鴻豹,肥腯多脂。”泛指肥胖。張鷟《朝野僉載》卷四:“唐禮部尚書祝欽明,頗涉經史,不閑時務,博碩肥腯,頑滯多疑。”

㉓ 五六十年:從本詩寫作之年元和三年或元和四年(808—809)上推“五六十年”,應該是安史之亂發生以來。鄭獬《論知人劄子》:“以爲自天禧以來五六十年間,未有此等事。”歐陽修《與尹師魯第一書》:“五六十年來,天生此輩,沈默畏慎,布在世間,相師成風。” 消息:音信,信息。蔡琰《悲憤詩》:“有客從外來,聞之常歡喜。迎問其消息,輒復非鄉里。”劉餗《隋唐嘉話》卷上:“人言陛下欲幸山南,在外悉裝了,而竟不行,因何有此消息?” 盟會:猶會盟,古代諸侯間的集會結盟。《史記·楚世家》:“宋襄公欲爲盟會,召楚。”《漢書·地理志》:“至春秋時,尚有數十國,五伯迭興,總其盟會。”這裏指李唐與西戎的會盟。 猖獗:亦作“猖蹶”,任意横行。賈誼《新書·俗激》:“今世以侈靡相競,而上無制度……其餘猖蹶而趨之者,乃豕羊驅而往。”

陳子昂《國殤文》:“凶寇猖獗,奸險是憑。蛇伏泥滓,蟻鬥丘陵。”

㉔ 眼穿:猶言望眼欲穿,形容殷切盼望。韓愈《酒中留上襄陽李相公》:“眼穿常訝雙魚斷,耳熱何辭數爵頻!”梅堯臣《獨酌偶作》:“眼穿南去翼,耳冷北來音。” 腸斷:形容極度悲痛。干寶《搜神記》卷二〇:“臨川東興,有人入山,得猿子,便將歸,猿母自後逐至家。此人縛猿子於庭中樹上,以示之。其母便搏頰向人,欲乞哀狀,直謂口不能言耳!此人既不能放,竟擊殺之,猿母悲唤,自擲而死。此人破腸視之,寸寸斷裂。”白居易《長恨歌》:“行宫見月傷心色,夜雨聞鈴腸斷聲。” 正朝:正月一日。王績《看釀酒》:“六月調神曲,正朝汲美泉。從來作春酒,不使俗人聞。”王禹偁《謝免和御製元日除夜詩表》:“又若除夜藏鉤,正朝放雀,真爲兒戲,豈近皇猷?” 延州:地名,《元和郡縣志·延州》:“延安,中都督府……隋氏喪亂陷於殘寇,武德元年百姓歸化,置總管府,開元二年爲都督府,尋罷府爲州。”盧僎《讓帝挽歌詞二首》一:“泰伯玄風遠,延州德讓行。闔棺追大節,樹羽册鴻名。”杜甫《塞蘆子》:“延州秦北户,關防猶可倚。焉得一萬人,疾驅塞蘆子?” 西蕃:特指吐蕃。高適《賀哥舒大夫破九曲》:“遙傳副丞相,昨日破西蕃。”亦作“西藩”、“西番”,我國古代對西域一帶及西部邊境地區的泛稱。《南齊書·周盤龍傳》:“師不淹晨,西蕃克定。”《北史·西域傳序》:“煬帝時,乃遣侍御史韋節、司隸從事杜行滿使于西藩諸國。” 正歲:指古曆夏曆正月,亦泛指農曆正月。《周禮·天官·小宰》:“正歲,帥治官之屬而觀治象之法。”鄭玄注:“正歲,謂夏之正月,得四時之正。”孫詒讓正義:“全經凡言正歲者,並爲夏正建寅之月,别於凡言正月者爲周正建子之月也。”沈約《上建闕表》:“使觀風而至,復聞正歲之典。”本詩的“正歲一日”,亦即正月初一。 唐人:指唐代人。薛能《嘉陵驛見賈島舊題》:“賈子命堪悲,唐人獨解詩。左遷今已矣!清絶更無之。”《宋史·米芾傳》:“冠服效唐人,風神蕭散,音吐清暢。” 衣冠:衣和冠,古代士以上戴冠,因用以指士以上的服裝。

《管子·形勢》:"言辭信,動作莊,衣冠正,則臣下肅。"《史記·孔子世家》:"故所居堂弟子內,後世因廟藏孔子衣冠琴車書,至於漢二百餘年不絶。"泛指衣着,穿戴,這裏代指唐代的衣着穿戴。牛僧孺《玄怪録·元無有》:"未幾至堂中,有四人,衣冠皆異,相與談諧,吟詠甚暢。" 歸計:回家鄉的打算、辦法。劉禹錫《酬樂天見貽賀金紫之什》:"珍重賀詩呈錦繡,願言歸計並園廬。舊來詞客多無位,金紫同遊誰得如?"白居易《江亭夕望》:"辭枝雪蕊將春去,滿鑷霜毛送老來。争敢三年作歸計? 心知不及賈生才。"

㉕ 近來:指過去不久到現在的一段時間。元稹《放言五首》一:"近來逢酒便高歌,醉舞詩狂漸欲魔。五斗解醒猶恨少,十分飛盞未嫌多。"柳渾《牡丹》:"近來無奈牡丹何,數十千錢買一顆。今朝始得分明見,也共戎葵不校多。" 思漢:思念漢朝,唐人詩文中常常以漢代唐,實質是思念唐朝,思念故鄉。白居易《縛戎人》:"没蕃被囚思漢土,歸漢被刼爲蕃虜。早知如此悔歸來,兩地寧如一處苦!"捧劍僕《將竄留詩》:"欲出主人門,零涕暗嗚咽。萬里隔關山,一心思漢月。" 老病:年老多病。《漢書·韋賢傳》:"時賢七十餘,爲相五歲,地節三年以老病乞骸骨,賜黄金百斤,罷歸。"杜甫《旅夜書懷》:"名豈文章著? 官應老病休。" 埋骨:埋葬屍骨。白居易《題故元少尹集後》:"龍門原上土,埋骨不埋名。"陸游《出西門》:"青山是處可埋骨,白髮向人羞折腰。"

㉖ 孫子:子孫後代。傅玄《西征將軍歌》:"假我皇祖,綏予孫子。"杜甫《吾宗》:"吾宗老孫子,質樸古人風。耕鑿安時論,衣冠與世同。"兒子的兒子。王讜《唐語林·豪爽》:"杜甫拾遺乘醉而言曰:'不謂嚴挺之乃有此兒也!'武恚目久之,曰:'杜審言孫子擬捋虎鬚耶?'"陸游《江村》:"拈得一書還懶看,卧聽孫子誦琅琅。" 鄉音:家鄉的口音。賀知章《回鄉偶書二首》一:"少小離家老大回,鄉音無改鬢毛摧。"陳與義《點絳唇·紫陽寒食》:"不解鄉音,只怕人嫌我。" 平時:

平日,平常時候。元稹《燈影》:“洛陽晝夜無車馬,漫挂紅紗滿樹頭。見説平時燈影裏,玄宗潛伴太真遊。”張祜《千秋樂》:“八月平時花蕚樓,萬方同樂奏千秋。傾城人看長竿出,一伎初成趙解愁。” 城闕:城門兩邊的望樓。《詩・鄭風・子衿》:“佻兮達兮,在城闕兮。”孔穎達疏:“謂城上之别有高闕,非宫闕也。”都城,京城。杜甫《自京赴奉先縣詠懷五百字》:“鞭撻其夫家,聚斂貢城闕。”仇兆鰲注:“京師有闕,得稱城闕。”宫闕,帝王所居之處。陸機《謝平原内史表》:“不得束身奔走,稽顙城闕。”白居易《長恨歌》:“九重城闕烟塵生,千乘萬騎西南行。”

㉗“老者儻盡少者壯”兩句:意謂假如老年之人一一辭世,年少的後代慢慢長大成人,他們就好像是蕃人的後代一般。 老者:老年人。《論語・公冶長》:“老者安之,朋友信之,少者懷之。”劉寶楠正義:“老者,人年五十以上之通稱。”《國語・越語》:“令老者無取壯妻。” 儻:倘若,假如,表示假設。《三國志・董昭傳》:“圍中將吏不知有救,計糧怖懼,儻有他意,爲難不小。”劉知幾《史通・雜説》:“而爲晉學者,曾未之知,儻湮滅不行,良可惜也。” 少者:幼年。元稹《陽城驛》:“少者從公學,老者從公游。往來相告報,縣尹與公侯。”年輕。馬戴《征婦嘆》:“但見請防胡,不聞言罷兵。及老能得歸,少者還長征。” 生長:生活。《晏子春秋・雜》:“今民生長於齊不盜,入楚則盜,得無楚之水土使民善盜耶?”張籍《春江曲》:“妾身生長金陵側,去年隨夫住江北。春來未到父母家,舟小風多渡不得。”

㉘祖父:父親的父親。陶潛《晉故征西大將軍長史孟府君傳》:“祖父揖,元康中爲廬陵太守。”元稹《爲蕭相謝追贈祖父祖妣亡父表》:“恩波下濟,澤被窮泉。天眷旁臨,日聞幽穸。”祖父與父親。杜甫《又上後園山脚》:“哀彼遠征人,去家死路旁。不及祖父塋,累累塚相當。”白行簡《李娃傳》:“生因投刺,謁於郵亭。父不敢認,見其祖父官諱,方大驚,命登階,撫背慟哭移時。” 漢民:即漢人,漢族人。《漢

書·匈奴傳》:"近西羌保塞,與漢人交通。"司空圖《河湟有感》:"漢兒盡作胡兒語,却向城頭罵漢人。" 矻矻:石堅貌,引申爲堅阻貌,堅執貌。蘇軾《御試制科策》:"徒見諫官御史之言矻矻乎難入,以爲必有閑之者也。"唐甄《潛書·格君》:"焉用矻矻戇言,使君臣之際至於兩傷哉!"

㉙ 緣邊:沿邊,指邊境。《後漢書·張奂傳》:"寇掠緣邊九郡,殺略百姓。"白居易《西凉伎》:"緣邊空屯十萬卒,飽食温衣閑過日。" 齊驅:驅馬並進。《周書·宣帝紀》:"仍令四后方駕齊驅,或有先後,便加譴責,人馬頓仆相屬。"章碣《寄江東道友》:"野亭歌罷指西秦,避俗争名興各新……夜潮分卷三江月,曉騎齊驅九陌塵。" 一時:同時,一齊。《晋書·李矩傳》:"矩曰:'俱是國家臣妾,焉有彼此!'乃一時遣之。"李益《從軍北征》:"天山雪後海風寒,横笛偏吹行路難。磧里征人三十萬,一時回首月明看。"

㉚ 年年:每年。《宋書·禮志》:"成帝時,中宫亦年年拜陵,議者以爲非禮。"元稹《解秋十首》七:"顔色有殊異,風霜無好惡。年年百草芳,畢意同蕭索。" 精衛:古代神話中鳥名。《山海經·北山經》:"發鳩之山,其上多柘木,有鳥焉,其狀如烏,文首白喙赤足,名曰精衛,其鳴自詨。是炎帝之少女名曰女娃,女娃游於東海,溺而不返,故爲精衛,常銜西山之木石以堙於東海。"後多用以比喻有仇恨而志在必報,或不畏艱難、奮鬥不懈的人。李白《江夏寄漢陽輔録事》:"西飛精衛鳥,東海何由填?"李白《寓言三首》二:"區區精衛鳥,銜木空哀吟。" 銜蘆:口含蘆草,雁用以自衛的一種本能。《淮南子·修務訓》:"夫雁順風以愛氣力,銜蘆而翔,以備矰弋。"高誘注:"銜蘆所以令繳不得截其翼也。"崔豹《古今注·鳥獸》:"雁自河北渡江南,瘠瘦能高飛,不畏繒繳。江南沃饒,每至還河北,體肥不能高飛,恐爲虞人所獲,嘗銜蘆長數寸,以防繒繳焉!"本詩是指精衛銜木石填海。元稹《有酒十首》六:"精衛銜蘆塞海溢,枯魚噴沫救池燔。筋疲力竭波更

大,鰭燋甲裂身已乾。” 溟渤:溟海和渤海,多泛指大海。李涉《却歸巴陵途中走筆寄唐知言》:“巧綴五言才刮骨,却怕柱天身硉矹。後輩無勞續出頭,坳塘不合窺溟渤。”吕巖《七言》四〇:“水火自然成既濟,陰陽和合自相符。爐中煉出延年藥,溟渤從教變復枯。”

[編年]

《年譜》、《編年箋注》、《年譜新編》編年意見及編年理由同前《和李校書新題樂府十二首・序》、《上陽白髮人》所引述。

我們的編年意見不同於《年譜》、《編年箋注》、《年譜新編》,我們的編年理由也同前《和李校書新題樂府十二首・序》、《上陽白髮人》、《西凉伎》諸篇所表述。而本詩“大曆年中没落蕃”,“一落蕃中四十載”云云,如果從元和三年(808)倒推“四十年”,那末大曆三年或者大曆四年已經滿足“四十年”的條件,何況“四十年”云云祇是個約數而已。結合“去京五百”和元稹元和四年的繁忙行蹤的另外兩個條件,此詩應該作於元和三年十二月至元和四年二月之間,地點在長安,元稹當時因母喪守制剛剛結束,還没有拜授新職。

◎ 和李校書新題樂府十二首・陰山道(李《傳》云:元和二年有詔,悉以金銀酬回紇馬價)(一)①

年年買馬陰山道,馬死陰山帛空耗②。元和天子念女工,内出金銀代酬犒③。臣有一言昧死進:死生甘分答恩燾④。費財爲馬不獨生,耗帛傷工有他盜⑤。臣聞平時七十萬匹馬,關中不省聞嘶噪⑥。四十八監選龍媒,時貢天庭付良造⑦。如今坰野十無一,盡在飛龍相踐暴⑧。萬束芻茭供旦暮,千鍾菽粟長牽漕⑨。屯軍郡國百餘鎮,縑緗歲奉春冬勞⑩。稅户逋逃例攤配，官司折納仍貪冒⑪。挑紋變緝力倍費，棄舊從新人所好⑫。越縠繚綾織一端(二)，十疋素縑功未到(三)⑬。豪家富賈逾常制(四)，令族親班無雅操(五)⑭。從騎愛奴絲布衫，臂鷹小兒雲錦韜⑮。群臣利己要羞僭(六)，天子深衷空閔悼⑯。綽立花磚鵷鳳行(七)，雨露恩波幾時報⑰？

録自《元氏長慶集》卷二四

［校記］

（一）陰山道：楊本、叢刊本、《古詩鏡・唐詩鏡》、《全詩》同，《樂府詩集》詩題同，題解："《通典》曰：'秦始皇平天下，北却匈奴，築長城，渡河以陰山爲塞。陰山，唐之安北都護府也。'《唐書》曰：'高宗顯慶初，詔蘇定方等並回紇，破賀魯於陰山，即其地也。'李公垂《傳》曰：'元和二年有詔，内出金帛，酬回紇馬價。'"其中李紳之《傳》文，本詩與《唐書》所引，稍有出入。

（二）越縠繚綾織一端：《樂府詩集》、《全詩》同，楊本、叢刊本、《古詩鏡・唐詩境》作"越縠撩綾織一端"，語義不通，不從。

（三）十疋素縑功未到：楊本、叢刊本、《古詩鏡・唐詩境》、《全詩》同，宋蜀本、《樂府詩集》作"十疋半縑功未到"，語義不通，不從。

（四）豪家富賈逾常制：《樂府詩集》、《全詩》同，楊本、叢刊本、《古詩鏡・唐詩境》作"豪家富貴踰常制"，語義不同，不從。

（五）令族親班無雅操：宋蜀本、錢校、蘭雪堂本、叢刊本、《古詩鏡・唐詩境》同，《樂府詩集》、《全詩》作"令族清班無雅操"，楊本作"今族清班無雅操"，語義不通，不從。

（六）群臣利己要羞僭：楊本、叢刊本、《古詩鏡・唐詩境》、《全詩》同，錢校、《樂府詩集》作"群臣利己安羞僭"，語義不通，不從。

（七）綽立花磚鵷鳳行：楊本、叢刊本、《全詩》、《古詩鏡・唐詩境》同,錢校、《樂府詩集》作“久立花磚鵷鳳行”,語義兩通,不改。

[箋注]

① 陰山道:白居易有同名詩篇《陰山道》酬和,詩云:“陰山道,陰山道,紇邏敦肥水泉好。每至戎人送馬時,道傍千里無纖草。草盡泉枯馬病羸,飛龍但印骨與皮。五十疋縑易一疋,縑去馬來無了日。養無所用去非宜,每歲死傷十六七。縑絲不足女工苦,疏織短截充疋數。藕絲蛛網三尺餘,回鶻訴稱無用處。咸安公主號可敦,遠爲可汗頻奏論。元和二年下新敕,内出金帛酬馬直。仍詔江淮馬價縑,從此不令疏短織。合羅將軍呼萬歲,捧授金銀與縑彩。誰知黠虜啓貪心,明年馬多來一倍! 縑漸好,馬漸多,陰山虜奈爾何!”兩詩可以並讀。回紇:古代民族名兼國名,爲袁紇後裔,初受突厥統轄,唐天寶三年滅突厥後建立可汗政權,貞元四年改稱回鶻,開成五年被黠戛斯所滅,餘衆分三支西遷:一遷吐魯番盆地,稱高昌回鶻或西州回鶻;一遷葱嶺西楚河畔,稱葱嶺西回鶻;一遷河西走廊,稱河西回鶻,後改稱畏吾兒(即今維吾爾),也叫回回。杜甫《洗兵馬》:“京師皆騎汗血馬,回紇(回紇以驍騎三千助討安慶緒)喂肉葡萄宫。已喜皇威清海岱,常思仙仗過崆峒(山在平凉縣西)。”皇甫冉《怨回紇歌二首》一:“毳布腥膻久,穹廬歲月多。雕巢城上宿,吹笛泪滂沱。”

② 年年:每年。張説《桃花園馬上應制》:“林間艷色驕天馬,苑裹穠華伴麗人。願逐南風飛帝席,年年含笑舞青春。”元稹《桐花》:“年年怨春意,不競桃杏林。唯占清明後,牡丹還復侵。” 買馬:購買回紇的馬匹。本詩題注:“李傳云:元和二年有詔,悉以金銀酬回紇馬價。”元稹《遣興十首》六:“買馬買鋸牙,買犢買破車。養禽當養鶻,種樹先種花。” 陰山:山脈名,即今横亘於内蒙古自治區南境與東北、接連内興安嶺的陰山山脈,山間缺口自古爲南北交通孔道,即本詩所云的“陰山道”。王昌齡《塞上曲二首》一:“秦時明月漢時關,萬里長

征人未還。向但使龍城飛將在，不教胡馬度陰山。”劉商《觀獵三首》一：“夢非熊虎數年間，驅盡豺狼宇宙閑。傳道單于聞校獵，相期不敢過陰山。”兩詩所説陰山即此。　帛：古代絲織物的通稱。《漢書·朱建傳》：“臣衣帛，衣帛見；臣衣褐，衣褐見，不敢易衣。”杜甫《自京赴奉先縣詠懷五百字》：“彤庭所分帛，本自寒女出。”　空耗：空虚，匱乏。《宋史·孫甫傳》：“宿兵以來，國用空耗。”白費。陸游《次韵邢德允見贈》：“細思渭北希高價，終勝淮南誚發蒙。莫學三山頑鈍叟，一生空耗太倉紅。”

③ 元和天子：即元和年間在位的皇帝唐憲宗李純。白居易《牡丹芳》：“元和天子憂農桑，恤下動天天降祥。去歲嘉禾生九穗，田中寂莫無人至。”張祜《洛中作》：“元和天子昔平戎，惆悵金輿尚未通。盡日洛橋閑處看，秋風時節上陽宫。”　女工：指從事紡織、刺繡、縫紉等工作的婦女。《周禮·天官·序官》：“縫人奄二人，女御八人，女工八十人，奚三十人。”鄭玄注：“女工，女奴曉裁縫者。”韋應物《感事》：“女工再三嘆，委棄當此時。歲寒雖無褐，機杼誰肯施？”也指女子所作紡織、刺繡、縫紉等事。《淮南子·齊俗訓》：“錦繡纂組，害女工者也。”韓愈《贈張徐州莫辭酒》：“莫辭酒，此會固難同。請看女工機上帛，半作軍人旗上紅。”　内：指朝廷。《史記·汲鄭列傳》：“以數切諫，不得久留内，遷爲東海太守。”《後漢書·陳忠傳》：“延光三年拜司隸校尉，糾正中官外戚賓客，近幸憚之，不欲忠在内，明年出爲江夏太守。”　金銀：黄金和白銀。《列子·周穆王》：“化人之宫，構以金銀。”韓愈《順宗實録》：“盡得其所虜掠金銀、婦女等，皆獲致其家。”

④ 昧死：冒死，猶言冒昧而犯死罪，古時臣下上書帝王慣用此語，表示敬畏之意。賈誼《新書·數寧》：“雖然誠不安，誠不治，故不敢顧身，敢不昧死以聞。”李商隱《韓碑》：“文成破體書在紙，清晨再拜鋪丹墀。表曰臣愈昧死上，詠神聖功書之碑。”　死生：偏義復指詞，指死亡。高適《燕歌行》：“戰士軍前半死生，美人帳下猶歌舞。”蘇軾

《侄安節遠來夜坐》二:“畏人默坐成痴鈍,問舊驚呼半死生。” 甘分:甘願。白居易《對鏡吟》:“三殿失恩宜放棄,九宫推命合漂淪。如今所得須甘分,腰佩銀龜朱兩輪。”元稹《酬樂天得微之詩知通州事因成四首》二:“市井無錢論尺丈,田疇付火罷耘鋤。此中愁殺須甘分,惟惜平生舊著書。” 恩熏:恩德。《宋書·孝武王皇后傳》:“今事迫誠切不顧典憲,敢緣恩熏,觸冒披聞。”

⑤ 費財:耗費錢財。李德裕《請更發兵山外邀截回鶻狀》:“右緣回鶻既已討除,須令殄滅,今可汗窮蹙,正可梟擒。萬一透入黑車子部落,必恐延引歲月,勞師費財。”《資治通鑑·唐中宗景龍二年》:“而營建佛寺,日廣月滋,勞人費財,無有窮極。” 耗帛:耗費絲帛,與“費財”對舉成文。陸游《南唐書·后妃諸王列傳》:“被墻宇以耗帛,論丘山而委糟。年年不負登臨節,歲歲何曾舍逸遨!”黄震《安撫顯謨少卿孫公行狀》:“非時之賞賜,不急之營繕,足以縻金耗帛而民困。”

⑥ 平時:平日,平常時候。白居易《西凉伎》:“凉州陷來四十年,河隴侵將九千里。平時安西萬里疆,今日邊防在鳳翔。”羅隱《輕飆》:“輕飆掠晚莎,秋物慘關河。戰壘平時少,齋壇上處多。”太平時日。張祜《李謨笛》:“平時東幸洛陽城,天樂宫中夜徹明。無奈李謨偷曲譜,酒樓吹笛是新聲。”李商隱《灞岸》:“山東今歲點行頻,幾處冤魂哭虜塵? 灞水橋邊倚華表,平時二月有東巡。” 關中:古地名,所指範圍不一,或泛指函谷關以西戰國末秦故地(有時包括秦嶺以南的漢中、巴蜀,有時兼有陝北、隴西);或指居於衆關之中的地域,今指陝西渭河流域一帶。《史記·項羽本紀》:“關中阻山河四塞,地肥饒,可都以霸。”裴駰集解引徐廣曰:“東函谷,南武關,西散關,北蕭關。”韓愈《歸彭城》:“前年關中旱,閭井多死饑。” 嘶噪:鳴聲喧雜。《陳書·江總傳》:“風引蜩而嘶譟,雨鳴林而修颯,鳥稍狎而知來,雲無情而自合。”元稹《哭子十首》一:“維鵜受刺因吾過,得馬生灾念爾冤。獨在中庭倚閑樹,亂蟬嘶噪欲黄昏。”

⑦ 四十八監:《舊唐書・張茂宗傳》:“元和中,(張茂宗)爲閑厩使。國家自貞觀中至於麟德,國馬四十萬匹在河隴間。開元中尚有二十七萬,雜以牛羊雜畜,不啻百萬,置八使四十八監,占隴右、金城、平凉、天水四郡、幅員千里,自長安至隴右置七馬坊,爲會計都領岐、隴間善水草及腴田,皆屬七馬坊。至德以後,西戎陷隴右,國馬盡散,監牧使與七馬坊名額盡廢,其地利因歸於閑厩使。”《新唐書・兵志》:“八坊之馬,爲四十八監。而馬多地狹不能容,又析八監,列布河西豐曠之野。” 龍媒:唐御馬厩六閑之一。《新唐書・兵志》:“又以尚乘掌天子之御。左右六閑:一曰飛黄,二曰吉良,三曰龍媒,四曰騊駼,五曰駃騠,六曰天苑。”喬知之《羸駿篇》:“噴玉長鳴西北來,自言當代是龍媒。萬里鐵關行入貢,九重金闕爲君開。” 天庭:帝王的宫廷,朝廷。沈佺期《奉和洛陽玩雪應制》:“灑瑞天庭裏,驚春御苑中。氛氲生浩氣,颯遝舞回風。”劉禹錫《寄和東川楊尚書慕巢兼寄西川繼之二公近從弟兄情分偏睦早忝游舊因成是》:“楊葉百穿榮會府,芝泥五色耀天庭。各抛筆硯誇旄鉞,莫遣文星讓將星。” 良造:春秋晉王良和西周造父的並稱,二人皆以善御馬著名。韓愈《送石處士序》:“若河决下流而東注,若駟馬駕輕車就熟路,而王良造父爲之先後也。”李之儀《跋採石三亭詩》:“王德循,余見其初勝冠時,如王良造父……”

⑧ 如今:現在。《史記・項羽本紀》:“樊噲曰:‘大行不顧細謹,大禮不辭小讓。如今人方爲刀俎,我爲魚肉,何辭爲?’”杜甫《泛江》:“故國流清渭,如今花正多。” 坰野:猶坰外。《詩・魯頌・駉序》:“僖公能遵伯禽之法,儉以足用,寬以愛民,務農重谷,牧於坰野。”曾鞏《本朝政要策》:“將吏依壁自固,虜輒掠坰野,收子女之俘,掊金帛之積而去。” 坰:遠郊,野外。《詩・魯頌・駉》:“駉駉牡馬,在坰之野。”毛傳:“坰,遠野也。邑外曰郊,郊外曰野,野外曰林,林外曰坰。”皎然《送崔判官還揚子》:“秋聲滿楊柳,暮色繞郊坰。” 飛龍:特指唐代御厩中右膊印飛字、左項印龍形的馬。李白《天馬歌》:“天馬呼,飛

龍趨，目明長庚臆雙鳧。尾如流星首渴烏，口噴紅光汗溝朱。”錢起《和李員外扈駕幸溫泉宮》：“未央月曉度疎鐘，鳳輦時巡出九重。雪霽山門迎瑞日，雲開水殿候飛龍。”這裏借指飼養飛龍馬的馬廐。踐暴：踐踏，糟蹋。《北史・隋煬帝紀》：“戊戌，敕百司不得踐暴禾稼。”《舊唐書・潘好禮傳》：“今正是農月，王何得非時將此惡少狗馬踐暴禾稼，縱樂以損於人！”

⑨“萬束芻茭供旦暮”兩句：意謂爲了供養這些馬匹，一天花費草束成千上萬，而運輸馬料豆類與小米的船隻，長年累月在水道上穿梭來往。　束：量詞，用於計量捆在一起的東西。《詩・小雅・白駒》：“生芻一束，其人如玉。”杜甫《桃竹杖引》：“梓潼使君開一束，滿堂賓客皆嘆息。”　芻茭：乾草，牛馬的飼料。《書・費誓》：“魯人三郊三遂，峙乃芻茭。”孔穎達疏：“鄭云：‘茭，乾芻也。’”元稹《江邊四十韵》：“曲突翻成沼，行廊却代庖。橋橫老顛柿，馬病褁芻茭。”　旦暮：亦作“旦莫”，白天與晚上，清早與黄昏。《墨子・經説》：“久，古今旦莫。宇，東西家南北。”元稹《餘杭周從事以十章見寄詞調清婉難於遍酬聊和詩首篇以答來貺》：“擾擾紛紛旦暮間，經營閑事不曾閑。多緣老病推辭酒，少有功夫久羨山。”朝夕，謂整日。《國語・齊語》：“旦暮從事，施于四方。”韓愈《唐故檢校尚書左僕射右龍武軍統軍劉公墓誌銘》：“即其日與使者俱西，大熱，旦暮馳不息，疾大發。”　鍾：古容量單位，春秋時齊國公室的公量，合六斛四斗，之後亦有合八斛及十斛之制。《左傳・昭公三年》：“齊舊四量：豆、區、釜、鍾。四升爲豆，各自其四，以登於釜。釜十則鍾。”杜預注：“六斛四斗。”范成大《秋日田園雜興十二絶》九：“不惜兩鍾輸一斛，尚贏糠核飽兒郎。”　菽粟：豆和小米，泛指糧食。桓寬《鹽鐵論・授時》：“夫爲政而使菽粟如水火，民安有不仁者乎？”權德輿《數名詩》：“四體苟不勤，安得豐菽粟？五侯誠暐曄，榮甚或爲辱。”　漕：水道運輸。《史記・蕭相國世家》：“關中事計户口轉漕給軍，漢王數失軍遁去，何常興關中卒，輒補缺。”司

馬貞索隱:"漕,水運也。"《漢書·趙充國傳》:"臣前部士入山,伐材木大小六萬餘枚,皆在水次……冰解漕下。"顔師古注:"漕下,以水運木而下也。"

⑩ 屯軍:駐軍。劉知幾《儀坤廟樂章》:"校獵長楊苑,屯軍細柳營。將軍獻凱入,歌舞溢重城。"韋莊《贈戍兵》:"止竟有征須有戰,洛陽何用久屯軍?" 郡國:郡和國的並稱。漢初,兼采封建及郡縣之制,分天下爲郡與國。郡直屬中央,國分封諸王、侯,封王之國稱王國,封侯之國稱侯國。南北朝仍沿郡、國並置之制,至隋始廢國存郡,後亦以"郡國"泛指地方行政區劃。《顔氏家訓·勉學》:"夫學者貴能博聞也,郡國山川、官位姓族、衣服飲食、器皿制度,皆欲根尋,得其原本。"元稹《夏陽縣令陸翰妻河南元氏墓誌銘》:"當乾元、廣德之間,郡國多事。" 鎮:古代於邊境重地設鎮,以重兵駐守,後内地亦設。北魏所設鎮,有一部分兼理民政,其長官爲鎮都大將。《魏書·官氏志》:"舊制,緣邊皆置鎮都大將,統兵備禦,與刺史同。城隍、倉庫皆鎮將主之,但不治。"唐初所設鎮,爲方鎮之始,所置戍邊兵力較少,鎮將袛掌防戍守禦,品秩與縣令相等。中唐起,鎮之地位上升,權力增大,而内地亦相繼設置,其長官爲節度使,掌一方軍政大權。 縑緗:供書寫用的淺黄色細絹。顔真卿《送辛子序》:"惜乎困於縑緗,不獲繕寫。"《舊唐書·代宗后獨孤氏》:"法度有節,不待珩璜;篇訓之制,自盈縑緗。"也指書册。駱賓王《上兗州刺史啓》:"頗游簡素,少閲縑緗。" 春冬:冬天與春天,意即一年四季。杜甫《夔州歌十絶句》四:"瀼東瀼西一萬家,江北江南春冬花。背飛鶴子遺瓊蕊,相趁鳧雛入蔣牙。"皇甫冉《送薛秀才》:"讀書惟務静,無褐不憂貧。野色春冬樹,雞聲遠近鄰。"

⑪ 税户:納税户。王建《送吴諫議上饒州》:"曾向先皇邊諫事,還應上帝處稱臣。養生自有年支藥,税户應停月進銀。"程大昌《演繁露續集·鄉兵保捷義勇等》:"咸平四年,取陕西税户爲義軍,家出一

丁,號曰保毅軍。"　逋逃:逃亡,流亡。《書・費誓》:"馬牛其風,臣妾逋逃。"孔傳:"馬牛其有風佚,臣妾逋亡。"趙曄《吴越春秋・夫差内傳》:"軍敗身辱,逋逃出走。"　攤配:攤派分配。元稹《論當州朝邑等三縣代納夏陽韓城兩縣率錢狀》:"元和十三年敕,緣夏陽、韓城兩縣殘破,量減逃户率税,每年攤配朝邑、澄城、合陽三縣代納。"朱熹《與張定叟書》:"其良田則爲富家侵耕冒占,其瘠土則官司攤配,親鄰是致税役不均,小民愈見狼狽,逃亡日衆,盜賊日多。"　官司:官府,多指政府的主管部門。葛洪《抱朴子・酒誡》:"人有醉者相殺,牧伯因此輒有酒禁,嚴令重申,官司搜索。"元稹《和李校書新題樂府十二首・馴犀》:"貞元之歲貢馴犀,上林置圈官司養。玉盆金棧非不珍,虎噉狴牢魚食網。"　折納:唐時實行兩税法,稱按錢折價交納粟帛爲折納。陸贄《均節賦税恤百姓六條》:"今既總收極甚之數,定爲兩税矣! 所定别獻之類,復在數外矣! 間緣軍用不給,已嘗加徵矣! 近屬折納價錢,則又多獲矣!"《舊唐書・德宗紀》:"(貞元二年)冬十月壬午,奏關内、河中、河南等道秋夏兩税、青苗等錢,悉折納粟麥,兼加估收糴以便民,從之。"　貪冒:貪得,貪圖財利。《左傳・成公十二年》:"諸侯貪冒,侵欲不忌。"《隋書・煬帝紀》:"貪冒貨賄,不知紀極。"

⑫ 挑紋變緝力倍費:挑紋與變緝,應該是織布時必須具備兩個動作的技術性術語。元稹《織婦詞》:"繰絲織帛猶努力,變緝撩機苦難織。東家頭白雙女兒,爲解挑紋嫁不得(予掾荆時,目擊貢綾户有終老不嫁之女)。"可作爲本句的注解。文彦博《次韵留守相公同游龍門》:"曉露未晞珠滴淚,秋花争發錦挑紋。群娃散步塵生襪,小舫争登水濺裙。"　倍費:賠貼費用,倍同"賠"。張詠《滑農》:"活人性命由百穀,還須著意在耕農。自有奸民逃禁律,農夫倍費耕田力。"范純仁《論陝西沿邊冗費》:"臣伏見陝西沿邊兵將俱冗,城寨亦多,倍費供須,虧耗財用。"　棄舊:丢棄舊狀。《左傳・昭公十五年》:"邑以賈怠,不如完舊。賈怠無卒,棄舊不祥。"楊伯峻注:"舊指不怠,勤慎。"

遺棄舊好。元稹《和李校書新題樂府十二首·華原磬》:“棄舊美新由樂胥,自此黄鍾不能競。玄宗愛樂愛新樂,梨園弟子承恩横。” 從新:向新的方面發展。《管子·侈靡》:“天地不可留,故動,化故從新。”尹知章注:“化其故,以就其新。”儲光羲《秋次霸亭寄申大》“杲杲初景出,油油鮮雲卷。會朝幸歲正,校獵從新獮。”

⑬ 越穀:出産於越地的縐紗。沈遘《人日得人字韵五首》四:“海棠雨過胭脂潑,池皺風平越穀伸。萬物逢春猶振動,肯將局蹐束閑身?” 穀:縐紗。《漢書·江充傳》:“充衣紗穀襌衣。”顔師古注:“紗穀,紡絲而織之也,輕者爲紗,縐者爲穀。” 繚綾:一種精緻的絲織品,質地細緻,文彩華麗,産於越地,唐代作爲貢品。白居易《繚綾》:“繚綾繚綾何所似?不似羅綃與紈綺。應似天台山上月明前,四十五尺瀑布泉。”韓偓《余作探使以繚綾手帛子寄賀因而有詩》:“解寄繚綾小字封,探花筵上映春叢。黛眉印在微微緑,檀口消來薄薄紅。” 疋:量詞,用於紡織品或騾馬等。《漢書·叔孫通傳》:“乃賜通帛二十疋,衣一襲,拜爲博士。”陳子昂《諫曹仁師出軍書》:“昔漢室以衛青出塞,是時漢馬三十萬疋,旋師之日,唯餘四萬。” 素縑:白色的絹帛。《宋書·恩幸傳論》:“素縑丹珀,至皆兼兩。”蔣防《霍小玉傳》:“請以素縑,著之盟約。”

⑭ 豪家:指有錢有勢的人家。《管子·輕重》:“吾國之豪家遷封食邑而居者,君章之以物,則物重;不章以物,則物輕。”封演《封氏聞見記·除蠹》:“蜀漢風俗,縣官初臨,豪家必先饋餉,令丞以下皆與之平交。” 富賈:富有的坐商,亦泛指富商。《漢書·食貨志》:“羲和置命士督五均六斡,郡有數人,皆用富賈。”柳師尹《王幼玉記》:“〔幼玉〕所與往還皆衣冠士大夫。舍此,雖鉅賈富賈不能動其意。” 常制:舊時的形制。曹植《懷親賦》:“獵平原而南騖,覩先帝之舊營。步壁壘之常制,識旌旗之所停。”通常的制度。《三國志·何夔傳》:“夔以國有常制,遂不往。”《舊唐書·食貨志》:“雖非擅加,且異常制。” 令

族:指名門世族。陶潛《贈長沙公族祖詩》:"于穆令族,允構斯堂。諧氣冬暄,映懷圭璋。"王勃《梓州玄武縣福會寺碑》:"爰有縣令柳邊,河東令族,大業之年來光上邑。"　班:等同,並列。《孟子·公孫丑》:"伯夷、伊尹於孔子,若是班乎?"趙岐注:"班,齊等之貌也。"李格非《洛陽名園記·獨樂園》:"園卑小不可與它園班。"也指職位相同的人。《國語·魯語》:"臣聞之:班相恤也,故能有親。"韋昭注:"言位次同者當相憂也。"　雅操:這裏指高尚的操守。岑參《范公叢竹歌序》:"美范公之清致雅操,遂爲歌以和之。"李群玉《失鶴》:"墮翎留片雪,雅操入孤琴。豈是籠中物?雲蘿莫更尋!"

⑮ 從騎:騎馬的隨從。《史記·魏公子列傳》:"市人皆觀公子執轡,從騎皆竊罵侯生。"隨從的騎兵。《三國志·公孫瓚傳》:"瓚乃自持矛,兩頭施刃,馳出刺胡,殺傷數十人,亦亡其從騎半,遂得免。"韓翃《祭嶽回重贈孟都督》:"從騎盡幽並,同人皆沈謝。"　愛奴:寵愛的奴僕。《前漢書·高五王傳》:"青州刺史奏終古使所愛奴與八子及諸御婢奸,終古或參與被席……"《隋書·田式傳》:"其所愛奴嘗詣式白事,有蟲上其衣衿,揮袖拂去之,式以爲慢己,立棒殺之。"　絲布:絲綢與布,古代布爲麻織品。桓寬《鹽鐵論·通有》:"婦女飾微治細,以成文章,極伎盡巧,則絲布不足衣也。"絲、麻或絲、棉的混合織物。王羲之《十七帖》:"今往絲布單衣財一端,示致意。"庾信《謝明皇帝賜絲布等啓》:"奉敕垂賜雜色絲布綿絹等三十段,銀錢二百文。"　臂鷹:架鷹于臂,古時多指外出狩獵或嬉遊。《後漢書·梁冀傳》:"又好臂鷹走狗,騁馬鬥雞。"李嶷《少年行三首》一:"十八羽林郎,戎衣事漢王。臂鷹金殿側,挾彈玉輿旁。"　小兒:舊時指爲皇家或軍隊服役的人。陳鴻《東城父老傳》:"及即位,治雞坊于兩宮間……選六軍小兒五百人,使馴擾教飼。"《資治通鑑·唐肅宗至德元載》:"潼關大軍雖盛,而後無繼,萬一失利,京師可憂,請選監牧小兒三千于苑中訓練。"胡三省注:"時監牧、五坊、禁苑之卒,率謂之小兒。"　雲錦:織有雲紋

圖案的絲織品。《漢武帝内傳》:“張雲錦之幃,然九光之燈。”李賀《静女春曙曲》“雲錦堆花密,藏春睡戀屏。孔雀摇金尾,鶯舌分明呼。” 韜:古代護臂的套子。元稹《代曲江老人百韵》:“雞場潜介羽,馬埒並揚塵。韜袖誇狐腋,弓弦尚鹿䐒。”

⑯ 群臣:衆多臣僚。儲光羲《同諸公秋霽曲江俯見南山》:“大君及群臣,晏樂方嚶鳴。吾黨二三子,蕭辰怡性情。”王昌齡《宿灞上寄侍御璵弟》:“孟冬鑾輿出,陽谷群臣會。半夜馳道喧,五侯擁軒蓋。” 差僭:違反常規超越他人。歐陽修《濮議》:“又立廟京師,則亂漢宗廟,此師丹不得不争也。昨濮王既不稱皇,而立廟止在濮園,事無差僭……”趙鼎臣《廷試策》:“邪刑罰積而嗟嘆興,嗟嘆興而變沴作,則夫寒暑差僭,豈無自而致然哉!” 天子:古稱帝王爲天子。陳子昂《答洛陽主人》:“方謁明天子,清宴奉良籌。再取連城璧,三陟平津侯。”元稹《和樂天初授户曹喜而言志》:“君言養既薄,何以榮我門?披誠再三請,天子憐儉貧。” 深衷:内心,衷情。顔延之《五君詠・劉參軍》:“頌酒雖短章,深衷自此見。”高適《酬秘書弟兼寄幕下諸公》:“光禄經濟器,精微自深衷。” 閔悼:憐恤傷悼。桓寬《鹽鐵論・申韓》:“先帝閔悼其菑,親省河堤,舉禹之功,河流以復,曹衛以寧。”《舊唐書・崔龜從傳》:“貞觀中任瓌卒,有司對仗奏聞,太宗責其乖禮;岑文本既歿,其夕爲罷警嚴;張公謹之亡,哭之不避辰日。是知閔悼之意,不宜過時。”

⑰ 綽立:猶端立。白居易《行簡初授拾遺同早朝入閣》:“鬥班花接萼,綽立雁分行。”元稹《酬李甫見贈十首》四:“曾經綽立侍丹墀,綻蕊宫花拂面枝。” 花磚:表面有花紋的磚,唐時内閣北廳前階有花磚道,冬季日至五磚,爲學士入值之候。元稹《櫻桃花》:“花磚曾立摘花人,窣破羅裙紅似火。”白居易《待漏入閣書事奉贈元九學士閣老》:“衙排宣政仗,門啓紫宸關。彩筆停書命,花磚趁立班。” 鵷鳳:鳳鳥,傳説中的瑞鳥,比喻君子、賢者。楊巨源《懷德抒情寄上信州座

主》:“鵷鳳終凌漢,蛟龍會出池。蕙香因曙發,松色肯寒移!”李德裕《懷鸚賦》:“彼鵷鳳之靈姿,故特稟於間氣。標静素於鴻鵠,賦妍華于孔翠。” 雨露:這裏比喻恩澤。高適《送李少府貶峽中王少府貶長沙》:“聖代即今多雨露,暫時分手莫躊躇。”或謂沐浴恩澤。王仁裕《開元天寶遺事·選婿窗》:“李林甫有女六人,各有姿色,雨露之家,求之不允。” 恩波:謂帝王的恩澤。丘遲《侍宴樂游苑送張徐州應詔》:“參差别念舉,肅穆恩波被。”劉駕《長門怨》:“御泉長繞鳳皇樓,只是恩波别處流。”

[編年]

《年譜》、《編年箋注》、《年譜新編》編年意見及編年理由同前《和李校書新題樂府十二首·序》、《上陽白髮人》所引述。

我們的編年意見不同於《年譜》、《編年箋注》、《年譜新編》,我們的編年理由也同《和李校書新題樂府十二首·序》、《上陽白髮人》、《西凉伎》及《縛戎人》諸篇所表述,亦即本詩賦成於元和三年十二月至元和四年二月間,地點在長安,元稹因守制剛剛結束,尚没有官職在身。

◎ 八駿圖詩(并序)(一)①

良馬無世無之,然而終不得與八駿並名,何也?吾聞八駿日行三萬里,夫車行三萬里而無毁輪毁轅之患(二),蓋神車者(三)②。行三萬里而無喪精褫魄之患(四),亦神之人也③。無是三神而得是八馬,乃破車掣御,躓人之乘也,世焉用之④?今夫畫古者,畫馬而不畫車馭,不畫所以乘馬者,是不知夫古者也,予因作詩以辯之(五)⑤。

穆滿志空闊，將行九州野⑥。神馭四來歸，天與八駿馬⑦。龍種無凡性，龍行無暫捨⑧。朝辭扶桑底(六)，暮宿昆侖下(七)⑨。鼻息吼春雷，蹄聲裂寒瓦⑩。尾掉滄波黑，汗染白雲赭(八)⑪。華輈本修密，翠蓋尚妍冶⑫。御者腕不移，乘者寐不假⑬。車無輪扁斲，轡無王良把⑭。雖有萬駿来，誰是敢騎者⑮？

録自《元氏長慶集》卷三

［校記］

(一) 八駿圖詩(并序)：楊本、叢刊本、《全詩》、《歷代題畫詩類》、《聲畫集》同，《樂府詩集》題作"八駿圖"，下有題解："《穆天子傳》曰：'天子之駿赤驥、盜驪、白義、渠黄、黄騮、緑耳、踰輪、山子，所謂八駿也。'郭璞曰：'八駿，皆因其毛色以爲名號爾。赤驥，騏驥也。驪，黑色，華騮，色如華而赤。今名馬驂赤者，爲□騮。騮，赤色也。"各備一説。

(二) 夫車行三萬里而無毁輪毁轅之患：楊本作"夫車行三萬里而無毁輪讓轅之患"，宋蜀本、叢刊本、蘭雪堂本、《歷代題畫詩類》、《全詩》作"夫車行三萬里而無毁輪壞轅之患"，《聲畫集》作"夫車行三萬里而無毁輪壞軸之患"，語義相類，不改。

(三) 盖神車者：楊本、叢刊本、《全詩》同，張校宋本、《聲畫集》、《歷代題畫詩類》作"盖神車也"，語義相類，不改。

(四) 行三萬里而無喪精褫魄之患：叢刊本、《全詩》同，楊本作"行三萬里而無喪精□魄之患"，宋蜀本、盧校、蘭雪堂本、《歷代題畫詩類》作"人行三萬里而無喪精褫魄之患"，《聲畫集》作"車人行三萬里而無喪精褫魄之患"，各備一説，遵從原本，不改。

(五) 予因作詩以辯之：《聲畫集》、《歷代題畫詩類》、《全詩》同，楊本、叢刊本作“予因作詩以辨之”，兩字相通，遵從原本，不改。

（六）朝辭扶桑底：楊本、叢刊本、《聲畫集》、《歷代題畫詩類》、《全詩》同，《樂府詩集》作“朝辭浮桑底”，“浮桑”即“扶桑”，不改。

（七）暮宿昆侖下：楊本、叢刊本、《聲畫集》、《歷代題畫詩類》、《全詩》同，《樂府詩集》作“莫宿昆侖下”“莫”是“暮”的古字，不改。

（八）汗染白雲赭：楊本、叢刊本、《聲畫集》、《歷代題畫詩類》、《全詩》同，《樂府詩集》、《全詩》注作“汗染浮雲赭”，各備一説，不改。

[箋注]

① 八駿圖：歷代都有關於“八駿”的名篇，僅録一二與本詩并讀。白居易《八駿圖(戒奇物懲佚遊也)》：“穆王八駿天馬駒，後人愛之寫爲圖。背如龍兮頸如象，骨竦筋高肌肉壯。日行萬里速如飛，穆王獨乘何所之？四荒八極踢欲遍，三十二蹄無歇時。屬車軸折趁不及，黄屋草生棄若遺。瑤池西赴王母宴，七廟經年不親薦。璧臺南與盛姬遊，明堂不復朝諸侯。白雲黄竹歌聲動，一人荒樂萬人愁。周從后稷至文武，積德累功世勤苦。豈知纔及四代孫，心輕王業如灰土。由來尤物不在大，能蕩君心則爲害。文帝却之不肯乘，千里馬去漢道興。穆王得之不爲戒，八駿駒來周室壞。至今此物世稱珍，不知房星之精下爲害。八駿圖，君莫愛。”杜荀鶴《八駿圖》：“丹雘傳真未必真，那知筋骨與精神？秖今市駿憑毛色，緑耳驊騮賺殺人。”范浚《題八馬圖》：“何年畫工搦毛錐，貌此八馬恣權奇？青絲絡頭十二蹄，調柔意態行愉怡。五馬放浪無維羈，或齕或望仍迴嘶。一牧牽鞚一牧騎，製度髣髴唐巾衣。不知此馬生何時？昔周穆王遠遊嬉。駕跨八駿驅東西，高升昆侖躡瑶池。騮騄驥羲勞飛馳，日走萬里無停騑。興元唐家危累棋，百拳僅脱朱泚圍。黄屋進狩懷光追，八馬入谷七馬疲。筋攣肉綻行人悲，兩者資世皆顛羸。虚名何有千載垂？空得傳記流歌詩。未知此馬閑猶夷，牧坰不受鞭策威。不蹈險遠安無危，泉甘草薦足自

肥。安用號駿稱雲騅，嗟哉畫意誰能知?”吴澄《八駿圖》:“陰山鐵騎幾千匹，雨鬣霜蹄神鬼出。風馳雲合暗中州，蹂盡東賓西餞日。豈皆騕褭與蜚黄，拓土開基功第一。忽於紙上見八駿，穆滿所乘最超逸。如今已死骨亦朽，漫向毫端趁毛質。當時造御天上藝，僅到瑶池王母室。莫雪霏霏黄竹歌，日行三萬竟如何? 逢時莫問才高下，只與論功孰少多。”虞集《八駿圖》:“瑶池積雪與天平，西極空聞八駿名。玉殿重來人世换，蕭蕭苜蓿漢宫城。” 八駿:相傳爲周穆王的八匹名馬，八駿之名，説法不一。《穆天子傳》卷一:“天子之駿，赤驥、盜驪、白義、踰輪、山子、渠黄、華騮、緑耳。”郭璞注:“八駿，皆因其毛色以爲名號耳!”王嘉《拾遺記·周穆王》:“王馭八龍之駿:一名絶地，足不踐土;二名翻羽，行越飛禽;三名奔霄，夜行萬里;四名越影，逐日而行;五名踰輝，毛色炳耀;六名超光，一形十影;七名騰霧，乘雲而奔;八名挾翼，身有肉翅。”胡應麟則認爲王嘉所載，皆一時私意詭撰，不足爲征。後亦用以泛指駿馬。杜甫《驄馬行》:“豈有四蹄疾於鳥，不與八駿俱先鳴。”周存《西戎獻馬》:“天馬從東道，皇威被遠戎。来參八駿列，不假貳師功。” 圖:圖畫，畫成的形象與肖像。《莊子·田子方》:“宋元君將畫圖，衆史皆至，受，揖而立。”《史記·留侯世家論》:“余以爲其人計魁梧奇偉，至見其圖，狀貌如婦人好女。”

② 良馬:駿馬。《墨子·親士》:“良馬難乘，然可以任重致遠。”曹丕《善哉行六解》一:“策我良馬，被我輕裘。載馳載驅，聊以忘憂。” 無世:無論任何世代。《文獻通考·田賦》:“古者，制民之産，是度其丁户之衆寡而授之田也，無世而無在官之田，不特唐初也。”余靖《惠州開元寺記》:“蓋名僧高士，無世無之。” 並名:同時名揚天下。文同《松賦》:“榮枯繫乎所托兮，用舍由乎見覔。敢並名於杞梓兮，甘取誚於樗櫟。”宗澤《三學祭文》:“市價無二，枹鼓不鳴。二尹三王，異世並名。” 輪:車輪。馮衍《車銘》:“乘車必護輪，治國必愛民。”沈遘《七言和君倚景靈行》:“道旁第舍多絶赫，車無停輪馬交策。” 轅:車

前駕牲口用的直木,壓在車軸上,伸出車輿的前端。古代大車、柏車、羊車皆用轅,左右各一。《墨子·公孟》:"應孰辭而稱議,是猶荷轅而擊蛾也。"張純一集解:"轅,駕車木也。"劉向《九嘆·離世》:"執組者不能制兮,必折軛而摧轅。"

③ 喪精:失神,神不守舍。張衡《西京賦》:"喪精亡魂,失歸忘趨。"成公綏《嘯賦》:"緜駒結舌而喪精,王豹杜口而失色。" 褫魄:魂不守舍貌。白居易《與陳給事書》:"幸一言以蔽之,旬日之間,敢佇報命。塵穢聽覽,若奪氣褫魄之爲者,不宣。"李商隱《爲濮陽公論皇太子表》:"今月六日,宰臣鄭某等率三省官屬,入論皇太子事者,褫魄疆埸,馳魂輦轂,莫知本末,伏用驚惶。" 神之人:即神人,神奇非凡的人,謂其姿容、行止、技藝等非常人所及。桓譚《新論》:"天下神人五:一曰神仙,二曰隱淪,三曰使鬼物,四曰先知,五曰鑄凝。"王嘉《拾遺記·周靈王》:"〔西施、鄭旦〕二人當軒並坐,理鏡靚妝於珠幌之内,竊窺者莫不動心驚魄,謂之神人。"

④ 三神:指天神、地祇、山岳。《史記·司馬相如傳》:"挈三神之驩,缺王道之儀,群臣恧焉。"司馬貞索隱引如淳曰:"謂地祇、天神、山嶽也。"《漢書·揚雄傳》:"感動天地,逆厘三神。"道教指人體三丹田之神。《黄庭内景經·隱影》:"三神之樂由隱居,倐欻遊遨無遺憂。"梁丘子注:"三神,三丹田之神也。"均與本詩不合。詳本詩上下文意,既有神車,也有神人,但僅僅衹有"二神",盧氏認爲闕"神御",僅録以備考。我們以爲是以神馬、神車、神人爲"三神",僅備一説。 破車:毁壞的車。《魏書·鐵弗劉虎傳》:"王曰:'快牛爲犢子時,多能破車,爲復小忍,勿却之!'至年十八,身長七尺五寸,弓馬迅捷,勇冠當時,將佐親戚,莫不敬憚。"《新唐書·五行志》:"又曰人君惡聞其過,抑賢用邪,則雹與雨俱。信讒殺無罪,則雹下,毁瓦破車殺牛馬。" 掣御:駕車者被牽制。 掣:牽制,控制。《釋名·釋姿容》:"掣,制也,制頓之使順已也。"《新唐書·劉蕡傳》:"凶醜朋挺,外脅群臣,内掣侮天

子，蕢常痛疾。” 躓人：乘車者被顛簸跌倒。 躓：跌倒，絆倒。《左傳·宣公十五年》：“杜回躓而顛，故獲之。”楊伯峻注：“躓，謂行時足遇阻礙而觸之也。”《文選·馬融〈長笛賦〉》：“薄湊會而淩節兮，馳趣期而赴躓。”李善注：“躓，謂顛僕也。”

⑤ 車馭：駕馭車馬的人。蘇頌《班荆館賜大遼賀興龍節人使回程御筵口宣》：“有勅卿等使節遐徵聘儀畢奏，屬歸驂之戒旦，聊供帳以餞行，宜即郊亭少留車馭。”畢仲游《與林材中大夫》：“昨車馭留城東，深願少卜邂逅。” 辯：駁正。《禮記·曾子問》：“衛君請吊，哀公辭，不得命。公爲主，客入吊……康子拜稽顙於位，有司弗辯也。”鄭玄注：“辯，猶正也……主人拜稽顙，非也，當哭踴而已。”孔穎達疏：“〔有司〕畏季子之威，不敢辯正。”明瞭，瞭解。《墨子·兼愛》：“天下之士君子，特不識其利，辯其害故也。”

⑥ 穆滿：指周穆王，姓姬名滿，常常被人們稱爲“穆滿”。《文選·王融〈三月三日曲水詩序〉》：“穆滿八駿，如舞瑤水之陰。”劉良注：“穆滿，周穆王也。”李群玉《穆天子》：“穆滿恣逸志，而輕天下君。一朝得八駿，逐日西溟瀆。” 空闊：豁達，曠遠。杜甫《房兵曹胡馬詩》：“所向無空闊，真堪託死生。驍騰有如此，萬里可横行。”唐代無名氏《洞簫賦》：“對吟空闊之情，復感神仙之術。” 九州：古代分中國爲九州，説法不一。《書·禹貢》作冀、兖、青、徐、揚、荆、豫、梁、雍；《爾雅·釋地》有幽、營州而無青、梁州；《周禮·夏官·職方》有幽、并州而無徐、梁州。後以“九州”泛指天下，全中國。王維《送秘書晁監還日本國》：“積水不可極，安知滄海東？九州何處遠？萬里若乘空。”崔顥《題潼關樓》：“客行逢雨霽，歇馬上津樓。山勢雄三輔，關門扼九州。”

⑦ 來歸：回來，歸來。《詩·小雅·六月》：“吉甫燕喜，既多受祉。來歸自鎬，我行永久。”朱熹集傳：“多受福祉，蓋以其歸自鎬而行永久也。”馮延巳《采桑子》：“玉堂香煖珠簾捲，雙燕來歸，君約佳期，

肯信韶華得幾時?”歸順,歸附。《水經注·青衣水》引《竹書紀年》:“梁惠成王十年,瑕陽人自秦道岷山青衣水來歸。” 駿馬:良馬。《韓非子·十過》:“垂棘之璧,吾先君之寶也;屈産之乘,寡人之駿馬也。”杜甫《李鄠縣丈人胡馬行》:“丈人駿馬名胡騮,前年避胡過金牛。”

⑧ 龍種:指駿馬。《魏書·吐谷渾傳》:“青海周回千餘里,海内有小山,每冬冰合後,以良馬置此山,至來春收之,馬皆有孕,所生得駒,號爲龍種。”蘇軾《韋偃牧馬圖》:“龍種尚與駑駘遊,長楷短豆豈我羞!” 性:事物的性質或性能。《左傳·昭公二十五年》:“則天之明,因地之性,生其六氣,用其五行。”杜預注:“高下、剛柔,地之性也。”柳宗元《種樹郭橐駝傳》:“凡植木之性,其本欲舒,其培欲平,其土欲故,其築欲密。” 行:行走。《詩·唐風·杕杜》:“獨行踽踽。豈無他人?不如我同父。”杜甫《無家别》:“久行見空巷,日瘦氣慘悽。” 捨:捨棄,放棄。陶潛《桃花源記》:“山有小口,髣髴若有光,便捨船從口入。”鄭谷《自適詩》:“浮蟻滿盃難暫捨,貫珠一曲莫辭聽!”

⑨ 扶桑:神話中的樹名。《山海經·海外東經》:“湯谷上有扶桑,十日所浴,在黑齒北。”郭璞注:“扶桑,木也。”《海内十洲記·帶洲》:“多生林木,葉如桑。又有椹,樹長者二千丈,大二千餘圍。樹兩兩同根偶生,更相依倚,是以名爲扶桑也。”劉長卿《同崔載華贈日本聘使》:“憐君異域朝周遠,積水連天何處通?遥指來從初日外,始知更有扶桑東。”戴叔倫《二靈寺守歲》:“已悟化城非樂界,不知今夕是何年?憂心悄悄渾忘寐,坐待扶桑日麗天。” 昆侖:昆侖山,在新疆西藏之間,西接帕米爾高原,東延入青海境内。勢極高峻,多雪峰、冰川,最高峰達七七一九米。古代神話傳説,昆侖山上有瑶池、閬苑、增城、縣圃等仙境。《莊子·天地》:“黄帝遊乎赤水之北,登乎昆侖之丘。”韓愈《雜詩四首》三:“昆侖高萬里,歲盡道苦邅。”

⑩ 鼻息:從鼻腔出入的氣息。張仲景《傷寒論·辨温病脈證》:“風温爲病,脈陰陽俱浮,自汗出,身重多眠睡,鼻息必鼾,語言難出。”

劉孝標《廣絶交論》:“衡所以揣其輕重,纊所以屬其鼻息。” 春雷:喻聲音震響。曹松《天台瀑布》:“休疑寶尺難量度,直恐金刀易剪裁。噴向林梢成夏雪,傾來石上作春雷。”陳陶《劍池》:“星斗卧來閑窟穴,雌雄飛去變澄泓。永懷惆悵中宵作,不見春雷發匣聲。” 蹄聲:這裏指馬蹄之聲。王建《眼病寄同官》:“天寒眼痛少心情,隔霧看人夜裏行。年少往來常不住,墻西凍地馬蹄聲。”馬異《送皇甫湜赴舉》:“馬蹄聲特特,去入天子國。借問去是誰?秀才皇甫湜。” 寒瓦:寒天的瓦片,碎裂時聲音特别清脆。張祜《觀宋州田大夫打毬》:“白馬頓紅纓,梢毬紫袖輕。曉冰蹄下裂,寒瓦杖頭鳴。”李頻《夏日宿秘書姚監宅》:“情閑離闕下,夢野在山中。露色浮寒瓦,螢光墮暗叢。”

⑪ 掉:擺動,摇動。《文選·揚雄〈長楊賦〉》:“拮隔鳴球,掉八列之舞。”李善注引賈逵曰:“掉,摇也。”高蟾《道中有感》:“年華經幾日?日日掉征鞭。” 滄波:碧波。《文心雕龍·知音》:“閱喬岳以形培塿,酌滄波以喻畎澮。”李白《古風》一二:“昭昭嚴子陵,垂釣滄波間。” 黑:黑色,像煤或墨的顔色。《莊子·天運》:“夫鵠不日浴而白,烏不日黔而黑。”李清照《聲聲慢》:“守著窗兒,獨自怎生得黑?” 染:用染料著色。《墨子·所染》:“染於蒼則蒼,染於黄則黄。”王建《江陵使至汝州》:“日暮數峰青似染,商人説是汝州山。” 白雲:白色的雲。《莊子·天地》:“乘彼白雲,至於帝鄉。”蘇頲《汾上驚秋》:“北風吹白雲,萬里渡河汾。” 赭:赤紅如赭土的顔料,古人或用以塗面。《詩·邶風·簡兮》:“赫如渥赭。”鄭玄箋:“赫然如厚傅丹。”陸璣《毛詩草木鳥獸蟲魚疏》:“上黨人調問婦人:‘欲買赭否?’曰:‘竈下自有黄土。’”

⑫ 華輈:刻畫華彩的車輈,常用作車之代稱。《文選·謝脁〈鼓吹曲〉》:“凝笳翼高蓋,疊鼓送華輈。”張銑注:“華輈,謂刻畫車之轅也。”皮日休《奉和魯望漁具十五詠·釣車》:“得樂湖海志,不厭華輈小。” 修:長,指空間距離大。《詩·大雅·韓奕》:“四牡奕奕,孔修且張。”毛傳:“修,長。”韓愈《孟生詩》:“秦吴修且阻,兩地無數金。”

密:精密,周密。《顔氏家訓·省事》:"今驗其分至薄蝕,則四分疏而減分密。"《資治通鑑·齊明帝建武元年》:"朝廷每選人士,校其一婚一宦以爲升降,何其密也! 至於度地居民,則清濁連甍,何其略也!"翠蓋:飾以翠羽的車蓋。《淮南子·原道訓》:"馳要褭,建翠蓋。"高誘注:"翠蓋,以翠鳥羽飾蓋也。"李白《東武吟》:"乘輿擁翠蓋,扈從金城東。"泛指華美的車輛。辛延年《羽林郎》:"銀鞍何煜爚! 翠蓋空踟躕。" 妍冶:華美。鍾嶸《詩品·晉司空張華》:"巧用文字,務爲妍冶。"趙汸《書揭學士贈相士吴大春卷後》:"而所謂善惡者,又不過以疾秃跳偏爲惡,美麗妍冶爲善而已。"

⑬ 御者:駕御車馬的人。《儀禮·既夕禮》:"御者執策,立於馬後。"《孟子·滕文公》:"御者且羞與射者比。" 移:摇動,移動。《禮記·玉藻》:"徐趨皆用是,疾趨則欲發,而手足毋移。"孔穎達疏:"移謂靡匜摇動也。"韓愈《龍移》:"天昏地黑蛟龍移,雷驚電激雄雌隨。"乘者:這裏指乘車的人。王維《與胡居士皆病寄此詩兼示學人二首》二:"浮空徒漫漫,汎有定悠悠。無乘及乘者,所謂智人舟。"韓愈《汴州亂二首》二:"母從子走者爲誰? 大夫夫人留後兒。昨日乘車騎大馬,坐者起趨乘者下。" 假:憑藉,依靠。《荀子·勸學》:"假輿馬者,非利足也,而致千里;假舟檝者,非能水也,而絶江河。"《後漢書·黨錮傳序》:"叔末澆訛,王道陵缺。而猶假仁以效己,憑義以濟功。"這裏意謂車穩如行平地,不影響乘者寐寢。

⑭ 輪扁:亦作"輪邊",春秋時齊國有名的造車工人。《莊子·天道》:"桓公讀書於堂上。輪扁斲輪於堂下。"黄庭堅《戲題小雀捕飛蟲畫扇》:"丹青妙處不可傳,輪扁斲輪如此用。" 斲:砍,斫,削。《書·梓材》:"若作梓材,既勤樸斲,惟其塗丹雘。"孔傳:"已勞力樸治斲削。"韓愈《祭柳子厚文》:"不善爲斲,血指汗顔。"雕鑿。《禮記·檀弓上》:"是故竹不成用,瓦不成味,木不成斲。"孔穎達疏:"斲,雕飾也。"鮑照《擬行路難十八首》二:"洛陽名工鑄爲金博山,千斲復萬鏤,上刻

秦女攜手仙。” 轡：駕馭馬的韁繩。《詩·邶風·簡兮》：“有力如虎，執轡如組。”朱熹集傳：“轡，今之韁也。”韓愈《祭穆員外文》：“草生之春，鳥鳴之朝，我轡在手，君揚其鑣。” 王良：春秋時之善馭馬者。《孟子·滕文公》：“昔者趙簡子使王良與嬖奚乘，終日而不獲一禽，嬖奚反命曰：‘天下之賤工也。’或以告王良，良曰：‘請復之。’强而後可，一朝而獲十禽，嬖奚反命曰：‘天下之良工也。’”王充《論衡·率性》：“王良登車，馬不罷駑；堯舜爲政，民無狂愚。” 把：掌管，控制。《晏子春秋·諫》：“然則後世誰將把齊國？”《朱子語類》卷一三：“只緣今人把心不定，所以有害。”

⑮ 駿：良馬。《吕氏春秋·權勛》：“垂棘之璧，吾先君之寶也；屈産之乘，寡人之駿也。”韓愈《送區弘南歸》：“王都觀闕雙巍巍，騰蹋衆駿事鞍鞿。” 騎者：駕馭車馬的御者。韓愈《畫記》：“馬大者九匹，於馬之中又有上者、下者、行者、牽者、涉者、陸者、翹者、顧者、鳴者、寢者、訛者、立者、齕者、飲者、溲者、陟者、降者、癢磨樹者、嘘者、嗅者、喜相戲者、怒相踶齧者、秣者、騎者、驟者、走者、載服物者、載狐兔者，凡馬之事二十有七，爲馬大小八十有三，而莫有同者焉！”羅讓《對才識兼茂明於體用策》：“使名弓者必用遝發之巧，名劍者必有刺擊之妙，名騎者必有超乘之捷，名步者必有卒奮之奇。”

[編年]

《年譜》編年本詩於“庚寅至甲午在江陵府所作其他詩”欄内，理由是：“陳《箋》第五章云：‘《元氏長慶集》第三卷諸詩，其詞句之可考見者，多是微之在江陵之作品。’卞孝萱案：陳寅恪考證尚欠精確……《八駿圖詩(并序)》無具體地名。”既然如此，《年譜》爲何仍然編年本詩於“庚寅至甲午在江陵府所作其他詩”欄内，《年譜》則語焉不詳，不作任何解釋。《編年箋注》編年：“《八駿圖詩》……作于元和五年（八一〇）至元和九年（八一四），元稹時在江陵府士曹參軍任。詳卞

《譜》。"《年譜新編》亦編年本詩於"庚寅至甲午在江陵府所作其他詩"欄内，理由是："陳《箋》第五章云：'《元氏長慶集》第三卷諸詩，其詞句之可考見者，多是微之在江陵之作品。則此《八駿圖詩》五言古詩……爲微之江陵時所作。'"而在"無法編年作品"欄内，也有《八駿圖》一詩，顯然是重複編年，衹是讓讀者如墮五里霧中。

《樂府詩集·新題樂府》："元稹序曰：'李公垂作《樂府新題二十篇》，稹取其病時之尤急者，列而和之，蓋十五而已。'今所得，纔十二篇，又得《八駿圖》一篇，總十三篇。"元稹《和李校書新題樂府十二首(并序)》："予友李公垂貺予《樂府新題二十首》，雅有所謂，不虚爲文。予取其病時之尤急者，列而和之，蓋十二而已。"其餘《古詩鏡·唐詩鏡》、《全詩》、《唐宋詩醇》所引同。《樂府詩集·新題樂府》所述，雖然僅僅是孤證，但白居易《新樂府五十首》中，也録有《八駿圖》詩一篇，據此可以採納其説。我們以爲，本詩應該與與元稹《和李校書新題樂府十二首·上陽白髮人》諸詩作於同時，亦即本詩賦成於元和三年十二月至元和四年二月間，地點在長安，元稹因守制剛剛結束，尚没有官職在身。

和李校書新題樂府佚失詩二首(一)①

據郭茂倩《樂府詩集》

[校記]

(一) 和李校書新題樂府佚失詩二首：本佚失詩所據郭茂倩《樂府詩集》元稹唱和李校書李紳和篇是"十五篇"之説，爲僅見，其他有關元稹和篇之數目，如楊本、叢刊本、《古詩鏡·唐詩鏡》、《全詩》，均作"十二首"。白居易《新樂府五十首》中，也録有《八駿圖》詩一篇，可參閲。

[箋注]

① 和李校書新題樂府佚失詩二首:本佚失詩所據郭茂倩略引元稹本組詩序云:"李公垂作《樂府新題二十篇》,稹取其病時之尤急者,列而和之,蓋十五而已。"又加按語云:"今所得才十二篇,又得《八駿圖》一篇,總十三篇。"李紳原作二十首,今元稹和篇才十二首,郭茂倩"蓋十五而已"的意見,有其可取的一面,今據此而補元稹佚失詩二首。　佚失:散失,失落。《四庫全書提要·蘆川歸來集》:"考胡仔《苕溪漁隱叢話》稱嘗録元幹之詩一卷,而元幹不自憶,則當時已不自收拾,疑欽臣所録,本有佚失。"《四庫全書考證·尚書精義》:"顧氏案:顧氏名臨,字子敦,會稽人。有集解,今其採録頗多,惜原本佚失。"

[編年]

未見《元稹集》採録,也未見《年譜》、《編年箋注》、《年譜新編》採録與編年。

我們以爲,本佚失詩應該與與元稹《和李校書新題樂府十二首·上陽白髮人》諸詩作於同時,亦即本詩賦成於元和三年十二月至元和四年二月間,地點在長安,元稹因守制剛剛結束,尚没有官職在身。

元和四年己丑(809)　三十一歲

◎ 憶楊十二巨源(一)①

楊子愛言詩，春天好詠時②。戀花從馬滯，聯句放杯遲③。日映含烟竹，風牽卧柳絲④。南山更多興，須作白雲期⑤。

錄自《元氏長慶集》卷一四

[校記]

(一) 憶楊十二巨源：楊本、叢刊本、《全詩》詩題均作"憶楊十二"，"巨源"云云應該是馬本所獨有，應該是馬元調所加，但表達無誤，不改。

[箋注]

① 憶：思念，想念。《樂府詩集・飲馬長城窟行》："長跪讀素書，書中竟何如？上言加飡飯，下言長相憶。"韓愈《次鄧州界》："潮陽南去倍長沙，戀闕那堪更憶家！心訝愁來惟貯火，眼知别後自添花。"楊十二巨源：元稹白居易的朋友，排行十二。《唐才子傳》："楊巨源，字景山，蒲中人。貞元五年劉大真下第二人及第。初爲張弘靖從事，拜虞部員外郎，後遷太常博士、國子祭酒，太和中爲河中少尹，入拜禮部郎中。巨源才雄學富，用意聲律細挹，得無窮之源，緩雋有愈永之味，長篇刻琢，絶句清泠，盖得於此而失于彼者矣！有詩一卷，行於世。"據傅璇琮、吴汝煜兩位先生在《唐才子傳校箋》中的考證，楊巨源

在任職虞部員外郎之前,曾任秘書郎一職,而楊巨源任職虞部員外郎在元和十三年,其任職秘書郎應該在此前,白居易《贈楊秘書巨源》:“早聞一箭取聊城,相識雖新有故情。清句三朝誰是敵?白鬚四海半爲兄。貧家薤草時時入,痩馬尋花處處行。不用更教詩過好,折君官職是聲名。”元稹《和樂天贈楊秘書》:“舊與楊郎在帝城,搜天斡地覓詩情。曾因並句甘稱小,不爲論年便喚兄。刮骨直穿由苦門,夢腸翻出暫閑行。因君投贈還相和,老去那能競底名?”均作於元和十年的春天,就是有力的佐證。

② 楊子:即楊巨源,子是古代對男子的尊稱或美稱。《左傳·昭公十二年》:“鄉人或歌之曰:‘我有圃,生之杞乎!從我者子乎?去我者鄙乎?倍其鄰者耻乎?’”楊伯峻注:“子爲男子之美稱,意爲順從我者不失爲男子漢。”白居易《贈元稹》:“之子異於是,久處誓不諼。無波古井水,有節秋竹竿。” 愛言詩:讚揚楊巨源對詩歌的執著熱愛,技藝的精美巧妙。《唐語林·文學》:“巨源在元和,詩韵不爲新語,體律務實,功夫頗深。自旦至暮,吟詠不輟。年老頭數摇,人言吟詩多所致。”《唐音癸籤·評彙》:“楊巨源在元和間,不爲新語,體律務實,功夫爲深。” 春天好詠時:意謂春天萬物生長,百鳥鳴叫,正是詠詩作賦的大好時光。 春天:春季。杜甫《白絲行》:“春天衣著爲君舞,蛺蝶飛來黄鸝語。落絮遊絲亦有情,隨風照日宜輕舉。”張説《奉和三日袚褉渭濱應制》“青郊上巳艷陽年,紫禁皇遊祓渭川。幸得歡娱承湛露,心同草樹樂春天。” 詠:歌唱,曼聲長吟。孫綽《游天台山賦》:“凝思幽巖,朗詠長川。”杜甫《過郭代公故宅》:“高詠寳劍篇,神交付冥漠。”用歌詩的文學樣式寫景抒情。辛棄疾《玉蝴蝶·追別杜叔高》:“客重來,風流觴詠,春已去,光景桑麻。”

③ “戀花從馬滯”兩句:意謂因爲貪戀春天的花草,特意讓馬匹放緩脚步;因爲貪戀杯中之物,聯句之時遲遲不肯放下酒杯。 聯句:作詩方式之一,由兩人或多人各成一句或一聯或幾句,合而成篇。

舊傳始於漢武帝和諸臣合作的《柏梁詩》。《文心雕龍·明詩》:“回文所興,則道原爲始;聯句共韵,則《柏梁》餘製。”白居易《醉後走筆酬劉五主簿長句之贈兼簡張大賈二十四先輩昆季》:“朝來暮去多携手,窮巷貧居何所有?秋燈夜寫聯句詩,春雪朝傾暖寒酒。”

④ 烟竹:竹子,竹林,因竹林多霧氣,故稱。孫逖《宴越府陳法曹西亭》:“公府西巖下,紅亭間白雲。雪梅初度臘,烟竹稍迎曛。”鄭谷《宣義里舍冬暮自貽》:“名如有分終須立,道若離心豈易寬?滿眼塵埃馳騖去,獨尋烟竹翦漁竿。”　柳絲:垂柳枝條細長如絲,因以爲稱。白居易《楊柳枝詞八首》八:“人言柳葉似愁眉,更有愁腸似柳絲。”楊萬里《過臨平蓮蕩四首》四:“想得薰風端午後,荷花世界柳絲鄉。”

⑤ 南山:在我國有多處被人們稱爲南山的地方,這裏是指長安城南的終南山,屬秦嶺山脈,在今陝西省西安市南。《漢書·東方朔傳》:“夫南山,天下之阻也。南有江、淮,北有河、渭,其地從汧隴以東、商雒以西,厥壤肥饒。”《舊唐書·李密傳》:“罄南山之竹,書罪未窮;决東海之波,流惡難盡。”　白雲:這裏喻歸隱。王勃《尋道觀》:“玉笈三山記,金箱五嶽圖。蒼虬不可得,空望白雲衢。”錢起《藍田溪與漁者宿》:“更憐垂綸叟,静若沙上鷺。一論白雲心,千里滄州趣。”

[編年]

未見《年譜》編年本詩,《編年箋注》列入“未編年詩”,《年譜新編》列入“無法編年作品”。

楊巨源是元稹早年的忘年詩友,他們之間的友誼一直持續到楊巨源謝世之時。詩題云“憶楊十二巨源”,説明元稹與楊巨源兩人不在一地,故曰“憶”。本詩所云的“南山”,應是長安南郊的終南山,詩人將其作爲自己的隱居之地,説明他應該在長安活動。如此元稹詩應作於長安,亦即校書郎、左拾遺和詩人在長安守母喪以及監察御史期間;尤其在監察御史期間,元稹與白居易常常有退隱山林的“白雲期"念頭,白居易《昔與微之在朝日同蓄休退之心迨今十年淪落老大追尋前約且結後期》詩云:"往子爲御史,伊余忝拾遺……朝見寵者辱,暮見安者危。紛紛無退者,相顧令人悲。宦情君早厭,世事我深知。常于榮顯日,已約林泉期。"據此我們可以初步斷定本詩作於元稹監察御史期間,亦即元和四五年間。又據本詩云"春天好詠時",當作於元和四年或五年中的某年春天,而元和五年元稹在洛陽分司,因此本詩應該作於元和四年的春天。又據元稹元和四年三月七日出使東川的史實,本詩確切的日期應該賦成於一二月間,包括閏二月在内,地點在長安。

◎ 奉誠園(馬司徒舊宅)(一)①

蕭相深誠奉至尊,舊居求作奉誠園②。秋來古巷無人掃,樹滿空墻閉戟門③。

録自《元氏長慶集》卷一六

[校記]

(一) 奉誠園(馬司徒舊宅):楊本、叢刊本、《全詩》、《陝西通志》同,《萬首唐人絶句》作"奉誠園",下無題注,體例不同,不改。

[箋注]

① 奉誠園:長安園林之一,在安邑坊。《長安志・安邑坊》:"奉誠園:司徒兼侍中馬燧宅,在安邑里。燧子少府監暢,以貲甲天下,暢亦善殖財。貞元末,神策中軍楊志庱諷使納田産,遂獻舊第爲奉誠園。"《日知録・田宅》:"《書》又言馬燧貲貨甲天下,既卒,子暢承舊業,屢爲豪幸邀取。貞元末,中尉曹志廉諷暢,令獻田園、第宅,順宗

復賜暢,中貴人逼取,仍指使施於佛寺,暢不敢吝,晚年財産並盡。身歿之後,諸子無室可居,以至凍餒,今奉誠園亭館,即暢舊第也(白樂天詩:'不見馬家宅,今作奉誠園。'元微之詩:'蕭相深誠奉至尊……'《通鑑》作'奉成園',又以爲'馬璘之第',並誤。按《馬璘傳》,天寶中貴戚勛家已務奢靡,而垣屋猶存制度,然衛公李靖家廟匕爲嬖臣楊氏馬厩矣!及安史之亂,法度隳弛,内臣戎帥競務奢豪,亭館第舍力窮乃止。璘之第經始中堂,費錢二十萬貫。德宗踐阼,條舉格令,第舍不得踰制,仍詔毁璘中堂及内官劉忠翼之第,璘之家園進屬官司,自後公卿賜宴,多於璘之山池,子弟無行,家財尋盡。《册府元龜》:貞元十八年二月朔,賜群臣會宴於延康里故馬璘池亭,自後每逢令節皆然,則二馬身後事略同。然謂之故馬璘池亭,而不曰奉誠園也)。"元稹《遣興十首》二:"城中百萬家,冤哀雜絲管。草没奉誠園,軒車昔曾滿。"白居易《傷宅》:"如何奉一身,直欲保千年?不見馬家宅,今作奉誠園?"　馬司徒:即馬燧,曾官居司徒之職,世稱"馬司徒"。《舊唐書·馬燧傳》:"馬燧字洵美,汝州郏城人。"在平定安史之亂以及其他平叛中屢建功勛,《舊唐書·馬燧傳》又云:"興元元年正月,加檢校司徒,封北平郡王。七月,德宗還京,加燧奉誠軍及晉絳慈隰節度并管内諸軍行營副元帥。"

②"蕭相深誠奉至尊"兩句:《舊唐書·馬燧傳》:"燧貲貨甲天下,燧既卒,暢承舊業,屢爲豪幸邀取。貞元末,中尉申志廉諷暢,令獻田園、第宅,順宗復賜。暢初爲彙妻所訴,析其産。中貴又逼取,仍指使施於佛寺,暢不敢吝。晚年財産並盡,身歿之後,諸子無室可居,以至凍餒。今奉誠園亭館,即暢舊第也。"　蕭相:指漢代丞相蕭何。李益《喜入蘭陵望紫閣峰呈宣上人》:"紫閣當疏牖,青松入壞籬。從今安僻陋,蕭相是吾師。"李吉甫《夏夜北園即事寄門下武相公》:"結構非華宇,登臨似古原。僻殊蕭相宅,蕪勝邵平園。"這裏指代馬燧。深誠:義近"真誠",真實誠懇。《漢武帝内傳》:"至念道臻,寂感真

誠。”盧群《淮西席上醉歌》:“衛霍真誠奉主,貔虎十萬一身。” 至尊:至高無上的地位,多指君、后之位。賈誼《過秦論》:“及至始皇,奮六世之餘烈,振長策而御宇内,吞二周而亡諸侯,履至尊而制六合。”《漢書·路溫舒傳》:“陛下初登至尊,與天合符,宜改前世之失,正始受之統。” 舊居:舊宅,故居。《後漢書·安帝紀》:“民訛言相驚,棄捐舊居,老弱相携,窮困道路。”酈道元《水經注·清水》:“縣民故會稽太守杜宣,白令崔瑗曰:‘太公本生於汲,舊居猶存。’”

③ 秋來:秋天以來。王績《古意六首》五:“桂樹何蒼蒼?秋來花更芳。自言歲寒性,不知露與霜。”崔善爲《答王無功九日》:“秋來菊花氣,深山客重尋。露葉疑涵玉,風花似散金。” 古巷:年代久遠的里中的道路。盧綸《秋中過獨孤郊居》:“開園過水到郊居,共引家童拾野蔬。高樹夕陽連古巷,菊花梨葉滿荒渠。”王建《寒食》:“田舍清明日,家家出火遲。白衫眠古巷,紅索搭高枝。” 巷:里中的道路。後南方稱里弄,北方稱胡同。《詩·鄭風·叔于田》:“叔于田,巷無居人。”毛傳:“巷,里塗也。”陸游《臨安春雨初霽》:“小樓一夜聽春雨,深巷明朝賣杏花。” 戟門:立戟爲門,古代帝王外出,在止宿處插戟爲門。《周禮·天官·掌舍》:“爲壇壝宫棘門。”鄭玄注引鄭司農曰:“棘門,以戟爲門。”後指立戟之門。《資治通鑑·唐僖宗光啓三年》:“行密帥諸軍合萬五千人入城,以梁纘不盡節於高氏,爲秦畢用,斬於戟門之外。”胡三省注:“唐設戟之制,廟社宫殿之門二十有四,東宫之門一十有八,一品之門十六,二品及京兆、河南、太原尹、大都督、大都護之門十四,三品及上都督、中都督、上都護、上州之門十二,下都督、下都護、中州、下州之門各十。設戟於門,故謂之戟門。”引申指顯貴之家或顯赫的官署。錢起《秋霖曲》:“貂裘玉食張公子,炰炙熏天戟門裏。”

[編年]

《年譜》編年本詩於“丙戌以前在西京所作其他詩”欄内，理由是：“題下注：‘馬司徒舊宅。’詩云：‘蕭相深誠奉至尊，舊居求作奉誠園。’據李肇《唐國史補》卷中《馬暢宅大杏》：‘馬司徒之子暢，以第中大杏饋竇文場。文場以進。德宗……令使就第封杏樹。暢懼，進宅，廢爲奉誠園，屋木盡拆入内也。’《新唐書》卷一五五《馬暢傳》云：‘貞元末，神策中尉楊志廉諷使納田産……奉誠園亭觀，即其安邑里舊第云。’”《編年箋注》編年本詩：“作于元和元年（八〇六）以前。見卞《譜》。”《年譜新編》編年本詩於“丙戌以前在西京所作其他詩”欄内，没有説明理由。

我們以爲，《年譜》所引資料不假，但都與編年本詩没有直接的聯繫，不能作爲編年本詩的理由。《舊唐書・馬燧傳》：“貞元末，中尉申志廉諷暢，令獻田園、第宅，順宗復賜。”則馬暢獻自己的宅第在貞元末年，而“順宗復賜”，應該在貞元末、永貞初，元和亦即“丙戌”之前。而本詩云：“秋來古巷無人掃，樹滿空墻閉戟門。”一派荒蕪已久的淒慘景象，與《年譜》、《編年箋注》、《年譜新編》編年本詩於“丙戌以前”不符。

白居易《新樂府・杏爲梁》：“君不見，馬家宅，尚猶存，宅門題作奉誠園。君不見，魏家宅，屬他人，詔贖賜還五代孫（元和四年詔，特以官錢贖魏徵勝業坊中舊宅以還其孫，用奬忠儉）。”《唐會要・魏徵宅》：“元和四年詔，訪其故居，則質賣已更數姓。帝出内庫錢二百萬贖之，以還其家。”白居易的詩篇作於元和四年，元稹受到元和四年詔書與白居易詩篇的影響，從“魏徵勝業坊中舊宅以還其孫”中受到暗示，聯類而及，也想到情况類如的馬司徒舊宅，故賦有本詩。又據元稹元和四年三月一日接奉出使東川的詔令，經過“五夜燈前草御文”的認真準備，三月七日已經在奔赴東川的路途上的史實，本詩應該賦成於元和四年三月之前，亦即一月至二月間，包括閏二月在内，這一時段元稹、白居易都在長安，本詩即應該作於其時，地點在西京，本詩應該是受到白居易《新樂府》詩篇《杏爲梁》的影響所致。而“秋來古巷無人掃，樹滿空墻閉戟門”的荒蕪景象，既是元稹此前經由奉誠園時留在腦海裏面的印象，並非是當時實景的描繪，目的在於突出奉誠園的荒蕪而已，因爲元和四年的秋天，元稹已經前往洛陽“分司東都”，而這年的七月九日，元稹的妻子韋叢即病故洛陽，此後元稹一直在洛陽，隨後出貶江陵，繼貶通州，時間長達十年。十年間，元稹衹是在元和五年與元和十年返回過長安，不僅時間極爲短暫，而且季候都是春天。

▲ 松門待制應全遠(一)①

松門待制應全遠，藥樹監搜可得知②？

見龎元英《文昌雜録》

[校記]

（一）松門待制應全遠：兩句是散句，不見詩題，按本書體例，原來不知詩題的散句，一律以首句爲題，僅此説明。《唐音癸籤》、《全詩》、《元稹集》、《編年箋注》均同，不見異文。

[箋注]

① 松門待制應全遠：宋人龎元英《文昌雜録》：“元微之詩云：‘松門待制應全遠，藥樹監搜可得知？’蓋有唐宣政殿爲正衙，殿廷東西有四松，松下待制官立班之地，舊圖至今猶存。按：開成元年正月詔：以入閣日次對官班，退立於東階松樹下。須宰臣奏事畢，齊至香案前各言本司事。雖紫宸殿亦有松樹，爲待對官立位。六殿門外有藥樹，監

察御史監搜之位在焉！唐制：百官入宫，殿門必搜，監察所掌也。太和元年詔曰：‘自魏晉以降，參用霸制，虚儀搜索，因習尚存。朕方推表大信，寘人心腹。况吾台宰，又何間焉？自今已後，坐朝衆寮既退，宰臣復進奏事，其監搜宜停。’”《佩文齋廣群芳譜》、《説郛》、《古今説海》抄録《文昌雜録》，文字基本相同；《池北偶談・藥樹監搜》：“《文昌雜録》載元相詩：‘松門待制應全遠，藥樹監搜可得知？’云唐時殿門外有藥樹，監察御史監搜之位在焉！唐制：百官入宫殿門必搜，御史掌之。太和中乃下詔：宰臣奏事，停其監搜云云。康熙初，御史李秀奏請百官佩刀，雖上殿奏事亦爾！後李御史棠疏罷之。”《全唐詩・元稹》：“‘松門待制應全遠，藥樹監搜可得知？’《文昌雜録》云：唐宣政殿爲正衙，殿庭東西有四松，松下待制官立班之地，舊圖猶存。殿門外有藥樹，監察御史監搜之位在焉！唐制：百官入宫，殿門必搜，監察所掌也。至太和元年，監搜始停。”《疑耀・藥樹監搜》也引録兩句，也據《文昌雜録》。　松門：謂以松爲門，前植松樹的屋門。王勃《遊梵宇三覺寺》：“蘿幌栖禪影，松門聽梵音。”陸游《書懷絶句》一：“老僧曉出松門去，手挈軍持取澗泉。”　待制：等待诏命。《後漢書・蔡邕傳》：“侍中祭酒樂松賈護，多引無行趣埶之徒，並待制鴻都門下，憙陳方俗閭里小事，帝甚悦之，待以不次之位。”白居易《吴七郎中山人待制班中偶贈絶句》：“金馬東門隻日開，漢庭待詔重仙才。第三松樹非華表，那得遼東鶴下来？”　全遠：義近“全然”，完全，都。《莊子・應帝王》：“子之先生遇我也！有瘳矣，全然有生矣！”完备，完美。元稹《叙事寄樂天書》：“僕天與不厚，既乏全然之德；命與不遇，未遭可爲之事；性與不惠，復無垂範之言。”

② 藥樹：藥材之樹。劉禹錫《楚州開元寺北院枸杞臨井繁茂可觀群賢賦詩因以繼和》：“僧房藥樹依寒井，井有香泉樹有靈。翠黛葉生籠石甃，殷紅子熟照銅瓶。”白居易《同錢員外禁中夜直》：“宫漏三聲知半夜，好風凉月滿松筠。此時閑坐寂無語，藥樹影中唯兩人。”

監搜：監視搜查。葉夢得《石林燕語》卷二："自晉魏以來，凡入殿奏事官，以御史一人立殿門外搜索，而後許入，謂之監搜御史，立藥樹下，至唐猶然，太和中始罷之。" 可：副詞，表示疑問，猶言是否。《魏書・宋弁傳》："興亡之數，可得知不？"《尚史・越諸臣傳》："聞陰陽之知，不同力而功成，不同氣而物生，可得知乎？"

[編年]

《年譜》將兩句作爲"佚詩"，編年長慶二年，《編年箋注》歸入"未編年詩"欄内，《年譜新編》編入"元和十五年至長慶二年所作其他詩"。

我們以爲，兩句描繪的主要涉及監察御史的職責，元稹初任監察御史，對其職責有新奇、關心的心態，故有詩篇涉及。我們以爲，兩句所在的詩篇應該作於元稹元和四年二月任職監察御史之時，具體時間應該在元稹出使東川之前，亦即元和四年二月間。而元和十五年至長慶二年，元稹先後任職膳部員外郎、膳部員外郎試知制誥、祠部郎中知制誥、中書舍人翰林承旨學士、工部侍郎、工部侍郎同平章事、同州刺史數職，都不是兩句所描述的"藥樹監搜"的執行者。如果强調元稹上朝所見"藥樹監搜"景觀，那麼元稹元和元年任職左拾遺之時已經經歷，强調"元和十五年至長慶二年"是没有道理的。

◎ 使東川・駱口驛二首（東壁上有李二十員外逢吉、崔二十二侍御韶使雲南題名處。北壁有翰林白二十二居易題《擁石關》、《雲開》、《雪》、《紅樹》等篇，有王質夫和焉(一)，王不知是何人也）①

郵亭壁上數行字，崔李題名王白詩②。盡日無人共言語，不離墻下至行時③。

二星徼外通蠻服，五夜燈前草御文④。我到東川恰相半，向南看月北看雲⑤。

録自《元氏長慶集》卷一七

[校記]

(一) 有王質夫和焉:《全詩》同，楊本、叢刊本作"有王質夫和馬"，語義不通，不從。《萬首唐人絶句》無詩序，體例不同，不改。

[箋注]

① 使東川・駱口驛二首:使東川組詩，最前面原來有詩序，但此詩序是元稹東川行之後回到長安所寫，根據編年詩文體例按照時間先後爲序的要求，"詩序"應該編列在使東川組詩的最後。另外，根據本書的統一體例，凡屬組詩，均將組詩總標題冠於每首詩篇標題之前，以與其他獨立成篇的詩歌相區別。據此，凡《元氏長慶集》中歸屬"使東川"組詩的詩篇，特地在某一首組詩前加上"使東川"以示區別。以下"使東川"組詩各篇，均一一加上"使東川"三字，不再另外出校，特此説明。與此類似的情況還有《和李校書新題樂府十二首》、《貽蜀五首》、《和劉猛古題樂府十首》、《和李餘古題樂府九首》、《詠廿四氣詩》組詩等，一併在此説明。　駱口驛:唐代驛站名，在今天周至縣即當時盩厔縣境内，在縣治西南一百三十里處。白居易元和元年制科及第之後曾經擔任盩厔縣尉，有多篇詩歌留在那裏:如《祗役駱口驛喜蕭侍御書至兼覩新詩吟諷通宵因寄八韵(時爲盩厔尉)》:"日暮心無憀，吏役正營營。忽驚芳信至，復與新詩並。是時天無雲，山館有月明。月下讀數遍，風前吟一聲。一吟三四嘆，聲盡有餘清。雅哉君子文，詠性不詠情。使我靈府中，鄙吝不得生。始知聽韶濩，可使心和平。"又如《再因公事到駱口驛》:"今年到時夏雲白，去年來時秋樹

紅。兩度見山心有愧,皆因王事到山中。” 王質夫:白居易在盩厔縣尉任上結識的朋友,琅琊人,是白居易賦作《長恨歌》的最初提議者,陳鴻《長恨歌傳》:“元和元年冬十二月,太原白樂天自校書郎尉於盩厔。鴻與琅琊王質夫家於是邑,暇日相携游仙遊寺,話及此事,相與感嘆。質夫舉酒于樂天前曰:‘夫希代之事,非遇出世之才潤色之,則與時消没,不聞於世。樂天深於詩多於情者也,試爲歌之,如何?’樂天因爲《長恨歌》。”白居易有《招王質夫(自此後詩爲盩厔尉時作)》詩,云:“濯足雲水客,折腰簪笏身。誼閑迹相背,十里别經旬。忽因乘逸興,莫惜訪囂塵。窗前故栽竹,與君爲主人。”還有《祇役駱口因與王質夫同遊秋山偶題三韵》詩,云:“石擁百泉合,雲破千峰開。平生烟霞侣,此地重徘徊。今日勤王意。一半爲山來。”另外白居易還有《酬王十八李大見招遊山》、《和王十八薔薇澗花時有懷蕭侍御兼見贈》、《期李二十文略王十八質夫不至獨宿仙遊寺》、《酬王十八見寄》、《翰林院中感秋懷王質夫(王居仙遊山)》、《寄王質夫》、《哭王質夫》等詩,可見他們友誼的深厚,來往的久長。 “北壁有翰林白二十二居易題《擁石關》、《雲開》、《雪》、《紅樹》等篇”兩句:關於白居易這四首早期的作品,查閲朱金城先生《白居易集箋校》,不見涉及,查閲白居易的元和四年之前的作品,也不見蹤影,我們懷疑屬於散失的作品,這在白居易身上,實屬罕見之事。朱金城先生《白居易集箋校》没有輯佚,很不應該。至於王質夫,他的詩篇已經全部散失,不見其和篇,倒是不足爲奇。關於本詩,白居易有詩篇《酬和元九東川路詩十二首·駱口驛舊題詩》酬和,詩云:“拙詩在壁無人愛,鳥污苔侵文字殘。唯有多情元侍御,繡衣不惜拂塵看。”

② 郵亭:驛館,遞送文書者投止之處。劉長卿《送耿拾遺歸上都》:“長安萬里傳雙泪,建德千峰寄一身。想到郵亭愁駐馬,不堪西望見風塵。”元稹《酬樂天東南行詩一百韵》:“舟敗罌浮漢,驂疲杖過邘。郵亭一蕭索,烽候各崎嶇。” 崔李題名:據《舊唐書·李逢吉傳》

記載,李逢吉元和四年前曾先後歷官左拾遺、左補闕、工部員外郎充入南詔副使等職。《唐會要》卷九九:"(元和)三年十一月,以南詔異牟尋卒,廢朝三日。辛未,以諫議大夫段平仲兼御史中丞,持節充册立南詔及吊祭使,仍命鑄元和册、南詔印,司封員外郎李逢吉副之。"而元稹詩序又云李逢吉"詔使雲南",三條材料互爲印證。我們估計元稹與李逢吉相識當在元和元年的左拾遺任上,元稹與李逢吉此後交往不少衝突也不斷,這是他們交往的首次文字記載,請讀者記住這個話頭。而崔韶則是元稹與白居易的老朋友:他們是制科同年,元稹的詩文中將經常出現崔韶的名字,他對元稹的幫助也與白居易一樣是實實在在的,他們可謂同喜共悲榮辱與共。崔二十二韶,史籍常常誤爲"崔詔",有關學者也常常與元稹、白居易兩人的另一個制科同年崔二十琯相混淆,幸請注意辨别。　王白詩:即本詩詩序中涉及的白居易《擁石關》、《雲開》、《雪》、《紅樹》等篇以及王質夫的和篇,均已散失。

③ 盡日:猶終日,整天。《淮南子・泛論訓》:"盡日極慮而無益於治,勞形竭智而無補於主。"鄭壁《奉和陸魯望白菊》:"終朝疑笑梁王雪,盡日慵飛蜀帝魂。"　無人:没有人,没人在。《史記・范雎蔡澤列傳》:"秦王屏左右,宫中虚無人。"應璩《與侍郎曹良思書》:"足下去後,甚相思想。《叔田》有無人之歌,闉闍有匪存之思,風人之作,豈虚也哉!"　言語:説話。王建《寒食日看花》:"酒污衣裳從客笑,醉饒言語覓花知。老來自喜身無事,仰面西園得詠詩。"朱灣《過宣上人湖上蘭若》:"十年湖上結幽期,偏向東林遇遠師。未道姓名童子識,不酬言語上人知。"　不離:不離開,不離去。焦贛《易林・鼎之需》:"容民畜衆,不離其居。"白居易《夏日》:"東窗晚無熱,北户凉有風。盡日坐復卧,不離一室中。"姚合《街西居二首》二:"兀兀復行行,不離階與墀。丈夫非馬蹄,安得知路岐?"

④ 二星:即二使星,《後漢書・李郃傳》:"和帝即位,分遣使者,皆微服單行,各至州縣,觀採風謡。使者二人當到益部,投郃候舍。

時夏夕露坐，郃因仰觀，問曰：'二君發京師時，寧知朝廷遣二使邪？'二人默然，驚相視曰：'不聞也。'問何以知之，郃指星示云：'有二使星向益州分野，故知之耳！'"後因用爲使者的代稱。司馬光《夜發長垣》："歇鞍沙月白，拂面柳風醒。歷歷瞻雲漢，誰爲二使星？'"劉敞《元日發古北口寄禹玉直孺昌言三閣老(初入燕境)》："玉殿聳聞斟白獸，火城想見接清塵。應憐二使星安在？北斗杓端析木津。"又省作"二星"，張説《送王尚一嚴嶷二侍御赴司馬都督軍》："白露鷹初下，黄塵騎欲飛。明年春酒熟，留酌二星歸。"孔德紹《送蔡君知入蜀二首》二："靈關九折險，蜀道二星遥。乘槎若有便，希泛廣陵潮。" 徼外：塞外，邊外。《史記·佞幸列傳》："人有告鄧通盜出徼外鑄錢。"徐鉉《從兄龍武將軍没于邊戍過舊營宅作》："前年都尉没邊城，帳下何人領舊兵？徼外瘴烟沉鼓角，山前秋日照銘旌。" 蠻服：古代王畿方千里之外，每方五百里分爲一服，共分成九服。蠻服在衛服之外，夷服之内，爲第六服。《周禮·夏官·職方氏》："方千里曰王畿……又其外方五百里曰蠻服。"後泛稱遠離京城的邊遠地區。劉敞《秋晚雨中隱幾偶書寄聖俞五首》二："如聞蠻服愚弄兵，凶酋恃險愁孤城。軍書插羽懼不急，安得良術吹天晴！"蘇轍《送蘇公佐修撰知梓州》："歲登無猛政，蠻服罷防邊。去國身雖樂，憂時論獨堅。" 五夜：即五更。《文選·陸倕〈新刻漏銘〉》："六日不辨，五夜不分。"李善注引衛宏《漢舊儀》："晝夜漏起，省中用火，中黄門持五夜。五夜者，甲夜、乙夜、丙夜、丁夜、戊夜也。"王建《和元郎中從八月十二至十五夜玩月五首》五："仰頭五夜風中立，從未圓時直到圓。"指戊夜，即第五更。崔琮《長至日上公獻壽》："五夜鐘初動，千門日正融。"姚鼐《景陽鐘歌》："萬鈞猛虡懸雲陛，五夜蒲牢驚翠幬。"本詩是指五個晚上，與上面兩個解釋稍有不同。元稹《彈奏劍南東川節度使狀》云："臣昨奉三月一日敕"，又據元稹《使東川》，其後"五夜燈前草御文"，接着便是本組詩《使東川序》所云："元和四年三月七日，予以監察御史使東川。"當然，五個晚上,定然也含有"五更"、"戊夜"在内。　草:寫作,起草。鮑照《建除詩》:"閉帷草太玄,兹事殆愚狂。"趙與時《賓退録》卷三:"李昊仕于蜀,王衍之亡,爲草降表。及孟昶降,又草焉!"　御文:以皇帝的名義發佈的文告詔令,事涉東川。張九齡《賀御注金剛經狀》:"三教並列,萬姓知歸。伏望降出御文,内外傳授。"丁政觀《謝賜天師碑銘狀》:"敕内肅明觀道士尹□宣敕,内出御文,賜臣師主。臣跪奉天章,仰瞻宸翰。以惶以喜,載慶載悲。"這裏是元稹抄録與東川有關的文件,並不是白居易在"草擬文書",一個監察御史出使之前,作爲翰林學士的白居易不可能爲其起草文書,《編年箋注》的解釋是不合適的。

⑤"我到東川恰相半"兩句:意謂在駱口驛,我距離目的地東川似乎已經走了一半路程,前不着村後不把店,向南衹能看看明月向北也衹能看看白雲,其他就什麽也看不到了。這是詩人的錯覺,其實駱口驛離開長安衹有兩百多里,不應該説"相半",大約與詩人過去没有到過東川有關吧!　相半:各半。《晉書·王羲之傳》:"〔王羲之〕嘗詣門生家,見棐幾滑净,因書之,真草相半。"蘇轍《潁濱遺老傳》:"知雇役之害,欲復行差役,不知差雇之弊,其實相半。"這裏指長安至東川的路途而言。

[編年]

《年譜》編年本組詩"元稹使東川時作"。《編年箋注》編年:"元和四年(八〇九)二月,元稹爲監察御史,三月,充劍南東川詳覆使,按任敬仲獄,使於蜀。往來途中賦詩三十二首,白行簡寫爲《東川卷》。今所録之《望驛台》題下注:'三月盡。'知二十二首俱成於三月内。見卞《譜》。"《年譜新編》亦將元稹《使東川》的二十二首詩歌全部編年於"元稹使東川時作"。

我們以爲《年譜》、《編年箋注》、《年譜新編》對本組詩的編年是含糊不清的，有些詩篇的編年甚至是錯誤的。元稹序云："元和四年三月七日，予以監察御史使東川。往來鞍馬間，賦詩凡三十二章。秘書省校書郎白行簡爲予手寫爲《東川卷》，今所録者，但七言絶句、長句耳！起《駱口驛》，盡《望驛臺》，二十二首云。"既然稱"往來鞍馬間"，就表明這三十二首詩篇也好，二十二首詩歌也罷，既有作於前往東川的途中，也有作於回歸長安的途中。而元稹《臺中鞫獄憶開元觀舊事呈損之》："二月除御史，三月使巴蠻……歸來五六月，旱色天地殷。"回歸長安應該在"五六月"，所以它們不可能全部作於元和四年的三月之内。而且，元稹的這二十二首詩篇，不少有比較清楚的題下注，可以大致知道作於何時何地，不必以"三月"、"途中"這樣的籠統概念來糊塗編年以糊弄自己也糊弄讀者。就本詩詩意而言，本詩毫無疑問應該作於盩厔縣境内，"我到東川恰相半"云云就是明證，它應該是元稹剛剛出發經由駱口驛的情景，它是前往東川途中的詩而不是自東川返回長安的詩篇。盩厔縣離開長安祇有二百里不到，據《新唐書·百官志》載，以"乘傳者日四驛，乘驛者六驛"，"每驛三十里"計，三月七日出發的元稹，以"帶月夜行"的趕路方式前往東川，三月八日無論如何也應該到達盩厔縣，所以我們以爲本詩應該作於元和四年三月八日前後，而不是含糊不清的"三月"。我們以爲，元稹本人詩序"於駱口驛見崔二十二題名處"云云即《駱口驛二首》的詩序，元稹元和四年三月七日從長安出發，《駱口驛二首》應該賦作於元和四年三月八日，應該編排在《郵亭月》之前。

◎ 使東川·郵亭月(一)(於駱口驛見崔二十二題名處,數夜後於青山驛翫月,憶得崔生好持確論,每於宵話之中常曰:"人生晝務夜安,步月閑行,吾不與也!"言訖堅卧(二),他人雖千百其詞(三),難動摇矣!至是愴然思此,題因有獻)①

君多務實我多情,大抵偏嗔步月明②。今夜山郵與蠻嶂,君應堅卧我還行③。

録自《元氏長慶集》卷一七

[校記]

(一) 郵亭月:楊本、叢刊本、《全詩》、《萬首唐人絶句》同,但《萬首唐人絶句》下無題注。

(二) 言訖堅卧:叢刊本、《全詩》同,楊本作"言説堅卧",語義難通,應該是刊刻之誤,不取。

(三) 他人雖千百其詞:叢刊本、《全詩》同,楊本作"地人雖千百其詞",語義難通,應該是刊刻之誤,不取。

[箋注]

① 郵亭:驛館内遞送文書、信件的地方。張繼《郵亭》:"雲淡山横日欲斜,郵亭下馬對殘花。自從身逐征西府,每到開時不在家。"白居易《和答詩十首·和思歸樂》:"請看元侍御,亦宿此郵亭。因聽思歸鳥,神氣獨安寧。" 崔二十二:即崔韶,字虞平,元稹白居易的摯朋好友,曾在京任職員外郎,元和後期出任果州刺史。元稹本組詩《駱口驛》、《元和五年予官不了罰俸西歸三月六日至陝府與吴十一兄端

公崔二十二院長思愴曩遊因投五十韻》都涉及崔韶。而白居易《商山路有感序》:"前年夏,予自忠州刺史除書歸闕,時刑部李十一侍郎、户部崔二十(二)員外亦自灃、果二郡守徵還,相次入關,皆同此路。今年予自中書舍人授杭州刺史,又由此途出,二君已逝,予獨南行,追嘆興懷,慨然成詠。後來有與予、杓直、虞平遊者,見此短什,能無惻惻乎? 儻未忘情,請爲繼和。長慶二年七月三十日題於内鄉縣南亭云爾。"詩云:"憶昨徵還日,三人歸路同。此生都是夢,前事旋成空。杓直泉埋玉,虞平燭過風。唯殘樂天在,頭白向江東。" 青山驛:唐代驛站名。元稹《望雲騅馬歌》:"五六百里真符縣,八十四盤青山驛。"又其元和十年詩《紫躑躅》:"去年春别湘水頭,今年夏見青山曲(青山,驛名)。迢迢遠在青山上,山高水闊難容足。" 翫月:賞月。羊士諤《褒城驛池塘翫月》:"夜長秋始半,圓景麗銀河。北渚清光溢,西山爽氣多。"孟元老《東京夢華録·中秋》:"中秋夜,貴家結飾臺榭,民間争占酒樓翫月。" 確論:原指精當確切的言論,本詩是揶揄崔韶,指頑固不化的想法。《魏書·李謐傳》:"而先儒不能考其當否,便各是所習,卒相非毁,豈達士之確論哉?"徐夤《吊崔補闕》:"近來吾道少,慟哭博陵君……縉紳傳確論,丞相取遺文。" 步月:謂月下散步。《南史·王藻傳》:"至於夜步月而弄琴,晝拱袂而披卷,一生之内,與此長乖。"杜甫《恨别》:"思家步月清宵立,憶弟看雲白日眠。"

② 務實:講究實際。《國語·晉語》:"昔吾逮事莊主,華則榮矣! 實之不知,請務實乎?"鄭谷《偶書》:"承時偷喜負明神,務實那能得庇身? 不會蒼蒼主何事? 忍饑多是力耕人。"也作致力於實在的或具體的事情解。韓偓《天鑒》:"何勞諂笑學趨時,務實清修勝用機。猛虎十年摇尾立,蒼鷹一旦醒心飛。" 多情:富於感情。《南史·梁元帝徐妃》:"徐娘雖老,猶尚多情。"何兆《玉蕊花》:"惟有多情天上雪,好風吹上緑雲鬟。" 大抵:大都,表示總括一般的情况。《史記·太史公自序》:"《詩》三百篇,大抵賢聖發憤之所爲作也。"《漢書·杜周

傳》:"其治大抵放張湯。"顏師古注:"大抵,大歸也。"大要,要旨。《顏氏家訓·歸心》:"俗之謗者,大抵有五。"《周書·庾信傳論》:"雖詩賦與奏議異軫,銘誄與書論殊塗,而撮其指要,舉其大抵,莫若以氣爲主,以文傳意。" 嗔:發怒,生氣。劉義慶《世説新語·德行》:"丞相見長豫輒喜,見敬豫輒嗔。"沈約《六憶詩四首》二:"笑時應無比,嗔時更可憐。"責怪,埋怨。李賀《野歌》:"男兒屈窮心不窮,枯榮不等嗔天公。"王安石《暮春》三:"白下門東春已老,莫嗔楊柳可藏鴉!" 月明:月光明朗。白居易《崔十八新池》:"見底月明夜,無波風定時。"袁士元《和嵊縣梁公輔夏夜泛東湖》:"小橋夜静人横笛,古渡月明僧唤舟。"

③ 山郵:位處山嶺之中的驛站。王維《送禰郎中》:"孤鶯吟遠墅,野杏發山郵。"梅堯臣《寒食日過荆山》:"山郵雖禁火,嶺樹自生烟。" 蠻:荒野遙遠,不設法制的地方,我國古代對長江中游及其以南地區少數民族的泛稱。《禮記·王制》:"南方曰蠻,雕題交趾,有不火食者矣!"《漢書·賈捐之傳》:"《詩》云:'蠢爾蠻荆,大邦爲讎。'言聖人起則後服,中國衰則先畔,動爲國家難,自古而患之久矣!何況乃復其南方萬里之蠻乎!" 嶂:聳立如屏障的山峰。《文選·沈約〈鐘山詩應西陽王教〉》:"鬱律構丹巘,崚嶒起青嶂。"吕向注:"山横曰嶂。"范仲淹《漁家傲》:"千嶂裏,長烟落日孤城閉。"

[編年]

《年譜》、《編年箋注》、《年譜新編》的編年意見前《使東川·駱口驛二首》已引述,這裏不再贅述。

我們以爲,元稹本人詩序"於駱口驛見崔二十二題名處,數夜後於青山驛翫月……","於駱口驛見崔二十二題名處"云云即《駱口驛二首》的詩序,《駱口驛二首》作於元和四年三月八日,此序稱"數夜後",可以推定本詩作于作於三月十一二日間,應該編排在《南秦雪》之前。

◎ 望雲騅馬歌(并序)(一)①

德宗皇帝以八馬幸蜀(興元元年二月丁卯,李懷光反,帝自奉天如梁州)(二),七馬道斃,唯望雲騅來往不頓。貞元中,老死天廐,臣稹作歌以記之②。

憶昔先皇幸蜀時,八馬入谷七馬疲③。肉綻筋攣四蹄脱,七馬死盡無馬騎④。天子蒙塵天雨泣,巉巖道路淋漓濕⑤。崢嶸白草眇難期,謥洞黄泉安可入(白草、謥洞,並雒谷中地名。古諺云:'謥洞入黄泉')⑥?朱泚圍兵抽未盡,懷光寇騎追行及⑦。嬪娥相顧倚樹啼,鵷鷺無聲仰天泣(三)⑧。圉人初進望雲騅,形色顦頓衆馬欺(四)⑨。上前噴吼如有意,耳尖卓立節踠奇⑩。君王試遣迴胸臆,撮骨鋸牙駢兩肋⑪。蹄懸四踻腦顆方(五),胯聳三山尾株直(六)⑫。圉人畏誚仍相惑(七),此馬無良空有力⑬。頻頻嚙掣轡難施,往往跳趫鞍不得(八)⑭。色沮聲悲仰天訴,天不遣言君未識⑮。亞身受取白玉羈(九),開口銜將紫金勒⑯。君王自此方敢騎,似遇良臣久悽惻⑰。龍騰魚鱉啅然驚(一〇),驥朌(大首貌)驢騾少顔色(一一)⑱。七聖心迷運方厄,五丁力盡路猶窄⑲。橐它山上斧刃堆(一二),望秦嶺下錐頭石⑳。五六百里真符縣,八十四盤青山驛㉑。掣開流電有輝光,突過浮雲無朕迹㉒。地平險盡施黄屋(一三),九九屬車十二纛㉓。齊映前導引騅頭(帝自奉天奔梁,道險澀,映常爲帝御,會馬駭突,帝命捨轡,映曰:'馬奔踶不過傷臣,捨之或驚清蹕!')(一四),嚴震迎號抱騅足(時震爲山南西道節度使,聞帝徙蹕,馳表奉迎)㉔。路傍垂白天寶民,望騅禮拜見騅哭㉕。皆言玄宗當時無此馬(一五),不免騎騾來幸蜀[26]。雄雄猛將李令公(李晟)(一六),收城殺賊豺狼空[27]。天旋地轉日再中,天子却坐明光宫[28]。朝廷無事忘征戰,校獵朝迴暮毬宴[29]。御馬齊登擬用槽(厩中號乘輿之馬曰擬用槽)(一七),君王自試宣徽殿[30]。圉人還進望雲騅,性强步闊無方便[31]。分騣擺杖頭太高(一八),擘肘迴頭項難轉(一九)[32]。人人共惡難迴跋,潛遣飛龍减芻秣(二〇)[33]。銀鞍繡韂(鞍下障泥者)不復施(二一),空盡天年御槽活[34]。當時鄙諺已有言(二二),莫倚功高浪開闊(二三)[35]!登山縱似望雲騅,平地須饒紅叱撥[36]。長安三月花垂草,果下翩翩紫騮好[37]。千官煖熱李令閑(平朱泚之後,天子既厭兵,患將臣生事。而張延賞當國,復與晟有隙,勸帝奪其兵柄),百馬生獰望雲老[38]。望雲騅,爾之種類世世奇,當時項王乘爾祖(二四),分配英豪稱霸主(二五)[39]。爾身今日逢聖人,從幸巴渝歸入秦[40]。功成事遂身退天之道,何必隨群逐隊到死蹋紅塵[41]!望雲騅,用與不用各有時,爾勿悲[42]!

録自《元氏長慶集》卷二四

[校記]

(一) 望雲騅馬歌(并序):楊本、叢刊本、《英華》、《全詩》、《全唐詩録》同,《蜀中廣記》無題。

(二) 德宗皇帝以八馬幸蜀(興元元年二月丁卯,李懷光反,帝自奉天如梁州):楊本、叢刊本、《英華》、《全詩》、《全唐詩録》、《蜀中廣記》作"德宗皇帝以八馬幸蜀",無下面三句注文,而《全詩》在"懷光寇騎追行及"之下有"興元元年二月,李懷光反"兩句,録以備考。

(三) 鵷鷺無聲仰天泣:原本作"鵷鷺無聲仰天立",楊本、叢刊本、《全詩》、《全唐詩録》、《蜀中廣記》同,《英華》作"鵷鷺無聲仰天泣”，與上句呼應，語佳，據改。

（四）形色顔頟衆馬欺：叢刊本、《全唐詩録》同，錢校宋本作“袍色顔頟衆馬欺”，楊本、《英華》、《蜀中廣記》作“衫色顔頟衆馬欺”，《全詩》作“彩色顔頟衆馬欺”，《編年箋注》云：“冀校疑作‘形色’。”其實馬本、《全唐詩録》正作“形色”，不必“疑”，失校。

（五）蹄懸四蹢腦顆方：《全詩》、《全唐詩録》、《蜀中廣記》同，楊本、叢刊本作“蹄懸四踠腦顆方”，《又玄集》作“蹄懸四矩腦顆方”，錢校、《英華》作“蹄懸四距脛顆方”，各備一説，不改。

（六）胯聳三山尾株直：楊本、叢刊本、《全詩》、《全唐詩録》、《蜀中廣記》同，宋蜀本、《又玄集》、《英華》作“胯竦三山尾株直”，《全詩》注作“胯聳三山尾扶直”，語義相類，各備一説，不改。

（七）圉人畏誚仍相惑：楊本、叢刊本、《全詩》、《全唐詩録》、《蜀中廣記》同，《英華》作“圉人畏誚仍相感”，語義不佳，不從不改。

（八）往往跳趫鞍不得：楊本、叢刊本、《全詩》、《全唐詩録》、《蜀中廣記》同，錢校、《英華》作“往往跳趫騎不得”，語義不同，各備一説，不改。

（九）亞身受取白玉羈：楊本、叢刊本、《全詩》、《全唐詩録》、《蜀中廣記》同，錢校、《英華》、《全詩》注作“亞身受取白玉鞍”，語義不同，各備一説，不改。

（一〇）龍騰魚鱉啅然驚：叢刊本、《全詩》、《全唐詩録》、《蜀中廣記》同，楊本作“龍騰魚鱉踔然驚”，錢校、《英華》作“龍騰魚鱉咸震驚”，各備一説，不改。

（一一）驥肦(大首皃)驢騾少顔色：楊本、叢刊本、《全詩》、《全唐詩録》、《蜀中廣記》作“驥肦驢騾少顔色”，《又玄集》、《英華》作“驥眄驢騾少顔色”，《全詩》注作“驥昐驢騾少顔色”，語義不同，各備一説，不改。

（一二）槖它山上斧刃堆：楊本、叢刊本、《全詩》、《全唐詩録》同，宋蜀本、《英華》作"駱駝山上斧刃堆",《蜀中廣記》作"橐駝山上斧刃堆"。"橐它"與"駱駝"、"橐駝"義同,各備一説,不改。

(一三) 地平險盡施黄屋:楊本、叢刊本、《全詩》、《全唐詩録》、《蜀中廣記》同,錢校宋本、《英華》作"地隘險盡施黄屋",語義不同,各備一説,不改。

(一四) 齊映前導引騅頭:楊本、叢刊本、《英華》、《全詩》、《全唐詩録》、《蜀中廣記》同,《又玄集》作"齊映前道引騅頭",語義不同,各備一説,不改。

(一五) 皆言玄宗當時無此馬:楊本、叢刊本、《全詩》、《蜀中廣記》同,錢校、《又玄集》、《英華》作"皆云玄宗當時無此馬",《全唐詩録》作"皆言明皇當時無此馬",語義相類,不改。

(一六) 雄雄猛將李令公(李晟):《蜀中廣記》同,楊本、叢刊本、《英華》、《全詩》作"雄雄猛將李令公",宋蜀本作"英雄猛將李令公",各備一説,不改。

(一七) 厩中號乘輿之馬曰擬用槽:叢刊本、《全詩》、《全唐詩録》、《蜀中廣記》同,楊本、《英華》作"厩中號乘輿之副曰擬用槽",根據本詩"御馬齊登擬用槽"之句,上下呼應,應該不改。

(一八) 分騣擺杖頭太高:楊本、叢刊本、《全詩》、《全唐詩録》、《蜀中廣記》同,錢校、《英華》作"分鬃擺袂頭太高","騣"與"鬃"義同,都是"馬鬃",而"袂"在這裏無法解釋,不從不改。

(一九) 擘肘迴頭項難轉:楊本、叢刊本、《全詩》、《全唐詩録》、《蜀中廣記》同,錢校、《英華》《全詩》注作"擘肘迴顱項難轉",語義相類,不改。

(二〇) 潛遣飛龍減芻秣:楊本、叢刊本、《英華》、《全詩》、《全唐詩録》、《蜀中廣記》同,宋蜀本作"潛遣龍驤減芻秣",不改。

(二一) 銀鞍繡韂(鞍下障泥者)不復施:楊本、叢刊本、《全詩》、《全唐詩録》、《蜀中廣記》作"銀鞍繡韂不復施",錢校、《英華》、《全詩》

注作“金鞍繡韂不復施”，各備一説，不改。

（二二）當時鄙鄒諺已有言：原本作“當時鄒諺已有言”，叢刊本同，楊本、《全詩》同，宋蜀本、《又玄集》、《蜀中廣記》、《全唐詩録》、《全詩》注作“當時鄙鄒諺已有言”，語佳，據改。《英華》作“當時鄙諺已有云”，語義相類，不改。

（二三）莫倚功高浪開闔：楊本、叢刊本、《全詩》、《全唐詩録》、《蜀中廣記》同，錢校、《英華》、《全詩》注作“莫倚功能浪開闔”，各備一説，不改。

（二四）當時項王乘爾祖：宋蜀本、蘭雪堂本、叢刊本、錢校、《又玄集》、《英華》、《全詩》、《全唐詩録》、《蜀中廣記》同，楊本作“當時項王乘爾福”，語義不同，不改。

（二五）分配英豪稱霸主：楊本、叢刊本、《全詩》、《全唐詩録》、《蜀中廣記》同，《又玄集》、《英華》、《全詩》注作“分配英雄稱霸主”，語義相類，不改。

［箋注］

① 望雲騅：名馬名。李肇《唐國史補》：“德宗幸梁、洋，唯御騅馬號望雲騅者，駕還京，飼以一品料，暇日牽而視之，至必長鳴四顧，若感恩之狀。後老死飛龍廐中，貴戚多圖寫之。”朱翌《觀李思訓幸蜀圖》：“既驗六龍行萬里，始知一卒當千夫。望雲騅穩無前馬，帶雨鈴鳴動屬車。”吴萊《觀唐昭陵六駿石像圖》：“壯哉六駿古今稀，金粟堆南又一時。後代子孫曾不鑒，詩人腸斷望雲騅。”

② 德宗皇帝：即李适，公元七八〇年至八〇五年在位。《舊唐書・德宗紀》：“德宗神武孝文皇帝諱适，代宗長子，母曰睿貞皇后沈氏。天寶元年四月癸巳生於長安大内之東宫，其年十二月拜特進，封奉節郡王。代宗即位之年五月，以上爲天下兵馬元帥，改封魯王，八月改封雍王……廣德二年二月立爲皇太子，大曆十四年五月辛酉代

宗崩，癸亥即位於太極殿。”武元衡《德宗皇帝挽歌詞三首》一：“道啓軒皇聖，威揚夏禹功。謳歌亭育外，文武盛明中。”元稹《和李校書新題樂府十二首・五弦彈》：“衆樂雖同第一部，德宗皇帝常偏召。旬休節假暫歸來，一聲狂殺長安少。”　八馬幸蜀：《舊唐書・德宗紀》：(興元元年)“二月戊寅……是日李晟自咸陽移兵東渭橋，避懷光也。晟以懷光反狀已明，請上幸蜀……甲子，加李懷光太尉，仍賜鐵券，赦三死罪。懷光怒曰：‘凡人臣反逆，乃賜鐵券。今賜懷光，是反必矣！’乃投之于地上。命翰林學士陸贄曉諭之，是日人心恐駭，懷光奪楊惠元、李建徽所將兵，惠元被害。丁卯，車駕幸梁州，留戴休顔守奉天，以御史中丞齊映爲沿路置頓使。李晟大集兵賦，以收復爲己任。李懷光患之，移軍涇陽，連朱泚，欲同滅晟。晟卑詞厚意致書諭之，冀其感悟，懷光頗增愧懼。”關於“八馬幸蜀”，本詩云：“路傍垂白天寶民，望騅禮拜見騅哭。皆言玄宗當時無此馬，不免騎騾來幸蜀。”確認唐玄宗幸蜀，並無“八馬”。而《歷代詩話・雲騅叱撥》另有評論，作爲大家的參考：“元微之詩：‘登山縱似望雲騅，平地須饒紅叱撥。’吴旦生曰：《長慶集》此歌自序云：‘德宗皇帝以八馬幸蜀，七馬道斃，惟望雲騅來往不頓。貞元中老死天厩，臣稹作歌以記之。’余按八馬幸蜀，玄宗事也。其七斃於棧道，雲騅獨存。而德宗幸梁，亦充御焉！《國史補》云：‘德宗幸梁，馬號望雲騅，駕還飼以一品料，暇日牽而視之，至必長鳴，四顧若感恩狀。後老死飛龍厩中，貴戚畫爲圖，則謂德宗以八馬幸蜀，過矣！”大家各執一詞，大概也算是一樁歷史公案吧！　李懷光：德宗朝重要軍事將領之一，後來因叛亂兵敗而自殺。《舊唐書・李懷光傳》：“李懷光，渤海靺鞨人也。本姓茹，其先徙于幽州，常爲朔方列將，以戰功賜氏，更名嘉慶。懷光少從軍，以武藝壯勇稱朔方……德宗即位，罷子儀節度副元帥，以其所部分隸諸將，遂以懷光起復檢校刑部尚書，兼河中尹、邠州刺史、邠寧慶晉絳慈隰節度支度營田觀察押諸蕃部落等使。”朱泚叛亂，李懷光數敗朱泚。但唐德宗聽信奸相盧杞之言,不許李懷光朝見,李懷光懷恨,聯絡朱泚而反,唐德宗不得不南逃梁州。李懷光最後因兵敗,於貞元元年自殺。權德輿《馬公行狀》:"有詔朔方節度使李懷光應援征討,六月,朱滔以漁陽之甲三萬至於城下。"李宗閔《苻公神道碑銘》:"貞元元年,李懷光寇蒲阪,詔燧以河東之師討之。" 奉天:唐代京兆府所轄二十三縣之一,地當今陝西乾縣,距離長安一百六十里。戴叔倫《奉天酬別鄭諫議雲逵盧拾遺景亮見別之作》:"巨孽盜都城,傳聞天下驚。陪臣九江畔,走馬来赴難。"李商隱《渾河中》:"九廟無塵八馬回,奉天城壘長春苔。咸陽原上英雄骨,半向君家養馬來。" 梁州:州郡名,即興元府,山南西道州郡之一,府治今陝西漢中市。《元和郡縣志·興元府》:"今爲山南西道節度使理所(管興元府、洋州、利州、鳳州、興州、成州、文州、扶州、集州、壁州、巴州、蓬州、通州、開州、閬州、果州、渠州,管縣八十八)……武德元年,又改爲褒州。二十年,又爲梁州。興元元年因德宗遷幸,改爲興元府。"李頎《臨別送張諲入蜀》:"經山復歷水,百恨將千慮。劍閣望梁州,是君斷腸處。"岑參《過梁州奉贈張尚書大夫公》:"漢中二良將,今昔各一時。韓信此登壇,尚書復來斯。" 天厩:飼養天子專用御馬的馬房。杜甫《沙苑行》:"王有虎臣司苑門,入門天厩皆雲屯。驌驦一骨獨當御,春秋二時歸至尊。"王安石《馬死》:"恩寛一老寄松筠,晏卧東窗度幾春?天厩賜駒龍化去,謾容小蹇載閑身。"

③ 憶昔:回憶過去的時光。王珪《詠漢高祖》:"憶昔與項王,契闊時未伸。鴻門既薄蝕,滎陽亦蒙塵。"劉希夷《春女行》:"憶昔楚王宫,玉樓粧粉紅。纖腰弄明月,長袖舞春風。" 先皇:前代帝王。《晉書·鄭冲傳》:"翼亮先皇,光濟帝業。"杜甫《憶昔二首》一:"憶昔先皇巡朔方,千乘萬騎入咸陽。" 幸:封建時代稱帝王親臨。《史記·孝文本紀》:"五月,匈奴入北地,居河南爲寇,帝初幸甘泉。"韓愈《順宗實録》:"德宗之幸奉天,倉卒間,上常親執弓矢,率軍後先導衛,備嘗

辛苦。”　八馬：相傳周穆王時有八匹名馬，據《穆天子傳》記載，分别名爲赤驥、盜驪、白義、踰輪、山子、渠黄、華騮、緑耳。後代喻指駿馬，名稱各異，如唐太宗的“六駿”，而唐德宗幸梁州，據説都以周穆王時的八馬爲喻，但名稱已經不同，具體名稱，今天已經無法得知，僅僅知道有“望雲騅”名列其中。而唐玄宗幸蜀時有“八駿”隨行的傳説，可能僅僅是傳説而已。元稹《八駿圖詩序》：“良馬無世無之，然而終不得與八駿並名，何也？吾聞八駿日行三萬里，夫車行三萬里而無毀輪壞轅之患，盖神車者。行三萬里而無喪精褫魄之患，亦神之人也。無是三神而得是八馬，乃破車掣御躓人之乘也，世焉用之？今夫畫古者，畫馬而不畫車馭，不畫所以乘馬者，是不知夫古者也！予因作詩以辯之。”　谷：山間深凹的低地，一般多有出口與山外相通。《詩·小雅·十月之交》：“高岸爲谷，深谷爲陵。”孟浩然《遊精思觀回王白雲在後》：“出谷未停午，至家已夕曛。”古時多以爲山中夾道的名稱，如：春秋魯地有夾谷，漢時秦嶺山脈中有子午谷、褒谷、斜谷、駱谷等。這裏指從奉天通往城固與梁州的駱谷。　疲：衰敗，凋敝。舊題李陵《答蘇武書》：“策疲乏之兵，當新羈之馬。”杜甫《行次昭陵》：“舊俗疲庸主，群雄問獨夫。”仇兆鰲注：“疲，凋敝。”

④ 綻：皮肉破裂。劉長卿《送靈澈上人還越中》：“禪客無心杖錫還，沃洲深處草堂閑。身隨敝屨經殘雪，手綻寒衣入舊山。”范浚《題八馬圖》：“百眷僅脱朱泚圍，黄屋進狩懷光追。八馬入谷七馬疲，筋攣肉綻行人悲。”　筋攣：中醫病證名，指肢體筋脈收縮抽急，不能舒轉自如，也叫痙攣。《東觀漢記·劉梁傳》：“梁字季少，病筋攣卒。”梅堯臣《送師厚歸南陽》：“曲肱難寐要天曉，兩股凍痹仍筋攣。”　脱：脱落，掉下。《老子》：“善建者不拔，善抱者不脱。”謝莊《月賦》：“洞庭始波，木葉微脱。”

⑤ 天子：即帝王。崔融《從軍行》：“穹廬雜種亂金方，武將神兵下玉堂。天子旌旗過細柳，匈奴運數盡枯楊。”駱賓王《帝京篇》：“山

河千里國，城闕九重門。不覩皇居壯，安知天子尊？”　蒙塵：古代多指帝王失位逃亡在外，蒙受風塵。《左傳・僖公二十四年》：“天子蒙塵于外，敢不奔問官守？”《後漢書・劉虞傳》：“今天下崩亂，主上蒙塵。”　雨泣：猶雨淋。宋之問《過史正議宅》：“舊交此零落，雨泣訪遺塵。”陸游《秋景》：“雨泣蘋花老，風摇稗穗長。”　巉巖：險峻的山岩。謝朓《宣城郡内登望》：“威紆距遙甸，巉巖帶遠天。”高峻，險峻。蘇軾《出峽》：“入峽喜巉巖，出峽愛平曠。”　淋漓：亦作“淋離”、“淋灕”，沾濕或流滴貌。范縝《擬招隱士》：“岌峩兮傾攲，飛泉兮激沫，散漫兮淋灕。”韓愈《醉後》：“淋漓身上衣，顛倒筆下字。”

⑥ 崢嶸：形容植物茂盛。張謂《别韋郎中》：“南入洞庭隨雁去，西過巫峽聽猿多。崢嶸洲上飛黄蝶，灎澦堆邊起白波。”盧仝《月下寄徐希仁》：“上天何寥廓！下地何崢嶸！吾道豈已矣！爲君傾兕觥！”　白草：草名。岑參《過燕支寄杜位》：“燕支山西酒泉道，北風吹沙卷白草。”元稹《紀懷贈李六户曹崔二十功曹五十韵》：“白草堂檐短，黄梅雨氣蒸。”　眇：遼遠，久遠。《楚辭・九章・哀郢》：“心嬋媛而傷懷兮，眇不知其所蹠。”朱熹集注：“眇，猶遠也。”李冶《相思怨》：“海水尚有涯，相思眇無畔。”　期：預知，料想。曹植《洛神賦》：“動無常則，若危若安；進止難期，若往若還。”盧延讓《八月十六夜月》：“難期一年事，到曉泥詩章。”

⑦ 朱泚：唐德宗時期的叛臣，曾一度稱帝。《舊唐書・朱泚傳》：“朱泚，幽州昌平人……（建中）二年加泚太尉。（其弟）朱滔將反叛，陰使人與泚計議，以帛書内蠟丸中，置髮髻間。河東節度馬燧搜獲之以聞，并送帛書及所遣使，泚惶懼頓首，乞歸罪。有司上勉之曰：‘千里不同謀，非卿之過。’三年四月，以張鎰代泚爲鳳翔隴右節度留後，留泚京師，加實封至一千户，與一子正員官，其幽州盧龍節度、太尉、中書令並如故。四年十月，涇原兵叛，鑾駕幸奉天，叛卒等以泚嘗統涇州，知其失權廢居，怏怏思亂，群盜無帥，幸泚政寬，乃相與謀曰：

‘朱太尉久囚空宅,若迎而爲主,事必濟矣!’姚令言乃率百餘騎迎泚於晉昌里第,泚乘馬擁從北向,燭炬星羅,觀者萬計,入居含元殿。明日移處白華殿,但稱太尉。朝官有謁泚者,悉勸奉迎鑾駕,既不合泚意,皆逡巡而退。源休至,遂屏人移時,言動悖逆。又盛陳成敗,稱述符命,勸其僭僞,泚甚悦之……源休、姚令言、李忠臣、張光晟等八人導泚自白華入宣政殿,僭即僞位,自稱大秦皇帝,號應天元年……明年正月一日,泚改僞國號曰漢,稱天皇元年。”不久兵敗,爲部將所殺。期間受段秀實象笏挺擊,白居易《新樂府・青石》:“義心如石屹不轉,死節如石確不移。如觀奮擊朱泚日,似見叱訶希烈時。”石介《三朝聖政録序》:“唐自天寶迄於天祐,百五十年間,禄山、朱泚、黄巢、秦宗權相接爲寇,中原擾亂,生民荼苦。”　寇:盜匪,群行劫掠者。《書・舜典》:“寇賊奸宄。”孔傳:“群行攻劫曰寇。”孔穎達疏:“寇者,衆聚爲之……故曰群行攻劫曰寇。”《荀子・王制》:“聚斂者,召寇、肥敵、亡國、危身之道也。”　及:追上,趕上。《後漢書・虞詡傳》:“虜衆多,吾兵少,徐行則易爲所及,速進則彼所不測。”陸游《臨安春雨初霽》:“素衣莫起風塵嘆,猶及清明可到家。”

⑧ 嬪娥:宫中的姬妾與宫女。元稹《驃國樂》:“德宗深意在柔遠,笙鏞不御停嬪娥。”李煜《玉樓春》:“晚粧初了明肌雪,春殿嬪娥魚貫列。”　相顧:相視,互看。《文心雕龍・知音》:“乃稱史遷著書,諮東方朔,於是桓譚之徒相顧嗤笑。”白居易《長恨歌》:“君臣相顧盡沾衣,東望都門信馬歸。”　鵷鷺:鵷和鷺飛行有序,比喻班行有序的朝官。《隋書・音樂志》:“懷黄綰白,鵷鷺成行。文贊百揆,武鎮四方。”儲光羲《群鴉詠》:“冢宰收琳琅,侍臣盡鵷鷺。”　無聲:吞聲,不説話。盧照鄰《詠史四首》一:“廷議斬樊噲,群公寂無聲。處身孤且直,遭時坦而平。”杜甫《投簡咸華兩縣諸子》:“君不見空墻日色晚,此老無聲泪垂血。”　仰天:仰望天空,多爲人抒發抑鬱或激動心情時的狀態。《左傳・襄公二十五年》:“晏子仰天嘆曰:‘嬰所不唯忠於君、利社稷

者是與,有如上帝!'"李白《南陵别兒童入京》:"仰天大笑出門去,我輩豈是蓬蒿人!"

⑨ 圉人:官名,掌管養馬放牧等事,亦以泛稱養馬的人。《周禮·夏官·圉人》:"圉人掌養馬芻牧之事。"杜甫《丹青引贈曹將軍霸》:"至尊含笑催賜金,圉人太僕皆惆悵。" 形色:體表氣色。顔延之《庭誥文》:"貧之爲病也,不唯形色粗黶,或亦神心沮廢。"范成大《問天醫賦》:"襲於皮毛,客於絡脈,次於焦府,盎於形色。"形態、顔色。《顔氏家訓·歸心》:"又星與日月,形色同爾,但以大小爲其等差。" 顦顇:亦作"顦悴",形容枯槁瘦弱。禰衡《鸚鵡賦》:"音聲悽以激揚,容貌慘以顦顇。"《顔氏家訓·勉學》:"齊孝昭帝侍婁太后疾,容色顦悴,服膳減損。"

⑩ 上:君主,皇帝。《國語·齊語》:"於子之鄉,有不慈於父母……不用上令者,有則以告。"韋昭注:"上,君長也。"韓愈《試大理評事王君墓誌銘》:"上初即位,以四科募天下士。" 噴吼:馬吐氣長鳴。 噴:馬噓氣或鼓鼻。《戰國策·楚策》:"驥於是俛而噴,仰而鳴,聲達於天。"王禹偁《送南陽李太傅二首》一:"馬噴金勒銜微雪,雁避紅旗入斷雲。" 吼:謂猛獸大聲鳴叫。《南齊書·顧歡傳》:"在鳥而鳥鳴,在獸而獸吼。"杜甫《復陰》:"江濤簸岸黄沙走,雲雪埋山蒼兕吼。" 有意:有意圖,有願望。《戰國策·燕策》:"願得將軍之首以獻秦,秦王必喜而善見臣,臣左手把其袖而右手揕抗其胸,然則將軍之仇報,而燕國見陵之耻除矣!豈有意乎?"《後漢書·孔融傳》:"太傅馬日磾奉使山東,及至淮南,數有意於袁術。" 卓立:特立,聳立。《文心雕龍·誄碑》:"清詞轉而不窮,巧義出而卓立。"杜甫《白鹽山》:"卓立群峰外,蟠根積水邊。" 踠:指馬脚與蹄間相連的屈曲處。賈思勰《齊民要術·養牛馬驢騾》:"蹄欲得厚而大,踠欲得細而促。"沈佺期《紫騮馬》:"踠足追奔易,長鳴遇賞難。摐金一萬里,霜露不辭寒。"

⑪ 迴:改易,轉變。《北史·骨儀傳》:“開皇初爲御史,處法平當,不爲勢利所迴。”劉餗《隋唐嘉話》卷中:“梁公夫人至妒……執心不迴。” 胸臆:猶己斷,亦指臆測。劉知幾《史通·書志》:“斯則自我作古,出乎胸臆,求諸歷代不過一二者焉!”司馬光《涑水記聞》卷二:“知州某性褊急,數以胸臆決事,不當。” 撮:項椎。《集韵·去泰》:“撮,會撮,頭椎也。”《莊子·人間世》:“支離疏者,頤隱於臍,肩高於頂,會撮指天。”陸德明釋文引崔譔曰:“會撮,項椎也。”一説爲髻,陸德明釋文引司馬彪曰:“會撮,髻也。古者髻在頂中,脊曲頭低,故髻指天也。”黄庭堅《次韵叔父夷仲送夏君玉赴零陵主簿》:“丈人困州縣,短髪餘會撮。” 鋸牙:像鋸齒一般的鋭牙。《逸周書·王會》:“玆白者,若白馬,鋸牙,食虎豹。”孔武仲《祠二廟之明日未得順風呈同行》:“翠帳朱幡擁前後,鋸牙虎視森兩廂。”《漢語大詞典》將本書證的作者誤爲“孫武仲”,又遺漏“翠帳”,成了語義難通之句。 駢:並列。《管子·四稱》:“入則乘等,出則黨駢。”尹知章注:“至其出也,又朋黨而駢竝。”牛僧孺《玄怪録·張左》:“徒居鶴鳴山下,草堂三間,户外駢植花木,泉石縈遶。” 肋:肋骨,胸部的兩側。《後漢書·五行志》:“桓帝建和三年秋七月,北地廉雨肉似羊肋,或大如手。”《宋史·高麗傳》:“刑無慘酷之科,唯惡逆及罵父母者斬,餘皆杖肋。”

⑫ 懸:謂高挂在空中。司馬相如《長門賦》:“懸明月以自照兮,徂清夜於洞房。”蕭統《文選序》:“若夫姬公之籍,孔父之書,與日月俱懸,鬼神争奥。” 跼:屈曲不伸。《後漢書·李固傳》:“亭長嘆曰:‘居非命之世,天高不敢不跼,地厚不敢不蹐。’”李賢注:“跼,曲也。”曹唐《病馬五首呈鄭校書章三吴十五先輩》二:“隴上沙葱葉正齊,騰黄猶自跼羸蹄。” 方:方形,與“圓”相對。《周禮·考工記·輿人》:“圜者中規,方者中矩。”《公羊傳·昭公二十五年》:“國子執壺漿。”何休注:“壺,禮器。腹方口圓曰壺。” 胯:兩股之間。《史記·淮陰侯列傳》:“淮陰屠中少年有侮信者,曰:‘若雖長大,好帶刀劍,中情怯耳!’衆辱

之曰:'信能死,刺我;不能死,出我袴下。'於是信孰視之,俛出袴下,蒲伏。一市皆笑信,以爲怯……信至國……召辱己之少年令出胯下者,以爲楚中尉。"《後漢書・孔融傳》:"雖出胯下之負,榆次之辱,不知貶毁之於己,猶蚊虻之一過也。"李賢注:"韓信貧賤,淮陰少年侮之,令信出跨下。" 聳:高起,矗立。陶潛《和郭主簿二首》二:"陵岑聳逸峰,遥瞻皆奇絶。"孟郊《立德新居》:"立德何亭亭!西南聳高隅。" 三山:指三山骨,指驢馬後背近股外的骨骼。黄庭堅《次韵宋楙宗僦居甘泉坊書懷》:"家徒四壁書侵坐,馬聳三山葉擁門。"徐光啓《農政全書》:"《便民圖》曰:看馬捷法……三山骨欲平則易肥,四蹄欲注實則能負重,腹下兩邊生逆毛到膁者,良。" 株直:直貌。 株:露在地面上的樹根、樹幹或樹樁。《韓非子・五蠹》:"田中有株,兔走觸株,折頸而死。"沈約《詠山榴》:"長願微名隱,無使孤株出。" 直:不彎曲。《詩・小雅・大東》:"周道如砥,其直如矢。"謝靈運《平原侯植》:"平衢修且直,白楊信裊裊。"

⑬ 誚:責備。《書・金縢》:"王亦未敢誚公。"孫星衍疏:"誚者,《方言》云:'讓也。'"柳宗元《佩韋賦》:"藺疏顔以誚秦兮,入降廉猶臣僕。"嘲笑,譏刺。孔稚珪《北山移文》:"列壑争譏,攢峰竦誚。"《太平廣記》卷三〇九引薛用弱《集異記・蔣琛》:"敢寫心兮歌一曲,無誚余持盃以淹留。" 惑:疑惑,懷疑。《史記・伯夷列傳》:"余甚惑焉,儻所謂天道,是邪非邪?"韓愈《師説》:"師者,所以傳道授業解惑也。"

⑭ 頻頻:屢次,連續不斷。戴叔倫《别張員外》:"木葉紛紛湘水濱,此中何事往頻頻?臨風自笑歸時晚,更送浮雲逐故人。"張籍《答劉明府》:"身病多時又客居,滿城親舊盡相疏。可憐絳縣劉明府,猶解頻頻寄遠書。" 嚙:咬,啃。李白《金陵白下亭留别》:"驛亭三楊樹,正當白下門。吴烟暝長條,漢水齧古根。"杜甫《三絶句》二:"二十一家同入蜀,惟殘一人出駱谷。自説二女齧臂時,回頭却向秦雲哭。" 掣:牽制,控制。《釋名・釋姿容》:"掣,制也,制頓之使順己也。"《新

唐書・劉蕡傳》:"凶醜朋挺,外脅群臣,内掣侮天子,蕡常痛疾。"轡:駕馭馬的韁繩。《詩・邶風・簡兮》:"有力如虎,執轡如組。"朱熹集傳:"轡,今之韁也。"韓愈《祭穆員外文》:"草生之春,鳥鳴之朝,我轡在手,君揚其鑣。" 跳趫:騰躍,跳躍。元稹《書異》:"跳趫井蛙喜,突兀水怪形。飛蚋奔不死,修蛇蟄再醒。"元稹《驃國樂》:"驃之樂器頭象駝,音聲不合十二和。促舞跳趫筋節硬,繁辭變亂名字訛。" 鞍:鞍子。《管子・山國軌》:"被鞍之馬千乘,齊之戰車之具,具於此,無求於民。"韓愈《賀張十八秘書得裴司空馬》:"落日已曾交轡語,春風還擬並鞍行。"這裏用如動詞。

⑮ 色沮:神情頹喪。鮑照《舞鶴賦》:"當是時也,燕姬色沮,巴童心耻,巾拂兩停,丸劍雙止。"夏竦《河清賦》:"蓋盛德與大業也,夫豈河清而已矣!客於是色沮魂悸,逡巡而退。" 聲悲:即"悲聲",悲哀的聲音或聲調。王褒《洞簫賦》:"故爲悲聲,則莫不愴然累欷。"《樂府詩集・傷歌行》:"春鳥翻南飛,翩翩獨翱翔。悲聲命儔匹,哀鳴傷我腸。" 遣:派遣,差遣。《墨子・非儒》:"〔孔子〕乃遣子貢之齊,因南郭惠子以見田常,勸之伐吴。"蘇軾《江城子・密州出獵》:"持節雲中,何日遣馮唐?"

⑯ 亞:俯,偃俯。杜甫《戲題王宰畫山水圖歌》二:"舟人漁子入浦溆,山木盡亞洪濤風。"柳永《抛球樂》:"弱柳困,宫腰低亞。" 受取:接受,領取。《漢書・王莽傳》:"吏終不得禄,各因官職爲奸,受取賕賂以自共給。"白居易《讓絹狀》:"昨日中使第五文岑就宅奉宣,令臣受取者,臣已當時進狀陳謝訖,感戴聖恩。" 白玉:白色的玉,亦指白璧。《禮記・月令》:"〔孟秋之月〕衣白衣,服白玉。"《楚辭・九歌・湘夫人》:"白玉兮爲鎮,疏石蘭兮爲芳。" 羈:馬絡頭。《楚辭・離騷》:"余雖好修姱以鞿羈兮,謇朝誶而夕替。"王逸注:"革絡頭曰羈。"曹植《白馬篇》:"白馬飾金羈,連翩西北馳。" 開口:張開口。岑參《尋陽七郎中宅即事》:"雨滴芭蕉赤,霜催橘子黄。逢君開口笑,何處

有他鄉?”高適《漁父歌》:“曲岸深潭一山叟,駐眼看鈎不移手。世人欲得知姓名,良久問他不開口。” 紫金:一種珍貴礦物。劉楨《魯都賦》:“紫金揚暉於鴻岸,水精潛光乎雲穴。”《新唐書·西域康國傳》:“南有鉢露種,多紫金。” 勒:帶嚼子的馬絡頭。《東觀漢記·馬皇后傳》:“上望見車騎鞍勒,皆純黑,無金銀采飾。”杜甫《哀江頭》:“輦前才人帶弓箭,白馬嚼齧黄金勒。”

⑰ 良臣:賢良的臣僚。李嶠《史》:“方朔初聞漢,荆軻昔向秦。正辭堪載筆,終冀作良臣。”趙冬曦《陪張燕公行郡竹籬》:“良臣乃國寶,麾守去承明。外户人無閉,浮江獸已行。” 悽惻:因情景淒涼而悲傷。趙曄《吴越春秋·勾踐伐吴外傳》:“軍士各與父兄昆弟取訣,國人悲哀,皆作離别相去之詞……於是觀者莫不悽惻。”白行簡《李娃傳》:“一旦大雪,生爲凍餒所驅,冒雪而出,乞食之聲甚苦,聞見者莫不悽惻。”

⑱ 龍騰:龍飛騰,如龍飛騰。《禮記·曲禮》:“前朱鳥而後玄武,左青龍而右白虎。”孔穎達疏引何胤曰:“如鳥之翔,如蛇之毒,龍騰虎奮,無能敵此四物。”《淮南子·兵略訓》:“鷺舉麟振,鳳飛龍騰,發如秋風,疾如駭龍。” 魚鱉:亦作“魚鼈”,魚和鱉。《禮記·中庸》:“黿鼉蛟龍魚鱉生焉!”《荀子·王制》:“黿鼉魚鱉鰌鱣孕别之時,罔罟毒藥不入澤。”泛指鱗介水族。《書·伊訓》:“山川鬼神亦莫不寧,暨鳥獸魚鱉咸若。”《漢書·匈奴傳》:“下及魚鱉,上及飛鳥。” 啅然:騷亂貌。暫無其他書證。 驥:駿馬。《論語·憲問》:“驥不稱其力,稱其德也。”曹操《步出夏門行·龜雖壽》:“老驥伏櫪,志在千里;烈士暮年,壯心不已。” 驢騾:由公馬和母驢交配所生,身體較馬騾小,耳朵較大,尾部的毛較少,也叫駃騠。石抱忠《始平諧詩》:“略彴橋頭逢長史,欞星門外揖司兵。一群縣尉驢騾驟,數箇參軍鵝鴨行。”蘇軾《次韵孔文仲推官見贈》:“雲何中道止?連蹇驢騾隨。金鞍冒翠錦,玉勒垂青絲。” 顔色:面容,面色。《禮記·玉藻》:“凡祭,容貌顔色,如見

所祭者。"江淹《古離别》:"願一見顔色,不異瓊樹枝。"

⑲ 七聖:有多種含義,説法不一,這裏應該指傳説中的黄帝、方明、昌寓、張若、謵朋、昆閽、滑稽七人。《莊子·徐無鬼》:"黄帝將見大隗乎具茨之山,方明爲御,昌寓驂乘,張若、謵朋前馬,昆閽、滑稽後車,至於襄城之野,七聖皆迷,無所問塗。"庾信《至老子廟應詔》:"路有三千别,途經七聖迷。" 運厄:即"厄運",艱難困苦的遭遇。鍾嶸《詩品》卷中:"琨既體良才,又罹厄運,故善叙喪亂。"白居易《東南行一百韵寄通州元九侍御澧州李十一舍人果州崔二十二使君開州韋大員外庾三十二補闕杜十四拾遺李二十助教員外竇七校書》:"况我身謀拙,逢他厄運拘。" 五丁:神話傳説中的五個力士。《藝文類聚》卷七引揚雄《蜀王本紀》:"天爲蜀王生五丁力士,能獻山,秦王(秦惠王)獻美女與蜀王,蜀王遣五丁迎女,見一大蛇入山穴中,五丁並引蛇,山崩,秦五女皆上山,化爲石。"酈道元《水經注·沔水》:"秦惠王欲伐蜀而不知道,作五石牛,以金置尾下,言能屎金,蜀王負力,令五丁引之成道。"

⑳ 槖它:同"槖駝",《史記·大宛列傳》:"牛十萬,馬三萬餘匹,驢騾槖它以萬數。"《新唐書·張易之傳》:"賜甲第,帛五百段,給奴婢、槖它、馬、牛充入之。"這裏的"槖它山"是地名,應該在自長安至梁州的途中,在當時的洋縣,在今天的陜西興道縣。《陜西通志·洋縣》:"駱駝山在縣北八十里,其相近有龍洞,洞有三,俱有靈湫,禱雨輒應。" 斧刃:斧頭的鋒利刀口。元稹《酬翰林白學士代書一百韵》:"匿奸勞發掘,破黨惡持疑。斧刃迎皆碎,盤牙老未萎。"《舊唐書·張琇傳》:"開元二十三年,瑝、琇候萬頃於都城,挺刃殺之。瑝雖年長,其發謀及手刃,皆琇爲之。既殺萬頃,繫表於斧刃,自言報讎之狀,便逃奔,將就江外,殺與萬頃同謀構父罪者。" 望秦嶺:山嶺名,應該在自長安至梁州的途中。岑參《終南雲際精舍尋法澄上人不遇歸高冠東潭石淙望秦嶺微雨作貽友人》:"諸峰皆青翠,秦嶺獨不開……北瞻

長安道，日夕生塵埃。"白居易《初貶官過望秦嶺》："草草辭家憂後事，遲遲去國問前途。望秦嶺上回頭立，無限秋風吹白鬚。" 錐：像錐子的東西。元稹《寄樂天》："冰銷田地蘆錐短，春入枝條柳眼低。"《資治通鑑·後漢隱帝乾祐三年》："安定國家，在長槍大劍，安用毛錐！"胡三省注："毛錐，謂筆也；以束毛爲筆，其形如錐也。"

㉑"五六百里真符縣"兩句："真符縣"與"青山驛"均是當時的地名，地在當時的洋縣境内，亦即在今天的陜西興道縣附近。而"五六百里"應該是駱谷的長度，"八十四盤"則是對險峻"青山驛"的描繪。《舊唐書·地理志》："真州：天寶五載分臨翼郡之昭德、雞川兩縣，置昭德郡。乾元元年改爲真州，取真符縣爲名也……真符：天寶五載分雞川、昭德二縣，置州所治也。"《陜西通志·洋縣》："灙谷在縣北三十里，唐德宗、僖宗幸興元，蜀姜維伐魏，魏鍾會寇蜀，曹爽攻漢中，晉司馬勛伐秦，皆由此……灙谷一名駱谷，在興道縣北三十里，南口曰灙谷，北口曰駱谷(《元和志》)。駱谷路在真符縣，屈曲八十里，凡八十四盤，又小盤山，在興道縣北三十三里(《輿地紀勝》'真符故城在縣東')。"元稹《山枇杷》："往年乘傳過青山，正值山花好時節。壓枝凝艷已全開，映葉香苞纔半裂。"元稹《紫躑躅》："去年春别湘水頭，今年夏見青山曲(青山驛名)……可憐今夜宿青山，何年却向青山宿？"

㉒掣：牽曳，牽引。杜甫《寓目》："羌女輕烽燧，胡兒掣駱駝。"孫升《孫公談圃》卷中："其孫挽衣不肯去，梁掣其手而行。" 流電：閃電。《藝文類聚》卷六引李康《遊山序》："蓋人生天地之間也，若流電之過户牖，輕塵之栖弱草。"王讜《唐語林·補遺》："馬馳不止，迅若流電。" 輝光：光輝，光彩。《漢書·李尋傳》："夫日者，衆陽之長，輝光所燭，萬里同晷，人君之表也。"曹植《登臺賦》："同天地之矩量兮，齊日月之輝光。" 突：穿，破。《左傳·襄公二十五年》："鄭子展、子産帥車七百乘伐陳，宵突陳城，遂入之。"杜預注："突，穿也。"《後漢書·楊秉傳》："及捕得方，囚繫洛陽，匡慮秉當窮竟其事，密令方等得突獄

亡走。" 浮雲:飄動的雲。《楚辭·九辯》:"塊獨守此無澤兮!仰浮雲而永嘆。"《古詩十九首·西北有高樓》:"西北有高樓,上與浮雲齊。" 朕:預兆,迹象。《莊子·應帝王》:"體盡無窮,而遊無朕。"成玄英疏:"朕,迹也。"吴筠《高士詠·壺丘子》:"太冲杳無朕,元化誰能知?"

㉓ 黄屋:古代帝王專用的黄繒車蓋。《史記·秦始皇本紀》:"子嬰度次得嗣,冠玉冠,佩華紱,車黄屋。"裴駰集解引蔡邕曰:"黄屋者,蓋以黄爲裏。"借指帝王之車。許渾《登尉佗樓》:"劉項持兵鹿未窮,自乘黄屋島夷中。"帝王所居宫室。《太平御覽》卷四三一引應劭《風俗通》:"殷湯寐寢黄屋,駕而乘露輿。"王觀國《學林·路》:"車者貴賤之所通乘,惟天子所乘獨謂之路;亦猶屋者貴賤之所通居,惟天子所居獨謂之黄屋。" 屬車:帝王出行時的侍從車,秦漢以來皇帝大駕屬車八十一乘,法駕屬車三十六乘,分左中右三列行進。《漢書·賈捐之傳》:"鸞旗在前,屬車在後。"顔師古注:"屬車,相連屬而陳於後也。"高承《事物紀原·屬車》:"週末諸侯有貳車九乘,貳車即屬車也,亦周制所有。秦滅九國,兼其車服,故八十一乘。" 纛:帝王車上用犛牛尾或雉尾製成的飾物。《史記·項羽本紀》:"紀信乘黄屋車,傅左纛。"裴駰集解:"李斐曰:'纛,毛羽幢也,在乘輿車衡左方上注之。'蔡邕曰:'以犛牛尾爲之,如斗,或在騑頭,或在衡上也。'"《南史·蕭穎胄傳》:"詔贈穎胄丞相,前後部羽葆、鼓吹、班劍三十人,輼輬車、黄屋左纛。"

㉔ 齊映前導引騅頭:《舊唐書·齊映傳》:"齊映,瀛州高陽人……興元初,從幸梁州,每過險,映常執轡。會御馬遽駭奔跳頗甚,帝懼傷映,令捨轡,映堅執,久之乃止,帝問其故,曰:'馬奔蹶不過傷臣,如捨之,或犯清塵。雖臣萬死,何以塞責?'上嘉獎。" 嚴震迎號抱騅足:《舊唐書·嚴震傳》:"嚴震,字遐聞,梓州鹽亭人……建中三年,代賈耽爲梁州刺史,兼御史大夫、山南西道節度觀察等使。及朱

泚竊據京城,李懷光頓軍咸陽,又與之連結。泚令腹心穆庭光、宋瑗等齎白書誘震同叛,震集衆斬庭光等。時李懷光連賊,德宗欲移幸山南。震既聞順動,遣吏馳表往奉天迎駕,仍令大將張用誠領兵五千至盩厔已東迎護,上聞之喜。既而用誠爲賊所誘,欲謀背逆,朝廷憂之。會震又遣牙將馬勛奉表迎候,上臨軒召勛與之語,勛對曰:'臣請計日至山南取節度使符召用誠,即不受召,臣當斬其首以復。'上喜,曰:'卿何日當至?'勛尅日時而奏,帝勉勞之。勛既得震符。乃請壯丁五人偕行。既出駱谷,用誠以勛未知其謀,乃以數百騎迎勛,勛與俱之傳舍,用誠左右森然。勛先聚草發火於驛外,軍士争附火。勛乃從容出懷中符示之曰:'大夫召君!'用誠惶懼起走,壯士自背束手而擒之。不虞用誠子居後,引刀斫勛,勛左右遽承其臂,刀下不甚,微傷勛首,遂格殺其子,而仆用誠於地,壯士跨其腹,以刃擬其喉曰:'出聲即死!'勛即其營,軍士已被甲執兵矣!勛大言曰:'汝等父母妻子皆在梁州,一朝棄之,欲從用誠反逆,有何利也?但滅汝族耳!大夫使我取張用誠,不問汝輩,欲何爲乎?'衆皆讋服。於是縛用誠送州,震杖殺之,拔其副將,使率其衆迎駕。勛以藥封首,馳赴行在,愆約半日,上頗憂之,及勛至,上喜動顔色。翌日車駕發奉天,及入駱谷,李懷光遣數百騎来襲,賴山南兵擊之而退,輿駕無警急之患。"陸贄《重優復興元府及洋鳳州百姓等詔》:"其興元府鳳州界内知頓及修道路閣橋州縣官將士等,並委嚴震類例功效,具名聞奏,量與甄奬。" 迎:迎接。《孟子·梁惠王》:"以萬乘之國,伐萬乘之國,簞食壺漿,以迎王師。"韓愈《唐故江南西道觀察使太原王公神道碑銘》:"制使出巡,人填道迎,顯公德。" 號:哭,大聲哭。《易·夬》:"上六。無號,終有凶。"孔穎達疏:"君子道長,小人必凶,非號咷所免,故禁其號咷,曰:無號,終有凶也。"《列子·黄帝》:"帝登假,百姓號之,二百餘年不輟。"

㉕ 垂白:白髮下垂,謂年老。《漢書·杜業傳》:"誠哀老姊垂白,隨無狀子出關。"顔師古注:"垂白者,言白髮下垂也。"蘇軾《求婚啓》:

“垂白南荒,尚念子孫之嫁娶。” 天寶民:親歷唐玄宗在位時的年號天寶(742—756)間安史之亂的百姓。白居易《感白蓮花》:“忽想西涼州,中有天寶民。埋歿漢父祖,亦孳生子孫。” 禮拜:古代禮節,對人施禮祝拜以示敬。班固《白虎通·姓名》:“人拜所以自名何? 所以立號自紀禮拜。自後不自名何? 備陰陽也。人所以相拜者何? 所以表情見意,屈節卑體,尊事之者也。拜之言服也……所以先拜手後稽首何? 名順其文質也。《尚書》曰‘周公拜手稽首’。”陳立疏證:“《周禮》九拜,所謂吉拜、凶拜是也。推之禮拜,則殷人宜先稽首後拜手,周人宜先拜手後稽首矣……凡臣見於君皆然。《洛誥》云‘成王拜手稽首’者,此自成王特尊異周公,非常禮,亦如平敵相拜始用頓首。而《左傳·文七年》晉穆嬴乃頓首於趙宣子也。”

㉖ “皆言玄宗當時無此馬”兩句:《舊唐書·唐玄宗紀》:(天寶十五載)“六月癸未朔……甲午,將謀幸蜀,乃下詔親征,仗下後,士庶恐駭,奔走于路。乙未凌晨,自延秋門出,微雨霑濕,扈從惟宰相楊國忠、韋見素、内侍高力士及太子,親王、妃主、皇孫已下多從之不及。平明渡便橋,國忠欲斷橋,上曰:‘後來者何以能濟?’命緩之。辰時至咸陽望賢驛置頓,官吏駭散,無復儲供。上憩於宮門之樹下,亭午未進食。俄有父老獻麨,上謂之曰:‘如何得飯?’於是百姓獻食相繼。俄又尚食持御膳至,上頒給從官而後食。是夕次金城縣,官吏已遁,令魏方進男允招誘,俄得智藏寺僧進芻粟,行從方給。丙辰次馬嵬驛,諸衛頓軍不進。龍武大將軍陳玄禮奏曰:‘逆胡指闕,以誅國忠爲名,然中外群情不無嫌怨。今國步艱阻,乘輿震蕩,陛下宜徇群情,爲社稷大計,國忠之徒可置之于法!’會吐蕃使二十一人遮國忠告訴於驛門,衆呼曰:‘楊國忠連蕃人謀逆!’兵士圍驛四合,及誅楊國忠、魏方進一族,兵猶未解。上令高力士詰之,迴奏曰:‘諸將既誅國忠,以貴妃在宮,人情恐懼!’上即命力士賜貴妃自盡,玄禮等見上請罪,命釋之。丁酉將發馬嵬驛,朝臣唯韋見素一人,乃命見素子京兆府司録

諤爲御史中丞,充置頓使。議其所向,軍士或言河、隴,或言靈武、太原,或言還京爲便。韋諤曰:‘還京須有捍賊之備,兵馬未集,恐非萬全,不如且幸扶風,徐圖所向。’上詢于衆,咸以爲然。及行,百姓遮路乞留皇太子,願勠力破賊,收復京城,因留太子。”根據史書記載,唐玄宗幸蜀之時,並無“望雲騅馬”,故有本詩有“不免騎騾來幸蜀”之句。玄宗:即李隆基,李旦第三子,是李唐繼高祖李淵、太宗李世民、高宗李治、則天皇后武曌、中宗李顯、睿宗李旦之後登位的第七位李唐統治者。安史之亂突然爆發,李隆基丟盔卸甲,狼狽逃往蜀地,史稱“明皇幸蜀”。劉禹錫《馬嵬行》:“乃問里中兒,皆言幸蜀時。軍家誅戚族,天子捨妖姬。”羅隱《帝幸蜀》:“馬嵬山色翠依依,又見鑾輿幸蜀歸。泉下阿蠻應有語:這迴休更怨楊妃!”

㉗ 雄雄:威勢盛大貌,旺盛貌。《楚辭·大招》:“雄雄赫赫,天德明只。”朱熹集注:“雄雄,威勢盛也。”權德輿《建除詩》:“建節出王都,雄雄大丈夫。” 猛將:勇猛的將領。《韓非子·顯學》:“故明主之吏,宰相必起於州部,猛將必發於卒伍。”《史記·留侯世家》:“黥布,天下猛將也,善用兵。” 李令公:即李唐中興名將李晟。《舊唐書·李晟傳》:“李晟,字良器,隴右臨洮人……”當李懷光暗中與朱泚勾結交通反迹漸露之時,“(李晟)密疏請移軍東渭橋以分賊勢,上初未之許。晟以懷光反狀已明,緩急宜有所備,蜀漢之路不可壅也,請以裨將趙光銑爲洋州刺史,唐良臣爲利州刺史,晟子婿張彧爲劍州刺史,各將兵五百以防未然,上初納之未果。行無何,吐蕃請以兵佐誅泚,上欲親總六師,移幸咸陽以促諸軍進討。懷光聞之大駭,疑上奪其軍謀,亂益急……是日車駕幸梁州,時變生倉卒,百官扈從者十二三,駱谷道路險阻,儲供無素,從官乏食,上嘆曰:‘早從李晟之言,三蜀可坐致也!’”於是授命李晟討李懷光、朱泚,最終收復京城,拜太尉、中書令。令公:對中書令的尊稱。中唐以後,節度使多加中書令,使用漸濫。《魏書·高允傳》:“於是拜允中書令,著作如故……高宗重允,常不名

之,恒呼爲令公。”趙璘《因話録》卷一:“禮緣人情,令公(指郭子儀)勛德不同常人,且又爲國姻戚,自令公始,亦謂得宜。”　豺狼:比喻凶殘的惡人。《東觀漢記・陽球傳》:“願假臣一月,必令豺狼、鴟梟悉伏其辜。”李白《古風》一九:“俯視洛陽川,茫茫走胡兵。流血塗野草,豺狼盡冠纓。”

㉘ 天旋地轉:比喻世局大變。歐陽詹《贈山南嚴兵馬使》:“爲雁爲鴻弟與兄,如雕如鶚傑連英。天旋地轉烟雲黑,共鼓長風六合清。”白居易《長恨歌》:“天旋地轉迴龍馭,到此躊躇不能去。馬嵬坡下泥土中,不見玉顔空死處。”　日再中:太陽在正午時分。王禹偁《西暉亭》:“孤亭疊嶂東,宛是古屏風。每到天將暮,渾疑日再中。”王安石《季春上旬苑中即事》:“新蕊漫知紅簌簌,舊山常夢碧叢叢。賞心樂事須年少,老去應無日再中。”這裏比喻唐德宗回到京師,再度行使代天行道的職權。　明光宫:漢宫名。《三輔黄圖・甘泉宫》:“武帝求仙起明光宫,發燕趙美女二千人充之。”《漢書・元后傳》:“成都侯商嘗病,欲避暑,從上借明光宫。”泛指宫殿。高適《塞下曲》:“畫圖麒麟閣,入朝明光宫。”

㉙ 朝廷:亦作“朝庭”,君王接受朝見和處理政務的地方。《論語・鄉黨》:“其在宗廟朝廷,便便言,唯謹爾。”邢昺疏:“朝廷,布政之所。”《淮南子・主術訓》:“是故朝廷蕪而無迹,田野辟而無草。”指以君王爲首的中央政府。《商君書・農戰》:“今境内之民及處官爵者,見朝廷之可以巧言辯説取官爵也,故官爵不可得而常也。”《史記・汲鄭列傳》:“大將軍聞,愈賢黯,數請問國家朝廷所疑,遇黯過於平生。”借指帝王。《東觀漢記・朱遂傳》:“至乃殘食孩幼,朝廷滑悼。”《文選・朱浮〈爲幽州牧與彭寵書〉》:“朝廷之於伯通,恩亦厚矣!”李善注:“蔡邕《獨斷》云:‘朝廷者,不敢指斥君,故言朝廷。’”　無事:没有變故,多指没有戰事、灾異等。《禮記・王制》:“天子無事,與諸侯相見,曰朝。”鄭玄注:“事謂征伐。”《史記・平準書》:“漢興七十餘年之

間，國家無事。” 征戰：出征作戰。《管子・小匡》：“君有征戰之事，則小國諸侯之臣有守圉之備矣！”《北史・王晞傳》：“若輕有征戰，恐天下失望。” 校獵：遮攔禽獸以獵取之，亦泛指打獵。《漢書・成帝紀》：“冬，行幸長楊宫，從胡客大校獵。”顔師古注：“此校謂以木自相貫穿爲闌校耳……校獵者，大爲闌校以庶禽獸而獵取也。”杜甫《冬狩行》：“君不見東川節度兵馬雄，校獵亦似觀成功。” 毬：古代泛稱遊戲用球類，最初以毛糾結而成，後以皮爲之，中實以毛或充以氣。宗懔《荆楚歲時記》：“打毬、鞦韆、施鈎之戲。按：劉向《别録》曰：‘蹴鞠，黄帝所造，本兵勢也。’或云起於戰國。按：鞠與毬同，古人蹋蹴以爲戲也。”程大昌《演繁露・鞠》：“《揚子》曰：‘梡革爲鞠亦各有法。’革，皮也，梡革爲鞠，即後世之皮毬，斜作片瓣而縫合之……師古曰：‘鞠，以皮爲之，實之以毛，踏蹙而戲也。’今世皮毬中不置毛，而皆砌合皮革，待其縫砌已周，則遂吹氣滿之，氣既充滿，鞠遂圓實……詳此意制，當是古時實之以毛，後加巧而實之以氣也。”謂擊球。封演《封氏聞見記・打毬》：“臣部曲有善毬者，請與漢敵。” 宴：筵席，酒席，宴會。《舊唐書・憲宗紀》：“〔元和二年正月〕丁巳，停中和、重陽二節賜宴。”王定保《唐摭言・述進士》：“宴後同年各有所之。”

㉚ 御馬：御用之馬。竇鞏《新羅進白鷹》：“御馬新騎禁苑秋，白鷹來自海東頭。漢皇無事須遊獵，雪亂争飛錦臂韝。”花蕊夫人徐氏《宫詞》八四：“羅衫玉帶最風流，斜插銀篦慢裹頭。閑向殿前騎御馬，揮鞭横過小紅樓。” 宣徽殿：唐代宫殿名。《長安志・宫室》：“昭德寺、太和殿、宣徽殿、咸泰殿（文宗開成三年正月望夜，燃燈於咸泰殿中，三宫太后、諸王、公主俱集此宴，行家人禮）。”白居易《賀雨》：“宫女出宣徽，厩馬減飛龍。”

㉛ 進：推重，褒揚。《後漢書・班彪傳》：“又進項羽、陳涉而黜淮南、衡山，細意委曲，條例不經。”柳宗元《非國語・荀息》：“枉許止以懲不子之禍，進荀息以甚苟免之惡，忍之也。” 步闊：即“闊步”，邁大步，

大步走，態度昂然貌。白居易《唐故湖州長城縣令贈户部侍郎博陵崔府君神道碑銘》："矯矯崔公，道積厥躬。大志長略，卷於懷中。黄綬遏寇，思奮奇功。銅印字人，躬行古風。才高位下，步闊途窮。"蘇頌《秀才石君予同年子也携書見投重之以歌詩意甚勤厚其歸也邀予言爲贈因作五言以勉之》："石生故人子，袖書遠相過。趨翔有父風，步闊冠峩峩。"方便：隨機乘便。《晉書·石季龍載記》："〔季龍〕所爲酷虐，軍中有勇榦策略與己侔者，輒方便害之，前後所殺甚衆。"劉肅《大唐新語·公直》："中宗嘗遊興慶池，侍宴者……方便以求官爵。"

㉜ 騣：馬鬃。蕭綱《艷歌篇十八韵》："金鞍隨繫尾，銜璅映纏騣。"張耒《蕭朝散惠石本韓幹馬圖馬亡後足》："迴身側顧不無意，翦騣絡頭嗟失真。"　杖：泛指棍棒或棒狀物。《孔子家語·六本》："舜之事瞽瞍……小棰則待過，大杖則逃走。"司馬光《涑水記聞》卷一："太祖姊面如鐵色，方在厨，引麵杖逐太祖，擊之。"　迴頭：把頭轉向後方。蕭綱《孌童》："攬袴輕紅出，迴頭雙鬢斜。"杜甫《三絶句》二："自説二女齧臂時，迴頭却向秦雲哭。"　轉：轉向，改變行動的方向。《楚辭·離騷》："路不周以左轉兮，指西海以爲期。"王逸注："轉，行也。"洪興祖補注："不周在西北海之外，自右而之左，故曰指西海以爲期也。"劉孝綽《夕逗繁昌浦》："岸迴知舳轉，解纜覺船浮。"

㉝ 迴跋：轉向，往回走。曹唐《小遊仙詩九十八首》五："白龍蹀躞難迴跋，争下紅綃碧玉鞭。"　飛龍：指駿馬。張衡《南都賦》："駟飛龍兮騤騤，振和鸞兮京師。"《文心雕龍·時序》："馭飛龍於天衢，駕騏驥於萬里。"特指唐代御厩中右膊印飛字、左項印龍形的馬，這裏喻指飼養飛龍馬的專門機構。　芻秣：牛馬的飼料。《周禮·天官·大宰》："以九式均節財用……七曰芻秣之式。"鄭玄注："芻秣，養牛馬禾穀也。"《北史·王思政傳》："於是修城郭，起樓櫓，營田農，積芻秣，凡可以守禦者皆具焉！"

㉞ 銀鞍：銀飾的馬鞍。江淹《别賦》："至若龍馬銀鞍，朱軒繡

軸。"盧照鄰《行路難》:"娼家寶襪蛟龍帔,公子銀鞍千萬騎。黄鶯一一向花嬌,青鳥雙雙將子戲。" 韂:墊在馬鞍下,垂於馬背兩旁,以擋泥土的馬具。李賀《馬詩二十三首》一:"龍脊貼連錢,銀蹄白踏烟。無人織錦韂,誰爲鑄金鞭?"王琦匯解:"韂……馬之鞍韂,即障泥也。"蘇頌《奉使還至近畿先寄史院諸同舍》:"鞍韂騰踏雙腨重,風日煎熬兩鬢班。" 空盡:竭盡,凋敝。《後漢書·袁安傳》:"今北庭彌遠,其費過倍,是乃空盡天下,而非建策之要也。"《三國志·袁術傳》:"江淮閑空盡,人民相食。" 天年:自然的壽數。《莊子·山木》:"此木以不材得終其天年。"《史記·刺客列傳》:"老母今以天年終,政將爲知己者用。" 槽:喂牲畜盛飼料的器具。《説文·木部》:"槽,畜獸之食器。"《晉書·宣帝紀》:"〔曹操〕又嘗夢三馬同食一槽。"

㉟ 鄙諺:俗語。《韓非子·五蠹》:"鄙諺曰:'長袖善舞,多錢善賈。'"司馬相如《上書諫獵》:"故鄙諺曰:'家累千金,坐不垂堂。'" 浪:輕易,隨便。賈思勰《齊民要術·養鵝鴨》:"先刻白木爲卵形,窠别著一枚以誑之。不爾,不肯入窠,喜東西浪生。"陸游《衰病》:"衰病不浪出,閉門烟雨中。"放蕩,放縱。《詩·邶風·終風》:"謔浪笑敖,中心是悼。"程俊英注:"浪,放蕩。" 開闊:形容思想或心胸開朗。韓愈《南山詩》:"前低劃開闊,爛漫堆衆皺。"羅大經《鶴林玉露》卷九:"學者能如是觀理,胸襟不患不開闊。"

㊱ 登山:上山。葛洪《抱朴子·辯問》:"入水淘金,登山採藥。"顔之推《古意》一:"登山摘紫芝,泛江採緑芷。" 紅叱撥:大汗所進名馬。曾慥《類説·紀異録》:"天寶中,大宛進汗血馬六匹:一曰紅叱撥,二曰紫叱撥,三曰青叱撥,四曰黄叱撥,五曰丁香叱撥,六曰桃花叱撥。上乃改名紅玉輦、平山輦、淩雲輦、飛香輦、百花輦……命圖於瑤光殿。"

㊲ 翩翩:行動輕疾貌。曹植《芙蓉池》:"逍遥芙蓉池,翩翩戲輕舟。"王昌齡《從軍行二首》一:"虜騎獵長原,翩翩傍河去。" 果下:馬

名，形體矮小，産自百濟。《舊唐書·百濟傳》："武德四年，其王扶餘璋遣使來獻果下馬。"《新唐書·儀衛志》："次羊車，駕果下馬一，小史十四人。"　紫騮：古駿馬名。《南史·羊侃傳》："帝因賜侃河南國紫騮，令試之。侃執矟上馬，左右擊刺，特盡其妙。"李益《紫騮馬》："争場看鬥雞，白鼻紫騮嘶。"

㊳ 千官：衆多的官員。《吕氏春秋·君守》："大聖無事，而千官盡能。"曹唐《三年冬大禮五首》三："千官不動旌旗下，日照南山萬樹雲。"　暖熱：温暖。顧况《宜城放琴客歌》："南山闌干千丈雪，七十非人不暖熱。"蘇軾《和柳子玉喜雪次韵仍呈述古》："艷歌一曲回陽春，坐使高堂生暖熱。"　閑：閑暇。《楚辭·九歌·湘君》："交不忠兮怨長，期不信兮告余以不閑。"王逸注："閑，暇也。"韓愈《把酒》："擾擾馳名者，誰能一日閑？"　百馬：衆多的馬。張衡《西京賦》："百馬同轡，騁足並馳。"江淹《蕭太尉上便宜表》："楚駕百馬，民雜國凋；秦修萬騎，教亡業墜。"　生獰：凶猛，凶惡。李賀《猛虎行》："乳孫哺子，教得生獰。"李覯《俞秀才山風亭小飲》："雨意生獰雲彩黑，秋容細碎樹枝紅。"　老：年歲大，與"幼"或"少"相對。元稹《東西道》："天皇開四極，便有東西道。萬古閲行人，行人幾人老？"白居易《宿紫閣山北村》："晨遊紫閣峰，暮宿山下村。村老見予喜，爲予開一樽。"

㊴ 種類：猶種族。《漢書·西域西夜國傳》："西夜與胡異，其種類羌氐行國，隨畜逐水草往來。"《北史·蠻傳》："蠻之種類，蓋盤瓠之後。"　世世：累世，代代。《史記·孟嘗君傳》："齊得東國益强，而薛世世無患矣！"周朴《塞上行》："世世征人往，年年戰骨深。"　奇：珍奇，稀奇。《荀子·非相》："今世俗之亂君，鄉曲之儇子，莫不美麗姚冶、奇衣婦飾。"楊倞注："奇衣，珍異之衣。"韓愈《唐故監察御史衛府君墓誌銘(其弟中行，字大受，貞元九年第進士，至是爲兵部郎中，元和十年也。公此《誌》自與其弟中行别下，至可餌以不死，造語雄奇，所謂唯陳言之務去者也)》："我聞南方多水銀丹砂，雜他奇藥，爊爲黄

金,可餌以不死。” 當時:指過去發生某件事情的時候,昔時。劉庭琦《銅雀臺》:“銅臺宫觀委灰塵,魏主園林漳水濱。即今西望猶堪思,况復當時歌舞人。”王維《桃源行》:“當時只記入山深,青溪幾曲到雲林? 春來遍是桃花水,不辨仙源何處尋?” 項王:指項籍,秦末下相人,字羽,從叔父梁在吴中起事,梁敗死,籍領其軍。秦亡,自立爲西楚霸王,繼與劉邦争天下。後漢王用張良、陳平計,圍籍於垓下,項籍至烏江自刎。王珪《詠漢高祖》:“憶昔與項王,契闊時未伸。鴻門既薄蝕,滎陽亦蒙塵。”李白《擬恨賦》:“若乃項王虎鬥,白日争輝。拔山力盡,蓋世心違。”項羽所騎戰馬名騅,後人稱作烏騅。竇常《項亭懷古》:“命厄留騅處,年銷逐鹿中。漢家神器在,須廢拔山功。” 分配:互相相配,配合給。《左傳·昭公二十年》:“一氣,二體,三類,四物,五聲。”孔穎達疏:“聲之清濁,凡有五品,自然之理也。聖人配於五方:宫居其中,商、角、徵、羽分配四方。”蘇軾《御試制科策》:“夫五行之相沴,本不至於六。六沴者,起於諸儒欲以六極分配五行,於是始以皇極附益而爲六。” 英豪:英雄豪傑。《三國志·郭嘉傳》:“〔孫策〕新並江東,所誅皆英豪雄傑,能得人死力者也。”司空圖《力疾山下吴村看杏花十九首》一二:“不如分減閑心力,更助英豪濟活人。” 霸主:在諸國中勢力最大取得首領地位的國家。《淮南子·人間訓》:“臣聞王主富民,霸主富武,亡國富庫。”柳宗元《非國語·宰周公》:“凡諸侯之會霸主,小國則固畏其力而望其庥焉者也。”霸國的君主。《三國志·諸葛亮傳論》:“蓋應變將略,非其所長歟。”裴松之注引張儼《默記·述佐篇》:“漢朝傾覆,天下崩壞,豪傑之士,競希神器。魏氏跨中土,劉氏據益州,並稱兵海内,爲世霸主。”

㊵ 聖人:指品德最高尚、智慧最高超的人。《孟子·滕文公》:“堯舜既没,聖人之道衰。”《淮南子·俶真訓》:“下揆三泉,上尋九天,横廓六合,揲貫萬物,此聖人之遊也。” 從幸:跟從皇上臨幸某地。沈佺期《從幸香山寺應制》:“南山奕奕通丹禁,北闕峩峩連翠雲。嶺

上樓臺千地起，城中鐘鼓四天。"徐鉉《奉使九華山中途遇青陽薛郎中》："九子峰前閑未得，五谿橋上坐多時。甘泉從幸余知忝，宣室徵還子未遲。"　巴渝：蜀古地名，這裏借指梁州。杜甫《野望》："金華山北涪水西，仲冬風日始凄凄。山連越巂蟠三蜀，水散巴渝下五溪。"王周《自喻》："瞿塘抵巴渝，往來名攬轡。孤舟一水中，艱險實可畏。"秦：周朝國名，嬴姓，周孝王封伯翳之後非子爲附庸，與以秦邑，秦襄公始立國，至秦孝公，日益富强，爲戰國七雄之一。春秋時奄有今陝西省地，故習稱陝西爲秦。《論語·微子》："三飯繚適蔡，四飯缺適秦。"《莊子·寓言》："陽子居南之沛，老聃西遊於秦，邀於郊。"這裏以"秦"代稱李唐朝廷所在的長安。

㊶ 功成：即成功，成就功業或事業。《書·禹貢》："禹錫玄圭，告厥成功。"桓寬《鹽鐵論·結和》："黄帝以戰成功，湯武以伐成孝。"事遂：達到既定的目標。徐鉉《毗陵郡公南原亭館記》："人生而静，性之適也。若乃廟堂之貴，軒冕之盛，君子所以勞心濟物，屈己存教，功成事遂，復歸於静。"齊己《謝陰符經勉送藏休上人二首》一："事遂鼎湖遺劍履，時來渭水擲魚竿。欲知賢聖存亡道，自向心機反覆看。"身退：即"退身"，引退，隱居。《管子·宙合》："故退身不舍端，修業不息版，以待清明。"嚴忌《哀時命》："孰魁摧之可久兮，願退身而窮處。"天之道：即"天道"，猶天理，天意。《書·湯誥》："天道福善禍淫，降灾於夏。"陶潛《怨詩楚調示龐主簿鄧治中》："天道幽且遠，鬼神茫昧然。"指自然界變化規律。《莊子·庚桑楚》："夫春氣發而百草生，正得秋而萬寶成。夫春與秋豈無得而然哉？天道已行矣！"郭象注："皆得自然之道，故不爲也。"桓寬《鹽鐵論·水旱》："六歲一饑，十二歲一荒，天道然，殆非獨有司之罪也。"　隨群逐隊：隨波逐流。袁甫《辛亥寒食清明之交杜陵先生暫歸省謁與諸生食罷遊後園獨坐蕭然戲作長句示諸兒》："吾家有子雛鳳凰，聲價一日馳帝鄉。隨群逐隊恣頡頏，終抱糞壤如蜣蜋。"陳元晉《回程虎卿勞還啓》："騰茂蜚英，合是離塵

之鶚;隨群逐隊,猶爲泛水之梟。" 紅塵:車馬揚起的飛塵。班固《西都賦》:"紅塵四合,烟雲相連。"杜牧《過華清宫三首》一:"一騎紅塵妃子笑,無人知是荔枝來。"指繁華之地。徐陵《洛陽道二首》一:"緣柳三春暗,紅塵百戲多。"王建《從軍後寄山中友人》:"夜半聽鷄梳白髮,天明走馬入紅塵。"

㊷ 用:使用,任用。《孟子·梁惠王》:"見賢焉! 然後用之。"王安石《材論》:"因天下法度未立之先,必先索天下之材而用之。" 不用:不爲所用。《管子·權修》:"舉事不成,應敵不用。"《商君書·靳令》:"六蝨不用,則兵民畢競勸而樂爲主用。" 有時:有時候,表示間或不定。《周禮·考工記序》:"天有時以生,有時以殺;草木有時以生,有時以死。"張喬《滕王閣》:"疊浪有時有,閑雲無日無。"

[編年]

《年譜》編年本詩:"一、《歌》中稱德宗爲'先皇',當作於貞元二十一年之後。二、《歌》中對'幸蜀'路程瞭如指掌,如'槖它山上斧刃堆,望秦嶺下錐頭石。五六百里真符縣,八十四盤青山驛'等等,非身歷其境者不能道,當作於元和四年元稹使東川以後。三、《歌》之落句云:'望雲騅,用與不用各有時,爾勿悲。'乃是借'性强步闊無方便,分騣擺杖頭太高,擘肘迴頭項難轉,人人共惡難迴跋'之烈馬,發泄自己不容於權倖之心情(《貽蜀五首·病馬詩寄上李尚書》則以病馬自喻),當作於元和四年分務東臺或元和五年貶謫江陵以後。"《編年箋注》基本照録《年譜》:"此詩既稱德宗爲'先皇',當作於貞元二十一年以後。又對'幸蜀'路程瞭如指掌,非身臨其境者不能道,當作於元和四年元稹使東川以後。又據落句'用與不用各有時'等語,推知此詩成於元和四年分務東臺或元和五年貶江陵以後。見下《譜》。"《年譜新編》編年本詩於元和四年,没有舉證新的理由:"據元稹對幸蜀路熟悉之程度,詩當作於元和四年以後;據其以烈馬之不容於時來發泄自己不容於權倖之激忿,詩當作于分務東臺或貶江陵以後。今姑繫於此。”

我們以爲,《年譜》、《編年箋注》、《年譜新編》的編年結論應該商榷:一、本詩序云:“德宗皇帝以八馬幸蜀。”詩云:“憶昔先皇幸蜀時。”兩相結合起來考察,本詩應該作於唐德宗歸天的貞元二十一年正月“癸巳”亦即正月二十二日之後,籠統説“貞元二十一年”之後是不合適的。二、詩中“橐它山上斧刃堆,望秦嶺下錐頭石。五六百里真符縣,八十四盤青山驛”的描述,確實是“非身歷其境者不能道”。但請讀者注意,元稹對“八駿”也好,對“望雲騅”也罷,都不是親眼所見,所見者是“圖”,這是元稹原先接觸“圖”與“歌”留下的並非直接的印象。而現在詩人面臨“五六百里真符縣,八十四盤青山驛”的景象,對當年的“圖”與“歌”有了進一步的深刻印象,震撼之餘,寫下《八駿圖詩》與《望雲騅馬歌》。

細讀《八駿圖詩》與本詩,兩詩所述所歌,都涉及唐德宗幸梁州之時的史實,《八駿圖詩》涉及的“八駿”,正與本詩所云“八馬入谷七馬疲”相呼應,應該是同期先後之作。范浚《題八馬圖》“興元唐家危累棋,百卷僅脱朱泚圍。黄屋進狩懷光追,八馬入谷七馬疲”爲我們的編年意見提供了這方面的有力旁證。據此,我們編年本詩於元和四年三月月十三日,地點就在駱口驛南行的山道上,亦即“五六百里真符縣,八十四盤青山驛”地段。

◎ 使東川・南秦雪[①]

帝城寒盡臨寒食,駱谷春深未有春[②]。才見嶺頭雲似蓋,已驚巖下雪如塵[③]。千峰笋石千株玉[(一)],萬樹松蘿萬朵銀[④]。飛鳥不飛猿不動,青驄御史上南秦[⑤]。

錄自《元氏長慶集》卷一七

［校記］

（一）千峰笋石千株玉：楊本、叢刊本、《全詩》同，三書"千株"下均注一本作"千條"，語義不佳，不取。

［箋注］

① 南秦雪：白居易有《酬和元九東川路詩十二首・南秦雪》詩篇酬和："往歲曾爲西邑吏，慣從駱口到南秦。三時雲冷多飛雪，二月山寒少有春。我思舊事猶惆悵，君作初行定苦辛。仍賴愁猿寒不叫，若聞猿叫更愁人。"元稹白居易的詩篇顯示：三月的秦嶺還是"千峰笋石千株玉，萬樹松羅萬朵銀"、"三時雲冷多飛雪，二月山寒少有春"的嚴寒季節，元稹爲君理案的愚誠和爲民申冤的熱情，驅使他不顧勞累不畏寒冷，日夜兼程，奔向東川而去。　南秦：秦嶺之南。這裏的"秦"是秦嶺，秦嶺是山名，又名秦山、終南山，位於今陝西省境内。《三秦記》："秦嶺東起商雒，西盡汧隴，東西八百里。"韓愈《左遷至藍關示侄孫湘》："雲横秦嶺家何在？雪擁藍關馬不前。"也指横貫我國中部，東西走向的山脈。西起甘肅青海邊境，東到河南中部，爲我國地理上的南北分界綫。本詩是指前者。

② 帝城：京都，皇城。王維《奉和聖製春望之作應制》："雲裏帝城雙鳳闕，雨中春樹萬人家。"元稹《和樂天贈楊秘書》："舊與楊郎在帝城，搜天斡地覓詩情。曾因並句甘稱小，不爲論年便唤兄。"　寒食：節日名，在清明前一日或二日。相傳春秋時晉文公負其功臣介之推，介憤而隱於綿山。文公悔悟，燒山逼令出仕，之推堅不出山，抱樹不動，最終被焚死。百姓同情介之推的遭遇，相約於其忌日禁火冷食，以爲悼念。以後相沿成俗，謂之寒食。按，《周禮・秋官・司烜氏》："中春以木鐸修火，禁于國中。"則禁火爲周的舊制。劉向《别録》有"寒食蹹蹴"的記述，與介之推死事無關，陸翽《鄴中記》、《後漢書・

周舉傳》等始附會爲介之推事。寒食日有在春、在冬、在夏諸説,惟在春之説爲後世所沿襲。宗懔《荆楚歲時記》:"去冬節一百五日,即有疾風甚雨,謂之寒食。禁火三日,造餳大麥粥。"韓翃《寒食》:"春城無處不飛花,寒食東風御柳斜。日暮漢宫傳蠟燭,輕烟散入五侯家。" 駱谷春深未有春:意謂駱谷山高林密,雖然季節已經是深春,但天寒風疾,一點也没有春天温暖的感覺。　駱谷:地名,在盩厔縣西南,盩厔縣即今陝西省周至縣。谷長二百餘公里,爲關中與漢中的交通要道。《三國志・曹爽傳》:"正始五年,爽乃西至長安,大發卒六七萬人,從駱谷入……入谷行數百里,賊因山爲固,兵不得進。"杜甫《三絶句》二:"二十一家同入蜀,惟殘一人出駱谷。自説二女齧臂時,回頭却向秦雲哭。"仇兆鰲注云:"朱注《唐書》:'興道有駱谷路,南口曰儻谷,北口曰駱谷。'《元和郡縣志》:'儻谷一名駱谷,駱谷在興道縣北三十里。'按:駱谷在長安西南駱谷關,在京兆府盩屋縣西南一百二十里。武德七年開駱谷道以通梁州,在今關外九里,貞觀四年移於今所。駱谷道,漢魏舊道也,南通蜀漢。《寰宇記》:'自鄠縣界西南經盩屋縣,又西南入駱谷,出駱谷,入洋州興勢縣界。'"竇弘餘《廣謫仙怨序》:"天寶十五載正月,安禄山反,陷没洛陽,王師敗績,關門不守。車駕幸蜀,途次馬嵬驛,六軍不發,賜貴妃自盡,然後駕行次駱谷。上登高下馬,望秦川,遥辭陵廟,再拜嗚咽流涕,左右皆泣。"　春深:春意浓郁。储光羲《钓鱼湾》:"垂釣緑灣春,春深杏花亂。潭清疑水淺,荷動知魚散。"秦观《次韵裴仲谟和何先辈》:"支枕星河横醉後,入簾飛絮報春深。青山未落詩人手,白髮誰知國士心?"　未有春:没有春天的氣息。李益《賦得早燕送别》:"碧草縵如綫,去來雙飛燕。長門未有春,先入班姬殿。"劉攽《秘閣梅花》:"始知丹禁密,獨見早梅新。天上應常雪,人間未有春。"

③ 嶺頭:山頂。杜甫《南楚》:"無名江上草,隨意嶺頭雲。"李益《揚州送客》:"聞道望鄉聞不得,梅花暗落嶺頭雲。"　雲似蓋:白雲如

帽子一般籠罩在山嶺之上。陳叔達《早春桂林殿應詔》:"金鋪照春色,玉律動年華。朱樓雲似蓋,丹桂雪如花。"李益《古别離二首》二:"木落雁嗷嗷,洞庭波浪高。遠山雲似盖,極浦樹如毫。" 巖下:這裏指參天的絶壁之下。儲光羲《題辨覺精舍》:"花閣空中遠,方池巖下深。竹風亂天語,溪響成龍吟。"劉長卿《送惠法師游天台因懷智大師故居》:"落日獨摇金策去,深山誰向石橋逢?定攀巖下叢生桂,欲買雲中若個峰。" 雪如塵:飄落的小雪如塵霧一般令人睜不開眼睛。周紫芝《汴堤冬日二首》二:"當年漫漫雪如塵,古汴重冰欲折輪。暖日如今著行客,長安三度見青春。"楊萬里《多稼亭日色甚暖忽有雪數片自晴空而下已而復無》:"霽日何曾惹寸雲?忽飛些子雪如塵。不知底處天花落,風裏吹來數點春。"

④ 千峰:意猶萬嶺千山。張謂《同諸公遊雲公禪寺》:"檐下千峰轉,窗前萬木低。看花尋徑遠,聽鳥入林迷。"劉長卿《過鄭山人所居》:"寂寂孤鶯啼杏園,寥寥一犬吠桃源。落花芳草無尋處,萬壑千峰獨閉門。" 筍石:尖峭如笋的巉巖。李郢《小石上見亡友題處》:"筍石清琤入紫烟,陸雲題處是前年。苔侵雨打依稀在,惆悵凉風樹樹蟬。"王禹偁《送馮尊師》:"前日訪潘閬,下馬入窮巷。忽見雙筍石,卧向青苔上。" 千株:衆多貌。武元衡《春日酬熊執易南亭花發見贈》:"千株桃杏參差發,想見花時人却愁。曾忝陸機琴酒會,春亭惟願一淹留。"韓愈《寒食日出遊》:"李花初發君始病,我往看君花轉盛。走馬城西惆悵歸,不忍千株雪相映。" 萬樹:衆多樹木。李頎《琴歌》:"主人有酒歡今夕,請奏鳴琴廣陵客。月照城頭烏半飛,霜凄萬樹風入衣。"元稹《度門寺》:"北祖三禪地,西山萬樹松。門臨溪一帶,橋映竹千重。" 松蘿:即女蘿,地衣門植物,體呈絲狀,直立或懸垂,灰白或灰緑色,基部多附著在松樹或别的樹的樹皮上,少數生於石上。《詩·小雅·頍弁》"蔦與女蘿,施於松上"毛傳:"女蘿、兔絲,松蘿也。"黄滔《敷水盧校書》:"宅帶松蘿僻,日唯猿鳥親。"也借指山林,

本詩兩者兼而有之,描繪滿山谝野的白雪挂在樹枝上,附在女蘿上的景象,成了銀色的世界,與"銀"呼應。王維《别輞川别業》:"依遲動車馬,惆悵出松羅。"孟郊《擢第後東歸書懷》:"松蘿雖可居,青紫終當拾。"　萬朵:衆多花朵。岑參《奉和相公發益昌》:"山花萬朵迎征蓋,川柳千條拂去旌。暫到蜀城應計日,須知明主待持衡。"白居易《陳家紫藤花下贈周判官》:"藤花無次第,萬朵一時開。不是周從事,何人唤我來?"

⑤ 飛鳥:會飛的鳥類,亦泛指鳥類。《禮記・曲禮》:"鸚鵡能言不離飛鳥,猩猩能言不離禽獸。"孟郊《游終南龍池寺》:"飛鳥不到處,僧房終南巔。龍在水長碧,雨開山更鮮。"　青驄:毛色青白相雜的駿馬,常常形容御史的坐騎。杜甫《高都護驄馬行》:"安西都護胡青驄,聲價欻然來向東。"元稹《紀懷贈李六户曹崔二十功曹五十韵》:"赤縣纔分務,青驄已迴乘。因騎度海鶻,擬殺蔽天鵬。"　御史:官名,春秋戰國時期列國皆有御史,爲國君親近之職,掌文書及記事。秦設御史大夫,職副丞相,位甚尊,並以御史監郡,遂有糾察彈劾之權,蓋因近臣使作耳目。漢以後御史職銜累有變化,職責則專司糾彈,而文書記事乃歸太史掌管。王讜《唐語林・補遺》:"御史主彈奏不法,肅清内外。唐興,宰輔多自憲司登鈞軸,故謂御史爲宰相……監察御史振舉百司綱紀,名曰入品宰相。"元稹《狂醉》:"一自柏臺爲御史,二年辜負兩京春。峴亭今日顛狂醉,舞引紅娘亂打人。"　南秦:本詩指包括東川在内的秦嶺之南地區。白居易《酬和元九東川路詩十二首・南秦雪》:"往歲曾爲西邑吏,慣從駱口到南秦。"于邵《與李尚書書》:"某忝接末姻,早承餘眷。南秦旅寄,特奉周旋;西掖宦遊,叨聯清切。"

[編年]

《年譜》、《編年箋注》、《年譜新編》的編年意見前《使東川・駱口驛二首》引述,不再重複。

本詩原來編排在《清明日》、《亞枝紅》、《梁州夢》之後，從詩篇描繪的景象來看，分明是秦嶺景色，而從路綫上考察，也應該編排在此，作於三月十四日。《年譜》、《編年箋注》、《年譜新編》承襲《元氏長慶集》經散亂之後重新編排的舊本，與我們的意見有較大的出入，幸請識者辨之。

◎ 褒城驛(軍大夫嚴秦修)(一)①

嚴秦修此驛，兼漲驛前池②。已種萬竿竹(二)，又栽千樹梨(三)③。四年三月半，新筍晚花時(四)④。悵望東川去(五)，等閑題作詩(六)⑤。

録自《元氏長慶集》卷一四

[校記]

(一) 褒城驛：楊本、叢刊本、《全詩》同，《英華》、《古今事文類聚》作"題褒城驛"，語義兩通，不改。《英華》題下標示作者爲"元楨"，誤。這個"楨"字在古代文獻中常常與"稹"字相混淆，"元稹"常常被誤刻爲"元楨"，幸請讀者注意分辨。

(二) 已種萬竿竹：原本作"已種千竿竹"，楊本、叢刊本、《全詩》同，與下句"又栽千樹梨"之"千"字重複，疑有誤，據《英華》、《古今事文類聚》改。

(三) 又栽千樹梨：楊本、叢刊本、《英華》、《古今事文類聚》、《全詩》同，錢校作"更栽千樹梨"，兩通，不改。

(四) 新筍晚花時：楊本、叢刊本、《英華》、《古今事文類聚》、《全詩》同，錢校作"新筍牡丹時"，牡丹在夏季開花，"三月半"尚算春季，如牡丹開花如此之早，更不能稱爲"晚花"，不從不改。參閲本組詩前後的詩句,參閲白居易的和作,此"晚花"應該是挑花,而不是牡丹。

(五) 帳望東川去:楊本、叢刊本、《英華》、《古今事文類聚》、《全詩》同,《元稹集》疑爲"思向"之誤,"帳望"與"思向"兩通,不改。

(六) 等閑題作詩:楊本、叢刊本、《英華》、《古今事文類聚》、《全詩》同,錢校"偶然題此詩",詩意不及"等閑題作詩",不改。

[箋注]

① 褒城驛:《古文淵鑒》卷四〇在孫樵《書褒城驛》題下注云:"褒城,今屬漢中府。漢中,唐爲梁州,因德宗南幸,升興元府。"元稹《遣行十首》七:"七過褒城驛,回回各爲情。八年身世夢,一種水風聲。"薛能《褒城驛有故元相公舊題詩因仰歎而作》:"鄂相頃題應好池,題云萬竹與千梨。我來已變當初地,前過應無繼此詩。敢歎臨行殊舊境,惟愁後事劣今時。閑吟四壁堪搔首,頻見青蘋白鷺鷥。"

② 嚴秦:東川節度使嚴礪部將,元和元年曾與高崇文一起,破劉闢叛亂。《資治通鑑·唐憲宗元和元年》:"(六月)庚子,高崇文破劉闢於德陽(武德三年,分雒縣置德陽縣,屬漢州。《九域志》:'在州東北八十五里。')癸卯,又破之於漢州,嚴礪遣其將嚴秦破闢衆萬餘人於綿州石碑谷(《九域志》:'漢州綿竹縣有石碑鎮,意州字蓋竹字之誤也')。""(元和元年九月)壬寅,高崇文又敗劉闢之衆于鹿頭關,嚴秦敗劉闢之衆於神泉(神泉,漢涪城地,晉置西園縣,隋改爲神泉縣,以縣西有泉能愈疾也,唐屬綿州。《九域志》:在州西北八十五里)。"漲:增長,擴大。謝靈運《山居賦》:"昆漲緬曠。"自注:"漲者,沙始起,將欲成嶼。"王安石《次韵致遠木人洲二首》一:"迷子山前漲一洲,木人圖志失編收。"

③ 萬竿:極言竹子的衆多。元稹《酬樂天赴江州路上見寄三首》二:"萬竿高廟竹,三月徐亭樹。"白居易《東樓竹》:"瀟灑城東樓,繞樓多修竹。森然一萬竿,白粉封青玉。"　千樹:極言樹木之多。元稹

《劉阮妻二首》二:"千樹桃花萬年藥,不知何事憶人間?"白居易《宿杜曲花下》:"覓得花千樹,携來酒一壺。懶歸兼擬宿,未醉豈勞扶!"

④ 四年三月半:這裹是指元和四年三月十五日。 新筍:剛剛破土而出的竹筍。李頎《雙笋歌送李回兼呈劉四》:"並抽新筍色漸緑,迥出空林雙碧玉。春風解籜雨潤根,一枝半葉清露痕。"元稹《和友封題開善寺十韵》:"亞樹牽藤閣,横查壓石橋。竹荒新筍細,池淺小魚跳。" 晚花:這裹指開得較遲的桃花,因褒城驛山高天寒之故。有元稹當年出使東川同行之詩《亞枝紅》可證:"還向萬竿深竹裹,一枝渾卧碧流中。"白居易《獨行》:"暗誦黄庭經在口,閑携青竹杖隨身。晚花新筍堪爲伴,獨入林行不要人。"李紳《南梁行》:"秭歸山路烟嵐隔,山木幽深晚花拆。澗底紅光奪火燃,摇風扇毒愁行客(駱谷中多毒樹,名山琵琶,其花明艷與杜鵑花同,樵者識之,言曰'早花殺人')。"

⑤ 悵望:惆悵地看望或想望。謝朓《新亭渚别范零陵》:"雲去蒼梧野,水還江漢流。停驂我悵望,輟棹子夷猶。"杜甫《詠懷古迹五首》二:"悵望千秋一灑泪,蕭條異代不同時。江山故宅空文藻,雲雨荒臺豈夢思!"王維《寄荆州張丞相》:"所思竟何在?悵望深荆門。舉世無相識,終身思舊恩。" 等閑:輕易,隨便。白居易《新昌新居》:"等閑栽樹木,隨分占風烟。"朱熹《春日》:"等閑識得東風面,萬紫千紅總是春。"

[編年]

《年譜》編年本詩於元和四年"元稹使東川時作"。《編年箋注》云:"元稹此詩作於元和四年(八〇九),時任監察御史,三月充劍南東川詳覆使,途經褒斜。見下《譜》。"《年譜新編》亦編年於"元稹使東川時作",没有説明理由,僅在譜文中全文引述元稹與薛能的詩篇。

我們以爲,此詩不難編年,它應該作於"四年三月半",亦即元和四年的三月十五日,元稹的詩句已經明白無誤告訴了我們。與本書編年的前後詩篇連起來看,一一相符。它同時又是元稹往來鞍馬間所作"三十二首"詩歌之一,是十首没有編入"七言""二十二首"範圍的"五言"詩之一。

◎ 使東川・漢江笛(三月十五日夜,於西縣白馬驛南樓聞笛,悵然,憶得小年曾與從兄長楚寫《漢江聞笛賦》而有懷耳!)(一)①

小年爲寫游梁賦,最説漢江聞笛愁②。今夜聽時在何處?月明西縣驛南樓③。

録自《元氏長慶集》卷一七

[校記]

(一) 漢江笛:《石倉歷代詩選》同,楊本、叢刊本、《全詩》等本作"漢江上笛",語義兩通,不改。　三月十五日夜:楊本、叢刊本、《全詩》均作"二月十五日夜",誤,徑改。元稹三月七日從長安出發,二月十五日夜肯定在京城,不當出現在梁州西縣白馬驛。"二月十五日夜"也不是歸途中"五月十五日夜"之誤,因爲"五月十五日夜",元稹尚在嘉陵江邊的嘉川驛望月,參見本組詩《江樓月》。而且也與白居易酬和詩篇的"聲聲似憶故園春"之句不符。"二月十五日夜"應該是"三月十五日夜",大約當爲作者筆誤或者是刊刻之誤。　憶得小年曾與從兄長楚寫《漢江聞笛賦》而有懷耳:原本作"憶得小年曾與從兄長楚寫《漢江聞笛賦》而有愴耳",《全詩》同,叢刊本作"憶得小年曾與從兄長楚寫《漢江聞笛賦》而有愴耳,一本作有懷",據楊本、盧校改。

[箋注]

① 漢江笛：飄揚在漢江上空的笛聲。韋應物《聽江笛送陸侍御》：“遠聽江上笛，臨觴一送君。還愁獨宿夜，更向郡齋聞。”丘丹《和韋使君聽江笛送陸侍御》：“離樽聞夜笛，寥亮入寒城。月落車馬散，淒惻主人情。”白居易也有詩篇《酬和元九東川路詩十二首·江上笛》酬和元稹，詩云：“江上何人夜吹笛？聲聲似憶故園春。此時聞者堪頭白，況是多愁少睡人！” 西縣：梁州所轄縣，《舊唐書·地理志》：“梁州領南鄭、褒中、城固、西四縣。”薛能《西縣作》：“三年西蜀去如沉，西縣西來出萬岑。樹石向聞清漢浪，水風初見緑萍陰。”薛能《西縣道中有短亭巖穴飛泉隔江灑至因成二首》二：“一瀑三峰赤日天，路人才見便翛然。誰能夜向山根宿？涼月初生的有仙。” 白馬驛：即百牢關，《元和郡縣圖志·興元府·西縣》：“百牢關在縣西南三十步。隋置白馬關，後以梨陽有白馬關，改名百牢關。自京師趣劍南，達淮左，皆由此也。”薛逢《題白馬驛》：“晚麥芒乾風似秋，旅人方作蜀門遊。家林漸隔梁山遠，客路長依漢水流。”杜甫《夔州歌十絶句》一：“中巴之東巴東山，江水開闢流其間。白帝高爲三峽鎮，瞿唐險過百牢關(關在漢中西南)。”

② 小年：少年，幼年。杜甫《醉歌行》：“陸機二十作文賦，汝更小年能綴文……只今年纔十六七，射策君門期第一。”元稹《連昌宫詞》：“小年進食曾因入，上皇正在望仙樓。太真同憑闌干立，樓上樓前盡珠翠。” 從兄長楚：元稹的從兄長元楚。在元稹家族的譜系中，未見“元楚”其人，但有兩個情況值得注意：一、元稹叔父元霄有子兩人，其一在《唐故建州浦城縣尉元君墓誌銘》中有記載：“君諱某，字莫之。有魏昭成皇帝十七世而生某官某，君即某官之次子也。少孤，母曰渤海封夫人，提捧教訓，不十四五，其心卓然。讀書爲文，舉進士。每歲抵刺史以上，求與計去，且取衣食之資以供養，意義漸聞於朋友間。無何，宗侄義方觀察福建，子幼道遠，自孤其行。拜言勤求，請君俱

去。太夫人曰:'吾有爾兄養足矣！爾其遂行!'旋授建州浦城尉。宗侄之心腹耳目之重,以至閨門之令,盡寄於君。上下無怨,誠且盡也。又無何,宗侄觀察鄜坊,君亦俱去,心腹耳目之寄皆如初。宗侄殁,子公慶號駭迷謬無所據,君自始至卒任持之。公慶事公,雖及喜愠不敢專……(元和)十五年八月二日,終于京城南,享年五十八。"據卒年推算,浦城縣尉元君應該出生於寶應二年(763),病卒於元和十五年(820)八月,自然是出生於大曆十四年(779)的元稹之兄長。浦城縣尉是"次子",他應該有一個兄長,自然更是元稹的"兄長",這位"兄長"未見名及字,疑即元稹的"從兄長元楚"。二、元稹《唐故京兆府盩厔縣尉元君墓誌銘》另有記載:"唐盩厔縣尉諱某,字某,姓元氏,於有魏昭成皇帝爲十四世孫。曾曰尚食奉御某,祖曰綿州長史、贈太子賓客某,父曰都官郎中、岳州刺史某,母曰某望閣夫人,妻曰隴西李氏女,子曰某,曰某,女曰某。君始以蔭入仕,四仕爲盩厔尉。丁太夫人憂,遂不復仕。享年五十五,以疾殁於衢州。元和十五年四月某日,歸祔於咸陽縣之某鄉某里。"這位"盩厔縣尉元君"也不見提及名與字;據"盩厔縣尉元君"的"卒年""元和十五年"推算,他也是元稹的兄長,疑即元稹的"從兄長元楚"。但兩者必居其一,唯尚無確證指實究竟哪一個是本詩題注中提及的"從兄長元楚"。存疑待考,因爲"浦城縣尉"與"盩厔縣尉"與元稹的關係都比較貼近,衹能存疑待考,如果一定要指定一個的話,根據"浦城縣尉"的父親元霄是元稹嫡親叔叔來看,個人比較傾向於"浦城縣尉"的兄長是元稹的"從兄長元楚"。"從兄長元楚"的年齡不僅長於元稹,也自然長於"浦城縣尉",亦即出生應該在"浦城縣尉"出生的寶應二年(763)之前。但病故究竟在元稹之前還是元稹之後,因無文獻佐證,暫時無考。不過根據"從兄長元楚"出生的寶應二年(763)之前,比元稹年長在十六年以上估計,病故在元稹之前的可能性比較大。　游梁賦:典出《史記·司馬相如列傳》:"〔司馬相如〕以貲爲郎,事孝景帝,爲武騎常侍,非其好也。會景帝不好辭賦，是時梁孝王來朝，從遊説之士齊人鄒陽、淮陰枚乘、吴莊忌夫子之徒，相如見而説之，因病免，客游梁。”後以“游梁”謂仕途不得志。江淹《青苔賦》：“游梁之客，徒馬疲而不能去；兔園之女，雖蠶饑而不自禁。”晏殊《假中示判官張寺丞王校勘》：“游梁賦客多風味，莫惜青錢萬選才。” 聞笛：魏晉之間，向秀與嵇康、吕安友善，康、安爲司馬昭所殺，秀經嵇康山陽舊居，聞鄰人笛聲，感懷亡友，作《思舊賦》，後因以“聞笛”爲悼念故人之詞。盧照鄰《南陽公集序》：“輟斤之慟，何獨莊周；聞笛而悲，甯惟向秀！”王昌齡《江上聞笛》：“横笛怨江月，扁舟何處尋？聲長楚山外，曲繞胡關深。”

③“今夜聽時在何處”兩句：意謂古人聞笛而愁，古今一理，難道我就能例外？何况小的時候就對聞笛而悲有深切的感悟，那麼今天夜裏我又在哪裏聽到這久違的笛聲？是獨自一人在空空的驛院之中，是在明月如晝的西縣驛的南樓之上。 何處：哪里，什麼地方。《漢書・司馬遷傳》：“且勇者不必死節，怯夫慕義，何處不勉焉！”王昌齡《梁苑》：“萬乘旌旗何處在？平臺賓客有誰憐？”月明：月光明朗。白居易《崔十八新池》：“見底月明夜，無波風定時。”袁士元《和嵊縣梁公輔夏夜泛東湖》：“小橋夜静人横笛，古渡月明僧唤舟。”指月亮，月光。李益《從軍北征》：“天山雪後海風寒，横笛偏吹行路難。磧裏征人三十萬，一時回向月明看。”劉長卿《夜中對雪贈秦系時秦初與謝氏離婚謝氏在越》：“月明花滿地，君自憶山陰。誰遣因風起，紛紛亂此心？”

［編年］

《年譜》、《編年箋注》、《年譜新編》的編年前《使東川・駱口驛二首》已引述，意即“元稹使東川時作”。

而元稹詩序“三月十五日夜”、“西縣白馬驛南樓”云云已經清楚表明賦詠本詩的確切時間與地點，我們的編年與《年譜》、《編年箋注》、《年譜新編》編年的不同也就顯而易見，讀者一定不難辨别。

◎ 黄明府詩(并序)(一)①

小年曾於解縣連月飲酒(二),予常爲觥録事(三)②。曾於竇少府廳中,有一人後至,頻犯語令,連飛十二觥,不勝其困,逃席而去。醒後問人,前虞鄉黄丞也,此後絶不復知③。元和四年三月,予奉使東川,十六日至褒城東數里,遥望驛亭,前有城池,樓榭甚盛④。逡巡,有黄明府見迎。瞻其形容,仿佛似識。問其前銜,則固曩時之逃席黄丞也(四)。説向前事,黄生憫然而寤⑤。因饋酒一槽(五),艤舟請予同載,余不欲孤其意(六),與之盡歡⑥。遍問座隅山川,則曰:“褒姒所奔之城在其左,諸葛所征之路在其右。”(七)感今懷古,作《黄明府詩》云⑦。

少年曾痛飲(八),黄令困飛觥⑧。席上當時走,馬前今日迎⑨。依稀迷姓氏,積漸識平生⑩。故友身皆遠,他鄉眼暫明⑪。便邀連榻坐,兼共榜船行(九)⑫。酒思臨風亂,霜棱掃地平(一〇)⑬。不堪深淺酌,貪愴古今情⑭。邐迤七盤路,坡陀數丈城⑮。花疑褒女笑(一一),棧想武侯征⑯。一種埋幽石,老閑千載名⑰。

録自《元氏長慶集》卷一〇

[校記]

(一) 黄明府詩:楊本、叢刊本、《全詩》同,《唐詩紀事》、《本事詩》、《太平廣記》、《詩話總龜》、《説郛》作“題黄明府詩”,《古今事文類聚》作“贈黄明府詩”,各備一説,不改。

(二) 小年曾於解縣連月飲酒:楊本、叢刊本、《全詩》同,《説郛》

作"昔年曾於解縣連月飲酒",《唐詩紀事》、《本事詩》、《太平廣記》、《詩話總龜》、《古今事文類聚》作"昔年曾於解縣飲酒",各備一説,不改。

(三)予常爲觥録事:原本作"予常爲觥録士",《太平廣記》作"余恒爲觥録事",《唐詩紀事》、《古今事文類聚》作"余爲觥録事",《詩話總龜》作"余爲録事",據楊本、叢刊本、《本事詩》、《全詩》改。

(四)則固曩時之逃席黄丞也:楊本、叢刊本同,《全詩》作"即曩時之逃席黄丞也",《唐詩紀事》、《古今事文類聚》作"即曩日逃席黄丞也",《太平廣記》作"即曩日之逃席黄丞也",《本事詩》作"即往日之逃席黄丞也",《詩話總龜》作"即曩日逃席者",各備一説,不改。

(五)因饋酒一槽:《全詩》同,楊本、叢刊本、《本事詩》作"因饋酒一樽",《太平廣記》作"因饋酒一尊",《古今事文類聚》作"因饋酒一罇",《唐詩紀事》作"因饋酒一罇",各備一説,不改。

(六)余不欲孤其意:原本作"予不免其意",楊本、叢刊本、《全詩》同,《本事詩》作"余不免其意",《唐詩紀事》作"余不違其意",《全詩》注作"予不違其意",據《古今事文類聚》改。《詩話總龜》、《太平廣記》缺漏本句及下句。

(七)褒姒所奔之城在其左,諸葛所征之路在其右:錢校、《全詩》注同,而楊本、叢刊本、《全詩》作"又褒次其右",語義不接,疑有脱漏,不從不改。《唐詩紀事》、《古今事文類聚》作"遍問褒陽山水,則褒姒所奔之城在其左,諸葛所征之路次其右。"表達的意思相類,不改。

(八)少年曾痛飲:楊本、叢刊本、《全詩》同,《太平廣記》、《本事詩》、《詩話總龜》、《唐詩紀事》、《説郛》、《古今事文類聚》、《天中既》、《陝西通志》作"昔年曾痛飲",録備一説,不改。

(九)兼共榜船行:原本作"兼共樀船行",楊本、叢刊本、《詩話總龜》同,《太平廣記》、《古今事文類聚》作"兼共刺船行",樀:屋檐。《爾雅·釋宫》:"檐謂之樀。"邢昺疏:"屋檐一名樀。"李誡《營造法式·大木作制度・檐》:"檐,其名有十四:一曰宇……三曰槁。""槁船"在這裏語義難通,據《全詩》、《唐詩紀事》、《本事詩》改。

(一〇)霜棱掃地平:楊本、叢刊本、《太平廣記》、《全詩》同,《詩話總龜》、《本事詩》、《古今事文類聚》、《唐詩紀事》作"霜棱拂地平",各備一説,不改。

(一一)花疑褒女笑:宋蜀本、《唐詩紀事》、《太平廣記》、《本事詩》、《古今事文類聚》、《全詩》同,楊本、叢刊本作"花凝褒女笑",《詩話總龜》作"花疑褒姒笑",各備一説,不改。

[箋注]

① 黄明府:元稹年輕時偶然認識的黄姓朋友,名不詳。元和四年在褒城再度重逢之後,此後音信不明,事迹不詳。　明府:猶言大府、官府,漢魏以來對郡守牧尹的尊稱,唐以後多用以專稱縣令。劉長卿《陪王明府泛舟》:"花縣彈琴暇,樵風載酒時。山含秋色近,鳥度夕陽遲。"杜甫《北鄰》:"明府豈辭滿?藏身方告勞。青錢買野竹,白幘岸江皋。"

② 小年:這裏指少年,幼年,猶言十五六歲,元稹《連昌宫詞》:"宫邊老人爲余泣,小年進食曾因入。"宋代無名氏《張協狀元》:"記得小年騎竹馬。"説詳拙稿《元稹考論・再論元稹非張生自寓》,請參閱。解縣:《元和郡縣志・河中府》:"解縣,本漢舊縣也,屬河東郡。隋大業二年省解縣,九年自綏化故城移虞鄉縣於廢解縣理,即今縣理是也。武德元年改虞鄉縣爲解縣,屬虞州,因漢舊名也,仍於蒲州界别置虞鄉縣。貞觀十七年廢虞州,解縣屬河中府。"耿湋《留别解縣韓明府》:"閑人州縣厭,賤士友朋譏。朔雪逢初下,秦關獨暮歸。"耿湋《晚秋東遊寄猗氏第五明府解縣韓明府》:"步出青門去,疏鐘隔上林。四郊多難日,千里獨歸心。"　連月:連續數月。《漢書・王莽傳》:"莽侍疾,親嘗藥,亂首垢面,不解衣帶連月。"李商隱《因書》:"絶徼南通棧,

孤城北枕江。猿聲連月檻，鳥影落天窗。”范仲淹《岳陽樓記》：“霪雨霏霏，連月不開。” 飲酒：喝酒。韓愈《順宗實録》：“天下吏人，誥至後，出臨三日皆釋服，無禁婚嫁、祠祀、飲酒、食肉。”元稹《遣春十首》八：“善惡徒自分，波流盡東注。胡然不飲酒？坐落桐花樹。” 觥録：飲酒時執管酒令等事務的人。元稹《痁卧聞幕中諸公徵樂會飲因有戲呈三十韵》：“籌箸隨宜放，投盤止罰啀。紅娘留醉打，觥使及醒差（舞引紅娘，抛打曲名。酒中觥使，席上右職）。”陸游《西窗睡起》：“老便寂寂厭紛紛，借得禪房卧看雲。夜宴怕逢觥録事，秋山傭伴獵將軍。”

③ 少府：縣尉的别稱。趙彦衛《雲麓漫鈔》卷二：“唐人則以明府稱縣令……既稱令爲明府，尉遂曰少府。”白居易《戲題新栽薔薇（時尉盩厔）》：“少府無妻春寂寞，花開將爾當夫人。”施肩吾《寄王少府》：“采松仙子徒銷日，吃菜山僧枉過生。多謝藍田王少府，人間詩酒最關情。” 語令：猶酒令。目前暫時没有找到合適的書證，僅僅以“酒令”的書證示意。花蕊夫人徐氏《宫詞》一二三：“新翻酒令著詞章，侍宴初聞憶却忙。宣使近臣傳賜本，書家院裏遍抄將。”《南唐烈祖酒令》：“雪下紛紛，便是白起（烈祖）。著屐過街，必須雍齒（齊丘）。明朝日出，争奈蕭何（融）。” 觥：盛酒或飲酒器，古代用獸角製造，後也用木或青銅製造。腹橢圓形或方形，底爲圈足或四足，有流，有把手，蓋作成帶角的獸頭形或長鼻上卷的象頭形，也有整體作獸形的，有的觥内附有酌酒用的勺，盛行于商代和西周前期。《詩・周南・卷耳》：“我姑酌彼兕觥，維以下永傷。”毛傳：“兕觥，角爵也。”《説文・角部》：“觵，兕牛角可以飲者也。從角，黄聲。其狀觵觵，故謂之觵。” 逃席：宴會中途不辭而去，一般都因爲不勝酒力。元稹《酬翰林白學士代書一百韵》：“本弦纔一舉，下口已三遲。逃席冲門出，歸倡借馬騎。”李廓《長安少年行》：“賞春惟逐勝，大宅可曾歸？不樂還逃席，多狂慣衩衣。”

④ 奉使：奉命出使。《史記·平津侯主父列傳》："奉使則張騫、蘇武。"張鷟《遊仙窟》："僕從汧隴，奉使河源。"　遙望：就目力所及，遠遠望去。張説《游龍山静勝寺》："每上襄陽樓，遙望龍山樹。鬱茀吐岡嶺，微蒙在烟霧。"崔國輔《衛艷詞》："淇上桑葉青，青樓含白日。比時遙望君，車馬城中出。"　驛亭：驛站所設的供行旅止息的處所，古時驛傳一般都有亭，故稱。杜甫《秦州雜詩二十首》九："今日明人眼。臨池好驛亭。叢篁低地碧，高柳半天青。"仇兆鰲注："郵亭，見《前漢·薛宣傳》顏注：'郵，行書之舍，如今之驛。'據此，則驛亭之名起于唐時也。"蘇洵《送石昌言使北引》："既出境，宿驛亭間，介馬數萬騎馳過，劍槊相摩，終夜有聲，從者怛然失色。"　城池：本詩泛指城，城市。栖一《武昌懷古》："戰國城池盡悄然，昔人遺迹遍山川。笙歌罷吹幾多日？臺榭荒凉七百年。"熊孺登《題逍遙樓傷故韋大夫》："利及生人無更爲，落花流水舊城池。逍遙樓上雕龍字，便是羊公墮泪碑。"　樓榭：高臺之上的房屋，亦泛指樓房。陳子昂《春日登金華觀》："白玉仙臺古，丹丘別望遥。山川亂雲日，樓榭入烟霄。"元稹《清都夜境》："寥天如碧玉，歷歷綴華星。樓榭自陰映，雲牖深冥冥。"

⑤ 逡巡：徘徊不進貌，滯留貌。《後漢書·隗囂傳》："舅犯謝罪文公，亦逡巡於河上。"李賢注："逡巡，不進也。"遲疑貌，猶豫貌。獨孤及《直諫表》："陛下豈遲疑於改作，逡巡於舊貫，使大議有所壅，而率土之患，日甚一日。"　形容：外貌，模樣，表情，神態。《管子·内業》："全心在中，不可蔽匿，和於形容，見於膚色。"王禹偁《賃宅》："老病形容日日衰，十年賃宅住京師。"　前銜：過去的官銜。楊嗣復《謝寄新茶》："封題寄與楊司馬，應爲前銜是相公。"黄庭堅《同世弼韵作寄伯氏在濟南兼呈六舅祠部》："只恐使君乘傳去，拾遺今日是前銜。"　曩時：往時，以前。賈誼《過秦論》："深謀遠慮，行軍用兵之道，非及曩時之士也。"葉夢得《石林燕語》卷七："諸帥府復得與家俱行，無復曩時之患矣！"　憫然：哀憐貌。陳鴻《長恨歌傳》："〔玉妃〕揖方士，問皇

帝安否，次問天寶十四載已還事，言訖憫然。”白居易《夢裴相公》：“勤勤相眷意，亦與平生同。既寤知是夢，憫然情未終。”

⑥ 饋酒：贈送飲酒。陳師道《詩話》：“東坡居惠，廣守月饋酒六壺。吏嘗跌而亡之，坡以詩謝曰：‘不謂青州六從事，翻成烏有一先生。’”陸游《辛丑十月諸公饋酒偶及百榼戲題長句》：“喜事諸公尚見存，尺書時到爵羅門。已邀風月成三友，聊對湖山倒百尊。” 饋：贈送。《論語・鄉黨》：“康子饋藥，拜而受之。”韓愈《南溪始泛三首》二：“饋我籠中瓜，勸我此淹留。” 艤舟：使船靠岸。劉希夷《江南曲八首》五：“艤舟乘潮去，風帆振草凉。潮平見楚甸，天際望維揚。”裴迪《欹湖》：“空闊湖水廣，青熒天色同。艤舟一長嘯，四面來清風。” 盡歡：盡情歡樂。《南史・孔淳之傳》：“至則盡歡共飲，迄暮而歸。”張謂《湖上對酒行》：“即今相對不盡歡，别後相思復何益！”

⑦ 座隅：座位的旁邊。顔延之《秋胡詩》：“歲暮臨空房，凉風起座隅。”元結《系謨》：“公之所述，真王者之謨，必當篆刻，置之座隅。” 山川：山嶽，江河。《易・坎》：“天險，不可升也，地險，山川丘陵也，王公設險以守其國。”沈佺期《興慶池侍宴應制》：“漢家城闕疑天上，秦地山川似鏡中。” 褒姒：指周幽王后褒姒，因褒國所獻，故名褒姒。褒國故城在梁州褒城縣東二百步，見《史記・周本紀》所載。蘇拯《西施》：“在周名褒姒，在紂名妲己……君王政不修，立地生西子。”鄭鏦《婕妤怨》：“南國承歡日，東方候曉時。那能妒褒姒，衹愛笑唐兒？” 諸葛所征之路在其右：褒城以北數里爲石門，是古代褒斜谷，右岸有棧道，諸葛亮伐魏六出祁山，往來都經由此地，事見《三國志・蜀志》。杜甫《諸葛廟》：“久游巴子國，屢入武侯祠。竹日斜虚寢，溪風滿薄帷。君臣當共濟，賢聖亦同時。翊戴歸先主，併吞更出師。蟲蛇穿畫壁，巫覡醉蛛絲。欻憶吟梁父，躬耕也未遲。”杜甫《蜀相》：“丞相祠堂何處尋？錦官城外柏森森。映階碧草自春色，隔葉黄鸝空好音。三顧頻煩天下計，兩朝開濟老臣心。出師未捷身先死，長使英雄泪

滿襟。”

⑧ 少年：古稱青年男子，與老年相對。崔國輔《襄陽曲二首》二：“少年襄陽地，來往襄陽城。城中輕薄子，知妾解秦箏？”王維《贈從弟司庫員外絿》：“少年識事淺，强學干名利。徒聞躍馬年，苦無出人智。”年輕，年輕時。劉向《列女傳·陳寡孝婦》：“母曰：‘吾憐汝少年早寡也。’”辛棄疾《丑奴兒·書博山道中壁》：“少年不識愁滋味，愛上層樓。愛上層樓。爲賦新詞强説愁。”　痛飲：盡情地喝酒。劉義慶《世説新語·任誕》：“王孝伯言：名士不必須奇才，但使常得無事痛飲酒，熟讀《離騷》，便可稱名士。”杜甫《陪章留後侍御宴南樓》：“寇盜狂歌外，形骸痛飲中。”　黄令：即黄明府，時任褒城縣縣令，故稱。趙彦衛《雲麓漫鈔》卷二：“唐人則以明府稱縣令。”元稹《褒城驛二首》二：“憶昔萬株梨映竹，遇逢黄令醉殘春。梨枯竹盡黄令死，今日再來衰病身。”　飛觥：傳杯。羊昭業《皮襲美見留小宴次韵》：“澤國春來少遇晴，有花開日且飛觥。”梅堯臣《次韵答黄介夫七十韵》：“物理既難常，達生重飛觥。”

⑨ “席上當時走”兩句：本詩序云：“小年曾于解縣連月飲酒，予常爲觥録事。曾于竇少府廳中，有一人後至，頻犯語令，連飛十二觥，不勝其困，逃席而去。醒後問人，前虞鄉黄丞也，此後絶不復知。元和四年三月，予奉使東川，十六日至褒城東數里，遙望驛亭，前有城池，樓榭甚盛。逡巡，有黄明府見迎。”　席上：指筵席上。方干《江南聞新曲》：“席上新聲花下杯，一聲聲被拍聲催。樂工不識長安道，盡是書中寄曲來。”李白《江夏使君叔席上贈史郎中》：“復如竹林下，叨陪芳宴初。希君生羽翼，一化北溟魚。”　馬前：馬的前面。《禮記·曲禮》：“僕執策立於馬前。”白居易《長恨歌》：“六軍不發無奈何，宛轉蛾眉馬前死。花鈿委地無人收，翠翹金雀玉搔頭。”詩句與詩序互爲印證，明白如話。

⑩ “依稀迷姓氏”兩句：本詩序云：“瞻其形容，仿佛似識。問其

前銜,則固曩時之逃席黄丞也。説向前事,黄生憫然而痦。” 依稀:隱約,不清晰。謝靈運《行田登海口盤嶼山》:“依稀采菱歌,彷佛含嚬容。”梅堯臣《至和元年四月二十日夜夢覺而録之》:“滉朗天開雲霧閣,依稀身在鳳皇池。”相像,類似。《魏書·劉昶傳》:“故令班鏡九流,清一朝軌,使千載之後,我得髣像唐虞,卿等依俙元、凱。”田錫《貽宋小著書》:“爲文爲詩,爲銘爲頌,爲箴爲贊,爲賦爲歌,氤氳吻合,心與言會,任其或類於韓,或肖於柳,或依稀於元白,或髣髴於李杜。”姓氏:姓和氏,姓、氏本有分别,姓起於女系,氏起於男系。秦漢以後,姓、氏合一,通稱姓,或兼稱姓氏。《通志·氏族略序》:“三代之前,姓氏分而爲二,男子稱氏,婦人稱姓……三代之後,姓氏合而爲一。”洪邁《容齋三筆·漢人希姓》:“兩《漢書》所載人姓氏,有後世不著見者甚多,漫紀於此,以助氏族書之遺脱。”本詩指姓名。杜甫《少年行》:“馬上誰家薄媚郎?臨階下馬坐人床。不通姓氏粗豪甚,指點銀瓶索酒嘗。”盧綸《夜投豐德寺謁海上人》:“野鶴巢邊松最老,毒龍潛處水偏清。願得遠公知姓氏,焚香洗鉢過浮生。” 積漸:逐漸形成。《管子·明法解》:“奸臣之敗主也,積漸積微使王迷惑而不自知也。”《漢書·賈誼傳》:“安者非一日而安也,危者非一日而危也,皆以積漸然,不可不察也。”王建《和少府崔卿微雪早朝》:“蓬萊春雪曉猶殘,點地成花遶百官……無多白玉階前濕,積漸青松葉上乾。” 平生:平素,往常。《論語·憲問》:“見利思義,見危授命,久要不忘平生之言,亦可以爲成人矣!”杜甫《夢李白》:“出門搔白首,若負平生志。”也指平素的志趣、情誼、業績等。陶潛《停雲》:“人亦有言,日月于征。安得促席,説彼平生?”元稹《酬樂天書懷見寄》:“懷我浩無極,江水秋正深。清見萬丈底,照我平生心。”

⑪ 故友:舊友,老朋友。袁宏《後漢紀·獻帝紀》:“每登城勒兵,望主人之旗鼓,感故友之周旋,撫弦搦矢,不覺流涕之覆面也。”韓愈《除官赴闕至江州寄鄂岳李大夫》:“年皆過半百,來日苦無多。少年

樂新知,衰暮思故友。” 他鄉:異鄉,家鄉以外的地方。《樂府詩集·飲馬長城窟行》:“夢見在我旁,忽覺在他鄉。他鄉各異縣,輾轉不相見。”杜甫《江亭王閬州筵餞蕭遂州》:“離亭非舊國,春色是他鄉。老畏歌聲斷,愁隨舞曲長。”

⑫ 連榻:並榻,並肩而坐,多形容關係密切。《晉書·羊琇傳》:“初,杜預拜鎮南將軍,朝士畢賀,皆連榻而坐。”《新唐書·姜皎傳》:“出入卧内,陪燕私,詔許舍敬,坐與妃嬪連榻,間擊球鬥雞,呼之不名也。”蘇籀《答曹機宜啓》:“設招賢之連榻,侍致勝之良籌。” 榜船:操船。《南史·朱百年傳》:“或遇寒雪,樵箬不售,無以自資,輒自榜船送妻還孔氏。”陸游《幽居述事四首》三:“喜無俗事干靈府,恨不終年住醉鄉。上樹榜船雖老健,疏泉移竹亦窮忙。”

⑬ 酒思:想喝酒的情懷。元稹《生春二十首》一四:“暗入心情懶,先添酒思融。預知花好惡,偏在最深叢。”表示酒後的情懷。姚合《酬任疇協律夏中苦雨見寄》:“酒思淒方罷,詩情耿始抽。下床先仗屐,汲井恐飄甌。”李群玉《與三山人夜話》:“静談雲壑趣,高會兩三賢。酒思彈琴夜,茶芳向火天。” 臨風:迎風,當風。杜甫《與嚴二郎奉禮别》:“出涕同斜日,臨風看去塵。”范仲淹《岳陽樓記》:“登斯樓也,則有心曠神怡,寵辱皆忘,把酒臨風,其喜洋洋者矣!” 霜棱:寒威。陳子昂《登薊城西北樓送崔著作融入都》:“薊樓望燕國,負劍喜茲登……仲冬邊風急,雲漢復霜棱。”李沇《方響歌》:“急節寫商商恨促,秦愁越調逡巡足。夢入仙樓戛殘曲,飛霜棱棱上秋玉。” 掃地:打掃地面。《孔子家語·致思》:“於是夫子再拜,受之。使弟子掃地,將以享祭。”蘇軾《擬進士對御試策》:“兔首瓠葉,可以行禮;掃地而祭,可以事天。”

⑭ 不堪:不能承當,不能勝任。葛洪《抱朴子·嘉遯》:“貪進不慮負乘之禍,受任不計不堪之敗。”崔國輔《王昭君》:“漢使南還盡,胡中妾獨存。紫臺綿望絶,秋草不堪論。”忍受不了,承受不了。《孟

子·離婁》:“顔子當亂世,居於陋巷,一簞食,一瓢飲,人不堪其憂,顔子不改其樂。”張說《廣州江中作》:“去國年方晏,愁心轉不堪。離人與江水,終日向西南。” 深淺:偏義,指深。高適《自淇涉黄河途中作十三首》五:“山河相映帶,深淺未可測。自昔有賢才,相逢不相識。”李持正《明月逐人來·上元》:“星河明澹,春來深淺。紅蓮正滿城開遍。” 貪愴:過多的悲傷感嘆,除元稹本詩之外,暫時没有找到合適的書證,今以“悲愴”作爲書證,僅供參考。白居易《有感三首》三:“往事勿追思,追思多悲愴。來事勿相迎,相迎已惆悵。”梅堯臣《酌别謝通微判官兼懷歐陽永叔》:“親戚多零落,欲語還悲愴。更問平生交,久從滁水上。” 愴:悲傷。《西京雜記》卷二:“武帝欲殺乳母,乳母告急于東方朔……朔在帝側曰:‘汝宜速去,帝今已大,豈念汝乳哺時恩耶!’帝愴然,遂舍之。”元稹《遣行十首》四:“已愴朋交别,復懷兒女情。相兄亦相舊,同病又同聲。” 古今:古代和現今。《禮記·三年問》:“故三年之喪,人道之至文者也……是百王之所同,古今之所壹也。”杜甫《登樓》:“錦江春色來天地,玉壘浮雲變古今。”

⑮ 邐迤:曲折連綿貌。《文選·吴質〈答東阿王書〉》:“夫登東嶽者,然後知衆山之邐迤也。”劉良注:“邐迤,小而相連貌。”韋應物《灃上西齋寄諸友》:“清川下邐迤,茅棟上岧嶤。” 七盤路:指七盤嶺,在四川廣元東北與陝西甯强的交界處,上有七盤關,是川陝間重要關隘之一。岑參《醴泉東溪送程皓元鏡微入蜀》:“蜀郡路漫漫,梁州過七盤。二人來信宿,一縣醉衣冠。”岑參《與鮮於庶子自梓州成都少尹自褒城同行至利州道中作》:“前日登七盤,曠然見三巴。漢水出嶓冢,梁山控褒斜。” 坡陁:亦作“坡陀”,山勢起伏貌。杜甫《北征》:“坡陀望鄜畤,巖谷互出没。”蘇軾《次前韵答馬忠玉》:“坡陀巨麓起連峰,積累當年慶自鍾。”

⑯ “花疑褒女笑”兩句:意謂在這偏僻的褒城縣,褒姒烽火與武侯出征的驚天動地歷史大事件就發生在這裏,現在看到滿山遍野的

鮮花，還以爲是褒姒看到各路諸侯被烽火騙來之後發出的笑聲，看到曲折險峻的石門棧道，就自然而然想起武侯諸葛亮六出祁山的故事。褒女：即褒姒。李白《雪讒詩贈友人》："天未喪文，其如余何？妲己滅紂，褒女惑周。"李商隱《華清宫》："華清恩幸古無倫，猶恐蛾眉不勝人。未免被他褒女笑，只教天子暫蒙塵。"　武侯：三國蜀諸葛亮死後謚爲忠武侯，後世稱之爲武侯。袁宏《三國名臣序贊》："劉後授之無疑心，武侯處之無懼色。"李白《讀諸葛武侯傳書懷》："武侯立岷蜀，壯志吞咸京。"

⑰ 一種：一樣，同樣。慧皎《高僧傳・宋京師杯度》："時南州有陳家，頗有衣食，度往其家，甚見料理。聞都下復有一杯度，陳父子五人咸不信，故下都看之，果如其家杯度，形相一種。"元稹《酬樂天得微之詩知通州事因成四首》四："定覺身將囚一種，未知生共死何如。"李清照《一剪梅》："花自飄零水自流，一種相思，兩處閑愁。"　幽石：猶墓石。錢起《石井》："片霞照仙井，泉底桃花紅。那知幽石下，不與武陵通？"盧綸《題李沆林園》："閑看入竹路，自有向山心。種藥齊幽石，耕田到遠林。"　老閑：老而無事。鮑溶《長安旅舍懷舊山》："昨夜清涼夢本山，眠雲喚鶴有慚顔。青蓮道士長堪羡，身外無名至老閑。"杜荀鶴《寄李隱居》："自小栖玄到老閑，如雲如鶴住應難。溪山不必將錢買，贏得來來去去看。"　千載：千年，形容歲月長久。《漢書・王莽傳》："於是群臣乃盛陳'莽功德致周成白雉之瑞，千載同符'。"韓愈《岐山下》："自從公旦死，千載閟其光。"

[編年]

《年譜》編年本詩於元和四年"元稹使東川時作"，然後引述本詩詩序作爲理由。《編年箋注》："此詩作於元和四年（八〇九）元稹使東川途中。見下《譜》。"《年譜新編》亦編年本詩於"元稹使東川時作"，没有説明理由，但在譜文中引述元稹詩序。

我們以爲,此詩應該作於元和四年三月十六日,元稹的詩序已經説得非常清楚,不應該有任何懷疑:"元和四年三月,予奉使東川,十六日至褒城東數里……作《黄明府詩》云。"順便還要説明一下,我們以爲本詩與《褒城驛》、《西州院》一樣,都屬於元稹使東川時"三十二首"詩篇之列,是没有能够編入"七言絶句、長句"的十首五言詩中的三首。

◎ 使東川・清明日(行至漢上,憶與樂天、知退、杓直、拒非、順之輩同遊)(一)①

常年寒食好風輕(二),觸處相隨取次行②。今日清明漢江上,一身騎馬縣官迎③。

録自《元氏長慶集》卷一七

[校記]

(一) 杓直:叢刊本、《全詩》同,楊本作"枸直",誤,元稹與白居易的朋友李建字杓直,屢見於元稹與白居易的詩篇中。

(二) 常年寒食好風輕:楊本、《全詩》同,叢刊本作"當年寒食好風輕",僅備一説,不改。

[箋注]

① 清明日:即清明,節氣名,西曆四月四日、五日或六日,我國有清明節踏青、掃墓的習俗。《逸周書・周月》:"春三月中氣,驚蟄,春分,清明。"朱右曾校釋引孔穎達曰:"清明,謂物生清浄明潔。"張繼《清明日自西午橋至爪巉村有懷》:"晚霽龍門雨,春生汝穴風。鳥啼官路静,花發毁垣空。"薛逢《君不見》:"清明縱便天使來,一把紙錢風樹杪。"元和四年閏三月,故清明節在西曆中的日期難於按常規推算,

但肯定仍然在農曆三月之中。元稹《詠廿四氣詩·清明三月節》:“清明來向晚,山渌正光華。楊柳先飛絮,梧桐續放花。鴽聲知化鼠,虹影指天涯。已識風雲意,寧愁穀雨賒。”描寫清明風光甚爲清晰逼真,可以參閱。　樂天、知退、杓直、拒非、順之:樂天,即白居易;知退,即白行簡;杓直,即李建;拒非,即李復禮;順之,即庾敬休,這些都是元稹的朋友,經常出現在元稹的詩文之中:元稹《見人詠韓舍人新律詩因有戲贈》:“延清苦拘檢,摩詰好因緣。七字排居敬,千詞敵樂天。”元稹《酬知退》:“終須修到無修處,聞盡聲聞始不聞。莫着妄心銷彼我,我心無我亦無君。”元稹《與樂天同葬杓直》:“元伯來相葬,山濤誓撫孤。不知他日事,兼得似君無?”元稹《歲日贈拒非》:“君思曲水嗟身老,我望通州感道窮。同入新年兩行泪,白頭閑坐説城中。”元稹《永貞二年正月二日上御丹鳳樓赦天下予與李公垂庾順之閑行曲江不及盛觀》:“春來饒夢慵朝起,不看千官擁御樓。却着閑行是忙事,數人同傍曲江頭。”

② 常年:往年。杜甫《臘日》:“臘日常年暖尚遥,今年臘日凍全消。侵陵雪色還萱草,漏泄春光有柳條。”崔湜《上元夜六首》三:“今年春色勝常年,此夜風光最可憐。鳷鵲樓前新月滿,鳳皇臺上寶鐙燃。”猶長年,長期。元稹《杏花》:“常年出入右銀臺,每怪春光例早回。慚媿杏園行在景,同州園裏也先開。”　寒食:節日名,在清明前一日或二日。沈亞之《秦夢詩三首》一:“舊日聞簫處,高樓當月中。梨花寒食夜,深閉翠微宫。”薛昭蘊《浣溪沙》:“記得去年寒食日,延秋門外卓金輪。日斜人散暗銷魂。”　觸處:到處,隨處,極言其多。《南史·循吏傳序》:“凡百户之鄉,有市之邑,歌謡舞蹈,觸處成群,蓋宋世之極盛也。”元稹《答姨兄胡靈之見寄五十韵》:“岐下尋時别,京師觸處行。醉眠街北廟,閑繞宅南營。”　相隨:謂互相依存。《老子》:“高下相傾,音聲相和,前後之相隨。”伴隨,跟隨。元稹《喜五兄自泗州至》:“眼中三十年來泪,一望南雲一度垂。慚媿臨淮李常侍,遠教

形影暫相隨。" 取次:次序。斛律羨《北齊樂歌》:"日日飲酒醉,國計無取次。"謂次第,一個挨一個地。元稹《小碎》:"小碎詩篇取次書,等閑題柱意何如?諸郎到處應相問,留取三行代鯉魚。"

③ 漢江:長江的重要支流,這裏是指流經褒城縣附近的漢江,故有縣官前來迎接京城來的監察御史。李百藥《渡漢江》:"東流既瀰瀰,南紀信滔滔。水激沈碑岸,波駭弄珠皋。"元稹《渡漢江(去年春奉使東川,經嶓冢山下)》:"嶓冢去年尋漾水,襄陽今日渡江濆。山遙遠樹纔成點,浦静沉碑欲辨文。" 一身:謂獨自一人。《戰國策·趙策》:"世以鮑焦無從容而死者,皆非也。令衆人不知,則爲一身。"王維《老將行》:"一身轉戰三千里,一劍曾當百萬師。" 騎馬:乘馬。韋應物《雪中》:"連山暗古郡,驚風散一川。此時騎馬出,忽省京華年。"韓愈《歸彭城》:"乘間輒騎馬,茫茫詣空陂。" 縣官:縣的長官,縣的官吏。李賀《感諷五首》一:"越婦通言語,小姑具黄粱。縣官踏飡去,簿吏復登堂。"梅堯臣《送李學士河東轉運》:"朱幡邦伯至,黄綬縣官迎。臘雪臨關密,宵烽出堠明。"

[編年]

《年譜》、《編年箋注》、《年譜新編》的編年意見前面《使東川·駱口驛二首》已經引述,不再重複。

我們以爲,詩題"清明日"以及"今日清明漢江上"云云,已經明確本詩爲清明日所作。據《新唐書·憲宗紀》,元和四年閏三月,節氣與往年稍有不同。查閲薛仲三、歐陽頤《兩千年中西曆對照表》,當年清明應該在三月十七日左右,正與元稹三月七日從長安出發,三月二十一日到達興元的行蹤大致相符,也與元稹三月八日到達盩厔縣駱口驛、翻越秦嶺,經過不到十天的艱難跋涉,終於到達秦嶺之南的漢水上游,行程一一吻合。本詩賦成於三月十七日的"清明日",而不是籠統的"三月",地點是"漢上",亦即漢水之上,而不是長達"一千八百六十四里”的“途中”。

● 山枇杷花二首[(一)①]

深紅山木艷彤雲，路遠無由摘寄君[②]。恰如牡丹如許大，淺深看取石榴裙[③]。

向前已説深紅木，更有輕紅説向君[④]。深葉淺花何所似？薄妝愁坐碧羅裙[⑤]。

録自阮閲《詩話總龜》引《唐賢抒情》

[校記]

(一) 山枇杷花二首：本詩僅見《詩話總龜》所引，没有版本對校。《年譜》：“白居易《酬和元九東川路詩十二首》中有《山枇杷花二首》，元稹原唱佚。”没有在阮閲《詩話總龜·唐賢抒情》中發現元稹的這兩首詩篇，是非常不應該的失誤。《全唐詩補編》没有採録。《元稹集》第一版没有採録，第二版採録。同樣，《年譜新編》認爲“元稹原唱已佚”：“白居易酬和爲《酬和元九東川路詩十二首·駱口驛舊題詩》，一般酬和；《南秦雪》，依韵酬和；《山枇杷花二首》(元稹原唱已佚)……”《編年箋注》據《詩話總龜》所引引録，可取。

[箋注]

① 山枇杷花二首：這兩首詩篇，不見於傳世的元稹詩文集記載，想來是散佚之作。今據阮閲《詩話總龜》所引《唐賢抒情》補録。元稹出使東川，一路南行，沿途繁花叢叢色彩各異，令人目不暇接，詩人忍不住吟詩，準備日後與好友白居易、崔韶等人一起分享。阮閲的《詩話總龜》引《唐賢抒情》記下了這段文人佳話，文云：“元白交道臻至，

酬唱盈編。微之爲御史，奉使往蜀，路旁見山花，吟寄樂天曰：'……'又云：'……'白因南遷回，過商山層峰驛，忽睹元題迹，寄元詩曰：'與君前後多遷逐，七度曾過此路隅。笑問階前老桐木，這回歸去免來無？'"阮閱的《詩話總龜》没有揭示元稹詩篇的詩題，"山枇杷花二首"是筆者根據白居易酬和之篇《山枇杷花二首》代擬，這種酬和之篇與原唱詩題相同的情況，在白居易十二首酬和詩中不難找到例證。白居易《酬和元九東川路詩十二首并序》："十二篇皆因新境追憶舊事，不能一一曲叙，但隨而和之，唯予與元微之耳！"在白居易的十二首和篇中，《駱口驛舊題詩》、《亞枝花》、《江上笛》、《嘉陵夜有懷二首》、《江岸梨》分别酬和元稹《駱口驛二首》、《亞枝紅》、《漢江上笛》、《嘉陵驛二首篇末有懷》、《江花落》，而《南秦雪》、《江樓月》、《夜深行》、《望驛臺》酬和元稹的同名之篇，唯有白居易《山枇杷花二首》"萬重青嶂蜀門口，一樹紅花山頂頭。春盡憶家歸未得，低紅如解替君愁"與"葉如裙色碧紗淺，花似芙蓉紅粉輕。若使此花兼解語，推因御史定違程"，在元稹的二十二首"使東川"詩篇中没有對應的詩篇，本組詩兩首即應該是白居易酬和之篇《山枇杷花二首》的元稹之原唱。

② 深紅：紅色中最紅的顔色。戎昱《紅槿花》："花是深紅葉麴塵，不將桃李共争春。今日驚秋自憐客，折來持贈少年人。"劉禹錫《秋詞二首》二："山明水浄夜來霜，數樹深紅出淺黄。試上高樓清入骨，豈如春色嗾人狂！"　山木：山中的樹木。謝靈運《過瞿溪山僧》："鑽燧斷山木，掩岸墐萬户。"白居易《自題小草亭》："土階全壘塊，山木半留皮。"　彤雲：紅雲，彩雲。《文選·孫綽〈游天台山賦〉》："彤雲斐亹以翼櫺，皦日炯晃於綺疏。"吕向注："彤雲，彩雲也。"曹唐《小遊仙詩九十八首》二六："細擘桃花逐流水，更無言語倚彤雲。"　無由：没有門徑，没有辦法。《儀禮·士相見禮》："某也願見，無由達。"鄭玄注："無由達，言久無因緣以自達也。"李德裕《二猿》："無由碧潭飲，争接緑蘿枝。"

③ 恰如:正如,正似。韓愈《盆池五首》一:"老翁真個似童兒,汲水埋盆作小池。一夜青蛙鳴到曉,恰如方口釣魚時。"杜牧《宣州留贈》:"紅鉛濕盡半羅裙,洞府人間手欲分。滿面風流雖似玉,四年夫婿恰如雲。" 牡丹:著名的觀賞植物。李時珍《本草綱目·牡丹》:"牡丹以色丹者爲上,雖結子而根上生苗,故謂之牡丹。唐人謂之木芍藥,以其花似芍藥,而宿幹似木也。群花品中以牡丹第一,芍藥第二,故世謂牡丹爲花王,芍藥爲花相。歐陽修《花譜》所載凡三十餘種,其名或以地,或以人,或以色,或以異。"裴士淹《白牡丹》:"長安年少惜春殘,争認慈恩紫牡丹。别有玉盤乘露冷,無人起就月中看。"王維《紅牡丹》:"緑艷閑且静,紅衣淺復深。花心愁欲斷,春色豈知心!" 如許:像這樣。《後漢書·左慈傳》:"忽有一老羝屈前兩膝,人立而言曰:'遽如許。'"李賢注:"言何遽如許爲事。"《南史·高爽傳》:"取筆書鼓云:'徒有八尺圍,腹無一寸腸。面皮如許厚,受打未詎央。'" 淺深:深和淺。《文心雕龍·頌贊》:"雖淺深不同,詳略各異,其褒德顯榮,典章一也。"蘇軾《學士院試孔子從先進論》:"其志不同,故其術有淺深,而其成功有巨細。" 看取:看。取,作助詞,無義。孟浩然《題大禹寺義公禪房》:"看取蓮花净,應知不染心。"張孝祥《水調歌頭·爲方務德侍郎壽》:"看取連宵雪,借與萬家春。" 石榴裙:朱紅色的裙子,亦泛指婦女的裙子。何思澄《南苑逢美人》:"風捲蒲桃帶,日照石榴裙。"武則天《如意娘》:"不信比來長下泪,開箱驗取石榴裙。"

④ 向前:先前,從前。白居易《琵琶行》:"淒淒不似向前聲,滿座重聞皆掩泣。"張安石《苦别》:"向前不信别離苦,而今自到别離處。" 輕紅:淡紅色,粉紅色。蕭綱《梁塵詩》:"依帷濛重翠,帶日聚輕紅。"杜甫《宴戎州楊使君東樓》:"重碧拈春酒,輕紅擘荔枝。"

⑤ 深葉:葉色深緑、花葉茂密。白居易《早蟬》:"六月初七日,江頭蟬始鳴。石楠深葉裏,薄暮兩三聲。"陸游《新闢小園》三:"席地幕

天君勿嘲,隨宜野蔌與山殽。幽花避日藏深葉,歸燕尋人理舊巢。” 淺花:淺色的花朵。范傳正《賦得春風扇微和》:“曖曖當遲日,微微扇好風。吹摇新葉上,光動淺花中。”元稹《酬樂天勸醉》:“神麯清濁酒,牡丹深淺花。少年欲相飲,此樂何可涯!” 似:用於比較,表示程度。劉禹錫《竹枝詞九首》二:“山桃紅花滿上頭,蜀江春水拍山流。花紅易衰似郎意,水流無限似儂愁。”劉克莊《浪淘沙》:“歲晚客天涯,短髮蒼華,今年衰似去年些。” 薄妝:淡妝。沈約《麗人賦》:“垂羅曳錦,鳴瑤動翠;來脱薄粧,去留餘膩。”王維《扶南曲歌詞五首》四:“入春輕衣好,半夜薄妝成。” 愁坐:含憂默坐。張九齡《西江夜行》:“念歸春服换,愁坐露華生。”李白《酬崔五郎中》:“奈何懷良圖,鬱悒獨愁坐。” 碧羅裙:青緑色或青白色的裙子。胡直《衡廬精舍藏稿》卷三〇:“唐安樂公主……出降時,益州獻單絲碧羅裙,縷金爲花鳥。”吉璁《重陽前一日葉已畦招集横山用昌黎醉贈張秘書韵》:“賦得碧羅裙,秋氣尚餘暖。”

[編年]

本詩不見《年譜》收録與編年。《編年箋注》編年本詩於元和四年三月。《年譜新編》在元和四年“元稹使東川時作”欄内特地注明:“白居易酬和爲《酬和元九東川路詩十二首》……《山枇杷花二首》(元稹原唱已佚)。”

我們同意《編年箋注》編年本詩於元和四年的意見,不過編排次序不應該在《使東川》組詩的最後,不是元稹歸途中的詩篇,而是應該在前往東川途中之詩,具體時間應該在三月二十日前後。

● 石榴花(一)①

寥落山榴深映葉，紅霞淺帶碧霄雲②。麴塵枝下年年見，別似衣裳不似裙③。

見《永樂大典》卷八二一引袁文《瓮牖閑評》

[校記]

（一）本詩篇不見劉本、馬本等《元氏長慶集》採録，但見《古籍整理出版情况簡報》1966年期刊冀勤先生《元稹佚詩續録》，又見《元稹集》、《全唐詩補編》、《元稹集編年箋注》、《元稹年譜新編》轉録，未見《元稹年譜》引録本詩。不見異文。

[箋注]

① 石榴花：指石榴所開的花。《宋書・張暢傳》："石留出自鄴下，亦當非彼所乏。"段成式《酉陽雜俎・木篇》："石榴，一名丹若。梁大同中東州後堂石榴皆生雙子。南詔石榴子大，皮薄如藤紙，味絶於洛中。"蘇舜欽《夏意》："别院深深夏簟清，石榴開遍透簾明。"常常也作杜鵑花的别名，本詩兩者均可説通。

② 寥落：冷落，冷清。元稹《行宫》："寥落古行宫，宫花寂寞紅。"司馬光《和道矩紅梨花二首》一："繁枝細葉互低昂，香敵酴醿艷海棠。應爲窮邊太寥落，併將春色付穠芳。"謂孤單，寂寞。張九齡《南還以詩代書贈京都舊寮》："去國誠寥落，經途弊險巇。"　山榴：杜鵑花的别名。何遜《七召》："河柳垂葉，山榴發英。"白居易《題孤山寺山石榴花示諸僧衆》："山榴花似結紅巾，容艷新妍占斷春。"　霞：日出、日落時天空及雲層上因日光斜射而出現的彩色光象或彩色的雲。《文

選·左思《蜀都賦》:"干青霄而秀出,舒丹氣而爲霞。"劉逵注:"霞,赤雲也。"毛熙震《浣溪沙》:"綺霞低映晚晴天。" 碧霄:亦作"碧宵",青天。楊巨源《春日奉獻聖壽無疆詞十首》六:"碧宵傳鳳吹,紅旭在龍旗。"蘇軾《虚飃飃三首》一:"露凝殘點見紅日,星曳餘光横碧霄。"

③ 麴塵:亦作"麯塵",借指柳樹,柳條,嫩柳葉色鵝黄,故稱。唐彦《黄子陂荷花詩》:"十頃狂風撼麴塵,緣堤照水露紅新。"張先《蝶戀花》:"柳舞麴塵千萬綫,青樓百尺臨天半。"初春時嫩柳倒映水中而呈鵝黄色的春水。毛文錫《虞美人》:"垂楊低拂麴塵波,蛛絲結網露珠多。"也稱"麴塵絲"。楊巨源《折楊柳》:"水邊楊柳麴塵絲,立馬煩君折一枝。"司空圖《楊柳枝十八首》一一:"笑問江頭醉公子,饒君滿把麴塵絲。" 衣裳:古時衣指上衣,裳指下裙,後亦泛指衣服。《詩·齊風·東方未明》:"東方未明,顛倒衣裳。"毛傳:"上曰衣,下曰裳。"《陳書·沈衆傳》:"其自奉養甚薄,每於朝會之中,衣裳破裂,或躬提冠屨。" 裙:古謂下裳,男女同用,今專指婦女的裙子。《後漢書·明德馬皇后》:"常衣大練,裙不加緣。"馬縞《中華古今注·裙》:"古之前制,衣裳相連,至周文王令女人服裙,裙上加翟衣,皆以絹爲之。"

[編年]

未見《年譜》、《編年箋注》、《年譜新編》引録本詩。

我們據上詩《山石榴花二首》的編年,本詩應該與上詩賦成於東川之行之時,具體時間應該在三月二十日前後。

◎ 使東川·亞枝紅(往歲,與樂天曾于郭家亭子竹林中,見亞枝紅桃花半在池水。自後數年不復記得,忽於褒城驛池岸竹間見之,宛如舊物,深所愴然)(一)①

平陽池上亞枝紅,悵望山郵是事同(二)②。還向萬竿深竹裏(三),一枝渾卧碧流中③。

録自《元氏長慶集》卷一七

[校記]

(一) 亞枝紅:楊本、叢刊本、《佩文齋詠物詩選》、《全詩》同,《唐詩紀事》、《萬首唐人絶句》、《唐人萬首絶句選》、《石倉歷代詩選》、《佩文齋廣群芳譜》詩題同,下無題注,各備一説,不改。

(二) 悵望山郵是事同:楊本、叢刊本、《唐詩紀事》、《萬首唐人絶句》、《佩文齋廣群芳譜》同,《石倉歷代詩選》作"悵望山郵底事同",各備一説,不改。《佩文齋詠物詩選》、《唐人萬首絶句選》、《全詩》作"悵望山郵事事同",語義不通,不從不取。平陽池與山郵相比較,僅僅祇有"亞枝紅"的景象相同,而不是"事事"相同。

(三) 還向萬竿深竹裏:楊本、叢刊本、《萬首唐人絶句》、《唐人萬首絶句選》、《石倉歷代詩選》、《佩文齋廣群芳譜》、《佩文齋詠物詩選》、《全詩》同,盧校、《唐詩紀事》作"還向萬莖深竹裏",兩説均通,不改。

[箋注]

① 亞枝紅:白居易《酬和元九東川路詩十二首・亞枝花》:"山郵花木似平陽,愁殺多情驄馬郎。還似升平池畔坐,低頭向水自看妝。"愛新覺羅・弘曆《雜和唐元稹東川詩四首序》:"偶閲微之詩集,見東川諸作,喜其辭高而意遠,微之自序爲白行簡手寫者三十二章,而自録者惟七言二體,凡二十二首。夫詩人騷客憂愁幽思,遭際患難貧賤,發爲葩辭以舒其憤懣,故其詩樂者讀之而可歌悲者,讀之而可泣也!予則何有焉!然結習所在,正復難忘,雜和四章,聊適一晌。"其《亞枝紅》:"百花都解亞枝紅,獨許緋桃占化工。桃葉成陰臨碧渚,渚

花紅尚傲西風。"白居易與愛新覺羅·弘曆兩人之詩篇,可與本詩並讀。另外,王士禎《漁洋詩話》:"余嘗夢中得詩云:'谿流翡翠映烟空,溪上飛橋落彩虹。愛玩花叢憶元相,一枝渾卧碧流中。'既覺,不知所謂。及使蜀,乃悟是元微之《亞枝紅》詩,即使東川作也。"可以作爲詩壇趣話而已。　亞枝紅:指臨水低枝桃花,元稹本詩之詩序已經明言。楊慎《升庵集》卷六〇《亞枝花》:"白居易集有'亞枝',謂臨水低枝也。孟東野:'南浦桃花亞水紅,水邊柳絮揚春風。'白詩又云:'亞竹亂藤多照岸。'亦佳句也。"又白居易《晚桃花》:"一樹紅桃亞拂池,竹遮松蔭晚開時。非因斜日無由見,不是閑人豈得知? 寒地生材遺校易,貧家養女嫁常遲。春深欲落誰憐惜? 白侍郎來折一枝。"杜甫《上巳日徐司録林園宴集》:"鬢毛垂領白,花蕊亞枝紅……薄衣臨積水,吹面受和風。"　往歲:往年。獨孤及《丙戌歲正月出洛陽書懷》:"往歲衣褐見,受服金馬門。擬將忠與貞,來酬主人恩。"徐鉉《池州陳使君見示游齊山詩因寄》:"往歲曾游弄水亭,齊峰濃翠暮軒横。哀猿出檻心雖喜,傷鳥聞弦勢易驚。"　郭家亭子:宋敏求《長安志·親仁坊》:"尚父汾陽郡王郭子儀宅。"《關中勝迹圖志》卷六:"郭子儀宅:《譚賓録》:在親仁坊,宅居其坊地四分之一,通永巷。家人三千,出入者不知其居其里巷。負販之人,上至簪纓之士,出入不問。或至王夫人、趙氏愛女方粧梳對鏡,公麾下將吏及郎吏皆被召令汲水,持帨視之,不異僕隸。他日子弟集,諫,公笑曰:'爾曹固非所料,吾官馬食粟者五百匹,官饟者一千人,進無所往,退無所據,向使重垣扃户,不通内外,一怨將起,構以不臣,則噬臍莫及矣! 今蕩蕩無間,四門洞開,雖讒毁無以加也!'諸子皆服。又子儀園,《長安志》:在大安坊,後爲岐陽公主别館。"宋敏求《長安志·大通坊》:"東南隅左羽林將軍竇連山宅,尚父汾陽郡王郭子儀園(後爲岐陽公主别館)。"據此看來,郭子儀在長安有不止一處的宅院。郭家亭子或在親仁坊,或在大通坊,難以認定。王建《郭家溪亭》:"高亭望見長安樹,春草岡西舊院斜。光動緑烟遮岸竹,粉開紅艷塞溪花。野泉聞洗親王馬,古柳曾停貴主車。妝閣書樓傾側盡,雲山新賣與官家。"王建詩篇所詠景物,與元稹原唱、白居易酬唱大致相符,或許王建所詠"郭家溪亭",就是元稹詩篇中的"郭家亭子"。　舊物:原來所有之物。《晉書・王獻之傳》:"獻之徐曰:'偷兒,青氈我家舊物,可特置之。'群偷驚走。"劉禹錫《唐秀才贈端州紫石硯以詩答之》:"端州石硯人間重,贈我因知正草玄。闕里廟堂空舊物,開方灶下豈天然。"　愴然:悲傷貌。曹操《讓縣自明本志令》:"孤每讀此二人書,未嘗不愴然流涕也。"耿湋《送王閏》:"相送臨漢水,愴然望故關。江蕪連夢澤。楚雪入商山。"

② 平陽:指平陽公主,唐高祖李淵女,柴紹妻。隋大業十三年(617)紹從李淵在太原舉兵反隋,她回家散財招兵得七萬人,親率師與李世民會於渭北,時稱娘子軍,後封爲平陽公主,平陽池即在其宅第之中,後來成爲京城著名景點之一。李適《侍宴安樂公主莊應制》:"平陽金榜鳳皇樓,沁水銀河鸚鵡洲。彩仗遙臨丹壑裏,仙輿暫幸綠亭幽。"高嶠《晦日宴高氏林亭》:"歌入平陽第,舞對石崇家。莫慮能騎馬,投轄自停車。"　悵望:惆悵地看望或想望。孟郊《教坊歌兒》:"能嘶竹枝詞,供養繩床禪。能詩不如歌,悵望三百篇。"元稹《和樂天別弟後月夜作》:"悵望天澹澹,因思路漫漫。吟爲別弟操,聞者爲辛酸。"　山郵:山間的驛站,這裏指褒城驛。王維《送禰郎中》:"孤鶯吟遠墅,野杏發山郵。早晚方歸奏,南中絶忌秋。"薛能《西縣途中二十韵》:"硤路商逢使,山郵雀啅蛇。憶歸臨角黍,良遇得新瓜。"

③ "還向萬竿深竹裏"兩句:似一幅濃淡相宜的水彩畫一般呈現在讀者面前,"萬竿"與"一枝"量比,"萬竿"之綠與"一枝"之紅對比,"萬竿"參天與"一枝""渾臥"之不同,"深竹"與"碧流"相較,"深竹"之静與"碧流"之動互村,給人以親臨其境的藝術享受,詩中有畫,此其是也。元稹《酬樂天赴江州路上見寄三首》二:"萬竿高廟竹,三月徐亭樹。我昔憶君時,君今懷我處。"劉長卿《集梁耿開元寺所居院》:

“路經深竹過，門向遠山開。豈得長高枕？中朝正用才。”竇牟《杏園渡》：“衛郊多壘少人家，南渡天寒日又斜。君子素風悲已矣，杏園無復一枝花。”陳造《贈琴妓二首》二：“千紙争傳憂玉詞，一庭渾卧借書瓻。從今有問新知識，徑説江城女項斯。”李益《行舟》：“柳花飛入正行舟，卧引菱花信碧流。聞道風光滿揚子，天晴共上望鄉樓。” 向：愛，偏愛。劉禹錫《秋中暑退贈樂天》：“人情皆向菊，風意欲摧蘭。歲稔貧心泰，天凉病體安。”陸游《朝中措（梅）》二：“總是向人深處，當時枉道無情。” 深竹：茂密的竹林。張南史《陸勝宅秋暮雨中探韵》：“同人永日自相將，深竹閒園偶辟疆。已被秋風教憶鱠，更聞寒雨勸飛觴。”劉長卿《集梁耿開元寺所居院》：“路經深竹過，門向遠山開。豈得長高枕，中朝正用才！” 渾：全，整個。揚雄《法言・問道》：“合則渾，離則散，一人而兼統四體者，其身全乎？”劉恂《嶺表録異》卷上：“廣南有舂堂，以渾木刳爲槽，一槽兩邊約十杵，男女間立，以舂稻糧。” 卧：趴伏。韋續《墨藪》引蕭衍《書評》：“王羲之書，如龍躍天門，虎卧鳳闕。”林逋《猫兒》：“纖鉤時得小溪魚，飽卧花蔭興有餘。自是鼠嫌貧不到，莫慚尸素在吾廬。” 倒伏；使倒伏。《隋書・禮儀志》：“將帥先教士目，使習見旌旗指麾之蹤，發起之意，旗卧則跪。”碧流：緑水。孟浩然《鸚鵡洲送王九之江左》：“昔登江上黄鶴樓，遥愛江中鸚鵡洲。洲勢逶迤繞碧流，鴛鴦鸂鶒滿灘頭。”蘇軾《次韵曹子方運判雪中同遊西湖》：“未容雪積句先高，豈獨湖開心自遠。雲山已作歌眉淺，山下碧流清似眼。”

[編年]

《年譜》、《編年箋注》、《年譜新編》的編年意見前面《使東川・駱口驛二首》已經引述，此不重複。

我們以爲，根據本詩詩意，應該是離家日久思親念妻之作。關於地點，元稹自己已經點明當時“忽於褒城驛池岸竹間見之”，因此本詩應該作於元稹“三月”前往東川途經褒城驛的詩作。賦詠的時間,應該是三月二十日前後,正是桃花盛開的時候。

◎ 使東川・江花落(一)①

日暮嘉陵江水東,梨花萬片逐江風②。江花何處最腸斷?半落江流半在空③。

録自《元氏長慶集》卷一七

[校記]

(一)江花落:本詩各本,包括楊本、叢刊本、《萬首唐人絶句》、《石倉歷代詩選》、《全詩》,均無異文。

[箋注]

① 江花落:白居易有《酬和元九東川路詩十二首・江岸梨》酬和,詩云:“梨花有意緣和葉,一樹江頭惱殺君。最似孀閨少年婦,白妝素袖碧紗裙。”愛新覺羅・弘曆《雜和唐元稹東川詩四首序》:愛新覺羅・弘曆《雜和唐元稹東川詩四首序》:“偶閲微之詩集,見東川諸作,喜其辭高而意遠,微之自序爲白行簡手寫者三十二章,而自録者惟七言二體,凡二十二首。夫詩人騷客憂愁幽思,遭際患難貧賤,發爲葩辭以舒其憤懣,故其詩樂者讀之而可歌悲者,讀之而可泣也!予則何有焉!然結習所在,正復難忘,雜和四章,聊適一晌。”其《江花落》:“臨水秋花水面荷,西風颯沓落英多。歸著處同生處異,不曾分别碧江波。”兩詩可與本詩並讀。　江花:開放在江邊的花,這裏是指梨花。據元稹本詩“梨花萬片逐江風”云云,與詩題“江花落”一一切合,屬於梨花無疑。白居易的和篇更直接點明“江岸梨”,詩文也都點

明“梨花”,四句所描繪的,正是梨花。孟浩然《大堤行寄萬七》:“歲歲春草生,踏青二三月……携手今莫同,江花爲誰發?”杜甫《哀江頭》:“人生有情泪沾臆,江水江花豈終極? 黄昏胡騎塵滿城,欲往城南忘南北。”

② 日暮:傍晚,天色晚。元稹《别李三》:“蒼蒼秦樹雲,去去緱山鶴。日暮分手歸,楊花滿城郭。”杜牧《金谷園》:“日暮東風怨啼鳥,落花猶似墮樓人。” 梨花:梨樹的花,一般爲純白色。蕭子顯《燕歌行》:“洛陽梨花落如雪,河邊細草細如茵。”岑參《白雪歌送武判官歸京》:“北風卷地白草折,胡天八月即飛雪。忽如一夜春風來,千樹萬樹梨花開。” 萬片:極言花片之多。元稹《折枝花贈行》:“櫻桃花下送君時,一寸春心逐折枝。别後相思最多處,千株萬片繞林垂。”徐凝《上陽紅葉》:“洛下三分紅葉秋,二分翻作上陽愁。千聲萬片御溝上,一片出宫何處流?” 江風:江流上空的風。王昌齡《巴陵别劉處士》:“竹映秋館深,月寒江風起。烟波桂陽接,日夕數千里。”元稹《寄庾敬休》:“小來同在曲江頭,不省春時不共遊。今日江風好暄暖,可憐春盡古湘州!”

③ 何處:哪里,什麽地方。《漢書·司馬遷傳》:“且勇者不必死節,怯夫慕義,何處不勉焉!”元稹《别孫村老人(寒食日)》:“年年漸覺老人稀,欲别孫翁泪滿衣。未死不知何處去? 此身終向此原歸。” 腸斷:形容極度悲痛。沈佺期《嶺表逢寒食》:“嶺外無寒食,春來不見餳……帝鄉遥可念,腸斷報親情。”白居易《長恨歌》:“蜀江水碧蜀山青,聖主朝朝暮暮情。行宫見月傷心色,夜雨聞鈴腸斷聲。” 半落江流半在空:意謂被江風吹落的梨花花片,在江風裏上下飛舞,最終它們中的一部分還是飄落在江流之上,隨着江流,戀戀不捨但又飛快地離去。王維《寒食城東即事》:“清溪一道穿桃李,演漾緑蒲涵白芷。溪上人家凡幾家? 落花半落東流水。”劉長卿《送喬判官赴福州》:“揚帆向何處? 插羽逐征東……江流回澗底,山色聚閩中。” 落:掉進,

進入。陶潛《歸園田居五首》一:"少無適俗韵,性本愛丘山。誤落塵網中,一去三十年。"元稹《三月二十四日宿曾峰館夜對桐花寄樂天》:"我在山館中,滿地桐花落。"在:停留,逗留。元稹《有鳥二十章》六:"風吹繩斷童子走,餘勢尚存猶在天。愁爾一朝還到地,落在深泥誰復憐?"許渾《下第有懷親友》:"征帆又過湘南月,旅館還悲渭水春。無限别情多病後,杜陵寥落在漳濱。"

［編年］

《年譜》、《編年箋注》、《年譜新編》的編年如前《使東川・駱口驛二首》所述,這裏我們不再重複。

詩人借梨花起興,暗寓對妻子的思念。而白居易的和作,也提供了元稹思念妻子的旁證。此詩應該作於元稹前往東川之時,物候爲我們提供了有力的證據:"梨花萬片逐江風"、"半落江流半在空"。蕭子顯《燕歌行》:"風光遲舞出青蘋,蘭條翠鳥鳴發春。洛陽梨花落如雪,河邊細草細如茵。"具體時間應該在元稹來到嘉陵江邊之時,亦即三月二十日。

◎ 使東川・梁州夢(是夜宿漢川驛,夢與杓直、樂天同遊曲江,兼入慈恩寺諸院。倏然而寤,則遞乘及階,郵吏已傳呼報曉矣!)(一)①

夢君同繞曲江頭(二),也向慈恩院院遊②。亭吏呼人排去馬(三),忽驚身在古梁州③。

録自《元氏長慶集》卷一七

[校記]

(一) 梁州夢：楊本、叢刊本、《全詩》、《全唐詩録》同，《本事詩》、《太平廣記》、《淵鑑類函》、《説郛》、《歷代詩話》作"夢遊詩"，《唐詩紀事》、《蜀中廣記》無題，《萬首唐人絶句》、《唐人萬首絶句選》詩題同，其下均無題注。序中的"郵吏"與詩中"亭吏"相應，楊本作"郵使"，《漢語大詞典》："郵使：古代郵傳驛站的小官，詳'郵吏'。"又"郵吏"云："郵吏：古代郵傳驛站的小官。唐元稹《梁州夢》詩序：'是夜宿漢川驛，夢與杓直、樂天同遊曲江，兼入慈恩寺諸院。倏然而寤，則遞乘及階，郵吏已傳呼報曉矣！'一本作'郵使'。"據此，兩者相類，不必改。

(二) 夢君同繞曲江頭：楊本、叢刊本、《萬首唐人絶句》、《唐人萬首絶句選》、《歷代詩話》、《全詩》、《全唐詩録》同，《本事詩》、《唐詩紀事》、《太平廣記》、《蜀中廣記》、《淵鑑類函》、《説郛》作"夢見兄弟曲江頭"，各備一説，不改。

(三) 亭吏呼人排去馬：楊本、叢刊本、《萬首唐人絶句》、《唐人萬首絶句選》、《全詩》、《全唐詩録》同，《本事詩》、《唐詩紀事》、《太平廣記》、《蜀中廣記》、《淵鑑類函》、《説郛》、《歷代詩話》作"驛吏唤人排馬去"，各備一説，不改。

[箋注]

① 梁州夢：白行簡《三夢記》："元和四年，河南元微之爲監察御史，奉使劍外逾旬。予與仲兄樂天、隴西李杓直同遊曲江。詣慈恩佛舍，遍歷僧院，淹留移時。日已晚，同詣杓直修行里第，命酒對酌，甚歡暢。兄停杯久之，曰：'微之當達梁矣！'命題一篇於壁，其詞曰：'春來無計破春愁，醉折花枝作酒籌。忽憶故人天際去，計程今日到梁州。'實二十一日也。十許日，會梁州使適至，獲微之書一函，後寄《紀夢詩》一篇，其詞曰：'夢君兄弟曲江頭，也入慈恩院裏遊。屬吏唤人

排馬去，覺來身在古梁州。'日月與遊寺題詩日月率同，蓋所謂此有所爲而彼夢之者矣!"《三夢記》的第二夢記述元稹在梁州所夢與白居易、李建、白行簡在長安的所遊完全相同的奇事趣聞，雖然元稹、白居易詩歌的文字因版本的問題，與《三夢記》稍有出入，但大致情景却基本相同。從心理學的角度來看，日有所思夜才能有所夢。這個故事充分説明元稹與白居易他們雖然地隔千里，但他們無時無刻不在記挂對方，從中可見元稹與他的朋友之間友誼的真摯深沉，相互思念的情切思迫。《三夢記》所録白居易的"詞"，即是《白氏長慶集》中的《同李十一醉憶元九》，文字不盡相同:"花時同醉破春愁，醉折花枝作酒籌。忽憶故人天際去，計程今日到凉州。"其中的"凉州"應該是誤筆所致。《古詩境・唐詩境》、《全詩》、《古今事文類聚》、《白香山詩集》同誤。黄永年先生《〈三夢記〉辨僞》認爲《三夢記》是南宋之前的後人"捏造出來的"，録以備考。筆者也以爲，白行簡的《三夢記》超越元稹本詩以及白居易《同李十一醉憶元九》的實際，將本來並不在内的白行簡拉雜其中，確實值得也應該懷疑，我們已經在本書稿的"辨僞"部份加以辨正。但元稹本詩以及白居易的《同李十一醉憶元九》是真實的客觀存在，分别見於《元氏長慶集》與《白氏長慶集》，故本詩的真實性不應該懷疑。　漢川驛:據元稹本詩詩序推斷，應該是梁州治府興元内的驛站。唐彦謙《登興元城觀烽火》也可以證明:"漢川城上角三呼，扈蹕防邊列萬夫。褒姒冢前烽火起，不知泉下破顔無?"　慈恩寺:唐代寺院名，貞觀二十二年(648)，唐高宗李治爲太子時，就隋無漏寺舊址爲母文德皇后追福所建，故名慈恩寺。唐玄奘自印度學佛歸國，曾住此從事佛經翻譯工作達八年之久，並倡議在寺旁建雁塔，用以收藏從印度帶回的經像。寺在全盛時有十餘院，室一千八百九十七，僧三百人。自神龍始，進士登科，皇帝均賜宴曲江上，題名雁塔，平時也是士人、市民遊覽與登臨的勝地。儲光羲《同諸公登慈恩寺塔》:"金祠起真宇，直上青雲垂。地静我亦閑，登之秋清時。"岑參

《與高適薛據登慈恩寺浮圖》:“塔勢如湧出,孤高聳天宫。登臨出世界,磴道盤虚空。”

② 曲江:即曲江池,在今陝西省西安市東南,秦爲宜春苑,漢爲樂游原,有河水水流曲折,故稱。隋文帝以曲名不正,更名芙蓉園,唐復名曲江,開元中更加疏鑿,爲都人中和、上巳等盛節遊賞勝地。鮑防《憶長安·二月》:“百囀宫鶯繡羽,千條御柳黄絲。更有曲江勝地,此來寒食佳期。”羊士諤《亂後曲江》:“憶昔曾遊曲水濱,春來長有探春人。遊春人静空池在,直至春深不似春。”

③ 亭吏:亭長,本詩是指負責驛站的小吏。《後漢書·百官志》:“亭有亭長。”劉昭注引應劭《風俗通》:“亭吏舊名負弩,改爲長,或謂亭父。”李商隱《行次西郊作一百韵》:“盜賊亭午起,問誰多窮民。節使殺亭吏,捕之恐無因。” 排去馬:即排馬,安排送御史登程前往目的地的馬匹,這是驛站必須負責的公務。楊萬里《西府直舍盆池種蓮》:“稍添菱荇相縈帶,便有龜魚數往回。剩欲遶池三兩匝,數聲排馬苦相催。”魏了翁《夏至日祀關伯于開元宫前三日省中齋宿三首》三:“朝罷歸來政事堂,衣冠牣宇鶩成行。須臾排馬還私第,一片閑庭鎖夕陽。” 古梁州:古九州之一。《書·禹貢》:“華陽黑水惟梁州。”孔傳:“東據華山之南,西距黑水。”武元衡《聽歌》:“月上重樓絲管秋,佳人夜唱古梁州。滿堂誰是知音者?不惜千金與莫愁。”李頻《聞金吾妓唱梁州》:“聞君一曲古梁州,驚起黄雲塞上愁。秦女樹前花正發,北風吹落滿城秋。”

[編年]

《年譜》、《編年箋注》、《年譜新編》的編年意見如前,這裏我們不再重複。

白行簡《三夢記》雖然不一定是白行簡所作,但所記的時日爲三月“二十一日”,倒切合元稹東川之行的行程,可以確定爲本詩賦詠的具體時間。

■ 戡難紀(一)①

據元稹《上興元權尚書啓》

[校記]

(一) 戡難紀:元稹本佚失之文所據元稹《上興元權尚書啓》,載《元氏長慶集》補遺卷二,又見《英華》、《全文》,有關"戡難紀"的敘述,均無異文。

[箋注]

① 戡難紀:元稹《上興元權尚書啓》:"又文書中得《遷廟議》、《移史官書》、《戡難紀》并在通時《叙詩》一章,次爲卷軸,封用上獻。"但今存元稹文篇不見《戡難紀》,故據此補録。　戡難:消弭禍亂。司空圖《太尉琅玡王公河中生祠碑》:"况頃者運屬履危,時當戡難。"《新唐書・陸贄傳》:"興元戡難功,雖爪牙宣力,蓋贄有助焉!"李唐歷史上消弭禍亂轉危爲安的事件有多次,疑元稹所記之《戡難紀》,應該是唐德宗在位的那一次,或者是李唐多次戡難之記載,因元稹之《戡難紀》已經佚失,今已難得其詳。　紀:通"記",記載,記録。《左傳・桓公二年》:"文、物以紀之,聲、明以發之。"韓愈《祭柳子厚文》:"富貴無能,磨滅誰紀?"

[編年]

未見《元稹集》過録,也不見《編年箋注》過録與編年。《年譜》、《年譜新編》均編年元和十二年"佚文"欄内。

我們以爲:一、據我們對元稹全部詩文的統一編年,元稹《上興元權尚書啓》應該賦成於"元和十一年十月二十六日之後至十一年年底間",故《戡難紀》毫無疑問應該賦成於元和十一年十月二十六日之前,而《年譜》、《年譜新編》編年元和十二年肯定是不合適的。二、元稹《上興元權尚書啓》:"因用官通已來所作詩及常記憶者,共五十首。又文書中得《遷廟議》、《移史官書》、《戡難紀》并在通時《叙詩》一章,次爲卷軸,封用上獻。"《遷廟議》即《遷廟議狀》,賦成於元和元年七月十一日後、七月二十四日前;《移史官書》即《與史館韓郎中書》,賦成於元和八年的夏天;《叙詩》即《叙詩寄樂天書》,賦成於元和十年六月間;而"官通已來所作詩及常記憶者,共五十首"云云,應該與元稹《叙詩寄樂天書》所云相一致:"自十六時至是元和七年,已有詩八百餘首,色類相從,共成十體,凡二十卷。自笑冗亂,亦不復置之於行李。昨來京師,偶在筐篋。及通行,盡置足下……昨行巴南道中,又有詩五十一首。文書中得七年已後所爲,向二百篇,繁亂冗雜,不復置之執事前。""五十篇"主要作於司馬通州以後,但也包括"常記憶者",因爲送呈自己的座主權德輿,自然應該經過挑選,不可能如留存朋友白居易那樣一股腦兒交付。據此,《戡難紀》很可能即賦成於元和前期,最大可能即是元稹元和四年三月至五六月間在東川辦案期間經由興元之時,而李唐的諸多"戡難",都與興元有關,元稹當時職任監察御史之職。

◎ 使東川·江上行(一)[①]

悶見漢江流不息,悠悠漫漫竟何成[②]?江流不語意相問:何事遠來江上行[③]?

録自《元氏長慶集》卷一七

[校記]

(一) 江上行：本詩存世各本，諸如楊本、叢刊本、《萬首唐人絶句》、《全詩》，均未見異文。

[箋注]

① 江：本詩的"江"是漢水，或者説是漢江，亦即是梁州(今陝西漢中市)下游的漢江。元稹這次應該是順駱谷南行，然後逆漢江西行至梁州。張九齡《江上遇疾風》："疾風江上起，鼓怒揚烟埃。白晝晦如夕，洪濤聲若雷。"盧僎《南望樓》："去國三巴遠，登樓萬里春。傷心江上客，不是故鄉人。"　行：(車船)行駛。《莊子・天運》："夫水行莫如用舟，而陸行莫如用車。"李珣《南鄉子》七："沙月静，水烟輕。芰荷香裏夜船行。"

② 漢江：又稱漢水，長江最長支流。上源玉帶河出陝西省西南部寧强縣，東流到勉縣東和褒河匯合後稱漢江。東南流經陝西省南部、湖北省西北部、中部，在鄂州(今武漢市)入長江。全長三千里，有褒河、丹江等支流，流域面積十六萬平方公里，是我國境内重要河流之一。丘爲《渡漢江》："漾舟漢江上，挂席候風生。臨泛何容與？愛此江水清。"李白《襄陽曲四首》三："峴山臨漢江，水緑沙如雪。上有墮泪碑，青苔久磨滅。"　悠悠：連綿不盡貌。左思《吴都賦》："直冲濤而上瀨，常沛沛以悠悠。"温庭筠《夢江南》："過盡千帆皆不是，斜暉脈脈水悠悠。"　漫漫：廣遠無際貌。白居易《題岳陽樓》："岳陽城下水漫漫，獨上危樓倚曲欄。春岸緑時連夢澤，夕波紅處近長安。"范成大《題山水横看二首》一："烟山漠漠水漫漫，老柳知秋渡口寒。"

③ "江流不語意相問"兩句：意謂江流奔騰向前，似乎不言不語，但那意思好像在問："你遠途跋涉，從長安來到這裏，究竟是爲了什麽樣重要的事情？"　江流：江中的水流。張若虚《春江花月夜》："江流

宛轉遶芳甸,月照花林皆似霰。空裏流霜不覺飛,汀上白沙看不見。"元稹《楚歌十首》一〇:"栖栖王粲賦,憤憤屈平篇。各自埋幽恨,江流終宛然。" 相問:詢問,質問。崔顥《江畔老人愁》:"人生貴賤各有時,莫見羸老相輕欺!感君相問爲君説,説罷不覺令人悲。"元稹《送友封二首》二:"甘將泥尾隨龜後,尚有雲心在鶴前。若見中丞忽相問,爲言腰折氣冲天。" 何事:什麼事,哪件事。謝朓《休沐重還道中》:"問我勞何事?沾沐仰清徽。"方干《經周處士故居》:"愁吟與獨行,何事不傷情?"爲何,何故。左思《招隱二首》一:"何事待嘯歌?灌木自悲吟。"劉過《水調歌頭》:"湖上新亭好,何事不曾來?" 遠來:遠道而來。韋應物《淮上遇洛陽李主簿》:"寒山獨過雁,暮雨遠來舟。日夕逢歸客,那能忘舊遊?"元稹《别李十一五絶》一:"巴南分與親情别,不料與君床並頭。爲我遠來休悵望,折君灾難是通州。"

[編年]

《年譜》、《編年箋注》、《年譜新編》的編年意見前《使東川·駱口驛二首》已引述,這裏不再重複。

我們以爲本詩賦詠的地點在漢江之上,時間在梁州啓程之後。向西航行在漢水之上,時間應該在三月二十二日。

◎ 題漫天嶺智藏師蘭若僧云住此二十八年(一)①

僧臨大道閲浮生,來往憧憧利與名②。二十八年何限客,不曾閑見一人行③。

録自《元氏長慶集》卷一九

[校記]

(一) 題漫天嶺智藏師蘭若僧云住此二十八年：楊本、叢刊本、《全詩》同，《蜀中廣記》作“題漫天嶺智藏師蘭若僧”，《萬首唐人絶句》作“題漫天嶺智藏師蘭若”，而有題注“僧云住此二十八年”，《記纂淵海》無題，録以備考，不改。

[箋注]

① 漫天嶺：《明一統志》卷六八：“漫天嶺在廣元縣東北三十五里，山極高聳，有大漫天、小漫天二山。唐羅隱詩：‘西去休言蜀道難，此中危峻已多端。到頭未會蒼蒼色，争得禁他兩度漫？’一名槁本山。”《大清一統志》卷二九七：“漫天嶺：在廣元縣東北三十五里，有大漫天、小漫天二山，皆極高聳。唐羅隱有詩，一名槁本山。舊《志》：小漫天在大漫天北，二嶺相連，爲蜀道之險。後唐清泰初，孟知祥置大、小漫天二砦。宋乾德中，伐蜀別將史進德奪其小漫天砦，蜀人退保大漫天砦，即此。”高駢《入蜀》：“萬水千山音信希，空勞魂夢到京畿。漫天嶺上頻回首，不見虞封泪滿衣。”韓琦《漫天嶺》：“欲使行人直過難，倚江淩漢任盤盤。紆回到頂終須下，如此天高甚處漫？”　智藏師蘭若僧：《蜀中廣記》卷二四：“又北三十里有大、小漫天，嶺極高……嶺上有寺。”估計智藏師與蘭若僧就長期在寺中主持寺院事務的高級僧人，根據元稹的詩題，這兩位僧人，入居大小漫天應該在唐德宗初登帝位的建中二年(781)之時，餘不詳。于鵠有《題蘭若僧》詩：“一身禪誦苦，灑掃古花宫。静屋門常閉，深蘿月不通。懸燈喬木上，鳴磬亂幡中。附入高僧傳，長稱二遠公。”杜牧《贈終南蘭若僧》：“北闕南山是故鄉，兩枝仙桂一時芳。休公都不知名姓，始覺禪門氣味長。”兩詩中的“蘭若僧”不知是否是同一人。

② 大道：原指寬闊的道路，但這似乎與大小漫天嶺道路險峻情

況不合，因此應該從其他方面考慮。大道有正道、常理的義項，指最高的治世原則，包括倫理綱常等。《禮記·禮運》："孔子曰：'大道之行也，與三代之英，丘未之逮也，而有志焉！'"《漢書·司馬遷傳贊》："又其是非頗繆于聖人，論大道則先黄老而後六經。"柳宗元《箕子碑》："當紂之時，大道悖亂，天威之動不能戒，聖人之言無所用。"也指指自然法則。《莊子·天下》："天能覆之而不能載之，地能載之而不能覆之，大道能包之而不能辯之，知萬物皆有所可，有所不可。"嵇康《釋私論》："物情順通，故大道無違；越名任心，故是非無措也。"也可理解爲成仙之道。韋渠牟《步虚詞十九首》一〇："大道何年學？真符比日催。"辛文房《唐才子傳·吕巖》："巖既篤志大道，遊覽名山，至太華，遇雲房，知爲異人。" 浮生：語本《莊子·刻意》："其生若浮，其死若休。"以人生在世，虚浮不定，因稱人生爲"浮生"。王績《獨酌》："浮生知幾日？無狀逐空名。不如多釀酒，時向竹林傾。"元稹《酬哥舒大少府寄同年科第》："自言行樂朝朝是，豈料浮生漸漸忙。" 來往：來去，往返。宋玉《神女賦》："精交接以來往兮，心凱康以樂歡。"李白《大獵賦》："大章按步以來往，夸父振策而奔走。" 憧憧：往來不絶貌。張九齡《唐崔君神道碑》："縉紳景慕，憧憧往來，徙宅就居，投刺成市，若衆流之赴壑也。"也作心不定貌。桓寬《鹽鐵論·刺復》："方今爲天下腹居郡，諸侯並臻，中外未然，心憧憧若涉大川，遭風而未薄。" 利與名：即名利，名位與利禄，名聲與利益。《尹文子·大道》："故曰禮義成君子，君子未必須禮義，名利治小人，小人不可無名利。"韓愈《復志賦》："惟名利之都府兮，羌衆人之所馳。"

③ 何限：多少，幾何。戴叔倫《撫州被推昭雪答陸太祝三首》二："貧交相愛果無疑，共向人間聽直詞。從古以來何限枉，慚知暗室不曾欺。"韋莊《和人春暮書事寄崔秀才》："不知芳草情何限？只怪遊人思易傷。"又作無限解。盧綸《寶泉寺送李益端公歸邠寧幕》："蓮花國何限，貝葉字無窮。早晚登麟閣，慈門欲付公。"韓愈《郴口又贈二首》

二:"雪颭霜翻看不分,雷驚電激語難聞。沿涯宛轉到深處,何限青天無片雲。"　不曾:未曾,没有。劉義慶《世説新語·文學》:"〔習鑿齒〕後至都見簡文返命,宣武問:'見相王,何如?'答云:'一生不曾見此人。'"戴叔倫《題秦隱君麗句亭》:"北人歸欲盡,猶自住蕭山。閉户不曾出,詩名滿世間。"　閑見:間或見到。齊己《謝孫郎中寄示》:"繩琢静聞罘象外,是非閑見寂寥中。時來日往緣真趣,不覺秋江度塞鴻。"　一人:一個人。《詩·鄭風·野有蔓草》:"有美一人,清揚婉兮!"王維《九月九日憶山東兄弟》:"獨在異鄉爲異客,每逢佳節倍思親。遥知兄弟登高處,遍插茱萸少一人。"

[編年]

《年譜》編年本詩於元和十年,其下云:"漫天嶺在利州。這是元稹第三次經過漫天嶺。"《編年箋注》亦云:"此詩作於元和十年(八一五),元稹赴通州司馬途中。見下《譜》。"《年譜新編》亦編年元和十年"離京赴通州途中作",没有列舉理由。

我們以爲,元稹曾經五次經由漫天嶺,本詩究竟作於何時,值得推敲。詩題云:"智藏師蘭若僧云住此二十八年。"元稹每次登上漫天嶺,一直信仰佛教的詩人定然要禮佛參僧,而智藏師蘭若僧告訴詩人自己住在這裏已經二十八年,從口氣來看,應該是詩人第一次經過漫天嶺參拜智藏師蘭若僧之時,相互問候時瞭解彼此情況後留下的詩作。而《年譜》特指第三次經由漫天嶺時所作,没有任何根據,爲什麼不是第一次、第二次,也不是第四次、第五次,偏偏是第三次?有違常情,《年譜》與《編年箋注》、《年譜新編》都没有提供任何根據,不可取。據此,本詩應該賦成於元和四年三月二十四日,元稹出使東川第一次經由漫天嶺之時,地點在漫天嶺,元稹當時以監察御史的身份出使東川辦案。

◎ 使東川・慚問囚(蜀門夜行,憶與順之在司馬煉師壇上話出處時)(一)①

司馬子微壇上頭,與君深結白雲儔②。尚平村落擬連買(二),王屋山泉爲別遊③。各待陸渾求一尉,共資三徑便同休④。那知今日蜀門路,帶月夜行緣問囚⑤!

録自《元氏長慶集》卷一七

[校記]

(一) 慚問囚:楊本、叢刊本、《全詩》同,《淵鑑類函》、《山西通志》詩題同,但下無題注。

(二) 尚平村落擬連買:《全詩》、《山西通志》同,楊本、叢刊本、《淵鑑類函》作"尚平村落擬連賣",語義不通,不改。

[箋注]

① 慚問囚:據本詩詩意,元稹早年有"白雲儔"的初衷,然而事實是他却爲了審問囚犯"帶月夜行",故曰"慚"。 慚:羞愧。酈道元《水經注・渭水》:"今名孝里亭,中有白起祠。嗟呼!有制勝之功,慚尹商之仁,是地即其伏劍處也。"孟浩然《送韓使君除洪府都督》:"無才慚孺子,千里愧同聲。"歐陽修《和劉原父從幸後苑觀稻呈經筵諸公》:"衰病慚經學,陪遊與俊賢。" 問囚:審問囚犯。蘇軾《和子由記園中草木十一首》七:"官舍有叢竹,結根問囚廳。下爲人所徑,上密不容釘。"蘇轍《次韵韓宗弼太祝送遊太山》:"羨君官局最優遊,笑我區區學問囚。今日登臨成獨往,終年勤苦粗相酬。" 蜀門:山名,即劍門,在四川省劍閣縣北。山勢險峻,古爲戍守之處,亦代稱蜀地。

杜甫《木皮嶺》:“首路栗亭西,尚想鳳皇邨。季冬携童稚,辛苦赴蜀門。”注云:“魯曰:蜀門,即劍門也。”李端《送成都韋丞還蜀》:“蜀門雲樹合,高棧有猿愁。驅傳加新命,之官向舊遊。”　順之:即庾敬休,元稹白居易的朋友,也是元稹的遠房親戚,他們之間往還甚多,酬唱不斷。本組詩中的《清明日》詩即提及與庾敬休在京城的歡遊的情景。白居易《夢與李七庾三十三同訪元九》:“夜夢歸長安,見我故親友。損之在我左,順之在我右。”白居易《寄庾侍郎》:“幽致竟誰别? 閑静聊自適。懷哉庾順之,好是今宵客。”

② 司馬子微:即司馬承禎,《新唐書・司馬承禎傳》:“司馬承禎,字子微,洛州温人。事潘師正,傳辟穀、道引,術無不通。師正異之曰:‘我得陶隱居正一法,逮而四世矣!’因辭去,遍遊名山,廬天台不出。武后嘗召之,未幾去。睿宗復命其兄承禕就起之,既至,引入中掖廷,問其術。對曰:‘爲道日損,損之又損,以至於無爲。夫心目所知見,每損之尚不能已,况攻異端而增智慮哉?’帝曰:‘治身則爾,治國若何?’對曰:‘國猶身也,故遊心於淡,合氣於漠,與物自然而無私焉! 而天下治。’帝嗟味曰:‘廣成之言也!’錫寶琴,霞紋帔,還之。開元中,再被召至都,玄宗詔于王屋山置壇室以居。善篆、隸,帝命以三體寫《老子》,刊正文句。又命玉真公主及光禄卿韋絛至所居,按金籙設祠,厚賜焉! 卒,年八十九,贈銀青光禄大夫,謚貞一先生,親文其碑。”　壇:僧道過宗教生活或舉行祈禱法事的場所。如濟公壇、盛德壇。張謂《東封山下宴群臣》:“輦路宵烟合,旌門曉月殘。明朝陪聖主,山下禮圓壇。”王維《沈十四拾遺新竹生讀經處同諸公之作》:“樂府裁龍笛,漁家伐釣竿。何如道門裏,青翠拂仙壇。”　白云:喻歸隱。陶弘景《詔問山中何所有賦詩以答》:“山中何所有? 嶺上多白雲。只可自怡悦,不堪持寄君。”錢起《藍田溪與漁者宿》:“一論白雲心,千里滄州趣。”　儔:伴侣。曹植《洛神賦》:“爾乃衆靈雜遝,命儔嘯侣,或戲清流,或翔神渚。”韓愈《送窮文》:“子飯一盂,子啜一觴,携朋挈儔,

去故就新。”

③ 尚平:《後漢書·向長傳》:“向長,字子平(《高士傳》‘向’字作‘尚’),河内朝歌人也。隱居不仕,性尚中和,好通《老》、《易》,貧無資食,好事者更饋焉!受之,取足而反其餘。王莽大司空王邑辟之連年,乃至。欲薦之於莽,固辭乃止。潛隱於家,讀《易》至《損益卦》,喟然嘆曰:‘吾已知富不如貧,貴不如賤,但未知死何如生耳!’(《易·損卦》曰:‘二簋可用享損益,盈虚與時偕行。《益卦》曰損上益下,民説無强也)建武中,男女娶嫁既畢,敕:‘斷家事勿相關:當如我死也!’於是遂肆意與同好北海禽慶(前書:慶字子夏),俱遊五嶽名山,竟不知所終。”《文選·謝靈運〈初去郡〉詩》:“畢娶類尚子,薄遊似邴生。”李善注引嵇康《高士傳》:“尚長,字子平,河内人。隱居不仕,爲子嫁娶畢,敕家事斷之:勿復相關,當如我死矣!”許渾《村舍二首》一:“尚平多累自歸難,一日身閑一日安。” 村落:村莊。《三國志·鄭渾傳》:“入魏郡界,村落齊整如一。”張喬《歸舊山》:“昔年山下結茅茨,村落重來野徑移。”也泛指鄉村,鄉下。元稹《緣路》:“烟火遥村落,桑麻隔稻畦。此中如有問,甘被到頭迷。”張孝祥《劉兩府》:“某以久不省祖塋,自宣城暫歸歷陽村落。”本詩是以尚平居住過的村落借喻元稹自己打算購買用來隱居的村落。 王屋:山名,在山西省陽城、垣曲兩縣之間,山有三重,其狀如屋,故名。盧照鄰《鄭太子碑銘》:“左右原野,表裏山河。析城、王屋,汾川帝歌。”王維《送張道士歸山》:“先生何處去?王屋訪茅君。” 山泉:山中泉水。朱慶餘《山居》:“山泉共鹿飲,林果讓僧嘗。”猶山水,指山水風景。謝朓《直中書省》:“朋情以郁陶,春物方駘蕩。安得淩風翰,聊恣山泉賞?”盧思道《上巳禊飲》:“山泉好風日,城市厭囂塵。” 別遊:意謂將王屋山泉作爲兩人經常光顧的遊覽之地。李端《和李舍人直中書對月見寄》:“名卿步月正淹留,上客裁詩怨別遊。素魄近成班女扇,清光遠似庾公樓。”孟郊《越中山水》:“碧嶂幾千遶,清泉萬餘流。莫窮合遝步,孰盡派別遊?”

④“各待陸渾求一尉”兩句:意謂自己出來求取官職的本意祇是爲購買田産,本意是爲退隱山林做些準備。　陸渾:古地名,也稱瓜州,原指今甘肅敦煌一帶。春秋時秦、晉二國使居於其地之“允姓之戎”遷居伊川,以陸渾名之。漢置縣,五代廢,故城在今河南省嵩縣東北。《史記・匈奴列傳》:“於是戎狄或居於陸渾,東至於衛,侵盜暴虐中國。”裴駰集解引徐廣曰:“一爲‘陸邑’。”司馬貞索隱:“《春秋左氏》:‘秦晉遷陸渾之戎于伊川。’杜預以爲‘允姓之戎居陸渾,在秦、晉之間,二國誘而徙之伊川,遂從戎號,今陸渾縣’是也。”韓愈《送侯參謀赴河中幕》:“雪徑抵樵叟,風廊折談僧。陸渾桃花間,有湯沸如烝。”　三徑:趙岐《三輔決録・逃名》:“蔣詡歸鄉里,荆棘塞門,舍中有三徑,不出,唯求仲、羊仲從之遊。”後因以“三徑”指歸隱者的家園。陶潛《歸去來辭》:“三徑就荒,松竹猶存。”蔣防《題杜賓客新豐里幽居》:“退迹依三徑,辭榮繼二疏。”

⑤“那知今日蜀門路”兩句:元稹上任伊始,就没有閑着。二月拜職的元稹,三月一日就奉命前往劍南東川按覆贓犯任敬仲,這也許是他擔任監察御史之後接到的第一個外出的使命。一個簡簡單單的個案,本來可以以輕鬆從容的姿態面對,但元稹的態度却不是這樣,他經過了“五夜燈前草御文”的認真準備,即於三月七日騎馬傳驛,急如星火趕赴目的地。　那知:哪里知道。劉長卿《送康判官往新安》:“不向新安去,那知江路長?猿聲近廬霍,水色勝瀟湘。”岑參《宿鐵關西館》:“塞迥心常怯,鄉遥夢亦迷。那知故園月,也到鐵關西?”　今日:本日,今天。《孟子・公孫丑》:“今日病矣!予助苗長矣!”韓愈《送張道士序》:“今日有書至。”　帶月:謂披戴月色。陶潛《歸園田居六首》三:“晨興理荒穢,帶月荷鋤歸。”劉長卿《送張十八歸桐廬》:“歸人乘野艇,帶月過江村。”　夜行:夜間出行。《禮記・内則》:“女子出門,必擁蔽其面,夜行以燭,無燭則止。”張籍《董逃行》:“宫城南面有深山,盡將老幼藏其間。重巖爲屋橡爲食,丁男夜行候消息。”

[編年]

《年譜》、《編年箋注》、《年譜新編》的編年意見如前《使東川・駱口驛二首》所述,這裏不再重複。

我們以爲本詩應該作于《梁州夢》、《江上行》之後,亦即三月二十五日之後,地點在劍門關附近,有"那知今日蜀門路,帶月夜行緣問囚"可證。

◎ 使東川・夜深行[(一)][①]

夜深猶自繞江行,震地江聲似鼓聲[②]。漸見戍樓疑近驛,百牢關吏火前迎[③]。

録自《元氏長慶集》卷一七

[校記]

(一) 夜深行:本詩各本,包括楊本、叢刊本、《萬首唐人絶句》、《佩文齋詠物詩選》、《全詩》均無異文。

[箋注]

① 夜深行:白居易有《酬和元九東川路詩十二首・夜深行》酬和,詩云:"百牢關外夜行客,三殿角頭宵直人。莫道近臣勝遠使,其如同是不閑身。"愛新覺羅・弘曆《雜和唐元稹東川詩四首序》:"偶閲微之詩集,見東川諸作,喜其辭高而意遠,微之自序爲白行簡手寫者三十二章,而自録者惟七言二體,凡二十二首。夫詩人騷客憂愁幽思,遭際患難貧賤,發爲葩辭以舒其憤懣,故其詩樂者讀之而可歌悲者,讀之而可泣也!予則何有焉!然結習所在,正復難忘,雜和四章,聊適一晌。"其《夜深行》:"夜深猶自繞階行,不是徵歌及選聲。十五

年来惟一意，晴多期雨雨期晴。”兩詩可與本詩参讀。

② 夜深：猶深夜。杜甫《玩月呈漢中王》：“夜深露氣清，江月滿江城。浮客轉危坐，歸舟應獨行。”戴叔倫《聽歌回馬上贈崔法曹》：“秋風裹許杏花開，杏樹旁邊醉客來。共待夜深聽一曲，醒人騎馬斷腸回。” 猶自：尚，尚自。許渾《塞下曲》：“夜戰桑干北，秦兵半不歸。朝來有鄉信，猶自寄征衣。”王沂孫《齊天樂·蟬》：“淒凉倦耳。漫重拂琴絲，怕尋冠珥。短夢深宫，向人猶自訴憔悴。” 繞江：隨着江流曲曲折折向前。孫逖《山陰縣西樓》：“都邑西樓芳樹間，逶迤霽色遶江山。山月夜從公署出，江雲晚對訟庭還。”張建封《競渡歌》：“五月五日天晴明，楊花繞江啼曉鶯。使君未出郡齋外，江上早聞齊和聲。” 震地：猶震天動地。趙抃《次韵程給事書院浣紗石二首》二：“吴宫金玉似泥沙，西子東來舉國誇。一日越兵聲震地，夫差猶惑眼中花。”邵雍《和王中美大卿致政二首》二：“入格柳拖風細細，壓春花笑日遲遲。傳呼震地門前過，更不令人問是誰。” 江聲：江水奔騰之聲。岑參《送襄州任别駕》：“别乘向襄州，蕭條楚地秋。江聲官舍裹，山色郡城頭。”杜甫《禹廟》：“禹廟空山裹，秋風落日斜……雲氣生虚壁，江聲走白沙。” 鼓聲：擊鼓之聲。張建封《競渡歌》：“鼓聲三下紅旗開，兩龍躍出浮水來。棹影斡波飛萬劍，鼓聲劈浪鳴千雷。”韓愈《晚雨》：“廉纖晚雨不能晴，池岸草間蚯蚓鳴。投竿跨馬蹋歸路，才到城聞打鼓聲。”

③ 戍樓：駐軍的瞭望樓。許渾《金陵懷古》：“玉樹歌殘王氣終，景陽兵合戍樓空。松楸遠近千官塚，禾黍高低六代宫。”高適《塞上聽吹笛》：“雪净胡天牧馬還，月明羌笛戍樓間。借問梅花何處落？風吹一夜滿關山。” 關吏：指管理關市或守關口的官吏。顔之推《從周入齊夜度砥柱》：“馬色迷關吏，雞鳴起戍人……問我將何去？北海就孫賓。”岑参《函谷關歌》：“蒼苔白骨空滿地，月與古時長相似。野花不省見行人，山鳥何曾識關吏！”

[編年]

《年譜》、《編年箋注》、《年譜新編》的編年前《使東川·駱口驛二首》已引述，這裏不再贅述。

我們認爲本詩可以進一步編年，從詩意考察，詩人似乎是第一次到達東川，對嘉陵江的江濤聲並不熟悉，還把戍樓疑作驛館，它應該與《百牢關》作於同時，亦即元和四年三月二十七日前後。

◎ 使東川·百牢關（奉使推小吏任敬仲）(一)①

嘉陵江上萬重山，何事臨江一破顔②？自笑只緣任敬仲(二)，等閑身度百牢關③。

録自《元氏長慶集》卷一七

[校記]

（一）百牢關：楊本、叢刊本、《全詩》同，但《萬首唐人絶句》僅詩題同，但下無題注。

（二）自笑只緣任敬仲：楊本、叢刊本、《全詩》同，《萬首唐人絶句》誤作"自笑只緣人敬仲"，不從不改。

[箋注]

① 百牢關：《御定佩文韵府·百牢關》："《寰宇記》：'百牢關在漢中郡西，隋開皇中置，以蜀路險，號曰百牢關，一云置在百牢谷。'《元和郡縣志》：'隋置白馬關，後以黎陽有白馬關，故更此名。'杜甫《夔州歌》：'白帝高爲三峽鎮，夔州險過百牢關。'元稹《百牢關》詩：'……''牢'亦作'勞'。羊士諤詩：'馳暉三峽水，旅夢百勞關。'"《杜補遺圖經》云："百牢關，孔明所建。故基在今興元西縣，兩壁山相對六十里

之隘口。”元稹《百牢關》:“天上無窮路,生期七十間。那堪九年内,五度百牢關?”李商隱《餞席重送從叔之梓州》:“莫嘆萬重山,君還我未還。武關猶悵望,何况百牢關!” 任敬仲:元稹這次出使東川提審的犯吏,也是元稹出使東川的緣由,餘未詳。元稹《彈奏劍南東川節度使狀》:“臣昨奉三月一日敕,令往劍南東川詳覆瀘川監官任敬仲贓犯。”白居易《唐故武昌軍節度處置等使正議大夫檢校户部尚書鄂州刺史兼御史大夫賜紫金魚袋尚書右僕射河南元公墓誌銘并序》:“服除之明日,授監察御史,使于蜀,按任敬仲獄,得情。”

② 嘉陵江:古稱閬水、渝水,長江上游重要支流,源出陝西鳳縣東北嘉陵谷,西南流到略陽縣北納西漢水,到四川廣元昭化納白龍江,南流經蒼溪、閬中、南部、蓬安、南充、武勝等地,在重慶北合川匯集渠江、涪江流入長江,全長一千一百多公里,流域面積十六萬平方公里,是長江的第三大支流。上游群山萬重,水急多灘,水路異常難行。元稹《新政縣》:“新政縣前逢月夜,嘉陵江底看星辰。已聞城上三更鼓,不見心中一個人。”李商隱《望喜驛别嘉陵江水二絶》一:“嘉陵江水此東流,望喜樓中憶閬州。若到閬中還赴海,閬州應更有高樓。” 萬重山:猶千山萬嶺。李白《早發白帝城》:“朝辭白帝彩雲間,千里江陵一日還。兩岸猿聲啼不住,輕舟已過萬重山。”戴叔倫《對酒示申屠學士》:“三重江水萬重山,山裹春風度日閑。且向白雲求一醉,莫教愁夢到鄉關!” 何事:什麽事,哪件事。謝朓《休沐重還道中》:“問我勞何事?沾沐仰清徽。”方干《經周處士故居》:“愁吟與獨行,何事不傷情?” 臨江:面臨大江,這裹指面臨嘉陵江。白行簡《在巴南望郡南山呈樂天(時從樂天忠州)》:“臨江一嶂白雲間,紅緑層層錦繡班。不作巴南天外意,何殊昭應望驪山?”姚合《夏夜宿江驛》:“竹屋臨江岸,清宵興自長。夜深傾北斗,葉落映横塘。” 破顔:面露笑容。盧綸《落第後歸終南别業》:“久爲名所誤,春盡始歸山。落羽羞言命,逢人强破顔。”權德輿《玉臺體十二首》四:“知向遼東去,由來

幾許愁？破顔君莫怪，嬌小不禁羞。”

③ 自笑：自己嘲笑自己。李白《覽鏡書懷》：“得道無古今，失道還衰老。自笑鏡中人，白髮如霜草。”嚴維《留别鄒紹劉長卿》：“中年從一尉，自笑此身非。道在甘微禄，時難耻息機。” 只緣：衹因爲。任華《雜言寄杜拾遺》：“只緣汲黯好直言，遂使安仁却爲掾。”蘇軾《題西林壁》：“不識廬山真面目，只緣身在此山中。” 等閑：無端，平白。劉禹錫《竹枝詞》：“長恨人心不如水，等閑平地起波瀾。”歐陽修《南歌子》：“弄筆偎人久，描花試手初。等閑妨了繡功夫，笑問雙鴛鴦字怎生書？”

［編年］

《年譜》、《編年箋注》、《年譜新編》的編年意見前《使東川・駱口驛二首》已引述，不再贅述。

我們以爲，根據本詩詩意，這是詩人自京師前往東川提審任敬仲的情景，因此本詩與《漢江笛》爲前後之作，當作於元和四年三月二十八日。兩詩中的“白馬驛”與“百牢關”，其實是一個地方。

▲東凌石門險(一)①

東凌石門險，西表金華瑞②。

據《方輿勝覽・利州東路・興元府》補

［校記］

（一）東凌石門險：《方輿勝覽・利州東路・興元府》：“石門在褒城縣西北。元稹詩：‘東凌石門險，西表金華瑞。’”除《方輿勝覽》外，未見其他記載，自然未見其他異文。

[箋注]

① 東凌石門險:"東凌石門險"兩句,未見劉本、馬本《元氏長慶集》採録,今據《方輿勝覽·利州東路·興元府》補録。　東:向東,東去。《左傳·僖公三十二年》:"秦師遂東。"劉禹錫《竹枝詞九首》八:"城西門前灎澦堆,年年波浪不能摧。懊惱人心不如石,少時東去復西来。"　凌:侵犯,欺壓。《楚辭·九歌·國殤》:"凌余陣兮躐余行。"王逸注:"凌,犯也。"嵇康《卜疑》:"將慷慨以爲壯,感慨以爲亮;上干萬乘,下凌將相,尊嚴其容,高自矯抗。"這裏指山勢的險峻,有向東欺壓之勢。　石門:古道路名,指古褒斜谷通道,在今陝西西南,道旁多摩崖刻石,以東漢的《石門頌》、北魏的《石門銘》最爲著名。《元和郡縣志·利州》:"石門關在縣南十八里,因山爲阻,昔諸葛亮鑿石爲門,因名之。"韋應物《雲陽館懷谷口》:"念昔白衣士,結廬在石門。道高杳無累,景静得忘言。"　險:險阻,阻塞。陸機《辨亡論》:"其郊境之接,重山積險。"韓愈《元和聖德詩》:"疆外之險,莫過蜀土。"

② 西:方位詞,日落的方向,西方。《史記·曆書》:"日歸於西,起明於東,月歸於東,起明於西。"韓愈《聞梨花發贈劉師命詩》:"聞道郭西千樹雪,欲將君去醉如何?"　表:顯揚,表彰。《左傳·襄公十四年》:"世胙大師,以表東海。"杜預注:"表,顯也,謂顯封東海以報大師之功。"《史記·留侯世家》:"武王入殷,表商容之閭,釋箕子之拘,封比干之墓。"　金華:傳説中的仙人石室。曹唐《小遊仙詩九十八首》四〇:"共愛初平住九霞,焚香不出閉金華。"指居住石室的仙人黄初平。吕巖《贈劉方處士》:"擬向烟霞煮白石,偶來城市見丹丘。受得金華出世術,期於紫府駕雲遊。"　瑞:祥瑞,古人認爲自然界出現某些現象是吉祥之兆。王充《論衡·指瑞》:"王者受富貴之命,故其動出見吉祥異物,見則謂之瑞。"韓愈《春雪間早梅》:"誰令香滿座,獨使净無塵?芳意饒呈瑞,寒光助照人。"

[編年]

未見《元稹集》採録,也未見《年譜》、《編年箋注》採録與編年,《年譜新編》採録之後編年:"作於元和四年出使東川時或元和十年和元和十二年司馬通州期間三次經過褒城之時。"

我們以爲,石門在利州,元稹元和四年按御東川,當兩次經由石門;元和十年貶任通州司馬,同年十月北上興元治病,元和十二年五月病愈返回通州,又三次經由石門。元稹《百牢關》:"天上無窮路,生期七十間。那堪九年内,五度百牢關?"就是最好的證明。元稹五次經由石門,而非三次。但因地形險要風景秀麗而引發詩人吟詩興趣的,以常理揣想,應該是第一次之時。兩句所在的本詩,應該賦成於元和四年三月元稹第一次度越石門之時,地點在元稹出使東川途中,元稹當時的身份是以監察御史的身份按御東川,按御東川犯官任敬仲。

◎ 使東川・望驛臺(三月盡)(一)①

可憐三月三旬足(二),悵望江邊望驛臺②。料得孟光今日語,不曾春盡不歸來③。

錄自《元氏長慶集》卷一七

[校記]

(一) 望驛臺:楊本、叢刊本、《全詩》同,《萬首唐人絶句》詩題同,但下無注文。《歲時雜詠》作"望驛臺三月盡",各備一説,不改。

(二) 可憐三月三旬足:楊本、叢刊本、《全詩》同、《萬首唐人絶句》同,《歲時雜詠》作"可憐三月三旬促",各備一説,不改。

[箋注]

① 望驛臺:白居易有《酬和元九東川路詩十二首・望驛臺(三月三十日)》酬和,詩云:"靖安宅裏當窗柳,望驛臺前撲地花。兩處春光同日盡,居人思客客思家。"可以本詩並讀。

② 可憐:可惜。盧綸《早春歸盩厔別業却寄耿拾遺》:"可憐芳歲青山裏,惟有松枝好寄君。"韓愈《贈崔立之評事》:"可憐無益費精神,有似黄金擲虚牝。" 悵望:惆悵地看望或想望。武元衡《長安叙懷寄崔十五》:"延首直城西,花飛緑草齊。迢遥隔山水,悵望思遊子。"劉禹錫《晚步楊子游南塘望沙尾》:"悠然京華意,悵望懷遠程。薄暮大山上,翩翩雙鳥征。" 江邊:大江邊上。元稹《哀病驄呈致用》:"櫪上病驄啼裛裛,江邊廢宅路迢迢。自經梅雨長垂耳,乍食菰蔣欲折腰。"白居易《秋日懷杓直(時杓直出牧澧州)》:"晚來天色好,獨出江邊步。憶與李舍人,曲江相近住。"本詩的大江是指涪江,當時元稹正在梓州辦案,而梓州正在涪水旁邊。 驛臺:驛站内的郵亭。白居易《答微之泊西陵驛見寄》:"烟波盡處一點白,應是西陵古驛臺。知在臺邊望不見,暮潮空送渡船回。"義近"驛站",古時供傳遞文書、官員來往及運輸等中途暫息、住宿的地方。《水滸傳・楔子》:"洪太尉次日早朝見了天子,奏説:'天師乘鶴駕雲,先到京師,臣等驛站而來,纔得到此。'"魏源《聖武記》卷一一:"故元太宗言:'我即位後,惟四善政:一、平定金國;二、設立驛站;三、無水草處穿井立營;四、各處城池設官鎮守。'"

③ 料得:預測到,估計到。杜甫《杜鵑行》:"蒼天變化誰料得?萬事反復何所無!"姜夔《憶王孫・番陽彭氏小樓作》:"兩綢繆,料得吟鸞夜夜愁。" 孟光:東漢隱士梁鴻之妻,字德曜。夫妻隱居於霸陵山中,以耕織爲生。後至吴,鴻爲傭工,每食時,光必舉案齊眉以示敬愛,見《後漢書・梁鴻傳》,後作爲古代賢妻的典型。王績《山中叙志》:"張奉聘賢妻,老萊藉嘉偶。孟光儻未嫁,梁鴻正須婦。"竇群《初入諫司

喜家室至》："一旦悲歡見孟光，十年辛苦伴滄浪。不知筆硯緣封事，猶問傭書日幾行？"這裏借指元稹的妻子韋叢，詩人以妻子的口吻，進一步寫出自己的思念。　今日：目前，現在。《穀梁傳·僖公五年》："今日亡虢，而明日亡虞矣！"駱賓王《爲徐敬業討武曌檄》："請看今日之域中，竟是誰家之天下？"　不曾：未曾，没有。張潮《長干行》："憶昔深閨裏，烟塵不曾識。嫁與長干人，沙頭候風色。"王昌齡《雜興》："握中銅匕首，粉剉楚山鐵。義士頻報讎，殺人不曾缺。"　春盡：春去，春天結束。元稹《送孫勝》："今日與君臨水别，可憐春盡宋亭中。"柳宗元《别舍弟宗一》："桂嶺瘴來雲似墨，洞庭春盡水如天。"　歸來：回來。《楚辭·招魂》："魂兮歸來！反故居些！"儲光羲《答王十三維》："落花滿春水，疏柳映新塘。是日歸來暮，勞君奏雅章。"孟浩然《與王昌齡宴王道士房》："歸來卧青山，常夢遊清都。漆園有傲吏，惠好在招呼。"

[編年]

《年譜》、《編年箋注》、《年譜新編》的編年如前，亦即"元稹使東川時作"，"元稹使東川"三月七日出發，至"五六月"歸來，加上"閏三月"，歷時四月有餘，編年不該如此粗疏。

本詩賦詠的日期元稹已經告訴我們："三月盡。"亦即元和四年三月三十日。而本詩所云"可憐三月三旬足"、"不曾春盡不歸來"亦提供了清楚不過的資訊，應該没有任何的疑義，《年譜》、《編年箋注》、《年譜新編》的編年過於籠統。

◎ 西州院（東川官舍，時公以監察御史按東川獄）(一)①

自入西州院，惟見東川城(二)②。今夜城頭月，非暗又非明③。文案床席满，卷舒贓罪名④。慘淒且煩倦，棄之階下行⑤。悵望天回轉,動摇萬里情⑥。參辰次第出,牛女顛倒傾⑦。況此風中柳,枝條千萬莖⑧。到來籬下笋,亦以長短生⑨。感愴正多緒,鴉鴉相喚驚⑩。墻上杜鵑鳥,又作思歸鳴⑪。以彼撩亂思,吟爲幽怨聲⑫。吟罷終不寢,鼕鼕復鐺鐺⑬。

録自《元氏長慶集》卷五

[校記]

(一) 西州院(東川官舍,時公以監察御史按東川獄):楊本、叢刊本、《全詩》作"西州院(東川官舍)"。從"時公"的語氣上推測,這顯然是馬元調加上的注文,無礙原意,給予保留。

(二) 惟見東川城:楊本、叢刊本、《全詩》同,宋蜀本作"惟見東州城",元稹這次出使的是劍南東川,"東州"云云,語義難通,也與當時實際不符,不從不改。

[箋注]

① 西州院:元稹原注:"東川官舍。"根據元稹自己的注文,"西州院"應該是東川節度府的官舍之一,"西"字大概是爲了與其它的"官舍",比如"東州院"、"南州院"、"北州院"有所區别而已。它與宋代出現作爲官職名的"州院"是風馬牛不相及的兩碼情。"州院",後來是南宋時州的刑獄官。錢大昕《十駕齋養新録》卷一〇:"乾隆戊戌歲,瓜州浚河,得南宋官印,文曰:'宿州州院朱記。'初不解州院爲何職,後讀羅端良《新安志》,乃知每州有州院與司理院,皆刑獄之稱。"我們以爲本詩與《黄明府詩》、《褒城驛》一樣,都應該屬於元稹東川之行"往來鞍馬間,賦詩凡三十二章"之列,因爲後來"所録者,但七言絶句、長句耳",不包括五言在内,而本詩與《黄明府詩》、《褒城驛》一樣,

都是五言詩，賦詠的又正是使東川的事情。

② "自入西州院"兩句：意謂自從來到東川入住西州院之後，就忙於審閱案卷，因爲没有工夫，因此自己半步也没有跨出西州院落，遊覽東川府城的景色，衹是在西州院的樓上，遠遠看看東川府城的大致輪廓而已。今人張蓬舟在《薛濤詩箋·元薛因緣》中試圖從元稹《使東川》組詩裏尋找"證據"，以此説明元稹與薛濤之間有着不可告人的男女私情。我們奉勸張先生應該認真讀一讀本詩，看看元稹在東川期間是如何度過他的每一個夜晚："自入西州院，唯見東川城"云云，難道還不能猛省嗎？奉勸張先生不要根據自己事先設想的論點，到處尋找所謂的證據，鬧出讓人捧腹的笑話。　自入：自從進入。王建《别李贊侍御》："講易工夫尋已聖，説詩門户别來情。薦書自入無消息，賣盡寒衣却出城。"元稹《再酬復言和前篇》："曾攜酒伴無端宿，自入朝行便别春。潦倒微之從不占，未知公議道何人？"惟見：衹看見。陳子昂《送殷大入蜀》："夏雲生極浦，斜日隱離亭。坐看征騎没，惟見遠山青。"李頎《題盧道士房》："秋砧響落木，共坐茅君家。惟見兩童子，林前汲井華。"

③ 城頭：城墻上。許景先《折柳篇》："芳樹朝催玉管新，春風夜染羅衣薄。城頭楊柳已如絲，今年花落去年時。"王昌齡《塞上曲二首》二："騮馬新跨白玉鞍，戰罷沙場月色寒。城頭鐵鼓聲猶振，匣裏金刀血未乾。"　非暗又非明：月色暗淡，半明半暗。元稹《樂府古題·夢上天》："西瞻若木兔輪低，東望蟠桃海波黑。日月之光不到此，非暗非明烟塞塞。"吴融《寓言》："非明非暗朦朦月，不暖不寒縵縵風。獨卧空床好天氣，平生閑事到心中。"

④ 文案：公文案卷。戴叔倫《答崔載華》："文案日成堆，愁眉拽不開。"姚合《酬盧汀諫議》："粟如流水帛如山，依念倉邊語笑間。篇什縱横文案少，親朋撩亂吏人閑。"　卷舒：卷起與展開。韓愈《符讀書城南》："燈火稍可親，簡編可卷舒。"儲光羲《同王十三維偶然作十

首》四:“浮雲在虛空,隨風復卷舒。”本詩意謂反反復復推敲,不敢輕易定罪,由此可見元稹辦理案件的認真與繁重。　贓罪:指貪污受賄罪。《南齊書·蕭惠基傳》:“典簽何益孫贓罪百萬,棄市,惠朗坐免官。”元稹《臺中鞫獄憶開元觀舊事呈損之兼贈周兄四十韵》:“哀哉劇部職,唯數贓罪鍰。死款依稀取,鬬辭方便删。”

⑤“慘淒且煩倦”兩句:意謂在長期審閱案卷之後,在厭煩困倦、淒凉悲慘之時,不得不放下手中的案卷,來到臺階之下、庭院之中散步,以消除内心的煩惱與身體的疲勞。　慘淒:即“淒慘”,淒凉悲慘。顏勝《對大夫祭判》:“春露既濡,增怵惕之感;秋霜已降,發淒慘之心。”李玖《白衣叟述甘棠館西楹詩》:“浮雲淒慘日微明,沈痛將軍負罪名。白晝叫閽無近戚,縞衣飲氣只門生。”　煩倦:厭煩困倦。韋應物《酬張協律》:“公府適煩倦,開緘瑩新篇。非將握中寶,何以比其妍?”白居易《苦熱喜凉》:“經時苦炎熱,心體但煩倦。白日一何長,清秋不可見。”

⑥“悵望天回轉”兩句:意謂望着天空不停回轉,不由得使我想起了萬里之外的妻子。　悵望:惆悵地看望或想望。懷楚《謝友人見訪留詩》:“軒車誰肯到?泉石自相親。暮雨凋殘寺,秋風悵望人。”孫光憲《後庭花》:“玉英凋落盡更何?人識野棠。如織只是教人添。怨憶悵望無極。”　回轉:回環往復,運轉。《後漢書·虞詡傳》:“明日悉陳其兵衆,令從東郭門出,北郭門入,貿易衣服,回轉數周。”劉長卿《奉使新安自桐廬縣經嚴陵釣臺宿七里灘下寄使院諸公》:“回轉百里間,青山千萬狀。連崖去不斷,對嶺遥相向。”

⑦參:星名,二十八宿之一。　辰:星宿名,二十八宿之一。兩星出没有時,此出彼没,從不相逢。《文選·蘇武〈詩〉》:“昔爲鴛與鴦,今爲參與辰。”李周翰注:“參辰二星常出没不相見。”這裏比喻元稹與妻子韋叢如參與辰一樣不能見面相聚。庾抱《卧痾喜霽開扉望月簡宫内知友》:“懷賢雖不見,忽似暫參辰。”　牛女:牽牛、織女兩星

或"牛郎織女"的省稱。潘岳《西征賦》:"儀景星於天漢,列牛女以雙峙。"元稹《新秋》:"殷勤寄牛女,河漢正相望。"這裏也是暗喻詩人與妻子韋叢的難於見面,思念之情躍然紙上。　顛倒:形容因愛慕、敬佩而入迷。杜甫《至日遣興奉寄北省舊閣老兩院故人二首》一:"無路從容陪語笑,有時顛倒著衣裳。何人錯憶窮愁日?愁日愁隨一綫長。"吕巖《三字訣》:"這個道,非常道。性命根,生死竅。説着醜,行着妙。人人憎,個個笑。大關鍵,在顛倒。"

⑧ 枝條:樹枝,枝子。應劭《風俗通·封泰山禪梁父》:"柘桑之林,枝條暢茂,烏登其上。"李咸用《同友生題僧院杜鵑花》:"鶴林太盛今空地,莫放枝條出四鄰。"　千萬:形容數目極多。王粲《從軍詩五首》四:"連舫踰萬艘,帶甲千萬人。"韓愈《秋懷詩十一首》三:"歸還閲書史,文字浩千萬。"

⑨ 到來:來到,來臨。李白《普照寺》:"天台國清寺,天下爲四絶。今到普照遊,到來復何别?"祖詠《蘇氏别業》:"别業居幽處,到來生隱心。南山當户牖,灃水映園林。"　長短:偏指長或長度。李白《寄遠十一首》八:"長短春草緑,緣階如有情。卷施心獨苦,抽却死還生。"劉商《胡笳十八拍·第十四拍》:"莫以胡兒可羞耻,恩情亦各言其子。手中十指有長短,截之痛惜皆相似。"

⑩ 感愴:感慨悲傷。《東觀漢記·丁鴻傳》:"鴻感愴,垂涕嘆息,乃還就國。"朱淑真《對雪一律》:"自嗟老景光陰速,唯使佳時感愴多。"　多緒:多端,多樣。任昉《爲梁公請刊改律令表》:"法閉二門,爲政之蠹;生殺多緒,誰其適從!"張九齡《湘中作》:"永路日多緒,孤舟天復冥。浮没從此去,嗟嗟勞我形。"李百藥《渡漢江》:"檣烏轉輕翼,戲鳥落風毛。客心既多緒,長歌且代勞。"　鵶鵶:象聲詞。陸龜蒙《江邊》:"江邊日晚潮烟上,樹裏鵶鵶桔橰響。"梅堯臣《靈烏賦》:"鳳不時而鳴,烏鵶鵶兮招唾駡於邑閭。"

⑪ 杜鵑:鳥名,又名杜宇、子規。相傳爲古代蜀王杜宇之魂所

化,春末夏初常晝夜啼鳴,其聲哀切,聲似"歸去",故又名思歸鳥。劉禹錫《酬浙東李侍郎越州春晚即事長句》:"越中藹藹繁華地,秦望峰前禹穴西。湖草初生邊雁去,山花半謝杜鵑啼。"元稹《宿石磯》:"石磯江水夜潺湲,半夜江風引杜鵑。燈暗酒醒顛倒枕,五更斜月入空船。"

⑫ 撩亂:紛亂,雜亂。韋應物《答重陽》:"城郭連榛嶺,鳥雀噪溝叢。坐使驚霜鬢,撩亂已如蓬。"王昌齡《從軍行七首》二:"琵琶起舞换新聲,總是關山舊别情。撩亂邊愁聽不盡,高高秋月照長城。" 幽怨:鬱結於心的愁恨。李頎《古從軍行》:"白日登山望烽火,黄昏飲馬傍交河。行人刁鬥風沙暗,公主琵琶幽怨多。"劉禹錫《金陵懷古》:"興廢由人事,山川空地形。後庭花一曲,幽怨不堪聽。"

⑬ 鼕鼕:象聲詞。白居易《初與元九别後忽夢見之悵然感懷因以此寄》:"覺來未及説,叩門聲鼕鼕。"陸游《二月二十四日作》:"棠梨花開社酒濃,南村北村鼓鼕鼕。" 鏜鏜:象聲詞,形容碰擊金屬的聲音。徐陵《與楊僕射書》:"鏜鏜曉漏,的的宵烽。"牛殳《方響歌》:"緩擊急擊曲未終,暴雨飄飄生坐上。鏗鏗鏜鏜寒重重,盤渦蹙派鳴蛟龍。"

[編年]

《年譜》編年本詩於元和四年"元稹使東川時作",編排在《使東川》組詩之前,理由是:"題下注'東川官舍。'"《編年箋注》云:"元和四年(八〇九)二月,元稹爲監察御史,出使東川。三月,充劍南東川詳覆使,彈奏故劍南東川節度使嚴礪等,觸忤權幸,七月分務東臺。此詩……作于本年。詳卞《譜》。"《年譜新編》亦編年本詩於元和四年"元稹使東川時作",編排在《使東川》組詩之前,理由是:"題下注:'東川官舍。'元稹到東川節度使治所梓州,約在元和四年閏三月初。"

首先,我們要指出:《西州院》作於"東川官舍",《年譜》、《年譜新編》將其編排在組詩《使東川》之前時間上是顛倒的,這樣的編年是不合適的。《編年箋注》將本詩編排在組詩《使東川》組詩之後,時間上同様是顛倒的,也是不合適的。其次,《編年箋注》"元和四年(八〇九)二月,元稹爲監察御史,出使東川"云云是錯誤的,元稹出使東川在元和四年三月七日之後,如果"二月"就出使東川的話,組詩《使東川》部分詩篇應該作於"二月",而《編年箋注》在編年《使東川》組詩却云:"元和四年(八〇九)二月,元稹爲監察御史,三月,充劍南東川詳覆使,按任敬仲獄,使於蜀。往來途中賦詩三十二首,白行簡寫爲《東川卷》。今所録之《望驛臺》題下注:'三月盡。'知二十二首俱成於三月内。見卞《譜》。"兩者是互相矛盾的,難以自圓其説。

我們以爲,本詩應該作於元稹到達東川之後,"東川官舍"云云已經清楚地表明了這一點。它應該編排在元稹《使東川》組詩有關自長安前往東川途中詩之後,但必須編排在其自東川返回京師之詩篇前,這是常識性問題,不好含糊的。關於本詩賦詠的具體時間,應該在元和四年的閏三月,從詩篇吐露的"慘淒且煩倦,棄之階下行"的厭煩情緒來看,從詩人"悵望天回轉"以下十六句思念妻子的情緒來看,以閏三月較爲合適,地點在東川官舍,元稹當時以監察御史的身份爲劍南東川詳覆使。

◎ 使東川·好時節(一)①

身騎驄馬峨眉下,面帶霜威卓氏前②。虚度東川好時節,酒樓元被蜀兒眠③。

録自《元氏長慶集》卷一七

[校記]

(一) 好時節:本詩各本,包括楊本、叢刊本、《全蜀藝文志》、《萬首唐人絶句》、《唐人萬首絶句選》、《全詩》在内,均無異文。

[箋注]

① 好時節:愛新覺羅・弘曆《雜和唐元稹東川詩四首序》:"偶閲微之詩集,見東川諸作,喜其辭高而意遠,微之自序爲白行簡手寫者三十二章,而自録者惟七言二體,凡二十二首。夫詩人騷客憂愁幽思,遭際患難貧賤,發爲葩辭以舒其憤懣,故其詩樂者讀之而可歌悲者,讀之而可泣也!予則何有焉!然結習所在,正復難忘,雜和四章,聊適一晌。"其《好時節》:"春末夏初三尺雨,暑闌凉早十天晴。似兹時節真稱好,每望難逢意轉怦。"可與本詩並讀。　時節:時光,時候。韋應物《送王校書》:"同宿高齋换時節,共看移石復栽杉送。君江浦已惆悵,更上西樓看遠帆。"元稹《酬樂天早夏見懷》:"君詩夏方早,我嘆秋已徂。食物風土異,衾裯時節殊。"

② 驄馬:指御史所乘之馬或借指御史。李白《贈韋侍御黄裳二首》二:"見君乘驄馬,知上太行道。此地果摧輪,全身以爲寶。"杜甫《送張二十參軍赴蜀州因呈楊五侍御》:"御史新驄馬,參軍舊紫髯。皇華吾善處,於汝定無嫌。"　峨眉:也寫作峨嵋、峩眉,山名,在四川峨眉縣西南,因山勢逶迤,山峰相對有如蛾眉,故名。佛教稱爲"光明山",道教稱爲"虚靈洞天"、"靈陵太妙天"。其脈自岷山綿延而來,突起爲大峨、中峨、小峨三峰,頂部爲玄武巖覆蓋,有峨眉寶光、捨身崖、洗象池、龍門洞等勝迹,與浙江普陀山、安徽九華山、山西五臺山並稱爲我國佛教四大名山。崔顥《贈懷一上人》:"法師東南秀,世實豪家子。削髮十二年,誦經峨眉裏。"李白《蜀道難》:"爾來四萬八千歲,不與秦塞通人烟。西當太白有鳥道,可以横絶峨眉巔。"這裏借指東川

境内。　霜威：嚴威。《晉書·索綝傳》："孤恐霜威一震，玉石俱摧。"李白《至鴨欄驛上白馬磯贈裴侍御》："情親不避馬，爲我解霜威。"　卓氏：即卓文君，漢代臨邛大富商卓王孫女，好音律，新寡家居。司馬相如過飲於卓氏，以琴心挑之，文君夜奔相如，同馳歸成都。因家貧，復回臨邛，盡賣其車騎，置酒舍賣酒。相如身穿犢鼻褌，與奴婢雜作，滌器於市中，而使文君當壚。卓王孫深以爲耻，不得已而分財産與之，使回成都，事見《史記·司馬相如列傳》。後世常將卓文君事用爲典故，温庭筠《題城南杜邠公林亭》："卓氏壚前金綫柳，隋家堤畔錦帆風。貪爲兩地分霖雨，不見池蓮照水紅。"韋莊《聽趙秀才彈琴》："蜂簇野花吟細韵，蟬移高柳迸殘聲。不須更奏幽蘭曲，卓氏門前月正明。"這裏借指青樓風塵女子。薛濤《續嘉陵驛詩獻武相國》："蜀門西更上青天，强爲公歌蜀國弦。卓氏長卿稱士女，錦江玉壘獻山川。"温庭筠《題城南杜邠公林亭(時公鎮淮南自西蜀移節)》："卓氏壚前金綫柳，隋家堤畔錦帆風。貪爲兩地分霖雨，不見池蓮照水紅。"

③ 虚度：白白度過。武元衡《南徐别業早春有懷》："花枝入户猶含潤，泉水侵階乍有聲。虚度年華不相見，離腸懷土並關情。"權德輿《放歌行》："夕陽不駐東流急，榮名貴在當年立。青春虚度無所成，白首銜悲亦何及！"　酒樓：有樓座的酒店。張謂《同王徵君湘中有懷》："不用開書帙，偏宜上酒樓。"皇甫松《大隱賦》："曉入屠肆，春遊酒樓。"本詩還隱含供人賣笑買笑、追歡嫖宿條件的酒樓。李端《妾薄命三首》二："疇昔將歌邀客醉，如今欲舞對君羞。忍懷賤妾平生曲，獨上襄陽舊酒樓。"劉禹錫《酬令狐相公早秋見寄》："公來第四秋，樂國號無愁。軍士遊書肆，商人占酒樓。"　蜀兒：蜀地的小子。顧況《露青竹杖歌》："鮮于仲通正當年，章仇兼瓊在蜀川。約束蜀兒采馬鞭，蜀兒采鞭不敢眠。"羅隱《中元甲子以辛丑駕幸蜀四首》三："九廟有靈思李令，三川悲憶恨張儀。可憐一曲還京樂，重對紅蕉教蜀兒。"兒：輕蔑之詞，猶言小子。《史記·袁盎晁錯列傳》："絳侯望袁盎曰：

‘吾與而兄善，今兒廷毁我！’”韓愈《調張籍》：“不知群兒愚，那用故謗傷！”　“虚度東川好時節”兩句：今人張蓬舟試圖從元稹《使東川》組詩裏尋找證據，説明元稹與薛濤之間的男女私情。前引其《薛濤詩箋·元薛因緣》即認爲：《元氏長慶集·使東川》其中似無一與薛濤相關者，原因則是“殆以身爲御史，獨行至任，且其元配韋叢尚在，故删去可落話柄之作也”。但《使東川·好時節》中的“卓氏”即是薛濤，仍然留下了與妓女廝混的痕迹。我們可以在這裏告訴張蓬舟：所謂“删去可落話柄之作”云云，更是以後世的道德標準衡量唐人。其實唐人對狎妓素無顧忌，且常常在自己的詩歌中津津樂道。無論是元稹，還是白居易，留下此類詩篇多不枚舉，即以張蓬舟所舉本詩爲例，全詩旨意明確：元稹以“虚度東川好時節”爲撼，説明元稹確有狎妓之心，衹是由於忙於辦案没有時間而已，並無向妻子、時人、後人“自隱”之意。但這位“卓氏”却不是薛濤，元稹與薛濤既無豔情，也無唱和，我們已經在拙稿《元稹考論·也談元稹與薛濤的“風流韵事”》中詳加論述，拜請審閲。

[編年]

《年譜》、《編年箋注》、《年譜新編》的編年意見如前《使東川·駱口驛二首》所述：“元稹使東川時作。”

我們以爲，從本詩詩意來看，詩人正在東川境内繁忙辦理案件，與《西州院》、《望喜驛》一起，可視爲同時之作。本詩應該是元稹到達東川以後、離開東川之前，時間大約在閏三月，而不是如《編年箋注》所言：“知二十二首俱成於三月之内。”理由是：“見下《譜》”，而下《譜》其實什麽理由也没有説。

◎ 彈奏劍南東川節度使狀(一)①

劍南東川詳覆使(二)。

故劍南東川節度觀察處置等使嚴礪在任日,擅籍没管内將士官吏百姓及前資寄住等庄宅奴婢等(三),并兩税外加徵錢米及草等(四),謹件如後:

嚴礪擅籍没管内將士、官吏、百姓及前資寄住塗山甫等八十八户,莊宅共一百一十一所(五),奴婢共二十七人,並在諸州項内分析(六)。

右,臣伏准前後制敕,令出使御史所在訪察不法,具狀奏聞。臣昨奉三月一日敕,令往劍南東川詳覆瀘川監官任敬仲贓犯(七),於彼訪聞嚴礪在任日,擅籍没前件庄宅奴婢等(八),至今月十七日詳覆事畢,追得所没莊宅、奴婢,文案及執行案典耿琚、馬元亮等檢勘得實②。

據嚴礪元和二年正月十八日舉牒稱(九):"管内諸州,應經逆賊劉闢重圍内并賊軍到處(一〇),所有應接及投事西川軍將、州縣官、所由典正前資寄住等,所犯雖經霈澤,莊田須有所歸,其有莊宅、奴婢、桑柘、錢物、斛斗、邸店、碾磑等,悉皆搜檢,得塗山甫等八十八户。"案内並不經驗問虚實,亦不具事賊職名(一一),便收家産没官,其時都不聞奏。所收資財、奴婢,悉皆貨賣破用,及配充作坊驅使。其莊宅、桑田、元和二年三年租課,嚴礪並已徵收支用訖③。

臣伏准元和元年十月五日制:"西川諸州諸鎮刺史、大將及參佐、官吏、將健、百姓等,應被脅從補署職掌(一二),一切不問。”又准元和二年正月三日赦文:“自今日已前,反逆緣坐(一三),並與洗滌。”④

況前件人等,悉是東川將吏、百姓及寄住衣冠,與逆黨素無管屬(一四)。賊軍奄至,暫被脅從。狂寇既平,再蒙恩蕩。嚴礪公違詔命,苟利資財,擅破八十餘家,曾無一字聞奏。豈惟剥下,實謂欺天。其莊宅等,至今被使司收管(一五)。臣訪聞本主,並在側近。控告無路,漸至流亡。伏乞聖慈勒本道長吏及諸州刺史,招緝疲人(一六),一切却還産業。庶使孤窮有托,編户再安。其本判官及所管刺史,仍乞重加貶責,以絶奸欺(一七)⑤。

嚴礪又於管内諸州,元和二年兩税錢外加配百姓草共四十一萬四千八百六十七束,每束重一十一斤。

右,臣伏准前後制敕及每歲旨條:“兩税留州、留使錢外(一八),加率一錢一物,州府長吏並同枉法計贓(一九),仍令出使御史訪察聞奏。”又准元和三年赦文:“大辟罪已下,蒙恩滌蕩。惟官典犯贓,不在此限(二〇)。”臣訪聞嚴礪加配前件草(二一),准前日月追得文案(二二),及執行案典姚孚檢勘得實⑥。

據嚴礪元和二年七月二十一日舉牒稱:“管内郵驛要草,於諸州秋税錢上(二三),每貫加配一束。至三年秋税,又准前加配,計當上件草。”臣伏准每年旨條,館驛自有正料(二四),不合於兩税錢外擅有加徵。況嚴礪元和三年舉牒已云准二年舊例徵收,必恐自此相承,永使疲人重困。伏乞勒本道長吏,嚴加禁斷。本判官及刺史等,伏乞准前科責,以息誅求⑦。

嚴礪又於梓、遂兩州,元和二年兩税外加徵錢共七千貫文、米共五千石。

右,臣准前月日追得文案,及執行案典趙明之檢勘得實(二五)。據嚴礪元和二年六月舉牒稱:"綿、劍兩州供元和元年北軍頓遞,費用倍多。量於梓、遂兩州秋税外,加配上件錢米,添填綿、劍兩州頓遞費用者(二六)。"

臣又牒勘綿州,得報稱:"元和二年軍資錢米,悉准舊額徵收,盡送使訖,並不曾交領得梓、遂兩州錢米添填頓遞(二七),亦無尅折當州錢米處者。"臣又牒勘劍州,得報稱:"元和元年所供頓遞,侵用百姓腹内兩年夏税錢四千二十三貫三文,使司令於其年軍資錢内尅下訖。其米即用元和元年米充,並不侵用二年軍資錢米數(二八),使司亦不曾支梓、遂州錢米充填者(二九)。"

臣伏念綿、劍兩州供頓,自合准敕優矜(三〇)。梓、遂百姓何辜,擅令倍出租賦?況所徵錢米數内,惟尅下劍州軍資錢四千二十三貫三文。其餘錢米,並是嚴礪加徵,别有支用。其本判官及梓州、遂州刺史(三一),悉合科處,以例將來。⑧

擅收没塗山甫等莊宅、奴婢及於兩税外加配錢、米、草等,本判官及諸州刺史名銜、并所收色目,謹具如後:

擅收没奴婢莊宅等:元舉牒判官、支度副使、檢校尚書刑部員外郎兼侍御史、賜緋魚袋崔廷(三二):都計諸州擅没莊共六十三所、宅四十八所、奴一十人、婢一十七人。

於管内諸州元和二年三年秋税錢外隨貫加配草:元舉牒判官、觀察判官、殿中侍御史、内供奉盧詡:都計諸州共加配草四十一萬四千八百六十七束。

加徵梓、遂兩州元和二年秋税外錢及米:元舉牒判官、攝節度判官、監察御史裏行裴詗：計兩州加徵錢共七千貫文、米共五千石。

梓州刺史、檢校尚書左僕射兼御史大夫嚴礪：元和四年三月八日身亡。擅收塗山甫等莊二十九所，宅四十一所，奴九人，婢一十七人，加徵錢三千貫文(三三)、米二千石、草七萬五千九百五十三束(元和二年三萬一千七百九十三束，元和三年四萬四千一百六十束)⑨。

遂州刺史柳蒙(三四)：擅收没李簡等莊八所、宅四所、奴一人，加徵錢四千貫文、米三千石、草四萬九千九百八十五束(元和二年二萬四千五百三束，元和三年二萬五千四百八十二束)(三五)。

綿州刺史陶鍠：擅收没文懷進等莊二十所、宅十三所，加徵草八萬八千六百八十八束(元和二年三萬八千九十三束，元和三年五萬五百九十五束)。

劍州刺史崔實成(元和二年十一月五日改授邛州刺史)：擅收没鄧琮等莊六所，加徵草二萬一千八百一十七束(元和二年九千三十九束，元和三年一萬二千七百七十八束)(三六)。

普州刺史李怤：元和二年加徵草六千束(三七)，三年加徵草九千四百五十束。

合州刺史張平：元和二年加配草三千四百六十二束，三年加徵草五千六百五束。

榮州刺史陳當(三八)：元和二年加徵草九千四百三束，三年加徵草五千六百二十七束(三九)。

渝州刺史邵膺：元和二年加徵草二千六百一十四束(四〇)，三年加徵草三千七百二十七束。

瀘州刺史兼御史劉文翼：元和二年加徵草三千八百五十

三束,三年加徵草三千八百五十一束。

資州:元和二年加徵草一萬五千七百九十八束,三年一萬六千二百二十五束。

簡州:元和二年加徵草二萬四千一百四束,三年二萬三千一百一十八束。

陵州:元和二年加徵草二萬四千六百六束,三年二萬三千八百六十一束。

龍州:元和二年加徵草八百九十一束,三年八百一十一束。

右,已上本判官及刺史等名銜并所徵收色目(四一),謹具如前。其資州等四州刺史(四二),或緣割屬西川,或緣停替遷授,伏乞委本道長吏(四三),各據徵收年月,具勘名銜聞奏⑩。

以前件狀如前,伏以聖慈軫念,切在蒼生。臨御五年,三布赦令。殷勤曉諭,優恵困窮(四四)。似涉擾人(四五),頻加禁斷⑪。

況嚴礪本是梓州百姓,素無才行可稱(四六)。久在兵間,過蒙奬拔。陛下録其微效(四七),移鎮東川。杖節還鄉,寵光無比。固合撫綏黎庶(四八),上副天心。蠲減征徭,内榮鄉里⑫。而乃横徵暴賦,不奉典常。擅破人家,自豐私室。訪聞管内産業,阡陌相連。童僕資財,動以萬計。雖即没身謝咎,而猶遺患在人。謂宜謚以醜名,削其褒贈,用懲不法,以警將來⑬。其本判官及諸州刺史等,或苟務容軀,競謀侵削;或分憂列郡,莫顧詔條。但受節將指撝,不懼朝廷典憲。共爲蒙蔽,皆合痛繩。臣職在觸邪,不勝其憤。謹録奏聞,伏候敕旨⑭。

中書門下牒御史臺(四九)：

牒：奉敕：籍没資財，不明罪犯。税外科配，豈顧章程？致使銜冤，無由仰訴。不有察視，孰當舉明？所没莊宅奴婢，一物已上，並委觀察使據元没數，一一分付本主(五〇)。縱有已貨賣破除者，亦收贖却還。其加徵錢、米、草等，亦委觀察使嚴加禁斷。仍榜示村鄉(五一)，使百姓知委⑮。判官崔廷等，名叨參佐，非道容身。刺史柳蒙等，任竊藩條，無心守職。成此弊政，害及平人。撫事論情，豈宜免戾？但以罪非首坐，法合會恩。亦以恩後加徵，又已去官停職。俾從寬宥，重此典常。其恩後加徵草，及柳蒙、陶鍠、李怤、張平、邵膺、陳當、劉文翼等(五二)，宜各罰兩月俸料，仍書下考，餘並釋放(五三)。牒至，准敕故牒⑯。

録自《元氏長慶集》卷三七

[校記]

（一）彈奏劍南東川節度使狀：楊本、叢刊本、《全文》同，《英華》作"彈劍南東川節度觀察處置等使嚴礪文"，各備一説，不改。

（二）劍南東川詳覆使：楊本、叢刊本同，《全文》作"劍南東川詳覆使言"，《英華》已移作題注："元稹時任劍南東川詳覆使"，各備一説，不改。

（三）擅籍没管内將士、官吏、百姓及前資寄住等莊宅、奴婢：原本作"擅没管内將士、官吏、百姓及前資寄住等莊宅、奴婢"，楊本、《全文》同，據叢刊本、《英華》以及下文改。

（四）并兩税外加徵錢米及草等：原本作"今於兩税外加配錢米及草等"，《全文》作"今於兩税外加徵錢米及草等"，楊本誤作"今於兩税外加配錢末及草等"，據蘭雪堂本、叢刊本、《英華》改。

（五）莊宅共一百一十一所：原本作“莊宅共一百二十二所”，楊本、叢刊本、《英華》、《全文》同，《舊唐書·元稹傳》、《册府元龜》節録本文均作“田宅一百一十一”，據下文“都計諸州擅没莊共六十三所、宅四十八所”所述，應以《舊唐書·元稹傳》、《册府元龜》節録爲是，據改。

（六）並在諸州項内分析：叢刊本、蘭雪堂本、《英華》、《全文》同，楊本誤作“並在諸州項内分折”，不從不改。

（七）令往劍南東川詳覆瀘川監官任敬仲贓犯：蘭雪堂本、叢刊本、《英華》、《全文》同，楊本誤作“令住劍南東川詳覆瀘川監官任敬仲贓犯”，不從不改。

（八）擅籍没前件庄宅奴婢等：原本作“擅没前件莊宅、奴婢等”，楊本、叢刊本、《全文》同，據《英華》補改。

（九）據嚴礪元和二年正月十八日舉牒稱：叢刊本同，楊本、《英華》、《全文》作“據嚴礪元和二年正月十八日舉牒云”，各備一説，不改。

（一〇）應經逆賊劉闢重圍内并賊軍到處：楊本、叢刊本同，《英華》、《全文》作“應經逆賊劉闢重圍内并賊兵到處”，各備一説，不改。

（一一）亦不具事賊職名：原本作“亦不具事職名”，楊本、叢刊本、《全文》同，據盧校、《英華》補改。

（一二）應被脅從補署職掌：楊本、叢刊本同，《英華》、《全文》作“應被脅從補署職官”，各備一説，不改。

（一三）反逆緣坐：楊本、叢刊本同，《英華》、《全文》作“大逆緣坐”，各備一説，不改。

（一四）與逆黨素無管屬：楊本、叢刊本同，《英華》、《全文》作“與賊黨素無管屬”，各備一説，不改。

（一五）至今被使司收管：楊本、叢刊本、《全文》同，《英華》作“至今見被使司收管”，各備一説，不改。

(一六) 招緝疲人：楊本、叢刊本、《全文》同，《英華》作“招葺疲人”，各備一說，不改。

(一七) 以絶奸欺：楊本、叢刊本同，《英華》、《全文》作“以懲奸欺”，各備一說，不改。

(一八) 兩税留州、留使錢外：楊本、叢刊本同，《英華》、《全文》作“兩税留州使錢外”，各備一説，不改。

(一九) 州府長吏並同枉法計贓：叢刊本、《英華》、《全文》同，楊本誤作“州府長吏並同在法計贓”，不從不改。

(二〇) 不在此限：楊本、叢刊本、《全文》同，《英華》作“不在此例”，各備一說，不改。

(二一) 臣訪聞嚴礪加配前件草：楊本、叢刊本、《全文》同，《英華》作“臣又聞嚴礪加配前件草”，各備一說，不改。

(二二) 准前日月追得文案：楊本、叢刊本、《全文》同，《英華》作“準前月日追得文案”，各備一說，不改。

(二三) 於諸州秋税錢上：原本作“於諸州和税錢上”，據楊本、叢刊本、《英華》、《全文》改。

(二四) 館驛自有正料：楊本、叢刊本同，《全文》作“館驛自有正科”，《英華》作“館驛並有正科”，各備一說，不改。

(二五) 及執行案典趙明之檢勘得實：楊本、叢刊本同，《英華》、《全文》作“及執行案典趙明志檢勘得實”，各備一說，不改。

(二六) 添填綿、劍兩州頓遞費用者：原本作“添頓綿、劍兩州頓遞費用者”，楊本、叢刊本同，據《英華》、《全文》改。

(二七) 並不曾交領得梓、遂兩州錢米添填頓遞：原本作“並不曾交領得梓、遂等州錢米添填頓遞”，楊本、叢刊本、《全文》同，據《英華》改。

(二八) 並不侵用二年軍資錢米數：原本作“並不侵用二年軍資米數”，楊本、叢刊本、《全文》同，據《英華》改。

（二九）使司亦不曾支梓、遂州錢米充填者：楊本、叢刊本、《全文》同，《英華》作“使司亦不曾交梓州、遂州米充填者”，各備一説，不改。

（三〇）自合准敕優矜：楊本、叢刊本、《全文》同，《英華》作“自合準制優矜”，各備一説，不改。

（三一）其本判官及梓州、遂州刺史：原本作“其本判官及遂州刺史”，楊本、叢刊本同，據《英華》、《全文》補改。

（三二）元舉牒判官、支度副使、檢校尚書刑部員外郎兼侍御史、賜緋魚袋崔廷：原本誤作“元舉牒判官、度支副使、檢校尚書刑部員外郎兼侍御史、賜緋魚袋崔廷”，楊本、叢刊本、《英華》、《全文》同誤，徑改。度支是中央官署名，魏、晉始置，掌管全國的財政收支，長官爲度支尚書。南北朝以度支尚書領度支、金部、倉部、起部四曹。隋開皇初改度支尚書爲民部尚書。唐因避唐太宗李世民之諱，改民部爲户部，旋復舊稱。《通典·職官》：“漢置尚書郎四人，其一人主財帛委輸。至魏文帝置度支尚書寺，專掌軍國支計。吴有户部（吴，孫休初即位，户部尚書階下讀奏）。而晉有度支（晉當陽侯杜元凱爲度支尚書，内以利民外以救邊，備物置用以濟當時之益者五十餘條。又張華爲度支尚書，量計運漕，決定廟筭），皆主筭計也。宋、齊度支尚書，領度支、金部、倉部、起部四曹。梁亦有之。後魏度支亦掌支計（崔亮爲度支尚書，經營費用，歲減億計）。北齊度支統度支（掌計會，凡軍國損益供糧廩等事）倉部左户（左户掌天下計帳、户口）。右户（掌天下公私田宅租課）金部庫部六曹，後周置，大司徒卿一人，如《周禮》之制，其屬有民部中大夫二人，掌承司徒，教以籍帳之法，贊計人民之衆寡。隋初有度支尚書，則并後周民部之職（漢成帝初置尚書有民曹，主凡吏民上書，悉經此曹理。之後漢光武改民曹，主繕修工作、鹽池、苑囿。魏置左民尚書，晉惠帝又加置右民尚書。至於宋、齊、梁、陳，皆有左民尚書。而後魏有左民、右民等尚書，多領工役，非今户部之例。而梁、陳兼掌户籍,此則略同。自周、隋有民部,始當今户部之職)。開皇三年,改度支爲民部,統度支、民部、金部、倉部四曹,國家修《隋志》,謂之户部,蓋以廟諱故也(煬帝時,韋冲爲民部尚書。又武德二年,隋民部尚書蕭瑀爲相府司録)。大唐永徽初,復改民部爲户部,廟諱故也(太宗在位,詔:官名及公私文籍有'世民'兩字不相連者,並不諱,至高宗始諱之)。顯慶元年,改户部爲度支。龍朔二年,改度支尚書爲司元太常伯。咸亨元年,復爲户部尚書。初,户部居禮部之後,武太后改置天地四時之官,以户部爲地官,由是遂居禮部前。神龍元年,復改地官爲户部,總判户部度支、金部、倉部事。"《唐會要》卷四《雜録》:"貞元中,裴延齡、韋渠牟以奸佞相次選用。延齡尤狡險,判度支務尅剥聚斂,自以爲功,天下怨怒。"而支度即"支度使",是唐代各道節度使多兼支度、營田、招討、經略使,其屬有支度判官,又金都運司内亦有支度判官。支度使非户部三司使中的度支使,兩者是不同的官職。《舊唐書·職官志》:"凡天下邊軍,有支度使,以計軍資糧仗之用。"《新唐書·百官志》:"〔節度使〕兼支度、營田、招討、經略使,則有副使、判官各一人。"錢大昕《十駕齋養新録·度支支度不同》:"度支者,户部四司之一……至各道節度使有帶支度營田使者,則其屬有支度判官,此外任幕職也。"

(三三) 加徵錢三千貫文:原本作"加徵三千貫文",楊本、叢刊本、《全文》同,據《英華》補改。

(三四) 遂州刺史柳蒙:叢刊本、《全文》同,《英華》作"遂州刺史柳濛",楊本誤作"送州刺史柳蒙",不從不改。

(三五) 草四萬九千九百八十五束(元和二年二萬四千五百三束,元和三年二萬五千四百八十二束):《全文》同,楊本、叢刊本、《英華》作"草四萬九千五百三十五束(元和二年二萬四千五百三束,元和三年二萬五千四百八十二束)",數字不合,不從不改。

(三六) 加徵草二萬一千八百一十七束(元和二年九千三十九

束，元和三年一萬二千七百七十八束）：原本作“加徵草二萬一千八百七十七束（元和二年九千三十九束，元和三年一萬二千七百七十八束）”，楊本、叢刊本、《英華》同，據《全文》改。

（三七）元和二年加徵草六千束：原本作“元和二年加徵錢草六千束”，楊本、叢刊本、《全文》同，據《英華》改。

（三八）榮州刺史陳當：楊本、叢刊本、《全文》同，《英華》作“榮州刺史陳雷”，且列下條之後。各備一説，不改。

（三九）三年加徵草五千六百二十七束：《全文》同，楊本、《英華》作“三年加徵草五千四百二十七束”，各備一説，不改。

（四〇）元和二年加徵草二千六百一十四束：楊本、叢刊本、《英華》、《全文》同，蘭雪堂本作“元和二年加徵草三千六百一十四束”，各備一説，不改。

（四一）已上本判官及刺史等名銜并所徵收色目：楊本、叢刊本同，《英華》、《全文》作“已上本判官及刺史等名銜并所徵收名目”，各備一説，不改。

（四二）其資州等四州刺史：楊本、叢刊本、《全文》同，《英華》作“其資簡等四州刺史”，各備一説，不改。

（四三）伏乞委本道長吏：楊本、叢刊本、《全文》同，《英華》作“伏乞委本道長史”，各備一説，不改。

（四四）優惠困窮：楊本、叢刊本、《全文》同，《英華》作“優在困窮”，各備一説，不改。

（四五）似涉擾人：楊本、叢刊本、《英華》同，《全文》作“事涉擾人”，各備一説，不改。

（四六）素無才行可稱：楊本、叢刊本、《全文》同，《英華》作“素無藝行可稱”，各備一説，不改。

（四七）陛下録其微效：楊本、叢刊本同，《英華》、《全文》作“陛下録其末效”，各備一説，不改。

（四八）固合撫綏黎庶：楊本、叢刊本、《全文》同，《英華》作“固合撫綏士庶”，各備一説，不改。

（四九）中書門下牒御史臺：楊本、叢刊本、《全文》同，《英華》無此句以及以下文字。本句及以下文字，並非出於元稹之手，屬於中書門下的指令性文字，但附在其後，有助於對本文的進一步了解，故依照原本保留。

（五〇）一一分付本主：楊本、叢刊本、《全文》同，盧校作“一一分付分析本主”，各備一説，不改。

（五一）仍榜示村鄉：蘭雪堂本、叢刊本、《全文》同，楊本作“仍曉示村鄉”，各備一説，不改。

（五二）劉文翼等：蘭雪堂本、叢刊本、《全文》同，楊本誤作“劉文翼寺”，不從不改。

（五三）餘並釋放：叢刊本、《英華》、《全文》同，楊本作“餘並放釋”，各備一説，不改。

[箋注]

① 彈奏劍南東川節度使狀：本文是展示元稹忠君愛民的代表作品之一。在本文中，元稹首先列舉了嚴礪在劍南東川節度使任貪没百姓財産的罪行以及其貪得無厭的醜態。元稹的舉奏提綱挈領，給人以觸目驚心的總體印象。然後再分項一一列舉，其一是“擅籍没管内將士、官吏、百姓及前資寄住塗山甫等八十八户莊宅共一百一十一所，奴婢共二十七人”；其二是“又於管内諸州元和二年兩税錢外加配百姓草，共四十一萬四千八百六十七束，每束重一十一斤”；其三是“又於梓遂兩州元和二年兩税外加征錢共七千貫文、米共五千石”。這篇奏狀具體而微，證據確鑿，並非泛泛而言。雖然不少内容都是枯燥的數字，但透過這些枯燥的數字却是鮮活的歷史。在元稹看來，所有這些違反皇規侵害百姓的事情都發生在劍南東川管轄的範圍之

内,作爲該道的"首長",亦即劍南東川節度使嚴礪自然是難逃其責。緊接著,元稹條分而縷析,一一列舉嚴礪及其下屬的具體過失,并提出了嚴厲的處置意見,請求上司的批准:嚴勵"即没身謝咎,而猶遺患在人。謂宜謚以醜名,削其褒贈。用懲不法,以警將來。"而"其本判官及諸州刺史等或苟務容軀竞謀侵削,或分憂列郡莫顧詔條,但受節將指揮,不懼朝廷典憲,共爲蒙蔽,皆合痛繩。"元稹這樣做,應該説是冒著很大的風險的:首先此舉定然要得罪被查官員,他們的職務高於元稹,他們的勢力也大於元稹,一定會聯合起來對付元稹。一旦元稹得不到朝廷最有力的支持,後果將是不堪設想的。其次元稹的上司衹是讓他查辦任敬仲的"贓犯",并没有讓他查辦嚴勵違反皇規的事情,如果辦得不合上司旨意,怪罪下來,元稹有擅越職權表現自己邀功揚名的嫌疑。但元稹首先想到的是朝廷的詔令被地方勢力故意歪曲,皇權的威嚴受到了他們的嚴重挑戰。元稹認爲自己作爲一名監察御史,應該像他的六代祖元巖那樣,有責任也該有權利過問此事。何况平定劉闢之時的詔令明確規定衹籍没叛亂主犯的財産,並没有説要連坐協從的平民百姓,更没有説要籍没他們的財産。現在東川的一些官員尋找借口將這些不該没收的財産占爲已有,更是不能容忍的犯罪行爲。其次那些被剥奪産業的百姓無家可歸無地可種,四處流亡生活困難,非常容易激起民變。元稹認爲自己是來自皇帝身邊的使者,理應爲百姓分憂解難申冤明屈,理應爲皇帝捍衛皇權排憂解難。此事的是與非本來就十分明顯,而且唐廷這時正需要安撫蜀地的百姓以安定那兒的局面。這一時期的中書省爲貫徹這一意圖,一直積極支持懲辦地方惡勢力的鬥争。再加上元稹的恩遇裴垍當時正在中書省,元稹的支持者李夷簡正在御史中丞任上,他們對元稹一直比較賞識,因此元稹的舉動得到了中書省和御史臺的大力支持,本文所附的《中書省下牒御史臺》就是最好的證明。這種處罰雖然不少文字是官樣文章,做做樣子而已;但"各罰兩月俸料,仍書下考"的處罰還是實實在在的,這在封建社會中已不多見。百姓申了自己的冤屈,並從中追回了部分已被貪官污吏吞噬的財産,應該説這是元稹竭力舉職的結果。杜絶貪污,嚴懲不法,是各個國家各個朝代重點關注積極宣揚的問題,但真正做到真正做好的却不多見,而元稹實實在在做到了也做好了,我們相信東川的百姓會記住元稹的名字,我們相信歷史也不應該忘記他的功績。對元稹的秉公舉職,時論和史書都加以肯定,如《舊唐書·元稹傳》即作出了正面的評價:“(元和)四年,奉使東蜀,劾奏故劍南東川節度使嚴礪違制擅賦,又籍没塗山甫等吏民八十八户田宅一百一十一、奴婢二十七人、草千五百束、錢七千貫。時礪已死,七州刺史皆責罰。稹雖舉職,而執政有與礪厚者惡之。使還,令分務東臺。”《新唐書·元稹傳》所記與《舊唐書·元稹傳》大致相同:“服除,拜監察御史。按獄東川,因劾奏節度使嚴礪違詔過賦數百萬,没入塗山甫等八十餘家田産奴婢。時礪已死,七刺史皆奪俸。礪党怒,俄分司東都。”接著出貶元稹至江陵,繼又出貶通州,前後十年。元稹《同州刺史謝上表》:“元和十四年,憲宗皇帝開釋有罪,始授臣膳部員外郎。”元稹才最終回到京城任職。《編年箋注》在評述元稹這段履歷時説:“解鈴繫鈴,元稹東山再起關鍵在裴度與憲宗皇帝也。”大誤特誤。元稹在通州,確實向時爲宰相的裴度呼救,有《上門下裴相公書》爲證。但史實是裴度根本不予理睬,我們已經在元稹《上門下裴相公書》的“箋注”以及拙稿《元稹考論·裴度的彈劾與元稹的貶職》中作了詳細的論證,有興趣的朋友可以參閲。元稹這次返回京城任職,完全是元稹摯友、当时在宰相的位上的崔群幫助的結果,他借著唐憲宗上尊號而大赦天下的機會,將元稹從虢州調回京城。

② 詳覆:詳議審察。張九齡《南郊赦書》:“其十惡死罪、造僞頭首、劫賊殺財主,在不赦例。就中仍慮有冤濫者,所司具狀送中書門下,盡理詳覆奏聞,朕將親覽。”《宋史·刑法志》:“建隆三年,令諸州

奏大辟案，須刑部詳覆。”　劍南東川：地名，時爲東川節度使轄境。《元和郡縣志·劍南道》：“梓州：今爲東川節度使理所……管梓州、劍州、緜州、遂州、渝州、合州、曹州、榮州、陵州、瀘州、龍州、昌州。”《舊唐書·地理志》：“劍南東川節度使：治梓州，管梓、綿、劍、普、榮、遂、合、渝、瀘等州。”而本文“其資州等四州刺史，或緣割屬西川，或緣停替遷授”云云，説明當時已經在區域變動之中。其中梓州、劍州、緜州、遂州、榮州、瀘州，州治分別在今天四川的三臺、普安、綿陽、遂寧、榮縣、瀘州，渝州、合州府治在今天重慶市的重慶、合川，變動的四州資州、簡州、陵州、龍州，府治分別在今天四川的資中、簡陽、仁壽、江油。吕温《代李侍郎論兵表》：“臣伏見某月日詔旨，更發太原、鳳翔及神策諸鎮兵赴劍南東川者。”李皋《故東川節度使盧公傳》：“上召坦使條陳，將行之，竟爲宰相所奪，乃出坦爲劍南東川節度使。”　嚴礪：史迹見《舊唐書·嚴礪傳》：“嚴礪，震之宗人也。性輕躁，多奸謀，以便佞在軍，歷職至山南東道節度都虞候、興州刺史兼監察御史。貞元十五年嚴震卒，以礪權留府事，兼遺表薦礪才堪委任。七月，超授興元尹兼御史大夫、山南西道節度、支度營田、觀察使。詔下，諫官御史以爲除拜不當。是日，諫議、給事、補闕、拾遺並歸門下省共議：礪資歷甚淺，人望素輕，遽領節旄，恐非允當……礪在位貪殘，士民不堪其苦。素惡鳳州刺史馬勛，誣奏貶賀州司户。縱情肆志，皆此類也。元和四年三月卒，卒後御史元稹奉使兩川按察，糾劾礪在任日臟罪數十萬。詔徵其贓，以死恕其罪。”　籍没：謂登記所有的財産，加以没收。《三國志·王修傳》：“太祖破鄴，籍没審配等家財物貲以萬數。”《北史·樂運傳》：“運少好學，涉獵經史。年十五而江陵滅，隨例遷長安。其親屬等多被籍没，運積年爲人傭保，皆贖免之。”　管内：管轄的區域之内。白居易《答劉濟詔》：“所奏茂昭送卿管内百姓殷進等七人，奏前後事由具悉。”孫光憲《北夢瑣言》卷一四：“〔劉仁恭〕自破太原軍於安塞城後，士兵精强，孩視鄰道，發管内丁壯，號三十萬，南取鄴中。” 前資:古代稱已去職的官員。張九齡《南郊赦書》:“升壇例内外文武官及致仕並前資、陪位者,賜勛一轉。”常衮《大曆五年大赦天下制》:“内外文武官及前資官六品以下,並草澤中有碩學專門,茂才異等,智謀經武,諷諫主文者,仰所在州府觀察牧宰,精求表薦。” 寄住:暫時借住。《周書·强練傳》:“恒寄住諸佛寺,好遊行民家,兼歷造王公邸第。”元結《再讓容州表》:“臣今寄住永州,請刺史王庭璬爲臣進表陳乞以聞。” 制敕:皇帝的詔令。《舊唐書·中宗韋庶人》:“安樂恃寵驕恣,賣官鬻獄,勢傾朝廷,常自草制敕,掩其文而請帝書焉!”《舊五代史·唐明宗紀》:“時露布之文,類制敕之體,蓋執筆者悮,頗爲識者所嗤。” 訪察:通過訪問和觀察進行調查。《隋書·高麗傳》:“有何陰惡,弗欲人知,禁制官司,畏其訪察?”史承節《鄭康成祠碑》:“承節以萬歲通天元年,奉敕於河南道訪察,觀風省俗,激濁揚清。” 贓犯:貪污犯法。韋皋《上皇太子箋》:“褻慢無忌,高下在心,貨賄流聞,遷轉失序,先朝屏黜贓犯之類,咸擢在省送府署之間。”薛冲乂《詳覆吕澄贓犯狀》:“吕澄贓賂事發,因鎮將上論,乞取之贓,又無文簿。” 文案:舊時衙門裹草擬文牘、掌管檔案的幕僚,其地位比一般屬吏高。杜佑《尚書省官議》:“梁天監元年詔曰:‘自禮闈陵替,歷兹永久。郎署備員,無取職事。糠秕文案,貴尚虚閑。空有趨墀之名,了無握蘭之實。’” 案典:司法部門的官吏。司馬炎《魏舒就第賜予詔》:“主者詳案典禮令,皆如舊制。”《全唐詩·兩京童謠》:“不怕上蘭單,惟愁答辨難。無錢求案典,生死任都官。” 檢勘:檢查考定。薛用弱《集異記·陳導》:“見一人龐眉大鼻,在舟檢勘文書,從者三五人。”何光遠《鑒誡録·神口開》:“唐大中初,有任士元與宇文錯争田,俱無公執,雖經檢勘,難定是非。”

③ 牒:呈文。沈括《夢溪續筆談》:“生遂投牒乞致仕,自袖牒立庭中。”周密《齊東野語·汪端明》:“始謁廟,有嫗持牒立道左,命取視之,累千百言,皆枝贅不根。” 劉闢:史迹見《舊唐書·劉闢傳》:“劉

闢者，貞元中進士擢第，宏詞登科，韋皋辟爲從事，累遷至御史中丞、支度副使。永貞元年八月，韋皋卒，闢自爲西川節度留後，率成都將校上表請降節鉞，朝廷不許，除給事中，便令赴闕，闢不奉詔。時憲宗初即位，以無事息人爲務，遂授闢檢校工部尚書，充劍南西川節度使。闢益凶悖，出不臣之言，而求都統三川。與同幕盧文若相善，欲以文若爲東川節度使，遂舉兵圍梓州。憲宗難於用兵，宰相杜黄裳奏：'劉闢一狂蹶書生耳！王師鼓行而俘之，兵不血刃。臣知神策軍使高崇文驍果可任，舉必成功。'帝數日方從之，於是令高崇文、李元奕將神策京西行營兵相續進發，令與嚴礪、李康掎角相應以討之，仍許其自新。元和元年正月，崇文出師。三月，收復東川。乃下詔曰：'……'六月，崇文破鹿頭關，進收漢州。九月，崇文收成都府。劉闢以數十騎遁走，投水不死，騎將酈定進入水擒闢於成都府西洋灌田。盧文若先自刃其妻子，然後縋石投江，失其屍。闢檻送京師，在路飲食自若，以爲不當死。及至京西臨皋驛，左右神策兵士迎之，以帛繫首及手足，曳而入，乃驚曰：'何至於是？'或紿之曰：'國法當爾，無憂也！'是日詔曰：'……'闢入京城，上御興安樓受俘馘，令中使於樓下詰闢反狀，闢曰：'臣不敢反，五院子弟爲惡，臣不能制。'又遣詰之曰：'朕遣中使送旌節官告，何故不受？'闢乃伏罪。令獻太廟、郊社，徇於市，即日戮於子城西南隅。"而嚴礪接任劍南西川節度使之後，借機吞没受劉闢脅迫而被迫從亂官吏、百姓的財産，中飽私囊，造成新的混亂，故元稹依照平定劉闢之亂之後朝廷下達的詔令："西川諸州諸鎮刺史、大將及參佐、官吏、將健、百姓等，應被脅從補署職掌，一切不問。""自今日已前，反逆緣坐，並與洗滌。"爲衆多官吏、百姓平反，返還被劉闢吞没的財産。元稹《憲宗章武孝皇帝挽歌詞三首》二："天寶遺餘事，元和盛聖功。二凶梟帳下，三叛斬都中（楊惠琳、李師道傳首京師，劉闢、李錡、吴元濟腰斬都市）。"韓愈《元和聖德詩序》："臣伏見皇帝陛下即位已來，誅流奸臣，朝廷清明，無有欺蔽。外斬楊惠琳、劉闢以收夏、蜀,東定青、齊積年之叛。” 霈澤:喻恩澤,恩赦。李嘉祐《江湖秋思》:“共望漢朝多霈澤,蒼蠅早晚得先知。”范仲淹《鄧州謝上表》:“迺宣霈澤,以安黎元。” 奴婢:舊時指喪失自由、爲主人無償服勞役的人,其來源有罪人、俘虜及其家屬,亦有從貧民家購得者,通常男稱奴,女稱婢。袁宏《後漢紀·質帝紀》:“或取良民以爲奴婢,名曰‘自賣民’,至千人。”韓愈《柳子厚墓誌銘》:“其俗以男女質錢,約不時贖,子本相侔,則没爲奴婢。” 桑柘:桑木與柘木。《禮記·月令》:“〔季春之月〕命野虞無伐桑柘,鳴鳩拂其羽,戴勝降於桑。”朱彧《萍洲可談》卷二:“而先植桑柘已成,蠶絲之利,甲於東南,迄今尤盛。”指農桑之事。韓愈《縣齋有懷》:“惟思滌瑕垢,長去事桑柘。” 斛斗:斛與斗,皆糧食量器名,十升爲斗,十斗爲斛。《宋書·律曆志》:“器有大小,故定以斛斗。”賈思勰《齊民要術·笨麴並酒》:“其七酘以前,每欲酘時,酒薄霍霍者,是麴勢盛也……雖勢極盛,亦不得過次前一酘斛斗也。” 邸店:古代兼具貨棧、商店、客舍性質的處所。《梁書·徐勉傳》:“所以顯貴以來,將三十載,門人故舊,亟薦便宜,或使創闢田園,或勸興立邸店。又欲舳艫運致,亦令貨殖聚斂。”《唐律疏議·平贓者》:“邸店者,居物之處爲邸,沽賣之所爲店。” 碾磑:利用水力啓動的石磨。《通典·食貨》:“往日鄭白渠溉田四(萬)餘頃,今爲富商大賈競造碾磑,堰遏費水,渠流梗澀,止溉一萬許頃。”《資治通鑑·唐代宗大曆十三年》:“春正月辛酉,敕毀白渠支流碾磑以溉田。”胡三省注:“公輸班作磑,後人又激水爲之,不煩人力,引水激輪,使自旋轉,謂之水磨。” 搜檢:搜查。王嘉《拾遺記·魏》:“搜檢宫内及諸池井,不見有物。”劉義慶《世説新語·任誕》:“蘇峻亂,諸庾逃散。庾冰時爲吴郡,單身奔亡……峻賞募覓冰,所在搜檢甚急。” 驗問:檢驗查問。《史記·吴王濞列傳》:“京師知其以子故稱病不朝,驗問實不病。”李適之《大唐蘄州龍興寺故法現大禪師碑銘》:“每有人潛獻牛乳,其味凝厚。衆疑有異,後加驗問,莫知所從。” 虚實:真僞。《後漢書·度尚傳》:"夫事有虚實,法有是非。"《梁書·朱異傳》:"普通五年,大舉北伐,魏徐州刺史元法僧遣使請舉地内屬,詔有司議其虚實。" 職名:猶職銜。西門元佐《宫闈令西門珍墓誌》:"尋除張建封尚書爲徐泗節度,詔公獨監,送上職名如故。"白居易《侯丕可霍邱縣尉制》:"既寵之以職名,又優之以禄俸,蓋先勞後食之義也,汝其承之。" 作坊:從事手工製造加工的工廠,也稱"作場"、"坊"、"房"、"作"等,古代有官府作坊及民間作坊之分。《舊唐書·齊復傳》:"先時西原叛亂,前後經略使征討反者,獲其人皆没爲官奴婢,配作坊重役,復乃令訪其親屬,悉歸還之。"《資治通鑑·後漢隱帝乾佑三年》:"〔帝〕嘗夜聞作坊鍛聲,疑有急兵,達旦不寐。"胡三省注:"作坊,造兵甲之所,作坊使領之。" 驅使:役使。《樂府詩集·焦仲卿妻》:"非爲織作遲,君家婦難爲。妾不堪驅使,徒留無所施。"韓愈《應所在典貼良人男女等狀》:"右準律,不許典貼良人男女作奴婢驅使。" 租課:猶賦税。《南史·王玄謨傳》:"新舊錯亂,租課不時。"蘇轍《論前後處置夏國乖方札子》:"所得租課,歲入幾何?" 支用:支付使用。韓愈《論變鹽法事宜狀》:"平叔請令州府差人自糶官鹽,收實估匹段,省司準舊例支用,自然獲利一倍以上。"《宋史·職官志》:"雜物庫,掌受内外雜輸之物,以備支用。"

④ 參佐:部下,僚屬。《三國志·王基傳》:"以淮南初定,轉基爲征東將軍,都督揚州諸軍事,進封東武侯。基上疏固讓,歸功參佐。"陶潛《晉故征西大將軍長史孟府君傳》:"九月九日,温遊龍山,參佐畢集。" 脅從:被迫相從。《隋書·史祥傳》:"賊爾日塞兩關之路,據倉阻河,百姓脅從,人亦衆矣!"《資治通鑑·唐懿宗咸通十年》:"張玄稔嘗戍邊有功,雖脅從於賊,心嘗憂憤。" 補署:補任官職。《資治通鑒·後漢高祖天福十二年》:"丙辰,帝至洛陽,入居宫中,汴州百官奉表來迎。詔諭以受契丹補署者皆勿自疑,聚其告牒而焚之。"《續資治通鑒·宋太宗雍熙三年》:"禽酋豪者,隨職名高下補署。" 職掌:指

所主管之事，職務。《晉書・紀瞻傳》："臣之職掌，户口租税，國之所重。"《晉書・樂志》："伯益佐舜禹，職掌山與川。"　反逆：叛逆，謀反。《漢書・晁錯傳》："吴王反逆亡道，欲危宗廟，天下所當共誅。"陸贄《奉天改元大赦制》："應先有痕累禁錮，及反逆緣坐，承前恩赦所不該者，並宜洗雪。"　緣坐：猶連坐，因牽連而獲罪。《北史・齊後主紀》："諸家緣坐配流者，所在令還。"范仲淹《唐狄梁公碑》："會越王亂後，緣坐七百人，籍没者五千口。"　洗滌：除去罪過、積習、恥辱等。陸贄《奉天改元大赦制》："其李希烈、田悦、王武俊、李納及所管將士官吏等，一切並與洗滌，各復爵位，待之如初。"柳宗元《賀赦表》："而又洗滌幽蟄，雷雨之施也；歸還流竄，羅網之釋也；移叙貶黜，覆載之仁也。"

⑤ 逆黨：結夥作惡的人，叛逆的黨人。《宋書・索虜傳》："聚合逆黨，頻爲寇掠。"俞文豹《吹劍録外集》："侂胄誣趙忠定爲不軌，陷道學五十九人爲逆黨。"　管屬：猶管轄。李豫《諭僕固懷恩詔》："但以河北諸將，自竭忠誠。朔方三軍，已有管屬。不可更置統領，復爲節制。"崔翹《對縣令不修橋判》："兩城之内，是曰帝居。作曹自合修營，赤縣元非管屬。"　奄：忽然，驟然。《文選・任昉〈齊竟陵文宣王行狀〉》："天不憖遺，奄見薨落。"李善注引《方言》："奄，遽也。"《周書・文帝紀》："勛業未就，奄罹凶酷。"　恩蕩：猶"原蕩"，赦免。《南史・宋前廢帝紀》："大赦，贓污淫盗，悉皆原蕩，賜爲父後者爵一級。"猶"洗蕩"滌除，去除。江總《鐘銘》一："百非洗蕩，萬善昭通。"　招緝：亦作"招輯"、"招集"，猶招撫。《三國志・高柔傳》："宜先招集三輔，三輔苟平，漢中可傳檄而定也。"《陳書・魯悉達傳》："〔魯悉達〕招集晉熙等五郡，盡有其地。"　疲人：疲困之民。姚合《送李起居赴池州》："天子念疲民，分憂輟侍臣。"曾鞏《泰山祈雨文》："念此疲民，弊於征斂。方歲之富，食常不足。"　孤窮：孤立危急，孤苦失意，孤獨窮困。《三國志・周魴傳》："常中夜仰天，告誓星辰，精誠之微，豈能上

感？然事急孤窮，惟天是訴耳！”范成大《除夕感懷》：“孤窮罪當爾，我今怨尤誰？” 編户：編入户籍的普通人家。《漢書・梅福傳》：“今仲尼之廟不出闕里，孔氏子孫不免編户。”《北齊書・文宣帝紀》：“周曰成康，漢稱文景，編户之多，古今爲最。” 貶責：貶謫責罰。李翺《論事上宰相書》：“柳泌爲刺史，疏而不止；韓潮州直諫貶責，静而不得。”葉夢得《石林燕語》卷一二：“熙寧以前，臺官例少貶責。間有補外者，多是平出，未幾復召還。” 奸欺：虚僞欺詐。陸贄《興元論續從賊中赴行在官等狀》：“乃以一人之聽覽而欲窮宇宙之變態，以一人之防慮而欲勝億兆之奸欺。”韓愈《送窮文》：“矯矯亢亢，惡圓喜方。羞爲奸欺，不忍害傷。”

⑥ 兩税：夏税和秋税的合稱，唐德宗時楊炎作兩税法，合併租庸調爲一，令以錢輸税，夏輸不超過六月，秋輸不超過十一月，故稱兩税。李冉《舉前池州刺史張嚴自代表》：“臣當州自定兩税以來，詎今四歲，户口减省，差科日增。”白居易《重賦》：“國家定兩税，本意在愛人……税外加一物，皆以枉法論。” 留州：唐賦税名，指留作地方州縣使用的税收。《新唐書・食貨志》：“憲宗分天下之賦以爲三，一曰上供，二曰送使，三曰留州。”唐無名氏《請停實估奏》：“其留使留州錢，即聞多是徵納見錢，及賤價折納匹段，既非齊一，有損疲人。” 留使：唐制：賦税中應送繳節度、觀察使府者，初名送使，後稱留使。《舊唐書・食貨志》：“令州縣鑄錢……其鑄本，請以留州、留使年支未用物充，所鑄錢便充軍府州縣公用。”《資治通鑑・後晉高祖天福元年》引此文，胡三省注曰：“唐制：諸州財賦爲三。一上供，輸之京師以供上用也；二送使，輸送於節度、觀察使府；三留州，留爲州家用度。其後天下悉裂爲藩鎮，支郡則仍謂之留州，會府則謂之留使。” 加率：額外徵收。元稹《彈奏山南西道兩税外草狀》：“伏准元和元年已後，三度赦文，每年旨條：‘兩税留州、留使錢外，加率一錢一物，州府長吏並以枉法贓論。’”《新唐書・食貨志》：“穆宗即位，一切罷之。兩税外

加率一錢者,以枉法贓論。" 枉法:謂歪曲和破壞法律。《商君書·定分》:"天下之吏民雖有賢良辨慧,不能開一言以枉法。"《史記·滑稽列傳》:"又恐受賕枉法,爲奸觸大罪,身死而家滅。" 大辟:古五刑之一,謂死刑。《書·吕刑》:"大辟疑赦,其罰千鍰。"孔傳:"死刑也。"孔穎達疏:"《釋詁》云:辟,罪也,死是罪之大者,故謂死刑爲大辟。"《漢書·禮樂志》:"自京師有誖逆不順之子孫,至於陷大辟受刑戮者不絶,繇不習五常之道也。" 滌蕩:蕩洗,清除。劉歆《遂初賦》:"心滌蕩以慕遠兮,迴高都而北征。"張世南《游宦紀聞》卷三:"自唐及今,流潦巨浸之所漂鬻,震風淩雨之所滌蕩,不知其幾,而墨色爛然如新。" 官典:指低級官吏。韓愈《論變鹽法事宜狀》:"臣今計此用錢已多,其餘官典及巡察手力所由等糧課,仍不在此數。通計所給,每歲不下十萬貫。"柳公綽《請禁奸人得牒免差奏》:"如官典有違,請必科處,使及長官,奏聽進止。" 犯贓:猶貪贓。《宋書·劉湛傳》:"〔湛〕爲人剛嚴用法,奸吏犯贓百錢以上,皆殺之,自下莫不震肅。"吴兢《貞觀政要·政體》:"在京流外有犯贓者,皆遣執奏,隨其所犯,置以重法。"

⑦ 郵驛:驛站,傳舍。傳送文書,步遞曰郵,馬遞曰置,曰驛。《後漢書·袁安傳》:"公事自有郵驛,私請則非功曹所持。"曾鞏《駕部制》:"輿馬輦乘之奉,郵驛圉牧之治,中臺要務,主以郎曹。敷求得人,俾任吾事。" 正料:國家明令規定可以支出的物質錢財。李翱《進士策問二道》:"四年春,天子哀之,詔天下守土臣定留州使額錢,其正料米如故,其餘估高下如上供,百姓賴之。"唐無名氏《請停實估奏》"伏望起元和四年已後,據州縣官正料錢數内,一半任依京官例徵納見錢支給,仍先以都下兩税户合納見錢充。" 禁斷:禁止,使不再發生,禁絶。《三國志·武帝紀》:"禁斷淫祀,奸宄逃竄,郡界肅然。"《南史·陳世祖文皇帝紀》:"詔非兵器及國容所須,金銀珠玉衣服雜玩,悉皆禁斷。" 科責:處罰。柳公綽《請禁奸人得牒免差奏》:"如有

過犯請牒送本司本使科責,府縣不得擅有决罰,仍永爲常式者。”韓愈《論變鹽法事宜狀》:“平叔又請以糶鹽多少爲刺史縣令殿最……如闕課利,依條科責者。” 誅求:需索,强制徵收。《左傳·襄公三十一年》:“以敝邑褊小,介於大國,誅求無時,是以不敢寧居,悉索敝賦,以來會時事。”杜預注:“誅,責也。”《資治通鑑·唐德宗建中四年》:“征師日滋,賦斂日重。内自京邑,外洎邊陲,行者有鋒刃之憂,居者有誅求之困。”

⑧ 北軍:指唐代皇帝的北衙禁軍。張説《潁川郡太夫人陳氏神道碑》:“神龍三年七月五日,北軍作難,西華失守,騎入宫壼,兵纏御樓。公孤劍淩鋒,群凶奪氣,倉促之際,安危是屬。”《資治通鑑·德宗貞元十九年》:“建中初,敕京城諸使及府縣繫囚,每季終委御史巡按,有冤濫者以聞;近歲,北軍移牒而已。”胡三省注:“宦官勢横,御史不敢復入北軍按囚。” 頓遞:置備酒食郵驛以供軍用謂之頓遞。《資治通鑑·唐僖宗中和元年》:“李克用牒河東,稱奉詔將兵五萬討黄巢,令具頓遞,鄭從讜閉城以備之。”胡三省注:“緣道設酒食以供軍爲頓,置郵驛爲遞。”《續資治通鑒·宋高宗建炎三年》:“是日,帝發建康,遣户部侍郎葉份先按視頓遞。” 添:增加,增補。《三國志·吕蒙傳》:“餘皆釋放,復爲平民。”裴松之注引韋昭《吴書》:“諸將皆勸作土山,添攻具。”陸游《雙橋道中寒甚》:“裂面霜風快似鐮,重重裘褲晚仍添。” 填:填塞。《國語·吴語》:“王遂出,夫人送王,不出屏,乃闔左闔,填之以土,去笄側席而坐,不掃。”張華《博物志·異鳥》:“精衛常取西山之木石,以填東海。” 供頓:供給行旅宴飲所需之物。崔光《諫靈太后幸嵩高表》:“供頓候迎,公私擾費。”元稹《連昌宫詞》:“驅令供頓不敢藏,萬姓無聲泪潜墮。” 優矜:體恤,因憐憫而給予照顧。徐陵《爲貞陽侯答王太尉書》:“國家凋荒,既乏屯衛,皇齊與睦,幸惠優矜。”《舊唐書·穆宗紀》:“(長慶二年閏十月)甲寅,詔:‘江淮諸州旱損頗多,所在米價不免踴貴,眷言疲困,須議優矜。’” 軍資:指軍

用物資。《吴子·料敵》:“軍資既竭,薪芻既寡。”《宋書·索虜傳》:“會臺送軍資至,憐往迎之。” 科處:猶判處。唐無名氏《請三年一造職田文簿奏(貞元十一年八月屯田)》:“今請令諸州府及畿内縣,三年一送,違限者准敕科處。”元稹《彈奏山南西道兩税外草狀》:“伏以前件草並是兩税外徵率,准制合勒本道明加申飭,各州府長吏,仍令節級科處。” 例:準則,規則。《漢書·何武傳》:“欲除吏,先爲科例,以防請託。”韓愈《論變鹽法事宜狀》:“檢責軍司軍户,鹽如有隱漏,並準府縣例科決。”

⑨ 收没:猶没收,强制地將財産收歸官有。《南史·齊廢帝東昏侯紀》:“或云寄附隱藏,復加收没。”白居易《論元稹第三狀》:“臣又訪聞元稹自去年以來,舉奏嚴礪在東川日枉法收没入平人資産八十餘家。” 色目:種類名目。陸贄《冬至大禮大赦制(貞元元年十一月)》:“京兆府應差科百姓,及和市和買等諸色目,事無大小,一切並停。”陸游《監丞周公墓誌銘》:“邑賦色目極繁,以入償出,不足者猶四萬緡,率苛征預借,苟逭吏責。” 判官:古代官名,唐代節度使、觀察使、防禦使均置判官,爲地方長官的僚屬,輔理政事。韓愈《董公行狀》:“崔圓爲揚州,詔以公爲圓節度判官。”徐鉉《稽神録·劉存》:“劉存爲舒州刺史,辟儒生霍某爲團練判官,甚可信任。”

⑩ 遷授:遷升官職。《南史·蔡興宗傳》:“王景文、謝莊等遷授失序,興宗又欲改爲美選。”元稹《上門下裴相公書》:“欲人之不怨,莫若遷授之有常;欲人之竭誠,莫若授拯於焚溺。” 長吏:舊稱地位較高的官員。《漢書·景帝紀》:“吏六百石以上,皆長吏也。”顔師古注引張晏曰:“長,大也;六百石位大夫。”陳鴻《長恨歌傳》:“而恩澤勢力,則又過之。出入禁門不問,京師長吏爲之側目。” 名銜:姓名與官銜。《舊五代史·唐莊宗紀》:“其停罷朝官,仍各録名銜,具罷任時日,留在中書。”《資治通鑑·唐僖宗廣明元年》:“己亥,黄巢下令,百官詣趙璋第投名銜者,復其官。”胡三省注:“名銜,題官位姓名也。”

聞奏：猶奏聞。《晉書・汝南王亮傳》："有不導禮法，小者正以義方，大者隨事聞奏。"《舊唐書・文宗紀》："敕諸道節度觀察使去任日，宜具交割狀，仍限新使到任一月分析聞奏，以憑殿最。"

⑪ 聖慈：聖明慈祥，舊時對皇帝或皇太后的諛稱。白居易《贈悼懷太子挽歌辭二首》一："壽夭由天命，哀榮出聖慈。恭聞褒贈詔，軫念在與夷。"薛逢《宣政殿前陪位觀册順宗憲宗皇帝徽號》："金泥照耀傳中旨，玉節從容引上臺。盛禮永尊徽號畢，聖慈南面不勝哀。" 軫念：悲痛地思念。《梁書・沈約傳》："思幽人而軫念，望東皋而長想。"《舊唐書・王同皎傳》："陛下雖納隍軫念，亦罔能救此生靈。" 蒼生：指百姓。《文選・史岑〈出師頌〉》："蒼生更始，朔風變律。"劉良注："蒼生，百姓也。"杜甫《行次昭陵》："往者灾猶降，蒼生喘未蘇。" 臨御：謂君臨天下，治理國政。《晉書・康獻褚皇后傳》："當陽親覽，臨御萬國。"《舊唐書・憲宗紀論》："及上自藩邸監國，以至臨御，訖於元和，軍國樞機，盡歸之於宰相。" 赦令：舊時君主發佈的減免罪刑或賦役的命令。劉子元《應制表陳四事》："今六合清晏，而赦令不息。近則一年再降，遠則再歲無遺。"劉禹錫《賀赦表》："臣伏讀赦令，首於奉園陵，盡誠敬，親九族，蘇兆人……" 曉諭：告知，多用於上對下。《魏書・穆泰傳》："焕曉諭逆徒，示以禍福，於是凶黨離心，莫爲之用。"同"曉喻"，明白勸導。《史記・司馬相如列傳》："故遣信使曉喻百姓以發卒之事。"蘇軾《書柳子厚牛賦後》："故書柳子厚《牛賦》，以遺瓊州僧道賛，使以曉喻其鄉人之有知者。" 困窮：艱難窘迫。《史記・南越列傳論》："伏波困窮，智慮愈殖，因禍爲福。"陸游《心太平庵》："困窮何足道？持此端可死。" 擾人：攪擾百姓。于公異《代李令公乞朝覲南郊表》："則歧路有《載馳》之章，郵亭絶告勞之費。以此利往，未爲擾人。"白居易《策林・議井田阡陌》："自秦壞井田，漢修阡陌，兼併大啓，遊惰實繁。雖歷代因循，誠恐弊深而害甚；如一朝改作，或慮失業而擾人。"

⑫ 才行:才智和德行。《晉書·景獻羊皇后傳》:"后聰敏有才行。"吴兢《貞觀政要·論君臣鑒戒》:"夫功臣子弟,多無才行。藉祖父資蔭遂處大官,德義不修,奢縱是好。" 獎拔:獎勵提拔。《後漢書·郭太傳》:"其獎拔士人,皆如所鑒。"柳珵《上清傳》:"臣起自刀筆小才,官已至貴,皆陛下獎拔。" "陛下録其微效"兩句:事見《舊唐書·憲宗紀》:"(元和元年正月)宜令興元嚴礪、東川李康犄角應接,神策行營節度使高崇文、神策兵馬使李元奕率步騎之師,與東川、興元之師類會進討……二月乙未朔……嚴礪奏收劍州……(十月)戊戌,以山南西道節度使嚴礪爲梓州刺史、劍南東川節度使。" 微效:微薄之能力與效率。白居易《初授拾遺獻書(元和三年進)》:"况臣本鄉里豎儒,府縣走吏。委心泥滓,絶望烟霄。豈意聖慈,擢居近職。每宴飫無不先及,每慶賜無不先霑。中廄之馬代其勞,内厨之膳給其食。朝慚夕惕,已逾半年。塵曠漸深,憂愧彌劇。未伸微效,又擢清班。臣所以授官已来,僅將十日,食不知味,寢不遑安,唯思粉身以答殊寵,但未獲粉身之所耳!"白居易《忠州刺史謝上表(元和十四年三月二十八日)》:"臣得爲昇平之人,遭遇已極。况居符竹之寄,榮幸實多。誓當負刺慎身,履冰勵節,下安凋瘵,上副憂勤。未死之間,期展微效。跼身地遠仰首天高。螻蟻之忱,伏希憐察。無任感激懇款彷徨之至。"移鎮:猶移藩。錢起《送王使君移鎮淮南》:"紫誥徵黄晚,蒼生借寇頻。願言青鎖拜,早及上林春。"張籍《送李僕射愬赴鎮鳳翔》:"旌幢獨繼家聲外,竹帛新添國史中。天子新收秦隴地,故教移鎮古扶風。" 杖節:執持旄節,古代帝王授予將帥兵權或遣使四方,給旄節以爲憑信。《漢書·叙傳》:"博望杖節,收功大夏。"又《王莽傳》:"乙太保甄邯爲大將軍,受鉞高廟,領天下兵,左杖節,右把鉞,屯城外。"後多以謂執掌兵權或鎮守一方。《晉書·王敦傳》:"頃者令導内綜機密,出録尚書,杖節京都,並統六軍。"武元衡《秋日對酒》:"我乏濟時略,杖節撫藩維。" 寵光:謂恩寵光耀。《左傳·昭公十二年》:

“夏,宋華定來聘,通嗣君也。享之,爲賦《蓼蕭》,弗知,又不答賦。昭子曰:‘必亡!宴語之不懷,寵光之不宣,令德之不知,同福之不受,將何以在?’”葉適《祭陳同甫文》:“心事難平,寵光易滿。萬世之長,一朝之短。” 撫綏:安撫,安定。《三國志·吴主傳》:“浩周之還。”裴松之注引魚豢《魏略》:“昔承父兄成軍之緒,得爲先王所見獎飾,遂因國恩,撫綏東土。”司馬光《北京韓魏公祠堂記》:“梁公省徹戰守之備,撫綏雕弊之民,民安而虜自退,魏人祠之,至今血食。” 黎庶:黎民。岑參《送顔平原》:“天子念黎庶,詔書换諸侯。仙郎授剖符,華省輟分憂。”李嘉祐《自蘇臺至望亭驛人家盡空春物增思悵然有作因寄從弟紓》:“南浦菰蔣覆白蘋,東吴黎庶逐黄巾。野棠自發空臨水,江燕初歸不見人。” 天心:君主的心意。郭湜《高力士傳》:“頃緣風疾所侵,遂使言辭舛謬。今所塵黷,不稱天心,合當萬死。”梅堯臣《王龍圖知江陵》:“捧詔出荆州,天心寄遠憂。” 蠲减:减免。《南齊書·竟陵文宣王子良傳》:“謂凡在荒民,應加蠲減。”蘇軾《省試策問》三:“至元和中,乃命段平仲、韋貫之、許孟容、李絳,一切蠲減,凡省冗官八百員,吏千四百員,民以少紓。” 征徭:賦税與傜役。《後漢書·隗囂傳論》:“至使窮廟策,竭征徭,身歿衆解然後定。”劉禹錫《山南西道節度使廳壁記》:“六龍言旋,迺下詔復除征繇。” 鄉里:家鄉,故里。王維《輞川别業》:“優婁比丘經論學,傴僂丈人鄉里賢。披衣倒屣且相見,相歡語笑衡門前。”李頎《行路難》:“當時一顧登青雲,自謂生死長隨君。一朝謝病還鄉里,窮巷蒼苔絶知己。”

⑬ 横徵暴賦:濫征捐税,强行搜刮民財。令狐楚《河陽節度使謝上表》:“謹當拊循羸卒,字育疲甿。横征擅賦誓不爲,峻法嚴科議不用。”陸贄《均節賦税恤百姓六條》:“此乃采非法之權令,以爲經制;總無名之暴賦,以立恒規。” 典常:常道,常法。《易·繫辭》:“初率其辭而揆其方,既有典常;苟非其人,道不虚行。”韓康伯注:“能循其辭以度其義,原其初,以要其終,則唯變所適,是其常典也。”《書·周

官》："其爾典常作之師，無以利口亂厥官。"　人家：民家，民宅。《史記·六國年表序》："《詩》《書》所以復見者，多藏人家；而史記獨藏周室，以故滅。"《漢書·鄧通傳》："於是長公主乃令假衣食，竟不得名一錢，寄死人家。"　私室：指私人之家。《宋書·竟陵王誕傳》："天府禁器，歷代所珍。誕密加購賞，頓藏私室。"韓愈《祭裴太常文》："檐石之儲，常空於私室；方丈之食，每盛於賓筵。"　產業：指私人財產，如田地、房屋、作坊等等。東方朔《非有先生論》："減後宫之費，損車馬之用……以與貧民無產業者。"李頎《欲之新鄉答崔顥綦毋潛》："數年作吏家屢空，誰道黑頭成老翁？男兒在世無產業，行子出門如轉蓬。"阡陌：田界。《史記·秦本紀》："〔商鞅〕爲田開阡陌。"司馬貞索隱引《風俗通》："南北曰阡，東西曰陌。河東以東西爲阡，南北爲陌。"泛指田間小路。陶潛《桃花源記》："阡陌交通，雞犬相聞。"田野，壟畝。賈誼《過秦論》："〔陳涉〕躡足行伍之間，而倔起阡陌之中。率疲弊之卒，將數百之衆，轉而攻秦。"　童僕：家童和僕人，泛指奴僕。《易·旅》："旅其次，懷其資，得童僕貞。"張華《輕薄篇》："童僕餘粱肉，婢妾蹈綾羅。"　資財：錢財物資。《管子·輕重》："功臣之家皆争發其積藏，出其資財，以予其遠近兄弟。"《後漢書·周燮黄憲等傳序》："資財千萬，父越卒，悉散與九族。"　没身：終身。《漢書·息夫躬傳》："今單于以疾病不任奉朝賀，遣使自陳，不失臣子之禮，臣禄自保没身不見匈奴爲邊竟憂也。"王通《中説·問易》："劉炫問《易》，子曰：聖人於《易》，没身而已，况吾儕乎？"　謝咎：悔過，謝罪。陳琳《爲袁紹上漢帝書》："韓馥懷懼，謝咎歸土。"洪適《代保安青詞》："謹悼心而謝咎，爰請命以乞憐。"　遺患：留下禍患，使人受害。《史記·項羽本紀》："楚兵罷食盡，此天亡楚之時也，不如因其機而遂取之。今釋弗擊，此所謂'養虎自遺患'也。"陳子昂《上西蕃邊州安危事》："古人所謂放虎遺患，不可不察。"　謚：古代帝王、貴族、大臣、士大夫或其他有地位的人死後，據其生前業迹評定的帶有褒貶意義的稱號。《史記·曹相國世家》:"卒,謚懿侯。"《晉書・禮志》:"《五經通義》以爲有德則謚善,無德則謚惡,故雖君臣可同。" 醜名:醜惡的名聲。《墨子・天志》:"聚斂天下之醜名而加之焉! 曰:此非仁也,非義也,憎人賊人,反天之意,得天之罰者也。"《舊唐書・杜元穎等傳》:"贊曰:君子喻義,小人近利……聲勢相傾,崔杜醜名。" 褒贈:謂爲嘉獎死者而贈予其官爵。白居易《贈劉總太尉册文》:"兹朕所以廢朝軫念,備禮加恩,庸建爾於上公:蓋褒贈之崇重者也。"《舊唐書・李適之傳》:"於是下詔追贈承乾爲恒山湣王,象爲越州都督、郇國公,伯父厥及亡兄數人並有褒贈。" 不法:違法。《史記・韓信盧綰列傳》:"上令人覆案,豨客居代者財物諸不法事,多連引豨。"俞文豹《吹劍四録》:"淳熙九年,晦庵爲浙東提舉,按台州唐仲友不法。" 將來:未來。《漢書・匈奴傳》:"消往昔之恩,開將來之隙。"陳亮《書文中子附録後》:"得其理足以知百世之變,明其數足以計將來之事。"

⑭ 容軀:猶"容身",保全自身,喻指苟且偷安。袁康《漢書・朱雲傳》:"雲數上疏,言丞相韋玄成容身保位,亡能往來,而咸數毀石顯。"《三國志・杜恕傳》:"若屍禄以爲高,拱默以爲智,當官苟在於免負,立朝不忘於容身,絜行遜言以處朝廷者,亦明主所察也。" 侵削:侵奪,削奪。《荀子・正論》:"甚者諸侯侵削之,攻伐之。若是則雖未亡,吾謂之無天下矣!"《漢書・申屠嘉傳》:"二年,鼂錯爲内史,貴幸用事,諸法令多所請變更,議以適罰侵削諸侯。" 分憂:《漢書・循吏傳序》:"〔孝宣〕常稱曰:'庶民所以安其田里,而亡嘆息愁恨之心者,政平訟理也,與我共此者,其唯二千石乎?'"顔師古注:"謂郡守、諸侯相。"後因以"分憂"代指郡守之職。白居易《賀平淄青表》:"臣名參共理,職忝分憂。" 列郡:諸郡。鄒陽《上書吴王》:"何則? 列郡不相親,萬室不相救也。"《後漢書・朱浮傳》:"今天下幾里? 列郡幾城? 奈何以區區漁陽而結怨天子?" 詔條:皇帝頒發的考察官吏的條令。《漢書・百官公卿表》:"武帝元封五年初置部刺史,掌奉詔條察州。"

柳宗元《代裴行立謝移鎮表》:“唯當遵守詔條,貶棄奸慝,平匀徭賦,示以義方。”又作“六條”,漢制,刺史班行六條詔書,以考察官吏。《漢書·百官公卿表》:“武帝元封五年初置部刺史。”顏師古注引《漢官典職儀》云:“刺史班宣,周行郡國,省察治狀,黜陟能否,斷治冤獄,以六條問事,非條所問,即不省。一條,强宗豪右田宅踰制,以强淩弱,以衆暴寡。二條,二千石不奉詔書遵承典制,倍公向私,旁詔守利,侵漁百姓,聚斂爲奸。三條,二千石不卹疑獄,風厲殺人,怒則任刑,喜則淫賞,煩擾刻暴,剥截黎元,爲百姓所疾,山崩石裂,袄祥訛言。四條,二千石選署不平,苟阿所愛,蔽賢寵頑。五條,二千石子弟恃怙榮勢,請託所監。六條,二千〔石〕違公下比,阿附豪强,通行貨賂,割損正令也。”北周也有六條詔書,後因以指考察官吏的職務和職權。《南史·宋江夏文獻王義恭傳》:“義恭既至,勸孝武即位。授太尉、録尚書六條事,假黄鉞。”《舊唐書·哀帝紀》:“左僕射裴樞、右僕射崔遠……須離八座之榮,尚付六條之政,勉思咎己,無至尤人。” 節將:持節的大將,泛指總軍戎者。《陳書·高祖紀》:“若樂隨臨川王及節將立效者,悉皆聽許。”猶節帥。元稹《立部伎》:“如今節將一掉頭,電卷風收盡摧挫。”孔平仲《續世説·企羨》:“唐初選尚,多於貴戚,或武臣節將之家。” 指撝:亦作“指麾”、“指揮”,發令調遣。桓寬《鹽鐵論·論功》:“是以刑省而不犯,指麾而令從。”劉知幾《史通·辨職》:“夫使辟陽、長信,指撝馬鄭之前;周勃、張飛,彈壓雷桐之右,斯亦怪矣!” 典憲:法典,典章。《後漢書·應劭傳》:“逆臣董卓,蕩覆王室,典憲焚燎,靡有孑遺。開辟以來,莫或兹酷。”《舊唐書·羅希奭傳》:“不唯輕侮典憲,實亦隳壞紀綱。” 蒙蔽:欺騙,隱瞞真相。《舊唐書·裴度傳》:“代宗不知,蓋被程元振蒙蔽,幾危社稷。”遮蔽,遮掩。唐彦謙《牡丹》:“那堪更被烟蒙蔽?南國西施泣斷魂。” 痛繩:嚴厲地制裁。《史記·酷吏列傳》:“百姓不安其生,騷動,縣官所興,未獲其利,奸吏並侵漁,於是痛繩以罪。”白居易《得景爲縣官判事案成後自覺有失請舉牒追改》:“揆人情而可恕,徵國令而有文。將欲痛繩,恐非直筆。” 觸邪:謂辨觸奸邪,古代傳説中有神羊,名獬豸,能辨邪觸不正者。《晉書・束皙傳》:“朝養觸邪之獸,庭有指佞之草。”李德裕《荀悦論高祖武宣論》:“貢、薛雖能忠諫,諫止於諷諭恭儉,未嘗御奸觸邪矣!” 敕旨:帝王的詔旨。蕭統《謝敕賚制旨大涅槃經講疏啓》:“后閣應敕,木佛子奉宣敕旨。”《新唐書・百官志》:“五日敕旨,百官奏請施行則用之。”

⑮ 御史臺:官署名,專司彈劾之職。高適《九曲詞三首》一:“許國從來徹廟堂,連年不爲在疆場。將軍天上封侯印,御史臺中異姓王。”劉禹錫《舉崔監察群自代狀》“御史臺:宣歙池等州都團練判官、監察御史裏行崔群。右臣蒙恩授監察御史,伏準建中元年正月五日制,常參官上後三日舉一人自代者。”當時的御史臺主官亦即御史中丞是李夷簡,他與元稹都是宰相裴垍一手提拔的官員,元稹在《上門下裴相公書》中有清楚的表述:“是以秉政不累月,閣下自外寮爲起居郎,韋相自巴州知制誥,張河南自邕幕爲御史,李西川自饒州爲雜端。密勿津梁之地,半得其人。如故韋簡州勛及稹等,拔於疑礙,置之朝行者又十數。” 科配:謂官府攤派正項賦税外的臨時加税。《舊唐書・裴耀卿傳》:“車駕東巡,州當大路,道里綿長,而户口寡弱,耀卿躬自條理,科配得所。”《舊五代史・梁太祖紀》:“所在長吏放雜差役,兩税外不得妄有科配。” 章程:制度、法規或程式、規定。薛霽《對清白二渠判》:“遵乎令典,誠未失時;見彼章程,不罹其咎。”趙璘《因話録・徵》:“善守章程,深得宰相之體。” 銜冤:含冤,謂冤屈無從申訴。《宋書・索虜傳論》:“偏城孤將,銜冤就虜。”杜甫《哭台州鄭司户蘇少監》:“流慟嗟何及? 銜冤有是夫。” 仰訴:猶“投訴”,投狀訴告。《北齊書・魏收傳》:“時論既言收著史不平,文宣詔收於尚書省與諸家子孫共加論討,前後投訴百有餘人。”《新五代史・蕭希甫傳》:“刑獄之冤者,何可勝紀! 而匭函一出,投訴必多。” 察視:考察,視察。

元結《與韋洪州書》:“某聞古之賢達居位也,令當世頌其德,後世師其行,何以言之? 在分君子小人,察視邪正。”王定保《唐摭言·怨怒》:“其爲御史也,則察視臧否,糾遏奸邪。” 舉明:猶“舉直錯枉”,起用正直者而罷黜奸邪者。《論語·爲政》:“哀公問曰:‘何爲則民服?’孔子對曰:‘舉直錯諸枉,則民服。’”何晏集解引包咸曰:“錯,置也。舉正直之人用之,廢置邪枉之人,則民服其上。”亦作“舉直厝枉”、“舉直措枉”。《後漢書·楊彪傳》:“今天下纓緌搢紳,所以瞻仰明公者,以公聰明仁智,輔相漢朝,舉直厝枉,致之雍熙也。”權德輿《陸宣公翰苑集序》:“其在相位也,推賢與能,舉直措枉。” 榜示:文告、告示。趙匡《選人條例》:“其倩人暗判,人閑謂之判羅,此最無耻,請榜示以懲之。”蕭仿《與浙東鄭商綽大夫雪門生薛扶狀》:“某敕下後,榜示南院,外内親族,具有約勒。” 知委:猶知道。《敦煌變文集·秋胡變文》:“臣别家鄉已經九載,慈母死活莫知。臣今忠烈事王,家内無由知委。”蔣禮鴻通釋:“知委就是知。”周密《武林舊事·四孟駕出》:“仍先一日封閉樓門,取責知委,不許容著來歷不明之人。”

⑯ 非道:不合道義,不正當的手段。《書·太甲》:“有言逆於汝心,必求諸道;有言遜於汝志,必求諸非道。”孔傳:“人以言咈違汝心,必以道義,求其意,勿拒逆之;遜,順也。言順汝心,必以非道察之,勿以自臧。”儲泳《袪疑説》:“君子可欺以其方,難罔以非其道,惟達理者不受非道之欺。” 藩條:漢代州刺史以六條考察州郡官吏,後因以指刺史之職。《晉書·應詹傳論》:“入居列位,則嘉謀屢陳;出撫藩條,則惠政斯洽。”沈遼《代乞致仕表》:“及陛下即位,繼承恩詔,入覲清光,委以藩條,特加獎勵。” 守職:忠於職守。《管子·君臣》:“論材量能謀德而舉之,上之道也。專意一心,守職而不勞,下之事也。”《雲笈七籤》卷一:“群臣守職,百官有常,因能而使之,是謂習常。” 弊政:不良的政令,腐敗的政治。《漢書·公孫弘傳》:“夫使邪吏行弊政,用倦令治薄民,民不可得而化,此治之所以異也。”白居易《除李夷

簡西川節度使制》:“爰資長才,出領重鎮。自總符鉞,於漢之南。專奉詔條,削去弊政。均穀籍不一之賦,罷舟車無名之征。” 平人:平民百姓。《後漢書·皇甫規傳》:“臣每惟(馬)賢等擁衆四年,未有成功。懸師之費,且百億計。出於平人,回入奸吏。”白居易《新樂府·兩朱閣》:“憶昨平陽宅初賜,吞併平人幾家地?” 撫事:追思往事,感念時事。傅亮《爲宋公修張良廟教》:“靈廟荒頓,遺像陳昧。撫事懷人,永嘆寔深。”杜甫《羌村三首》二:“蕭蕭北風勁,撫事煎百慮。”猶臨事,遇事。王安石《寄吴冲卿》:“物變極萬殊,心通才一曲。讀書謂已多,撫事知不足。” 論情:猶“原情”,推究本情。《後漢書·邳彤傳論》:“斯固原情比迹,所宜推察者也。”《唐律·名例》:“議者原情議罪,稱定刑之律。” 戾:罪行。曹植《責躬》:“危軀授命,知足免戾。”《舊唐書·皇甫鎛傳》:“臣知一言出口,必犯天威。但使言行,甘心獲戾。” 首坐:猶首犯。《隋書·郎方貴》:“縣官案問其狀,以方貴爲首,當死;雙貴從坐,當流。兄弟二人争爲首坐,縣司不能斷。”白居易《李肇可中散大夫郢州刺史王鎰可朗州刺史温造可朝散大夫三人同制》:“今首坐者既復班列,緣累者亦當徵還。” 會恩:猶“覃恩”,廣施恩澤,舊時多用以稱帝王對臣民的封賞、赦免等。《舊唐書·趙宗儒傳》:“今覃恩既畢,庶政惟新。”秦觀《鮮于子駿行狀》:“覃恩遷都官員外郎,通判保安軍。” 去官:免除或辭去官職。《後漢書·杜密傳》:“後密去官還家,每謁守令,多所陳託。”林寬《送惠補闕》:“長因抗疏日,便作去官心。” 停職:停止職務,屬處分的一種。《舊唐書·吴兢傳》:“自停職還家,匪忘紙札,乞終餘功,乃拜諫議大夫,依前修史,俄兼修文舘學士。”《舊五代史·周世宗紀》:“(顯德四年四月)丁丑,斬内供奉官孫延希於都市,御厨使董延勛、副使張皓、武德、副使盧繼昇竝停職。” 寬宥:寬大。《後漢書·王梁傳》:“旅力既愆,迄無成功。百姓怨讟,談者讙嘩。雖蒙寬宥,猶執謙退。”柳宗元《奉平淮夷雅表序》:“臣負罪竄伏,違尚書箋奏十有四年。聖恩寬宥,命守遐壤。”

俸料：唐宋官員除俸禄外，又給食料、厨料等，折成錢鈔謂之料錢，二者合稱“俸料”。趙元一《奉天録》卷二：“(朱)泚以國家府庫之殷，重賞應在京城公卿家屬。皆月給俸料，以安其心。”孔平仲《續世説·汰侈》：“王起富於文學，而理家無法，俸料入門，即爲僕妾所有。”　下考：科舉考試或官吏考績列爲下等。《北史·杜銓傳》：“〔正玄〕隋開皇十五年舉秀才，試策高第。曹司以策過左僕射楊素，怒曰：‘周孔更生，尚不得爲秀才，刺史何忽妄舉此人？可附下考。’”張栻《斜川日雪觀所賦》：“政拙甘下考，智短空百憂。”

[編年]

《年谱》元和四年編入本文，没有説明理由，结论是：“元稹爲监察御史时作。”《年譜新編》同樣没有説明理由，也將本文編入元和四年。《編年箋注》仍然没有説明理由，編年：“此《狀》撰於元和四年(八〇九)，元稹時任監察御史，在長安。”

我們以爲，元稹任職監察御史起自元和四年二月，三月以監察御史身份出使東川，同年五月與六月間歸來，接著又以監察御史身份分務東臺，直到元和五年二月初奉詔回京，不數日間貶職江陵士曹參軍。其任職監察御史的時間横跨兩個年頭，編年本文“監察御史時”過於寬泛。其實根據現有材料，本文的寫作時間可以進一步確定，本文：“臣昨奉三月一日敕”，又據元稹《使東川》，其後“五夜燈前草御文”，接著便是“元和四年三月七日予以監察御史使東川”，經過按御，最後“于彼訪聞嚴礪在任日擅没前件莊宅奴婢等，至今月十七日詳覆事畢”，寫成奏章向朝廷舉奏。那末這“今月十七日”又是何月十七日？元稹《臺中鞫獄憶開元觀舊事呈損之兼贈周兄四十韵》：“二月除御史，三月使巴蠻……歸來五六月，旱色天地殷。”已基本框定本文的寫作時間。據《元和郡縣志》卷三三，長安與東川首府梓州間隔一千八百六十四里。白行簡《三夢記》云元稹三月二十一日才達梁州，時經半月而路程僅行一半,其到達梓州的時間約在三月底閏三月初。據此推算返程,也當一月左右,元稹從東川梓州啓程回京當在四月月初,加上元稹在山南西道辦理另一案件的時間,其回到長安當在五月底六月初,與"歸來五六月"相符合。據此推算,本文中的"今月十七日"當是閏三月十七日無疑,地點在東川首府梓州。而"今月十七日"又清楚揭示,本文寫作的下限就在元和四年閏三月,否則不可能説"今月"。據此,本文應該撰成於元和四年閏三月十七日之後,閏三月三十日之前,比較合理的時間應該在閏三月二十日前後,而不是籠統的元和四年;地點在東川梓州,而不是《編年箋注》認定的"長安";元稹時以監察御史的身份按御東川,亦即本文開頭所謂的"劍南東川詳覆使",而不是《編年箋注》斷言的、僅僅衹是"監察御史"而已。

◎ 使東川·望喜驛(一)①

滿眼文書堆案邊,眼昏偷得暫時眠②。子規驚覺燈又滅,一道月光横枕前③。

録自《元氏長慶集》卷一七

[校記]

(一) 望喜驛:楊本、叢刊本、《萬首唐人絶句》、《古詩鏡·唐詩鏡》、《全詩》同,《蜀中廣記》無詩題,各備一説,不改。

[箋注]

① 望喜驛:驛站名,在利州境内,緊靠嘉陵江邊。薛能《雨霽宿望喜驛》:"風雷一罷思何清,江水依然浩浩聲。飛鳥旋生啼鳥在,後人常似古人情。將來道路終須達,過去山川實不平。閑想更逢知舊

否？館前楊柳種初成。"李商隱《望喜驛別嘉陵江水二絶》：其一云："嘉陵江水此東流，望喜樓中憶閬州。若到閬中還赴海，閬州應更有高樓。"其二云："千里嘉陵江水色，含烟帶月碧于藍。今朝相送東流後，猶自驅車更向南。"宋祁也有詩《次望喜驛始見嘉陵江得予友天章張文裕西使日詠嘉陵江詩刻於館壁有感別之嘆予因戲答二章他日見文裕以爲一笑》抒其情，其一云："江流東去各西行，江水無情客有情。此地懷歸心自苦，不應空枉夜灘聲。"其二云："東流江水鴨頭春，南隔高原背驛塵。便使灘聲能怨别，此愁不獨北歸人。"

② 滿眼：充滿視野。陶潛《祭程氏妹文》："尋念平昔，觸事未遠。書疏猶存，遺孤滿眼。"杜甫《千秋節有感二首》二："聖主他年貴，邊心此日勞。桂江流向北，滿眼送波濤。" 文書：公文，案牘。《漢書・刑法志》："文書盈於几閣，典者不能遍睹。"楊巨源《早春即事呈劉員外》："明朝晴暖即相隨，肯信春光被雨欺？且任文書堆案上，免令杯酒負花時。" 暫時：一時，短時間。費昶《秋夜凉風起》："氣爽床帳冷，天寒針縷澀。紅顔本暫時，君還詎相及！"沈括《夢溪筆談・故事》："古之兼官，多是暫時攝領。"

③ 子規：杜鵑鳥的别名，傳説爲蜀帝杜宇的魂魄所化，常夜鳴，聲音淒切，故藉以抒悲苦哀怨之情。杜甫《子規》："峽裹雲安縣，江樓翼瓦齊。兩邊山木合，終日子規啼。"孟郊《春夜憶蕭子真》："半夜不成寐，燈盡又無月。獨向階前立，子規啼不歇。" 驚覺：受驚而覺醒，被驚醒。元稹《江陵三夢》二："久依荒隴坐，却望遠村行。驚覺滿床月，風波江上聲。"陸游《夜夢與宇文子友譚德稱會山寺若餞予行者明日犂明得子友書感嘆久之乃作此詩》："丁寧及藥餌，依依有餘情。鄰鐘忽驚覺，鴉翻窗欲明。" 一道：表數量，用於水流、光綫等，猶言一條。王維《寒食城東即事》："清溪一道穿桃李，演漾緑蒲涵白芷。溪上人家凡幾家？落花半落東流水。"崔季卿《晴江秋望》："八月長江萬里晴，千帆一道帶風輕。盡日不分天水色，洞庭南是岳陽城。" 月

光:月亮的光綫,是由太陽光照到月球上反射出來的。劉言史《處州月夜穆中丞席和主人》:“羌竹繁弦銀燭紅,月光初出柳城東。忽見隱侯裁一詠,還須書向郡樓中。”何元上《所居寺院凉夜書情呈上吕和叔温郎中》:“庾公念病宜清暑,遣向僧家占上方。月光似水衣裳濕,鬆氣如秋枕簟凉。”本詩也可與後面引録的元稹《西州院》並讀。今人張蓬舟在《薛濤詩箋·元薛因緣》中試圖從元稹《使東川》組詩裏尋找證據,説明元稹與薛濤之間的男女私情。我們奉勸張先生應該認真讀一讀本詩,看看元稹在東川是如何度過他的夜晚,不要根據自己的特殊需要,生拉硬扯。何況,就是張先生拿來作證據的《好時節》,也恰恰提供了相反證據。

[編年]

《年譜》、《編年箋注》、《年譜新編》的編年意見如前《使東川·駱口驛二首》所述,這裏不再重複。

從本詩詩意來看,詩人正在東川境内的利州繁忙辦理案件,與《西州院》一起,可視爲同時之作。本詩應該是元稹到達東川以後、離開東川之前,時間大約在閏三月,與《編年箋注》所云“三月内”不同。

◎使東川·嘉陵驛二首篇末有懷(一)①

嘉陵驛上空床客,一夜嘉陵江水聲②。仍對墻南滿山樹,野花撩亂月朧明③。

墻外花枝壓短墻,月明還照半張床④。無人會得此時意,一夜獨眠西畔廊⑤。

録自《元氏長慶集》卷一七

[校記]

(一) 嘉陵驛二首篇末有懷:楊本、叢刊本、《全詩》、《古詩境・唐詩鏡》詩題作"嘉陵驛二首",而"篇末有懷"作爲題注。《萬首唐人絶句》詩題作"嘉陵驛二首",下無題注。《蜀中廣記》引用元稹本詩,乾脆改爲"宿嘉陵驛"。各本雖有出入,但題意相類,不改。

[箋注]

① 嘉陵驛二首篇末有懷:白居易有《酬和元九東川路詩十二首・嘉陵夜有懷二首》酬和,詩云:"露濕墻花春意深,西廊月上半床陰。憐君獨卧無言語,惟我知君此夜心。"其二云:"不明不暗朦朧月,非暖非寒慢慢風。獨卧空床好天氣,平明閑事到心中。"可與本詩並讀。武元衡《題嘉陵驛》:"悠悠風旆繞山川,山驛空蒙雨似烟。路半嘉陵頭已白,蜀門西上更青天。"薛能《嘉陵驛》:"江濤千迭閣千層,銜尾相隨盡室登。稠樹蔽山聞杜宇,午烟熏日食嘉陵。"　篇末:詩文的結尾。《後漢書・馬武傳》:"故依其本第係之篇末,以志功臣之次云爾!"《晉書・列女傳序》:"亦同搜次,附於篇末。"有懷:猶有感,"有",動詞前的助詞,無義。夏侯湛《東方朔畫贊》:"觀先生之祠宇,慨然有懷,乃作頌焉!"顔延之《秋胡》:"有懷誰能已?聊用申苦難。"

② 嘉陵驛:《明一統志・閬中縣》:"在廣元縣西二里。"張蠙《題嘉陵》:"嘉陵路惡石和泥,行到長亭日已西。獨倚闌干正惆悵,海棠花裏鷓鴣啼。"雍陶《宿嘉陵驛》:"離思茫茫正值秋,每因風景却生愁。今宵難作刀州夢,月色江聲共一樓。"　空床:指獨宿的卧具,亦比喻無偶獨居。《古詩十九首・青青河畔草》:"昔爲倡家女,今爲蕩子婦。蕩子行不歸,空床難獨守。"曹丕《離居賦》:"惟離居之可悲,廓獨處於空床。"　一夜:一個夜晚,一個整夜。《穀梁傳・定公四年》:"以衆不如吴,以必死不如楚,相與擊之,一夜而三敗吴人。"李白《子夜吴歌

(春夏秋冬)·冬》:“明朝驛使發,一夜絮征袍。”

③ 滿山:漫山遍野。儲光羲《寄孫山人》:“新林二月孤舟還,水滿清江花滿山。借問故園隱君子,時時来往住人間?”元稹《酬樂天舟泊夜讀微之詩》:“知君暗泊西江岸,讀我閑詩欲到明。今夜通州還不睡,滿山風雨杜鵑聲。” 野花:野生植物的花。沈佺期《三日梨園侍宴》:“野花飄御座,河柳拂天杯。”蘇軾《和劉長安題薛周逸老亭》:“山鳥奏琴築,野花弄閑幽。” 撩亂:紛亂,雜亂。岑參《巴南舟中思陸渾别業》:“瀘水南州遠,巴山北客稀。嶺雲撩亂起,溪鷺等閑飛。”李康成《自君之出矣》:“自君之出矣,弦吹絶無聲。思君如百草,撩亂逐春生。” 朧明:微明。李九齡《荆溪夜泊》:“點點漁燈照浪清,水烟疏碧月朧明。小灘驚起鴛鴦處,一隻採蓮船過聲。”范成大《菩薩蠻》:“黄梅時節春蕭索。越羅香潤吴紗薄。絲雨日朧明。柳梢紅未晴。”

④ 花枝:開有花的枝條。王維《晚春歸思》:“新妝可憐色,落日卷羅帷……春蟲飛網户,暮雀隱花枝。”錢起《過裴長官新亭》:“茅屋多新意,芳林昨試移。野人知石路,戲鳥認花枝。” 短墻:矮墻。白居易《井底引銀瓶》:“妾弄青梅憑短墻,君騎白馬傍垂楊。墻頭馬上遙相顧,一見知君即斷腸。”羊士諤《南館林塘》:“郡閣山斜對,風烟隔短墻。清池如寫月,珍樹盡淩霜。” 月明:月光明朗。白居易《崔十八新池》:“見底月明夜,無波風定時。”也指月亮,月光。張若虚《春江花月夜》:“春江潮水連海平,海上明月共潮生。灩灩隨波千萬里,何處春江無月明?”李益《從軍北征》:“天山雪後海風寒,横笛偏吹行路難。磧裏征人三十萬,一時回向月明看。”

⑤ 無人:没有人。《史記·范雎蔡澤列傳》:“秦王屏左右,宫中虚無人。”應璩《與侍郎曹良思書》:“足下去後,甚相思想。《叔田》有無人之歌,闉闍有匪存之思,風人之作,豈虚也哉!” 獨眠:獨自一個人睡。崔珪《孤寢怨》:“燈暗愁孤坐,床空怨獨眠。自君遼海去,玉匣閉春弦。”韋應物《園林晏起寄昭應韓明府盧主簿》:“田家已耕作,井

屋起晨烟。園林鳴好鳥,閑居猶獨眠。”

[編年]

《年譜》、《編年箋注》、《年譜新編》的編年意見如前《使東川・駱口驛二首》所述,這裏不再重複。

我們以爲,從本詩詩意來看,應該是離家日久的思念之作。山間氣候相對寒冷,而詩篇中繁花似錦:“野花撩亂月朧明”,“墻外花枝壓短墻”,爲我們提供了時間已經是仲夏的確鑿物候,本詩應該賦成於元稹東川之行的歸途之中,時間應該是閏三月底四月初。

◎ 使東川・嘉陵江二首(一)①

秦人惟識秦中水,長想吴江與蜀江②。今日嘉川驛樓下,可憐如練繞明窗(二)③。

千里嘉陵江水聲,何年重繞此江行④？只應添得清宵夢,時見滿江流月明(三)⑤。

録自《元氏長慶集》卷一七

[校記]

(一) 嘉陵江二首:楊本、叢刊本、《萬首唐人絶句》、《全詩》同,《蜀中廣記》作“嘉陵江詩”,《石倉歷代詩選》、《唐人萬首絶句選》作“嘉陵江”,衹選第一首,各備一説,不改。

(二) 可憐如練繞明窗:楊本、叢刊本、《萬首唐人絶句》、《唐人萬首絶句選》、《石倉歷代詩選》、《蜀中廣記》、《全詩》同,盧校作“可憐如練繞晴窗”,“晴窗”是描寫白天窗户的用語,元稹奉詔按御東川,急如星火,帶月夜行,白天焉能在驛站中逍遥自在？結合詩篇第二首“清宵夢”、“月明”之語，應該是夜間休息於驛站之中，“晴窗”誤，“明窗”是。

（三）時見滿江流月明：楊本、叢刊本、《全詩》同，錢校、《萬首唐人絶句》、《蜀中廣記》作“時見滿江秋月明”，誤。首先“秋月”云云與元稹三月奔波在蜀道的事實不符，其次嘉陵江水流湍急奔騰向前，明月倒映在江水中，給人月亮隨着水流向前的錯覺，故曰“流月”。

［箋注］

① 嘉陵江：古稱閬水，源出陝西鳳縣東北嘉陵谷，是長江第三大支流。兩岸高山峻嶺相連，水流奔騰湍急，聲聞數十里之外。韋應物《聽嘉陵江水聲寄深上人》：“鑿崖泄奔湍，稱古神禹迹。夜喧山門店，獨宿不安席。”杜甫《閬水歌》：“嘉陵江色何所似？石黛碧玉相因依。正憐日破浪花出，更復春從沙際歸。”其中同樣是“北人”、同樣在春天來到蜀地的劉滄，兩人眼中的嘉陵江又是怎樣？其《春日遊嘉陵江》：“獨泛扁舟映緑楊，嘉陵江水色蒼蒼。行看芳草故鄉遠，坐對落花春日長。”

② 秦人：這裏指長期生活在北方的中國人。張説《和朱使欣道峽似巫山之作》：“楚客思歸路，秦人謫異鄉。猿鳴孤月夜，再使泪沾裳。”歐陽詹《題秦嶺》：“南下斯須隔帝鄉，北行一步掩南方。悠悠烟景兩邊意，蜀客秦人各斷腸。” 秦中：古地區名，指今陝西中部平原地區，因春秋、戰國時地屬秦國而得名，也稱關中。《漢書·婁敬傳》：“秦中新破，少民，地肥饒，可益實。”顔師古注：“秦中謂關中，故秦地也。”李頎《送劉四》：“歲暮風雪暗，秦中川路長。行人飲臘酒，立馬帶晨霜。”李隆基《早度蒲津關》：“鳴鑾下蒲阪，飛旆入秦中。地險關逾壯，天平鎮尚雄。”《漢語大詞典》將這首詩的作者誤爲張説，今根據《英華》、《全詩》便中給予正名，並補入“津”字，改“渡”爲“度”。 長想：遐想，追思。傅毅《舞賦》：“於是躡節鼓陳，舒意自廣。遊心無垠，

遠思長想。"潘岳《西征賦》:"眄山川以懷古,悵攬轡于中塗……經澠池而長想,停余車而不進。"　吴江:吴淞江的别稱。《國語·越語》:"三江環之。"韋昭注:"三江:吴江、錢唐江、浦陽江。"白居易《感白蓮花》:"白白芙蓉花,本生吴江濆……誰移爾至此? 姑蘇白使君。"　蜀江:蜀郡境内的江河。劉禹錫《竹枝詞九首》一:"山桃紅花滿上頭,蜀江春水拍山流。"黄庭堅《定風波》:"及至重陽天也霽,催醉,鬼門關外蜀江前。"

③ 嘉川:即嘉川驛,姚鵠《嘉川驛樓晚望》:"樓壓寒江上,開簾對翠微。斜陽諸嶺暮,古渡一僧歸。"張方平《過嘉川驛》:"嘉陵江上嘉川峽,古木雲蘿千萬峰。閣道緣山已經月。縈回未出畫屏中。"　驛樓:驛站的樓房。張説《深渡驛》:"洞房懸月影,高枕聽江流。猿響寒巖樹,螢飛古驛樓。"岑參《題金城臨河驛樓》:"古戍依重險,高樓見五涼。山根盤驛道,河水浸城墻。"　可憐:可愛。《玉臺新詠·無名氏古詩〈爲焦仲卿妻作〉》:"東家有賢女,自名秦羅敷。可憐體無比,阿母爲汝求。"杜甫《韋諷録事宅觀曹將軍畫馬圖歌》:"可憐九馬争神駿,顧視清高氣深穩。"義同"可愛",令人敬愛,令人喜愛。陸游《老學庵筆記》卷四:"〔予〕見荆棘中有崖石,刻'樹石'二大字,奇古可愛。"　明窗:暮夜中明亮的窗户。薛能《僧窗》:"不悟時機滯有餘,近來爲事更乖疏。朱輪皂蓋蹉跎盡,猶愛明窗好讀書。"晁采《子夜歌十八首》五:"明窗弄玉指,指甲如水晶。翦之特寄郎,聊當携手行。"

④ 千里:指路途遥遠或面積廣闊,嘉陵江全長一千一百多公里,流域面積十六萬平方公里,稱爲"千里",名實相副。孟郊《喜雨》:"朝見一片雲,暮成千里雨。淒清濕高枝,散漫沾荒土。"元稹《分流水》:"古時愁别泪,滴作分流水。日夜東西流,分流幾千里?"　江水聲:這裏指嘉陵江奔騰向前的咆哮聲。李商隱《暮秋獨遊曲江》:"荷葉生時春恨生,荷葉枯時秋恨成。深知身在情長在,悵望江頭江水聲。"鄭谷《興州江館》:"向蜀還秦計未成,寒蛩一夜繞床鳴。愁眠不穩孤燈盡,

坐聽嘉陵江水聲。”　何年：哪一年。沈佺期《初達驩州》：“搔首向南荒，拭泪看北斗。何年赦書來，重飲洛陽酒？”張若虛《春江花月夜》：“江天一色無纖塵，皎皎空中孤月輪。江畔何人初見月？江月何年初照人？”

⑤ 清宵：清静的夜晚。蕭統《鍾山講解》：“清宵出望園，詰晨届鍾嶺。”白居易《天竺寺七葉堂避暑》：“檐雨稍霏微，窗風正蕭瑟。清宵一覺睡，可以銷百疾。”　時見：常見。李白《訪戴天山道士不遇》：“樹深時見鹿，溪午不聞鐘。野竹分青靄，飛泉挂碧峰。”戴叔倫《過柳溪道院》：“溪上誰家掩竹扉？鳥啼渾似惜春暉。日斜深巷無人迹，時見梨花片片飛。”　月明：月光明朗。楊巨源《月宫詞》：“宫中月明何所似？如積如流滿田地。迴過前殿曾學眉，回照長門慣催泪。”劉禹錫《途中早發》：“馬踏塵上霜，月明江頭路。行人朝氣鋭，宿鳥相辭去。”指月亮，月光。韓愈《月臺》：“南館城陰闊，東湖水氣多。直須臺上看，始奈月明何？”吕温《道州秋夜南樓即事》：“誰念獨坐愁？日暮此南樓。雲去舜祠閉，月明瀟水流。”

［編年］

《年譜》、《編年箋注》、《年譜新編》的編年意見如前《使東川·駱口驛二首》所述，這裏不再重複。

詩人有“何年重繞此江行”的感嘆，應該是即將告别嘉陵江回京的口吻。如果是剛剛到達嘉陵江，詩人還没有在東川辦理案件，回程中還要“重繞此江行”，發此“何年重繞”就顯得無的放矢了。這是元稹歸程途經嘉陵江時所作，時間應該是閏三月底四月初。

◎ 使東川·江樓月(嘉川驛望月,憶杓直、樂天、知退、拒非、順之,數賢居近曲江,閑夜多同步月)(一)①

嘉陵江岸驛樓中,江在樓前月在空②。月色滿床兼滿地,江聲如鼓復如風③。誠知遠近皆三五,但恐陰晴有異同④。萬一帝鄉還潔白(二),幾人潛傍杏園東⑤?

録自《元氏長慶集》卷一七

[校記]

(一) 江樓月:本詩各本,包括楊本、叢刊本、《全詩》,未見異文。

(二) 萬一帝鄉還潔白:楊本、叢刊本、《全詩》在句下注:"潔白""一作皎潔",兩説均通,不改。

[箋注]

① 江樓月:關於本詩,白居易有《酬和元九東川路詩十二首·江樓月》酬和:"嘉陵江曲曲江池,明月雖同人别離。一宵光景潛相憶,兩地陰晴遠不知。誰料江邊懷我夜,正當池畔望君時?今朝共語方同悔,不解多情先寄詩。"可與本詩並讀。　江樓月:在江邊驛站的驛樓上望見的月亮,同時思念在長安的朋友,回憶詩人與他們一起在長安曲江玩月的往事。這些朋友是:李建杓直、白居易樂天、白行簡知退、李復禮拒非、庾敬休順之。　步月:謂月下散步。《南史·王藻傳》:"至於夜步月而弄琴,晝拱袂而披卷,一生之内,與此長乖。"杜甫《恨别》:"思家步月清宵立,憶弟看雲白日眠。"

② 嘉陵:即嘉陵水,樂史《太平寰宇記》卷八六:"嘉陵水,又名西

漢水，又名閬中水。《周地圖記》云：'水源出秦州嘉陵，因名嘉陵。經閬中，即閬中水。'"元稹《嘉陵水》："爾是無心水，東流有恨無？我心無説處，也共爾何殊！"雍陶《宿嘉陵驛》："離思茫茫正值秋，每因風景卻生愁。今宵難作刀州夢，月色江聲共一樓。" 江岸：這裏指嘉陵江的江岸，而嘉陵江的江岸，乃是由高山大嶺連接而成。張説《蜀路二首》一："雲埃夜澄廓，山日曉晴鮮。葉落蒼江岸，鴻飛白露天。"鄭谷《石城》："石城昔爲莫愁鄉，莫愁魂散石城荒。江人依舊棹舴艋，江岸還飛雙鴛鴦。" 驛樓：驛站的樓房。張説《深渡驛》："洞房懸月影，高枕聽江流。猿響寒巖樹，螢飛古驛樓。"劉長卿《登松江驛樓北望故園》："泪盡江樓北望歸，田園已陷百重圍。平蕪萬里無人去，落日千山空鳥飛。"

③"月色滿床兼滿地"兩句：意謂月光灑滿大地，連睡覺的床鋪也鋪滿了潔白的月光；而驛樓旁邊的嘉陵江，奔騰的江水之聲，如鼓聲又如風聲。 月色：月光。李華《吊古戰場文》："日光寒兮草短，月色苦兮霜白。"陳師道《寒夜有懷晁無斁》："燈花頻作喜，月色正可步。" 滿床：月色照著整個床鋪。元稹《夜閑》："感極都無夢，魂銷轉易驚。風簾半鉤落，秋月滿床明。"元稹《江陵三夢》三："久依荒隴坐，却望遠村行。驚覺滿床月，風波江上聲。" 滿地：月色照著整個地面，或者其他物件占滿整個地面。劉商《代人村中悼亡二首》二："虚室無人乳燕飛，蒼苔滿地履痕稀。庭前唯有薔薇在，花似殘粧葉似衣。"《姑蘇臺懷古》："憶昔吴王争霸日，歌鐘滿地上高臺。三千宫女看花處，人盡臺崩花自開。" 江聲：江水流動聲，這裏是指嘉陵江江水的奔騰之聲。岑参《送襄州任别駕》："别乘向襄州，蕭條楚地秋。江聲官舍裏，山色郡城頭。"羊士諤《登樓》："槐柳蕭踈遶郡城，夜添山雨作江聲。秋風南陌無車馬，獨上高樓故國情。" 如鼓：猶如鼓聲一般。黄裳《湘江亭》："休論湘江僞與真，楚花窺影玉霄春。琴聲如鼓如妃子，豈意相投似故人！"李之儀《南鄉子》："夜雨滴空階，想見尊前

賦詠才。更覺鳴蛙如鼓吹,安排。惆悵流光去不回。” 如風:響聲如風聲。李端《瘦馬行》:“往時漢地相馳逐,如雨如風過平陸。豈意今朝驅不前,蚊蚋滿身泥上腹。”武元衡《寓興呈崔員外諸公》:“三月楊花飛滿空,飄颺十里雪如風。不知何處香醪熟,願醉佳園芳樹中。”

④ 遠近:遠方和近處。李頎《望秦川》:“秦川朝望回,日出正東峰。遠近山河浄,逶迤城闕重。”李白《贈盧司户》:“秋色無遠近,出門盡寒山。白雲遥相識,待我蒼梧間。” 三五:謂十五天。《禮記・禮運》:“是以三五而盈,三五而闕。”後以指農曆月之十五日。《古詩十九首・孟冬寒氣至》:“三五明月滿,四五詹兔缺。”張説《十五日夜御前口號踏歌詞二首》二:“帝宫三五戲春臺,行雨流風莫妒來。西域燈輪千影合,東華金闕萬重開。” 陰晴:晴天和陰天。王維《終南山》:“白雲回望合,青靄入看無。分野中峰變,陰晴衆壑殊。”法振《送人遊閩越》:“不須行借問,爲爾話閩中。海島陰晴日,江帆來去風。” 異同:不同和相同之處。包佶《觀壁畫九想圖》:“一世榮枯無異同,百年哀樂入歸空。夜闌烏鵲相争處,林下真僧在定中。”羅隱《巫山高》:“珠零冷露丹墮楓,細腰長臉愁滿宫。人生對面猶異同,況在千巖萬壑中。”

⑤ 萬一:連詞,表示可能性極小的假設。元稹《水上寄樂天》“庾樓今夜月,君豈在樓頭? 萬一樓頭望,還應望我愁。”白居易《送陜府王大夫》:“金馬門前回劍佩,鐵牛城下擁旌旗。他時萬一爲交代,留取甘棠三兩枝。” 帝鄉:京城,皇帝居住的地方。杜甫《承聞河北諸道節度入朝歡喜口號》:“衣冠是日朝天子,草奏何時入帝鄉?”元稹《新政縣》:“須鬢暗添巴路雪,衣裳無復帝鄉塵。曾沾幾許名兼利,勞動生涯涉苦辛。” 潔白:純浄的白色,本詩是指月亮普照大地造成的銀白色夜晚。劉禹錫《觀雲篇》:“葱蘢含晚景,潔白凝秋暉。夜深度銀漢,漠漠仙人衣。”温庭筠《三洲歌》:“團圓莫作波中月,潔白莫爲枝上雪。月隨波動碎潾潾,雪似梅花不堪折。” 潛傍:悄無聲息的貼近,不事聲張的靠近。羅鄴《夏晚望嵩亭有懷》:“盡日不妨憑檻望,終

年未必有家歸。青蟬漸傍幽叢噪,白鳥時穿返照飛。"唐順之《武編後集》卷四:"令諸軍半夜皆食,先雞鳴時擊鼓吹角,潛傍洹水,徑趨魏州。" 傍:靠近,貼近。《樂府詩集·木蘭詩》:"雄兔脚撲朔,雌兔眼迷離,雙兔傍地走,安能辨我是雄雌?"杜甫《劍門》:"一夫怒臨關,百萬未可傍。" 杏園:園名,故址在今陝西省西安市郊大雁塔南,唐代新科進士賜宴之地。王定保《唐摭言·慈恩寺題名遊賞賦詠雜記》:"神龍已來,杏園宴後,皆於慈恩寺塔下題名,同年中推一善書者紀之。"元稹《贈崔元儒》:"殷勤夏口阮元瑜,二十年前舊飲徒。最愛輕欺杏園客,也曾辜負酒家胡。"

[編年]

《年譜》、《編年箋注》、《年譜新編》的編年意見如前《使東川·駱口驛二首》所述,這裏不再重複。

詩云"嘉陵江岸驛樓中,江在樓前月在空",明言詩人置身于嘉陵江邊的月夜之中。但本詩又云"誠知遠近皆三五,但恐陰晴有異同",明言當時正是十五月圓之時。考元稹此次東川之行,三月二十一日還在梁州,"三月盡"已經到達東川首府梓州,元稹不可能在此之前反而提前出現在嘉陵江邊。我們以爲這是元稹"五六月"自東川返回長安途經嘉陵江時所作,時間大約在四月十五日,故有"誠知遠近皆三五"之句。因爲歸京在即,詩人開始遙想在"帝鄉"即長安的朋友們此時此刻正在杏園玩樂的歡快情景,詩人心中充滿期待,反映元稹急切與朋友一起遊樂的心情。

◎ 使東川・西縣驛(一)①

去時樓上清明夜,月照樓前撩亂花②。今日成陰復成子,可憐春盡未還家③。

錄自《元氏長慶集》卷一七

[校記]

(一) 西縣驛:楊本、叢刊本、《萬首唐人絶句》、《全詩》同,《記纂淵海》無題。關於本詩,《編年箋注》有按語云:"此詩首句《全唐詩》卷三二九作權德輿佚句。但《西縣驛》乃元稹手自編定之組詩《使東川》二十二首之一,無可疑者。作權德輿誤。"我們以爲,《編年箋注》的按語有誤:一、《全詩》卷三二九權德輿名下的"佚句"不僅僅是一句"首句",而是四句,是一首完整的絶句,詩云:"古時樓上清明夜,月照樓前撩亂花。今日成陰復成子,可憐春盡未歸家。"也許權德輿也有類似的一首詩篇,因爲兩者詩句並不完全相同。是不是這樣,應該另作考訂,不能够遽下斷語。二、關於這首詩篇屬於權德輿的錯誤,也許首作俑者是宋人王楙,其《野客叢書》卷九:"張華《勞還師歌》曰:'昔往冒隆暑,今來白雪霏。'劉禹錫曰:'昔看黄菊與君别,今見玄蟬我却回。'權德輿曰:'去時樓上清明夜,月照樓前撩亂花。今日成陰復成子,可憐春盡未歸家。'皆紀時也,此祖《詩》'昔我往矣!楊柳依依。今我來思,雨雪霏霏'之意,方干詩曰:'去時初種庭前樹,樹已勝巢人未歸。'"繼續跟進者是《全詩》的編者,但他們都没有認爲引録的是完整的詩篇,試看王楙所引張華《勞還師歌》、劉禹錫《始聞秋風》、方干《君不來》之詩句,以及《詩經・小雅・采薇》,均是不完整的詩篇,因此權德輿的詩篇很難説就是一首完整的詩篇,也許還有别的詩句没有引録。《全詩》編録之時不給另外命題,而以"佚句"稱之,大約就是這個原因吧！而《編年箋注》冒冒失失在那裹辨誤,好像有點不該。三、我們也以爲包括《西縣驛》在内的"二十二首"詩篇確實出自元稹之手,這是無可疑義的,也没有人異議。但《編年箋注》認爲是"元稹手自編定"的説法仍然缺乏足够文獻資料的支持。據本組詩之序,"手自編定"者應該是元稹的朋友白行簡,並非是元稹。造成這種錯誤可能由來已久,元稹元和十一年在通州向剛剛前來山南西道接任鄭餘慶而任職山南西道節度使之職的權德輿獻詩文,此詩即當時元稹所獻,想來當事人權德輿與元稹謝世之後即誤入權德輿詩文之中。另外還有"耒水波文細,湘江竹葉輕"兩句,也作爲權德輿的佚句,這是元稹《哭吕衡州六首》之六中的詩句,也同時誤入權德輿詩文集中。二〇〇八年上海古籍出版社出版的《權德輿詩文集》也發生了同樣的錯誤,也一併應該在這裹順便指出。

［箋注］

① 西縣驛:即白馬驛、百牢關。李吉甫《元和郡縣志·興元府》:"西縣(次畿,西至府一百里):本漢沔陽縣地,後魏分置嶓冢,隋大業二年改爲西縣。百牢關在縣西南三十步,隋置白馬關,後以黎陽有白馬關,改名百牢關。自京師趣劍南,達淮左,皆由此也。"薛能《西縣作》:"三年西蜀去如沉,西縣西來出萬岑。樹石向聞清漢浪,水風初見緑萍陰。"薛能《西縣道中有短亭巖穴飛泉隔江灑至因成二首》二:"一瀑三峰赤日天,路人才見便翛然。誰能夜向山根宿,凉月初生的有仙。"

② "去時樓上清明夜"兩句:意謂我離開西縣前往東川之時,是在驛樓之上度過清明節的夜晚,那時月光如水,普照驛樓前面在春風中翩翩起舞的山花。　清明:節氣名,時當西曆四月四日、五日或六日。張説《奉和聖製寒食作應制》:"寒食春過半,花穠鳥復嬌。從來

禁火日，會接清明朝。”孫逖《和常州崔使君寒食夜》：“聞道清明近，春庭向夕闌。行遊晝不厭，風物夜宜看。”　撩亂：繽紛。丁仙芝《餘杭醉歌贈吴山人》：“城頭坎坎鼓聲曙，滿庭新種櫻桃樹。桃花昨夜撩亂開，當軒發色映樓臺。”司空曙《新柳》：“全欺芳蕙晚，似妒寒梅疾。撩亂發青條，春風來幾日？”

③“今日成陰復成子”兩句：意謂樹葉舒展成蔭，花朵開花結果，春天已經離開，可惜我還不能回家與妻子團聚。　成陰：樹葉舒展成蔭。裴廸《與盧員外象過崔處士興宗林亭》：“喬柯門裏自成陰，散髮窗中曾不簪。逍遥且喜從吾事，榮寵從來非我心。”崔顥《孟門行》：“北園新栽桃李枝，根株未固何轉移？成陰結子君自取，借問傍人那得知？”　成子：結成果實。殷遥《春晚山行》：“寂歷青山晚，山行趣不稀。野花成子落，江燕引雛飛。”崔曙《古意》：“緑筍總成竹，紅花亦成子。能當此時好，獨自幽閨裏。”　可憐：可惜。盧綸《早春歸盩厔别業却寄耿拾遺》：“引水忽驚冰滿澗，向田空見石和雲。可憐芳歲青山裏，惟有松枝好寄君。”韓愈《贈崔立之評事》：“崔侯文章苦捷敏，高浪駕天輸不盡……可憐無益費精神，有似黄金擲虚牝。”　春盡：春去，春天結束。劉希夷《春女行》：“春女顔如玉，怨歌陽春曲……愁心伴楊柳，春盡亂如絲。”孟浩然《清明日宴梅道士房》：“林卧愁春盡，開軒覽物華。忽逢青鳥使，邀入赤松家。”　還家：回家。《後漢書・臧洪傳》：“中平末，棄官還家，太守張超請爲功曹。”韓愈《送進士劉師服東歸》：“還家雖闕短，指日親晨飧。携持令名歸，自足貽家尊。”

［編年］

《年譜》、《編年箋注》、《年譜新編》的編年意見前面已經引述，但有一點需要説明：《編年箋注》在本詩之後云：“此詩寫於歸途中。”這意見本來是不錯的，但其《使東川序》後云：“今所録之《望驛臺》題下注：‘三月盡。’知二十二首俱成於三月内。見下《譜》。”這樣一來，錯誤就更爲明顯，給人的錯覺是：似乎元稹三月七日出使東川，“三月盡”就已經結束東川之行。而這顯然與元稹《臺中鞫獄憶開元觀舊事呈損之》所云“歸來五六月”相矛盾。

有一點需要特别説明：“春盡”常常指三月三十日，但對本詩的“春盡”不能過於拘泥，而衹能從寬泛的意義上加以理解：春天早就結束。因爲元稹賦詩的地點在西縣，來時路經西縣之時，在白行簡《三夢記》所云“三月二十一日”之後一二日内，那時還不是“春盡”之時。而且本詩云：“去時樓上清明夜，月照樓前撩亂花。今日成陰復成子，可憐春盡未還家。”明顯是元稹歸途中的詩，時間應該在閏三月之後、四月十五日之時，地點在西縣。《舊唐書·憲宗紀》元和四年一二三月缺漏，而《新唐書·憲宗紀》則明白標示：“(元和四年)三月乙酉，成德軍節度使王士真卒，其子承宗自稱留後。閏月己酉，以旱降京師死罪非殺人者，禁刺史境内榷率、諸道旨條外進獻、嶺南黔中福建掠良民爲奴婢者，省飛龍廄馬。己未，雨。丁卯，立鄧王寧爲皇太子。”三月三十日雖然早已經過去，時光老人的脚步已經跨入四月，但詩人忙於辦案，時光在不知不覺中已經步入初夏，但詩人仍然覺得春天的景色還似乎就在昨天一般，故在詩中尚以“春盡”來表達。本詩賦成於四月十五日前後，地點在元稹東川之行歸途中的西縣。

元稹東川之行，前後賦詩“三十二首”，白行簡編爲《東川卷》，選其中短篇二十二首，包括前往東川的詩篇：《駱口驛二首》、《郵亭月》、《南秦雪》、《漢江笛》、《清明日》、《亞枝紅》、《江花落》、《梁州夢》、《江上行》、《慚問囚》、《夜深行》、《百牢關》、《望驛臺》和停留東川的詩篇：《望喜驛》、《好時節》以及從東川返回長安的途中詩篇：《嘉陵驛二首》、《嘉陵江二首》、《江樓月》、《西縣驛》，共二十二首。其餘十篇，没有入選白行簡的《東川卷》，我們以爲或者是篇幅問題，或者是其他原因，經我們考查，元稹東川之行途中往來詩篇還應該包括其他《黄明府詩》、《山石榴花二首》、《西州院》等其他詩篇，共計十首。

拙稿編年元稹這三十二篇詩文,我們大多數都能够精確到月到日,其實我們並非篇篇都有過硬的證據,我們衹是根據:一、元稹出使東川的起始日期“三月七日”,回歸長安的日期“五六月”;二、元稹出使東川,走的路綫是長安—駱谷—褒城—梁州—漢水(西縣、百牢關)—嘉陵江(大漫天、小漫天、望喜驛)—東川首府梓州,這是李唐出使東川必經之路,元稹自然也不能例外,元稹的使東川詩篇也證明了這一點。三、元稹《使東川》諸詩提供了一些支點,爲我們編年《使東川》諸詩提供了諸多便利,如:元稹《使東川》諸詩中,駱口驛離開長安衹有二百多里,三月七日從長安乘驛出發的元稹應該在三月八日趕到,《郵亭月》據“數夜後”推算而得,《漢江笛》題注標明“三月十五日夜”,《黄明府詩序》有“十六日”云云,《梁州夢》據白行簡《三夢記》的“三月二十一日”推定,《望驛臺》有“三月盡”題注。有了這諸多的支點,這些詩篇的編年自然不難,而其他諸詩參考已經編定的支點詩和元稹東川之行的行進路綫,大致也可以推定寫作日期。

◎ 彈奏山南西道兩税外草狀①

山南西道管内州府,每年兩税外配率供驛禾草,共四萬六千四百七十七圍,每圍重二十斤。興元府二萬圍,内五千圍每年折徵價錢充使司雜用,每圍一百二十文。據元和三年使牒,減免不徵,餘一萬五千圍見徵率(一)。洋州一萬五千圍。利州一萬一千四百七十七圍②。

右(二),訪聞前件,州府每年兩税外加配驛草,遂於路次州縣檢勘文案。據諭後使牒,並稱:“准舊例於兩税外科配。”又牒山南西道觀察處置等使裴玢,勘得報稱:“自建中元年已後,每年隨税據貫配率前件禾草,將供驛用者。”③

伏准元和元年已後，三度赦文，每年旨條："兩税留州、留使錢外，加率一錢一物，州府長吏並以枉法贓論。"④又准今年二月三日制節文："諸道兩税外榷率，比來制敕處分，非不丁寧。如聞或未遵行，尚有欺弊，永言奉法，事理當然，申敕長吏，明加禁斷。如刺史承使牒於界内榷率，痛加懲責(三)，仍委御史臺及出使郎中官御史訪察聞奏者(四)。"⑤

伏以前件草，並是兩税外徵率，准制合勒本道明加申飭(五)。各州府長吏(六)，仍令節級科處。今勘責得實(七)，以前劍南東川詳覆使、監察御史元稹奏，謹具如前⑥。

中書門下牒御史臺：

牒：奉敕："積習多年，成此乖越。然在長吏，合尋根由。循失政之規，置無名之税⑦。雖原情可恕，而在法宜懲。觀察使宜罰一月俸，刺史各罰一季俸，仍令自元和四年已後禁斷。"牒至，准敕故牒⑧。

録自《元氏長慶集》卷三七

［校記］

（一）餘一萬五千圍見徵率：原本作"餘一萬五圍見徵率"，楊本、叢刊本、《全文》同，據興元府所徵"二萬圍"，減去"五千圍"，理應是"一萬五千圍"，徑改。

（二）右：叢刊本、《全文》同，楊本無，各備一説，不改。

（三）如刺史承使牒於界内榷率，痛加懲責：《全文》作"如刺史承使牒於界内榷率，□加懲責"，楊本、叢刊本作"如刺史承使牒於界内榷率者，明加懲責"，各備一説，不改。

（四）仍委御史臺及出使郎中官御史訪察聞奏者：原本作"仍委

御史臺及出使郎中官御史訪察聞奏外”,《全文》作“仍委御史臺及出使郎中官御史訪察聞奏□”,據楊本、叢刊本改。

(五) 准制合勒本道明加申飭:楊本、盧校作“准制合勒本道明加禁斷”,叢刊本、《全文》作“准制合勒本道明□□□”,各備一説,不改。

(六) 各州府長吏:楊本作“其州府長吏”,叢刊本、《全文》作“□州府長吏”,各備一説,不改。

(七) 今勘責得實:原本作“分勘責得實”,叢刊本、《全文》同,據楊本改。

[箋注]

① 彈奏山南西道兩稅外草狀:元稹完成東川的彈劾嚴礪的職責之後,回京途中路經山南西道之時,時間已經進入四月,元稹在外奔波已經兩月,歸心如箭是人之常情。但元稹此時從劍南東川的案件中得到啓示,認爲東川存在的問題,山南西道也許也會存在,於是元稹停下了返京回家的脚步,在並無上司明諭的情況下,根據監察御史的應負職責,又主動爲自己增加工作專案:“于路次州縣檢勘文案。”發現山南西道節度使在兩稅之外每年多徵百姓草料近一百萬斤,對此不合理的稅外之稅,元稹又毅然進行了彈劾。由於元稹的舉奏有理有據,由於時相裴垍與御史中丞李夷簡的全力支持,中書門下省依准元稹的舉奏,免去了衆多百姓這一不合理的負擔,又對山南西道觀察使及其屬下的諸多官員進行了一定的責罰。　彈奏:猶彈劾奏聞。《晉書·劉隗傳》:“隗之彈奏,不畏强禦,皆此類也。”《舊唐書·職官志》:“凡事非大夫、中丞所劾,而合彈奏者,則具事爲狀,大夫、中丞押奏。”　山南西道:這裏指山南西道節度使府,《元和郡縣志·山南道》:“興元府:今爲山南西道節度使理所……管興元府、洋州、利州、鳳州、興州、成州、文州、扶州、集州、壁州、巴州、蓬州、通州、開州、閬州、果州、渠州。”《舊唐書·地理志》:“山南西道節度使,治興元府,管

開、通、渠、興、集、鳳、洋、蓬、利、璧、巴、閬、果、金、商等州。"以《舊唐書·地理志》的州名排列爲序,列舉其府治如下(其中括號内爲今地名):興元(漢中)、盛州(開縣)、通州(達縣)、渠州(渠縣)、順政(略縣)、集州(南江)、鳳州(鳳縣)、洋州(西鄉)、蓬州(大寅)、利州(廣元)、諾水(通江)、巴州(巴中)、閬州(閬中)、果州(南充)、金州(安康)、商州(商縣)。本文中僅僅涉及興元府以及洋州、利州,共一府兩州,其餘諸多州郡都没有涉及。因元稹衹是路過,並非專程辦理此事。韓愈《薦樊宗師狀攝山南西道節度副使朝議郎前檢校水部員外郎兼殿中侍御史賜緋魚袋樊宗師(尚書)》:"今左右史並闕,員外郎、侍御史亦未備員。若蒙擢授,必有補益。忝在班列,知賢不敢不論。謹録狀上,伏聽處分。"柳宗元《故永州刺史崔君權厝誌》:"博陵崔君,由進士入山南西道節度府,始掌書記,至府留後。凡五徙職,六增官,至刑部員外郎,出刺連、永兩州。" 兩税:唐德宗建中年間開始實行的新賦税法,因税分夏秋兩季繳納,夏輸不超過六月,秋輸不超過十一月,故稱兩税。陸贄《貞元改元大赦制》:"亦令百寮議其折衷,擇善而行。往以賦役殷繁,人不堪命,定爲兩税,事額易從。"李翺《疏改税法》:"臣以爲自建中元年初定兩税,至今四十年矣!"

② 配率:按比例向百姓攤派税收。《新五代史·盧質傳》:"三司使王玫請率民財以佐用,乃使質與玫等共議配率,而貧富不均,怨訟並起,囚繫滿獄。"《續資治通鑒·宋高宗紹興四年》:"車駕總師臨江,乞速降黄榜,須行約束,每事務在簡省,稍有配率,許人陳告。" 驛:驛站。陸贄《論度支令京兆府折税市草事狀》:"臣等謹檢京兆府應徵地税草數,每年不過三百萬束,其中除留供諸縣館驛及鎮軍之外,應合入城輸納,唯二百三十萬而已。"李貽孫《夔州都督府記》:"瞿塘驛西有蜀先主宫,瀼西有諸葛武侯廟,皆占顯勝。" 减免:减輕或免除。蘇軾《論積欠六事狀》:"其餘納錢見欠人户,亦乞特與减免。"《宋史·高宗紀》:"(紹興二十四年六月)癸卯詔:'嘗命四川州縣,减免財物以

寬民力……'"

③ 路次:路途中間。《三國志·孫晧傳》:"猥煩六軍,衡蓋路次,遠臨江渚,舉國震惶,假息漏刻。"劉義慶《世説新語·言語》:"王光禄遠避流言,明公蒙塵路次,群下不寧,不審尊體起居何如?" 檢勘:檢驗考核。《新唐書·元載傳》:"時擬奏文武官功狀多謬舛,載虞有司駁正,乃請别敕授六品以下官,吏部、兵部即附甲團奏,不須檢勘,欲示權出於己。"王定保《唐摭言·會昌五年舉格節文》:"今諸州府所試,各須封送省司檢勘。" 文案:公文案卷。《北堂書鈔》卷六八引《漢雜事》:"先是公府掾多不視事,但以文案爲務。"戴叔倫《答崔載華》:"文案日成堆,愁眉拽不開。" 舊例:猶"常例",常規,慣例。《晉書·賈充傳》:"至於周之公旦,漢之蕭何,或豫建元子,或封爵元妃,蓋尊顯勛庸,不同常例。"《北齊書·樊遜傳》:"才高不依常例。"

④ 赦文:猶"赦令",舊時君主發佈的減免罪刑或賦役的命令。陸贄《奏天論赦書事條狀》:"隱朝奉宣聖旨,並以中書所撰赦文示臣,令臣審看可否。"劉禹錫《謝恩賜粟麥表》:"臣謹宣赦文節目,彰示兆人。鼓舞歡謠,自中徂外。" 旨條:猶"詔條",皇帝頒發的條令。《漢書·百官公卿表》:"武帝元封五年初置部刺史,掌奉詔條察州。"柳宗元《代裴行立謝移鎮表》:"唯當遵守詔條,貶棄奸慝,平勻徭賦,示以義方。" 留州:唐賦税名,指留作地方州縣使用的税收。李翱《進士策問二道》:"四年春,天子哀之,詔天下守土臣定留州使額錢,其正料米如故,其餘估高下如上供,百姓賴之。"崔倰《請令本州定税額奏》:"伏請各委本州刺史……定兩税錢物斛斗類,並具送上都及留州刺史等額,分析聞奏。" 留使:唐制:賦税中應送繳節度、觀察使府者,初名送使,後稱留使。李德裕《奏銀妝具狀》:"又准元和十五年五月七日赦文,諸州羨餘,不令送使,惟有留使錢五十萬貫支用。"崔戎《請勒停雜税奏》:"今令一半納見錢一半納當土所在雜物,仍于時估之外,每貫加饒三五百文,依元估充送省及留州、留使支用者。" 加率:額

外徵收。元稹《彈奏劍南東川節度使狀》:"臣伏准前後制敕及每歲旨條:'兩税留州、使錢外,加率一錢一物,州府長吏並同枉法計贓。'"《新唐書·食貨志》:"穆宗即位,一切罷之。兩税外加率一錢者,以枉法贓論。"

⑤ 節文:擇要文字。《後漢書·應劭傳》:"〔臣〕輒撰具《律本章句》、《尚書舊事》、《廷尉板令》、《決事比例》……及《春秋斷獄》,凡二百五十篇,蠲去復重,爲之節文。"《舊唐書·敬宗紀》:"(寶曆元年四月)李紳貶官,李逢吉惡紳,不欲紳量移。乃於赦書節文内,但言左降官已經量移宜與量移近處,不言未量移者宜與量移。" 榷率:謂專賣税的標準比率。《舊唐書·食貨志》:"其鹽利、酒利,本以榷率計錢,有殊兩税之名,不可除去。"《新唐書·食貨志》:"由是兩税、上供、留州,皆易以布帛、絲纊,租、庸、課、調不計錢而納布帛,唯鹽酒本以榷率計錢,與兩税異,不可去錢。" 制敕:皇帝的詔令。楊相如《陳便宜疏》:"君臣阻隔,上下相蒙,雖制敕交行,而聲實舛謬。"陸贄《貞元改元大赦制》:"仍準前後制敕,所在便給賞錢,並與甄叙。如有因危效節,建立殊庸,量其事績,特加獎擢。" 丁寧:囑咐,告誡。《詩·小雅·采薇》:"曰歸曰歸,歲亦莫止"鄭玄箋:"丁寧歸期,定其心也。"陳與義《遙碧軒作呈使君少隱時欲赴召》:"丁寧雲雨莫作厄,明日青山當逐客。" 遵行:遵照實行。《梁書·徐勉傳》:"主者其按以遵行,勿有失墜。"《舊唐書·楊瑒傳》:"其家子女婚冠及有吉凶之會,皆按據舊文,更爲儀注,使長幼遵行焉!" 欺弊:欺詐矇騙。歐陽修《河北奉使奏草·乞一面除放欠負》:"牽駕綱船,般運物色,内有少欠,元無欺弊。"張詠《奏鄭元祐事自陳狀》:"若鄭元祐不虧課程,無懷欺弊……" 奉法:奉行或遵守法令。《韓非子·有度》:"奉法者强則國强,奉法者弱則國弱。"《史記·循吏列傳》:"奉法循理,無所變更,百官自正。" 申敕:告誡。《漢書·成帝紀》:"公卿申敕百寮,深思天誡,有可省減便安百姓者,條奏。"《晉書·李憙傳》:"其申敕群僚,各慎所司,寬宥

之恩,不可數遇也。"　禁斷:禁止,使不再發生,禁絶。《三國志·武帝紀》:"禁斷淫祀,奸宄逃竄,郡界肅然。"《北史·魏高祖孝文帝紀》:"又諸巫覡假稱神鬼,妄説吉凶,及委巷諸非墳典所載者,嚴加禁斷。"　懲責:責罰。李絳《論户部闕官斛斗疏》:"如交割之時,妄有情故,虚受物數,便懲責承受專知官。"崔植《請詳定御史班位奏》:"須議懲責,豈止顛倒職事而已。"

⑥ 申飭:整飭,整頓。劉向《説苑·修文》:"修德束躬,以自申飭,所以檢其邪心,守其正意也。"告誡。《宋史·田錫傳》:"伏願申飭將帥,慎固封守,勿尚小功。"　節級:次第。《魏書·釋老志》:"年常度僧……若無精行,不得濫採。若取非人,刺史爲首,以違旨論,太守、縣令、綱僚節級連坐,統及維那移五百里外異州爲僧。"沈括《夢溪筆談·藥議》:"其意以爲藥雖衆,主病者專在一物,其他則節級相爲用,大略相統制,如此爲宜。"　科處:猶判處。馮伉《科處應解補學生奏》:"訪聞比來多改名却入,起今已後,如有此類,請送法司准式科處。"柳公綽《請禁奸人得牒免差奏》:"如官典有違,請必科處。"　勘責:猶"勘覆",反復查核。《北史·劉炫傳》:"今之文簿,恒慮勘覆鍛鍊,若其不密,萬里追證百年舊案。"白居易《薦李晏韋楚狀》:"及被人論,朝廷勘覆,責不聞奏。"　前劍南東川詳覆使、監察御史:這是元稹在山南西道的身份,元稹已經離開了東川節度使府,"劍南東川詳覆使"的身份已經成爲"過去時",故在前面冠以"前"字。《舊唐書·順宗紀》:"(貞元二十一年)二月辛丑朔……壬寅,以太子侍書、翰林待詔王伾爲左散騎常侍,充翰林學士。以前司功參軍、翰林待詔王叔文爲起居舍人,充翰林學士。"《舊唐書·憲宗紀》:"(元和元年)二月乙未朔……己亥,以前劍南東川節度使韋丹爲晉絳觀察使。"

⑦ 積習:長期形成的習慣。董仲舒《春秋繁露·天道施》:"積習漸靡,物之微者也。其入人不知,習忘乃爲。常然若性,不可不察也。"劉知幾《史通·書志》:"大抵志之爲篇,其流十五六家而已。其

間則有妄人編次,虛張部帙。而積習已久,不悟其非。” 乖越:差錯。劉知幾《史通·書志》:“此昔人所以言有乖越,後進所以事反精審也。”《通典·選舉》:“書者非理人之具,但字體不至乖越,既爲知書。” 根由:緣故,來歷。齊映《河南府論被謗表》:“自蒙陛下恩慈,特發倉儲賑貸,安業者無不歡忻,逐食者漸已還還。幸灾之人,騰謗益甚,致滋嫌怒,實此根由。”吕巖《真人行巴陵市太守怒其不避使案吏具其罪真人曰須酒醒耳頃忽失之但留詩曰》:“暫别蓬萊海上遊,偶逢太守問根由。身居北斗星杓下,劍挂南宫月角頭。” 失政:政治混亂。《左傳·襄公二十六年》:“衛人歸衛姬於晉,乃釋衛侯。君子是以知平公之失政也。”《後漢書·皇甫嵩傳》:“嵩從子酈時在軍中,説嵩曰:‘本朝失政,天下倒懸。’” 無名:没有名義,没有正當理由。《史記·淮陰侯列傳》:“此壯士也!方辱我時,我寧不能殺之邪?殺之無名,故忍而就於此。”文瑩《玉壺清話》卷六:“時雖已下荆楚,孟昶有脣亡齒寒之懼,而討之無名。”

⑧ 原情:推究本情。《説郛》卷二引《京氏易傳》:“誅不原情,則霜附木不下,不教而誅,其霜反在草下。”《後漢書·邳彤傳論》:“斯固原情比迹,所宜推察者也。”本情,情由。杜甫《秦州見敕目薛三璩授司議郎凡三十韵》:“隴俗輕鸚鵡,原情類鶺鴒。” 在:居於,處於。《易·乾》:“居上位而不驕,在下位而不憂。”張華《情詩》:“處歡惜夜促,在戚怨宵長。” 法:刑法,亦泛指法律。《史記·孝文本紀》:“法者,治之正也,所以禁暴而率善人也。”劉禹錫《天論》:“法大行,則是爲公是,非爲公非。天下之人蹈道必賞,違之必罰。” 懲:懲罰。《荀子·王制》:“故奸言、奸説、奸事、奸能、遁逃反側之民,職而教之,須而待之,勉之以慶賞,懲之以刑罰,安職則畜,不安職則棄。”《漢書·董仲舒傳》:“殷人執五刑以督奸,傷肌膚以懲惡。” 觀察使:官名,唐於諸道置觀察使,位次於節度使,中葉以後,多以節度使兼領其職,無節度使之州,亦特設觀察使,管轄一道或數州,並兼領刺史之職。凡

兵甲財賦民俗之事無所不領,謂之都府,權任甚重。韓愈《歐陽生哀辭》:"今上初,故宰相常衮爲福建諸州觀察使,治其地。"《新唐書·百官志》:"節度使封郡王,則有奏記一人,兼觀察使,又有判官、支使、推官、巡官、衙推各一人。"本文"宜罰一月俸"的觀察使究竟是哪一位?是柳晟,還是裴玢?《舊唐書·柳晟傳》:"柳晟者,肅宗皇后之甥。母和政公主,父潭,官至太僕卿、駙馬都尉。晟少無檢操,代宗於諸甥之中特加撫鞠,俾與太子諸王同學,授詩書,恩寵罕比,累試太常卿。德宗即位,以與晟幼同硯席,尤親之……元和初檢校工部尚書、興元尹、山南西道節度使。罷鎮入朝,以違詔進奉,爲御史元稹所劾,詔宥之。"《舊唐書·憲宗紀》:"(元和元年九月)戊戌,以山南西道節度使嚴礪爲梓州刺史、劍南東川節度使。以將作監柳晟檢校工部尚書兼興元尹,充山南西道節度使。"柳晟卸任山南西道節度使,《舊唐書·憲宗紀》無記載,但《唐會要》(《册府元龜》同):"元和三年三月御史中丞盧坦舉奏:前山南西道節度使柳晟:授任方隅,所寄尤重。至於敕令,首合遵行。一昨歸朝,固違明旨。復修貢獻,有紊典章,伏請付法。"知"元和三年三月"之時,柳晟已經是"前山南西道節度使"。沈亞之《爲漢中宿賓譔其故府君行狀》叙述柳晟的一段經歷:"永貞初遷大將作……崇文討之,既誅三蜀……遂拜工部尚書兼御史大夫、持節帥漢中……歲餘,入爲大將作,使匈奴。"以"歲餘"考之,其卸任山南西道當在元和三年年初。《舊唐書·憲宗紀》:"(元和三年二月)癸丑,以鄜坊節度使裴玢爲興元府山南西道節度使。"知元稹出使東川之時,柳晟已經卸任,現任節度使是裴玢。《舊唐書·裴玢傳》:"裴玢,京兆人。五代祖疏勒國王綽。武德中來朝,授鷹揚大將軍,封天山郡公,因留闕下,遂爲京兆人。玢初爲金吾將軍論惟明傔,德宗幸奉天,以戰功封忠義郡王。惟明鎮鄜坊,累署玢爲都虞候。後節度王栖曜卒,中軍將何朝宗謀作亂,中夜縱火,玢匿身不救火,遲明而擒朝宗。德宗發三司使按問,竟斬朝宗及行軍司馬崔輅,以同州刺史劉公濟爲節度使，以玢爲坊州長史兼侍御史，充行軍司馬。明年，公濟卒，拜玢鄜州刺史兼御史大夫，充節度觀察等使。三年，改授山南西道節度觀察等使。玢歷二鎮，頗以公清苦節爲政，不交權倖，不務貢獻，蔬食敝衣，居處纔避風雨，而廩庫饒實，三軍百姓安業，近代將帥無比焉！及綿疾辭位，請歸長安。元和七年卒，年六十五，贈尚書左僕射，謚曰節。"本文："又牒山南西道觀察處置等使裴玢，勘得報稱……"知裴玢積極協助元稹的勘報。又本文："興元府二萬圍，内五千圍每年折徵價錢充使司雜用，每圍一百二十文。據元和三年使牒，減免不徵，餘一萬五千圍見徵率。"知裴玢元和三年在山南西道任，已經對興元府的部份草料"減免不徵"，故我們以爲受到罰俸處理的可能是柳晟。何況，當時柳晟剛剛受到御史中丞盧坦的舉奏。因爲據《彈奏劍南東川節度使狀》，東川的草料問題，均發生在元和二年、元和三年。估計山南西道的草料問題，也應該開始於元和二年。如果《舊唐書·柳晟傳》所記不誤，如果我們的推測有理，那麼元稹剛剛上任就將矛頭指向皇親國戚，彈劾肅宗皇后的外甥、將作監柳晟的違制之舉，精神著實可嘉。但白居易《論元稹第三狀·監察御史元稹貶江陵府士曹參軍》有"又奏裴玢違敕旨征百姓草"云云，估計"柳晟"、"裴玢"都有類似的問題，但這次承擔罪名的是"裴玢"，或者白居易《論元稹第三狀》出於策略，衹提及"裴玢"而迴避皇親國戚的"柳晟"，猶如敷水驛事件中仇士良參與其事，但白居易《論元稹第三狀》衹提及"劉士元"一樣。《編年箋注》："或以本文所附中書門下下傳文書中有'觀察使宜罰一月俸'之語，推定裴玢被罰一月俸，似屬誤會。按玢抵興元之日，即其參與揭發嚴礪罪行之時，豈有奉公守職而被處罰之理？竊以爲當罰責者爲嚴礪，既已死去，只能'以死恕其罪'而已。"大誤，據《舊唐書·憲宗紀》，嚴礪離開山南西道在元和元年九月，那時正在討伐劉闢之時，并没有涉及籍没從逆人員的財産問題，也没有涉及東川與興元兩道的草料問題。在嚴礪與裴玢之間，還隔著一個柳晟，而

《編年箋注》顯然遺忘了這一點。《編年箋注》搞錯的還有:“據《舊唐書·憲宗紀》:‘元和三年二月,“癸丑,以鄜坊節度使裴玢爲興元尹、山南西道節度使”。則元稹抵南鄭之日正可會履新之裴尹。’”履新的含義是指就任新職,裴玢履新山南西道在元和三年二月,而元稹前往東川在元和四年三月七日。據白行簡《三夢記》記載,元稹經由南鄭亦即興元在元和四年三月二十一日。離開裴玢履新山南西道的元和三年二月一日已經一年有餘,怎麽還可以説是“履新”? 看來《編年箋注》顯然將裴玢履新的時間推後了一年,或者將元稹出使東川的時間提前了一年。　刺史:古代官名,原爲朝廷所派督察地方之官,後沿爲地方官職名稱。元稹《與李十一夜飲》:“寒夜燈前賴酒壺,與君相對興猶孤。忠州刺史應閑卧,江水猿聲睡得無?”白居易《長慶二年七月自中書舍人出守杭州路次藍溪作》:“聖人存大體,優貸容不死。鳳詔停舍人,魚書除刺史。”而洋州與利州兩地的刺史究竟爲誰,今已無考。查閲郁賢皓先生《唐刺史考》,也不見記載。

[編年]

《年谱》元和四年編入本文,没有説明理由,結論是:“元稹爲監察御史時作。”《年譜新編》同樣没有説明理由,也將本文編入元和四年。《編年箋注》不僅没有説明理由,也没有説明編年的具體時間。

根據元稹《彈奏劍南東川節度使狀》的編年時間在元和四年閏三月十七日之後、閏三月底之前,而以閏三月二十日前後較爲合理的結論,本文應該作於元稹結束東川之行回歸長安之途中。參照東川與興元之間的距離,我們以爲本文應當撰作於元和四年四月下旬,地點在興元府,元稹時任“前劍南東川詳覆使、監察御史”。

■ 使東川佚失詩一首(一)①

據元稹《使東川序》

[校記]

(一) 使東川佚失詩一首:本佚失詩所據元稹《使東川序》,又見《蜀中廣記》、《全詩》,所引文字無異同,唯《蜀中廣記》詩題作"元稹詩序"。

[箋注]

① 使東川佚失詩一首:本佚失詩所據元稹《使東川序》:"元和四年三月七日,予以監察御史使東川。往來鞍馬間,賦詩凡三十二章。秘書省校書郎白行簡爲予手寫爲《東川卷》。今所録者,但七言絶句、長句耳! 起《駱口驛》,盡《望驛臺》,二十二首云。"點檢元稹使東川組詩,計有:《使東川·駱口驛二首》、《使東川·郵亭月》、《使東川·南秦雪》、《使東川·漢江笛》、《使東川·清明日》、《使東川·亞枝紅》、《使東川·江花落》、《使東川·梁州夢》、《使東川·江上行》、《使東川·慚問囚》、《使東川·夜深行》、《使東川·百牢關》、《使東川·望驛臺》、《使東川·好時節》、《使東川·望喜驛》、《使東川·嘉陵驛二首》、《使東川·嘉陵江二首》、《使東川·江樓月》、《使東川·西縣驛》,共二十二首,與元稹《使東川序》所述一一相符;而元稹《使東川序》所述"往來鞍馬間,賦詩凡三十二章",除去上面列舉的二十二首詩篇之外,元稹尚應該有十首詩篇。根據我們的編年,元稹使東川期間,在詩歌範圍内,尚有《望雲騅馬歌》、《褒城驛》、《黄明府詩》、《山枇杷花二首》、《石榴花》、《題漫天嶺智藏師蘭若僧云住此二十八年》、《西州院》以及散句"東凌石門險,西表金華瑞"所在詩篇,前後共九

首,但尚有一首散失在外,而且不知詩篇之詩題,今據元稹《使東川序》補。

[編年]

不見《元稹集》採録,也不見《年譜》、《編年箋注》、《年譜新編》採録與編年。

我們以爲,本佚失詩既然應該包括在元稹"往來鞍馬間,賦詩凡三十二章"之内,應該賦成於元和四年三月七日至五六月間。由於已經佚失,今天已經不知是賦作於前往東川途中,還是撰成於返歸長安途中。孔老夫子曾經説過:"知之爲知之,不知爲不知,是知也。"留下的遺憾,祇能等待將來智者的破解。元稹當時是以監察御史的身份奉詔前往東川辦案。

◎ 使東川・序(此後並御史時詩)(一)①

元和四年三月七日,予以監察御史使東川②。往來鞍馬間,賦詩凡三十二章③,秘書省校書郎白行簡爲予手寫爲《東川卷》。今所録者,但七言絶句、長句耳!起《駱口驛》,盡《望驛臺》,二十二首云④。

録自《元氏長慶集》卷一七

[校記]

(一) 使東川・序(此後並御史時詩):原本作"使東川(并序　此後並御史時詩)",《全詩》同,《蜀中廣記》作"元稹詩序"。

[箋注]

① 使東川：愛新覺羅·弘曆《雜和唐元稹東川詩四首有序》："偶閲微之詩集，見東川諸作，喜其辭高而意遠。微之自序爲白行簡手寫者三十二章，而自録者惟七言二體，凡二十二首。夫詩人騷客憂愁幽思，遭際患難貧賤，發爲葩辭，以舒其憤懣。故其詩樂者，讀之而可歌悲者，讀之而可泣也。予則何有焉！然結習所在，正復難忘，雜和四章，聊適一晌。"僅録以備考。　使：出使。《論語·子路》："使於四方，不辱君命。"《史記·屈原賈生列傳》："是時屈原既疏，不復在位，使於齊。"　東川：東川節度府的簡稱，府治梓州（今四川三臺），《元和郡縣志·劍南道》："梓州……（開元户一萬五千四百七十八，鄉二十六。元和户六千九百八十五，鄉一十六）今爲東川節度使理所（管梓州、劍州、綿州、遂州、渝州、合州、曹州、榮州、陵州、瀘州、龍州、昌州。管縣六十九，都管户三萬一千七百二十二）。"韋應物《送閻寀赴東川辟》："冰炭俱可懷，孰云熱與寒？何如結髪友，不得携手歡"杜甫《相逢歌贈嚴二别駕》："我行入東川，十步一回首。成都亂罷氣蕭颯，浣花草堂亦何有！"

② 監察御史：關於監察御史的由來、職責與編制，《通典·監察侍御史》有較爲詳細的記載："監察御史：初，秦以御史監理諸郡，謂之監御史，漢罷其名。至晉太元中，始置檢校御史，以吴混之爲之，掌行馬外事，亦蘭臺之職。宋、齊以來無聞。後魏太和末，亦置此官，宿直外臺，不得入宿内省。北齊檢校御史十二人。後周司憲旅下士八人，蓋亦其職。隋開皇二年，改檢校御史爲監察御史，凡十二人。煬帝增置十六員，掌出使檢校。大唐監察御史十員，裏行五員，掌内外糾察並監祭祀及監諸軍、出使等。監察御史職知朝堂，正門無籍，非因奏事，不得入至殿庭。在西鳳闕南，視殿中侍御史以上從觀象門出，若從天降。至開元七年三月，飭並令隨仗入合。罪人當笞于朝者，亦監之，分爲左右巡，糾察違失。以承天、朱雀街爲界，每月一代。將晦，

即巡刑部、大理、東西徒坊、金吾及縣獄。若搜狩,則監圍,察斷絶失禽者,量宜劾奏。開元初,革以殿中掌左右巡,監察或權掌之,非本任也。職務繁雜,百司畏懼,其選拜多自京畿縣尉。又有監察御史裹行者,太宗置,自馬周始焉! 武太后時,復有員外監察、試監察,或有起家爲之而即真者。又有臺使八人,俸亦於本官請,餘同監察。吏部式其試監察。神龍以來,無復員外及試,但有裹行。凡諸内供奉及裹行,其員數各居正官之半,唯俸禄有差,職事與正同。”而《舊唐書・職官志》説得較爲簡略:“監察御史十員(正八品上)。監察掌分察巡按郡縣、屯田、鑄錢、嶺南選補、知太府、司農出納,監決囚徒。監祭祀則閲牲牢,省器服,不敬則劾祭官。尚書省有會議,亦監其過謬。凡百官宴會、習射,亦如之。”

③ 鞍馬:馬和鞍子。古樂府《木蘭詩》:“願爲市鞍馬,從此替爺征。”殷堯藩《上巳日贈都上人》:“鞍馬皆争麗,笙歌盡門奢。”有時也借指騎馬。阮籍《詠懷八十二首》六四:“悼彼桑林子,涕下自交流。假乘汧渭間,鞍馬去行遊。”杜甫《劉九法曹鄭瑕丘石門宴集》:“掾曹乘逸興,鞍馬得荒林。”本詩是後者。 賦詩凡三十二章:關於三十二首詩篇,後人多所誤解,如今人張蓬舟《薛濤詩箋・元薛因緣》云:“《元氏長慶集・使東川》詩自序云:‘元和四年三月七日,予以監察御史使東川,往來鞍馬間,賦詩凡三十二首,秘書省校書郎白行簡爲予手寫爲《東川卷》,今所録者,但七言絶句、長句耳,起《駱口驛》,盡《望驛臺》,二十二首云。’可見原共三十二首,編集時删去十首,止存二十二首。其中似無一與濤相關者,殆以身爲御史,獨行至任,且其元配韋叢尚在,故删去可落話柄之作也。但存詩中有《好時節》一首云:‘身騎驄馬峨眉下,面帶霜威卓氏前。虚度東川好時節,酒樓元被蜀兒眠。’然則此卓氏又誰耶? 蛛絲馬迹,終不能自隱耳!”張蓬舟在這裹忽略了最基本的事實:元稹自己編集詩集時是以五言與七言分類的,現在存世的《元氏長慶集》以及《全詩》都是以五言與七言分開編

排的。而在《元氏長慶集》以及《全詩》中的《東川卷》裏,衹存七言絶句和長句,這一點元稹的詩序已説得非常清楚了,元稹《使東川序》張蓬舟已經引用,爲何視而不見?張蓬舟以何證明元稹删去的仰或當時編入其他五言詩卷中而後來散佚散失的另外十首東川行詩一定與薛濤唱和或與薛濤有關的呢?所謂"删去可落話柄之作"云云,是以後世的道德標準衡量唐人。其實唐人對狎妓素無顧忌,且常常在自己的詩歌中津津樂道。元稹本人即是如此,其《夢遊春七十韵》、《贈别楊員外巨源》等即是其例。元稹在校書郎任,即與白居易一起過着"徵伶皆絶藝,選妓悉名姬"、"密攜長上樂,偷宿静坊姬"的生活,而此時元稹與韋叢正燕爾新婚。以後元稹白居易還公開唱和其事,並將詩篇編入詩集留示後人,又豈怕落下什麽話柄?即以張蓬舟所舉《好時節》爲例,全詩旨意明確:元稹以"虚度東川好時節"爲撼,説明元稹確有狎妓之心,衹是由於忙於辦案没有時間而已,並無向妻子、時人、後人"自隱"之意。這正説明張蓬舟的詰難離開了唐代社會的實際,脱離了元稹生平的實際,語出無據,不能成立。

④ 白行簡:白居易的弟弟,元稹的朋友,本書稿中將常常涉及。《舊唐書·白行簡傳》:"行簡字知退。貞元末登進士第,授秘書省校書郎。元和中盧坦鎮東蜀,辟爲掌書記。府罷,歸潯陽,居易授江州司馬,從兄之郡。十五年居易入朝爲尚書郎,行簡亦授左拾遺,累遷司門員外郎、主客郎中。長慶末,振武奏水運營田使賀拔志言營田數過實,詔令行簡按覆之,不實,志懼,自刺死。行簡寶曆二年冬病卒。有文集二十卷,行簡文筆有兄風,辭賦尤稱精密,文士皆師法之。居易友愛過人,兄弟相待如賓客,行簡子龜兒,多自教習,以至成名。當時友悌,無以比焉!"白居易《對酒示行簡》:"行簡勸爾酒,停杯聽我辭:不歎鄉國遠,不嫌官禄微。但願我與爾,終老不相離。"白居易《别行簡(時行簡辟盧坦劍南東川府)》:"何言巾上泪,乃是腸中血。念此早歸來,莫作經年别!" 七言:指七字詩句,有絶句、律詩、長排之分。

《文心雕龍・章句》:"六言七言,雜出《詩》、《騷》。"《隋書・音樂志》:"《需雅》,八曲,七言。" 絶句:詩體名,每首四句,每句五字者稱五絶,七字者稱七絶,亦有每句六字者。或用平韵,或用仄韵。絶句有近體絶句和古體絶句兩種,近體絶句始於唐,産生於律詩之後,蓋截律詩之半而成,故又名"截句"。古體絶句實爲最簡短之古詩,産生於律詩之前,《玉臺新詠》已載有《古絶句》。唐以後詩人所作古體絶句,一般即稱古風。韋應物《郡齋卧疾絶句》:"香爐宿火滅,蘭燈宵影微。秋齋獨卧病,誰與覆寒衣?"徐鉉《又絶句寄題毗陵驛》:"曾持使節駐毗陵,長與州人有舊情。爲向驛橋風月道,舍人髭鬢白千莖。" 長句:指七言古詩,後兼指七言律詩。杜甫《蘇端薛復筵簡薛華醉歌》:"近來海内爲長句,汝與山東李白好。"黄庭堅《贈高子勉四首》二:"張侯海内長句,晁子廟中雅歌。高郎少加筆力,我知三傑同科。" 二十二首:白居易有《酬和元九東川路詩十二首》酬和,其序云:"十二篇皆因新境追憶舊事,不能一一曲叙,但隨而和之,唯予與元知之耳!"但有一個情况應該在這裏向讀者交待清楚:白居易的《酬和元九東川路詩十二首》,有十首一一與元稹《使東川》中的"二十二首"對應,而《山枇杷花二首》却未能與元稹詩篇對應,其一詩云:"萬重青嶂蜀門口,一樹紅花山頂頭。春盡憶家歸未得,低紅如解替君愁。"其二詩云"葉如裙色碧紗淺,花似芙蓉紅粉輕。若使此花兼解語,推囚御史定違程。"從白居易的和作,元稹的原唱應該作於出使東川、路經蜀門即劍門關之時。我們已經在《詩話總龜》中發現了元稹的酬和之篇《山石榴花二首》,與元稹的"東川詩"編年在一起。

[編年]

《年譜》、《編年箋注》、《年譜新編》的編年意見前已引述,亦即所有詩篇,自然也包括《使東川・序》在内,都作於"元稹使東川時作"、"俱成於三月内"、"元稹使東川時作",這裏不再贅述。

關於元稹《使東川·序》,它應該賦成於元稹元和四年"五六月"回到長安以後與白居易、白行簡、樊宗師等人相聚時,在友人的要求下,元稹出示了自己的東川行的詩作三十二篇,白行簡選擇其中的短篇二十二首編集爲《東川卷》,元稹應白行簡的請求,在《東川卷》加了一個序言以説明情況。時間應該是元和四年的"五六月"間,地點在長安,時間應該是晚於《東川卷》中詩篇的寫作時間,但作爲序言,常常應該放在最前面,因此在這裏作一點簡要的説明。其中關於元稹"起《駱口驛》,盡《望驛臺》"的説法,衹是《東川卷》編排的次序,部份詩篇賦成於元稹自東川回歸長安途中,它們應該是《望驛臺》之後的詩篇,亦即"三月盡"之後的詩篇,幸請讀者注意辨别與區分。

◎ 和樂天贈樊著作[①]

君爲著作詩,志激詞且温[②]。璨然光揚者,皆以義烈聞[③]。千慮竟一失,冰玉不斷痕[④]。謬予頑不肖,列在數子間[⑤]。因君譏史氏,我亦能具陳[⑥]。羲黄渺云遠,載籍無遺文[⑦]。煌煌二帝道,鋪設在典墳[⑧]。堯心惟舜會,因著爲話言[⑨]。皋夔益稷禹,粗得無間然[⑩]。緬然千載後,後聖曰孔宣[⑪]。迴知皇王意,綴書爲百篇[⑫]。是時游夏輩,不敢措舌端[⑬]。信哉作遺訓,職在聖與賢[⑭]。如何至近古,史氏爲閑官[⑮]?但令識字者,竊弄刀筆權[⑯]。由心書曲直,不使當世觀[⑰]。貽之千萬代,疑信相並傳[⑱]。人人異所見,各各私所偏[⑲]。以是曰褒貶,不如都無焉[(一)][⑳]!況乃丈夫志,用舍貴當年[㉑]。顧予有微尚[(二)],願以出處論[㉒]。出非利吾己,其出貴道全[㉓]。全道豈虚設?道全當及人[㉔]。全則富與壽,虧則饑與寒㉕。遂我一身逸，不如萬物安㉖。解懸不澤手，拯溺無折旋㉗。神哉伊尹心，可以冠古先㉘。其次有獨善，善己不善民㉙。天地爲一物，死生爲一源㉚。合雜分萬變，忽若風中塵㉛。抗哉巢由志，堯舜不可遷㉜。舍此二者外，安用名爲賓㉝！持謝著書郎，愚不願有云㉞。

録自《元氏長慶集》卷二

［校記］

（一）不如都無焉：宋蜀本、蘭雪堂本、叢刊本、《全詩》同，楊本作“不如都無儒”，語義不通，不取不從。

（二）顧予有微尚：蘭雪堂本、叢刊本作“愿予有微尚”，宋蜀本、《全詩》作“顧予有微尚”，各備一説，不改。楊本作“願子有微尚”，這是元稹對白居易説話的口吻，語義難通，不取。

［箋注］

① 樊著作：即樊宗師，元稹、白居易的朋友，《新唐書·樊宗師傳》：“（樊）宗師字紹述，始爲國子主簿，元和三年擢軍謀宏遠科，授著作佐郎，歷金部郎中、綿州刺史，徙絳州，治有迹，進諫議大夫，未拜卒。始宗師家饒于財，悉散施姻舊賓客，妻子告不給，宗師笑不答。然力學多通解，著《春秋傳》、《魁紀公》、《樊子》凡百餘篇，别集尚多。韓愈稱宗師論議平正有經據，嘗薦其材云。”元和十年，在長安與回京的元稹等人同遊城南。著作佐郎，六品上，“掌修撰碑誌、祝文、祭文”，與著作郎“分判局事”。“史官掌修國史，不虚美，不隱惡，直書其事，凡天地日月之祥，山川封域之分，昭穆繼代之序，禮樂師旅之事，誅賞廢興之政，皆本於起居注、時政記。以爲實録，然後立編年之體，爲褒貶焉！既終，藏之於府。”關於樊宗師，史傳記述不多，白居易元

和五年《和答詩十首序》:“五年春……僕思牛僧孺戒,不能示他人,唯與杓直、拒非及樊宗師輩三四人時一吟讀、心甚貴重。”白居易《與元九書》:“如今年春遊城南時,與足下馬上相戲,因各誦新艷小律,不雜他篇。自皇子陂歸昭國里,迭吟遞唱,不絶聲者二十里餘。樊、李在旁,無所措口。”而韓愈屢與遊覽,多次薦舉,如韓愈《嵩山天封宫題名》:“元和四年三月二十六日,與著作佐郎樊宗師、處士盧仝,自洛中至少室,謁李徵君渤。樊次玉泉寺,疾作歸。”又如韓愈《謁少室李渤題名》:“愈同樊宗師、盧仝謁少室李拾遺。”韓愈《與鄭相公書(時鄭餘慶以節鎮興元,《孟東野墓誌》云:‘興元尹以幣如孟氏賻,且來商家事,即此書致謝之意。《誌》云元和九年八月丁亥孟氏卒,書必是時也’)》:“友太子舍人樊宗師,比持服在東都……”再如韓愈《與袁相公書(滋字德深,蔡州朗山人。時爲山南東道節度使,帶平章事,故云相公也。公前書薦樊於鄭,此又薦於袁,後又以狀薦于朝,皆見集中)》:“竊見朝議郎、前太子舍人樊宗師(本傳不載宗師爲太子舍人,《墓誌》亦不載,或略之耳),孝女聰明,家故饒財,身居長嫡,悉推與諸弟(宗師弟宗懿宗憲)。諸弟皆優贍有餘,而宗師妻子常寒露飢餒,宗師怡然處之,無有難色。窮究經史,章通句解,至於陰陽、軍法、聲律,悉皆研極原本。又善爲文章詞句,刻深獨追古作者爲徒,不顧世俗輕重,通微曉事,可與晤語。又習於吏職,識時知變,非如儒生文士,止有偏長,退勇守事,未爲宰物者所識。年近五十,遑遑勉勉,思有所試。”關於本詩,是元稹酬和白居易的詩篇,白居易原唱是《贈樊著作》,詩云:“陽城爲諫議,以正事其君。其手如屈軼,舉必指佞臣。卒使不仁者,不得秉國鈞。元稹爲御史,以直立其身。其心如肺石,動必達窮民。東川八十家,冤憤一言伸。劉闢肆亂心,殺人正紛紛。其嫂曰庾氏,棄絶不爲親。從史萌逆節,隱心潛負恩。其佐曰孔戡,舍去不爲賓。凡此士與女,其道天下聞。常恐國史上,但記鳳與麟。賢者不爲名,名彰教乃敦。每惜若人輩,身死名亦淪。君爲著作郎,職廢志空存。

雖有良史才,直筆無所申。何不自著書,實録彼善人? 編爲一家言,以備史闕文。”可與本詩參讀。

② “君爲著作詩”兩句:意謂您白居易特地爲我賦詩《贈樊著作》贈送樊宗師,目標明確要求激烈但言詞却還算含蓄委婉。　志:準則,目標。《書·盤庚》:“予告汝於難,若射之有志。”孔傳:“當如射之有所準志,必中,所志乃善。”李百藥《途中述懷》:“福兮良所伏,今也信難通。丈夫自有志,寧傷官不公。”《酉陽雜俎續集·貶誤》引張鷟《朝野僉載》:“隋末有昝君謨善射,閉目而射,應口而中,云志其目則中目,志其口則中口。”　激:謂言論、行動等超越一定限度。《荀子·不苟》:“辯而不争,察而不激。”吴曾《能改齋漫録·記事》:“欽之至清而不耀,至直而不激,至勇而能温,此爲難耳!”徐積《和楊守清容堂》:“志激懦貪無弊俗,詔宣寬大有餘功。若將全德評今昔,應笑陳蕃郭令公。”　温:通“藴”,含蓄。鍾嶸《詩品》卷上:“陸機所擬十四首,文温以麗,意悲而遠。”王觀國《學林·蘊》:“《廣韵》曰:‘藴,藏也,俗作蘊。’……凡此或用蘊字,或用温字,或用醞字,皆讀於問切,有含蓄重厚之意。古人多假借用字,故蘊、温、醞三字雖不同,其義皆同於藴。”

③ 璨然:明亮貌。韋驤《謝鍾離中散公序惠草書》:“篇篇駭目神如電,字字淩虚勢若飛。多謝公餘憐所好,璨然累幅遺珠璣。”何薳《春渚紀聞·十三家墨》:“余爲兒時於彭門寇鈞國家,見其先世所藏李廷珪下至潘谷十三家墨,斷珪殘璧,璨然滿目。”　光揚:發揚光大,榮寵褒揚。班固《典引》:“光揚大漢,軼聲前代。”元稹《謝恩賜告身衣服並借馬狀》:“皆非朽陋之才,宜受光揚之賜。”　義烈:忠義節烈。《宋書·胡藩傳》:“卿此侄當以義烈成名。”元稹《劉頗詩序》:“昌平人劉頗,其上三世有義烈。”

④ “千慮竟一失”兩句:意謂朋友的考慮並不全面,但我們之間如冰玉般純潔的友誼永遠存在。　千慮竟一失:即“千慮一失”,《晏子春秋·雜》:“嬰聞之:聖人千慮,必有一失;愚人千慮,必有一得。”

後用“千慮一失”指聰明人即使反復考慮，也難免會有失誤的地方。王行先《爲趙侍郎論兵表》：“又踰時，天兵四合，竟未殲殄，得非千慮一失，未盡制敵之方乎？” 冰玉：冰和玉，常用以比喻高尚貞潔的人品或其他潔净的事物。康駢《劇談録・洛中豪士》：“弟兄列坐，矜持儼若冰玉，肴羞每至，曾不下筯。”辛棄疾《清平樂》：“斷崖修竹，竹裏藏冰玉。”

⑤ 頑：愚妄，愚頑，自謙之詞。《書・堯典》：“父頑，母嚚，象傲。”孔傳：“心不則德義之經爲頑。”韓愈《祭穆員外文》：“之子畯明，我鈍而頑。” 不肖：自謙之稱。《戰國策・齊策》：“今齊王甚憎張儀，儀之所在，必舉兵而伐之。故儀願乞不肖身而之梁。”韓愈《上考功崔虞部書》：“愈不肖，行能誠無可取。” 數子：數位賢達，亦即白居易原唱中讚揚不已的陽城與劉闢之嫂庾氏，而元稹在詩中將庾氏稱爲“子”，值得重視，説明元稹思想中對有德有能婦女的敬重。岑參《懷葉縣關操姚曠韓涉李叔齊》：“數子皆故人，一時吏宛葉。經年總不見，書札徒滿篋。” 子：古人對老師的尊稱。《論語・學而》：“子曰：‘學而時習之，不亦説乎！’”邢昺疏：“子者，古人稱師曰子。”古代對男子的尊稱或美稱。《左傳・昭公十二年》：“鄉人或歌之曰：‘我有圃，生之杞乎！從我者子乎？去我者鄙乎？倍其鄰者耻乎？’”楊伯峻注：“子爲男子之美稱，意爲順從我者不失爲男子漢。”《穀梁傳・宣公十年》：“秋，天王使王季子來聘。其曰王季，王子也；其曰子，尊之也。”范寧注：“子者，人之貴稱。”顔真卿《謝陸處士》：“群子遊杼山，山寒桂花白。”這是對白居易原唱“元稹爲御史，以直立其身。其心如肺石，動必達窮民。東川八十家，冤憤一言伸”的回酬。

⑥ 譏：譏刺，非議。《左傳・隱公元年》：“段不弟，故不言弟；如二君，故曰克；稱鄭伯，譏失教也。”《史記・遊俠列傳》：“韓子曰：‘儒以文辭法，而俠以武犯禁。’二者皆譏。”張守節正義：“譏，非言也。” 史氏：史家，史官。韓愈《答劉秀才論史書》：“史氏褒貶大法，《春秋》

已備之矣!”劉禹錫《吕八見寄郡内書懷因而戲和》:“文苑振金聲,循良冠百城。不知今史氏,何處列君名?”　具陳:備陳,詳述。《古詩十九首·今日良宴會》:“今日良宴會,歡樂難具陳。”杜甫《奉贈韋左丞丈二十二韵》:“丈人試静聽,賤子請具陳。”

⑦“羲黄渺云遠”兩句:意謂伏羲氏與軒轅氏離開現在實在太遠太遠,古代流傳下來的典籍已經無法查找關於他們的一星半點記載。羲:古代傳説三皇之一伏羲氏的略稱。《文選·張衡〈東京賦〉》:“龍圖授羲。”薛綜注引《尚書傳》:“伏羲氏王天下,龍馬出河,遂則其文,以畫八卦,謂之河圖。”　黄:指黄帝軒轅氏,中國古代常常“黄炎”並稱,亦即傳説中的黄帝軒轅氏和炎帝神農氏,中國百姓把他們看作中華民族的始祖。《國語·周語》:“夫亡者豈繄無寵,皆黄炎之後也。”江淹《遂古篇》:“河洛交戰,寧深淵兮。黄炎共鬥,涿鹿川兮。”胡之驥匯注引《帝王世紀》:“黄帝有熊氏,少典之子。及炎帝世衰,黄帝修德,諸侯咸去神農而歸之。”　載籍:書籍,典籍。《史記·伯夷列傳》:“夫學者載籍極博,猶考信於六藝。”李紳《發壽陽分司敕到又遇新正感懷書事》:“罷閲舊林三載籍,又開新曆四年春。雲遮北雁愁行客,柳起東風慰病身。”　遺文:古人或死者留下的詩文。《史記·太史公自序》:“獵儒墨之遺文,明禮義之統紀,絶惠王利端,列往世興衰,作《孟子荀卿列傳》第十四。”元結《篋中集序》:“已長逝者遺文散失,方祖師者不見近作。”

⑧煌煌:明亮輝耀貌,光彩奪目貌。《詩·陳風·東門之楊》:“昏以爲期,明星煌煌。”朱熹集傳:“煌煌,大明貌。”貫休《善哉行》:“識曲别音兮,令姿煌煌。”　二帝:指唐堯與虞舜。《書·大禹謨》“文命敷于四海,祗承于帝”孔穎達疏:“此禹能以文德教命布陳於四海,又能敬承堯舜,外布四海,内承二帝,言其道周備。”范仲淹《明堂賦》:“暨二帝之述焉!合五府而祭矣!”　鋪設:鋪陳叙述。目前除元稹本詩的書證之外,暫時還没有找到其他合適的書證。　典墳:亦作“典

賁”,三墳五典的省稱,指各種古代文籍。潘岳《揚荆州誄》:“遊目典墳,縱心儒術。”梅堯臣《送代州錢防禦》:“鐘鼓陳牛酒,衣裘論典墳。”

⑨ 堯心:謂聖君堯的心願、抱負。范曄《樂游應詔》:“山梁協孔性,黄屋非堯心。”沈約《應詔游苑餞吕僧珍》:“我皇秉至德,忘己用堯心。”王昌齡《夏月花萼樓酺宴應制》:“土德三元正,堯心萬國同。” 會:領悟,理解。《韓非子·解老》:“其智深則其會遠。”于濆《擬古諷》:“余心甘至愚,不會皇天意。” 話言:美善之言,有道理的話。《詩·大雅·抑》:“其維哲人,告之話言,順德之行。”毛傳:“話言,古之善言也。”劉知幾《史通·六家》:“蓋《書》之所主,本於號令,所以宣王道之正義,發話言於臣下,故其所載,皆典、謨、訓、誥、誓、命之文。”

⑩ 皋:即皋陶,傳説虞舜時的司法官。《書·舜典》:“帝曰:‘皋陶,蠻夷猾夏,寇賊奸宄,汝作士。’”《論語·顔淵》:“舜有天下,選於衆,舉皋陶,不仁者遠矣!”《荀子·非相》:“皋陶之狀,色如削瓜。”一本作“皋陶”。李白《魯郡堯祠送竇明府薄華還西京》:“何不令皋繇擁篲横八極,直上青天掃浮雲?” 夔:人名,相傳舜時樂官。《禮記·樂記》:“昔者舜作五弦之琴,以歌《南風》。夔始制樂,以賞諸侯。”鄭玄注:“夔,舜時典樂者也。” 伯益:舜時東夷部落的首領,爲嬴姓各族的祖先。相傳伯益助禹治水有功,禹欲讓位於益,益避居箕山之北。《竹書紀年》卷上:“〔夏帝啓〕二年,費侯伯益出就國……六年,伯益薨,祠之。”《史記·趙世家》:“立昭公曾孫驕,是爲晉懿公。知伯益驕,請地韓魏,韓魏與之。請地趙,趙不與。” 后稷:周之先祖,相傳姜嫄踐天帝足迹,懷孕生子,因曾棄而不養,故名之爲“棄”。虞舜命爲農官,教民耕稼,稱爲“后稷”。《詩·大雅·生民》:“厥初生民,時維姜嫄……載生載育,時維后稷。”《韓詩外傳》卷二:“夫辟土殖穀者后稷也,决江疏河者禹也,聽獄執中者皋陶也。”韓愈《原性》:“后稷之生也,其母無災。” 禹:古代部落聯盟的領袖,姒姓,名文命,鯀之子,又稱大禹、夏禹、戎禹。原爲夏后氏部落領袖,奉舜命治理洪水,領導

百姓疏通江河,興修溝渠,發展農業。據傳治水十三年中三過家門不入,後被選爲舜的繼承人,舜死後即位,建立夏代,後世視爲聖王。《左传·昭公元年》:“美哉禹功,明德遠矣! 微禹,吾其魚乎!”宋之問《謁禹廟》:“夏王乘四載,兹地發金符。峻命終不易,報功疇敢渝。”

⑪ 緬然:遙遠貌。王維《座上走筆贈薛璩慕容損》:“緬然萬物始,及與群物齊。分地依後稷,用天信重黎。”王安石《答姚辟書》:“守經而不苟世,其於道也幾,其去蹈利者,則緬然矣!”　千載:千年,形容歲月長久。《漢書·王莽傳》:“於是群臣乃盛陳‘莽功德致周成白雉之瑞,千載同符’。”韓愈《岐山下》:“自從公旦死,千載閟其光。”後聖:後世聖人。《孟子·離婁》:“得志行乎中國,若合符節,先聖後聖,其揆一也。”聶夷中《古興》:“前聖後聖同,今人古人共。一歲如苦饑,金玉何所用?”　孔宣:即孔子,因唐代追謚爲“文宣王”,故稱。楊炯《公卿以下冕服議》:“夫以孔宣之將聖也,故行夏之時,服周之冕,先王之法服,乃自此之出矣! 天下之能事,又於是乎畢矣!”白居易《贈杓直》:“世路重禄位,栖栖者孔宣。人情愛年壽,夭死者顔淵。”

⑫ 皇王:指古聖王,後亦泛指皇帝。《詩·大雅·文王有聲》:“四方攸同,皇王維辟。”毛傳:“皇,大也。”《新唐書·劉蕡傳》:“雖臣之愚,以爲未極教化之大端,皇王之要道。”　綴:猶著作,謂組織文字以成篇章。《漢書·藝文志》:“閭里小知者之所及,亦使綴而不忘。”《新唐書·李嶠傳》:“嶠富才思,有所屬綴,人多傳諷。”　百篇:《文選·孔安國〈尚書序〉》:“典謨訓誥誓命之文凡百篇。”張銑注:“如此之類,惣有百篇,此略舉之。”後因以“百篇”作《尚書》的代稱。劉肅《大唐新語·文章》:“太宗賦《尚書》曰:‘日昃翫百篇,臨燈披五典。’”

⑬ 游夏:子游(言偃)與子夏(卜商)的並稱,兩人均爲孔子的學生,長於文學。曹植《與楊德祖書》:“昔尼父之文辭,與人通流。至於制《春秋》,游夏之徒乃不能措一辭。”張説《贈吏部尚書蕭公神道碑》:“四科得游夏之門,六藝取鍾王之雋。”　舌端:舌尖,舌頭。《韓詩外

傳》卷七:"君子避三端:避文士之筆端,避武士之鋒端,避辯士之舌端。"《文心雕龍·書記》:"辭者,舌端之文,通己於人。"舌所以言,因引申爲言詞。《北齊書·盧文偉傳》:"詢祖詞情艷發,早著聲名,負其才地,肆情矜驕,京華人士,莫不畏其舌端。"鄭薰《贈鞏疇》:"紙上掣牢鍵,舌端摇利兵。圓澈保直性,客塵排妄情。"

⑭ 遺訓:前人留下或死者生前所説的有教育意義的話。《國語·周語》:"賦事行刑,必問於遺訓,而咨於故實。"韋昭注:"遺訓,先王之教也。"元稹《夏陽縣令陸翰妻河南元氏墓誌銘》:"將訣之際,子號女泣,問其遺訓。" 聖:聖人,指儒家所稱道德智能極高超的理想人物。《論語·雍也》:"子曰:'何事於仁,必也聖乎!'"《孟子·滕文公》:"我亦欲正人心,息邪説,距詖行,放淫辭,以承三聖者,豈好辯哉!予不得已也。"《文心雕龍·原道》:"至夫子繼聖,獨秀前哲,鎔鈞六經,必金聲而玉振。"專稱孔子,司馬彪《贈山濤》:"感彼孔聖嘆,哀此年命促。"古之王天下者,亦爲對於帝王或太后的極稱。《吕氏春秋·求人》:"古之有天下者七十二聖。"李商隱《韓碑》:"元和天子神武姿,彼何人哉軒與羲。誓將上雪列聖耻,坐法宫中朝四夷。" 賢:指有德行或有才能的人。《易·繫辭》:"履信思乎順,又以尚賢也,是以自天佑之吉無不利也。"孔穎達疏:"既有信思順,又能尊尚賢人。"賈誼《過秦論》:"皆明智而忠信,寬厚而愛人,尊賢而重士。"

⑮ 如何:怎麽,爲何,爲什麽。《左傳·僖公二十二年》:"傷未及死,如何勿重?若愛重傷,則如勿傷。"韓愈《宿龍宫灘》:"如何連曉語,一半是思鄉?" 近古:指距今不遠的古代,與遠古相對而言。《韓非子·五蠹》:"近古之世,桀紂暴亂,而湯武征伐。"劉禹錫《秋日過鴻舉法師寺院便送歸江陵引》:"詞妙而深者,必依於聲律,故自近古而降,釋子以詩聞於世者相踵焉!" 閑官:職務清閑的官員,閑置不得重用的官員。張籍《胡山人歸王屋因有贈》:"雖作閑官少拘束,難逢勝景可淹留。"《新唐書·趙憬傳》:"今要官闕多,閑官員多。要官以

材行，閑官以恩澤，是選拔少，優容衆也。"

⑯ 識字：認識文字。《宋書·沈慶之傳》："慶之手不知書，眼不識字，上逼令作詩，慶之曰：'臣不知書，請口授師伯。'"韓愈《醉贈張秘書》："阿買不識字，頗知書八分。詩成使之寫，亦足張吾軍。" 竊弄：盜用，玩弄。《後漢書·王符傳》："不上順天心，下育人物，而欲任其私智，竊弄君威，反戾天地，欺誣神明。"陳鴻《長恨歌傳》："天寶末，兄國忠盜丞相位，竊弄國柄。" 刀筆：古代書寫工具，古時書寫於竹簡，有誤則用刀削去重寫。《後漢書·劉盆子傳》："酒未行，其中一人出刀筆書謁欲賀，其餘不知書者起請之。"李賢注："古者記事書于簡册，謬誤者以刀削而除之，故曰刀筆。"儲光羲《赴馮翊作》："耻從俠烈游，甘爲刀筆吏。寶劍茱萸匣，豈忘知音貴?"這是元稹對當時史官以及由他們撰寫的實録的尖鋭批評。元稹不幸而言中，正是在有關元稹本人的史傳中真僞莫辨，是非混雜，黑白顛倒，這不能不是一個令人遺憾使人痛心的歷史悲劇。如元稹元和五年因堅持鬥争得罪了權貴，被誣爲"務作威福，失憲臣體"而出貶江陵士曹參軍；最明顯的例子莫過於穆宗朝胡説元稹勾結宦官謀就高位、打擊直臣破壞平叛以及謀刺裴度以及文宗朝"經營相位"的罪名。宋人王安石也有同樣的體會，其《答韶州張殿丞書》也有感於史官之隨心所欲褒貶是非曲直，文云："而近世非尊爵盛位，雖雄奇俊烈道德滿衍，不幸不爲朝廷所稱，輒不得見於史。而執筆者又雜出一時之貴人，觀其在廷論議之時，人人得講其然，不尚，或以忠爲邪，以異爲同，誅當前而不栗，訕在後而不羞，苟以饜其忿好之心而止耳！而況陰挾翰墨以裁前人之善惡，疑可以貸褒，似可以附毁。往者不能訟當否，生者不得論曲直。賞罰謗譽又不施其間，以彼其私獨，安能無欺於冥昧之間邪？善既不盡傳，而傳者又不可盡信，如此，唯能言之君子有大公至正之道，名實足以信後世者耳目所遇。一以言載之，則遂以不朽於無窮耳!"作爲宋代一代名相和政治改革家，他生前的不幸遭遇與身後對他是是非

非的評論，與元稹有着驚人的相似之處。他們都不幸而言中，這是元稹與王安石的悲哀，也是中華民族的悲哀。

⑰ 由心：任憑心意。陳琳《爲袁紹檄豫州》："爵賞由心，刑戮在口。"獨孤及《夏中訓于逖畢耀問病見贈》："聲和由心清，事感知氣同。出處未易料，且歌緩愁容。" 曲直：是非，有理與無理。《荀子·王霸》："不恤是非，不治曲直。"柳宗元《封建論》："夫假物者必争，争而不已，必就其能斷曲直者而聽命焉！" 當世：當代，現世。孟浩然《和盧明府送鄭十三還京兼寄之什》："昔時風景登臨地，今日衣冠送别筵……寄語朝廷當世人，何時重見長安道？"高適《贈别王十七管記》："故交吾未測，薄宦空年歲。晚節蹤曩賢，雄詞冠當世。"

⑱ 貽：遺留，致使。賀知章《送人之軍》"隴雲晴半雨，邊草夏先秋。萬里長城寄，無貽漢國憂。"王昌齡《風凉原上作》："海内方晏然，廟堂有奇策……予忝蘭臺人，幽尋免貽責。" 千萬代：千世萬代。蔡邕《太守胡公碑銘》："胸肝摧碎，勒銘告哀，傳千萬代。"元稹《授劉總守司徒兼侍中天平軍節度使制》："况朕志先定，臣誠素通，偃七十年之干戈，垂千萬代之竹帛，非我獨斷，安能遽行！" 疑信：可疑的與可信的史傳。邵雍《疑信吟》："人無輕信，事無多疑。輕信招釁，多疑招離。"蘇軾《答毛滂書》："軾于黄魯直、張文潛輩數子特先識之耳！始誦其文，蓋疑信者相半，久乃自定，翕然稱之。" 並傳：一同流傳。劉向《説苑·談叢》："盜蹠凶貪，名如日月，與舜禹並傳而不息，而君子不貴。"《後漢書·翟酺傳》："太尉趙憙以爲太學、辟雍皆宜兼存，故並傳至今。"歐陽修《注孫子序》："吾知此書當與三家並傳，而後世取其説者，往往于吾聖俞多焉！"

⑲ 人人：每個人，所有的人。李華《奉寄彭城公》："公子三千客，人人願報恩。應憐抱關者，貧病老夷門。"岑參《稠桑驛喜逢嚴河南中丞便别》："驄馬映花枝，人人夾路窺。離心且莫問，春草自應知。" 異：驚異，詫異。《孟子·梁惠王》："王無異于百姓之以王爲愛也。"陶

潛《桃花源記》:“漁人甚異之。”　所見:看到的。《晉書·嵇康傳》:“何所聞而來?何所見而去?”韓愈《謝自然詩》:“入門無所見,冠屨同蛻蟬。”猶見解,意見。《漢書·嚴彭祖傳》:“孟弟子百餘人,唯彭祖、安樂爲明,質問疑誼,各持所見。”韓愈《論孔戣致仕狀》:“蒙陛下厚恩,苟有所見,不敢不言。”　各各:各自。《玉臺新詠·古詩〈爲焦仲卿妻作〉》:“執手分道去,各各還家門。”元稹《出門行》:“兄弟同出門,同行不同志。淒淒分歧路,各各營所爲。”個個,每一個。《後漢書·趙熹傳》:“帝延集内戚燕會,歡甚,諸夫人各各前言……帝甚嘉之。”《隋書·房暉遠傳》:“學生皆持其所短,稱己所長,博士各各自疑,所以久而不决也。”　私:偏愛,寵愛。《儀禮·燕禮》:“對曰:‘寡君,君之私也。’”鄭玄注:“私謂獨有恩厚也。”《戰國策·齊策》:“吾妻之美我者,私我也。”

⑳ 以是:因此。《莊子·養生主》:“天之生是使獨也,人之貌有與也,以是知其天也,非人也。”《新唐書·吴元濟傳》:“又嘗敗韓全義、于頔,以是兵驕無所憚。”　褒貶:表揚與批評,讚譽與貶非。元稹《秋堂夕》:“當年且不偶,没世何必稱?胡爲揭見聞?褒貶貽愛憎。”方干《酬孫發》:“錦價轉高花更巧,能將舊手弄新梭。從來一字爲褒貶,二十八言猶太多。”　不如:比不上。《顔氏家訓·勉學》:“諺曰:‘積財千萬,不如薄伎在身。’”喬知之《定情篇》:“萓花多艷姿,寒竹有貞葉。此時妾比君,君心不如妾。”

㉑ 况乃:何况,况且,而且。《後漢書·王符傳》:“以罪犯人,必加誅罰,况乃犯天,得無咎乎?”謝靈運《登臨海嶠初發强中作與從弟惠連見羊何共和之》:“茲情已分慮,况乃協悲端?”王安石《酬冲卿月晦夜有感》:“夜雲不見天,况乃星與月?蕭蕭暗塵定,坎坎寒更發。”丈夫:猶言大丈夫,指有所作爲的人。孟郊《答姚怤見寄》:“君有丈夫泪,泣人不泣身。”張思光《門律自序》:“丈夫當删《詩》《書》、制禮樂,何至因循寄人籬下?”林泉生《吊岳王墓》:“廟堂短計慚嫠婦,宇宙惟

公是丈夫。” 用舍：即“用行舍藏”，指被任用或不被任用。《論語·述而》：“子謂顔淵曰：‘用之則行，舍之則藏，唯我與爾有是夫！’”謂被任用就行其道，不被任用就退隱。《文選·蔡邕〈陳太丘碑文序〉》：“其爲道也，用行舍藏，進退可度。”吕延濟注：“言其道德于時，用之則行，舍之則藏。”《晉書·劉喬傳》：“至人之道，用行舍藏。”亦省作“用舍”，《後漢書·周黄徐姜等傳贊》：“用舍之端，君子之所以存其誠也。”歐陽修《六一筆記·道無常名説》：“達有無之至理，適用舍之深機。” 當年：壯年，指身强力壯的時期。《墨子·非樂》：“將必使當年，因其耳目之聰明，股肱之畢强，聲之和調，眉之轉樸。”孫詒讓間詁：“王云：‘當年，壯年也。’當有盛壯之義。”《吕氏春秋·愛類》：“士有當年而不耕者，則天下或受其饑矣！”許維遹集釋引王念孫曰：“丁，當語之轉，‘當年’猶‘丁年’耳！”

㉒ 顧：反省。孟浩然《家園卧疾畢太祝曜見尋》：“顧予衡茅下，兼致稟物資。脱分趨庭禮，殷勤伐木詩。”劉禹錫《崔元受少府自貶所還遺山薑花以詩答之》：“驛馬損筋骨，貴人滋齒牙。顧予藜藿士，持此重咨嗟。” 微尚：微小的志趣、意願，常用作謙詞。謝靈運《初去郡》：“伊余秉微尚，拙訥謝浮名。”白居易《聞崔十八宿予新昌弊宅》：“平生有微尚，彼此多幽獨。” 出處：謂出仕和隱退。蔡邕《薦皇甫規表》：“修身力行，忠亮闡著，出處抱義，皦然不污。”韓愈《與崔群書》：“無入而不自得，樂天知命者，固前修之所以禦外物者也。況足下度越此等百千輩，豈以出處近遠累其靈臺邪！”

㉓ “出非利吾己”兩句：意謂自己積極出世，並非是爲了一己的私利，而是爲了維護正統的王道，維護國家維護皇上的根本利益。出：出仕。韓愈《送董邵南序》：“明天子在上，可以出而仕矣！”蘇軾《和穆父新凉》：“家居妻兒號，出仕猿鶴怨。” 道：政治主張或思想體系。《論語·衛靈公》：“道不同，不相爲謀。”劉禹錫《學阮公體三首》一：“少年負志氣，通道不從時。”

㉔ 全道:謂完滿地掌握爲君爲臣爲人之道。《史記·李斯列傳》:"夫賢主者,必且能全道而行督責之術者也。督責之,則臣不敢不竭能以徇其主矣!"劉攽《書李廣傳後》:"世之君子,全道極美而功名不顯者,亦何可勝紀哉!然君子之道,得於人必反諸其身,違於天,必復諸其心,故禍福之至曰已有以致之!" 虛設:空安置。蔡邕《司徒袁公夫人馬氏靈表》:"幾筵虛設,幃帳空陳;品物猶在,不見其人。"謝逸《花心動》:"香餌懸鉤,魚不輕吞,辜負鉤兒虛設。"謂虛撰,空談。酈道元《水經注·湍水》:"墓不甚高,而内極寬大,虛設白楸之言,空負黄金之實。"劉知幾《史通·載文》:"徒有其文,竟無其事,所謂虛設也。" 道全:爲君爲臣爲人之道的圓滿完成。吴筠《元日言懷因以自勵詒諸同志》:"經世匪吾事,庶幾唯道全。誰言帝鄉遠?自古多真仙。"張生《夢舜撫琴歌(進士張生下第游蒲關,宿於舜廟,夢舜撫琴歌曰)》:"南風熏熏兮草芊芊,妙有之音兮歸清弦,蕩蕩之教兮由自然,熙熙之化兮吾道全,熏熏兮思何傳?" 及人:遺愛他人,惠及萬衆。張説《祭崔侍郎文》:"欲人規己恕己及人,故者不遺其故,親者無失其親。"李華《贈禮部尚書清河孝公崔沔集序》:"慈不貸奸,貞不肆直。道勝而齊物,德全而及人。"

㉕ 全:完美,齊全。《周禮·弓人》:"得此六材之全,然後可以爲良。"鄭玄注:"全,無瑕病者。"《淮南子·時則訓》:"乃命宰祝,行犧牲,案芻豢,視肥臞全粹。"高誘注:"全,無虧缺也。" 富與壽:即"富壽",《孔子家語·賢君》:"政之急者,莫大乎使民富且壽也。"後以"富壽"謂富裕而長壽。范仲淹《陽禮教讓賦》:"斯射也,可以止其暴亂;斯飲也,可以樂其富壽。"歐陽修《韓公閲古堂》:"富壽及黎庶,威名懾夷狄。" 虧:欠缺,不足。《書·旅獒》:"爲山九仞,功虧一簣。"《史記·范睢蔡澤列傳》:"日中則移,月滿則虧。" 饑與寒:即"饑寒",饑餓寒冷。杜甫《莫相疑行》:"往時文彩動人主,此日饑寒趨路旁。"蘇軾《徐州謝獎諭表》:"既蠲免其賦調,又飲食其饑寒。"

㉖ 遂：追逐，如願，順從。《詩·曹風·候人》：“彼其之子，不遂其媾。”朱熹集傳：“遂，稱；媾，寵也。遂之爲稱，猶今人謂遂意曰稱意。”杜甫《羌村三首》一：“妻孥怪我在，驚定還拭泪。世亂遭飄蕩，生還偶然遂。” 一身：謂獨自一人。《戰國策·趙策》：“世以鮑焦無從容而死者，皆非也。令衆人不知，則爲一身。”王維《老將行》：“射殺山中白額虎，肯數鄴下黄須兒。一身轉戰三千里，一劍曾當百萬師。”逸：閑適，安樂。《國語·吴語》：“今大夫老，而又不自安恬逸，而處以念惡。”韋昭注：“逸，樂也。”《宋書·劉敬宣傳》：“今我往勞困，彼來甚逸。” 萬物：猶衆人。張説《奉和聖製經河上公廟應制》：“靈廟觀遺像，仙歌入至真。皇心齊萬物，何處不同塵？”韋應物《謝櫟陽令歸西郊贈别諸友生》“幸遭明盛日，萬物蒙生植。獨此抱微痾，頹然謝斯職。” 安：安樂，安適，安逸。陶潛《歸去來兮辭》：“倚南窗以寄傲，審容膝之易安。”杜甫《茅屋爲秋風所破歌》：“安得廣廈千萬間，大庇天下寒士俱歡顔，風雨不動安如山。”

㉗ 解懸：即“解民倒懸”，解救苦難，解，解救；倒懸，頭朝下倒挂着，語出《孟子·公孫丑》：“當今之時，萬乘之國行仁政，民之悦之，猶解倒懸也。”蘇籀《庚申年擬裁此書》：“天下倒懸，生靈重負，豈不欲解懸息肩耶？” 澤手：洗手。元稹《説劍》：“迎篋已焚香，近鞘先澤手。徐抽寸寸刃，漸屈彎彎肘。”澤，指洗滌。《困學紀聞·儀禮》：“《理道要訣》云：周人尚以手摶食，故《記》云：‘共飯不澤手。’蓋弊俗漸改未盡。今夷狄及海南諸國、五嶺外人，皆以手摶食，豈若用匕筯乎！” 拯溺：救援溺水的人，引申指解救危難。《鄧析子·無厚》：“不治其本，而務其末，譬如拯溺而硾之以石，救火而投之以薪。”《淮南子·説林訓》：“予拯溺者，金玉不若尋常之纆索。” 折旋：返回，轉身。李白《清平樂》：“日晚却理殘妝，御前閑舞霓裳。誰道腰肢窈窕，折旋笑得君王？”《朱子語類》卷一〇五：“折旋是直去了復横去，如曲尺相似。”本詩是借喻，意謂救援溺水的人不會回避不再猶豫不會繞道而行，而

是直奔援救。“不澤手”與“無折旋”對舉成文，語義相類。

㉘ 伊尹：商湯大臣，名伊，一名摯，尹是官名，相傳生於伊水，故名。是湯妻陪嫁的奴隸，後助湯伐夏桀，被尊爲阿衡。湯去世後，歷佐卜丙（即外丙）、仲壬二王。後太甲即位，因荒淫失度，被伊尹放逐到桐宫，三年後迎之復位。《吕氏春秋・本味》：“有侁氏女子采桑，得嬰兒于空桑之中，獻之其君。其君令烰人養之，察其所以然，曰：‘其母居伊水之上……故命之曰伊尹。’”高誘注：“以其生於伊水，故名之伊尹，非有訛也。”韓愈《送孟東野序》：“夏之時，五子以其歌鳴，伊尹鳴殷，周公鳴周。”　古先：往昔，古代。王充《論衡・齊世》：“和氣不獨在古先，則聖人何故獨優？”杜甫《北征》：“憶昨狼狽初，事與古先别。”謂祖先，祖宗。《漢書・王莽傳》：“江中劉信，執敵報怨，復續古先，四年當發軍。”　“况乃丈夫志”十六句：這是元稹出自内心的表白，詩人一生所作所爲，無不與此有關，請讀者注意元稹與白居易在用世與隱世問題上的不同，他們後半生的不同處世態度，在這個時候已經露出端倪。

㉙ 其次：次第，較後，第二。《禮記・内則》：“擇于諸母與可者，必求其寬裕、慈惠、温良、恭敬、慎而寡言者，使爲子師，其次爲慈母，其次爲保母。”《史記・孟子荀卿列傳》：“齊有三騶子，其前騶忌……其次騶衍，後孟子。”次第較後的，次要的。《禮記・内則》：“子弟猶歸器，衣服、裘衾、車馬則必獻其上，而後敢服用其次也。”　獨善：“獨善其身”之略語。《晉書・張忠傳》：“先生考盤山林，研精道素，獨善之美有餘，兼濟之功未也。”李白《贈韋秘書》：“苟無濟代心，獨善亦何益？”獨善其身：本指注重自身修養，保持節操，後亦指怕招惹是非，祇顧自己好，不關心身外事，亦即元稹下句所云“善己不善民”之義。《孟子・盡心》：“窮則獨善其身，達則兼善天下。”趙岐注：“獨治其身以立於世間，不失其操也。”《北史・袁翻傳》：“翻名位俱重，當時賢達咸推與之。然獨善其身，無所獎拔，排抑後進，論者鄙之。”

㉚ 天地:天和地,指自然界或社會。《荀子·天論》:"星隊木鳴,國人皆恐……是天地之變、陰陽之化,物之罕至者也。"柳宗元《封建論》:"天地果無初乎?吾不得而知之也。" 一物:一種事物,一件事物。《管子·白心》:"然而天不爲一物枉其時,明君聖人亦不爲一人枉其法。"杜牧《冬至日寄小侄阿宜》:"第中無一物,萬卷書滿堂。" 死生:死亡和生存。《易·繫辭》:"原始反終,故知死生之説。"《史記·魯仲連鄒陽列傳》:"今死生榮辱,貴賤尊卑,此時不再至,願公詳計而無與俗同!" 一源:出生與死亡都是從同一地方來,到同一地方去,亦即來自自然,回歸自然。鮑溶《悲哉行》:"促促晨復昏,死生同一源。貴年不懼老,賤老傷久存。"徐介《耒陽杜工部祠堂》:"故教工部死,來伴大夫魂。流落同千古,風騷共一源。"

㉛ 合雜:混雜,嘈雜。封演《封氏聞見記·儒教》:"流俗婦人,多於孔廟祈子,殊爲褻慢,有露形登夫子之榻者。後魏孝文詔孔子廟,不聽婦人合雜祈非望之福。然則聾俗所爲,有自來矣!"吉皎《七老會詩》:"寧用管弦來合雜,自親松竹且清虚。" 萬變:千變萬化。李白《古風》一:"廢興雖萬變,憲章亦已淪。自從建安來,綺麗不足珍。"劉禹錫《百舌吟》:"天生羽族爾何微?舌端萬變乘春暉。南方朱鳥一朝見,索漠無言蒿下飛。" 忽若:恍若,好像。宋玉《登徒子好色賦》:"於是處子怳若有望而不來,忽若有來而不見。"儲光羲《至嵩陽觀觀即天皇故宅》:"一聞步虚子,又話逍遥篇。忽若在雲漢,風中意泠然。" 風中塵:即"風塵",被風揚起的塵土,飄忽不定,不知最後落在何處,本詩借喻人間社會中的芸芸衆生。焦贛《易林·坎之咸》:"風塵瞑迷,不見南北,行人失路,復反其室。"王昌齡《從軍行七首》五:"大漠風塵日色昏,紅旗半卷出轅門。"

㉜ 巢由:巢父和許由的並稱,相傳皆爲堯時隱士,堯讓位於二人,皆不受,亦即下句所云"堯舜不可遷"之義,後因用以指隱居不仕者。《高士傳·許由》:"許由,字武仲,陽城槐里人也。爲人據義履

方,邪席不坐,邪饍不食,後隱於沛澤之中。堯讓天下于許由,曰:'日月出矣!而爝火不息其於光也,不亦難乎?時雨降矣!而猶浸灌其於澤也,不亦勞乎?夫子立而天下治,而我猶尸之,吾自視缺然,請致天下!'許由曰:'子治天下,天下既已治也,而我猶代子,吾將爲名乎?名者實之賓也,吾將爲賓乎?鷦鷯巢于深林,不過一枝。偃鼠飲河,不過滿腹歸休乎!君予無所用天下爲。庖人雖不治庖,尸祝不越樽俎而代之矣!'不受而逃去。齧缺遇許由曰:'子將奚之?'曰:'將逃堯。'曰:'奚謂邪?'曰:'夫堯知賢人之利天下也,而不知其賊天下也。夫唯外乎,賢者知之矣!'由於是遁耕于中嶽潁水之陽、箕山之下,終身無輕天下色。堯又召爲九州長,由不欲聞之,洗耳于潁水濱。時其友巢父牽犢欲飲之,見由洗耳,問其故,對曰:'堯欲召我爲九州長,惡聞其聲,是故洗耳!'巢父曰:'子若處高岸深谷,人道不通,誰能見子?子故浮游,欲聞求其名譽,污吾犢口!'牽犢上流飲之。許由没,葬箕山之巔,亦名許由,山在陽城之南十餘里,堯因就其墓號曰箕山,公神以配食五岳,世世奉祀,至今不絕也。"岑參《過緱山王處士黑石谷隱居》:"遂令巢由輩,遠逐麋鹿群。獨有南澗水,潺湲如昔聞。"杜甫《朝雨》:"黄綺終辭漢,巢由不見堯。草堂樽酒在,幸得過清朝。" "其次有獨善"八句:請讀者注意元稹對"獨善"的批判,與白居易後來信奉的"達則兼濟天下,窮則獨善其身"主張有很大的區别。

㉝ 名:名聲,名譽。《易·乾》:"不成乎名,遯世無悶。"孔穎達疏:"不成乎名者,言自隱黜,不成就令名,使人知也。" 賓:指事物之名,常與"實"對舉。語出《莊子·逍遥遊》,説的是許由的故事:"吾將爲名乎?名者實之賓也,吾將爲賓乎?"成玄英疏:"然實以生名,名從實起,實則是内是主,名便是外是賓。"

㉞ "持謝著書郎"兩句:這是元稹真誠的表白,貫穿詩人的始終,貫穿詩人的一生。人們也許不太相信,一個封建時代的官員,竟然有著如此令人敬佩的志向,原因究竟何在?詩人所以能够如此堅持自

己的志向，履行自己監察御史的責職，一個重要的原因是元稹受到元氏家族和舅族的深刻影響，如元稹的舅族吴湊爲了禁止宫市禍害百姓冒險進奏以及"外諸翁"鄭雲逵抛妻棄子逃歸長安不從藩鎮叛亂的舉動，尤其是其六代祖元巖强項直諫對詩人的深刻影響，《隋書·元巖傳》云："宣帝嗣位，爲政昏暴。京兆郡丞樂運乃輿櫬詣朝堂，陳帝八失，言甚切。至帝大怒，將戮之。朝臣皆恐懼，莫有救者。巖謂人曰：'臧洪同日，尚可俱死，其況比干乎！若樂運不免，吾將與之俱斃。'詣閣請見，言於帝曰：'樂運知書奏必死，所以不顧身命者欲取後世之名。陛下若殺之，乃成其名落其術内耳！不如勞而遣之，以廣聖度。'運因獲免。後帝將誅烏丸軌，巖不肯署詔。御正顔之儀切諫不入，巖進繼之，脱巾頓顙三拜三進，帝曰：'汝欲党烏丸軌邪?'巖曰：'臣非黨軌，正恐濫誅失天下之望!'帝怒，使閹豎搏其面，遂廢於家。高祖爲丞相，加位開府民部中大夫。及受禪，拜兵部尚書，進爵平昌郡公，邑二千户。巖性嚴重，明達世務。每有奏議，侃然正色，庭諍面折無所回避，上及公卿皆敬憚之。時高祖初即位，每懲周代諸侯微弱以致滅亡，由是分王諸子權，侔王室以爲磐石之固。遣晉王廣鎮并州，蜀王秀鎮益州，二王年並幼稚，於是盛選貞良有重望者爲之寮佐。于時巖與王韶俱以骨鯁知名，物議稱二人才具侔于高炯，由是拜巖爲益州總管長史，韶爲河北道行臺右僕射。高祖謂之曰：'公，宰相大器，今屈輔我兒，如曹參相齊之意也。'及巖到官，法令明肅，吏民稱焉！蜀王性好奢侈，嘗欲取獠口以爲閹人，又欲生剖死囚取膽爲藥。巖皆不奉教，排閤切諫，王輒謝而止。憚巖爲人，每循法度，蜀中獄訟，巖所裁斷，莫不悦服。其有得罪者，相謂曰：'平昌公與吾罪，吾何怨焉!'上甚嘉之，賞賜優洽。十三年卒官，上悼惜久之。益州父老莫不隕涕，於今思之。巖卒之後，蜀王竟行其志，漸致非法造諢天儀、司南車、記里鼓，凡所被服擬于天子。又共妃出獵，以彈彈人。多捕山獠，以充宦者。寮佐無能諫止。及秀得罪，上曰：'元巖若在，吾兒豈有是乎!’”正因爲如此,所以詩人雖然遭打擊但並無後悔之意,認爲向皇上進諫、懲治貪污既是諫官的本職,也是元氏家族鄭氏家族祖先的一貫傳統,更是自己與生俱來的本性。據元稹《夢遊春七十韵》的自述,詩人面對黑暗的社會腐敗的朝政,感到“不言意不快”,以一吐爲快以一吐爲榮。雖身處逆境但初衷不改志向不變,並以松柏山花自喻自己堅貞的品質,勉勵自己要像荷花那樣“荷葉水上生,團團水中住。瀉水置葉中,君看不相污”。正因爲詩人的決心如此堅定,所以元稹能够“諫垣陳好惡”而無所顧忌,身受貶斥而能遵道守志。詩人的所作所爲誠如白居易《鄭氏墓誌》所言:“讜言直聲,動於朝廷。”受到時人的由衷稱許。

[編年]

《年譜》在元和五年“詩編年”條下將本詩列入,根據是:“《全唐詩》卷四二四載白居易《贈樊著作》、《折劍頭》、《登樂遊園望》、《酬元九對新栽竹有懷見寄》、《感鶴》等詩,編排在《春雪》之前。《春雪》是‘元和歲在卯,六年春二月’作。《贈樊著作》至《感鶴》等詩約作於元和五年。”《編年箋注》編排在《酬翰林白學士代書一百韵》與《種竹》詩之後,云:“……《和樂天贈樊著作》……作於元和五年(八一〇)貶江陵時。”理由是:“詳卞《譜》…… 白詩《白香山年譜》繫於元和五年,元稹和作當同時。”《年譜新編》編年元和五年“元稹貶江陵時所作詩”,理由是:“白居易原唱爲《贈樊著作》,依韵酬和。”

我們認爲《年譜》、《編年箋注》、《年譜新編》的編年理由欠妥,詩歌的編排不一定能够説明作品寫作的時間問題,主要應該考察詩歌的具體内容。白居易《贈樊著作》詩云:“元稹爲御史,以直立其身。其心如肺石,動必達窮民。東川八十家,冤憤一言申。”詩中並無隻言片語涉及元稹元和四年五月六月間從東川歸來之後分務洛陽東臺之事,没有提及元稹在敷水驛遭到宦官仇士良馬士元毒打之情,也没有涉及白居易自己爲了元稹的出貶江陵,曾冒死向唐憲宗進奏《論元稹第三狀》的事情,没有提及元稹出貶江陵士曹參軍的事情。而這些都發生在元和四年六七月間和元和五年二月間的事,亦即《年譜》、《編年箋注》、《年譜新編》編年的元和五年之時。朱金城《白居易集箋校》編年《贈樊著作》於元和五年,屬於承襲《白香山年譜》之誤,而《年譜》、《編年箋注》、《年譜新編》又承襲《白香山年譜》、《白居易集箋校》之誤。

我們認爲白居易此詩當作於元和四年六月間元稹從東川歸來之時,還没有分務東臺之前。當時白居易爲左拾遺、翰林學士,樊宗師於元和三年拜著作郎,三個好友加上白行簡都在長安。白居易作《贈樊著作》詩,讓著作郎樊宗師在史書上讚揚元稹的東川之行,以便青史留名。元稹聽了白居易的詩,當場作詩《和樂天贈樊著作》婉拒。而此前樊宗師人在洛陽,有韓愈《嵩山天封官題名》"元和四年三月二十六日,與著作佐郎樊宗師、處士盧仝,自洛中至少室,謁李徵君渤。樊次玉泉寺,疾作歸"爲證,其後樊宗師因病回歸長安,與白居易、元稹相遇,白居易元和五年《和答詩十首序》:"五年春……僕思牛僧孺戒,不能示他人,唯與杓直、拒非及樊宗師輩三四人時一吟讀、心甚貴重。"推知元和四年三月二十六日之後、"五年春"之前,樊宗師人在長安。當時,白居易有《贈樊著作》相贈,元稹作爲當事人,自然也有《和樂天贈樊著作》表明自己的態度。此情此景甚合情理,由此可見白居易的原唱和元稹的酬作都作於元和四年六七月間,地點在長安。

元稹這首詩歌絶對不會作於元和五年,因爲元稹元和五年從洛陽回到西京之日,以宦官爲一方,以李絳、白居易、崔群、元稹爲另一方的鬥争即將爆發,貶職在即,焉能有時間涉及青史留名!元稹貶謫江陵之時,白居易關心的是元稹可能受到地方藩鎮的欺壓報復,希望元稹儘快回朝復職,已不可能顧及元稹青史留名的問題。

◎ 東臺去(僕每爲崔白二學士話陶先生喜不遇之事,且曰:"僕得分司東臺,即足以買山家。")[(一)][①]

陶君喜不遇,予每爲君言[②]。今日東臺去,澄心在陸渾[③]。旋抽隨日俸,並買近山園[④]。千萬崔兼白,殷勤承主恩[⑤]。

録自《元氏長慶集》卷一四

[校記]

(一) 東臺去:本詩各本,包括楊本、叢刊本、《全詩》,均無異文。

[箋注]

① 東臺:官署名,有兩種含義:唐高宗時曾改門下省爲東臺,後因以沿稱門下省。《新唐書·百官志》:"龍朔二年,改門下省曰東臺。"《新唐書·張文瓘傳》:"乾封二年,遷東臺侍郎、同東西臺三品,遂與績同爲宰相。"駱賓王《西行別東臺詳正學士》:"意氣坐相親,關河別故人。客似秦川上,歌疑易水濱。"本詩是唐時東都御史臺的省稱。趙璘《因話録》卷一:"高宗朝,改門下省爲東臺,中書省爲西臺,尚書省爲文昌臺,故御史臺呼爲南臺。武后朝,御史臺有左右肅政之號,當時亦謂之左臺、右臺,則憲府未曾有東西臺之稱。惟俗間呼在京爲西臺,東都爲東臺。"孟郊《失意歸吴因寄東臺劉復侍御》:"自念西上身,忽隨東歸風。長安日下影,又落江湖中。"白居易《代書一百韵寄微之》:"南國人無怨,東臺吏不欺。"自注:"微之使東川,奏冤八十餘家,詔從而平之,因分司東都。" 崔白二學士:指崔群與白居易,元稹政治上的重要盟友,多次救助元稹,他們與元稹一起又都受到時

相裴垍的賞識。當時在長安任職翰林學士,故稱“學士”。　崔群:當時在翰林學士任。《舊唐書·崔群傳》:“崔群,字敦詩,清河武城人,山東著姓。十九登進士第,又制策登科,授秘書省校書郎,累遷右補闕。元和初召爲翰林學士,歷中書舍人。群在内職,常以讜言正論聞于時。憲宗嘉賞,降宣旨云:‘自今後學士進狀,並取崔群連署,然後進來。’群以禁密之司,動爲故事,自爾學士或惡直醜正,則其下學士無由上言。群堅不奉詔,三疏論奏方允。”　白居易:爲大家耳熟能詳之人,本書經常提及,這裏不作贅述。　陶先生喜不遇之事:意謂陶淵明對自己不遇於朝的遭遇不以爲意,有《感士不遇賦(并序)》紀實抒情,發出“雖懷瓊而握蘭,徒芳潔而誰亮”的無奈,哀歎“感哲人之無偶,泪淋浪以灑袂”的不幸,作出“寧固窮以濟意,不委曲而累己”的人生選擇。此賦與陶淵明的《歸去來兮辭》意旨相同,元稹正是受到陶淵明這種思想的影響而發出如此感歎。　分司:唐宋之制,中央官員在陪都(洛陽)任職者,稱爲分司。《容齋隨筆·樂天新居詩》:“白樂天自杭州刺史分司東都,有題《新居呈王尹兼簡府中三掾》詩云:‘弊居須重葺,貧家乏羨財。橋憑州守造,樹倩府寮栽。朱板新猶濕,紅英暖漸開。仍期更携酒,倚檻看花來。’乃知唐世風俗尚爲可喜,今人居閑而郡守爲之造橋、府寮爲之栽樹,必遭譏議,又肯形之篇詠哉?”白居易《達哉樂天行》:“達哉達哉白樂天,分司東都十三年。七旬才滿冠已挂,半禄未及車先懸。”陸游《簡鄰里》:“獨坐空齋如自訟,小鐫殘俸類分司……有興行歌便終日,逢人那識我爲誰?”　山家:山野人家。杜甫《從驛次草堂復至東屯茅屋二首》二:“山家蒸栗暖,野飯射麋新。世路知交薄,門庭畏客頻。”孫元晏《衛玠》:“叔寶羊車海内稀,山家女婿好風姿。江東士女無端甚,看殺玉人渾不知。”

② 陶君喜不遇:事見陶淵明《感士不遇賦序》,序文云:“昔董仲舒作《士不遇賦》,司馬子長又爲之。余嘗以三餘之日,講習之暇,讀其文,慨然惆悵。夫履信思順,生人之善行;抱朴守静,君子之篤素。

自真風告逝，大僞斯興，閭閻懈廉退之節，市朝驅易進之心。懷正志道之士，或潛玉于當年；潔己清操之人，或没世以徒勤。故夷皓有安歸之嘆，三閭發已矣之哀。悲夫！寓形百年而瞬息已盡，立行之難而一城莫賞，此古人所以染翰慷慨屢伸而不能已者也！夫導達意氣，其惟文乎？撫卷躊躇，遂感而賦之。”其《感士不遇賦》略云：“寧固窮以濟意，不委曲而累己。既軒冕之非榮，豈緼袍之爲耻。誠謬會以取拙，且欣然而歸止。擁孤襟以畢歲，謝良價於朝市。”元稹《寄隱客》：“陶君喜不遇，顧我復何疑？潛書周隱士，白雲今有期。”　每：義同“每常”，常常。任華《寄李白》：“每常把酒，向東望良久。見説往年在翰林，胸中矛戟何森森！”猶往日，往常，與“今日”相對。張籍《移居静安坊答元八郎中》：“長安寺裏多時住，雖守卑官不苦貧。作活每常嫌費力，移居祇是貴容身。”平時，平常。王建《寄舊山僧》：“因依老宿發心初，半學修心半讀書。雪後每常同席卧，花時未省兩山居。”元稹《代九九》：“每常同坐卧，不省暫参差。纔學羞兼妒，何言寵便移！”君：對對方的尊稱，猶言您，本詩是指白居易與崔群兩人。李商隱《夜雨寄北》：“君問歸期未有期，巴山夜雨漲秋池。何當共剪西窗燭，却話巴山夜雨時。”羅隱《酬章處士見寄》：“中原甲馬未曾安，今日逢君事萬端。亂後幾回鄉夢隔，别來何處路行難？”

③ 澄心：使心情清静。吕巖《水龍吟》：“萬事澄心定意，聚真陽、都歸一處。”王魯復逸句：“清泉繞屋澄心遠，曙月銜山出定遲。”　陸渾：古地名，也稱瓜州，原指今甘肅敦煌一帶。春秋時秦晉二國使居於其地之“允姓之戎”遷居伊川，以陸渾名之。漢置縣，五代廢，故城在今河南省嵩縣東北。《史記·匈奴列傳》：“於是戎狄或居於陸渾，東至於衛，侵盜暴虐中國。”裴駰集解引徐廣曰：“一爲‘陸邑’。”司馬貞索隱：“《春秋左氏》：‘秦、晉遷陸渾之戎于伊川。’杜預以爲‘允姓之戎居陸渾，在秦、晉之間，二國誘而徙之伊川，遂從戎號，今陸渾縣’是也。”韓愈《送侯參謀赴河中幕》：“陸渾桃花間，有湯沸如烝。三月崧

少步,躑躅紅千層。”元稹《使東川·惭問囚》:“尚平郆落擬連買,王屋山泉爲别遊。各待陸渾求一尉,共資三徑便同休。”

④“旋抽隨日俸”兩句:元稹這次購買“近山園”的設想最後因時間太短没有實現。但元稹後來在丹水附近購買了自己的莊園,元稹《西歸絶句十二首》九:“今朝西渡丹河水,心寄丹河無限愁。若到莊前竹園下,殷勤爲遶故山流(丹,浙莊之東流)。” 旋:逐漸。元稹《離思五首》一:“自愛殘妝曉鏡中,環釵漫篸緑絲叢。須臾日射燕脂頰,一朵紅酥旋欲融。”晏殊《木蘭花》:“東風昨夜回梁苑。日脚依稀添一綫。旋開楊柳緑蛾眉。暗拆海棠紅粉面。” 抽:抽取,抽調。陳溪《彭州新置唐昌縣歇馬亭鎮等記》:“又置一鎮,抽武士三十人而禦之。”《文獻通考·征榷考》:“如是貨賣處,祇仰據賣價每一千抽税錢三十。” 隨日:一日接著另外一日。李端《冬夜寄韓弇》:“獨坐知霜下,開門見木衰。壯應隨日去,老豈與人期?”元稹《與吴侍御春遊》:“蒼龍闕下陪驄馬,紫閣峰頭見白雲。滿眼流光隨日度,今朝花落更紛紛。” 近山:靠近山區。盧僎《初出京邑有懷舊林》:“内傾水木趣,築室依近山。晨趨天日宴,夕卧江海間。”耿湋《宋中》:“廢井莓苔厚,荒田路徑微。唯餘近山色,相對似依依。”

⑤千萬:猶務必,表示懇切叮嚀。元稹《鶯鶯傳》:“存没之情,言盡於此。臨紙嗚咽,情不能申。千萬珍重,珍重千萬!”白居易《祭弟文》:“仰天一號,心骨破碎。猶冀萬一,聞吾此言。痛心痛心,千萬千萬。” 殷勤:勤奮。陳子昂《月夜有懷》:“美人挾趙瑟,微月在西軒。寂寞夜何久,殷勤玉指繁。”盧象《贈程秘書》:“聖人借顔色,言事無不通。殷勤拯黎庶,感激論諸公。” 主恩:聖主之恩。崔顥《贈凉州張都督》:“風霜臣節苦,歲月主恩深。爲語西河使,知君報國心。”劉長卿《送侯中丞流康州》:“長江極目帶楓林,疋馬孤雲不可尋。遷播共知臣道枉,猜讒却爲主恩深。”

[編年]

《年譜》編年本詩於元和四年,没有理由,没有賦詩的具體地點,也没有編年到具體的月份。《編年箋注》編年元和四年,没有理由,也没有編年到具體的月份,但却與元稹當年其他在洛陽所作的詩篇,諸如《贈吕二校書》、《空屋題》、《城外回謝子蒙見諭》編排在一起。《年譜新編》亦編年元和四年,没有説明理由,没有具體的時間,也没有賦詩的地點。

我們以爲,從詩題"東臺去"可知,此詩作於長安;第二,當時白居易與崔群都在長安"承主恩",更説明此詩作於長安。而元稹從東川歸來在元和四年的五六月間,隨後奉詔前往洛陽分務東臺,七月九日其妻韋叢即病故於洛陽,據此可知,本詩應該作於元和四年六月間,地點在長安。

■ 酬樂天别元九後詠所懷(一)①

據白居易《别元九後詠所懷》

[校記]

(一)酬樂天别元九後詠所懷:元稹本佚失詩所據白居易《别元九後詠所懷》,見《白氏長慶集》、《白香山詩集》、《石倉歷代詩選》、《全詩》、《全唐詩録》、《唐宋詩醇》,未見異文。

[箋注]

① 酬樂天别元九後詠所懷:白居易《别元九後詠所懷》:"零落桐葉雨,蕭條槿花風。悠悠早秋意,生此幽閑中。况與故人别,中懷正無悰。勿云不相送,心到青門東。相知豈在多,但問同不同。同心一

人去，坐覺長安空。”未見元稹回酬的詩篇，據補。　詠：歌唱，曼聲長吟。孫綽《游天台山賦》：“凝思幽巖，朗詠長川。”杜甫《過郭代公故宅》：“高詠寶劍篇，神交付冥漠。”用歌詩的文學樣式寫景抒情。辛棄疾《玉蝴蝶·追别杜叔高》：“客重來，風流觴詠，春已去，光景桑麻。”所懷：懷抱，心中所想。揚雄《劇秦美新》：“所懷不章，長恨黄泉。”嵇康《琴賦序》：“故綴叙所懷，以爲之賦。”憂傷，哀憐。曹操《苦寒行》：“延頸長嘆息，遠行多所懷。”

[編年]

未見《元稹集》採録，也未見《年譜》、《編年箋注》、《年譜新編》採録與編年。

朱金城先生《白居易集箋校》編年白居易本詩於元和二年，别加按語：“元稹元和元年九月十日自左拾遺出爲河南尉，詩中所云當指此。”我們以爲，《白居易集箋校》判斷有誤，叙述也有誤：一、元稹自左拾遺出爲河南尉在元和元年九月十三日，年份不在元和二年，日期也不是即九月十日。白居易詩有“悠悠早秋意”之句，難與“九月十三日”或“九月十日”匹配。二、白居易詩不僅不是作於元和元年，更不是作於元和二年。元和二年，元稹因母親病故，在長安守制，白居易豈能有“同心一人去，坐覺長安空”之感嘆？三、白居易詩應該賦成於元和四年七月之初，時元稹出使東川，“五六月”回到長安，接著“七月”被仇恨元稹的政敵排擠到東都洛陽分務東臺。對此元稹與他的朋友白居易等人極爲不滿，故白居易借“所懷”發泄自己的情感。元稹的酬和之詩，應該賦成於元和四年七月初的洛陽，時元稹正以監察御史的身份分務東臺。

◎ 夜閑(此後並悼亡)(一)①

感極都無夢,魂銷轉易驚②。風簾半鈎落,秋月滿床明③。悵望臨階坐,沈吟繞樹行④。孤琴在幽匣,時迸斷弦聲⑤。

録自《元氏長慶集》卷九

[校記]

(一) 夜閑:宋蜀本、蘭雪堂本、叢刊本、《古詩鏡・唐詩鏡》、《石倉歷代詩選》、《全詩》同,楊本作"夜間",據本詩所述,此事雖然發生在夜間,但"夜閑"更合詩意。妻子突然亡故,詩人悲痛至極,雖然事情不少,但却無心去做,也無從做起,因而無所事事,故稱"夜閑"。

[箋注]

① 夜閑:這是元稹妻子剛剛謝世時詩人心態的真實寫照,詩人因爲妻子的突然亡故,"感極"而"無夢","魂銷"而"易驚","悵望"而無眠,"沈吟"而徘徊,可見其當時精神的極度痛苦、内心的深刻哀楚。這應該是詩人存世最早的悼亡詩,幸請讀者注意。元稹《鄂州寓館嚴澗宅》:"心想夜閑唯足夢,眼看春盡不相逢。何時最是思君處?月入斜窗曉寺鐘。"賈島《内道場僧弘紹》:"麟德燃香請,長安春幾回?夜閑同像寂,晝定爲吾開。"

② "感極都無夢"兩句:意謂雖然感傷妻子的亡故感情已經到了崩潰的邊緣,但希望在夢境裏與妻子重會的我却連夢也没有一個;因爲極度悲傷,我的靈魂已經出竅,常人看來極爲正常的言行,不時讓我驚怖不已。　感極:感情激動到了極點。白居易《送毛仙翁(江州

司馬時作)》:"玄功曷可報?感極惟勤拳。霓旌不肯駐,又歸武夷川。"驃信《星回節游避風臺與清平官賦》(南詔以十二月十六日爲星回節,《唐書·南詔》:"官曰清平者,猶唐之宰相。"):"不覺歲云暮,感極星回節。元昶同一心,子孫堪貽厥。"無夢:没有做夢。杜甫《東屯月夜》:"日轉東方白,風來北斗昏。天寒不成寢,無夢寄歸魂。"竇鞏《早秋江行》:"多醉渾無夢,頻愁欲到家。漸驚雲樹轉,數點是晨鴉。"魂銷:指死亡。元稹《感夢》:"行吟坐嘆知何極?影絶魂銷動隔年。今夜商山館中夢,分明同在後堂前。"李商隱《送從翁東川弘農尚書幕》:"斷續殊鄉泪,存亡滿席珍。魂銷季羔竇,衣化子張紳。"也謂靈魂離體而消失,形容極度悲傷或極度歡樂激動,本詩是後者。杜甫《承聞河北諸道節度入朝歡喜口號絶句十二首》三:"喧喧道路多歌謡,河北將軍盡入朝。始是乾坤王室正,却交江漢客魂銷。"楊憑《湘江泛舟》:"湘川洛浦三千里,地角天涯南北遥。除却同傾百壺外,不愁誰奈兩魂銷!" 易驚:非常容易驚恐。李益《奉和武相公春曉聞鶯》:"蜀道山川心易驚,緑窗殘夢曉聞鶯。分明似寫文君恨,萬怨千愁弦上聲。"元稹《夢遊春七十韵》:"夢魂良易驚,靈境難久寓。夜夜望天河,無由重沿泝。"

③ 風簾:指遮蔽門窗的簾子。謝朓《和王主簿季哲怨情》:"花叢亂數蝶,風簾入雙燕。"楊凝《秋夜聽擣衣》:"砧杵聞秋夜,裁縫寄遠方……蘭牖唯遮樹,風簾不礙凉。" 鉤落:亦作"鉤絡帶"、"鉤落帶",一種束腰帶。《三國志·諸葛恪傳》:"童謡曰:'諸葛恪,蘆葦單衣篾鉤落,於何相求成子合。'……鉤落者,校飾革帶,世謂之鉤絡帶。"《北堂書鈔》卷一二八引張勃《吴録》:"鉤落者,革帶也,世謂之鉤落帶。"秋月:秋夜的月亮。陶潛《辛丑歲七月赴假還江陵夜行塗口》:"叩栧新秋月,臨流別友生。"杜甫《十七夜對月》:"秋月仍圓夜,江村獨老身。" 滿床:意謂月光鋪滿了睡覺的床鋪,古人的"床"有兩種含義,既稱卧具爲床,也稱坐具爲床,本詩是前者。杜甫《暮春題瀼西新賃

草屋五首》五:“時危人事急,風逆羽毛傷。落日悲江漢,中宵泪滿床。”元稹《江陵三夢》二:“久依荒隴坐,却望遠村行。驚覺滿床月,風波江上聲。”

④ 悵望:惆悵地看望或想望。孫昌胤《清明》:“清明暮春裏,悵望北山陲。燧火開新焰,桐花發故枝。”懷楚《謝友人見訪留詩》:“軒車誰肯到?泉石自相親。暮雨凋殘寺,秋風悵望人。” 臨階:靠近臺階。元稹《六年春遣懷八首》七:“童稚痴狂撩亂走,繡球花仗滿堂前。病身一到繐帷下,還向臨階背日眠。”韓翃《李中丞宅夜宴送丘侍御赴江東便往辰州》:“積雪臨階夜,重裘對酒時。中丞違沈約,才子送丘遲。” 沈吟:深思。《古詩十九首·東城高且長》:“馳情整中帶,沈吟聊躑躅。”秦觀《滿園花》:“一向沈吟久,泪珠盈襟袖。”低聲吟味,低聲自語。獨孤及《寒夜溪行舟中作》:“倦飛思故巢,敢望桐與竹?沈吟登樓賦,中夜起三復。”李白《古風》四九:“由來紫宫女,共妒青蛾眉。歸去瀟湘沚,沈吟何足悲!” 繞樹:圍着樹木而動。皇甫冉《途中送權三兄弟》:“淮海風濤起,江關憂思長。同悲鵲遶樹,獨作雁隨陽。”王建《寒食日看花》:“早入公門到夜歸,不因寒食少閑時。顛狂繞樹猿離鏁,跳躑緣岡馬斷羈。”

⑤ 孤琴:孤單的琴,寓含喪偶之意。徐仁友《古意贈孫翃》:“雲日落廣廈,鶯花對孤琴。”李群玉《失鶴》:“墮翎留片雪,雅操入孤琴。”幽匣:指裝有寶物,如琴、劍等的匣子。元稹《酬盧秘書》:“涸魚千丈水,僵燕一聲雷。幽匣提清鏡,衰顔拂故埃。”孟郊《贈劍客李園聯句》:“有時幽匣吟,忽似深潭聞。” 迸:向外突然發出,迸發。李嶠《彈》:“金迸疑星落,珠沈似月光。誰知少孺子,將此見吴王?”杜審言《度石門山》:“石門千仞斷,迸水落遥空。道東懸崖半,橋欹絶澗中。”斷弦:原指斷絶的弓弦,斷絶的琴弦。又古代以琴瑟調和喻夫婦和諧,故謂喪妻爲斷弦,這裏用後一種意義。徐彦伯《閨怨》:“暖手縫輕素,嚬蛾續斷弦。相思咽不語,回向錦屏眠。”崔公遠《獨夜詞》:

“晴天霜落寒風急,錦帳羅幃羞更入。秦筝不復續斷弦,回身掩泪挑燈立。”

[編年]

《年譜》編年本詩於元和四年,没有説明具體時間,理由是:“題下注:‘此後並悼亡。’”《編年箋注》云:“此詩……作於元和四年秋。詳陳寅恪《元白詩箋證稿·艷詩及悼亡詩》、卞《譜》。”《年譜新編》在引述本詩之後云:“元和四年秋作。”

元稹的妻子韋叢病故於元和四年七月九日,本詩又云:“秋月滿床明。”故可以斷定本詩作於元和四年七月九日之後的秋天,具體時間應該是離開“七月九日”稍後又不遠的七月。僅僅編年元和四年太籠統,“元和四年秋”則不精確,何况“七月九日”之前的“秋天”也没有排除。

◎ 感小株夜合(一)[①]

纖幹未盈把,高條才過眉[②]。不禁風苦動,偏受露先萎[③]。不分秋同盡,深嗟小便衰[④]。傷心落殘葉,猶識合昏期[⑤]。

録自《元氏長慶集》卷九

[校記]

(一)感小株夜合:本詩各本,包括楊本、叢刊本、《佩文齋廣群芳譜》、《全詩》,均無異文。

[箋注]

① 小株:還沒有長大的小樹或小苗。范成大《梅譜》:"然詳考會稽所産,雖小株,亦有苔痕,蓋别是一種,非必古木。"史鑄《百菊集譜》:"分種小株,宜以糞水酵土而壅之則易盛。按劉君蒙亦有栽鉏糞養之説。"　夜合:合歡的别名。《太平御覽》卷九五八引周處《風土記》:"夜合,葉晨舒而暮合,一名合昏。"元稹《夜合》:"雨多疑濯錦,風散似分妝。葉密烟蒙火,枝低繡拂墻。"白居易《東墻夜合樹去秋爲風雨所摧今年花時悵然有感》:"碧荑紅縷今何在? 風雨飄將去不回。惆悵去年墻下地,今春惟有薺花開。"

② 纖幹:細小之幹。潘炎《神蓍立賦》:"擢九尺之纖幹,伏千年之寶龜。"李紳《往年于惠山書房前手植今已喬柯數尋幹雲葱翠蔭日此樹移過江多死有類丹橘》:"翠條盈尺憐孤秀,植向西窗待月軒。輕剪緑絲秋葉暗,密扶纖幹夏陰繁。"　盈把:滿把,把,一手握取的數量。《韓詩外傳》卷五:"故盈把之木,無合拱之枝。"杜甫《暮秋枉裴道州手札率爾遣興寄遞呈蘇渙侍御》:"盈把那須滄海珠,入懷本倚昆山玉。"　高條:高於它枝的樹枝。武元衡《遊春詞》:"閶闔春風起,蓬萊冰雪消。相將折楊柳,争取最高條。"朱希濟《治論》:"又婦人之爲蠶也,髮鬢如蓬,晨昏憧憧。高條長梯,蹈險履危。稚女嬰兒,目不暇顧。"　過眉:高過眉目。杜甫《入宅三首》二:"半頂梳頭白,過眉拄杖斑。相看多使者,一一問函關。"李彭《望西山懷駒父》:"照眼遥岑落懷袖,過眉拄杖立汀洲。莫言青山淡吾慮! 誰料却能生許愁?"

③ 不禁:經受不住。杜甫《舍弟觀赴藍田取妻子到江陵喜寄三首》二:"歡劇提携如意舞,喜多行坐白頭吟。巡檐索共梅花笑,冷蕊疏枝半不禁。"辛棄疾《蝶戀花·送人行》:"意態憨生元自好。學畫鴉兒,舊日遍他巧。蜂蝶不禁花引調。西園人去春風少。"　苦:極力貌,竭力貌,頻繁貌。劉義慶《世説新語·識鑒》:"王大將軍始下,楊朗苦諫不從。"陸游《老學庵筆記》卷一:"〔朱希真〕不敢以告,景初苦

問之。” 萎:(植物)枯槁、凋謝。沈約《三月三日率爾成篇》:“寧憶春蠶起,日暮桑欲萎……且當忘情去,嘆息獨何爲?”白居易《步東坡》:“緑陰斜景轉,芳氣微風度。新葉鳥下來,萎花蝶飛去。”

④“不分秋同盡”兩句:意謂不料你的生命與秋天一起結束,深深感嘆你年紀輕輕就匆匆結束了生命。 不分:不料。駱賓王《秋風》:“紫陌炎氛歇,青蘋晚吹浮……不分君恩絶,紈扇曲中秋。”陳陶《水調詞十首》二:“羽管慵調怨别離,西園新月伴愁眉。容華不分隨年去,獨有妝樓明鏡知。” 嗟:嘆詞,表悲傷。《詩·魏風·陟岵》:“父曰:‘嗟! 予子行役,夙夜無已。’”褚亮《在隴頭哭潘學士》:“隴底嗟長别,流襟一慟君。何言幽咽所,更作死生分!”

⑤ 傷心:心靈受傷,形容極其悲痛。司馬遷《報任少卿書》:“故禍莫憯於欲利,悲莫痛於傷心。”陸游《沈園》:“城上斜陽畫角哀,沈園非復舊池臺。傷心橋下春波緑,曾是驚鴻照影來。” 合昏:即合歡樹。陸倕《新刻漏銘》:“合昏暮卷,蓂莢晨生。”杜甫《佳人》:“合昏尚知時,鴛鴦不獨宿。”又猶合婚,結婚。洪邁《夷堅甲志·張夫人》:“張爲大司成,鄧洵仁右丞欲嫁以女,張力辭。鄧公方有寵,取中旨令合昏。”這裏巧妙合用兩義,以結婚合歡寓意。唐人結婚之時,常常栽種合歡樹以寓吉祥之意。元稹與韋叢貞元十九年四月結婚,至元和四年七月,僅僅八個年頭,合歡樹還没有長大,故有本詩之感嘆。

[編年]

《年譜》編年本詩於元和四年,没有説明理由。《編年箋注》編年本詩云:“作於元和四年秋。詳陳寅恪《元白詩箋證稿·艷詩及悼亡詩》、下《譜》。”《年譜新編》編年云:“詩云:‘……不分秋同盡,深嗟小便衰……’元和四年秋作。”

本詩是詩人面對一株結婚時栽種的、生長還没有幾年的合歡樹所抒發的感嘆:“深嗟小便衰。”應該作於詩人妻子剛剛謝世之年,亦即元和四年。而本詩云:"不分秋同盡。"結合韋叢病故於元和四年七月九日的史實,本詩應該賦詠於元和四年七月九日以後的秋天,以七月九日以後的七月最爲可能,地點在洛陽履信坊韋夏卿舊宅。貞元十九年夏天,元稹韋叢結婚,之後數年,曾在洛陽履信坊長期居住,合歡樹大約就是在那時栽下的。

◎ 諭子蒙(一)①

撫稚君休感,無兒我不傷②。片雲離岫遠,雙燕念巢忙③。大壑誰非水?華星各自光④。但令長有酒,何必謝家莊⑤!

録自《元氏長慶集》卷九

[校記]

(一) 諭子蒙:本詩各本,包括楊本、叢刊本、《全詩》,均無異文。

[箋注]

① 子蒙:即盧真,排行十九,元稹的朋友,後來也成了白居易的朋友。與元白唱和甚多,可惜大多佚失。在我們這本書稿裏,元和四年與五年,元稹以監察御史分司洛陽期間,盧子蒙與元稹來往密切,唱和不少。盧子蒙元和九年前後投奔劍南西川節度使李夷簡,以大理評事的職銜奔走於西川節度府,元稹元和九年有《貽蜀五首・盧評事子蒙》寄贈:"爲我殷勤盧子蒙,近來無復昔時同。懶成積疹推難動,禪盡狂心鍊到空。老愛早眠虚夜月,病妨杯酒負春風。唯公兩弟閑相訪,往往潸然一望公。"元稹謝世之後,居住洛陽的盧真參與白居易的"七老會"與"九老會",白居易與盧子蒙也有不少酬唱,如《覽盧

子蒙侍御舊詩多與微之唱和感今傷昔因贈子蒙題於卷後》:"早聞元九詠君詩,恨與盧君相識遲。今日逢君開舊卷,卷中多道贈微之。相看掩泪情難説,别有傷心事豈知? 聞道咸陽墳上樹,已抽三丈白楊枝。" 諭:指告誡的言辭。此時盧子蒙正在洛陽,這裏因爲盧子蒙喪妻,作爲朋友的元稹賦詩勸諭。其實,元稹在勸諭盧子蒙的同時,也在勸諭自己。韋應物《答故人見諭》:"素寡名利心,自非周圓器。徒以歲月資,屢蒙藩條寄。"元稹《城外回謝子蒙見諭》:"十里撫柩别,一身騎馬回。寒烟半堂影,燼火滿庭灰。"

② "撫稚君休感"兩句:兩句意謂你不要因爲喪妻而不得不獨自擔當撫育兒女的責任而感慨萬千,家家都有一本難念的經,我至今没有兒子,雖然心情沉痛,但我不會悲傷。 撫稚:撫養兒女。李軫《泗州刺史李君神道碑》:"庶務親臨,存孤撫稚。"元稹《江陵三夢》一:"撫稚再三囑,泪珠千萬垂。囑云唯此女,自嘆總無兒。"

③ 片云:極少的雲。蕭綱《浮雲詩》:"可憐片雲生,暫重復還輕。欲使襄王夢,應過白帝城。"杜甫《野老》:"漁人網集澄潭下,估客船隨返照來。長路關心悲劍閣,片雲何事傍琴臺?" 岫:山洞,有洞穴的山。《爾雅・釋山》:"山有穴爲岫。"郭璞注:"謂巖穴。"《文選・張協〈七命〉》:"臨重岫而攬轡,顧石室而回輪。"李善注引仲長統《昌言》:"聞上古之隱士,或伏重岫之内,窟窮皋之底。"峰巒。陶潛《歸去來辭》:"雲無心以出岫,鳥倦飛而知還。"司空圖《楊柳枝壽杯詞十八首》一四:"隔城遠岫招行客,便與朱樓當酒旗。" 雙燕:成雙捉對的燕子。李白《雙燕離》:"雙燕復雙燕,雙飛令人羡。玉樓珠閣不獨栖,金窗繡户長相見。"馮著《燕銜泥》:"雙燕碌碌飛入屋,屋中老人喜燕歸。裴回繞我床頭飛,去年爲爾逐黄雀。"這裏以"雙燕"喻指恩愛的夫妻,自然包括盧子蒙夫妻,也自然包括詩人自己與韋叢。 念:思念,懷念。王褒《九懷・匡機》:"蓍蔡兮踴躍,孔鶴兮回翔。撫檻兮遠望,念君兮不忘。"杜甫《遣興》:"天寒落萬里,不復歸本叢。客子念故宅,三

年門巷空。"

④ 大壑:大海。《莊子·天地》:"夫大壑之爲物也,注焉而不滿,酌焉而不竭。"成玄英疏:"夫大海泓宏,深遠難測,百川注之而不溢,尾閭泄之而不乾。"元稹《和樂天送客遊嶺南二十韵》:"大壑浮三島,周天過五均。波心踴樓閣,規外布星辰。" 華星:明星。李益《月下喜邢校書至自洛》:"華星映衰柳,暗水入寒塘。客心定何似?餘歡方自長。"元稹《清都夜境》:"夜久連觀静,斜月何晶熒?寥天如碧玉,歷歷綴華星。" 各自:各人自己。《史記·孟嘗君列傳》:"孟嘗君客無所擇,皆善遇之。人人各自以爲孟嘗君親己。"隱巒《牧童》:"看看白日向西斜,各自騎牛又歸去。"

⑤"但令長有酒"兩句:意謂衹要經常有酒喝,不一定非得在岳丈家中。古人常常借酒澆愁,這是元稹勸慰盧貞的話,也是元稹自慰的話其實是正話反説,意謂雖然酒能够澆愁,但無論如何澆滅不了自己對妻子的思念之愁。 有酒:身邊有酒,也謂喝醉酒。李頎《琴歌》:"主人有酒歡今夕,請奏鳴琴廣陵客。月照城頭烏半飛,霜凄萬樹風入衣。"李白《悲歌行》:"悲來乎,悲來乎,主人有酒且莫斟,聽我一曲悲來吟!" 何必:用反問的語氣表示不必。嵇康《秀才答四首》三:"都邑可優遊,何必栖山原?"蔡希寂《同家兄題渭南王公别業》:"好閑知在家,退迹何必深?不出人境外,蕭條江海心。" 謝家:指晉太傅謝安家,又指南朝宋謝靈運家,還指南朝齊謝朓家等。後來也常用以代稱高門世族之家,這裏借指盧貞的岳丈家和自己的岳丈韋夏卿家。楊巨源《春日有贈》:"堤暖柳絲斜,風光屬謝家。晚心應戀水,春恨定因花。"元稹《醉醒:》"積善坊中前度飲,謝家諸婢笑扶行。今宵還似當時醉,半夜覺來聞哭聲。"

[編年]

《年譜》編年本詩於元和四年,排列在《空屋題(十月十四日)》之後,《除夜》之前。《編年箋注》編年:"《諭子蒙》……作於元和四年(八〇九)。見下《譜》。"排列次序同《年譜》。《年譜新編》亦編年元和四年,排列次序同《年譜》,三書都没有説明理由。

細細體味本詩詩意,我們以爲不像元稹喪妻之後所賦,詩中没有一星半點哀傷妻子韋叢的意思,應該作於韋叢病故之前。而"雙燕念巢忙"云云應是元稹與韋叢共同經營新家、撫育子女的眼前之實景,此詩應作於元稹與韋叢元和四年六月間一起來到洛陽之時、韋叢七月九日亡故之前,是元稹剛剛到達洛陽不久的詩篇。

細細體味本詩詩意,我們以爲元稹在勸諭盧子蒙失妻的同時,也在哀傷自已的喪妻,此詩應該作於韋叢元和四年七月九日病故之後不久,應該還在七月之内,元稹時以監察御史分務東臺。

◎醉　醒(一)①

積善坊中前度飲,謝家諸婢笑扶行②。今宵還似當時醉,半夜覺來聞哭聲③。

録自《元氏長慶集》卷九

[校記]

(一)醉醒:本詩各本,包括楊本、叢刊本、《萬首唐人絶句》、《全詩》,均無異文。

[箋注]

① 醉醒:酒醉之後醒來。李廓《長安少年行十首》一〇:"小婦教鸚鵡,頭邊喚醉醒。犬嬌眠玉簟,鷹掣撼金鈴。"施肩吾《秋夜山居二首》二:"去雁聲遥人語絶,誰家素機織新雪?秋山野客醉醒時,百尺

老松銜半月。"

② 積善坊:在東都洛陽,《舊唐書·憲宗紀》:"玄宗至道大聖大明孝皇帝諱隆基,睿宗第三子也……長壽二年臘月丁卯,改封臨淄郡王,聖曆元年出閤,賜第於東都積善坊,大足元年從幸西京,賜宅于興慶坊……初玄宗兄弟聖曆初出閤,列第於東都積善坊,五人分院同居,號五王宅。"王溥《唐會要》卷五〇:"天寶元年正月七日,陳王府參軍田同秀上言:'玄元皇帝降于丹鳳門之通衢,告賜靈符在尹喜之故宅。'上遣使就函谷故關尹喜臺而得之,於是置玄元皇帝廟於大寧坊西南角,東都置於積善坊臨淄舊邸(廟初成,命工人於大白山砥石爲玄元皇帝聖容。又采白石爲玄宗聖容,侍立於玄元皇帝之右,衣以王者衮冕之服。又于像東設立白石,爲李林甫、陳希烈之狀。甫犯事,又改刻石爲楊國忠代焉! 至德中克復上都,盡毁瘞之)。"陳子昂《周故内供奉學士懷州河内縣尉陳君碩人墓誌銘并序》:"天授三年,恩敕自河内追入閣供奉。居未朞,不幸遇疾於神都積善坊,考終厥命,年六十三,歸葬於豆圖山之陽原,禮也。"唐寅《題五王夜燕圖》:"積善坊中五王宅,重樓複閣輝金碧。大衾長枕共春秋,鬬雞走狗連朝夕。"元稹岳丈韋夏卿在洛陽的家在履信坊,不在積善坊,白居易詩篇《和夢遊春詩一百韵》"新修履信第,初食尚書禄"云云即證明韋夏卿當時確實居住在履信坊。而此"積善坊中前度飲"云云,並非在岳丈家痛飲而醉,疑元稹在妻子亡故之後,心情鬱結,外出散悶,來至積善坊五王宅、老子廟飲酒,最後大醉,不得不由"謝家諸婢笑扶行"而歸。 謝家:有多種説法,分别指晉太傅謝安家、南朝宋謝靈運家、南朝齊謝朓家,後代亦常用以代稱高門世族之家,這裏借指元稹岳父韋夏卿之家。楊巨源《夏日裴尹員外西齋看花》:"得地殊堪賞,過時倍覺妍。芳菲遲最好,唯是謝家憐。"李涉《謝王連州送海陽圖》:"謝家爲郡實風流,畫得青山寄楚囚。驚起草堂寒氣晚,海陽潮水到床頭。" 扶行:扶杖而行,攙扶而行。杜甫《秋日夔府詠懷一百韵》:"獵人吹戍

火,野店引山泉。唤起搔頭急,扶行幾屐穿。"葉適《除秘閣修撰謝表》:"及此扶行而問俗,幾成尸素以具官。"

③ 今宵:今夜。徐陵《走筆戲書應令》:"今宵花燭泪,非是夜迎人。"雍陶《宿嘉陵驛》:"離思茫茫正值秋,每因風景却生愁。今宵難作刀州夢,月色江聲共一樓。" 半夜:夜裏十二點左右,也泛指深夜。王維《扶南曲歌詞五首》四:"入春輕衣好,半夜薄妝成。拂曙朝前殿,玉墀多佩聲。"蘇軾《過萊州雪後望三山》:"黄昏風絮定,半夜扶桑開。參差太華頂,出没雲濤堆。"

[編年]

《年譜》編年本詩於元和四年,没有説明理由。《編年箋注》編年本詩云:"作於元和四年秋。詳陳寅恪《元白詩箋證稿·艷詩及悼亡詩》、卞《譜》。"《年譜新編》云:"詩云:'今宵還似當時醉,半夜覺來聞哭聲。'元和四年秋作。"

細細體味本詩詩意,顯然是韋叢剛剛病故之後的詩篇,其中"半夜覺來聞哭聲"云云,説明韋叢的靈柩還在家中,還没有前往祖塋安葬,故家中有人按時祭拜、哭吊還没有離開家的亡靈,進行"斷七"之前的例行儀式,應該是"十月十四日"出殯之前的事情,應該是"斷七"之前的事情。尤其是回憶自己在積善坊中大醉而歸的荒唐事,記憶猶新,此詩作於洛陽無疑,時間在韋叢剛剛謝世的七月九日之後,八月韋叢"斷七"之前,亦即八月二十五日之前,而且以七月最爲可能。

◎ 論轉牒事(一)①

據武寧軍節度使王紹(二),六月二十七日違敕,擅牒路次州縣館驛,供給當道故監軍孟昇進喪柩赴上都句當部送軍將官健驢馬等,轉牒白一道,謹具如前②。又得東都都亭驛狀報,前件喪柩人馬等,準武寧軍節度轉牒:"祇供今月二十三日未時到驛宿者。"③

伏準前後制敕,入驛須給正券,並無轉牒供擬之例。況喪柩私行,不合擅入館驛停止及給遞乘人夫等④。當時追得都句當押衙趙伾到責狀稱:"孟監軍去六月十四日身亡,至七月五日,蒙本使差押領神柩到上都,領得轉牒,累路州縣並是館驛供熟食、草料、人夫、牛等。"又狀稱:"其監軍只是亡日聞奏,更不別奏,只是本使僕射發遣,亦別無敕追者。"⑤

謹檢興元元年閏十月十四日敕:"應緣公事乘驛,一切合給正券。比來或聞諸州諸使,妄出食牒,煩擾館驛。自今已後,除門下省、東都留守及諸州府給券外(三),餘並不得輒入館驛。宜委諸道觀察使及所在州縣切加捉捕(四),如違犯,請資官所在勒留,具名聞奏。餘並量事科决,仍具給牒所由牒中書門下者。"⑥又准元和二年四月十五日敕節文:"諸道差使赴上都奏事,及押領進奉官并部領諸軍防秋軍資錢物官,及邊軍合於度支請受軍資糧料等官,並在給券,餘並不得給。如違,本道專知判官録事參軍,並準興元元年十二月十七日敕處分者。"⑦

謹詳前後敕文,並不令喪柩入驛及轉牒州縣祇供。今月二十四日,已牒河南府,並不令供給人、牛及熟食、草料等,仍牒都亭驛,畫時發遣出驛,并追得本道牒到在臺收納訖(五)⑧。

右件謹具如前(六)。伏以凶柩入驛,穢觸典常。轉牒祇供,違越制敕⑨。王僕射位崇端揆(七),合守朝章,徇苟且之請,紊經制之法⑩。給長行人畜甚衆,勞傳遞牛夫頗多。弊緣路之疲人，奉一朝之私惠。恐須明罰，以例將來（八）[11]。伏準前後敕文，給券違越，並合申牒中書門下，不敢别狀彈奏。伏乞特有科繩，其本判官等，準敕並合節級科。附謹具事由如前，伏聽處分，具狀上中書門下，謹録狀上[12]。

録自《元氏長慶集》卷三八

［校記］

（一）論轉牒事：原本作“論傳牒事”，叢刊本同，盧校作“論轉牒事狀”，據下文以及楊本、《全文》改。

（二）據武寧軍節度使王紹：《全文》同，楊本、叢刊本作“據武德軍節度使王紹”，不從不改。

（三）東都留守及諸州府給券外：叢刊本、《全文》同，楊本作“東郡留守及諸州府給券外”，不從不改。

（四）宜委諸道觀察使及所在州縣切加捉捕：《全文》同，楊本、叢刊本作“宜委諸道觀察使及所在州縣切加促捕”，語義難通，不從不改。

（五）并追得本道牒到在臺收納訖：叢刊本、《全文》同，楊本誤作“并追得本道牒到在臺收納託”，語義難通，不從不改。

（六）右件謹具如前：楊本、叢刊本、《全文》同，盧校作“以前謹具如前”，不從不改。

（七）王僕射位崇端揆：原本作“正僕射位崇端揆”，蘭雪堂本、叢刊本、《全文》同，據上文“王紹”及楊本改。

（八）以例將來：原本作“以勵將來”，楊本、叢刊本、《全文》同，據盧校改。

[箋注]

① 論:論告,彈劾。《宋史・高宗紀》:"侍御史沈與求、户部侍郎季陵以論宰相范宗尹皆黜,宗尹復視事。"《續資治通鑒・宋高宗紹興四年》:"時辛炳、常同論浚不已,帝未聽。"　轉牒:轉遞書札。柳宗元《爲裴中丞伐黄賊轉牒》:"當管奉詔,與諸管齊進,誅討邕管草賊黄少卿。"韋乾度《駁左散騎常侍房式謚議》:"其時授闢西川節度詔命初下……轉牒盩厔以來縣道郵次……署牒首曰闢,副曰式,參謀曰符載。"

② 武寧軍節度使:《舊唐書・地理志》:"武寧軍節度使:治徐州,管徐、泗、濠、宿四州。"白居易《燕子樓三首并序》:"徐州故張尚書有愛妓,曰盼盼……繢之從事武寧軍累年,頗知盼盼始末云。"　王紹:《舊唐書・王紹傳》:"王紹,本家於太原,今爲京兆萬年人。舊名與憲宗同,永貞年改焉……元和初,遷檢校尚書、右僕射、徐州刺史、武寧軍節度,復以濠、泗二州隸焉……六年,徵拜兵部尚書,兼判户部事。九年卒,年七十二,贈左僕射,謚曰敬。"《舊唐書・憲宗紀》:"(元和元年十一月甲申)以東都留守王紹檢校右僕射,兼徐州刺史、武寧軍節度使、徐泗濠等州觀察等使。"　敕:古時自上告下之詞,漢時凡尊長告誡後輩或下屬皆稱敕,南北朝以後特指皇帝的詔書。《宋書・竟陵王誕傳》:"蒙陛下聖恩,賜敕解饒吏名。"《新唐書・百官志》:"凡上之逮下,其制有六:一曰制,二曰敕,三曰册,天子用之。"　牒:官府公文的一種。白居易《杜陵叟》:"昨日里胥方到門,手持敕牒榜鄉村。"《舊唐書・職官志》:"凡京師諸司,有符、移、關、牒下諸州者,必由於都省以遣之。"　路次:路途中間。《三國志・孫晧傳》:"猥煩六軍,衡蓋路次,遠臨江渚,舉國震惶,假息漏刻。"劉義慶《世説新語・言語》:"王光禄遠避流言,明公蒙塵路次,群下不寧,不審尊體起居何如?"　館驛:驛站上設的旅舍。趙嘏《贈館驛劉巡官》:"雲别青山馬踏塵,負才難覓作閑人。莫言館驛無公事,詩酒能消一半春。"何光遠《鑒誡録・陪臣諫》:"當路州縣凋殘,所在館驛隘小。"　當道:在路上。柳宗元

《牛賦》:“當道長鳴,聞者驚辟。”方岳《獨往》:“不肯避人當道笋,相看如客對門山。” 監軍:監督軍隊。《舊唐書·高力士傳》:“監軍則權過節度,出使則列郡辟易。”監督軍隊的官員。《後漢書·袁紹傳》:“紹遂以岱爲監軍。”房千里《楊娼傳》:“監軍即命娼冒婢以見帥。”李唐時,監軍都以宦官擔任。 孟昇進:李唐中期宦官頭目之一,時爲武寧軍節度使府監軍。令狐楚《謝口敕慰問狀》:“右中使孟昇進至,伏奉口敕,慰問臣及將士等……”《舊唐書·元稹傳》:“徐州監軍使孟昇卒,節度使王紹傳送昇喪柩還京,給券乘驛,仍於郵舍安喪柩,稹並劾奏以法。”《新唐書·元稹傳》:“武寧王紹護送監軍孟昇喪乘驛,内喪郵中,吏不敢止。”其中的監軍使爲“孟昇”,與元稹本文不同,應該以元稹本文爲準。 喪柩:靈柩。《後漢書·光武郭皇后》:“遣使者迎昌喪柩,與主合葬。”曹植《王仲宣誄》:“喪柩既臻,將及魏京。” 上都:古代對京都的通稱。《文選·班固〈西都賦〉》:“寔用西遷,作我上都。”張銑注:“上都,西京也。”指西漢京都長安。唐肅宗寶應元年建東、南、西、北四陪都,亦即東都洛陽、南都荆南、西都鳳翔、北都太原,因稱首都長安爲上都。《新唐書·地理志》:“上都,初曰京城,天寶元年曰西京……肅宗元年曰上都。” 句當:辦理,掌管。李德裕《洺州事宜狀》:“伏望速降使賜宏敬詔,看彼事宜,如王釗出彼未得,且令句當,待盧鈞到後,令赴闕不遲。”《新唐書·第五琦傳》:“帝悦,拜監察御史,句當江淮租庸使。” 部送:指押送囚犯、官物、畜産等。《唐律·職制·奉使部送雇寄人》:“諸奉使有所部送,而雇人寄人者,杖一百。”長孫無忌等疏議:“謂差爲綱典,部送官物及囚徒、畜産之屬。”《宋史·瀛國公紀》:“會稽縣尉鄭虎臣部送似道之貶所,至漳州殺之。”

③ 東都:李唐時指洛陽,常常與西京長安並稱。《新唐书·高宗纪》:“〔顯慶二年十二月〕丁卯,以洛陽宫爲東都。”令狐楚《赴東都别牡丹》:“十年不見小庭花,紫萼臨開又别家。上馬出門回首望,何時

更得到京華?”　都亭:都邑中的傳舍,秦法十里一亭,郡縣治所則置都亭。《史記・司馬相如列傳》:“於是相如往,舍都亭。”司馬貞索隱:“臨邛郭下之亭也。”《晉書・羅憲傳》:“〔羅憲〕知劉禪降,乃率所統臨於都亭三日。”　都亭驛:李唐西京及東都都有都亭驛,驛站名,本文的驛站在東都。李端《都亭驛送郭判官之幽州幕府》:“幕府參戎事,承明伏奏歸。都亭使者出,杯酒故人違。”《新唐書・封常清傳》:“常清不能禦,退入上東門,戰不利,賊鼓而進,劫官吏,再戰於都亭驛,又不勝,引兵守宣仁門,復敗。”　未時:十二时辰之一,指十三时至十五时。魏了翁《尚書要義・多士》:“文王勤政,自朝至日中昃不暇食……昃亦名昳,言日蹉跌而下,謂未時也。”彭乘《续墨客挥犀・未石》:“每至日方未時,即有氣出於石穴中。”

④ 制敕:皇帝的詔令。《舊唐書・中宗韋庶人傳》:“安樂恃寵驕恣,賣官鬻獄,勢傾朝廷,常自草制敕,掩其文而請帝書焉!”《舊五代史・唐明宗紀》:“時露布之文,類制敕之體,蓋執筆者悮,頗爲識者所嗤。”　券:契據,古代常用竹木等刻成,分爲兩半,各執其一,合以徵信,後世多以紙爲之。《戰國策・齊策》:“驅而之薛,使吏召諸民當償者,悉來合券。”鮑彪注:“凡券,取者、與者各收一。”《史記・田敬仲完世家》:“秦韓之王劫於韓馮、張儀而東兵以徇服魏,公常執左券以責於秦韓。”司馬貞索隱:“券,要也。”　供擬:供給,供應。《舊唐書・盧粲傳》:“歲時服用,自可百司供擬。”《新唐書・魏少遊傳》:“諸王、公主悉有次舍,供擬窮水陸。”　私行:官吏以私事出行。《禮記・曲禮》:“大夫私行出疆必請,反必有獻。”鄭玄注:“私行,謂以己事也。”孔穎達疏:“私行,謂非爲君行也。疆,界也。既非公事,故宜必請也。”《公羊傳・莊公二十七年》:“大夫不書葬,此何以書?通乎季子之私行也。”何休注:“不以公事行曰私行。”　遞:驛車,驛馬。白居易《縛戎人》:“黄衣小使録姓名,領出長安乘遞竹。”驛站。丁用晦《芝田録》:“李德裕取惠山泉,自常州至京置遞,號水遞。”　乘:駕御。

《詩・小雅・采芑》:“方叔率止,乘其四騏。”高亨注:“乘,猶駕也。”韓愈《駑驥》:“惟昔穆天子?乘之極遐遊。” 人夫:被徵發服勞役的人。《北史・趙郡王幹傳》:“數日間,謐召近州人夫,閉四門,内外嚴固,搜掩城人,楚掠備至。”李休烈《詠銅柱》:“天門街裹倒天樞,火急先須卸火珠。計合一條絲綫挽,何勞兩縣索人夫?”

⑤ 押衙:亦稱“押牙”,唐宋官名,管領儀仗侍衛。牙,後訛變爲“衙”。李匡乂《資暇集》卷中:“武職令有押衙之名,衙宜作‘牙’,此職名,非押其衙府也,蓋押牙旗者。”《舊唐書・崔慎由傳》:“既離泗口,彦曾令押牙田厚簡慰諭,又令都虞候元密伏兵任山館。” 本使:猶“節使”。王維《老將行》:“節使三河募年少,詔書五道出將軍。”李商隱《行次西郊作一百韵》:“盜賊亭午起,問誰多窮民?節使殺亭吏,捕之恐無因。”這裹指管轄趙伾的當道節度使王紹。 押領:押送,率領。李德裕《請更發兵山外邀截回鶻狀》:“恐振武軍馬數少,其李思忠下沙陀五百騎、易定軍馬一千騎,便令何清朝押領同去。”薛調《無雙傳》:“乃裝金銀羅錦二十馱,謂仙客曰:‘汝易衣服,押領此物出開遠門,覓一深隙店安下。’” 神柩:靈柩,對棺柩的尊稱。蔡邕《濟北相崔君夫人誄》:“既殯神柩,薄言於歸,宰冢喪儀,循禮無遺。”《三國志・先主甘皇后傳》:“大行皇帝存時,篤義垂恩,念皇思夫人神柩在遠飄颻,特遣使者奉迎。” 聞奏:猶奏聞。《晉書・汝南王亮傳》:“有不導禮法,小者正以義方,大者隨事聞奏。”《舊唐書・文宗紀》:“敕諸道節度觀察使去任日,宜具交割狀,仍限新使到任一月分析聞奏,以憑殿最。” 僕射:官名,秦始置,漢以後因之,唐宋左右僕射爲宰相之職,這裹是賦予外職節度使的榮銜,並非實職。王建《贈李愬僕射》:“唐州將士死生同,盡逐雙旌舊鎮空。獨破淮西功業大,新除隴右世家雄。”權德輿《送張僕射朝見畢歸鎮》:“青光照目青門曙,玉勒璵戈擁騶馭。東方連帥南陽公,文武吉甫如古風。”王紹在武寧軍節度使任,李唐先後以“檢校右僕射”等榮銜賦予。

⑥ 興元:唐德宗在位時的年號,僅有一年,亦即公元七八四年。《舊唐書·德宗紀》:"興元元年春正月癸酉朔,上在奉天行宫受朝賀。"《新唐書·德宗紀》:"興元元年正月癸酉,大赦改元,去聖神文武號。" 公事:朝廷之事,公家之事。《詩·大雅·瞻卬》:"婦無公事,休其蠶織。"朱熹集傳:"公事,朝廷之事也。"《三國志·劉巴傳》:"又自以歸附非素,懼見猜嫌,恭默守静,退無私交,非公事不言。" 乘驛:由李唐設立的驛站提供馬匹、馭手,站站相接,以當時最快的速度趕往目的地。《新唐書·百官志》:"乘傳者日四驛,乘驛者六驛。"《新唐書·諸公主傳》:"安平公主下嫁劉異,宣宗即位,宰相以異爲平盧節度使,帝曰:'朕唯一妹,欲時見之。'乃止。後隨異居外,歲時輒乘驛入朝,薨乾符時。" 比來:近來,近時。《三國志·徐邈傳》:"比來天下奢靡,轉相倣效,而徐公雅尚自若,不與俗同。"韓愈《與華州李尚書書》:"比來不審尊體動止何似?" 煩擾:攪擾,干擾。白居易《策林·致和平復雍熙》:"伏惟陛下知人安之至難也,則念去煩擾之吏;愛人命之至重也,則念黜苛酷之官。"曾鞏《本朝政要策·俸禄》:"太祖哀憐元元之困,而患吏之煩擾。" 捉捕:擒拿,捕捉。元稹《捉捕歌》:"捉捕復捉捕,莫捉狐與兔。狐兔藏窟穴,豺狼妨道路。"歐陽修《奏洺州盜賊事》:"賊勢如此交横,其巡檢縣尉等並各未見向前捉捕。" 科决:審理判决。韓愈《論變鹽法事宜狀》:"檢責軍司軍户,鹽如有隱漏,並準府縣例科决。"彭乘《續墨客揮犀·詭怪不羈》:"曼卿詭怪不羈,謂主者曰:'只乞就本廂科决。'"

⑦ 節文:減省文字,簡要的文字。《後漢書·應劭傳》:"〔臣〕輒撰具《律本章句》、《尚書舊事》、《廷尉板令》、《决事比例》……及《春秋斷獄》凡二百五十篇,蠲去復重,爲之節文。"皇甫湜《制策》:"臣伏見赦令節文,周備纖悉,然空文虚聲溢於視聽,而實功厚惠未有分寸。" 進奉:猶進獻。《舊唐書·裴度傳》:"王稷家二奴告稷换父遺表,隱没進奉物。"《舊唐書·食貨志》:"先是興元克復京師後,府藏盡虚,諸道

初有進奉,以資經費,復時有宣索。" 防秋:古代西北各遊牧部落,往往趁秋高馬肥時南侵,届時邊軍特加警衛,調兵防守,稱爲"防秋"。岑參《虢州送天平何丞入京市馬》:"習戰邊塵黑,防秋塞草黄。知君市駿馬,不是學燕王。"《舊唐書·陸贄傳》:"又以河隴陷蕃已來,西北邊常以重兵守備,謂之防秋。" 邊軍:守邊之軍,邊防部隊。柳公權《應制賀邊軍支春衣》:"去歲雖無戰,今年未得歸。皇恩何以報?春日得春衣。"韓愈《送水陸運使韓侍御歸所治序》:"吾以爲邊軍皆不知耕作,開口望哺。" 録事參軍:職官名,晉公府置録事參軍,掌總録衆官署文簿,舉彈善惡。後代刺史領軍而開府者亦置之,省稱"録事"。隋初以爲郡官,相當於漢時州郡主簿,唐宋因之,京府中則改稱司録參軍。韋應物《信州録事參軍常曾古鼎歌》:"三年糾一郡,獨飲寒泉井。江南鑄器多,鑄銀罷官無?"李嘉祐《送従弟永任饒州録事參軍》:"一官萬里向千溪,水宿山行魚浦西。日晚長烟高岸近,天寒積雪遠峰低。"

⑧ 謹詳:猶謹察,謹慎察考。《魏書·刑罰志》:"侍中孫騰上言:'謹詳,法若畫一,理尚不二,不可喜怒由情,而致輕重。'"蘇端《駁司徒楊綰謚議》:"古者美惡無私,衷貶必當,將以嘉善而退惡,爲列辟之明典也,可不慎歟?今謹詳前謚文貞者,稽法考事,恐非光允時論,發揚來訓矣!" 供:供給,供應。《韓非子·解老》:"凡馬之所以大用者,外供甲兵,而内給淫奢也。"《晉書·何劭傳》:"食必盡四方珍異,一日之供以錢二萬爲限。" 晝時:即時,立時。《舊五代史·晉少帝紀》:"諸州率借錢帛,赦書到日,晝時罷徵,出一千貫已上者與免科徭,一萬貫已上者與授本州上佐云。"《續資治通鑑·宋神宗熙寧三年》:"五十家爲大保……每一大保,夜輪五人往來巡警,遇有盗,晝時聲鼓,大保長以下率保丁追捕。" 發遣:打發,使離去。《東觀漢記·張歆傳》:"有報父仇賊自出,歆召囚詣閤,曰:'欲自受其辭。'既入,解械飲食之,便發遣,遂棄官亡命。"《後漢書·蔡邕傳》:"桓帝時,中常

侍徐璜、左悺等五侯擅恣,聞邕善鼓琴,遂白天子,敕陳留太守督促發遣。” 本道:本地道府,道,古代行政區劃名。白行簡《李娃傳》:“有靈芝産於倚廬,一穗三秀,本道上聞。”《新唐書・李吉甫傳》:“州刺史不得擅見本道使。”這裏指武寧軍節度使府。

⑨ 凶柩:對靈柩的貶稱,義近“喪柩”。《後漢書・光武郭皇后紀》:“遣使者迎昌喪柩,與主合葬。”曹植《王仲宣誄》:“喪柩既臻,將及魏京。” 穢觸:猶“忤觸”,觸犯,冒犯。沈亞之《上家官書》:“書辭多鄙,又不盡志,忤觸清嚴,罪無可逭。”猶“穢媟”,褻瀆,污辱。《舊唐書・楊收傳》:“今又欲重用東晉謬禮,穢媟聖朝大典。”猶“穢塵”,污染。《三國志・陸凱傳》:“何以專爲佞邪,穢塵天聽? 宜自改厲。” 典常:常道,常法。《易・繫辭》:“初率其辭而揆其方,既有典常;苟非其人,道不虚行。”韓康伯注:“能循其辭以度其義,原其初,以要其終,則唯變所適,是其常典也。”元稹《彈奏劍南東川節度使狀》:“固合撫綏黎庶,上副天心。蠲減征徭,内榮鄉里。而乃横徵暴賦,不奉典常。擅破人家,自豐私室。” 違越:違反,背離。《後漢書・公沙穆傳》:“幸承先人之支體,傳茅土之重。不戰戰兢兢,而違越法度,故朝廷使臣爲輔。”韓愈《元和聖德詩序》:“海内怖駭,不敢違越。”

⑩ 端揆:指相位,宰相居百官之首,總攬國政,故稱。錢大昕《廿二史考異・梁書・沈約傳》:“六朝人以僕射爲端揆。”《南史・謝舉傳》:“雖屢居端揆,未嘗肯預時政,保身固寵,不能有所發明。”《舊唐書・房玄齡傳》:“玄齡自以居端揆十五年,女爲韓王妃,男遺愛尚高陽公主,實顯貴之極,頻表辭位。” 朝章:朝廷的典章。《後漢書・胡廣傳》:“〔廣〕性温柔謹素,常遜言恭色。達練事體,明解朝章。”《南史・到仲舉傳》:“仲舉既無學術,朝章非其所長,選舉引用,皆出自袁樞。” 苟且:不循禮法。荀悦《漢紀・武帝紀》:“夫秦滅先聖之道,爲苟且之治,故立十四年而亡。”干寶《晉紀總論》:“樹立失權,託付非才,四維不張而苟且之政多也。” 經制:治國的制度。賈誼《治安

策》:"豈如今定經制,令君君臣臣上下有差,父子六親各得其宜,奸人亡所幾幸,而群臣衆信,上不疑惑!"楊億《次對狀》:"然或前代之經制,載籍之舊聞,未之申明,有所闕漏,此亦可惜焉!"

⑪ 長行:遠行。李商隱《上李尚書狀》:"昨者伏蒙恩造,重有沾賜,兼假長行人乘等,以今月十日到上都訖。"《舊唐書·穆宗紀》:"上於馭軍之道,未得其要,常雲宜姑息戎臣。故即位之初,傾府庫頒賞之。長行所獲,人至鉅萬。非時賜與,不可勝紀。" 傳遞:驛站。《舊唐書·宋慶禮傳》:"户庭可樂,彼獨安於傳遞;稼穡爲艱,又能實於軍廩。"傳送,輾轉遞送。《宋史·選舉志》:"入試日,一切不許傳遞。" 弊:疲困。《國語·鄭語》:"公曰:'周其弊乎?'對曰:'殆於必弊者。'"韋昭注:"弊,敗也。"諸葛亮《出師表》:"今天下三分,益州罷弊,此誠危急存亡之秋也。" 緣路:沿途。韓愈《路傍堠》:"堆堆路傍堠,一雙復一雙……何當迎送歸!緣路高歷歷。"元稹《緣路》:"總是玲瓏竹,兼藏淺漫溪。沙平深見底,石亂不成泥。" 疲人:疲困之民。元稹《彈奏劍南東川節度使狀》:"伏乞聖慈,勒本道長吏及諸州刺史,招緝疲人,一切却還産業,庶使孤窮有託,編户再安。"白居易《新樂府·兩朱閣》:"寺門敕榜金字書,尼院佛庭寬有餘。青苔明月多閑地,比屋疲人無處居。" 奉:給與,贈與。《左傳·僖公三十三年》:"秦違蹇叔而以貪勤民,天奉我也。奉不可失,敵不可縱。"杜預注:"奉,與也。"《南史·王玄象傳》:"〔女子〕卧而言曰:'我東海王家女,應生,資財相奉,幸勿見害。'" 一朝:一時,一旦。《淮南子·道應訓》:"使者謁之,襄子方將食而有憂色,左右曰:'一朝而兩城下,此人之所喜也;今君有憂色,何也?'"《魏書·劉靈助傳》:"靈助本寒微,一朝至此,自謂方術堪能動衆。" 私惠:私人的恩惠。《管子·法禁》:"故舉國之士,以爲亡黨,行公道以爲私惠。"尹知章注:"費公以樹私也。"《舊唐書·巢王元吉傳》:"秦王常違詔敕,初平東都之日,偃蹇顧望,不急還京,分散錢帛,以樹私惠。" 明罰:嚴明的刑罰或處罰。任昉《奏彈曹景

宗》:"是知敗軍之將,身死家戮,爰自古昔,明罰斯在。"白居易《得乙爲軍帥昧夜進軍諸將不發欲罪之辭雲不見月章》:"奉明罰之辭,無聞月捷。用潛師之計,方事宵征。" 例:按照舊規慣例。韓愈《柳子厚墓誌銘》:"遇用事者得罪,例出爲刺史。"蘇軾《與朱鄂州書》:"岳鄂間田野小人,例只養二男一女,過此輒殺之。" 將來:未來。《漢書·匈奴傳》:"消往昔之恩,開將來之隙。"陳亮《書文中子附録後》:"得其理足以知百世之變,明其數足以計將來之事。"

⑫ 彈奏:猶彈劾奏聞。《晉書·劉隗傳》:"隗之彈奏,不畏强禦,皆此類也。"《舊唐書·職官志》:"凡事非大夫、中丞所劾,而合彈奏者,則具事爲狀,大夫、中丞押奏。" 科:考較,查核。《三國志·孫晧傳》:"於是遂立晧,時年二十三。"裴松之注引虞溥《江表傳》:"晧初立,發優詔恤士民,開倉廩振貧乏,科出宫女以配無妻。"韓愈《月蝕詩效玉川子作》:"此外内外官,瑣細不足科。" 繩:引申爲制裁。《史記·秦始皇本紀》:"諸生皆誦法孔子,今上皆重法繩之。"《魏書·張普惠傳》:"凉州刺史石士基、行臺元洪超並贓貨被繩。" 節級:次第。《魏書·釋老志》:"年常度僧……若無精行,不得濫採。若取非人,刺史爲首,以違旨論,太守、縣令、綱僚,節級連坐,統及維那移五百里外異州爲僧。"沈括《夢溪筆談·藥議》:"其意以爲藥雖衆,主病者專在一物,其他則節級相爲用,大略相統制,如此爲宜。" 伏聽:謂俯伏聽命。孫楚《爲石仲容與孫晧書》:"北面稱臣,伏聽告策。"高適《請入奏表》:"謹録奏聞,伏聽敕旨,謹奏。" 處分:處理,處置。《玉臺新詠·古詩〈爲焦仲卿妻作〉》:"處分適兄意,那得自任專?"元結《奏免科率狀》:"容其見在百姓,産業稍成,逃亡歸復,似可存活,即請依常例處分。"

[編年]

《年譜》編年本文於"元稹分務東臺時作",衹在元和四年譜文"武甯軍節度使王紹違敕傳送監軍孟昇進柩"下面大段引述本文,但没有分析也没有結論。元稹分務東臺在元和四年六月之後至元和五年一二月間,本文究竟作於元和四年,還是元和五年?《年譜》没有説明。《編年箋注》編年:"此《狀》……撰於元和四年(八〇九)六月至元和五年二月任職監察御史分務東臺期間。"《年譜新編》編年本文"元稹分務東臺時作",也没有説明理由。元稹分務東臺起自元和四年六月,止於元和五年二月,作爲本文的編年尚不够具體。

元稹《表奏(有序)》:"無何分莅東都臺,天子久不在都,都下多不法者……監軍使死于軍,徐帥郵傳其柩。柩至洛,其下毆詬主郵吏。予命吏徙柩於外,不得復乘傳。"所述與本文相合,本文確實當作於元稹以監察御史分務東臺之時。又本文:"據武甯軍節度使王紹六月二十七日違敕擅牒路次州縣館驛……孟監軍去六月十四日身亡,至七月五日蒙本使差,押領神柩到上都……東都都亭驛狀報:前件喪柩人馬等,準武寧軍節度轉牒,只供今月二十三日未時到驛宿者……今月二十四日已牒河南府……"合前後之事推之,孟昇進病故於元和四年六月十四日,王紹六月二十七日命令部下押送孟昇進前往長安,七月五日正式啓行,七月二十四日到達洛陽,并發生糾紛。元稹分務洛陽僅元和四年有"七月",故本文應該作於元和四年,具體日期應該是七月二十四日或稍後一二日,地點在洛陽,元稹時以監察御史分務東臺。

■ 酬樂天左拾遺任上寄元九(一)①

據白居易《寄元九(身爲近密拘)》

[校記]

(一) 酬樂天左拾遺任上寄元九:元稹本佚失詩所據白居易《寄

元九(身爲近密拘)》,見《白氏長慶集》、《白香山詩集》、《全詩》、《全唐詩録》,未見異文。

[箋注]

① 酬樂天左拾遺任上寄元九:元稹本佚失詩所據白居易《寄元九》詩云:"身爲近密拘,心爲名檢縛。月夜與花時,少逢杯酒樂。唯有元夫子,閑來同一酌。把手或酣歌,展眉時笑謔。今春除御史,前月之東洛。别來未開顔,塵埃滿樽杓。蕙風晚香盡,槐雨餘花落。秋意一蕭條,離容兩寂寞。况隨白日老,共負青山約。誰識相念心?鞲鷹與籠鶴?"據詩意,白居易當時在長安任職左拾遺,元稹在洛陽以監察御史分務東臺,但白居易《寄元九》,未見元稹回覆,合理的解釋衹有一個:那就是元稹酬和詩的散失,今據此補。　拾遺:官名,武則天時置左右拾遺,掌供奉諷諫。王維《黎拾遺昕裴秀才迪見過秋夜對雨之作》:"促織鳴已急,輕衣行向重。寒燈坐高館,秋雨聞疏鐘。"劉長卿《送許拾遺還京》:"萬里辭三殿,金陵到舊居。文星出西掖,卿月在南徐。"

[編年]

未見《元稹集》採録,也未見《年譜》、《編年箋注》、《年譜新編》採録與編年。

朱金城先生《白居易集箋校》編年《寄元九(身爲近密拘)》在元和四年。《寄元九》有句"今春除御史,前月之東洛"、"别蕙風晚香盡,槐雨餘花落。秋意一蕭條,離容兩寂寞",元稹元和四年三月拜監察御史,出使東川。五六月間歸來,隨即,亦即七月被排擠到洛陽分務東臺。詩中的"前月"就是"七月",與"蕙風"、"槐雨"、"秋意"一一相符。白居易詩《寄元九》應該賦作於元和四年八月間,元稹佚失詩亦應該賦成於其後不久的八月間,地點在洛陽,元稹時任監察御史,正分務東臺。

◎ 贈吕二校書(與吕校書同年科第後,爲别七年,元和己丑歲八月偶于陶化坊會宿)(一)①

同年同拜校書郎,觸處潛行爛熳狂②。共占花園争趙辟。競添錢貫定秋娘③。七年浮世皆經眼,八月閑宵忽並床④。語到欲明歡又泣,傍人相笑兩相傷⑤。

録自《元氏長慶集》卷一七

[校記]

(一)吕二校書:原本與楊本、叢刊本、《全詩》均作"吕三校書",誤。元稹有《酬哥舒大少府寄同年科第》自注云"吕二炅",白居易有《和元九與吕二同宿話舊感賜》,作"吕二"是,據改。

[箋注]

① 吕二校書:即吕炅,行二,與元稹、白居易等八人貞元十九年(803)同年吏部乙科及第,元稹《酬哥舒大少府寄同年科第》:"前年科第偏年少,未解知羞最愛狂。九陌争馳好鞍馬,八人同着綵衣裳(同年科第:宏詞吕二炅、王十一起、拔萃白二十二居易、平判李十一復禮、吕四頻、哥舒大熉、崔十八玄亮逮不肖,八人皆奉榮養)。"徐松《登科記考》也有記載。白居易酬和《和元九與吕二同宿話舊感贈》詩云:"見君新贈吕君詩,憶得同年行樂時。争入杏園齊馬首,潛過柳曲鬥蛾眉。八人雲散俱遊宦,七度花開盡别離。聞道秋娘猶且在,至今時復問微之。"可以參讀。韓愈有《誰氏子(吕氏子炅,河南人元和中棄

其妻,著道士服,謝母曰:'當學仙王屋山。'去數月,復出,見河南少尹李素,素立之府門,使吏卒脱道士服,給冠帶,送付其母。公時爲河南令,作此詩有願往教誨不從而誅之語,至是素始歸之,事見《李素墓誌》)》論及:"非痴非狂誰氏子?去入王屋稱道士。白頭老母遮門啼,挽斷衫袖留不止。翠眉新婦年二十,載送還家哭穿市。或云欲學吹鳳笙,所慕靈妃媲蕭史。又云時俗輕尋常,力行險怪取貴仕。神仙雖然有傳説,知者盡知其妄矣!聖君賢相安可欺?乾死窮山竟何俟?嗚呼余心誠豈弟!願往教誨究終始。罰一勸百政之經,不從而誅未晚耳!誰其友親能哀憐,寫吾此詩持送似?"詩題所注的《李素墓誌》,即韓愈《河南少尹李公墓誌銘(李素也,據史,李素無傳,于《李錡傳》附見焉)》,墓誌銘云:"吕氏子炅,棄其妻,著道士衣冠,謝母曰:'當學仙王屋山。'去數月,復出,間詣公。公立之府門外,使吏卒脱道士冠,給冠帶,送付其母。"白居易《早冬遊王屋自靈都抵陽臺上方望天壇偶吟成章寄温谷周尊師中書李相公》:"霜降山水清,王屋十月時。石泉碧漾漾,巖樹紅離離。朝爲靈都遊,暮有陽臺期。飄然世塵外,鸞鶴如可追。忽念公程盡,復慚身力衰。天壇在天半,欲上心遲遲。嘗聞此遊者,隱客與損之。各抱貴仙骨,俱非泥垢姿。二人相顧言,彼此稱男兒。若不爲松喬,即須作皐夔。今果如其語,光彩雙葳蕤。一人佩金印,一人翳玉芝。我來高其事,詠歎偶成詩。爲君題石上,欲使故山知。"白居易好端端上了王屋山,元稹與王屋山道士周隱客結識,有諸多詩篇涉及,如《韋氏館與周隱客杜歸和泛舟》、《劉氏館集隱客歸和子元及之子蒙晦之》、《同醉(吕子元庾及之杜歸和周隱客泛韋氏池)》、《寄隱客》。我們以爲,元稹與周隱客結識,頻繁唱和,白居易饒有興趣上了王屋山,其穿針引綫之人就是吕炅。由於吕炅這次與元稹在洛陽的意外重逢,所以元稹才有了與"吕子元庾及之杜歸和周隱客泛韋氏池"的舉動,才有了白居易遊覽王屋山時"寄温谷周尊師"的行動,而"周尊師"就是元稹詩篇中的"周隱客"。這是一段因吕炅引起的元稹白居易與“周隱客”亦即“周尊師”的文壇趣話。或者,元稹白居易後來熱衷道教與佛教,其起因也許就在這裏,元稹白居易兩個因科舉而認識吕炅,因吕炅而認識“周隱客”,因而對道教、佛教産生濃厚興趣,一步步向著道教、佛教的高峰攀爬。　元和己丑歲:即元和四年,歲當農曆己丑歲,亦即公元八〇九年。李季卿《三墳記》:“□卿字榮,寬栗柔立,於穆不瑕,起家拜靈昌主簿。己丑歲,小冢宰李公彭年尚其文翰,署朝邑簿。”白居易《畫大羅天尊贊并序》:“唐元和己丑歲四月十四日,畫大羅天尊一軀成,奉爲睿聖文武皇帝降誕之辰所造。”　陶化坊:洛陽城坊名。張九齡《故太僕卿上柱國華容縣男王府君墓誌》:“春秋六十有一,開元六年秋八月乙亥,寢疾薨于洛陽之陶化里第。”張讀《宣室志補遺》:“東都陶化里有空宅,太和中張秀才借居肄業,常忽不安。自念爲男子,當抱慷慨之志,不宜恇怯以自軟,因移入中堂以處之。夜深欹枕,乃見道士與僧徒各十五人從堂中出,形容長短皆相似,排作六行,威儀容止一一可敬。秀才以爲靈仙所集,不敢惕息,因佯寢以窺之。”

② 同年:古代科舉考試同科中式者之互稱,唐代同榜進士稱“同年”。竇鞏《贈王氏小兒》:“竹林會裏偏憐小,淮水清時最覺賢。莫倚兒童輕歲月,丈人曾共爾同年!”曹松《鍾陵寒食日與同年裴顔李先輩鄭校書郊外閑遊》:“寒節鍾陵香騎隨,同年相命楚江湄。雲間影過秋千女,地上聲喧蹴踘兒。”　同拜校書郎:同時除授校書郎一職。白居易《常樂里閑居偶題十六韵兼寄劉十五公輿王十一起吕二炅吕四熲崔十八玄亮元九稹劉三十二敦質張十五仲元時爲校書郎》:“勿言無知己,躁静各有徒。蘭臺七八人,出處與之俱。”趙嘏《送陳嘏登第作尉歸覲》:“洲邊翠羽雲遮檻,露濕紅蕉月滿廊。就養舉朝人共羨,清資讓却校書郎。”　觸處:到處,隨處,極言其多。崔知賢《上元夜效小庾體》:“今夜啓城闉,結伴戲芳春。鼓聲撩亂動,風光觸處新。”元稹《使東川·清明日》:“常年寒食好風輕,觸處相隨取次行。”　潛行:這

裹指秘密行走。杜甫《哀江頭》:“少陵野老吞聲哭,春日潛行曲江曲。”李德裕《思平泉樹石雜詠一十首·似鹿石》:“林中有奇石,髣髴獸潛行。乍似依巖桂,還疑食野苹。” 爛熳:謂放浪,不拘形迹,豪放,不受拘束。李白《江南春懷》:“身世殊爛漫,田園久蕪没。”也謂情感真摯坦率。杜甫《與鄠縣源大少府宴渼陂得寒字》:“無計回船下,空愁避酒難。主人情爛熳,持答翠琅玕。”也引申爲盡情地,不受拘束地,隨意,任意。辛棄疾《武陵春》:“桃李風前多嫵媚,楊柳更温柔。喚取笙歌爛熳遊。且莫管閑愁。”

③ 花園:指種植花木供遊玩休息的場所。錢起《竹間路》:“暗歸草堂静,半入花園去。有時載酒來,不與清風遇。”劉禹錫《城内花園頗曾遊翫令公居守亦有素期適春霜一夕委謝書實以答令狐相公見謔》:“樓下芳園最占春,年年結侣采花頻。繁霜一夜相撩治,不似佳人似老人。” 趙辟:被寵愛的趙姓歌妓,通常喻指美女。辟通“嬖”,被寵愛的人。《左傳·成公二年》:“知罃之父,成公之嬖也。”《太平廣記·趙辟》:“趙辟彈五弦,人間無其術。辟曰:‘吾之於五弦也,始則神遇之,終則天隨之,方吾浩然眼如耳,目如鼻,不知五弦爲辟,辟之爲五弦也。’”《元稹集》疑“趙辟”爲“趙璧”之誤,璧爲美玉,不是這些年輕人争搶的對象,不確。 錢貫:指成串的錢。夏竦《崇政殿御試賢良方正能直言極諫科制策》:“太倉之粟流衍而露積,京師之錢貫朽而難校。”李存《僞鈔謡》:“國朝鈔法古所無,絶勝錢貫如青蚨。試令童子置懷袖,千里萬里忘羈孤。” 秋娘:唐代歌妓女伶的通稱。白居易《琵琶引》:“十三學得琵琶成,名屬教坊第一部。曲罷曾教善才伏,妝成每被秋娘妒。”張孝祥《風入松·蠟梅》:“玉妃孤艷照冰霜。初試道家妝。素衣嫌怕姮娥妒,染成宫樣鵝黄。宫額嬌塗飛燕,縷金愁立秋娘。”

④ 七年:元稹、白居易與吕炅等人貞元十九年(803)春天吏部乙科及第,至此元和四年(809)秋天,前後正是七年。唐人詩篇,常常將

年份寫入自己的詩篇，武元衡《元和癸已余領蜀之七年奉詔徵還二月二十八日清明途經百牢關因題石門洞》："昔佩兵符去，今持相印還。天光臨井絡，春物度巴山。"劉禹錫《和僕射牛相公以離闕庭七年班行親故亡歿十無一人再覩龍顔喜慶雖極感歎風燭能不愴然因成四韵并示集賢中書二相公所和》："久辭龍闕擁紅旗，喜見天顔拜赤墀。三省英僚非舊侶，萬年芳樹長新枝。" 浮世：人間，人世，舊時認爲人世間是浮沉聚散不定的，故稱。元稹《贈别楊員外巨源》："揄揚陶令緣求酒，結托蕭娘只在詩。朱紫衣裳浮世重，蒼黄歲序長年悲。"許渾《將赴京留贈僧院》："玄髮盡驚爲客换，白頭曾見幾人閑？空悲浮世雲無定，多感流年水不還。" 經眼：過目。杜甫《曲江二首》一："一片花飛减却春，風飄萬點正愁人。且看欲盡花經眼，莫厭傷多酒入脣。"羅隱《舊遊》："良時不復再，漸老更難言。遠水猶經眼，高樓似斷魂。" 八月：據本詩詩序，元稹與吕炅相會於元和四年八月，時元稹以監察御史的身份分務東臺，正在洛陽。當時，隨同詩人一起前來洛陽的妻子韋叢，剛剛於本年七月九日病故。唐人詩篇，常常將月份寫入自己的詩篇，王縉《九日作》："莫將邊地比京都，八月嚴霜草已枯。今日登高樽酒裏，不知能有菊花無？"李頎《送劉昱》："八月寒葦花，秋江浪頭白。北風吹五兩，誰是潯陽客？" 閑宵：空閑的夜晚。元稹《擬醉》："九月閑宵初向火，一尊清酒始行杯。憐君城外遥相憶，冒雨冲泥黑地來。"白居易《初除主客郎中知制誥與王十一李七元九三舍人中書同宿話舊感懷》："閑宵静話喜還悲，聚散窮通不自知。已分雲泥行異路，忽驚雞鶴宿同枝。" 並床：挪動原來的床位，使得兩床相靠，一般都爲了便於睡着説話，衹有特别要好的朋友才會如此親密無間。王建《歸昭應留别城中》："喜得近京城，官卑意亦榮。並床歡未定，離室思還生。"白居易《答微之詠懷見寄》："閤中同直前春事，船裏相逢昨日情。分袂二年勞夢寐，並床三宿話平生。"

⑤ 欲明：天快放亮的時候。王建《酬於汝錫曉雪見寄》："欲明天

色白漫漫,打葉穿簾雪未乾。薄落階前人踏盡,差池樹裏鳥銜殘。”楊巨源《和武相公春曉聞鶯》:“語恨飛遲天欲明,殷勤似訴有餘情。仁風已及芳菲節,猶向花溪鳴幾聲。”　歡又泣:即“歡泣”,高興得流出眼泪。王維《大唐故臨汝郡太守贈秘書監京兆韋公神道碑銘》:“公哀予微節,私予以誠,推食飯我,致館休我畢今日,歡泣數行。”《舊五代史・唐明宗紀》:“安重誨、霍彦威躡帝足,請詭隨之,因爲亂兵迫入鄴城。懸橋已發,共扶帝越濠而入,趙在禮等歡泣奉迎。”　傍人:他人,别人。鮑照《代别鶴操》:“鹿鳴在深草,蟬鳴隱高枝。心自有所存,傍人那得知?”杜甫《堂成》:“暫止飛烏將數子,頻來語燕定新巢。傍人錯比揚雄宅,懶惰無心作解嘲。”　相笑:相視而笑。熊皎《懷三茅道友》:“丹桂有心憑至論,五峰無信問深交。杏壇仙侣應相笑,只爲浮名未肯抛。”李建勛《宿友人山居寄司徒相公》:“溪凍聲全減,燈寒焰不高。他人莫相笑,未易會吾曹。”　相傷:互相傷感。元稹《西歸絶句十二首》一〇:“寒窗風雪擁深爐,彼此相傷指白須。一夜思量十年事,幾人强健幾人無?”李商隱《漫成三首》二:“沈約憐何遜,延年毁謝莊。清新俱有得,名譽底相傷?”

[編年]

《年譜》編年本詩於元和四年,衹是引述白居易《和元九與吕二同宿話舊感贈》,没有説明理由。《編年箋注》没有提出本詩編年意見以及理由。《年譜新編》編年本詩於元和四年,也與《年譜》一樣衹是引述白居易《和元九與吕二同宿話舊感贈》,也没有説明理由。

我們以爲,有元稹自己的題注爲證,此詩不難編年,亦即作於元和四年八月。此與元稹前往東京洛陽分務東臺的時間相合,心情也與妻子剛剛病故相合。《編年箋注》、《年譜新編》在編排上却讓人無法理解,韋叢病故於元和四年七月九日,而本詩標示“八月”,但其却將元稹悼亡的全部詩篇,統統編在本詩之後,好像元稹在妻子亡故的二十多天甚至一月以上的日子裏，元稹竟然没有一篇詩歌悼念韋叢，這顯然有悖常理。而事實是，元稹在這一時段，有不少詩篇悼亡自己的妻子，如《夜閑》、《感小株夜合》、《醉醒》等，幸請讀者稍加留意。需要特別説明的是，《編年箋注》與《年譜新編》這種編排上的錯誤，始作俑者應該是《年譜》，正是《年譜》的錯誤，引導了《編年箋注》與《年譜新編》的錯誤。當然，《編年箋注》與《年譜新編》的錯誤怪不得《年譜》，獨立思考應該是學術研究最起碼的要求，而人云亦云是最不可取的。

■ 酬樂天禁中九日對菊花酒見憶(一)①

據白居易《禁中九日對菊花酒憶元九》

[校記]

(一) 酬樂天禁中九日對菊花酒見憶：元稹本佚失詩所據白居易《禁中九日對菊花酒憶元九》，見《白氏長慶集》、《萬首唐人絶句》、《歲時雜詠》、《白香山詩集》、《佩文齋詠物詩選》、《佩文齋廣群芳譜》、《全詩》、《全唐詩録》，文字基本相同。

[箋注]

① 酬樂天禁中九日對菊花酒見憶：元稹本佚失詩所據白居易《禁中九日對菊花酒憶元九》詩云："賜酒盈杯誰共持？宫花滿把獨相思。相思只傍花邊立，盡日吟君詠菊詩(元詩云'不是花中偏愛菊，此花開盡更無花')。"不見元稹回酬，據此補。　禁中：指帝王所居宫内。蔡邕《獨斷》卷上："漢天子正號曰皇帝……所居曰禁中，後曰省中……禁中者，門户有禁，非侍御者不得入，故曰禁中。"《新唐書・柳

芳傳》:"芳始謫時,高力士亦貶巫州,因從力士質開元、天寶及禁中事,具識本末。"　九日:指農曆九月九日重陽節。杜牧《九日》:"金英繁亂拂闌香,明府辭官酒滿缸。還有玉樓輕薄女,笑他寒燕一雙雙。"許渾《九日登樟亭驛樓》:"鱸鱠與莼羹,西風片席輕。潮回孤島晚,雲斂衆山晴。"　菊花酒:亦作"菊華酒",酒名,一種用菊花雜黍米釀製的酒。《西京雜記》卷三:"九月九日佩茱萸,食蓬餌,飲菊華酒,令人長壽。菊華舒時,並採莖葉,雜黍米釀之,至來年九月九日,始熟,就飲焉!故謂之菊華酒。"宗懍《荊楚歲時記》:"九月九日宴會,未知起于何代……今北人亦重此節,佩茱萸,食餌,飲菊花酒,云令人長壽。"

[編年]

未見《元稹集》採録,也未見《年譜》、《編年箋注》、《年譜新編》採録與編年。

朱金城先生《白居易集箋校》編年白居易詩於元和四年任職左拾遺、翰林學士之時。元稹當時正在洛陽監察御史任,白居易的詩篇是寄往洛陽的,具體時間應該是九月九日。元稹見此,應該有酬和之篇,時間應該在九月九日稍後,地點在洛陽。

◎ 追昔遊(一)①

謝傅堂前音樂和,狗兒吹笛膽娘歌②。花園欲盛千場飲,水閣初成百度過③。醉摘櫻桃投小玉,懶梳叢鬢舞曹婆④。再來門館唯相吊,風落秋池紅葉多⑤。

録自《元氏長慶集》卷九

西施化爲土。”自注:“夫差女小玉死後,形見於王,其母抱之,霏微若烟霧散空。”神話中仙人侍女名。白居易《長恨歌》:“金闕西廂叩玉扃,轉教小玉報雙成。聞道漢家天子使,九華帳裏夢魂驚。”泛稱侍女。元稹《暮秋》:“看着墻西日又沈,步廊回合戟門深。栖烏滿樹聲聲絶,小玉上床鋪夜衾。” 曹婆:舞名。《唐會要·西戎五國》:“龜兹樂:自吕光破龜兹,得其聲,吕氏亡,其樂分散。至後魏,有中原復獲之,至隋有兩國龜兹之號,凡三部。開元中,大盛於時。曹婆羅門者,累代相承,傳其業至孫妙達,尤爲北齊文宣所愛,每彈,常自擊羯鼓和之。及周武帝聘突厥女爲后,西域諸國皆來賀,遂備有龜兹、疏勒、康國、安國之樂。”陳暘《樂書》卷一二九:“龜兹琵琶:後魏曹婆羅門受龜兹琵琶於商人,世傳其業至孫妙達,尤爲北齊高帝所重,常自擊胡鼓以和之,失人君之體也!”

⑤ 門館:舊時權貴招待賓客、門客的館舍。沈約《冬節後至丞相第詣世子車中作》:“廉公失權勢,門館有盈虚。”高適《效古贈崔二》:“周旋多燕樂,門館列車騎。美人芙蓉姿,狹室蘭麝氣。” 相弔:互相慰問。王昌齡《塞下曲四首》四:“邊頭何慘慘,已葬霍將軍。部曲皆相弔,燕南代北聞。”蘇軾《定惠院顒師爲餘竹下開嘯軒》:“暗蛩泣夜永,唧唧自相弔。飲風蟬至潔,長吟不改調。” 秋池:秋天的池塘。元稹《和李校書新題樂府十二首·上陽白髮人》:“上陽花草青苔地,月夜閑聞洛水聲。秋池暗度風荷氣,日日長看提象門。”白居易《秋池二首》一:“前池秋始半,卉物多摧壞。欲暮槿先萎,未霜荷已敗。” 紅葉:秋天,楓、槭、黄櫨等樹的葉子都變成紅色,統稱紅葉。韓愈《游青龍寺贈崔大補闕》:“友生招我佛寺行,正值萬株紅葉滿。光華閃壁見神鬼,赫赫炎官張火傘。”杜牧《朱坡》:“倚川紅葉嶺,連寺緑楊堤。迥野翹霜鶴,澄潭舞錦雞。”

[編年]

《年譜》編年元和四年秋季,其下引述陳寅恪《元白詩箋證稿·艷詩及悼亡詩》的結論:"皆秋季景物也……皆韋氏新逝後,即元和四年秋季所作也。"《編年箋注》編年云:"作於元和四年秋。詳陳寅恪《元白詩箋證稿·艷詩及悼亡詩》、卞《譜》。"《年譜新編》亦引述陳寅恪《元白詩箋證稿·艷詩及悼亡詩》的文字,得出同樣的結論:"元和四年秋季所作也。"

有元稹自己"謝傅堂前"以及"風落秋池紅葉多"的感嘆,本詩確實應該作於元和四年的秋天,陳寅恪先生的結論可以接受。但結合韋叢元和四年七月九日病故的史實,聯繫"風落秋池紅葉多"眼前實景,本詩應該作於元和四年九月間,時屆深秋,紅葉紛紛而下,正其時也。

●暮　秋(一)①

看著墻西日又沈,步廊迴合戟門深②。栖烏滿樹聲聲絶,小玉上床鋪夜衾③。

録自《才調集》卷五

[校記]

(一)暮秋:原本作"莫秋",叢刊本、《全詩》作"暮秋",兩詞義近,據改。莫:日落時,傍晚。《禮記·間傳》:"故父母之喪,既殯食粥,朝一溢米,莫一溢米。"晏幾道《蝶戀花》:"朝落莫開空自許,竟無人解知心苦。"

[箋注]

① 暮秋:"看著墻西日又沈"四句,不見劉本、馬本《元氏長慶集》

收録,但《才調集》卷五、《全詩》卷四二二收録,據補。秋末,農曆九月。李白《登新平樓》:"去國登兹樓,懷歸傷暮秋。天長落日遠,水浄寒波流。"韋應物《襄武舘遊眺》:"州民知禮讓,訟簡得遨遊。高亭憑古地,山川當暮秋。"

② 墙西:院墻之西。王建《眼病寄同官》:"天寒眼痛少心情,隔霧看人夜裏行。年少往來常不住,墙西凍地馬蹄聲。"元稹《曉將别》:"風露曉淒淒,月下西墻西。行人帳中起,思婦枕前啼。" 沈:降落,墜落。陳羽《湘女怨》:"九山沈白日,二女泣滄洲。"韋莊《河内别村業閑題》:"鄰翁莫問傷時事,一曲高歌夕照沈。" 步廊:走廊。酈道元《水經注·穀水》:"〔宣武觀〕左右夾列步廊,參差翼跂。"曾鞏《繁昌縣興造記》:"既又自大其治所,爲重門步廊。" 迴合:環繞,迂回曲折。謝靈運《入彭蠡湖口》:"洲島驟迴合,圻岸屢崩奔。"張泌《寄人》:"别夢依依到謝家,小廊迴合曲欄斜。" 戟門:立戟爲門,古代帝王外出,在止宿處插戟爲門。《周禮·天官·掌舍》:"爲壇壝宫棘門。"鄭玄注引鄭司農曰:"棘門,以戟爲門。"後指立戟之門。《資治通鑑·唐僖宗光啓三年》:"行密帥諸軍合萬五千人入城,以梁纘不盡節於高氏,爲秦畢用,斬於戟門之外。"胡三省注:"唐設戟之制,廟社、宫殿之門二十有四,東宫之門一十有八,一品之門十六,二品及京兆、河南、太原尹、大都督、大都護之門十四,三品及上都督、中都督、上都護、上州之門十二,下都督、下都護、中州、下州之門各十。設戟於門,故謂之戟門。"引申指顯貴之家或顯赫的官署。錢起《秋霖曲》:"貂裘玉食張公子,炰炙熏天戟門裏。"這裏指東都韋夏卿的履信坊住宅,韋夏卿曾經是東都留守,這時雖然已經病故,但估計習慣上仍然以舊制稱呼。

③ 栖烏:晚宿的歸鴉。王筠《和衛尉新渝侯巡城口號詩》:"閶闔曖已昏,鈎陳杳將暮。栖烏城上返,晚雀林中度。"錢起《過楊駙馬亭子》:"退朝追宴樂,開閣醉簪纓。長袖留嘉客,栖烏下禁城。" 小玉:

神話中仙人侍女名。白居易《長恨歌》:“金闕西廂叩玉扃,轉教小玉報雙成。”本詩泛稱侍女。王維《奉和楊駙馬六郎秋夜即事》:“對坐彈盧女,同看舞鳳凰。少兒多送酒,小玉更焚香。”竇梁賓《喜盧郎及第》:“曉妝初罷眼初瞤,小玉驚人踏破帬。手把紅箋書一紙,上頭名字有郎君。”　衾:大被。《詩・召南・小星》:“肅肅宵征,抱衾與裯,寔命不猶。”毛傳:“衾,被也。”顧敻《訴衷情》二:“怎忍不相尋?怨孤衾。换我心,爲你心,始知相憶深。”

[編年]

《年譜》將本詩視爲艷詩,與其他艷詩統一編年於元和五年,没有特别説明理由。《編年箋注》編年:“……《暮秋》……諸篇,俱作于元和五年(八一〇),元稹時在江陵士曹任。見下《譜》。”《年譜新編》編年本詩於貞元十六年,理由是全文引録本詩後云:“似是貞元十六年秋與鶯鶯離别前夕作。《鶯鶯傳》云:‘崔之東有杏花一樹。’則崔之住所在張之西。又云:‘將行之夕,不復可見,而張生遂西。’是張與崔在分别前夕未曾會面。”

我們以爲,本詩是悼亡之篇,不應該屬於元稹自己規定的艷詩的範疇:元稹《叙詩寄樂天書》:“不幸少有伉儷之悲,撫存感往,成數十詩,取潘子悼亡爲題。又有以干教化者,近世婦人暈淡眉目,綰約頭鬢,衣服修廣之度及匹配色澤尤劇怪艷,因爲艷詩百餘首,詞有今古,又兩體。”今《元氏長慶集》中,存悼亡詩僅四十八首,而且《夢成之》以下十六首賦詠於元和七年之後,根據“成數十詩”的口吻來看,似乎還有一些悼亡詩散佚散失在《元氏長慶集》之外。其二,就本詩而言,詩中出現的“小玉”,古代爲一般婢女的常用之名,應該是侍候元稹韋叢夫婦或者是韋夏卿家的婢女,並且已經出現在元稹其他的悼亡詩篇之中,元稹《追昔遊》:“謝傅堂前音樂和,狗兒吹笛膽娘歌。花園欲盛千場飲,水閣初成百度過。醉摘櫻桃投小玉,懶梳叢鬟舞曹婆。再來門館唯相吊,風落秋池紅葉多。”而“步廊迴合戟門深”的描寫,也符合韋夏卿住宅的實情。“衾”作爲雙人大被,也符合元稹與韋叢原先共同使用的情景。其四,《四庫全書總目·補侍兒小名録一卷》:“至唐人多呼婢爲小玉,故元微之悼亡詩有‘小玉上床鋪夜衾’句……”也從另一個側面肯定了我們的結論。其五,韋叢病故於元和四年的七月九日,有韓愈《監察御史元君妻京兆韋氏夫人墓誌銘》:“夫人諱叢字茂之姓韋氏……以元和四年七月九日卒。”韋叢病故之時爲初秋,轉眼就到了暮秋季節,天氣轉凉,鋪設床衾的事情韋叢已經不能再做,衹有婢女小玉來完成了。據此,本詩應該作於元和四年的暮秋,亦即元和四年的九月,地點在洛陽履信坊韋夏卿的住宅之中。

◎飲新酒(一)①

聞君新酒熟,況值菊花秋②。莫怪平生志,圖銷盡日愁③。

録自《元氏長慶集》一五

[校記]

(一)飲新酒:本詩各本,包括楊本、叢刊本、《萬首唐人絶句》、《全詩》,均無異文。

[箋注]

① 新酒:剛剛釀成的酒。儲光羲《新豐主人》:“新豐主人新酒熟,舊客還歸舊堂宿。滿酌香含北砌花,盈尊色泛南軒竹。”劉禹錫《酬皇甫十少尹暮秋久雨喜晴有懷見示》:“掃開雲霧呈光景,流盡潢

污見路岐。何况菊香新酒熟，神州司馬好狂時。”

② 君：對對方的尊稱，猶言您，亦用在人姓名後表示尊敬。元稹《西還》：“悠悠洛陽夢，鬱鬱灞陵樹。落日正西歸，逢君又東去。”白居易《别周軍事》：“主人頭白官仍冷，去後憐君是底人？試謁會稽元相去，不妨相見却殷勤。”本詩的君，是詩人的朋友，具體不詳，疑是也在洛陽的盧子蒙等人。　菊花秋：菊花開放的季節。李紳《重到惠山》：“碧峰依舊松筠老，重得經過已白頭。俱是海天黄葉信，兩逢霜節菊花秋。”李咸用《萱草》：“積雨莎庭小，微風蘚砌幽。莫言開太晚，猶勝菊花秋。”

③ 莫怪：責怪，埋怨。王建《寄同州田長史》：“除聽好語耳常聾，不見詩人眼底空。莫怪出城爲長史，總緣山在白雲中。”温庭筠《過陳琳墓》：“石麟埋没藏春草，銅雀荒凉對暮雲。莫怪臨風倍惆悵，欲將書劍學從軍。”　平生：一生，此生，有生以來。盧象《寒食》：“光烟榆柳滅，怨曲龍蛇新。可嘆文公霸，平生負此臣!”王維《喜祖三至留宿》：“門前洛陽客，下馬拂征衣。不枉故人駕，平生多掩扉。”　志：志向，志願。《論語・公冶長》：“盍各言爾志?”韓愈《縣齋有懷》：“懷書出皇都，銜淚渡清灞。身將老寂寞，志欲死閑暇。”　圖：考慮，謀劃，計議。《墨子・修身》：“多力而伐功，雖勞必不圖。”《漢書・高帝紀》：“天下既安，豪傑有功者封侯，新立，未能盡圖其功。”顔師古注：“圖爲謀而賞之。”　銷：消除，消散。《後漢書・壽光侯傳》：“此小怪，易銷耳!”韓愈《憶昨行和張十一》：“殃銷禍散百福並，從此直至耇與鮐。嵩山東頭伊洛岸，勝事不假須穿栽。”　盡日：猶終日，整天。《淮南子・泛論訓》：“盡日極慮而無益于治，勞形竭智而無補於主。”鄭璧《奉和陸魯望白菊》：“白艷輕明帶露痕，始知佳色重難群。終朝疑笑梁王雪，盡日慵飛蜀帝魂。”　愁：憂慮，憂愁。《左傳・襄公二十九年》：“哀而不愁，樂而不荒。”張協《七命八首》一：“愁洽百年，苦溢千歲。”悲哀，哀傷。張衡《思玄賦》：“坐太陰之屏室兮，慨含唏而增愁。”

陳子昂《宿襄河驛浦》:"卧聞塞鴻斷,坐聽峽猿愁。"怨尤,怨恨。《戰國策·秦策》:"書策稠濁,百姓不足;上下相愁,民無所聊。"白居易《琵琶行》:"别有幽愁暗恨生,此時無聲勝有聲。"

[編年]

本詩不見《年譜》編年,《編年箋注》列入"未編年詩"中,《年譜新編》既不見於各年的詩文編年,也不見於"無法編年作品"。

細細體味詩意,本詩與後面提及的《醉行》如出一轍,與《醉行》所涉事情相同,都是飲酒;時間相同,都是秋天;感情也一致,"盡日愁"與"霜貌"都是不樂。兩詩應該作於同時,亦即元和四年秋天。當時元稹的妻子韋叢剛剛病故,詩人自然是悲傷不已,無以解愁的詩人前往朋友那兒飲酒,以消除滿腹的愁悶。愁中飲酒,自然是爛醉如泥,最後騎着驄馬"街中醉蹋泥",獨自一人返回官衙,但那已是另一首《醉行》詩的内容。根據本詩"菊花秋"的詩句,我們大致可以編定本詩是元和四年暮秋亦即九月間的作品。

◎醉　行[①]

秋風方索漠,霜貌足暌携(一)[②]。今日騎驄馬,街中醉蹋泥[③]。

録自《元氏長慶集》卷一五

[校記]

(一)霜貌足暌携:楊本作"霜貌足聯携",叢刊本、《萬首唐人絶句》作"霜貌足暌携",《全詩》作"霜貌足暌携"。《元稹集》校記云:"聯:《全詩》卷四一〇作'暌'。"《編年箋注》作"暌携",没有出校與他本的不同。“睽”、“睽”、“睽”三字可通,可以不改。

[箋注]

① 醉行:酒醉之時出行。方干《陪胡中丞泛湖》:“仙舟仙樂醉行春,上界稀逢下界人。綺繡峰前聞野鶴,旌旗影裏見游鱗。”蘇軾《陳州與文郎逸民飲别携手河堤上作此詩》:“白酒無聲滑瀉油,醉行堤上散吾愁。春風料峭羊角轉,河水渺綿爪蔓流。”

② 秋風:秋季的風。劉徹《秋風辭》:“秋風起兮白雲飛,草木黄落兮雁南歸。蘭有秀兮菊有芳,懷佳人兮不能忘。”韋述《廣陵送别宋員外佐越鄭舍人還京》:“樹入江雲盡,城銜海月遥。秋風將客思,川上晚蕭蕭。” 索漠:亦作“索莫”、“索寞”,荒凉蕭索貌。李白《贈范金卿二首》一:“徒有獻芹心,終流泣玉啼。祇應自索漠,留舌示山妻。”陳亮《朝中措》:“蓼花風淡水雲纖。倚閣卷重簾。索寞敗荷翠減,蕭疏晚蓼紅添。” 霜貌:義同“霜彩”,霜的色彩。吴均《周承未還重贈》:“散雪逐吹寒,蓬姿浮霜采。”元稹《寺院新竹》:“烟泛翠光流,歲餘霜彩重。” 睽携:聚散,離合。張九齡《晨坐齋中偶而成詠》:“仰霄謝逸翰,臨路嗟疲足。徂歲方睽携,歸心亟躑躅。”房孺復《酬竇大閑居見寄》:“名慚竹使宦情少,路隔桃源歸思迷。鵩鳥賦成知性命,鯉魚書至恨睽携。”

③ 驄馬:原指青白相間的馬。沈佺期《驄馬》:“西北五花驄,來時道向東。四蹄碧玉片,雙眼黄金瞳。”後來常常借指御史所乘之馬,成爲御史的代稱,有驄馬使、驄馬郎等不同稱呼。丁仙芝《戲贈姚侍御》:“新披驄馬隴西駒,頭戴獬豸急晨趨。明光殿前見天子,今日應彈佞幸夫。”白居易《酬和元九東川路·亞枝花》:“山郵花木似平陽,愁殺多情驄馬郎。還似升平池畔坐,低頭向水自看妝。”詩中的“驄馬郎”,即是指元和四年出使東川的監察御史元稹。 蹋泥:不顧泥水在途,易然前行。韓愈《雨中寄張博士籍侯主簿喜》:“放朝還不報,半

路蹋泥歸。雨慣曾無節，雷頻自失威。"白居易《和劉郎中學士題集賢閣》："萬卷圖書天禄上，一條風景月華西。欲知丞相優賢意，百步新廊不蹋泥。"

[編年]

不見《年譜》編年本詩，《年譜新編》編年："元和四年秋作。"而《編年箋注》在《合衣寢》詩後編年本詩云："此詩及以下《竹簟》、《聽庾及之彈烏夜啼引》、《夢井》諸篇，俱作於元和四、五年間。"理由是："見下《譜》。"雖然《醉行》被省略，且《醉行》詩下也没有編年，但其排列却在《合衣寢》、《竹簟》之後，《聽庾及之彈烏夜啼引》、《夢井》之前，據此《醉行》也應該屬於"俱作於元和四、五年間"，算不得疏漏吧！但令人不解的是：《年譜》並没有編年《醉行》，翻遍《年譜》全書，也不見《醉行》蹤影。《編年箋注》所謂的"見"，又從何而來呢？

據詩中"秋風"、"騎驄馬"、"街中"云云，此詩應是詩人元和四年秋天以監察御史的身份在洛陽"分務東臺"時的作品。當時元稹的妻子韋叢七月九日剛剛病故，詩人心情灰暗，辦案阻力也不小，故有"街中醉蹋泥"之態。元稹在洛陽監察御史任，祇有元和四年一個秋天，從"秋風方索漠"的詩句來看，本詩應該作於元和四年暮秋時節，亦即元和四年九月間比較符合實際。

《年譜新編》的編年意見確實與我們一致，不過我們要説明的是：我們在《寧夏大學學報》二〇〇一年第六期發表的《元稹詩文編年新説》裏已經作出"此詩應是詩人元和四年秋天以監察御史的身份在洛陽'分務東臺'時的作品"的結論，出版於二〇〇四年十一月的《年譜新編》應該看到拙稿，按照《年譜新編》著者一再批評筆者"違反學術規範"的主張，不知《年譜新編》的這種做法是不是才是真正意義上的"違反學術規範"？